Ein magisch schimmernder Kristall, aus Sternenstaub entstanden: Als eine junge Frau in prähistorischer Zeit ihn findet und so die Kraft gewinnt, ihren Stamm zu retten, beginnt der Weg des Steins. Über Generationen wird er weitergegeben, und es sind Frauen, die mit dem Kristall wagen, ihren Träumen zu folgen. Vom Heiligen Land in die Arenen Roms, von einem deutschen Bauerndorf in die Serails Arabiens, und das legendäre Reich Xandu, von Martinique zu den Trecks des Wilden Westens gelingt es ihnen, listenreich und wagemutig ihren Weg zu finden – bis in die heutige Zeit.
Eine große Saga voller Abenteuer und Spannung: Erfolgsautorin Barbara Wood schildert die Suche nach Glück, die über alle Zeiten die Schicksale der Menschen prägt.

»Spannend, lehrreich, voller Leben.« *Bild am Sonntag*
»Episch – vom prähistorischen Afrika in unser Pop-Zeitalter« *Cosmopolitan*
»Eine großartige Abenteuersaga« *Woman*

Barbara Wood ist eine der großen Bestsellerautorinnen in Deutschland. Die Gesamtauflage ihrer Bücher liegt bei über 12 Millionen Exemplaren. Für ihren Roman »Himmelsfeuer« wurde sie mit dem Corine-Preis ausgezeichnet. Sie lebt in Kalifornien.

Im Fischer Taschenbuch Verlag ist das Gesamtwerk von Barbara Wood erschienen: ›Herzflimmern‹ (Bd. 8368), ›Sturmjahre‹ (Bd 8369), ›Lockruf der Vergangenheit‹ (Bd. 10196), ›Bitteres Geheimnis‹ (Bd. 10623), ›Haus der Erinnerungen‹ (Bd. 10974), ›Spiel des Schicksals‹ (Bd. 12032), ›Die sieben Dämonen‹ (Bd. 12147), ›Das Haus der Harmonie‹ (Bd. 14783), ›Der Fluch der Schriftrollen‹ (Bd. 15031), ›Nachtzug‹ (Bd. 15032), ›Das Paradies‹ (Bd. 15033), ›Die Prophetin‹ (Bd. 15034), ›Rote Sonne, schwarzes Land‹ (Bd. 15035), ›Seelenfeuer‹ (Bd. 15036), ›Traumzeit‹ (Bd. 15037), ›Himmelsfeuer‹ (Bd. 15616) und ›Kristall der Träume‹ (Bd. 15954), ›Spur der Flammen‹ (Bd. 15882) und ›Gesang der Erde‹ (Bd. 15883), sowie ihre Romane als Kathryn Harvey, ›Wilder Oleander‹ (Bd. 16859) und ›Butterfly‹ (Bd. 16858). Ihr neuer Roman ›Das Perlenmädchen‹ liegt im Krüger Verlag vor.

Unsere Adresse im Internet: www.fischerverlage.de

Barbara Wood

Kristall der Träume

Roman

Aus dem Amerikanischen von
Susanne Dickerhof-Kranz

Fischer Taschenbuch Verlag

Limitierte Sonderausgabe
Veröffentlicht im Fischer Taschenbuch Verlag,
einem Unternehmen der S. Fischer Verlag GmbH,
Frankfurt am Main, Dezember 2008

Die Originalausgabe erschien 2003 unter dem Titel
»The Blessing Stone« im Verlag St. Martin's Press, New York

Das Buch wurde von der Literary Agency Thomas Schlück GmbH,
30827 Garbsen, vermittelt.
Für die deutsche Ausgabe:

Satz: Pinkuin Satz und Datentechnik, Berlin
Druck und Bindung: CPI – Clausen & Bosse, Leck
Printed in Germany
ISBN 978-3-596-51063-4

Für meinen Mann, George, in Liebe

Danksagung

Besonderer Dank gilt einigen ganz besonderen Menschen: Jennifer Enderlin, meine Lektorin; Harvey Klinger, mein Agent; und zwei liebe Freunde, Sharon Stewart und Carlos Balarezo. Was würde ich ohne euch tun?

PROLOG

Vor drei Millionen Jahren

Einstmals entstand der blaue Kristall jenseits der Sterne am anderen Ende des Universums, unzählige Lichtjahre von der Erde entfernt.

Er entstand durch eine Explosion von gigantischen Ausmaßen, bei der Bruchstücke weit hinaus in den Kosmos geschleudert wurden. Wie ein gleißendes Schiff schoss eines der glühenden Sternfragmente über das siderische Meer, raste zischend durch das Dunkel einem neuen Planeten entgegen.

Weidende Mastodonten und Mammuts blickten auf und verfolgten den Lauf des grellen Streifs am Firmament. Während er in der Atmosphäre verglühte, zog der eisenhaltige Meteor einen gewaltigen Flammenschweif hinter sich her. Auch eine Familie von Hominiden beobachtete angstvoll die kosmische Katastrophe, es waren kleine affenähnliche Wesen, die jedoch aufrecht gingen. Sie suchten gerade am Rande des Urwalds nach Nahrung, als die Druckwelle des Meteoriteneinschlags sie zu Boden schleuderte.

Durch die Gluthitze des Aufpralls schmolz das Gestein und verspritzte wie Regentropfen. Der Sternenstaub des Meteors stieß auf die kristallinen Substanzen der Erde; dabei zerbarst das Quarzgestein und schloss wie bei einer alchimistischen Verwandlung die winzigen kosmischen Diamantsplitter in sich ein. Der durch den Einschlag entstandene Krater kühlte sich allmählich ab und füllte sich mit Regenwasser. Über zwei Millionen Jahre lang wurde der Kratersee aus Flüssen und Bächen der umliegenden Vulkane gespeist. Nach und nach lagerten sich immer mehr Sandschichten ab, die die himmlischen Fragmente zudeckten. Irgendwann verlagerte sich durch ein Erdbeben der Abfluss des Kraterbeckens nach Osten. Der so entstandene Strom fraß sich nach und nach immer tiefer in den Untergrund ein und bildete eine tiefe Schlucht, die einstmals in ferner Zukunft auf einem Kontinent namens Afrika den Namen Olduvai tragen sollte. Allmählich leerte sich der See, und die Sandschichten wurden vom Wind abgetragen, sodass die Meteoritensplitter wieder zum Vorschein kamen. Es waren harte, unschöne Kügelchen, die hier und dort aufblitzten. Doch einer der Steine – sei es durch Glück, Zufall oder Schicksal – war einzigartig. Aus der Gewalt von Urkräften entstanden, war er über die Jahrtausende durch die Kräfte von Wasser, Sand und Wind abgeschliffen worden. Der Stein hatte eine glatte ovale Form erhalten und erstrahlte in einem tiefen Blau wie der Himmel, aus dem er einst gekommen war. Vorbeiziehende Vögel ließen Samen fallen, aus denen mit der Zeit eine üppige Vegetation entstand, die ihn wie ein Schutzwall umgab. Nur gelegentlich ließ ein Sonnenstrahl den Kristall aufblitzen.

Die Jahrtausende kamen und gingen. Einst würde er als magisch und entsetzlich, als verflucht und gesegnet verehrt werden, aber noch wartete der Stein …

ERSTES BUCH

Afrika

Vor 100 000 Jahren

Mit angelegten Ohren, den Körper gespannt und zum Sprung bereit, duckte sich die Jägerin ins hohe Gras.

Nicht weit von ihr entfernt war eine kleine Gruppe von Menschen damit beschäftigt, nach Wurzeln und Samen zu suchen, ohne etwas von den bernsteinfarbenen Augen zu ahnen, die sie beobachteten. Obwohl von kräftiger Statur und muskulös, war die Jägerin dennoch langsam. Anders als Löwen und Leoparden, die flink waren und ihre Beute erjagten, musste die Säbelzahntigerin ihrem Opfer auflauern und es in einem Überraschungsangriff aus der Deckung heraus überwältigen.

Deshalb wartete sie regungslos im braungelben Gras, ohne die arglose Beute, die stetig näher kam, aus den Augen zu lassen.

Die Sonne stieg immer höher. Hitze lastete über der afrikanischen Ebene, auf der die Menschen in westlicher Richtung unterwegs waren. Auf ihrer ständigen Suche nach Essbarem stopften sie sich alles in den Mund, was sie an Nüssen und Wurzeln fanden, erfüllten die Luft mit ihrem Schmatzen und Kauen und einem gelegentlich mehr oder weniger grunzenden Wortfetzen. Und die große Katze lag weiterhin auf der Lauer. Geduld war der Schlüssel zum Erfolg.

Endlich löste sich ein Kleinkind von seiner Mutter und tapste unbemerkt auf wackeligen Beinen ins Abseits. Der Überfall erfolgte rasch und brutal. Ein schriller Aufschrei des Kindes, und schon lief die Jägerin davon, den Körper in den tödlichen Fängen. Sofort hetzten die

Menschen hinterher, stießen wilde Schreie aus und schwangen ihre hölzernen Speere.
Und dann war die Katze im dichten Unterholz verschwunden und auf dem Weg zu ihrem versteckten Bau, das brüllende und sich windende Kind zwischen ihren rasiermesserscharfen Zähnen. Die Menschen wagten sich nicht weiter ins Dickicht hinein. Außer sich sprangen sie herum, schlugen mit ihren krude behauenen Keulen auf den Boden; ihr wütendes Geschrei stieg zum Himmel, wo bereits die ersten Geier in Erwartung einer Mahlzeit kreisten. Die Mutter des Kindes, eine junge Frau namens Wespe, lief vor dem Schlupfloch, durch das die Katze entwischt war, auf und ab.
Dann ertönte ein Befehl von einem der Männer. Er bedeutete der Gruppe weiterzuziehen, worauf alle geschlossen dem dornigen Unterholz den Rücken kehrten. Einzig Wespe weigerte sich, ihnen zu folgen, so sehr zwei andere Frauen auch versuchten, sie mit sich zu zerren. Sie warf sich auf den Boden und heulte wie von Schmerzen gepeinigt auf. Schließlich überwog bei den anderen Frauen die Angst, die Katze könnte zurückkommen. Sie ließen von Wespe ab, eilten auf eine nahe stehende Baumgruppe zu und hangelten sich hastig hinauf in den Schutz der Äste.
Dort harrten sie aus, bis die Sonne langsam am Horizont versank und die Schatten länger wurden. Die Klagelaute der verzweifelten Mutter waren verstummt. Die nachmittägliche Ruhe war nur einmal von einem spitzen Schrei durchbrochen worden, dann hatte sich wieder Stille ausgebreitet. Erst als Hunger und Durst zum Aufbruch gemahnten, kletterten die Frauen von den Bäumen, warfen einen kurzen Blick auf die blutgetränkte Stelle, an der sie Wespe zuletzt gesehen hatten, und zogen dann ebenfalls in Richtung Westen weiter, um zu den anderen aufzuschließen.
Mit aufrechtem Gang und zielstrebig durchquerten die Menschen die afrikanische Savanne. Ihre langen Gliedmaßen und schlanken Körper waren geschmeidig und anmutig. Kleidung trugen sie nicht, auch keinen Schmuck; in ihren Händen hielten sie grob behauene

Wurfspeere und Faustkeile. Unter den sechsundsiebzig Mitgliedern der Gruppe waren alle Altersstufen vertreten, vom Säugling bis zum Greis. Neun der Frauen waren schwanger. Diese Familie von Frühmenschen ahnte nicht, dass hunderttausend Jahre später, in einer für sie unvorstellbaren Welt, ihre Nachfahren sie als *Homo sapiens* bezeichnen würden – »den weisen Menschen«.

Gefahr

Die Große kauerte auf dem Lager, das sie mit Alter Mutter teilte, als sich ihre Sinne unvermittelt für die Geräusche und Gerüche schärften, die den Anbruch des neuen Tages begleiteten. Da war der Rauch des schwelenden Lagerfeuers. Der beißende Geruch von verkohltem Holz. Die schneidend kalte Luft. Die Vögel, die in den Bäumen erwachten und zu dissonantem Gezwitscher anhoben. Dagegen kündete weder das Knurren eines Löwen noch das Bellen einer Hyäne oder das Zischen einer Schlange von einer drohenden Gefahr.

Die Große bewegte sich noch immer nicht. Obwohl sie vor Kälte zitterte und sich gern an Alter Mutter gewärmt hätte, die wohl bereits an der Feuerstelle saß und die letzte Aschenglut neu anfachte, verharrte sie regungslos. Irgendwo lauerte Unheil. Es war deutlich zu spüren.

Langsam hob die Große den Kopf und blinzelte durch die dunstverhangene Morgenluft. Auch die anderen Familienmitglieder machten sich nach und nach bemerkbar. Das frühmorgendliche Krächzen von Gräte war zu hören, der so hieß, weil er einmal um ein Haar an einer Gräte erstickt wäre, hätte Nüster ihm nicht ein paar kräftige Schläge zwischen die Schulterblätter verpasst, mit der Folge, dass die Gräte herausgeschossen und im hohen Bogen über das Lagerfeuer geflogen war. Allerdings konnte Gräte seither nicht mehr richtig schlucken. Da war wie üblich Alte Mutter, die Gras über das schwach glimmende Feuer streute, während Nüster neben ihr hockte und den Insektenstich an seinem Hodensack untersuchte. Feuermacherin war damit beschäftigt, ihr Baby zu stillen. Der Hungrige und Beule schnarchten noch, Skorpion pisste an einen Baum. Und im Dämmerlicht bewegte sich die Silhouette von Löwe, der seiner sexuellen Befriedigung bei Honigfinderin nachging.

Alles wie immer.

Die Große setzte sich auf und rieb sich die Augen. In der Nacht war die Familie aus dem Schlaf gerissen worden, weil ein Kind von Maus, ein kleiner Junge, zu nahe am Feuer gelegen und sich ernsthaft verbrannt hatte. Eine Erfahrung, die keinem Kind erspart blieb. Auch über den rechten Schenkel von der Großen verlief eine Brandnarbe, die aus ihrer frühesten Jugend stammte, als sie zu dicht an der glimmenden Glut geschlafen hatte. Zum Glück schien der Junge, obwohl er wimmerte, als seine Mutter ihm jetzt feuchten Schlamm auf die Brandwunde strich, keinen größeren Schaden genommen zu haben. Die Große sah, dass sich die anderen Familienmitglieder verschlafen und träge zur Wasserstelle aufmachten, um dort zu trinken. Anzeichen von Furcht oder Beunruhigung waren bei ihnen nicht zu erkennen.

Dennoch stimmte etwas nicht. Obwohl die Große weder etwas Außergewöhnliches sehen noch hören oder riechen konnte, witterte die junge Frau instinktiv eine Bedrohung. Auch wenn sie ihre Befürchtungen nicht ausdrücken konnte, begriff sie, dass es eine *Warnung* war. Wenn sie aber jetzt die anderen darauf aufmerksam machte, würden die sofort Ausschau nach Schlangen oder wilden Hunden oder Säbelzahntigern halten. Sie würden nichts dergleichen entdecken und sich wundern, warum die Große sie gewarnt hatte.

Die Warnung bezieht sich nicht auf hier und jetzt, raunte ihr Verstand, als sie jetzt doch ihr schützendes Lager verließ, sondern *auf das, was bevorsteht.*

Damit wusste die junge Frau jedoch nichts anzufangen. Zukunftsbegriffe waren ihr unbekannt. Gefahr, die »bevorstand«, war ihrer Sippe, die nur unmittelbar drohende Gefahr kannte, fremd. Die Menschen in der Savanne lebten nicht anders als die Tiere um sie

herum, sie suchten Nahrung und Wasser, flüchteten vor Raubtieren, stillten ihren Geschlechtstrieb und legten sich schlafen, wenn die Sonne hoch am Himmel stand und ihre Mägen voll waren.
Als die Sonne aufging, verließ die Familie den Schutz des hohen Riedgrases und schwärmte aus in die offene Ebene. Jetzt, da der neue Tag die Nacht und ihre Gefahren vertrieben hatte, fühlte sie sich sicher. Nur die Große vermochte ihre namenlose Beklemmung nicht abzuschütteln, als sie sich zu der Gruppe gesellte und mit der täglichen Nahrungssuche begann.
Immer wieder hielt sie inne und spähte um sich, in der Hoffnung, die neue Bedrohung zu erkennen, die sie so deutlich spürte. Aber alles, was sie sah, war ein Meer von strohgelbem Gras, das sich, durchsetzt mit vereinzelten Laubbäumen und Felsgestein, bis hin zu den in der Ferne liegenden Bergen erstreckte. Keine Raubtiere folgten den vom Durst vorwärts getriebenen Menschen, keine gefiederte Gefahr kreiste am dunstverhangenen Himmel. Die Große sah Antilopenherden grasen, Giraffen an Bäumen herumknabbern, Zebras, die lebhaft mit den Schweifen schlugen. Nichts davon war außergewöhnlich oder neu.
Nur der Berg vor ihnen am Horizont: Vor ein paar Tagen hatte er noch geschlafen, nun aber spie er Rauch und Asche. Das war neu.
Die Menschen jedoch nahmen es nicht zur Kenntnis – weder Nüster, als er sich eine Heuschrecke, die er gefangen hatte, in den Mund stopfte, noch Honigfinderin, als sie ein Büschel herausgerissener Blumen hochhielt, um zu prüfen, ob die Wurzeln essbar waren; auch der Hungrige nicht, als er den leicht rauchverschleierten Himmel nach Geiern absuchte, als Hinweis auf einen Kadaver und die Aussicht auf Fleisch. In Unkenntnis der Gefahr, die von dem Vulkan ausging, suchten die Menschen unentwegt weiter nach Essbarem, wanderten barfuß über rote Erde und stacheliges Gras, durchstreiften eine Landschaft, in der es Seen und Sümpfe gab, Wälder und Steppen.
Nur selten begegnete die Familie anderen ihrer Art, obwohl sie sehr

wohl ahnte, dass jenseits des Gebiets, in dem sie sich aufhielt, weitere menschliche Wesen lebten. Aber sich über die Grenzen ihres angestammten Territoriums hinauszuwagen wäre schwierig gewesen: Auf der einen Seite verlief eine steil abfallende Schlucht, an der anderen ein tiefer, breiter Fluss und an der dritten unpassierbares Sumpfland. Innerhalb dieser Grenzen hatte die Familie, ihrem Instinkt und ihren angestammten Verhaltensweisen folgend, seit Generationen gelebt und überlebt.

Geschlossen wanderten sie dahin, die Alten und die Frauen mit Kindern in der schützenden Mitte, die mit Speeren und Faustkeilen bewaffneten Männer am äußeren Rand, immer auf der Hut vor Raubtieren. Raubtiere hatten es stets auf die Schwachen abgesehen, und diese Gruppe war in der Tat schwach: Seit dem Tag zuvor hatten sie kein Wasser mehr getrunken. Mit trockenen Kehlen und aufgesprungenen Lippen zogen sie unter der immer höher steigenden Sonne dahin und träumten von einem Fluss mit klarem Wasser, in dem sie Wurzelknollen und Schildkröteneier finden würden und Büschel essbarer Pflanzen, vielleicht sogar einen seltenen, schmackhaften Flamingo, der sich zwischen Papyrusstauden fangen ließ.

Jedes Familienmitglied hatte einen ihm eigenen Namen: Honigfinderin hatte ihren Namen an dem Tag erhalten, an dem sie einen Bienenstock entdeckte und die Familie sich nach mehr als einem Jahr erstmals wieder an Süßem laben konnte. Beule hieß so, weil er auf der Flucht vor einem Leoparden auf einen Baum geklettert und dann heruntergefallen war und sich bei diesem Sturz eine bleibende Beule zugezogen hatte. Einauge hatte sein rechtes Auge bei dem Versuch eingebüßt, zusammen mit Löwe einen Schwarm Geier zu verjagen, der sich an einem Nashornkadaver gütlich tat, und war von einem der Geier angegriffen worden. Frosch verstand sich darauf, Frösche zu fangen, indem er sie mit der einen Hand ablenkte und dann mit der anderen zupackte. Die Große hieß so, weil sie alle anderen weiblichen Familienmitglieder überragte.

Die Menschen lebten und handelten nach Instinkt und animalischem Gespür. Nur wenige waren imstande, irgendwelchen Gedanken nachzuhängen. Und so stellten sie weder Fragen, noch mussten sie Antworten finden. Sie wunderten sich über nichts, bezweifelten nichts. Die Welt bestand nur aus dem, was sie sehen, hören, riechen, anfassen und essen konnten. Verborgenes oder Unbekanntes existierte für sie nicht. Ein Säbelzahntiger war ein Säbelzahntiger, lebend ein Raubtier, tot eine Nahrungsquelle. Somit waren die Menschen auch nicht abergläubisch und hatten noch keine Vorstellung von Zauberei, Geistern oder unsichtbaren Kräften. Sie versuchten nicht, sich den Wind zu erklären, weil ihnen dieser Gedanke gar nicht erst kam. Wenn Feuermacherin sich hinhockte, um ein Feuer zu entfachen, fragte sie sich nicht, wie die Funken entstanden oder was einen ihrer Vorfahren tausend Jahre früher bewogen haben mochte, den Versuch zu unternehmen, ein Feuer zu entfachen. Sie hatte sich die Technik von ihrer Mutter abgeschaut, die sie ihrerseits ihrer Mutter abgeschaut hatte. Zur Nahrung gehörte alles, was sich an Essbarem finden ließ, die Jagd beschränkte sich auf kleines Getier – Eidechsen, Vögel, Fische, Hasen. Die Familie der Großen hatte keine Vorstellung davon, dass sie auf dem langen Weg der Evolutionsgeschichte eine Entwicklungsstufe erreicht hatte, auf der sie und ihresgleichen während der nächsten hunderttausend Jahre stehen bleiben würden. Ebenso wenig konnten sie ahnen, dass mit der neuen Gefahr, die die Große heraufziehen spürte, eine zweite Evolution ihren Anfang nahm.

Während die Große nach Pflanzen und Insekten suchte, stieg in ihr wieder ein Bild hoch, das sie mit Schrecken erfüllte: die Wasserstelle, die sie am frühen Morgen aufgesucht hatten! Zum Entsetzen der Familie hatte sich über Nacht eine dicke Schicht vulkanischer Asche auf das Wasser gelegt und es ungenießbar gemacht. Der Durst hatte ihnen keine Zeit zum Rasten gelassen und sie vorwärts getrieben, und Durst trieb sie weiterhin vorwärts, immer in westlicher Richtung, gehorsam Löwe folgend, der wusste, wo die nächste Wasserstelle lag. Wenn sie die Köpfe über das mannshohe Gras reckten, konnten sie Herden von Weißschwanzgnus sehen, die ebenfalls dem Wasser zustrebten. Der Himmel hatte sich merkwürdig verfärbt, die Luft roch scharf und bitter. Und vor ihnen, am Horizont, stieß der Berg Rauch aus wie niemals zuvor.

Die Große war nicht nur wegen dieser rätselhaften Vorgänge beunruhigt; auch das Gefühl der Bedrohung, das sie zwei Nächte zuvor überfallen hatte, stieg wieder in ihr auf.

Nachts war es in der afrikanischen Ebene niemals ruhig. Löwen markierten frisch erlegte Beute mit ihrem Brüllen, Hyänen jagten mit lautem Geschrei. Schon deshalb schliefen die Menschen, wenn sie sich am schützenden Waldrand zur Ruhe legten, nur mit Unterbrechungen, trotz der Feuer, die am Brennen gehalten wurden, um Licht und Wärme zu spenden und Raubtiere fern zu halten. Zwei Nächte zuvor jedoch war es anders gewesen. Da war ihre Furcht ins Unermessliche gestiegen und hatte ihre Sinne geschärft. Mit heftig pochendem Herzen hatten sie in die Dunkelheit gestarrt, weil etwas Seltsames und Unbegreifliches um sie herum vorging, für das sie keine Erklärung fanden. In panischem Entsetzen hatten sie nichts weiter tun können, als sich eng aneinander zu klammern. Woher sollten sie auch wissen, dass in der Vergangenheit diese Region häufig von Erdbeben erschüttert worden war oder dass der Berg am Horizont schon seit Jahrtausenden Lava zum Himmel emporsandte, um dann wieder eine Zeit lang Ruhe zu geben? Aber jetzt war er wieder erwacht, sein Kegel zeichnete sich Furcht erregend rot glühend am nächtlichen Himmel ab, und unter dumpfem Rumoren bebte die Erde.

Lediglich die Große hatte eine Erinnerung an jene schreckliche Nacht bewahrt; die anderen waren bereits wieder damit beschäftigt, den Boden nach Essbarem abzusuchen, nach Termitenhügeln Ausschau zu halten, nach an Samen reichen Pflanzen und Kriechgewächsen mit bittersüßen Beeren. Als Einauge mit dem Fuß einen verrottenden Baumstamm umtrat, fielen die Menschen über die darunter zum Vorschein kommenden Maden her und stopften sie sich gierig in den Mund. Redlich geteilt wurde nicht. Die Stärksten aßen, die Schwächsten mussten sich mit dem begnügen, was übrig blieb. Löwe, der dominierende Mann in der Gruppe, drängte sich natürlich vor.

Als junger Mann war Löwe einmal auf den frischen Kadaver einer alten Löwin gestoßen. Noch ehe die Geier über sie herfielen, war es ihm gelungen, ihr das Fell abzuziehen. Er hatte sich den blutigen Balg über Schultern und Rücken gehängt, wo er, mit Maden übersät und stinkend, allmählich angetrocknet war. Da er das Fell seither nie abgelegt hatte, war es zu einem Teil von ihm geworden; sein langes Haar hatte sich darin verfilzt, und sobald er sich bewegte, knarrte die starre Tierhaut.

Löwe war nicht zum Anführer der Familie ernannt worden, es hatte keine Abstimmung gegeben, keinen Beschluss. Er hatte einfach eines Tages, nach einer Auseinandersetzung, die Führung übernommen, und die anderen waren ihm gefolgt. Honigfinderin, Löwes vorrangige Geschlechtspartnerin, nahm ihrerseits wegen ihrer Größe und Stärke und ihrer gierigen, aggressiven Art unter den Frauen eine dominierende Stelle ein. Beim Essen stieß sie schwächere Frauen beiseite, um sich und ihren Kindern ihren Anteil zu sichern; es kam sogar vor, dass sie anderen die Nahrung aus der Hand riss und selbst verspeiste. Jetzt standen sie und Löwe bei dem modrigen Stück Holz, und erst als sie satt waren und Honigfinderin dafür gesorgt hatte, dass auch ihre fünf Kinder genug abbekommen hatten, traten sie beiseite, damit sich die schwächeren Familienmitglieder über die Reste hermachen konnten.

Die Große zerkaute eine Hand voll Maden und spuckte dann den Brei auf ihren Handteller, um ihn daraufhin Alter Mutter hinzuhalten. Dankbar schleckte die zahnlose Greisin die farblose Masse auf. Nach dem Mahl ruhten sich die Menschen aus. Die kräftigeren Männer hielten Ausschau nach Raubtieren, während die anderen ihren täglichen Beschäftigungen nachgingen – dem Stillen der Säuglinge, dem gegenseitigen Absuchen nach Ungeziefer, dem Mittagsschlaf, der Befriedigung sexueller Bedürfnisse. Geschlechtliche Vereinigungen erfolgten für gewöhnlich rasch und waren ebenso rasch vergessen, selbst unter Paaren, die vorübergehend so etwas wie Zuneigung füreinander entwickelten. Längerfristige Bindungen gab es nicht; die Befriedigung des Geschlechtstriebs erfolgte, wann immer sich Gelegenheit dazu ergab. Skorpion schnüffelte bei den Frauen herum, unbewusst auf der Suche nach dem typischen Geruch, den Frauen in der Mitte ihres Zyklus, dem Beginn ihrer Fruchtbarkeitsphase, verströmten. Gelegentlich war es auch die Frau, die auf der Suche war, wie beispielsweise jetzt Baby, die es instinktiv danach verlangte, sich mit einem Mann zu paaren. Da Skorpion sich bereits mit Maus vergnügte, fiel Babys Wahl auf den Hungrigen, und obwohl der anfangs kein Interesse zeigte, gelang es ihr, ihn zu erregen, worauf sie sich höchst zufrieden rittlings auf ihn setzte.

Während also die Familie ihren Bedürfnissen nachging und in der Ferne der Berg weiterhin Feuer und gasige Dämpfe gen Himmel spie, hielt die Große aufmerksam Ausschau nach allem, was sich rührte, in der Hoffnung, die Ohren oder den Schatten der sich anpirschenden Gefahr zu erspähen. Aber da war nichts.

Vom Durst gepeinigt, schleppten sie sich durch den Nachmittag. Die Kinder wimmerten nach Wasser, die Mütter waren bemüht, sie zu vertrösten, und immer wieder schwärmten die Männer aus, suchten, die Augen mit der Hand schirmend, die Ebene nach Hinweisen auf einen Wasserlauf oder einen Tümpel ab. Sie folgten den Spuren von Elenantilopen und Weißschwanzgnus, in der Hoffnung, sie würden zu einer Tränke führen. Sie beobachteten den Flug der Vögel, insbesondere solcher, die vornehmlich in Sumpfgebieten lebten – Reiher und Störche. Desgleichen hielten sie Ausschau nach Elefanten, da sich diese Dickhäuter meist an Wasserstellen aufhielten, wo sie sich im Schlamm wälzten, um ihre von der Sonne ausgedörrte Haut zu kühlen oder ihre Massen so weit im Wasser unterzutau-

chen, dass nur noch der Rüssel zum Atmen herausschaute. Aber weit und breit war nichts an Elenantilopen oder Störchen oder Elefanten auszumachen.
Als sie am Gerippe eines Zebras vorbeikamen, war die Freude zunächst groß. Als sie dann aber feststellen mussten, dass die langen Knochen bereits aufgebrochen waren und alles Mark herausgesaugt, machte sich Enttäuschung breit. Eine genauere Untersuchung der Spuren an dem Gerippe war überflüssig: Hyänen hatten sie um ihren Festschmaus gebracht.
Sie zogen weiter. Kurz vor einem mit Gras überzogenen Hang bedeutete Löwe der Gruppe unvermittelt, stehen zu bleiben und sich ganz still zu verhalten. Sie lauschten und vernahmen in unmittelbarer Nähe eine Art Miauen, das typische Zirpen von Geparden, wenn sie sich mit ihren Jungen verständigen. Vorsichtig zogen sich die Menschen im Windschatten zurück, um zu vermeiden, dass die Raubkatzen ihre Witterung aufnahmen.
Während sich Frauen und Kinder wieder daranmachten, essbare Pflanzen und Insekten zu sammeln, richteten sich die Männer mit ihren hölzernen Speeren auf möglicherweise auftauchendes Wild ein. Auf taktisches Jagen verstanden sie sich zwar nicht, aber sie wussten, dass eine Giraffe am leichtesten beim Trinken an einer Wasserstelle zu erledigen war, musste sie dazu doch die Beine spreizen und bot dann in dieser Stellung ein leichtes Ziel für diejenigen, die geschickt mit zugespitzten Stöcken umzugehen wussten.
Plötzlich stieß Nüster einen Freudenschrei aus, kniete nieder und deutete auf Schakalspuren auf dem Boden. Schakale waren dafür bekannt, dass sie die Beute, die sie geschlagen hatten, erst einmal eingruben und später dann zum Fressen zurückkamen. Allerdings förderte das daraufhin einsetzende eifrige Durchwühlen der Erde in der unmittelbaren Umgebung keinen vergrabenen Tierkadaver zutage.
Schwitzend, hungrig und durstig zogen sie weiter – als Löwe endlich ein Triumphgeheul ausstieß. Die anderen deuteten dies als Zei-

chen, dass er Wasser entdeckt hatte, und fingen an zu rennen. Die Große schlang den Arm um Alte Mutter und zog sie mit sich.
Löwe war nicht seit jeher der Anführer der Familie gewesen. Vor ihm hatte ein Mann namens Fluss diese Stellung eingenommen. Seinen Namen verdankte er einer gefährlichen Sturzflut, der er entkommen war. Eine Zeit lang hatte Fluss die Vormachtstellung in der Gruppe inne. Bis Löwe ihn wegen einer Frau herausforderte.
Es war ein Kampf auf Leben und Tod gewesen. Vor den Augen der Familie, die die beiden mit Johlen und Anfeuerungsrufen bedachte, schlugen sie mit ihren Keulen so lange aufeinander ein, bis Fluss schließlich blutüberströmt das Weite suchte, während Löwe triumphierend die Fäuste reckte und gleich darauf die freudig erregte Honigfinderin bestieg. Von Fluss hatte man nie wieder gehört.
Seit dieser Zeit war die Familie Löwe gefolgt. Wie die Herden, die um sie herum in der Savanne grasten, benötigte die Horde einen Anführer, um zu überleben. Stets gab es einen, der sich von den anderen abhob, sei es durch körperliche Kraft oder Entschlossenheit. Nicht immer war es ein Mann. Vor Fluss hatte es eine starke Frau gegeben, Hyäne – so genannt wegen ihres hyänenhaften Lachens –, die die Familie bei der niemals endenden und stets im gleichen Rhythmus erfolgenden Nahrungssuche angeführt hatte. Hyäne kannte die Grenzen des Territoriums, wusste um die guten Wasserstellen und wo Beeren wuchsen und wann Nüsse und Samen reif waren. Nachdem sie sich eines Nachts ein Stück von den anderen entfernt hatte und, Ironie des Schicksals, prompt von einer Hyänenmeute angefallen und zerrissen worden war, war die Familie erst einmal führerlos herumgewandert, bis sich dann nach der Sturzflut Fluss als ihr neuer Anführer hervorgetan hatte.
Jetzt war es Löwe, der sie zu der Wasserstelle führte, die ihm von vier Jahreszeiten zuvor noch in Erinnerung war – ein durch einen Felsvorsprung geschütztes Wasserloch. Alle machten sich darüber her und tranken gierig. Als sie sich jedoch daraufhin nach Essbarem umsahen, entdeckten sie nichts. Keine Sandbank, um nach Schild-

kröteneiern oder Schalentieren zu graben, keinerlei Blumen mit zarten Wurzeln, nichts Pflanzliches mit schmackhaftem Samen. Missmutig beobachtete Löwe die vergebliche Suche – mit Sicherheit war hier einmal Gras gewachsen –, um schließlich mit einem Brummen kundzutun, dass ihnen nichts übrig blieb als weiterzuziehen.
Die Große verharrte noch eine Weile am Wasserloch, aus dem sie alle getrunken hatten. Sie starrte auf die glatte Oberfläche, blickte dann hinauf zum rauchvernebelten Himmel und wieder auf das Wasser, diesmal unter Einbeziehung des Felsüberhangs. Sie runzelte die Stirn. Das Wasser unweit ihres Nachtlagers tags zuvor war ungenießbar gewesen. Dieses hier war sauber und wohlschmeckend. Es kämpfte in ihr, dies zu begreifen. Der rußige Himmel, der Felsüberhang, das klare Wasser.
Und dann bildete sich der Gedanke: *Das Wasser hier war beschützt.*
Die Große sah, dass sich die Familie langsam in Bewegung setzte – an ihrer Spitze Löwe mit seinem fellbedeckten Rücken, neben ihm Honigfinderin, ein Baby auf dem Arm, ein Kleinkind im Huckepack und ein größeres Kind an der freien Hand –, watschelnd, trottend, jetzt nicht mehr durstig, dafür umso hungriger. Die Große drängte es, sie zurückzurufen, sie vor etwas zu warnen. Aber sie wusste nicht, wovor. Es hatte etwas mit der neuen, namenlosen Gefahr zu tun, die sie in letzter Zeit witterte. Und jetzt ahnte sie, dass diese namenlose Gefahr mit Wasser zu tun hatte – mit dem aschebedeckten Wasser bei Tagesanbruch und diesem klaren Wasserloch hier und vermutlich auch mit dem Tümpel, zu dem Löwe mit ihnen auf dem angestammten Pfad unterwegs war.
Sie spürte ein Zupfen am Arm. Alte Mutter, die mit ihrem kleinen verwitterten Gesicht besorgt zu ihr aufschaute. Sie durften nicht zurückbleiben.

Als die Familie zu einem mit Früchten voll hängenden Baobabbaum gelangte, schlug jeder, der einen Stock schwingen konnte, an die Äste, um die fleischigen Samenschoten herunterzuholen. Sofort machten sich alle darüber her; einige aßen im Stehen, um immer wieder in der Gegend herumzuspähen und sich zu vergewissern, dass kein Raubtier in der Nähe war. Anschließend legte man sich unter dem ausladenden Baum zur Ruhe, wich der Nachmittagshitze aus. Mütter stillten Babys, kleine Kinder wälzten sich ausgelassen im Schlamm. Honigfinderin lauste Löwe das zottelige Haar, Alte Mutter strich Spucke auf die Brandwunde des kleinen Jungen, und die Große, die an einem Baum lehnte, starrte beklommen hinüber zu dem erzürnten Berg in der Ferne.

Nach der Rast rappelten sie sich wieder auf und zogen weiter nach Westen, wieder auf der Suche nach Essbarem. Bei Sonnenuntergang gelangte die Familie zu einem breiten Flusslauf, in dem sich Elefanten tummelten und mit ihren Rüsseln Wasser verspritzten. Vorsichtig näherten sich die Menschen dem Ufer und sahen sich nach Krokodilen um, die man leicht mit treibenden Baumstämmen verwechseln konnte, weil lediglich ihre Augen und Nasenlöcher sowie ein kleiner Rückenhöcker über die Wasseroberfläche hinausragten. Obwohl sie hauptsächlich des Nachts auf die Jagd gingen, wusste man aus Erfahrung, dass sie durchaus auch tagsüber zuschlugen, wenn sich eine günstige Gelegenheit bot. Mehr als einmal musste die Familie miterleben, dass ein Krokodil in Ufernähe nach einem der ihren geschnappt hatte und blitzschnell mit ihm untergetaucht war.

Die Gruppe war zunächst verstört, als sie feststellte, dass die Oberfläche des trägen Gewässers mit Ruß und Asche bedeckt war, beruhigte sich aber wieder beim Anblick der Unmengen von Vögeln, die das Ufer bevölkerten – Regenpfeifer und Ibisse, Gänse und Schnepfen –, was mit Eiern gefüllte Nester verhieß. Und weil die Sonne langsam am Horizont untertauchte und die Schatten lang wurden, entschlossen sie sich, hier ihr Nachtlager aufzuschlagen.

Während die Kinder darangingen, hohes Gras und weiche Blätter für die Bettnester zu sammeln, durchwühlten Alte Mutter und die Große mit anderen Frauen das sandige Ufer nach Schalentieren.

Frosch und seine Brüder machten sich auf die Suche nach Ochsenfröschen, die sich in der trockenen Jahreszeit in der Erde vergruben und dort regungslos verharrten, bis die ersten Regentropfen den Boden aufweichten. Da es sehr lange nicht geregnet hatte, rechneten sich die jungen Männer reiche Beute aus. Feuermacherin schickte ihre Kinder zum Sammeln von Dung aus und ging dann daran, mit ihren Feuersteinen und trockenen kleinen Zweigen ein kleines Feuer zu entfachen, das bald darauf munter flackerte. Zum Schutz vor Raubtieren steckten die Männer das Lager mit Fackeln aus in Harz getränkten Ästen ab. Die Nahrungssuche erbrachte darüber hinaus wilde Zichorienblätter, Zyperngrasknollen und einen toten, aber noch nicht von Maden befallenen fetten Mungo. Alles wurde heißhungrig verspeist, nicht ein Samenkorn oder ein Ei für den nächsten Tag übrig gelassen.
Innerhalb der schützenden Umfriedung aus Dornengestrüpp und Akazienzweigen sahen sie der Nacht entgegen, die Männer an der einen Seite des Feuers, die Frauen und Kinder an der anderen. Jetzt war Zeit für Körperpflege, ein allabendliches Ritual.
Mit einem scharfen Faustkeil, den der Hungrige ihr aus Quarzgestein gefertigt hatte, stutzte Baby ihren Kindern das Haar, damit es nicht zu lang und hinderlich wurde. Baby selbst wusste am besten, warum sie das tat: Als Kind war sie jedes Mal weggelaufen, wenn ihr die Mutter das Haar stutzen wollte. Bis zur Taille hatte es ihr schließlich gereicht und war völlig verfilzt gewesen, und dann hatte es sich eines Tages in einem Dornengestrüpp verfangen. Unter großer Mühe war es der Familie zwar gelungen, die gellend schreiende Baby aus den Dornen zu befreien, aber hier und dort hatte die Kopfhaut dran glauben müssen, und viel Blut war geflossen. Weil Baby noch tagelang schrie, hatte sie seit jener Zeit ihren Namen weg. Geblieben waren ihr auch etliche kahle Stellen am Kopf.
Andere Frauen suchten die Köpfe ihrer Kinder nach Läusen ab, die sie dann zwischen den Zähnen zerknackten, oder bestrichen die Kleinen und andere Frauen mit feuchter Erde von der Wasserstelle.

Wie die Funken vom Feuer stieg ihr Lachen zum Himmel, auch ein gelegentliches strenges Wort oder eine Warnung. Obwohl die Frauen vollauf mit sich beschäftigt waren, ließen sie die Unfruchtbare – so genannt, weil sie keine Kinder bekam –, die sich in letzter Zeit ständig in der Nähe der schwangeren Wiesel herumtrieb, nicht aus den Augen. Schon weil man sich erinnerte, was passiert war, als Baby mit ihrem fünften Kind niederkam: Die Unfruchtbare hatte den Säugling ergriffen und war weggerannt. Sie alle waren ihr nachgehetzt und hatten sie schließlich auch erwischt und fast totgeprügelt, aber das Neugeborene war in dem Tumult zertrampelt worden. Seit dieser Zeit hielt die Unfruchtbare bei der Nahrungssuche und auch am abendlichen Feuer Abstand zur Familie, drückte sich wie ein Schatten an den Rand des Lagers. In jüngster Zeit wurde sie jedoch kühner und trieb sich in der Nähe von Wiesel herum, die verständlicherweise Angst hatte. Von ihren drei bisherigen Kindern war eins an einem Schlangenbiss gestorben, ein anderes durch einen Sturz von einem Felsen, und das dritte hatte eines Nachts ein verwegener Leopard aus dem Lager entführt.

An der anderen Seite des Hauptfeuers hockten die Männer. Sobald ein männlicher Jugendlicher fand, er sei jetzt zu alt, um sich weiterhin bei den Frauen und Kindern aufzuhalten, setzte er sich zu den erwachsenen Männern, wo er ihnen zusah, wie ihre mit Narben und Schwielen übersäten Hände Feuersteine zerkleinerten und lange Stöcke zu speerähnlichen Waffen zuspitzten, um sich dann ebenfalls daran zu versuchen. Hier lernten die jungen Männer, die nun nicht mehr der Obhut der Mütter unterstanden, sich wie richtige Männer zu verhalten: aus Holz Waffen zu fertigen, aus Gestein Werkzeug; die Fährten von Tieren zu deuten, die Witterung von Beute aufzunehmen. Sie lernten die wenigen Wörter und Laute und Gesten, mit denen sich die Männer verständigten. Und wie die Frauen holten sie sich gegenseitig alle möglichen Tierchen aus dem verfilzten Haar und beschmierten sich gegenseitig den Körper mit feuchter Erde, die als Schutz vor Hitze, Insektenbissen und giftigen

Pflanzen täglich aufgetragen werden musste und einen wichtigen Teil des abendlichen Rituals darstellte. Die Halbwüchsigen rissen sich geradezu um die Ehre, Löwe und den anderen älteren Männern zu Diensten zu sein.

Schnecke, wegen seiner Langsamkeit so genannt, protestierte lauthals, als man ihn dazu bestimmte, Wache zu halten. Nach längerem Gezeter und einem wütenden Schlagabtausch beendete Löwe den Streit, indem er einen Speer auf Schneckes Kopf zerbrach. Schwerfällig und sich das Blut aus dem Gesicht wischend, bezog der Besiegte Posten. Alter Skorpion rieb sich den linken Arm und das linke Bein, die beide zusehends seltsam taub wurden, während Beule versuchte, sich an einer unerreichbaren Stelle zu kratzen, weshalb er schließlich den nächsten Baum aufsuchte, an dessen rauem Stamm er sich so lange schabte, bis sich die Haut heftig rötete. Hin und wieder schauten die Männer durch das Feuer hinüber zu den betriebsamen Frauen, die ihnen Respekt einflößten, weil nur sie Babys bekamen und sie selbst nichts von ihrer Mitwirkung bei diesem Prozess ahnten. Überhaupt waren Frauen in den Augen der Männer unberechenbar. Direkt bösartig konnten sie werden, wenn sie nicht an geschlechtlicher Vereinigung interessiert waren und man sie dazu zwang. Dem armen Lippe, der früher Schnabel hieß, hatte man seinen neuen Namen nach einer Auseinandersetzung mit der Großen verpasst: Bei dem Versuch, gegen ihren Willen in sie einzudringen, hatte sie sich zur Wehr gesetzt und ihm ein Stück aus seiner Unterlippe gebissen. Tagelang hatte die Wunde geblutet und dann geeitert, und als sie dann endlich abheilte, blieb ein klaffender Spalt zurück, durch den seine unteren Zähne ständig sichtbar waren. Seither machte Lippe wie die meisten anderen Männer einen Bogen um die Große. Die wenigen, die dennoch versuchten, sich mit ihr einzulassen, befanden nach anstrengendem Kampf, dass es die Mühe nicht lohnte, zumal genügend willfährige Frauen zur Verfügung standen.

Frosch schmollte vor sich hin. Im letzten Jahr hatten er und ein junges Mädchen, das wegen ihrer Vorliebe für Honigameisen Ameisenesserin hieß, eine geradezu innige Beziehung unterhalten, ähnlich wie Baby und Einauge, die gegenwärtig miteinander schmusten und sich liebkosten und ihr Verlangen stillten. Bei Ameisenesserin verhielt es sich dagegen so, dass sie, seit in ihrem Bauch ein Kind wuchs, nichts mehr mit Frosch zu tun haben wollte und seine Annäherungsversuche mit Schlägen und Fauchen zurückwies. Neu war dies für ihn nicht. Sobald eine Frau niederkam, zog sie die Gesellschaft der anderen Frauen mit Kleinkindern vor. Unter viel Gelächter und Geplapper wurden dann gemeinsam die Säuglinge gestillt und die tapsigen Gehversuche der Kleinen überwacht, während sich die abgeblitzten Männer wohl oder übel damit bescheiden mussten, Werkzeuge und Waffen zu fertigen.

Die Beziehung zwischen Mutter und Kind war die einzig wirklich enge Bindung innerhalb der Familie. Wenn sich ein Mann und eine Frau zusammentaten, dann selten für länger; die Leidenschaft, die anfangs die Beziehung prägte, nahm mit der Zeit ab. Froschs Freund Skorpion hockte sich neben ihn und knuffte ihm mitfühlend gegen die Schulter. Auch er hatte ein zärtliches Verhältnis zu einer Frau gehabt, bis sie dann ein Baby bekam und nichts mehr mit ihm zu tun haben wollte. Natürlich gab es auch Frauen wie Honigfinderin, die einem einzigen Mann verbunden blieb, vor allem wenn er, wie Löwe es tat, ihre Kinder duldete. Ganz anders Skorpion und Frosch, die kleine Babys als Störenfriede betrachteten und sich lieber mit Frauen abgaben, die keine hatten.

Frosch spürte, wie die Erregung in ihm aufstieg. Neidisch blickte er hinüber zu Einauge und Baby, die heftig miteinander beschäftigt waren. Einauge wurde erhört, wann immer er es versuchte; stets ließ Baby ihn an sich heran. Gegenwärtig waren sie die Einzigen, die eine feste Beziehung unterhielten, miteinander schliefen und zärtlich einander zugetan waren. Und als einer der wenigen Männer erhob Einauge auch keine Einwände gegen Babys Kinder.

Frosch musterte die Frauen und beschloss dann, die eine oder andere dadurch auf sich aufmerksam zu machen, dass er ihnen mit aufforderndem Blick seine Erektion präsentierte. Aber entweder nahmen sie sein Ansinnen nicht zur Kenntnis oder stießen ihn weg. Deshalb ging er zurück zum Feuer und stocherte in der Glut herum, in der er zu seiner Freude noch eine vergessene Zwiebel aufstöberte, die zwar verkohlt, aber genießbar war. Er brachte sie Feuermacherin, die sofort danach griff und gleichzeitig auf die Knie sank, sich mit einem Arm abstützte und mit der freien Hand an dem Leckerbissen herumknabberte. Frosch brauchte nicht lange. Als er fertig war, verzog er sich in sein Bettnest.

In der Zwischenzeit hatte Löwe sein Mahl beendet. Sein Blick fiel auf Alte Mutter, die an einer Wurzel herumlutschte. Löwe und Alte Mutter stammten von derselben Frau ab, sie hatten an denselben Brüsten gesaugt und als Kinder miteinander herumgetollt. Löwe hatte respektvoll registriert, dass sie im Laufe der Zeit zwölfmal niedergekommen war. Jetzt aber schwanden ihre Kräfte, und irgendwie hatte er das Gefühl, dass es sich nicht mehr lohnte, sie weiterhin durchzufüttern. Deshalb baute er sich vor ihr auf, und noch ehe sie reagieren konnte, schnappte er ihr die Wurzel aus der Hand und schob sie sich zwischen die Zähne.

Die Große, die den Vorfall beobachtet hatte, gesellte sich zu Alter Mutter und strich der erschrockenen Alten mit tröstlichen Gurrlauten übers Haar. Alte Mutter war die Älteste der Familie, auch wenn niemand genau wusste, wie alt sie war, da ihnen das Rechnen nach Jahren oder Jahreszeiten unbekannt war. Hätte jemand mitgezählt, wäre das Ergebnis gewesen, dass sie das vorgerückte Alter von fünfundfünfzig erreicht hatte. Die Große dagegen durchlebte ihren fünfzehnten Sommer, und ganz verschwommen wusste sie, dass sie die Tochter einer Frau war, die von Alter Mutter abstammte.

Während die Große beobachtete, wie Löwe einen Rundgang durchs Lager machte und dann sein Bettnest aufsuchte, kroch namenlose Angst in ihr hoch. Sie hing mit Alter Mutter zusammen, mit deren

Hilflosigkeit. Ganz schwach erinnerte sich das junge Mädchen an ihre eigene Mutter, die sich das Bein gebrochen hatte und zurückgelassen worden war, als sie nicht mehr weiterlaufen konnte – eine einsame Gestalt, an den Stamm eines Dornenbaums gelehnt, den Blick auf die ohne sie weiterziehende Familie gerichtet. Aber es war nun einmal so, dass sich die Familie wegen der ständig im hohen Gras lauernden Raubtiere nicht mit einem Schwächling belasten konnte. Als sie später wieder an der Stelle vorbeigekommen waren, fand sich keine Spur mehr von der Mutter der Großen.

Allmählich richteten sich alle für die Nacht ein, Mütter und Kinder rollten sich in ihren Bettnestern zusammen, die Männer suchten sich ein bequemes Plätzchen, drängten sich, um sich gegenseitig zu wärmen, Rücken an Rücken, schreckten auf und veränderten ihre Stellung, wenn in der Dunkelheit etwas in der Nähe knurrte oder bellte. Die Große fand keinen Schlaf. Sie verließ das Bettnest, das sie mit Alter Mutter teilte, und schlich vorsichtig zur Wasserstelle. Nicht weit entfernt bemerkte sie, dass eine kleine Herde Elefanten – alles Weibchen mit ihren Jungen – in der ihnen eigenen Art an einen Baum oder aneinander gelehnt vor sich hindöste. Als sie am Ufer des Tümpels anlangte, stellte sie fest, dass seine Oberfläche mit einer dicken Schicht vulkanischer Asche bedeckt war und dass, wie ein Blick hinauf zum Himmel ergab, die Sterne zusehends von Rauch verhüllt wurden. Wieder rang die Große darum, ihre innere Unruhe zu ergründen.

Sie hatte etwas mit der unbekannten Gefahr zu tun.

Die Große schaute zurück zum Lager, aus dem man bereits schnarchende Laute vernahm, nächtliches Grunzen und Seufzen. Das Stöhnen und Keuchen eines Paares. Das Wimmern eines Babys und gleich darauf besänftigendes Flüstern. Das eindeutig von Nüster stammende Rülpsen. Und das laute Gähnen derer, die, mit Speeren und Fackeln ausgerüstet, Wache hielten. Alle schienen sie sorglos zu sein; für sie ging das Leben weiter wie immer. Nur die Große war verstört. Nur sie spürte, dass etwas nicht so war wie immer.

Nur inwiefern? Löwe war mit der Familie zu all den angestammten Plätzen unterwegs, die sie seit Generationen aufsuchten. Sie fanden die Nahrung, die sie sonst auch gefunden hatten; sie fanden sogar Wasser dort, wo es zu sein hatte, auch wenn es mit Asche bedeckt war. Sicherheit und Überleben waren gewährleistet, wenn alles so war wie immer. Der Gedanke, dass sich etwas verändern könnte, stellte sich der Familie nicht.

Aber jetzt veränderte sich etwas – zumindest der Großen kam es so vor.

Mit ihren dunkelbraunen Augen spähte sie durch die Nacht, forschte nach einer verdächtigen Bewegung. Ständig auf der Hut, niemals in ihrer Wachsamkeit nachlassend, lebte sie wie alle in der Familie nach ihren Instinkten und einem ausgeprägten Überlebensdrang. In dieser Nacht jedoch war es anders als sonst, seit der Nacht, da sich das Gespür für eine heraufziehende Gefahr bemerkbar gemacht hatte. Eine Gefahr, die weder sichtbar war noch einen Namen hatte. Die weder eine Spur noch einen Abdruck hinterließ, die nicht knurrte oder zischte, weder Fänge noch Klauen besaß und dennoch dazu führte, dass sich die feinen Härchen im Nacken der Großen sträubten.

Sie blickte zu den Sternen und sah, wie sie vom Rauch verschluckt wurden. Dass es Asche regnete. Sie starrte auf das mit Ruß bedeckte Wasser und atmete den Gestank von Schwefel und Magma vom Vulkan in der Ferne ein. Sie beobachtete das im Nachtwind wogende Gras, die sich biegenden Bäume, und in welche Richtung das trockene Laub wehte. Und mit einem Mal, von einem Herzschlag zum anderen, begriff sie.

Sie hielt den Atem an und erstarrte, als die namenlose Bedrohung in ihrem Verstand Gestalt annahm. Auf einmal sah die Große voraus, was kein anderer der Familie voraussah: dass morgen die Wasserstelle – trotz allem, was seit Generationen Gültigkeit gehabt hatte – mit einer dicken Schicht Asche bedeckt sein würde.

Ein Schrei gellte durch die Nacht.
Wiesel in den Geburtswehen. Rasch brachten die anderen Frauen sie vom Lager weg in die Abgeschiedenheit der Bäume. Die Männer dagegen griffen nach ihren Speeren und hasteten zum Rand des Lagers, sammelten unterwegs zusätzlich Steine auf, zur Abschreckung der Raubtiere und Hyänen, die sich anpirschen würden, sobald sie das Schreien eines zarten Menschenkindes hörten und die Witterung von Geburtsblut aufnahmen. Instinktiv bildeten die weiblichen Familienmitglieder einen Kreis um Wiesel, und zwar so, dass sie der Gebärenden den Rücken zukehrten, und johlten und stampften mit den Füßen, um Wiesels Schmerzenslaute zu übertönen.
Bei der Niederkunft half niemand. An den Stamm einer Akazie geklammert, hockte Wiesel da und presste, mühte sich, von kalter Panik erfasst, nach Kräften ab. Hatte sie über den Schreien ihrer Gefährtinnen nicht das triumphierende Gebrüll eines Löwen gehört? War da nicht ein Rudel Raubkatzen mit Fängen und Klauen und gelben Augen drauf und dran, von den Bäumen zu schnellen, um sie in Stücke zu reißen?
Endlich kam das Baby heraus. Wiesel legte es sich sofort an die Brust, schüttelte und streichelte es, bis es schrie. Alte Mutter kniete sich neben sie und massierte ihr den Unterleib, so wie sie es bei sich selbst und später dann bei ihren Töchtern getan hatte, um das Ausstoßen der Plazenta zu beschleunigen. Und dann war auch das erledigt, und nachdem die Frauen eilends das Blut und die Nachgeburt verscharrt hatten, versammelte sich die Familie um die junge Mutter und schaute neugierig das zappelnde kleine Wesen an ihrer Brust an.
Da bahnte sich unvermittelt die Unfruchtbare den Weg durch die Menge, riss Wiesel den nuckelnden Säugling aus den Armen und rannte davon. Sofort nahmen die Frauen die Verfolgung auf, schleuderten Steine gegen die Räuberin. Auf ihrer Flucht ließ die Unfruchtbare das Baby fallen, aber die Frauen hetzten ihr weiterhin nach, so lange, bis sie sie eingefangen hatten. Mit Ästen schlugen sie auf sie ein, gnadenlos, bis die blutüberströmte Gestalt zu ihren

Füßen regungslos liegen blieb. Als sie sicher sein konnten, dass die Unfruchtbare nicht mehr atmete, kehrten sie mit dem Baby, das wunderbarerweise noch lebte, zum Lager zurück.
Löwe bestimmte, dass unverzüglich aufzubrechen sei. Die Leiche der Unfruchtbaren und das Geburtsblut würden die gefährlichen Aasfresser anziehen, insbesondere die Geier, die sich durch nichts abhalten ließen. Deshalb zogen sie, obwohl es noch dunkel war, mit Fackeln bewaffnet hinaus auf die offene Ebene. Gerade noch rechtzeitig, denn hinter ihnen war bereits das laute Knurren zu hören, mit dem die Raubtiere über die tote Unfruchtbare herfielen und sie in Stücke rissen.

Wieder brach ein neuer Tag an, und noch immer rieselte Asche hernieder.
Bewegung kam in die Menschen, die vom lauten Gezwitscher der Vögel und dem Geschnatter der Affen in den Bäumen geweckt wurden. Nach Raubtieren Ausschau haltend, jetzt, da die Feuer um das Lager herum erloschen waren, begaben sie sich zu der Tränke, an der Zebras und Gazellen vergeblich ihren Durst zu stillen suchten: Eine dicke Rußschicht bedeckte das Wasser, sodass man es gar nicht mehr sehen konnte. Die Menschen, denen es gelang, den vulkanischen Niederschlag mit den Händen beiseite zu schöpfen, stießen darunter immerhin auf Wasser, aber auf Wasser, das mit Sand versetzt war und modrig schmeckte. Während die anderen sich daranmachten, nach Eiern und Schalentieren zu graben und dort, wo es flach war, nach Fröschen und Schildkröten und den Wurzeln von Lilien zu suchen, richtete die Große den Blick nach Westen, wo der rauchende Berg sich gegen den noch immer dunklen Nachthimmel abhob.
Die Sterne waren wegen der mächtigen Rauchwolken nicht zu erkennen. Die Große drehte sich um und spähte zum östlichen Horizont, der allmählich heller wurde und wo die Sonne bald auftauchen würde. Der Himmel dort wurde durch nichts getrübt, sogar die letzten Sterne waren noch auszumachen. Erneut schaute sie hin-

über zum Berg, und wieder kam ihr die Erkenntnis der Nacht zuvor, als sie zum ersten Mal in der Geschichte ihres Volkes einzelne Teile einer Gleichung erfasst und zu einer Antwort zusammengesetzt hatte: Der Berg spuckte Rauch … den der Wind nach Westen wehte … sodass die Wasserstellen in dieser Richtung durch Ruß vergiftet wurden.

Dies nun war sie bemüht, den anderen verständlich zu machen; sie suchte nach Worten und Gesten, die die Bedeutung dieser neuen Gefahr veranschaulichten. Löwe jedoch, der auf seinen Instinkt baute und auf das, was ihm von seinen Vorfahren in Erinnerung war, und der nichts von Ursache und Wirkung wusste, sondern nur, dass alles immer so gewesen war und sein würde, konnte eine solche Schlussfolgerung nicht nachvollziehen. Was hatten der Berg und der Wind mit dem Wasser zu tun? Er griff nach seinem Speer und gab den Befehl zum Aufbruch.

Die Große ließ sich nicht abweisen. »Schlecht!«, sagte sie mit wachsender Verzweiflung und deutete nach Westen. »Schlecht!« Dann deutete sie aufgeregt nach Osten, wo der Himmel klar war und, wie sie wusste, das Wasser sauber sein würde. »Gut! Wir gehen!«

Löwe blickte die anderen an. Deren Gesichter waren jedoch ausdruckslos, weil sie nicht verstanden, was die Große zu sagen versuchte. Warum nicht das tun, was sie seit jeher taten?

Und so zogen sie weiter, einmal mehr in westlicher Richtung, und begannen ihre tägliche Nahrungssuche, hielten Ausschau nach Geiern, weil das ein Hinweis sein konnte, dass irgendwo ein Kadaver herumlag, möglicherweise einer mit langen Knochen und wohlschmeckendem Mark. Löwe und die kräftigeren Männer rüttelten an den Bäumen, damit Nüsse und Früchte herabfielen oder aber Schoten, die dann später im Feuer geröstet werden konnten. Die Frauen machten sich über Termitenhügel her, aus denen sie mit kleinen Stöcken die Insekten herausholten, um sie auf der Stelle zu verspeisen. Die Kinder hatten Honigameisen aufgestöbert, denen sie die mit Nektar gefüllten Unterleiber abbissen, immer darauf bedacht, nicht mit den spitzen Kauwerkzeugen der Ameisen in Berührung zu kommen. Angesichts solch winziger Happen nahm die Nahrungssuche verständlicherweise nie ein Ende.

Die Große wurde weiterhin von einer bösen Vorahnung gequält: *Das Wasser auf diesem Weg wird immer schlechter.*

Gegen Mittag stieg sie auf einen kleinen Hügel. Sie schirmte die Augen gegen die Sonne ab und schaute über die gelblich braune Savanne. Als sie unvermittelt einen Schrei ausstieß und mit den Armen herumfuchtelte, wussten die anderen, dass sie ein Nest mit Straußeneiern entdeckt hatte. Vorsichtig näherten sie sich dem riesigen Vogel, der das Gelege bewachte. Die schwarzweißen Federn verrieten ihnen, dass es sich um ein männliches Tier handelte, was ungewöhnlich war, denn normalerweise brüteten tagsüber die braunen Weibchen. Dieser Vogel hier wirkte allein schon durch seine Größe Respekt einflößend. Und wahrscheinlich hielt sich das Weibchen ganz in der Nähe auf und würde ebenfalls mit allen Mitteln sein Nest verteidigen.

Auf einen Befehl von Löwe hin liefen der Hungrige und Beule, Skorpion, Nüster und die anderen Männer mit Stöcken und Keulen und unter lautem Geschrei auf den Strauß zu, worauf der riesige Vogel mit mächtigem Flügelschlag aufflog und sich den Störenfrieden stellte. Das Gefieder gespreizt, den Hals nach vorn gereckt, griff er mit dem Schnabel an und teilte mit seinen kräftigen Beinen Fußtritte aus. Jetzt kam auch das Weibchen hinzu; das gewaltige braun gefiederte Tier raste mit ungeheurer Geschwindigkeit über die Ebene, die Flügel gespreizt, den Hals nach vorn gereckt, spitze Schreie ausstoßend.

Während Löwe und die anderen Männer die Vögel ablenkten, rafften die Große und die anderen Frauen so viele Eier zusammen, wie sie erwischen konnten, und rannten davon. Unter einer Baumgruppe angelangt, machten sie sich sofort daran, die Rieseneier aufzubrechen und auszuschlürfen. Nachdem sie zwei Vögel in heller Verzweiflung über ihr ausgeraubtes Nest zurückgelassen hatten,

kamen auch Löwe und seine Mannen atemlos hinzu und griffen sich ihren Teil, schlugen Löcher in die dicken Schalen und angelten sich dann mit den Fingern Dotter und Eiweiß heraus. Wenn einer ein fast ausgebrütetes Straußenküken in seinem Ei fand, war die Freude umso größer. Auch Alte Mutter wurde bedacht. Die Große brachte ihr ein Ei, klopfte es an der Spitze auf und drückte es der Greisin in die Hand, ehe sie sich selbst niederließ, um den Inhalt des letzten ihr verbliebenen Eis zu verspeisen. Aber kaum hatte sie es aufgeschlagen, baute sich Löwe vor ihr auf, schnappte ihr das Ei weg und verschluckte in einem Zug und laut schmatzend den gesamten Dotter. Dann warf er die leere Schale weg und packte die Große, zwang sie auf die Knie, umspannte mit einer Hand ihre Handgelenke, drückte mit der anderen ihren Nacken hinunter und drang von hinten in die lauthals Protestierende ein.
Als er fertig war, verzog er sich, um im Schatten ein Schläfchen zu halten. Dort, wo es ihm am angenehmsten schien, saß aber bereits Skorpion, den Rücken an einen Baum gelehnt. Eine grollend erhobene Faust von Löwe, eine kurze Auseinandersetzung, und Skorpion schlich gedemütigt davon.
Während die Familie vor sich hin döste, wühlte die Große nochmals in den Eierschalen herum, in der Hoffnung, hier und da noch Reste von Dotter oder Eiweiß zu finden. Nicht Hunger war es, der sie antrieb, sondern Durst. Wieder beobachtete sie die Rauchwolken am Himmel. Und für sie stand fest, dass, je weiter sie in die eingeschlagene Richtung zogen, das Wasser immer schlechter sein würde.

Der Berg war wieder eingeschlafen, der Ausstoß von Rauch und der Ascheregen hatten nachgelassen, sodass die Luft etwas klarer geworden war. Nach Tagen, an denen sich die Menschen nur von Wurzeln, wilden Zwiebeln und ein paar Eiern ernährt hatten, gierten sie nach Fleisch. Deshalb folgten sie einer Herde aus Antilopen und Zebras, obwohl sie wussten, dass die Raubkatzen das Gleiche tun würden. Als die Herde eine Pause einlegte, um zu grasen, bezog Nüster

auf einem grasbewachsenen Hügel Posten; die anderen duckten sich ins hohe Gras.
Schweigend verharrten sie in der morgendlichen Stille. Allmählich erwärmte sich der Tag, Hitze breitete sich aus. Endlich wurde ihre Ausdauer belohnt. Sie sahen, wie eine Löwin verstohlen durchs Gras pirschte. Ihre Taktik war klar: Da die meisten Tiere über längere Strecken hinweg schneller waren als ein Löwe, würde auch diese hier im Verborgenen bleiben, unentdeckt, und sich immer näher an die grasenden Tiere heranschleichen, dicht genug, um der angepeilten Beute habhaft zu werden.
Die Große und Alte Mutter, Baby und der Hungrige und alle Übrigen rührten sich nicht vom Fleck, hielten Blickkontakt zu Nüster, der ihnen immer wieder signalisierte, wie weit sich die Löwin an die Herde herangepirscht hatte. Unvermittelt setzte die Raubkatze zum Sprung an. Ein Schwarm Vögel stob auf. Die Herde floh. Aber die Löwin brauchte ihr nur ein kurzes Stück nachzusetzen, um ein langsameres Zebra einzuholen. Schon hatte sie es angesprungen und mit einem mächtigen Prankenhieb in die Flanke zu Boden geworfen. Das Zebra versuchte sich hochzurappeln, aber da fiel die Löwin bereits über das Tier her, biss ihm in die Schnauze und ließ nicht locker, bis das Zebra erstickt war. Als dann die Löwin ihre Beute in den Schatten eines Baobabbaums zerrte, schlichen sich die Menschen lautlos und geduckt an sie heran, kauerten sich, als das gesamte Rudel auftauchte, wieder ins Gras. Eine Zeit lang war die Luft erfüllt vom Knurren und Zischen, das die Rangeleien der Löwen untereinander begleitete, ehe sie sich niederließen und über den Kadaver herfielen. Am Himmel kreisten die ersten Geier.
Den Menschen lief beim Anblick eines so großen Batzens Fleisch das Wasser im Mund zusammen. Aber sie harrten geduldig im Verborgenen aus, lauerten auf ihre Chance. Selbst die Kinder wussten, dass sie mucksmäuschenstill zu sein hatten, dass es darum ging, etwas zu essen zu bekommen oder selber gefressen zu werden. Der Nachmittag zog sich hin, die Schatten wurden länger, als Einziges

vernahm man das gierige Schmatzen der großen Katzen. Nüster hatte Schmerzen im Rücken und in den Beinen. Der Hungrige verspürte das dringende Bedürfnis, sich in den Achselhöhlen zu kratzen. Mücken ließen sich auf nackter Haut nieder und stachen erbarmungslos zu. Aber die Menschen rührten sich nicht. Sie wussten, dass sich das Warten lohnen würde.
Die Sonne berührte den Horizont. Ein paar Kinder fingen leise an zu quengeln und zu weinen, aber inzwischen waren die Raubkatzen viel zu voll gefressen, um darauf zu achten; gähnend zogen sich die an ihrer schwarzen Mähne zu erkennenden Männchen von dem zerfleischten Kadaver zum Schlafen zurück, gefolgt von gut genährten Jungen mit blutverschmierten Schnauzen. Kaum dass sie sich unter einem Baobabbaum niedergelegt hatten, erschienen die Geier. Nüster und der Hungrige warfen Löwe einen fragenden Blick zu, und als der das Signal gab, stürmten sie alle mit großem Geschrei auf die Beute zu. Aber trotz der Steine, mit denen sie die Geier zu vertreiben suchten, waren die nicht minder hungrigen Raubvögel keineswegs gewillt, das Feld zu räumen. Mit gewaltigen Flügelschlägen und unter Einsatz ihrer Schnäbel und Krallen verteidigten sie ihre Beute.
Erschöpft mussten die Menschen aufgeben. Einige von ihnen hatten von der Auseinandersetzung mit den Geiern blutende Wunden davongetragen.
Sie hockten sich wieder ins Gras, lauschten, ob sich Hyänen und wilde Hunde näherten, die mit Sicherheit auftauchen würden. Nach kurzer Dämmerung brach die Nacht herein, und noch immer hatten die Geier nicht genug. Die Große fuhr sich über die trockenen Lippen. Ihr Magen krampfte sich vor Hunger zusammen. Die Kleinen von Honigfinderin wimmerten. Und weiterhin hieß es warten.
Endlich, als sich ein heller Mond am Horizont abzeichnete und die Landschaft in milchiges Licht tauchte, flogen die Geier gesättigt davon. Speere schwenkend und mit lauten Schreien gelang es den Menschen, die Hyänen von den Überresten des Zebras – kaum mehr als Haut und Knochen – fern zu halten. In Windeseile mach-

ten sie sich daran, mit ihren scharfen Faustkeilen die Läufe vom Rumpf des Kadavers zu trennen. Mit diesen Trophäen entfernten sie sich schleunigst und überließen den Hyänen Sehnen und Fell.
Im Schutz einer Baumgruppe wurde sogleich ein Feuer entzündet, zur Abschreckung der Raubtiere. Löwe und weitere starke Männer übernahmen es, die Läufe des Zebras zu enthäuten und anschließend die Knochen so kunstgerecht zu knacken, dass das darin befindliche dickflüssige rosa Mark zum Vorschein kam. Ein begehrliches Raunen erhob sich. Vergessen waren das stundenlange Ausharren im hohen Gras, die schmerzenden Gelenke und Glieder. Zum Streit kam es nicht. Löwe teilte jedem eine Portion der fettreichen Delikatesse zu; auch Alte Mutter wurde bedacht.

Erneut versuchte die Große, Einwände gegen die eingeschlagene Richtung zu erheben, und diesmal verpasste ihr Löwe mit dem Handrücken einen so nachdrücklichen Schlag ins Gesicht, dass sie zu Boden stürzte. Die Familie raffte ihre spärliche Habe zusammen und brach auf, weiter gen Westen. Alte Mutter tätschelte ihrer Enkelin mit tröstenden Gurrlauten die brennende Wange.
Die mit vulkanischem Rauch erfüllte Luft, die sie einatmeten, machte ihnen zu schaffen. Sie waren schon eine Weile unterwegs, als Alte Mutter plötzlich aufstöhnte und sich an die Brust griff, taumelte, nach Luft rang. Die Große hakte sie unter, aber bereits nach ein paar weiteren Schritten brach Alte Mutter stöhnend zusammen. Die anderen warfen ihr einen Blick zu, gingen aber weiter. Alte Mutter, die Mutter der Hälfte ihrer Mütter, bekümmerte sie nicht. Einzig die Große stand der Alten bei, stützte sie beim Gehen, lud sie sich zu guter Letzt auf den Rücken. Je höher die Äquatorsonne stieg, desto schwerer wurde die Last. Bis schließlich die Große trotz ihrer Statur und Kraft Alte Mutter nicht mehr tragen konnte.
Sie sank mit ihr zu Boden. Die Familie, die notgedrungen Halt machte, stand unschlüssig um die beiden herum. Löwe beugte sich über die bewusstlose Alte und schnupperte an ihrem Gesicht her-

um, klatschte ihr auf die Wangen und öffnete ihr gewaltsam den Mund. »Hmp«, brummte er mit einem Blick auf die geschlossenen Augen und die blauen Lippen der alten Frau, »tot.« Was bedeuten sollte, dass sie so gut wie tot war. Er stand auf. »Wir gehen.«

Einige Frauen brachen in Wehklagen aus. Andere wimmerten verängstigt. Honigfinderin stampfte mit den Füßen und hob unter schwermütigem Singsang die Arme. Dicknase legte die Hände auf seine bewusstlose Mutter und schluchzte. Beule hockte sich daneben und zupfte Alte Mutter immer wieder an den Armen. Die Kinder, denen das Verhalten der Erwachsenen unheimlich war, fingen an zu weinen. Löwe indes griff nach seinem Speer und der Keule, wandte sich ab und machte sich entschlossen wieder auf den Weg nach Westen. Einer nach dem anderen folgte ihm; die Letzten sahen sich nochmals zu der Großen um, die bei Alter Mutter zurückblieb.

Die Große liebte Alte Mutter mit einer Heftigkeit, die sie selbst kaum verstand. Als ihre eigene Mutter wegen ihres gebrochenen Beins zurückgelassen worden war, hatte sie tagelang geweint. Bis Alte Mutter sie tröstend in die Arme geschlossen, sie mit Nahrung versorgt und ab dieser Zeit ihr Bettnest mit ihr geteilt hatte. Mutter meiner Mutter, sagte sich die Große und erfasste undeutlich ihre besondere Beziehung zu dieser Frau in einer Familie, der Begriffe wie Verwandtschaft fremd waren.

Bald waren sie allein in der endlosen Savanne, lediglich Geier kreisten über ihnen. Die Große schleppte Alte Mutter in den Schutz der Bäume, wo sie sie an einen dicken Stamm lehnte. Der Tag neigte sich seinem Ende zu. Mit Einbruch der Nacht würden sich Raubtiere an die hilflosen beiden Frauen heranmachen.

Die Große schichtete trockenes Laub auf, hockte sich vor das Häufchen und fing an, zwei Steine aneinander zu schlagen. Unendliche Geduld und Ausdauer waren dazu nötig, und bald spürte sie die Schmerzen in Rücken und Schultern. Aber wenn Feuermacherin es so oft geschafft hatte, würde sie, die Große, es ebenfalls schaffen. Immer wieder, während sich der Himmel verdunkelte und Sterne

durch den vulkanischen Rauch blinzelten, schlug die Große die beiden Steine aneinander, bis endlich eine kleine Flamme aufflackerte. Sie pustete behutsam, hielt trockenes Laub in die Flamme, fügte dürre Reiser und Gräser hinzu. Dann umgab die Große die Feuerstelle mit Steinen und legte Zweige darüber, und bald darauf verbreitete das Licht der Flammen das wohlige Gefühl, die Nacht über vor Unheil bewahrt zu sein.
Die weiterhin bewusstlose Alte Mutter atmete schwer. Ihre Augen waren geschlossen, das Gesicht schmerzverzerrt. Die Große wich nicht von ihrer Seite. Mit dem Tod war sie vertraut. Er ereilte die Tiere in der Savanne und in Abständen auch ein Familienmitglied. Dann ließ man den Toten zurück, sprach vielleicht noch eine Weile von ihm, und dann war er vergessen. Dass sie selbst einmal sterben könnte, war für die Große etwas Undenkbares.
Nach einer Weile wurde ihr klar, dass Alte Mutter Wasser brauchte. Fast mannshohe Blumen mit gefleckten, glockenförmigen Blüten und weich behaarten Blättern, die unweit wuchsen, deuteten darauf hin, dass es hier Wasser geben musste. Dementsprechend wühlte die Große in der Erde nach Feuchtigkeit. In der Nähe war das Kläffen von Hyänen zu hören, das Rascheln ihrer Körper in den Büschen. Die Nackenhaare der Großen sträubten sich. Sie hatte erlebt, wie Hyänen über einen Menschen hergefallen waren, ihn bei lebendigem Leib und während er noch schrie verschlungen hatten. Einzig das Feuer hielt die Tiere zurück; sie musste also schleunigst dafür sorgen, dass es nicht niederbrannte.
Verzweifelt scharrte sie in der Erde herum. Es musste hier Wasser geben, wenn Blumen von dieser Größe und mit derart fleischigen Stängeln wuchsen! Sie wühlte so lange in der harten Erde herum, bis ihre Hände bluteten.
Niedergeschlagen hielt sie inne, erschöpft und zum Umfallen müde. Aber sie musste unbedingt Wasser finden und sich um das Feuer kümmern. Sie musste Alte Mutter vor den in der Dunkelheit lauernden Raubtieren beschützen.

Und dann sah sie, wie es im Mondlicht aufblitzte. Wasser! Klar und blau, zu Füßen einer der Blumen. Als sie die Hand danach ausstreckte, stellte sie jedoch fest, dass das Wasser fest war und keineswegs eine kleine Pfütze. Sie griff danach und starrte verwundert auf den blauen Wasserstein, an dem Blätter des Fingerhuts klebten. Wie konnte Wasser fest sein? Dennoch musste es Wasser sein, denn es war durchsichtig und glatt und sah aus, als würde es gleich flüssig werden. Sie trug den Stein – der von einem vor drei Millionen Jahren niedergegangenen Meteoriten stammte – zu Alter Mutter und schob ihn ihr behutsam zwischen die ausgedörrten Lippen. Sofort fing Alte Mutter an, daran herumzulutschen, und anhand des Speichels, der in ihren Mundwinkeln erschien, wusste die Große, dass das Wasser wieder flüssig geworden war. Als jedoch gleich darauf der Kristall den Lippen von Alter Mutter entglitt und die Große ihn auffing, sah sie, dass das Wasser weiterhin fest war. Dafür konnte sie den Stein jetzt genauer betrachten, weil die Zunge der Alten die Pflanzenreste abgeleckt hatte.

Wie ein Ei ins Nest schmiegte sich der Kristall an die Handfläche, war auch so glatt wie ein Ei. Aber auf seiner Oberfläche spiegelte sich das Mondlicht wie in einem See oder in einem Fluss. Als die Große den Stein hochhielt, sah sie, dass sein Inneres ein dunkleres Blau aufwies, und noch tiefer erkannte sie etwas Weißes, Spitzes, Funkelndes.

Ein Aufseufzen von Alter Mutter lenkte sie von dem Kristall ab. Verwundert stellte sie fest, dass die Lippen der Alten nicht länger blau, sondern wieder rosa waren und dass ihr das Atmen leichter fiel. Jetzt schlug Alte Mutter sogar die Augen auf und lächelte, richtete sich gleich darauf auf und fasste sich ungläubig an die verschrumpelten Brüste. Die Schmerzen waren verschwunden.

Beide starrten sie verblüfft den durchsichtigen Stein an. In Unkenntnis der herzstärkenden Heilkraft des Fingerhuts nahmen sie an, das Wasser im Stein hätte Alte Mutter gesund gemacht.

Als sie bei Tagesanbruch zur Familie aufschlossen, wurden sie neugierig beäugt, gehörten die Große und Alte Mutter doch fast schon der Vergangenheit an. Aber mit Gesten und den wenigen Worten, über die sie verfügte, erklärte Alte Mutter, dass der Wasserstein sie dem Tod entrissen habe. Und als die Große daraufhin den Kristall herumreichte, lutschte jeder so lange daran, bis sich auch in seinem Mund Speichel bildete. Somit war der Durst fürs Erste gestillt, und die Große erntete Blicke, die Verwunderung und auch ein wenig Scheu verrieten.

Durch Zufall stieß sie auf den Fremden. Sie hatte im hohen Gras um den westlichen Teil des Sees Salamandereier gesucht und vom Ufer her seine Stimme gehört. Gesehen hatte sie ihn noch nie, diesen hoch gewachsenen jungen Mann mit den breiten Schultern und muskulösen Schenkeln. Woher er wohl kam?

Die Familie hatte tags zuvor den See erreicht und feststellen müssen, dass das Wasser völlig mit Asche bedeckt war. Sämtliche Fische waren tot und verwesten bereits. Die Suche nach Schildkröten- und Reptilieneiern hatte nichts erbracht, und die Vegetation am Ufer war unter einer so dichten Schicht Asche erstickt, dass selbst Wurzeln schwarz und ungenießbar geworden waren. Weil sich die Vögel verzogen hatten, waren auch ihre Nester leer, gab es also weder Kranich- noch Pelikaneier, um sich daran satt zu essen. Nur eine kleine Schar Enten kämpfte noch zwischen verwitterten Rohrkolben und Schilfgras ums Überleben. Wer immer von der Familie körperlich dazu in der Lage war, suchte im weiter entfernten Umkreis nach Nahrung, während die Älteren und die Kinder auf der Felsbank verblieben, auf der man zum Schutz vor Raubtieren das Lager aufgeschlagen hatte. Die Große hatte eine kleine Zebraherde entdeckt, die am Ufer des Wassers kniete und durch die Asche zu trinken versuchte, als ihr der junge Fremde ins Blickfeld geraten war.

Er benahm sich höchst sonderbar. In der einen Hand hielt er eine lange Tiersehne, deren oberes Ende zu einer Schlinge geknüpft war, in der ein Stein steckte, und mit der anderen schlenzte er einen flachen Stein über das Wasser, sodass die Wildenten jäh aufstoben. Nun schwang der Fremde die Tiersehne über den Kopf, ließ sie vorwärts schnellen. Der Stein löste sich aus der Schlinge, schoss durch die Luft und traf eine der Enten, die prompt im Wasser versank. Jetzt brauchte der junge Mann nur noch durch den flachen See zu waten und den toten Vogel herauszufischen.

Die Große schnappte hörbar nach Luft.

Der Fremde blieb stehen, wandte sich in ihre Richtung um und musterte eingehend den Pflanzenwall, bis die Große, über ihren Mut selbst erstaunt, hervortrat.

Sie fühlte sich stark, weil sie den wundersamen Wasserkristall um den Hals trug, an einer aus Gräsern geflochtenen Schnur. Wie ein riesiger Wassertropfen lag er zwischen ihren Brüsten, und seine milchige Mitte, vor drei Millionen Jahren entstanden, als kosmischer Diamantenstaub mit Quarz von der Erde verschmolz, schimmerte wie ein Herz.

Sie und der Fremde blickten sich vorsichtig und wachsam an.

Sein Äußeres unterschied sich ein wenig von dem der Familie: Seine Nase war etwas anders geformt, seine Kinnlade stärker ausgeprägt, die Farbe seiner Augen auffallend grün, wie Moos. Sein Haar war zwar wie das von der Großen und ihrer Familie lang und zottelig und mit rötlicher Erde durchsetzt, aber zusätzlich mit kleinen Muscheln und Steinen verziert, was der Großen sehr gefiel. Am meisten faszinierten sie jedoch die Straußeneier, die er an einem Gürtel aus geknüpftem Schilfgras um die Mitte trug. Die Eier wiesen Löcher auf, die mit feuchter Erde versiegelt waren.

Obwohl es Verständigungsschwierigkeiten gab, gelang es dem jungen Mann zu erklären, dass er zu einer Familie gehörte, die jenseits der Ebene lebte, in einem der Großen unbekannten Tal. Und dass er Dorn hieß. Wie er zu diesem Namen gekommen war, veranschaulichte er durch Gesten und Laute: Er hopste herum und simulierte Schmerzen, rieb sich das Gesäß, das, wie er vorgab, mit Dornen gespickt war. Als die Große begriff, dass sein Name auf eine unliebsame Begegnung mit einem Dornbusch zurückging, brach sie in lautes Gelächter aus. Nachdem er seine Geschichte beendet hatte, überreichte er ihr, erfreut, sie zum Lachen gebracht zu haben, den toten Vogel.

Unvermittelt wurde die Große ernst. Eine lange zurückliegende Erinnerung überfiel sie, eine Erinnerung aus der Zeit, als Löwe noch nicht der Anführer gewesen war, auch Fluss noch nicht. Sie selbst war damals ein ganz kleines Mädchen gewesen, als zwei Fremde im Lager aufgetaucht waren. Sie stammten von jenseits der Bergkette, aus einer der Familie unbekannten Gegend. Nach anfänglicher Beklommenheit waren die beiden Männer in die Gruppe aufgenommen worden. Und bald darauf war es zu einem Kampf gekommen. Viel Blut war geflossen, und zum Schluss hatte der Anführer der Familie mit zerschlagenen Gliedern im Gras gelegen. Der eine der beiden Fremden hatte seinen Platz eingenommen, und von da an war die Familie ihm gefolgt.

Hatte dieser Fremde hier etwa die Absicht, Löwe zu töten und sich zum neuen Anführer aufzuschwingen?

Schweigend musterte sie ihn und sah zu, wie Dorn mit Schleuder und Steinen weitere Enten zur Strecke brachte. Dann begaben sie sich gemeinsam in das Lager.

Die Familie jubelte auf, nach so vielen fleischlosen Tagen endlich wieder einmal Geflügel essen zu können. Aber erst einmal wurde der Fremde neugierig gemustert. Die Kinder verdrückten sich hinter die Beine der Mütter und beäugten ihn verschüchtert von dort aus, während ältere Mädchen ihn ungeniert anstarrten. Honigfinderin erkühnte sich sogar, Dorn an seinen Genitalien zu kitzeln, worauf er lachend zurückwich und der Großen einen Blick zuwarf. Als Löwe auf die Straußeneier deutete, die der Neuankömmling um seine Mitte trug, löste Dorn eins ab und reichte es ihm. Verwundert über das versiegelte Loch, entfernte Löwe den Verschluss, tauchte dann seinen Finger in das Innere des Eis und war verblüfft, anstatt

auf Dotter auf Wasser zu stoßen. Daraufhin nahm Dorn das Ei wieder an sich, hielt es so, dass die Öffnung schräg nach unten zeigte, und ließ sich Wasser in den Mund laufen. Anschließend reichte er das Ei zurück an Löwe, damit auch der trinken konnte. Die Familie war verblüfft. Welcher Vogel legte Eier voller Wasser? Die Große indes begriff: Dorn hatte die leeren Schalen mit Wasser gefüllt. Daraus ergab sich für sie etwas noch Verblüffenderes, für das sie keine Worte hatte und das nur eine vage Vermutung war: Dorn trug gegen *kommenden* Durst Wasser bei sich.
Sie sengten den Enten über dem Feuer die Federn ab und brieten das Fleisch, und an diesem Abend hielt die Familie einen Festschmaus ab, der damit endete, dass man sich übermütig mit Geflügelknochen bewarf. Alte Mutter saugte genießerisch alles an Mark aus und labte sich an dem frischen Wasser aus den Straußeneiern. Sämtliche Frauen hatten nur Augen für den neu hinzugekommenen Jüngling, waren begeistert von seiner kräftigen Statur und seinen Possen. Und selbst die Männer akzeptierten fürs Erste den Eindringling in ihrer Mitte.

Die Familie verharrte am See und ernährte sich weiterhin von Dorns Enten. Dorn selbst, im Gegensatz zu den anderen Männern, die gelassen am Feuer hockten und Werkzeuge aus Stein herstellten und Speere schnitzten, war ständig in Bewegung und immer darauf aus, Aufmerksamkeit zu erregen. Der Großen kam er wie ein großes Kind vor, dem es vornehmlich darum ging, die anderen mit seinen Kapriolen zu erheitern. Ohne ersichtlichen Grund hüpfte und tollte, hampelte und alberte er herum. Erst ein paar Abende später dämmerte der Familie – und der Großen als Erster –, was es mit diesen Faxen auf sich hatte.
Dorn erzählte Geschichten.
Das Publikum eines sehr viel späteren Zeitalters hätte ihn als Komödianten bezeichnet; die Familie der Großen jedoch war von dem, was er da zum Besten gab, gebannt. Unterhaltung dieser Art war

ihnen fremd, und das Erzählen von Ereignissen aus der Vergangenheit noch fremder. Als sie aber nach und nach seine Gesten und Laute und seine Mimik zu deuten verstanden, gewann das, was ihnen da vorgespielt wurde, an Gestalt. Es waren einfache Geschichten, kurze Szenen, die davon handelten, wie nach erfolgreicher Jagd eine Giraffe im Triumphzug ins Lager geschleppt oder wie ein Kind gerade noch vor dem Ertrinken gerettet wurde, oder auch von einem so grausamen wie aussichtslosen Kampf mit einem Krokodil. Und es dauerte nicht lange, bis Dorn die Familie so weit hatte, dass sich alle laut prustend auf die Schenkel schlugen oder sich die Tränen von den Wangen wischten oder angstvoll keuchten oder verwundert grunzten. Mochte die Nahrung an diesem See auch nicht sehr reichhaltig sein und das Wasser so modrig, dass selbst die Fische verendet waren – Dorn ließ die Menschen Durst und Hunger vergessen, wenn er einmal mehr die komische Geschichte erzählte, wie er zu seinem Namen gekommen war.

Eines Abends überraschte er sein Publikum damit, dass er sich plötzlich in einen anderen verwandelte.

Er erhob sich von seinem Platz am Feuer und fing an, seltsam verrenkt darum herumzutanzen – den linken Arm in Brusthöhe angewinkelt, das linke Bein nachziehend. Zunächst waren die Zuschauer verwirrt, dann schnappten sie nach Luft. Dorn war nicht mehr von Skorpion zu unterscheiden! Erschrocken sahen sie sich nach Skorpion um – hatte er sich etwa Dorns Körper bemächtigt? Aber nein, Skorpion, dessen linke Seite zunehmend gefühlloser wurde, sodass er den linken Arm und auch das Bein kaum noch gebrauchen konnte, saß weiterhin auf seinem Platz und starrte Dorn wie versteinert an.

Und ehe sie sich's versahen, nahm Dorn eine andere Haltung ein: Er wiegte sich in den Hüften und tat, als würde er sich gierig den Mund voll stopfen. Honigfinderin!

Nüster stieß einen wütenden und gleichzeitig angstvollen Schrei aus, aber ein paar Kinder lachten auf. Und als Dorn dann an seinem langen, verfilzten Haar zupfte, bis es von seinem Kopf abstand, und

mit gezierten kleinen Schritten herumtänzelte – und jeder sofort Baby darin erkannte –, fingen auch andere an zu lachen.
Es dauerte nicht lange, bis die ganze Familie vor Vergnügen johlte, schon weil Dorn immer wieder Neues bot. Sein schleppender Gang und wie er prüfend einen Stock besah hatte zur Folge, dass prompt alle »Schnecke!« riefen und gleich darauf, als er sich den Rücken an einem Baum schabte, »Beule!«. Und als er einen kleinen Jungen Huckepack nahm und dessen Ärmchen und Beinchen unter seinem Kinn beziehungsweise um seine Mitte verschränkte, um auf diese Weise die stinkende Haut zu veranschaulichen, die Löwe trug, hielten sich alle die Bäuche und kreischten vor Begeisterung.
Dorn war glücklich, sie in derart gute Laune zu versetzen. Diese Familie war seiner eigenen nicht unähnlich: Auch sie war ständig auf Nahrungssuche, folgte vertrauten Pfaden, lebte in gleichen Strukturen: Frauen und Kinder bildeten eine Gruppe, die Männer eine andere, und dennoch waren sie alle auf das Überleben der gesamten Familie bedacht. Alte Mutter erinnerte ihn mit ihren krummen Beinen, den schlaffen Brüsten und wie sie zahnlos an ihrem Essen mümmelte an Weide in seiner Familie, bei Nüster und Brocken musste er an seine Geschwister denken, mit denen er als Kind herumgetobt hatte.
Und dann war da noch die Große.
Sie war anders als die anderen, nicht nur größer, sondern auch besonnener. Er merkte, wie argwöhnisch sie den rauchenden Berg in der Ferne beobachtete, wie sie die Brauen runzelte beim Anblick der schwarzen Wolken, die sich am Himmel ballten. Dorn selbst nahm dieses Phänomen mit Unbehagen zur Kenntnis. Mehr noch als von ihrer scharfen Beobachtungsgabe und den Schlussfolgerungen, zu denen sie gelangte, fühlte sich Dorn von ihrem kräftigen Körper, ihren langen Gliedmaßen und ihrem stolzen Gang angezogen. Er mochte ihr Lachen und dass sie Rücksicht auf Schwächere nahm und dafür sorgte, dass jeder etwas zu essen bekam. Sie erinnerte ihn an die Frauen in seiner eigenen Familie.

Warum er seine Familie verlassen hatte, wusste Dorn nicht. Eines Morgens war eine Rastlosigkeit über ihn gekommen, die er sich nicht hatte erklären können. Er hatte zu seinem Faustkeil und seiner Keule gegriffen und war aufgebrochen, nicht anders als andere vor ihm auch: Kurzer Arm, der Bruder seiner Mutter, und Einohr, Dorns älterer Bruder. In jeder Generation wurde eben der eine oder der andere in Dorns Familie von der Wanderlust gepackt; und wer einmal loszog, kehrte niemals zurück.
Mit gemischten Gefühlen hatte Dorn seine noch schlafende Familie verlassen. Beim Gedanken an die Frau, die ihn geboren hatte, oder an seine Schwestern, war ihm das Herz schwer geworden. Als er jetzt die so verführerisch wirkende Große betrachtete, wurde ihm nicht bewusst, dass der eigentliche Grund für seinen Aufbruch der Mangel an willfährigen Frauen gewesen war, der ihn instinktiv zum Weggehen getrieben hatte, der gleiche Instinkt, der junge Männer aus anderen Familienverbänden über Generationen hinweg immer wieder einmal bewogen hatte, sich Dorns Familie anzuschließen.
Dorn hatte sich nicht verabschiedet. Mit der Zeit würden seine Leute ihn vergessen, nicht anders als er sie.

Der See war schließlich derart verschmutzt, dass auch die letzten Enten verschwanden und die Familie zum Weiterziehen gezwungen wurde.
Die Lebensbedingungen verschlechterten sich zusehends. Verendete Tiere, auf die die Familie unterwegs stieß, deckten zwar noch für eine Weile den Fleischbedarf, aber je weiter sie nach Westen vorstieß, desto häufiger kam sie an zahllosen bereits in Verwesung übergegangenen Kadavern von Elenantilopen und Weißschwanzantilopen, von Elefanten und Nashörnern vorbei, deren Gestank die Luft verpestete, ganz zu schweigen von den dichten Schwärmen schwarzer Fliegen, die überall herumschwirrten. An eine kräftigende Mahlzeit war nicht mehr zu denken.
Für die Große stand fest, dass die Herden verendeten, weil die Vege-

tation unter einer Schicht Asche und Schlacke erstickte. Lediglich Aasfresser, die Schakale und Hyänen und Geier, kamen auf ihre Kosten und wurden rund und fett. Die Große und Dorn waren sich einig darin, dass zwischen dem Vulkan und dem Tiersterben ein Zusammenhang bestand. Aber Löwe beharrte darauf, dass die Familie auf der Suche nach Wasser und Nahrung die eingeschlagene Richtung beibehielt.

Mit jedem Tag wurde das Wasser an den Trinkstellen, an denen sie vorbeikamen, schlechter. Auch Nahrung war kaum noch aufzutreiben – die kleineren Tiere waren verschwunden und alles Grün unter Ruß begraben. Der Himmel verdunkelte sich zusehends, und immer häufiger rumorte die Erde. Jeweils zu Sonnenuntergang beobachtete Große beklommen den rauchenden Berg und wurde sich immer deutlicher bewusst, dass Löwe sie ins Unheil führte.

Die Milch in den Brüsten der jungen Mütter versiegte. Säuglinge starben. Nachdem Wiesel ihr totes Kind tagelang mit sich herumgeschleppt hatte, hockte sie sich schließlich neben einen Termitenhügel, der noch vor Tagen der Familie einen Festschmaus beschert hätte, jetzt aber unverständlicherweise wie ausgestorben war. Hier blieb sie mit ihrem Baby sitzen, während die Familie den Weg fortsetzte.

Eines Nachts fuhr die Große aus unruhigem Schlaf hoch. Sie hatte geträumt, wie Dorn seine Possen getrieben und sie angelächelt hatte. Eine nie zuvor gekannte Hitze stieg in ihr hoch, gepaart mit einem Verlangen, das wie Hunger war und dennoch nichts mit der Gier nach Essbarem zu tun hatte. In der Ferne heulte ein Hund, und dann sah die Große eine Gestalt durch das schlafende Lager schleichen. Dorn. Was er wohl vorhatte? Vielleicht wollte er nur seine Notdurft verrichten. Oder aber in ihr Bettnest kommen. Dorn jedoch schritt geradewegs durch das Lager und hinaus auf die offene Ebene. Die Große folgte ihm, allerdings nicht weiter als bis zu den zum Schutz in die Erde gerammten Fackeln und der Einfassung aus Akazienzweigen, wo Schnecke und Skorpion Wache hielten. Dort wartete sie auf Dorns Rückkehr. Bei Tagesanbruch war er noch nicht wieder da, und die Familie brach ohne ihn auf.

Nach vier Tagen hatte sich Dorn noch immer nicht wieder blicken lassen. Die Große weinte in ihrem Bettnest in sich hinein, weil sie annahm, der so bezaubernde Fremde sei tot. Warum nur war er fortgegangen, wo ihn die Familie doch mit offenen Armen aufgenommen hatte? Die Leidenschaft, die er in der Großen geweckt hatte, wich Kummer und Schmerz – Empfindungen, die der jungen Frau bislang unbekannt waren.

Und dann tauchte er plötzlich wieder auf. Mit dem Rücken zur nach Westen geneigten Sonne sprang er auf einem Hügel hin und her und fuchtelte mit den Armen herum. Die Familie deutete seine Rufe und Gesten als gutes Zeichen und eilte ihm entgegen. Er bedeutete ihnen, ihm zu folgen, und alle zogen hinter dem jungen Mann her, der sie einen gewundenen und jetzt ausgetrockneten Wasserlauf entlang und über einen weiteren Hügel durch eine enge Felsschlucht führte. Und nachdem sie eine kleine Anhöhe erklommen hatten, wies er stolz auf das, was er entdeckt hatte.

Ein Tamarindenwäldchen. Und alles an diesen Bäumen war essbar. Wie ein Schwarm Heuschrecken ließen sich die Menschen im dichten Blattwerk der hohen Bäume nieder, griffen nach den vollfleischigen, saftigen Samenkapseln, zupften die Blätter ab, machten sich an der Rinde zu schaffen, stopften sich die Münder voll, so lange, bis aller Hunger und Durst gestillt waren. Feuermacherin entfachte ein Feuer. Auf den heißen Randsteinen wurden Tamarindensamen geröstet und dann ebenfalls gegessen.

Wieder weinte die Große, diesmal vor Freude und Bewunderung. Dorn hatte sie nicht aufgrund von Hunger und Durst verlassen, sondern weil er für die Familie nach Nahrung suchen wollte – und gefunden hatte.

Das Machtgefüge veränderte sich mit einem Schlag. Jetzt war es Dorn, der die dickste Tamarindenfrucht erhielt. Löwe bekam das, was übrig blieb.

Als die Tamarindenbäume bis auf das letzte Blatt, die letzte Frucht, das letzte Stück Rinde abgeerntet waren, zog die Familie weiter. Jetzt allerdings mit Flüssigkeit versorgt: Bevor alle Früchte verspeist waren, hatte Dorn ihnen gezeigt, wie man den Saft in leere Straußeneier drückte, um gegen Durst gefeit zu sein.
Noch immer kamen sie an Kadavern vorbei. Der Vulkan jedoch gab eine Zeit lang Ruhe, sodass auch die Sterne wieder zu erkennen waren. Und als Dorn zu einer aschefreien Wasserstelle gelangte, bestimmte er, dass die Familie sich hier für die Nacht einrichtete.
Löwe wurde gar nicht erst gefragt.
Die Hitze, die seit der Nacht, als jeder annahm, Dorn habe sich davongeschlichen, in der Großen entflammt war, wurde immer heftiger, bis die junge Frau schließlich nur noch an diesen jungen Mann denken konnte. Sie gierte nach seinem Körper, seiner Berührung. Wenn die Familie am Lagerfeuer Körperpflege betrieb, wünschte sie sich, Dorn und nicht Baby würde ihr feuchte Erde auf die Haut streichen. Verstohlen schielte sie dann hinüber zu ihm und sah, wie er gut gelaunt anderen jungen Männern zeigte, wie man eine Schlinge knüpfte. Und wenn er in ihre Richtung schaute, durchfuhr es sie so heiß wie die Funken, die vom Feuer aufsprühten.
In ihrer Ruhelosigkeit verzog sie sich zu den felsigen Ausläufern des Tümpels, in dem ein paar schwarzbraune Reiher herumstelzten. Trotz des leicht dunstigen Himmels genoss sie es unbewusst, die Sterne und den Mond zu sehen und dass die Erde seit Tagen nicht rumort hatte. Mag sein, dass sie länger darüber nachgegrübelt hätte – wäre sie nicht von einem eigenartigen Zauber in Bann geschlagen worden.
Sie erschrak nicht, als sie im trockenen Gras Schritte hörte. Instinktiv wusste sie, dass er es war und warum er ihr gefolgt war. Sie drehte sich um und sah im Mondlicht, dass er sie anlächelte.
Wie oft hatte sie andere schon bei diesem Treiben beobachtet, ohne zu verstehen, warum sie sich gegenseitig betasteten und streichelten, beschnupperten und leckten. Jetzt aber wurde ihr ganz warm,

als Dorn seinen Mund auf ihre Wangen und ihren Hals drückte und seine Nase an ihrer rieb. Die Große entdeckte Stellen an seinem Körper, die ihn, sobald sie sie berührte, aufstöhnen ließen. Sie fingen an, sich gegenseitig zu kitzeln, bis sich die Große, vor Lachen quietschend, plötzlich losriss und weglief, allerdings immer darauf bedacht, ihm nicht ganz zu entkommen, was ihr mit ihren langen Beinen durchaus gelungen wäre. Dorn setzte ihr laut johlend und mit wedelnden Armen nach. Als er sie schließlich eingeholt hatte, lachten beide ausgelassen. Dann sank die Große auf die Knie und ließ zu, dass er in sie eindrang. Noch ehe er fertig war, entzog sie sich ihm, rollte sich auf den Rücken und zog ihn zu sich herunter. Und wieder drang er in sie ein. Sie hielt ihn fest umklammert, wälzte sich mit ihm auf dem Boden, und die Schreie der Lust klangen durch die Nacht.

Fortan waren sie unzertrennlich. Er beschnupperte sie überall. Sie leckte ihm den salzigen Schweiß aus den Achselhöhlen. Er tänzelte umher und stellte sich stolz zur Schau. Er baute sich in voller Größe vor ihr auf und reckte die Brust, um ihr zu zeigen, wie kräftig er gebaut war. Sie wandte halb den Blick ab und gab sich unbeeindruckt. Obwohl er jede Frau hätte haben können, galt seine Zuneigung ausschließlich ihr. Sie reinigten einander und schliefen eng umschlungen im selben Bettnest. Nie zuvor hatte die Große so viel Zärtlichkeit für jemanden empfunden, nicht einmal für Alte Mutter. Wenn sie in Dorns Armen lag, schwand jegliche Beklemmung, und wenn er sie streichelte und in sie eindrang, klammerte sie sich mit einer Leidenschaft an ihn, die geradezu schmerzte. Noch etwas kam dazu: Sie war nicht mehr allein mit ihrer Angst vor der unbekannten Gefahr, denn auch Dorn beobachtete den Himmel und sah, wie der Wind den Rauch vor sich hertrieb. Wie sie ahnte er, dass mit jedem neuen Tag die Gefahr bedrohlich näher rückte.

Den Kopf auf den schwangeren Leib der Großen gebettet, schloss Alte Mutter für immer die Augen. Die Familie wimmerte und

schlug mit Stöcken auf den Boden; dann ließen sie den Leichnam im hohen Gras zurück.
Eines Morgens, als der Himmel mit Rauch überzogen war und die Erde rumorte, beobachtete Honigfinderins älteste Tochter, die gerade ihre Kindheit hinter gelassen hatte und allerlei neue Instinkte an sich entdeckte, dass Dorn eine weitere Schleuder aus den abgetrennten Sehnen einer verendeten Elenantilope fertigte. Beeindruckt von seinen breiten Schultern und starken Armen näherte sich das junge Mädchen kichernd und beugte sich vor, wackelte herausfordernd mit dem nackten Hintern. Dorn war sofort erregt. Allerdings war das junge Mädchen nicht die Frau, die er begehrte. Er sprang auf, hielt Ausschau nach der Großen, und als er sie beim Entkernen von Baobabknollen sah, rannte er zu ihr. Er neckte sie, spielte mit ihrem Haar, sprang um sie herum und stieß komische Laute aus. Lachend zog die Große ihn ins Gebüsch, wo sie sich unter der heißen Sonne paarten.
Löwe sah es missmutig mit an. Seit dieser Fremde bei ihnen war, hörten die Frauen auf, sich ihm, Löwe, anzubieten. Die Kinder folgten dem Neuling auf Schritt und Tritt, die Männer bewunderten ihn. Mit seinen tödlichen Steinen gelang es Dorn, hin und wieder einen Vogel, der dem rauchverhangenen Himmel trotzte, zur Strecke zu bringen. Nachts sorgte er mit komischen Einlagen für gute Laune. Alle waren von Dorn begeistert.

Die Idee stammte von Honigsucherin, die sich nicht damit abfinden konnte, wie Dorn die Machtverteilung in der Familie ausgehebelt hatte. Jetzt, da Löwe entthront war, war auch sie von der mittlerweile schwangeren Großen als die tonangebende Frau abgelöst worden. Lächelnd und mit freundschaftlichen Gesten näherten sich Löwes Getreue – Beule, der Hungrige, Nüster und Honigfinderin – Dorn, der im Schatten einer Akazie weitere Schleudern fertigte. Er hatte die langen Sehnen aus dem verwesten Kadaver einer Giraffe herausgelöst, und jetzt kaute er mal darauf herum, mal bearbeitete er

sie mit einem Stein, um sie elastisch zu machen und als Waffe verwenden zu können.
Er blickte auf zu der grinsenden Honigfinderin, die ihm eine Hand voll verschrumpelter kleiner Äpfel darbot. Dorn freute sich darüber, hatte ihn diese kräftige Frau doch bisher links liegen gelassen. Jetzt schien sie ihn also endlich zu akzeptieren. Als er sich erhob und nach den Äpfeln griff, tauchten unvermittelt Löwe und die anderen Männer seiner Gefolgschaft auf, mit Keulen und Stöcken und großen Steinen bewaffnet.
Dorn war verblüfft. Dann lächelte er und hielt ihnen ein paar Äpfel hin. Als Löwe sie ihm aus der Hand schlug, versteinerte Dorns Miene, und im nächsten Moment stürzten sie sich auf ihn, fünf stämmige Männer, die mit erhobener Waffe auf den wehrlosen Jüngling losgingen.
Dorn riss zum Schutz die Arme hoch, taumelte rückwärts und prallte an einen Baum. Als die Schläge auf ihn niederprasselten, versuchte er verzweifelt zu begreifen, was hier vorging. Er sank auf die Knie und kroch auf eine der im Gras liegenden Schleudern zu, hielt sie bereits in der Hand, als Löwes Keule gegen seine Unterarme krachte. Dorn versuchte es mit einer Posse, wollte, obwohl seine Nase und sein Schädel bereits bluteten, die Angreifer zum Lachen bringen. Warum?, bedeutete seine fragend erhobene Hand. Aber schon landete Löwes Keule hart an seinem Kopf. Dorn rollte sich zusammen, um weniger Angriffsfläche zu bieten, schrie auf, als es weiterhin Schläge und Fußtritte hagelte. Ehe er das Bewusstsein verlor, tauchten in rascher Abfolge Bilder aus längst vergessenen Zeiten vor ihm auf: von der Frau, die ihn geboren hatte, vom Lager in dem Tal, in dem er aufgewachsen war, von seinen Geschwistern, mit denen er zusammen gelacht hatte, von der endlosen Weite der sonnendurchglühten Savanne. Und dann überschwemmte ihn der Schmerz wie eine schwarze Flutwelle. Der letzte Gedanke vor seinem Tod galt der Großen.
Die Große, die die Schreie gehört hatte, kam mit den anderen her-

beigelaufen. Als sie Dorns so schrecklich zugerichteten Körper sah, entrang sich ihr ein Schrei. Sie warf sich über ihn und heulte wutentbrannt auf, rüttelte ihn an den Schultern, versuchte, ihn aufzuwecken; sie leckte seine Wunden, sie umfasste sein zerschundenes Gesicht und ließ ihre Tränen auf das offen daliegende Fleisch fallen. Aber Dorn gab kein Lebenszeichen mehr von sich. Schweigend sah die Familie mit an, wie die Große nicht aufhörte, zu wimmern und mit den Fäusten auf die Erde zu trommeln. Dann verstummte auch sie, und als sie endlich aufstand, wichen die anderen zurück.

Sie war der Inbegriff von purer Macht – hoch gewachsen und schwanger, wie sie so dastand, geschmückt mit dem blauen Wasserstein, der zwischen ihren prallen Brüsten aufblitzte. Nacheinander blickte sie Dorns Mörder an, die alle außer Löwe und Honigfinderin beschämt die Augen senkten.

Stille breitete sich aus, nur das Summen von Insekten und in der Ferne das Rumoren der Erde waren zu vernehmen. Mit angehaltenem Atem verfolgte die gesamte Familie, wie die Große ihre Gegner mit herausfordernden Blicken maß. Selbst die Kinder verhielten sich mucksmäuschenstill.

Und dann griff die Große bedächtig nach einer von Dorns Schleudern im Gras sowie nach einem Stein. Löwe richtete sich auf, umspannte fest den Griff seiner Keule. Aber die Große griff so schnell und unerwartet an, dass er nicht mehr einschreiten konnte. Im Nu hatte sie den spitzen Stein an der Schleuder befestigt, die sie sofort mit einer ausholenden Armbewegung auf Honigfinderins Schädel niedersausen ließ.

Verdutzt taumelte die Ältere zurück. Noch ehe jemand dazwischen gehen, noch ehe selbst Löwe seine Keule erheben konnte, schwang Große abermals die Schleuder, und diesmal traf der Stein Honigfinderin zwischen die Augen. Mit einem Aufschrei stürzte sie zu Boden, und schon stand Große über ihr, ließ immer und immer wieder die Schleuder auf sie hinuntersausen, bis das Gesicht von Honigfinderin bis zur Unkenntlichkeit zerschmettert war.

Dann wandte sich die Große Löwe zu und spuckte verächtlich vor ihm aus.
Er rührte sich nicht. Ungeachtet des heißen Windes, der vulkanische Asche und Schlacke um sie herum wirbelte, hielt die Große den Blick fest auf Löwe gerichtet, bannte ihn, der nicht nur um einiges größer und stärker war, sondern darüber hinaus bewaffnet und am Rücken mit dem räudigen Fell einer Löwin gepanzert, gleichsam damit.
Herausfordernd und trotzig standen sie sich so gegenüber. Während gegenseitiger Hass gleich den Funken aus dem Vulkan sprühte und die Familie atemlos wartete, was wohl als Nächstes passieren würde, fing die Erde plötzlich an zu beben, heftiger denn je, sodass viele zu Boden gerissen wurden.
Instinktiv flüchtete sich die Familie unter die Bäume, nur die Große rührte sich nicht von der Stelle. Aus dem entfesselten Berg jenseits des Waldes regnete es Asche, Glut und rote Schlacken. Die Baumkronen fingen Feuer und loderten auf.
Mit einem Mal erkannte die Große die namenlose Gefahr, die sie seit Monaten beschlich, konnte sie dieses immer stärker werdende Gefühl der Bedrohung deuten. Und sie vollzog einen weiteren Schritt, begriff, dass diese Gegend nicht gut, dass es an der Zeit war, von hier wegzugehen, mochten ihre Vorfahren auch seit Millionen von Jahren hier gelebt und sich weiterentwickelt haben.
Sie schaute auf den Wasserstein zwischen ihren Brüsten, griff danach und hielt ihn wie ein Ei in ihrer Handfläche, und als sie dem Feuer speienden Berg den Rücken zukehrte, sah sie, dass das schmale Ende des blauen Steins in die vor ihr liegende Richtung wies, nach Osten, und in seinem kristallinen Inneren erblickte sie einen Fluss, der Wasser verhieß.
Sie hob den Arm und deutete nach Westen, wo der Himmel von schwarzem vulkanischen Rauch überzogen war. »Schlecht!«, rief sie. »Wir sterben!« Dann hob sie den anderen Arm und deutete auf den klaren Himmel im Osten. »Dort! Wir gehen!« Es klang wie ein Befehl, laut genug, um das Rumoren der Erde zu übertönen. Die

Familie tauschte fragende Blicke aus, und an ihrer Haltung war zu erkennen, dass sich viele der Großen anschließen wollten, es aber aus Angst vor Löwe noch nicht wagten.
»Wir gehen!«, sagte sie noch nachdrücklicher und deutete wieder gen Osten.
Löwe wandte sich trotzig dem rauchenden Vulkan zu, und als er in Richtung des Berges ging, schlossen sich der Hungrige, Beule und Skorpion an.
Die Große spuckte abermals verächtlich auf den Boden und warf dann einen letzten Blick auf Dorn, über dessen grässlich entstellten Körper sich bereits eine dünne Schicht Asche legte. Als sie feststellte, dass Baby, Nüster, Feuermacherin und Gräte entschlossen waren, bei ihr zu bleiben, kehrte sie der todverheißenden Wolke am westlichen Himmel den Rücken zu und schlug entschlossen den Weg nach Osten ein, dorthin, woher sie gekommen waren.
Sie blieben nicht stehen, schauten sich nicht um nach Löwe und seiner kleinen Schar, die unbeirrbar nach Westen zog, sondern bemühten sich, trotz der ausholenden Schritte der Großen nicht den Anschluss zu ihr zu verlieren. Unterwegs sammelten sie Straußeneier und füllten sie mit frischem Wasser, und bei der Nahrungssuche ermahnte die Große ihre Gefährten, nicht alles aufzuessen, sondern einen Teil der Samen und Nüsse mitzunehmen, als Vorsichtsmaßnahme gegen späteren Hunger.
Die Erde rumorte weiterhin, und dann explodierte der Berg. In Windeseile breitete sich eine gewaltige schwarze Wolke am Himmel aus, die die Sonne verdeckte und den Westen in ein beispielloses Inferno verwandelte – der letzte Ausbruch eines Vulkans, der sehr viel später einmal Kilimandscharo genannt werden sollte und jetzt in Bruchteilen von Sekunden Löwe und seine kleine Schar verschlang.

Interim

Voller Trauer über den Tod des jungen Mannes, der ihr so viel bedeutet hatte, und mit dem festen Vorsatz, ihn niemals zu vergessen, kehrte die Große dem Gebiet, das einstmals ihre Welt gewesen war, den Rücken zu. Im Vertrauen auf den Wasserkristall, den sie bei sich trug und dem sie zuschrieb, dass er ihr die Macht verlieh, sich an die Spitze ihres Volkes zu stellen, geleitete sie die Familie immer weiter nach Osten, wo sie, wie vorhergesehen, sauberes Wasser fanden. Sie unterbrach ihren Marsch lange genug, um ihr erstes Kind zu gebären, ohne zu wissen, dass der Junge mit Zutun des Mannes namens Dorn in ihr gewachsen war. Zu gegebener Zeit zogen sie weiter, bis sie schließlich eine Meeresküste erreichten, wo es Schalentiere in Hülle und Fülle gab und, wenn sie ein Loch in die Erde gruben, Wasser. Auch auf eine bislang unbekannte Baumart stießen sie, die ihren Bedarf an Nahrung und Flüssigkeit deckte und zudem Schatten spendete: Kokospalmen, die auf Schritt und Tritt anzutreffen waren. In diesem Gebiet hielt sich die Familie weitere tausend Jahre auf, bis sie zahlenmäßig zu sehr anwuchs und die Ernährung nicht mehr sichergestellt war, weshalb sie sich abermals aufspalten musste. Eine Gruppe brach entlang der Küste nach Süden auf und ließ sich im südlichen Afrika nieder; die meisten machten sich auf nach Norden, in Gegenden, die sehr viel später die Bezeichnungen Kenia, Äthiopien und Ägypten erhalten sollten. Generationen lang hielten sie sich jeweils in einem Landstrich auf und bevölkerten ihn, dann setzten sie ihren Weg fort, ständig auf der Suche nach neuen Nahrungsquellen und unberührten Territorien. Und der blaue Kristall, der von Generation zu Generation weitergegeben wurde, begleitete sie.

Im Laufe der Jahrtausende breiteten sich Nachkömmlinge der Großen an Flüssen und in Tälern aus, über Berge und Wälder, wagten sich vor auf Gebiete, die fernab ihrer ursprünglichen Heimat lagen. Sie lernten, Unterkünfte zu bauen oder in Höhlen zu leben, erschufen Wörter und Möglichkeiten der Verständigung. Sie entwickelten zusätzliche Werkzeuge und Waffen und Jagdmethoden. Die zunehmend bessere Verständigung wirkte sich auch auf ihr Zusammenleben aus und ermöglichte die Entwicklung von Jagdtechniken mit verteilten Aufgaben. Aus den sich von Kadavern ernährenden Menschen wurden Jäger, die auf frisches Fleisch erpicht waren. Sie fingen an zu denken und nachzudenken und folglich Fragen zu stellen, und aus den Fragen ergab sich die Suche nach Antworten. Begriffe wie Geister, Tabus, richtig und falsch, Spuk und Zauberei fanden Eingang. Weshalb auch der blaue Kristall, der funkelnde Splitter eines vor Urzeiten niedergegangenen Meteors, der die Menschen begleitet hatte und von ihnen verehrt worden war, nicht länger als solcher für mächtig erachtet wurde, sondern weil ein Geist in ihm wohnte.

Als die Nachkömmlinge der Großen den Nil erreichten, teilten sie sich abermals. Die einen blieben, die anderen zogen weiter. Der blaue Kristall gelangte nach Norden, wo Berge im Winter von eisigem Schnee bedeckt waren. Die Menschen trafen auf andere Menschenwesen, die dort heimisch waren – auf ein Volk, das von anderen Vorfahren abstammte und nicht nur stämmiger gebaut, sondern auch dichter behaart war. Mit Waffen ausgetragene Auseinandersetzungen um Gebietsansprüche waren unvermeidlich, und so kam es, dass der wundersame Wasserkristall zu guter Letzt in die Hände eines gegnerischen Clans fiel, der Wölfe verehrte. Nachdem eine Medizinfrau dieses Wolfsclans tief in das Herz des Kristalls geblickt und seine magische Kraft erkannt hatte, ließ sie ihn in den Bauch einer kleinen Steinfigur einsetzen.

Von da an wurde der Kristall zum Symbol für Fruchtbarkeit und weibliche Macht.

ZWEITES BUCH

Der Nahe Osten

Vor 35 000 Jahren

Noch nie zuvor hatten sie Nebel gesehen.

Unendlich weit von ihrer Heimat entfernt und hoffnungslos verirrt, hielten die verängstigten Frauen den weißen Nebel für einen bösen Geist, der sich auf leisen Sohlen in die Wälder stahl, die Flüchtlinge von der übrigen Welt abschnitt und sie in einem stillen, konturlosen Reich gefangen hielt. Im Laufe des Nachmittags würde sich der Nebel etwas lichten und ihnen einen kurzen Blick auf ihre unmittelbare Umgebung erlauben, um dann des Nachts, wenn die Sterne herauskamen, heimlich zurückzukommen und die Frauen ein weiteres Mal einzuschließen.

Der Nebel war indes nicht die einzige Bedrohung in diesem unbekannten neuen Land, das Laliaris Stamm seit Wochen durchwanderte. Überall steckten Geister – im Verborgenen, namenlos und Furcht einflößend, deshalb hielten sich die Frauen dicht beieinander. Der feuchte Nebel ließ sie in ihren Grasröcken frösteln, die in ihrem heimatlichen warmen Flusstal als Bekleidung gereicht hatten, hier jedoch, in dieser unwirtlichen Gegend, in die sie hatten fliehen müssen, kaum Schutz vor der Kälte boten.

»Sind wir alle tot?«, flüsterte Keeka und drückte ihr schlafendes Baby fester an die Brust. »Sind wir mit den Männern im zornigen Wasser ertrunken und jetzt Geister? Ist es *so*, wenn man tot ist?« Sie meinte damit ihr blindes Herumirren im dichten Nebel, ihre hohl klingenden Stimmen und ihre dumpfen Schritte. Als ob sie durch ein Totenreich wanderten. Zumindest mussten sie wie Gespenster *aussehen*, sagte sich Keeka beim Anblick ihrer Begleiterinnen, wie sie sich vorsichtig durch den dichten Nebel tasteten: barbrüstige Frauen mit hüftlangen Haaren, die Körper über und über mit Muscheln, Knochen und Elfenbein behängt, Bündel von Tierhäuten auf den Schultern verzurrt, die Fäuste um mit Steinspitzen bewehrte Speere geklammert. Nur ihre Gesichter wirkten nicht wie die von Geistern, fand Keeka. Ihre vor Angst geweiteten Augen waren noch menschlich. »*Sind wir tot?*«, wiederholte sie im Flüsterton.

Keeka bekam keine Antwort von ihrer Cousine Laliari, die, von tiefer Trauer erfüllt, nicht zu sprechen vermochte. Denn schlimmer noch als der bedrohliche Nebel, die Kälte und die unsichtbaren Geister war der Verlust ihrer Männer.

Dorons dunkler Haarschopf, der im tosenden Wasser verschwand.

Sie versuchte sich den geliebten Doron vor der Tragödie vorzustellen – jung, bartlos, von schlankem Wuchs –, ein tapferer Jäger, der abends friedlich am Lagerfeuer saß und Elfenbein schnitzte. Doron lachte viel und erzählte gerne Geschichten. Auch hatte er im Gegensatz zu den anderen Männern eine Engelsgeduld mit Kindern. Er ließ sie nicht nur auf seinen Schoß klettern, er freute sich sogar und lachte darüber (wurde aber vor Verlegenheit rot, wenn man ihn dabei ertappte). Am schmerzlichsten war Laliaris Erinnerung an Dorons lustvolle Umarmung des Nachts, wie er danach die Arme um sie geschlungen einschlief und sein Atem ihren Nacken streichelte.

Laliari unterdrückte ein Schluchzen. Sie durfte nicht mehr daran denken. Es brachte Unglück, wenn man an die Toten dachte.

Die Eindringlinge hatten sie einfach überrumpelt. Laliari und ihr Stamm hatten seit Generationen das Flusstal bewohnt, als plötzlich Fremde aus dem Westen in der grasigen Ebene erschienen, Hunderte, Tausende von Menschen, die erklärten, ihr Gebiet im Landesinneren trockne aus und würde zur Wüste. Während sie ihre Notlage schilderten, hatten sie mit gierigem Blick die satten Wiesen diesseits und jenseits des Flusses gemustert, die grasenden Herden, die reichen Fischbestände und die zahllosen Vögel. Nahrung im Überfluss, die sie jedoch für sich allein beanspruchten. Nach einem langen, erbitterten Gebietskampf hatte Laliaris Stamm den zahlen- und kräftemäßig überlegenen Neuankömmlingen weichen müssen und war nach Norden geflohen. Auf dem Rücken ihre gesamte Habe – die schweren Elefantenknochen, die den Rahmen für ihre tragbaren Zelte bildeten, und die Tierhäute, die über den Rahmen gezogen wurden. Im Flussdelta waren sie auf einen anderen Stamm gestoßen, der ebenso wenig gewillt war, seine Nahrungsquellen zu teilen. Und so hatte es wieder einen blutigen Kampf um Land und Nahrung gegeben, und wieder hatte er damit geendet, dass Laliaris Clan vertrieben wurde. Diesmal nach Osten.

Was als gewaltiger Exodus von mehreren hundert Menschen begonnen hatte, war nun auf eine Gruppe von achtundneunzig geschrumpft. Die Frauen, Kinder und Alten gingen vorneweg, während die Männer den Schluss bildeten, um sie vor den Verfolgern zu beschützen. Nach einer Weile hatten sie ein weitläufiges Sumpfland erreicht und sich mühsam durch das Schilf gearbeitet. Die Frauen waren schon auf der anderen Seite angekommen und als sie sich nach den Männern umwandten, sahen sie, wie auf einmal eine gewaltige Wasserwand auf sie zuraste, eine Sturzflut, die sich, aus dem Nichts kommend, über das sumpfige Gelände ergoss und die ahnungslosen Männer mitriss.

Auf sicherem Boden stehend, hatten die Frauen starr vor Schreck mit ansehen müssen, wie die Jäger sofort in der tosenden Flut untergingen. Sie sahen Arme und Beine wie Treibgut herumwirbeln, hörten die erstickten Schreie der Männer, die um ihr Leben kämpften. Kurze Zeit später hatte sich die Flut wieder beruhigt, und die Frauen, die nicht wissen konnten, dass diese sumpfige Ebene den Launen von Nipp- und Springfluten unterworfen war, die entweder Sumpfland oder Wasserwüsten hinterließen, glaubten, am Ufer eines neu entstandenen Meeres zu stehen.

Noch unter Schock waren sie dem östlichen Ufer des Sees Richtung Norden gefolgt, bis sie zu einer noch größeren Wasserfläche gelangten – breiter als ihr Fluss in der Heimat an seiner breitesten Stelle und größer als das Meer, das nunmehr das Sumpfland und die Leichen ihrer Männer bedeckte. In der Tat reichte dieses Gewässer bis zum Horizont, und die Frauen konnten weder Land noch Bäume auf der anderen Seite erkennen. Es war auch ihre erste Begegnung mit Wellen, und sie kreischten vor Angst, als das Wasser in hohen Brechern auf sie zurollte, an den Strand brandete und sich wieder zurückzog, nur um wie ein wildes Tier erneut anzugreifen. Obwohl sich in den Gezeitentümpeln reichlich Nahrung fand – Napfschnecken, Strandschnecken und Muscheln –, hatten die Frauen auf der Stelle kehrtgemacht und waren landeinwärts geflohen, weit weg von dem Meer, das eines Tages Mittelmeer genannt werden sollte, hatten eine feindselige Wildnis durchquert und waren schließlich zu einem nebeligen Flusstal gelangt, das dem in ihrer Heimat so gar nicht ähnelte.
Und hier, vertrieben aus ihrem angestammten Land, getrennt von ihren Männern und allem, was ihnen vertraut war, hatte für diesen kleinen Haufen von neunzehn Frauen, zwei Greisen und zweiundzwanzig Babys und Kindern die Suche nach einer neuen Heimat begonnen.
Als sie nach einer angsterfüllten, mondlosen Nacht erneut durch Morgennebel wanderten, hielten die Frauen hoffnungsvoll Ausschau nach Anzeichen des Schutzgeistes ihres Clans, der Gazelle. Seit sie ihr Flusstal verlassen hatten, war ihnen noch keine einzige begegnet. Wenn es in diesem fremden Landstrich nun gar keine Gazellen gab? Während sich Laliari mit ihren Blutsverwandten durch das unwirtliche Tal schleppte, wurde sie von einem noch schrecklicheren Gedanken gequält: Es gab Schlimmeres, als den Schutzgeist des Clans einzubüßen. Schlimmeres, als ihre Männer zu verlieren. Denn sie konnten in dieser seltsamen, nebelverhangenen Welt den Mond nicht sehen. Seit Wochen schon wollte er sich nicht zeigen.

Laliari stand mit ihren Ängsten nicht allein. Die anderen Frauen mochten zwar den Tod ihrer Männer betrauern, noch größer war jedoch für sie der Verlust des Mondes. Er hatte sein Gesicht schon viele Tage lang nicht gezeigt, und sie begannen zu fürchten, dass er für immer verschwunden sein könnte. Ohne den Mond gäbe es keine Babys, und keine Babys bedeutete letztendlich den Untergang des Clans. Die ersten Anzeichen dafür waren schon sichtbar: In all den Wochen, seit die Frauen auf sich allein gestellt umherzogen, war keine von ihnen schwanger geworden.

Laliari rückte sich die schwere Last auf der Schulter zurecht und richtete ihren Blick hoffnungsvoll auf die beiden Alten, die die kleine Gruppe durch den Nebel führten. Alawa und Bellek würden den Mond mit ihren übernatürlichen Kräften und ihrem Zauberwissen bestimmt finden.

Was Laliari jedoch nicht ahnen konnte, war, dass Alawa ihrerseits von Todesangst getrieben wurde und ein schreckliches Geheimnis barg.

Die alte Alawa war die Hüterin der Gazellenhörner und somit die Hüterin der Clangeschichte. Ihr gebührte die Ehre, das Gazellengeweih aufzusetzen, das mit Bändern aus Tiersehnen unter dem Kinn festgebunden wurde. Alawas Ohrläppchen waren mit der Zeit durch Schmuckstecker so lang gezogen, dass sie ihr bis auf die knochigen Schultern hingen. Zwischen ihren verwelkten Brüsten hingen Halsketten aus Muscheln, Knochen und Elfenbein. Amulette bedeckten den übrigen Körper, dienten jedoch nicht der Dekoration, sondern rituellem Zauber. Alawas Stamm wusste, dass zum Überleben jede Körperöffnung vor dem Eindringen böser Geister geschützt werden musste. Bei Kindern wurde die Nasenscheidewand mit dem Kiel einer Straußenfeder durchbohrt und ein Leben lang mit einer Elfenbeinnadel offen gehalten. Das sollte böse Geister abhalten, durch die Nasenlöcher einzudringen. Auch Ohren, Ober- und Unterlippen wurden durchbohrt. Zauberamulette, an Gürteln getragen, hingen schützend vor Scham und Gesäß, denn jedermann wusste, dass die

Geister auch durch Rektum oder Vagina in den Körper eindringen konnten.

Der andere Greis war Bellek, der Schamane des Clans und Hüter der Pilze. Wie Alawa hatte er langes weißes Haar mit eingeflochtenen Perlen, die beim Gehen leise klickten. Sein einziges Kleidungsstück bestand aus einem Lendenschurz von weichem Gazellenleder, und sein Körper war ebenfalls mit Zauberamuletten behängt. Bellek trug getrocknete Pilze in einem Lederbeutel bei sich, doch suchte er die bewaldeten Ufer dieses fremden Flusses auch nach frischen Pilzen ab. Er brauchte eine ganz bestimmte Sorte, mit langem dünnen Stiel und charakteristisch geformtem Hut, der ihn immer an die Brustwarze einer Frau denken ließ. Nach dem Genuss dieser Pilze wurde man auf eine Ebene gehoben, wo übernatürliche Wesen lebten.

Laliari war froh, dass Bellek und Alawa dem Clan erhalten geblieben waren, denn die Stammesältesten genossen das höchste Ansehen im Clan, und beide zusammen, dessen war sich Laliari sicher, würden den Mond finden.

Als ob sie den Blick gespürt hätte, blieb Alawa unvermittelt stehen, wandte sich um und starrte die junge Frau durchdringend an. Die anderen blieben ebenfalls stehen und schauten verunsichert auf Alawa. Eine beängstigende Stille trat ein. Es war die Stille böser Geister, die nur darauf lauerten, Besitz von ihnen ergreifen zu können. Einige der Frauen zogen ihre Kinder näher zu sich heran und drückten ihre Babys fester an die Brust. Der Moment schien endlos zu sein, Laliari hielt den Atem an, alle warteten. Dann drehte Alawa, die zu einem geheimen Entschluss gekommen zu sein schien, sich wieder um und setzte ihren mühsamen Weg fort.

Alawas geheimer Entschluss war folgender: Die Zeit war noch nicht reif, die anderen an ihrer neu gewonnenen Erkenntnis teilhaben zu lassen, und das machte ihr das Herz schwer. Sie hatte die magischen Steine gedeutet, ihre Träume befragt, sie hatte im Rauch des Lagerfeuers gelesen und den Funkenflug verfolgt. Alle diese Zeichen zusammen hatten Alawa eine schreckliche Wahrheit offenbart: Die Kinder mussten sterben, damit der Clan überleben konnte.

Gen Nachmittag lichtete sich wie erwartet der Nebel und gewährte den Flüchtlingen einen Blick auf ungewohntes Waldland und sandige Flussufer, ehe die Sonne unter den Horizont rutschte und ihnen das Tageslicht nahm.
Sie hielten an, um zu rasten. Während Keeka und andere junge Mütter sich ans Stillen ihrer Babys machten und die Mädchen zum Wasserholen gingen, verteilte Laliari ihre letzten Datteln, die sie vor einigen Tagen in einem kleinen Palmenhain am Fluss gesammelt hatten. Sie hatten sich auf der Stelle an den süßen Früchten gelabt und dann noch ihre Tragekörbe für den langen Weg gefüllt.
Während die anderen aßen, löste Alawa sich von der Gruppe und suchte nach einer im Halbschatten liegenden Stelle, um ihre Zaubersteine zu befragen. Bellek hingegen ging gebeugt umher und untersuchte mit seinen kurzsichtigen Augen jeden Ast und jeden Zweig, jeden Strauch und jeden Grashalm, um herauszufinden, ob dies ein glücklicher Ort zum Rasten sei. Noch hatte er hier wenig guten Zauber spüren können.
Fünfundsechzigtausend Jahre vor dieser Zeit wäre es einem Mann namens Löwe niemals in den Sinn gekommen, dass sein Volk seine Lebensumstände ändern könnte. Einem Mädchen mit Namen die Große jedoch schien dies möglich, und ihr entschlossenes Handeln hatte ihr Volk vor dem Untergang bewahrt. Das größte Vermächtnis an ihre Nachkommen lag in der Erkenntnis, dass sie sich den Gegebenheiten nicht bedingungslos beugen mussten. Nun aber, Jahrhunderte und Jahrtausende später, nachdem die Menschheit sich vervielfacht und die Grenzen ihrer Welt ausgedehnt hatte, trieben die Abkömmlinge der Großen ihr neues Wissen bis ins Extrem, indem sie ihr gesamtes Leben danach ausrichteten, den Geistern, die ihrer Umwelt innewohnten, niemals zu nahe zu treten oder ihren Unmut heraufzubeschwören. Sie mussten, um ihre Welt im Gleich-

gewicht zu halten, ständig auf der Hut sein. Der kleinste Fehltritt konnte die Geister kränken und Unglück über die Menschen bringen. Wollten sie einen Wasserlauf überqueren, pflegten sie zu sagen: »Geist dieses Gewässers, wir kommen in friedlicher Absicht.« Wenn sie ein Tier töteten, baten sie es um Verzeihung. Ihr Leben lang waren sie bemüht, ihre Umgebung zu »deuten«. Während ihre Vorfahren vor fünfundsechzigtausend Jahren einem rauchenden Vulkan keinerlei Aufmerksamkeit schenkten, sahen Laliari und ihre Familie im kleinsten Funken der glühenden Kohle ein Omen. Alawa fragte sich beim Deuten ihrer magischen Steine nun, was sie bei dem großen Sumpfmeer falsch gemacht hatten, um es so zu erzürnen, dass es ihre Männer verschlang. Natürlich hatten sie nicht gewusst, dass hier einmal ein Meer entstehen würde und folglich nicht die passenden Worte sprechen können. Sie hatten nicht einmal seinen Namen gekannt, wie also sollten sie seinen Geist beschwören? Und doch musste es Zeichen gegeben haben, es gab immer Zeichen. Was war ihrer Aufmerksamkeit entgangen, das die Katastrophe hätte verhindern können?

Und zukünftige Katastrophen, dachte Alawa düster, während sie ihre magischen Steine einsammelte. Denn ihre Steine und Kiesel, die über zahllose Generationen weitergereicht worden waren, bis zurück zur ersten Hüterin der Gazellenhörner, hatten ihr wieder dieselbe Botschaft vermittelt: dass die Kinder würden sterben müssen. Alawa spähte durch die Bäume auf dieses traurige Häuflein Frauen und Kinder. Sie waren alle ausgelaugt von schlaflosen Nächten, in denen sie von Albträumen gequält wurden, die Alawas Auffassung nach daher rührten, dass sie für die Toten keine »stille Wache« gehalten hatten. Hätten sie dieses Ritual gefeiert, würden die unglücklichen Geister jetzt nicht die Träume der Lebenden heimsuchen.

Ihre eigene Tochter auf der Flucht, einen Eindringling dicht auf den Fersen, der sie am wehenden Haar packte, zu Boden warf und mit seiner schweren Keule wieder und immer wieder auf sie niederfuhr.

Anfangs waren es nur einige wenige Eindringlinge gewesen, die von

Doron und den anderen Jägern vertrieben werden konnten. Doch dann waren mehr Fremde gekommen, die wie die Ameisen über die westlichen Hügel gezogen kamen, bis Alawas Volk überwältigt war. *Der kleine Hinto, der Sohn von Alawas Tochter, am Arm gepackt und in die Luft geschleudert und beim Herabfallen von einer Speerspitze durchbohrt. Istaqa, die Hüterin der Mondhütte, die herumwirbelt und einem der Verfolger einen Speer entgegenschleudert, wird von einem Felsbrocken am Kopf getroffen. Das viele Blut, das in die Erde sickert. Die Schreckensschreie der Gepeinigten. Das Stöhnen der Sterbenden. Todesangst und blinde Panik. Die alte Alawa, um ihr Leben rennend, ihre Schritte im Takt mit ihrem jagenden Puls. Der junge Doron, der mit den Jägern zurückblieb, um die Frauen und die Alten zu schützen.*

Vielleicht sollten sie die »stille Wache« jetzt abhalten, überlegte Alawa, als sie sich mühsam aufrichtete. Womöglich würde das die unglücklichen Geister besänftigen, die in ihren Träumen spukten. Es gab da nur ein Problem: Um das Ritual durchzuführen, mussten sie die Namen der Toten aussprechen, und das bedeutete, das größte Tabu des Clans zu brechen.

Beim Anblick der Kinder wurde ihr das Herz schwer. Es gab so viele Waisen darunter, deren Mütter im Kampf mit den Eindringlingen gefallen waren. Und dann der kleine Gowron, ihrer Tochter Tochter Sohn, der gerade mit einem Frosch spielte. Alawa hatte seine kleine Nase eigenhändig durchbohrt, um böse Geister von ihm abzuhalten. Bei dem Gedanken, dass er sterben musste, krampfte sich ihr Herz zusammen.

In ihrem Heimatland hatten die Menschen in ständiger Furcht vor ihrer Umgebung gelebt. Der Tod kam oft überraschend, schnell und brutal, sodass es selbst zwischen vertrauten Felsen, Bäumen und Flüssen genug zum Fürchten gab. Die Menschen waren immer bestrebt gewesen, die Geister nicht zu kränken, hatten immer die richtige Formel gesprochen, die richtigen Amulette getragen und die richtigen Gesten gemacht, wie sie es von frühester Kindheit an

kannten. Und nun standen sie in diesem fremden Land, in dem sie nicht einmal die Namen der Dinge kannten. Es gab unbekannte Pflanzen und Bäume, Vögel mit ungewohntem Federkleid, fremdartige Fische. Wie sollten sie sie nennen? Wie sollten sie sicherstellen, dass den Überlebenden des Gazellenclans kein Unheil widerfuhr?
Während Alawa dem alten Schamanen zusah, wie er sich hinkniete, um einen Kieselstein zu beäugen, wie er an einer Blume roch oder Erde durch die Finger rieseln ließ, fragte sie sich, wie er ihre Neuigkeit aufnehmen würde. Es konnte durchaus sein, dass Bellek die Kinder nicht würde töten wollen, auch wenn es das Überleben des Clans sicherte.
Da kam ihr der Gedanke, dass Bellek seine Zeit überschritten haben und nicht mehr von Nutzen sein könnte.
Alawa hatte Männer immer schon verachtet, weil sie kein Leben hervorbrachten, und sich insgeheim oft genug gefragt, warum der Mond überhaupt männliche Kinder schuf. In ihrer Heimat mochten die Männer ja ganz nützlich gewesen sein. Sie schleppten Fleisch vom Flusspferd und vom Nashorn heran, eine Arbeit, die für die Frauen zu schwer war, und versorgten so den Clan mit Nahrung für mehrere Wochen. In diesem neuen Landstrich jedoch musste die Nahrung gepflückt und gesammelt werden, Jäger wurden nicht mehr gebraucht. Konnte das die Botschaft ihrer Träume und magischen Steine sein? Dass sie die Kinder töten mussten, um den Clan zu reinigen?
Alawa betrachtete die Kinder, wie sie aßen und spielten und ihren Müttern an der Brust zupften. Dabei galt ihr Augenmerk besonders den Knaben, die in allen Altersstufen, vom Säugling bis zum Halbwüchsigen, vertreten waren. Der Tradition folgend, hatten die älteren Jungen ihre Mütter bereits verlassen und sich den Jägern angeschlossen. Mit ihnen waren sie dann im Sumpfmeer umgekommen.
Alawa musste wieder an die toten Männer denken, an den verlorenen Mond, an die quälenden Albträume, und ein erschreckender Gedanke nahm immer konkretere Form an: Die ertrunkenen Män-

ner waren eifersüchtig auf die Lebenden. Deshalb verfolgten sie die Frauen in ihren Träumen. Jeder wusste, dass die Toten eifersüchtig auf die Lebenden waren, deswegen wurden die Geister auch so gefürchtet.

Obwohl sie vor dem letzten Schritt noch zurückschreckte, stand Alawas Entschluss fest. Solange die Jäger die Knaben mit ihrer Eifersucht verfolgten und die Frauen mit Albträumen quälten, würde der Mond nicht erscheinen. Ohne den Mond würde der Clan jedoch aussterben. Die Knaben mussten geopfert werden, um die Geister zu bannen. Dann würde der Mond zurückkommen und wieder neues Leben in die Frauen setzen. Und damit wäre der Clan gerettet.

Als sie das nächste Mal Rast unter den Bäumen machten und ihre Kinder versorgten, brachen einige der Frauen vor Erschöpfung in Tränen aus.

Sie alle hatten geliebte Menschen im Sumpfmeer verloren – Söhne, Brüder, Neffen, Onkel, Bettgefährten. Bellek hatte seinen jüngeren Bruder untergehen sehen; Keeka die Söhne der Schwester ihrer Mutter; Alawa fünf eigene Söhne und zwölf Söhne ihrer Tochter; Laliari ihre Brüder und ihren geliebten Doron. Ein unermesslicher Verlust. Als die Flutwelle die Jäger unter sich begraben hatte, waren die Frauen schreiend am Wasser entlanggelaufen in der Hoffnung, Überlebende zu finden. Zwei von ihnen hatten sich in die tosende Flut gestürzt und waren ebenfalls untergegangen. Eine Woche lang hatten die Frauen an dem neu entstandenen Ufer gehaust, bis Bellek, nach dem Verzehr von magischen Pilzen und dem Verweilen in einer anderen Sphäre, den Ort zu einem Unglücksort erklärt und zum Aufbruch gemahnt hatte.

Und nun zogen sie durch ein Land im Nebel, und die Frauen wurden mit jedem Tag bedrückter.

Voller Mitgefühl mit Keeka, der die Tränen über die Wangen rannen, holte Laliari eine Hand voll Nüsse aus ihrem Beutel und reichte sie der Cousine.

Bis zu ihrer Flucht war Keeka rund und mollig gewesen. Sie liebte Essen über alles und pflegte nach dem gemeinschaftlichen Abendessen in ihre Hütte zu huschen, die sie mit ihrer Mutter, der Mutter ihrer Mutter und ihren eigenen sechs Kindern teilte, um Essensreste zu verstauen, die sie unter ihrem Grasrock versteckt hatte. Ebenso liebte sie es, mit Männern zu liegen. Die Jäger, die häufiger in ihre Hütte kamen, brachten ihr stets Extragaben mit, und so hing ein reicher Vorrat an getrocknetem Fisch, Hasenkeulen, Zwiebeln, Datteln und Maiskolben unter ihrem Hüttendach. Keiner im Clan neidete ihr die Schätze, denn allen ging es gut.

Jetzt saß Keeka erschöpft da, die mageren Schultern hochgezogen, und knabberte traurig ihre Nüsse.

Unwillkürlich wanderten Laliaris Finger zu dem Schutzamulett an ihrem Hals, einem Talisman aus Elfenbein, der bei zunehmendem Mond geschnitzt worden war. Sie trug noch eine Halskette aus über hundert Hornissenkörpern, die sie mit viel Mühe gesammelt, getrocknet und poliert hatte. Sie sahen wie kleine Nüsse aus und klickten leise beim Gehen. Mit dieser Kette beschwor Laliari die Kraft der Hornissengeister, die sie und ihren Clan beschützen sollten, waren die Hornissen doch bekannt dafür, dass sie ihre Nester erbittert verteidigten.

Indes fand Laliari heute wenig Trost bei ihren Amuletten und Halsketten. Sie, ihre Schwestern und Cousinen hatten ihr Land, ihre Männer und den Mond verloren. Wenn sie doch nur den Namen ihres geliebten Doron aussprechen dürfte, wäre das schon ein großer Trost.

Da Namen jedoch ein kraftvoller Zauber innewohnte, durften sie nicht leichtfertig ausgesprochen werden, denn ein Name verkörperte das heilige Wesen eines Menschen und stand in direkter Verbindung mit seinem Geist. Weil Namen magische Bedeutung besaßen und über den Verlauf eines Menschenlebens bestimmen konnten, wurden sie nur mit großer Umsicht, nach viel Überlegung und dem kunstvollen Deuten von Zeichen und Omen verliehen. Oft richtete

er sich nach einer speziellen Tätigkeit, die der- oder diejenige ausübten, wie etwa Bellek, was so viel hieß wie »Deuter von Zeichen«. Laliari war die »zwischen dem Lotus Geborene«, weil ihre Mutter beim Wasserholen am Fluss von den Geburtswehen überrascht worden war. Und somit stand Laliari ihr Leben lang unter dem Schutz der Lotusblume. Keeka (»Kind des Sonnenuntergangs«) hieß so, weil sie zu jener Stunde geboren war. Ein einmal benutzter Name wurde nie wieder verwendet. Außerdem brachte es Unglück, den Namen eines Toten auszusprechen, weil dies den unglückseligen Geist beschwor. So musste Laliari also Stille über Dorons Namen bewahren und ihren geliebten Mann der Vergessenheit anheim geben.
Sie zog das Gazellenfell enger um sich. Bei der Erinnerung daran, wie Doron sie des Nachts in ihrer Hütte gewärmt hatte, stiegen der frierenden Laliari heiße Tränen in die Augen. Wie liebevoll und geduldig Doron nach dem Tod ihres Babys mit ihr umgegangen war. Gewiss betrauerten die meisten Männer den Tod eines Kindes, stellte er doch für den gesamten Clan einen Verlust dar, doch trösteten sie sich gewöhnlich rasch wieder und konnten die lang anhaltende Trauer einer Mutter nicht verstehen. Schließlich schenkte der Mond einer Frau doch wieder neue Kinder. Nur Doron hatte verstanden. Ungeachtet der Tatsache, dass er selbst nie erfahren würde, was einen eigenen Sohn oder eine eigene Tochter zu haben bedeutete, und dass für ihn das einzige Blutsband mit einem Kind nur durch die Kinder seiner Schwester bestand, hatte er verstanden, dass Laliaris Baby von ihrem Blut war und ihr Schmerz dem entsprach, den er beim Tod seiner Schwester Sohn empfunden hatte.
Doch nun war Doron tot. Von tosenden Wellen verschlungen.

Alawa stieß einen Warnruf aus. Die Bäume weinten!
Es war der Nebel, der sich im Tal so verdichtet hatte, dass er wie Regen von den Ästen und Blättern tropfte. Alawa jedoch wusste, was das wirklich bedeutete: Die Geister der Bäume waren unglücklich.

Sie schlug ein Schutzzeichen in die Luft und zog sich hastig zurück. Ihre Besorgnis wuchs mit jedem Tag. Belleks Hoffnung, den Mond in nördlicher Richtung zu finden, mochte Alawa nicht teilen. Alles in ihrem Exil war bisher fremdartig und sonderbar gewesen, angefangen mit dem Binnenmeer, das weder Fische noch überhaupt irgendwelches Leben aufwies. Was für eine Enttäuschung, als sie nach ihrem Marsch ostwärts von dem Meer ohne jenseitiges Gestade an dieses Gewässer gelangt waren, in dem weder Fische schwammen noch Algen wuchsen und das nur von einem salzverkrusteten Ufer gesäumt wurde, an dem keine Muscheln und kein Schilf wuchsen – ein Meer ohne jegliches Leben. Selbst Alawa hatte so etwas noch nie gesehen. Dennoch waren sie dem versalzten Ufersaum gefolgt und schließlich zu einem Fluss gekommen, der rückwärts floss!

Ihm folgten sie weiter, zunächst durch ein ödes Gebiet mit felsigem Grund und spärlicher Vegetation, dann durch eine fruchtbare Gegend, wo Weiden, Oleander und Tamarisken wuchsen. Weiter nordwärts verengte sich der Fluss plötzlich und wand sich durch schmale Täler, die von schroffen Hügeln umgeben waren. Ganz anders als der breite Fluss ihrer Heimat. Dieser dagegen wand und bog sich wie eine Schlange oder führte in einer Schleife zu sich selbst zurück, sodass Alawas Gruppe manchmal Richtung Westen marschierte, dann nach Norden und schließlich nach Osten! Als ob der Fluss sich nicht entscheiden konnte!

Damit nicht genug der Merkwürdigkeiten. Nördlich des toten Meeres waren sie auf eine offene Ebene mit dem saftigsten Grün gestoßen. Aber wo waren die Tiere? Bellek hatte den Erdboden untersucht und Spuren von Tierkot gefunden. Also waren einmal Tierherden hier durchgezogen. Nur, wo waren sie jetzt? Hatte der seltsame nächtliche Nebel die Tiere ebenso vertrieben wie den Mond?

Und nun weinten auch noch die Bäume. Mit jeder mondlosen Nacht, mit jedem Tag, an dem sich keine neue Schwangerschaft bei den Frauen zeigte, wuchs Alawas Besorgnis. Die Knaben mussten geopfert werden, oder der Mond wäre für immer verloren.

Bei Sonnenuntergang bot sich ihnen ein grauenhafter Anblick. Stumm vor Schreck verharrten die Frauen und Kinder und starrten auf das Unfassbare. Hunderte von Antilopenkadavern türmten sich am Fuße eines Kliffs, die Schädel aufgeschlagen, die Glieder zerborsten. Alawa blickte zu den steilen Felsklippen auf und fragte sich, was diese Tiere dazu gebracht haben mochte, sich von dem Plateau zu stürzen. Was hatte sie so erschreckt?

Die Gruppe hastete weiter, um die unglücklichen Geister der Tiere möglichst rasch hinter sich zu lassen. Schließlich gelangten sie an die Gestade eines Süßwassersees, den künftige Generationen »See Genezareth« nennen sollten. Seine Ufer waren von Bäumen und Büschen, Tamarisken und Rhododendronsträuchern gesäumt, in seinem Wasser tummelten sich Fische, und Tausende von Vögeln bevölkerten den Strand. Nun hatte sich auch der Nebel gelichtet, und die Nachmittagssonne schenkte immer noch Wärme. Bellek hielt die Nase in den Wind und studierte die Wolken. Dann erhob er seinen mit Zauberamuletten und Gazellenschwänzen geschmückten Stab und verkündete, dass hier ein guter Zauber herrschte. Hier würden sie ihr Lager aufschlagen und die Nacht verbringen.

Während er und Alawa ihrem nächtlichen Ritual nachgingen, das ihr Nachtlager von bösen Geistern beschützen sollte, machten sich die Frauen daran, Unterkünfte aus den mitgeführten Tierfellen zu errichten. In Ermangelung von Elefantenknochen, die sie gewöhnlich zum Bau ihrer Hütten brauchten, verwendeten sie Baumstämme, Schößlinge und starke Äste, die sie in den Boden rammten. Der Gazellenclan lebte in einer engen Gemeinschaft – die Unterkünfte wurden nicht nach einzelnen Familien, sondern nach Gruppen und rituellen Zwecken aufgeteilt: die größeren Hütten für die Jäger, die getrennt von den Frauen schliefen; Einzelhütten für die Stammesältesten; Unterkünfte für die jungen, noch kinderlosen Frauen; die Monatshütte der Frauen, die Gotthütte des Schamanen. Die Form der Hütten war immer rund, damit keine Geister in irgendwelchen Ecken herumspuken konnten.

Die Frauen wollten noch vor der Dämmerung ihr Lager errichten, und dabei hatten Alawas Hütte und die Monatshütte der Frauen absoluten Vorrang.

Während der Menstruation waren Frauen besonders verletzlich und bedurften des Schutzes vor bösen und unglücklichen Geistern. Es war dies die Zeit der magischen Kräfte, in der sich entschied, ob neues Leben in einer Frau entstehen würde. Wenn sie ihren Blick dem Mond zuwandte, signalisierte ihr seine Phase, dass es an der Zeit sei, sich von den anderen abzusondern. Dann zog sie sich mit ihren Zauberamuletten und spezieller Nahrung zurück und wartete auf die Zeichen: Setzte der Monatsfluss ein, gab es kein neues Leben in ihr. Blieb er jedoch aus, war sie schwanger. Also wurde die Monatshütte als Erste errichtet, wobei Alawa den Eingang mit der schützenden Zauberformel besprach, die Hütte mit Ketten von Kaurimuscheln schmückte und mit rotem Ocker magische Zeichen auf den Erdboden malte.

Bei ihrer Nahrungssuche stießen sie auf einen ihnen unbekannten Baum: kniehoch, mit üppigem Laub und übervoll mit Kapseln, die weiße, fleischige Samen enthielten. Nachdem die Frauen vorsichtig gekostet hatten, ob die Früchte nicht giftig waren, begannen sie die Kichererbsen sogleich einzusammeln. Währenddessen trat Bellek ans Seeufer und spähte mit seinen kurzsichtigen Augen ins Wasser. Als er sah, wie viele Fische sich an den seichten Stellen tummelten, lief ihm das Wasser im Munde zusammen. Die Kinder wurden zum Beeren- und Eiersammeln ausgeschickt und dabei streng ermahnt, die Tabus in diesem fremden Land zu respektieren und auf keinen Fall irgendwelche Geister zu kränken.

Schließlich wurde von Alawa eine Mondwache abgestellt und instruiert, die anderen sofort zu wecken, sobald der Mond sich zeigte.

Mit viel Glück würde diese Nacht der Mond aufgehen, ehe der Nebel wieder einsetzte.
Während die Frauen und Kinder sich um das wärmende Feuer versammelten, schlüpfte Alawa aus dem Kreis und schritt ans Seeufer. Sie hatte beschlossen zu handeln, sollte sich der Mond heute Nacht wieder nicht zeigen. Morgen würden die Knaben sterben.
Keeka hatte die Alte davonschlurfen sehen, den einst so stolzen Körper nun unter dem Gewicht des Gazellengeweihs gebeugt. Sie hegte schon länger den Verdacht, dass Alawa schwer an einem Geheimnis trug, und Keeka wusste, worum es ging. Alawa machte sich daran, ihre Nachfolgerin zu bestimmten.
Die Hüterin des Gazellengeweihs war die wichtigste Person innerhalb des Clans, ihr standen die besten Hütten, das beste Essen zu. Keeka brannte darauf, Alawas Nachfolgerin zu werden, doch das lag nicht in ihrer Macht. Die Wahl wurde durch Omen bestimmt, durch das Deuten von Zeichen und Träumen. War die Wahl einmal getroffen, lebte die Nachfolgerin ständig an Alawas Seite, um die Vorgeschichte des Clans zu erlernen, um den Geschichten und Legenden zu lauschen und sie in Erinnerung zu behalten, wie Alawa es als junge Frau vor vielen Jahren gelernt hatte. Der langen Geschichte des Clans würde nun ein weiteres Kapitel hinzugefügt werden – die Invasion der Fremden aus dem Westen, die Flucht des Clans, der Untergang der Männer in dem neuen Meer, der Verlust des Mondes und dieser endlose Marsch auf der Suche nach einer neuen Heimat.
Keekas Betrachtungen wurden durch ein kindliches Quieken unterbrochen. Ihre Cousine Laliari hatte eines der Waisenkinder auf dem Schoß und kitzelte es. Keekas Augen verengten sich. In ihr keimte der Verdacht, dass Alawa sich für Laliari entscheiden könnte.
Keekas Hass auf die Cousine hatte sich bereits vor zwei Jahren zusammengebraut, als der schöne Doron sich dem Gazellenclan anschloss. Keeka hatte nichts unversucht gelassen, ihn in ihre Hütte zu locken, doch Doron hatte nur Augen für Laliari gehabt. So etwas geschah selten. Die geschlechtliche Vereinigung von Männern und

Frauen geschah willkürlich und unverbindlich, ohne feste Regeln. Nur zwischen Doron und Laliari hatte sich eine tiefe Zuneigung entwickelt, die andere ausschloss und eine Ahnung von Ehe und lebenslanger Partnerschaft weckte, auch wenn diese Lebensform erst viele Jahrtausende später entstehen sollte.
Je mehr Keeka diesen hübschen Jäger begehrte und je länger er sie ignorierte, desto heftiger wurde ihr Verlangen. Nachdem Doron ertrunken war, hatte Keeka sich eine gewisse Häme nicht versagen können, denn nun konnte nicht einmal Laliari ihn mehr haben. Ihre Schadenfreude wurde noch durch die Tatsache verstärkt, dass Laliari kinderlos war, nachdem ihr erstes Kind den ersten Frühling nicht mehr erlebt hatte. Und da es in diesem fremden Land keinen Mond gab, der ihr ein neues Kind schenken würde, blickte Keeka als Mutter einer sechsköpfigen Brut selbstgefällig auf die Cousine herab.
Der Gedanke, dass Alawa Laliari zu ihrer Nachfolgerin bestimmen könnte, ließ Keeka nicht mehr los.
Mit dem Essen und der Körperpflege waren sie fertig, nun brach die Stunde des Geschichtenerzählens an. Die Frauen warteten darauf, dass Alawa sich ans Feuer setzte und mit ihrer abendliche Erzählstunde begann. Laliaris Volk liebte es, Geschichten zu lauschen, die über Generationen weitergegeben worden waren und die ihnen Halt in einer ansonsten verwirrenden Welt gaben. Die Geschichten zeigten ihnen, welchen Platz der Einzelne in der Schöpfung einnahm und dass sie alle Teil eines Ganzen waren; Mythen und Legenden bestätigten Vertrautes und erklärten Rätselhaftes. Die Frauen und Kinder saßen stumm und lauschten gebannt, wenn Alawa mit ihrer alten brüchigen Stimme anhob: »Vor langer, langer Zeit … bevor es noch den Gazellenclan gab, bevor es den Fluss gab … kamen eure Mütter von weit her aus dem Süden gezogen. Die Erste Mutter hatte sie geboren und ihnen geboten, nach Norden zu ziehen, um dort eine Heimat zu finden. Den Fluss brachten sie mit sich, und bei jedem Mondaufgang ließen sie das Wasser steigen, bis es sie in unser Tal trug und sie wussten, dass ihre Suche ein Ende hatte …«

Je länger die Frauen auf Alawa warteten, desto banger wurde ihnen ums Herz. Zwar wussten sie, dass Alawa nach dem Mond Ausschau hielt, aber nachdem die Nacht hereingebrochen war und der Nebel sich im Tal ausgebreitet hatte, befürchteten sie, dass Alawas Suche wieder vergebens sein würde.
Laliari hob den Kopf und versuchte, durch die dichte Nebelwand zu spähen. Der Mond vermochte mehr, als neues Leben in Frauen zu wecken oder ihre Körperfunktionen zu steuern. Er verbreitete des Nachts Lichtschein, wenn er wirklich gebraucht wurde (nicht wie die Sonne, die am Tage schien, wenn es bereits hell war, oder deren Gesicht so intensiv strahlte, dass man nicht hinsehen konnte. Den Mond konnte man stundenlang anschauen, ohne geblendet zu werden). Seiner jeweiligen Phase entsprechend brachte der Mond Blumen des Nachts zum Blühen, Katzen zum Jagen und Fluten zum Anschwellen. Der Mond war berechenbar und tröstlich wie eine Mutter. Nach den finsteren Tagen des Dunklen Mondes pflegte der Clan jeden Monat an einer heiligen Stätte am Fluss zusammenzukommen und auf das Erscheinen des jungen Mondes zu warten – eine schmale Sichel am Horizont. Wenn er dann am Himmel aufstieg, brachen sie in Rufe des Entzückens aus, begannen einen Freudentanz und sangen dazu, denn das Aufgehen des Mondes bedeutete, dass das Leben weiterging.
Während Laliari eines der Waisenkinder in den Armen wiegte, wanderten ihre Gedanken zu ihrem eigenen Baby zurück. Der Mond hatte sie vor einem Jahr damit gesegnet, kurze Zeit nachdem Doron sich dem Clan angeschlossen hatte. Indes hatte das Kind nicht lange gelebt, und Laliari hatte es bei den schroffen Hügeln im Osten lassen müssen. Wie oft schon hatte sie sich danach der aufgehenden Sonne zugewandt in der Vorstellung, ihr Baby dort zu sehen, und sich gefragt, ob sein Geist unglücklich sei. Irgendetwas zog sie immer wieder zu jener Stelle bei den Hügeln hin, aber sie wusste, dass es Unglück brachte, einen Ort mit toten Dingen zu betreten.
Laliari konnte sich nur selbst die Schuld an der Krankheit und dem

Tod ihres Babys geben. Sie musste unabsichtlich einen Geist gekränkt haben, der sie mit dem Tode ihres Kindes bestrafte, auch wenn Laliari immer bemüht war, alle Regeln und rituellen Gesetze zu beachten. War ihr Heimatland deshalb von Fremden eingenommen worden, und hatten ihre Männer deshalb im Sumpfmeer umkommen müssen?

Obwohl sie wusste, dass es Unglück brachte, an die Toten zu denken, suchte sie an den düsteren Abenden Trost bei den Erinnerungen an Doron. Wie sie sich kennen gelernt hatten. Die jährliche Zusammenkunft der Clans fand jedes Jahr zur Zeit der Überschwemmung statt, wenn der Fluss die Ufer überspülte. Zu Tausenden kamen sie von oberhalb und unterhalb des Flusses, errichteten ihre Unterkünfte und hissten ihre Clansymbole. Bei diesen Zusammenkünften wurden Streitereien geschlichtet, Allianzen geschlossen und erneuert, Neuigkeiten und Klatsch ausgetauscht, Schulden beglichen, Strafen zugemessen und, was besonders wichtig war, Familienmitglieder ausgetauscht. Familien mit weniger Frauen erhielten Frauen von denen mit einem Frauenüberschuss, oder umgekehrt, wenn es an männlichen Familienmitgliedern mangelte. Es war ein umständliches, langwieriges Verfahren zwischen den Parteien, wobei die Stammesältesten in Streitfällen einschritten. Doron und ein anderer junger Mann waren für zwei junge Frauen aus Laliaris Clan eingetauscht worden. Laliari war damals sechzehn Jahre alt gewesen, und sie und Doron hatten einander eine Woche lang heimlich beobachtet. Es war eine Zeit voller Schüchternheit und Ahnungen gewesen, ein Erwachen der Instinkte. Laliari hatte vorher noch nie bemerkt, was für wunderbare starke Schultern Männer haben konnten – insbesondere Doron –, und der Blick des neunzehnjährigen Doron hing wie gebannt an Laliaris schmaler Taille und ihren ausladenden Hüften. Nach der jährlichen Zusammenkunft war Doron Laliari und ihrem Clan zu ihrem angestammten Gebiet gefolgt, und von da an hatten sie jede Nacht zusammen verbracht.

Von ihrem Kummer überwältigt, bettete Laliari den Kopf auf die Knie und begann leise zu weinen.

Unten am Wasser stand zur gleichen Zeit Alawa. Sie hatte eine furchtbare, schmerzliche Entscheidung getroffen: Die Knaben sollten das gleiche Schicksal erleiden wie die Männer – sie sollten ertrinken.

Als sie Schritte hörte, wandte sie sich um und sah Belleks vertraute Gestalt aus dem Schilf auftauchen. Nach Atem ringend blieb er neben ihr stehen. Es war ihm nicht verborgen geblieben, dass Alawa sich mit einer wichtigen Entscheidung quälte. Sie macht sich bereit, ihre Nachfolgerin zu bestimmen, dachte er.

Er hätte bei der Entscheidung gerne ein Wort mitgeredet, aber die Hüterin des Gazellengeweihs allein wusste, wer die nächste Hüterin sein würde.

»Soll es Keeka sein?«, raunte er in der stillen Hoffnung, dass dem nicht so wäre. Keeka hatte einen gierigen Zug an sich, der, wie er befürchtete, dem Clan nur schaden würde. Wenn es nach Bellek ginge, würde er Laliari wählen, weil die Hüterin der Clansgeschichten frei von jeder Selbstsucht sein musste.

Alawa schüttelte den Kopf – ganz langsam, soweit es das Gewicht der Gazellenhörner erlaubte. In ihrer Jugend hatte sie deren Gewicht kaum empfunden, aber mit zunehmendem Alter war das Geweih so schwer geworden, dass sich ihr Nacken darunter bog. »Morgen werden die Knaben sterben müssen«, erklärte sie mit brüchiger Stimme.

Bellek schaute sie ungläubig an. »Was hast du gesagt?«

»Die kleinen Jungen müssen sterben. Die Geister der Jäger sind auf sie eifersüchtig, deswegen verfolgen sie uns, und der Mond hält sich bedeckt. Wenn die Knaben nicht sterben, wird der Clan aussterben. Endgültig.«

Bellek hielt den Atem an und malte hastig ein Schutzzeichen in die Luft.

»Wir werden es im Wasser tun«, erklärte Alawa mit aller Entschlos-

senheit. »Die Jäger sind darin ertrunken, also müssen die Knaben auch ertrinken.« Sie warf Bellek einen scharfen Blick zu. »Du wirst auch sterben müssen.«
»Ich?« Er rang nach Luft. »Der Clan braucht mich doch!«
»Der Clan hat immer noch mich. Und wenn der Mond der Meinung ist, dass wir Männer brauchen, wird er uns neue schenken.«
»Was bin ich denn für eine Bedrohung? Die Knaben, die einmal zu Jägern heranwachsen, ja. Aber ich bin ein alter Mann.«
Alawa erhob ihre Stimme. »Du hast die Eifersucht der Männer auf dich gezogen, weil du am Leben geblieben bist. Selbstsüchtiger Mann! Würdest du das Aussterben unseres Volkes in Kauf nehmen, wenn du dich nicht opferst?«
Bellek begann zu zittern. »Könnte es ein Irrtum sein?«
»Du wagst es!«, schrie Alawa. »Du ziehst meine Träume in Zweifel! Du stellst infrage, was die Geister mir befohlen haben. Du bringst mit deinem Zweifel Unglück über uns alle!« Sie wedelte mit den Händen vor den Augen, als ob sie einen bösen Geist verscheuchen wollte. »Nimm zurück, was du eben gesagt hat, oder wir werden alle die Folgen zu tragen haben!«
»Es tut mir Leid«, stammelte er. »Es lag mir ferne zu zweifeln. Die Geister haben gesprochen. Die …« Er brachte die Worte kaum über die Lippen. »Die Knaben werden sterben.«

Während Alawa unter weichen Fellen schlief, blieb Laliari mit dem Rücken an die Zeltwand gelehnt sitzen. Der Wunsch der Alten, ihr in ihrer Hütte Gesellschaft zu leisten, hatte sie vollkommen überrascht, und die bewundernden und neidischen Blicke der anderen waren ihr nicht entgangen. Ganz besonders die von Keeka, wusste doch jeder, was dies bedeutete: dass Alawa Laliari zu ihrer Nachfolgerin bestimmen würde.
Doch die alte Frau hatte sich sogleich schlafen gelegt, und nun war es angenehm warm in der Hütte. Laliari schlang die Arme um die angezogenen Knie und bettete den Kopf darauf. Sie hatte gar nicht ein-

schlafen wollen, aber als sie erwachte, kroch bereits der graue Morgen ins Zelt. Ohne sie anzusehen, wusste Laliari, dass Alawa tot war. Mit vor Angst geweiteten Augen floh die junge Frau aus der Hütte. So nah war sie noch nie einer Toten gewesen. Wo war Alawas Geist hingegangen?

In panischer Angst kniff Laliari sich mit den Fingern die Nasenlöcher zu in der vagen Hoffnung, den Geist der Alten von sich abzuhalten. Ihr Wehgeschrei weckte die anderen. Kaum hatte sich die Nachricht von Alawas Tod verbreitet, rissen die Frauen ihr Zelt nieder. Bellek untersuchte Laliari aufs Gründlichste, ihre Augen, ihre Ohren, ihren Mund und ihre Vagina. »Kein Geist da«, konnte er sie schließlich beruhigen. Womöglich war Alawa schon zu alt gewesen und ihr Geist hatte ihren Körper nicht so schnell verlassen können, wie er das bei jüngeren Menschen tat. Vielleicht kämpfte dieser alte Geist gerade jetzt damit, seiner irdischen Hülle zu entkommen. Bellek bedeutete den trauernden Frauen, dass sie eine gute Totenwache würden halten müssen, damit Alawa sie, wenn sie weiterzogen, nicht heimsuchen und quälen könne.

Das Ritual war so alt wie die Zeit und über Generationen weitergereicht worden. Bellek zog einen Kreis um Alawas Leichnam in den Staub. Begleitet von magischen Gesängen aßen und tranken die Frauen so viel sie konnten, denn von nun an würden sie einen Sonnenzyklus lang fasten. Dann folgte die »stille Wache«. Die Stille musste absolut sein, und niemand durfte fortan essen oder trinken, denn damit würde man den Geist der Toten verärgern und eifersüchtig machen. Jeder wusste, dass Geister unglücklich waren – wer wollte schon sterben. Unglücklich, wie sie waren, wollten die Geister die Lebenden ebenso unglücklich machen und quälten sie. Mit der »stillen Wache« wollte man dem Geist bedeuten, dass dies ein langweiliger Ort ohne Speisen und Getränke und ohne Fröhlichkeit war, auf dass er weiterziehen und sich einen besseren Ort suchen möge.

Bellek hatte eine Decke aus Gazellenleder über den Leichnam gelegt und erklärt, dass damit Alawas Geist daran gehindert würde, von einem von ihnen Besitz zu ergreifen. Der wahre Grund war jedoch ein anderer: Außer ihm hatte keiner die Male am Hals der Alten und den angstvollen Ausdruck bemerkt, der sich im Augenblick des Todes auf ihrem Gesicht eingegraben hatte. Beweis genug, dass Alawa ihre Träume falsch gedeutet hatte, als sie erklärte, dass die Jäger kleine Jungen opfern wollten. Wie sonst wäre sie an Todesangst und Erwürgen gestorben, wenn nicht die Geister der Jäger sich in ihr Zelt gestohlen und sie umgebracht hätten?

Zum Glück hatte Alawa sich niemandem sonst anvertraut, und so behielt Bellek das Geheimnis für sich. Denn solange er lebte, würden die Knaben – und er selbst – sicher sein.

Die Frauen hatten einen Tag und eine Nacht lang in stiller Wache gesessen, mit knurrenden Mägen, mit trockenen Lippen und schmerzenden Gliedern. Schließlich teilten sie Alawas Besitztümer untereinander auf, wobei das Gazellengeweih an Bellek ging, ließen den Leichnam liegen, brachen die Zelte ab und nahmen ihre Wanderung nach Norden wieder auf.

Die Nächte wurden kälter, feuchter Nebel erfüllte das Tal und die Frauen des Gazellenclans, unvertraut mit der herbstlichen Jahreszeit und ihren Nebelschwaden, die allmählich in Winterregen übergehen würden, glaubten, für immer im Nebel gefangen zu sein. Sie froren in ihren dürftigen Unterkünften, bis sie eines Nachts von einem heftigen Unwetter geweckt wurden – einem Sturm, der vom Westen heranröhrte, über die nahe gelegenen Berge fuhr und das bescheidene Lager mit eisigem Atem und Regen scharf wie Speerspitzen überzog. Die Frauen kämpften in den Sturmböen um ihre Zelte, doch der bösartige Orkan heulte wie ein verwundetes Tier, entriss ihnen die schützenden Gazellenfelle und trieb sie weit hinaus auf den tosenden See. Bäume und Sträucher wurden entwurzelt, abgebrochene Äste flogen vorbei, während die Frauen sich aneinander klammerten und versuchten, die Kinder zu schützen.

Als alles vorüber war, bot sich den Frauen im Licht des Morgens ein Anblick, der sie verstummen ließ: Die entfernten Bergketten, vormals grün, waren jetzt weiß.

»Was ist das?«, rief Keeka und zog ihre Kleinen näher zu sich heran, während andere Frauen vor Angst wimmerten. Beim Anblick der schneebedeckten Bergspitzen spürte Laliari einen harten Kloß im Hals. Was bedeuteten die weißen Berge? Waren die Berge jetzt Geister? Bedeutete dies, dass die Welt unterging?

Mit vor Kälte zitternden Lippen und steifen Gliedern blickte der alte Bellek düster über den See, auf dem die Tierhäute trieben. Die weißen Berge machten ihm keine Angst – vor vielen Jahren, in seiner Jugend, hatte er Geschichten über etwas gehört, das Schnee hieß. Die Welt neigte sich nicht ihrem Ende zu, nur das Wetter änderte sich. Zum Überleben musste die Gruppe einen festen Unterschlupf finden.

Bellek ließ seinen Blick nach Westen zu den zerklüfteten hohen Bergen wandern, die senkrecht aus der Ebene emporragten. Die Steilhänge waren von Höhlen durchsetzt, in denen es garantiert trocken und warm sein würde. Aber Bellek traute der Sache nicht. Sein Volk kannte sich mit Höhlen nicht aus, hatte noch nie darin gelebt. In Höhlen gab es Fledermäuse und Schakale, und, was noch schlimmer war, dort hausten die unglücklichen Geister der Toten. Dennoch, er rieb sich fröstelnd die Arme, wo sollten die Frauen angemessene Behausungen finden?

Als er seinen Beschluss verkündete, erhob sich ein Sturm des Protests. Laliari jedoch erkannte die Weisheit seines Entschlusses und bot an, Bellek zu begleiten.

Also sammelten sie Nahrung und Wasser und verbrachten den Tag in spiritueller Vorbereitung. Mit zaubermächtigen Amuletten behängt, brachen sie schließlich auf. Während die Frauen und Kinder ihnen schluchzend Abschiedsworte zuriefen, machte sich das Paar tapfer vom See aus nach Westen hin auf.

Gegen Mittag rasteten sie kurz am Fuße der Berge. Dann ging La-

liari voran, suchte den leichtesten Aufstieg zwischen den Felsen und half Bellek beim Klettern. Sie fanden einen schmalen Trampelpfad, der zu den Höhlen führte. Tierknochen und Steinwerkzeuge deuteten darauf hin, dass hier einmal Menschen gelebt hatten.
Während ihres Marsches sang Laliari laut, und das weniger, um die Geister zu besänftigen denn als Warnung an eventuelle andere menschliche Wesen. Wenn hier wirklich Menschen lebten, wollte sie sie nicht überraschen oder gar erschrecken. Wenn sie aber ihre Anwesenheit durch Lärm bekundeten, bedeutete dies, dass sie nichts zu verbergen hatten und in freundschaftlicher Absicht kamen.
Sie fanden jedoch keine Menschenseele.
Die Kalksteinhöhlen führten tief in den Fels, sie waren dunkel und nur von prächtigen Stalagmiten behaust. In jeder Höhle stießen Laliari und Bellek auf Hinweise, dass Menschen hier gelebt und sogar gut gegessen hatten – sie fanden steinerne Faustkeile, Hackmesser und Meißel sowie Tierknochen von Pferd, Rhinozeros und Wild. Die Vorgänger hatten stets verkohlte Feuerstellen und, in einigen Fällen, rätselhafte Felszeichnungen hinterlassen. Wohin sie gezogen waren, konnten die beiden Entdecker nur raten.
Nachdem sie einen Tag lang die Höhlen erforscht hatten, verließ Laliari und Bellek allmählich der Mut. Obwohl sich hier ein vortrefflicher Unterschlupf bot – schließlich hatten andere Menschen hier auch gehaust –, war genau das der Grund, warum Bellek seinen Clan hier nicht herbringen wollte. Die Höhle ihrer Wahl musste (von Menschen wie von Geistern) unberührt sein, weil sie sonst großes Unglück auf sich ziehen würden.
Beim zweiten Sonnenuntergang setzte leichter Nieselregen ein, der die Felsen glatt und schlüpfrig werden ließ. Als sie sich an einem Abhang entlang zu einer weiteren Höhle vorkämpften, verlor Bellek den Halt und wäre gestürzt, hätte Laliari ihn nicht aufgefangen. Sein Schienbein war von der scharfen Felskante aufgeschlagen. Laliari half dem alten Mann weiter, bis sie endlich in einer trockenen, warmen Höhle Schutz vor dem Regen fanden.

Hier entdeckten sie nicht nur Hinweise auf menschliches Leben, sondern auch die Reste einer Feuerstelle. Als ihnen der Geruch von kürzlich gekochtem Essen in die Nase stieg, überwog ihr rasender Hunger ihre Angst vor Fremden. Sie blickten sich nur hastig nach eventuellen Höhlenbewohnern um – die Höhle schien verlassen zu sein – und begannen nach Nahrung zu suchen. An einer Stelle im Boden, die frisch umgegraben zu sein schien, erinnerte sich Laliari daran, dass manche Menschen Fleisch im Erdboden zu lagern oder zu »würzen« pflegten. Sofort fiel sie auf die Knie und begann zu graben. Bald ertasteten ihre Finger eine weiche und zugleich feste Materie, die sich wie ein Tier anfühlte. Sie nickte Bellek siegesgewiss zu. Mit etwas Glück würden sie zu essen haben. Dann schob sie die restliche Erde beiseite, aber als sie sah, was da begraben lag, entfuhr ihr ein Schrei des Entsetzens, und sie sprang auf.

Bellek kam angehumpelt und starrte in die Grube.

Ein kleiner Junge lag mit an die Brust gezogenen Knien auf der Seite. Um ihn herum waren Steinwerkzeuge und Ziegenhörner angeordnet, und sein Körper war mit Hyazinthen- und Eibischblüten und Kiefernzweigen bedeckt. Zurückweichend malte Bellek hastig ein Schutzzeichen in die Luft. Sie standen unmittelbar vor einem jüngst verstorbenen Kind!

Laliari wandte sich mit angsterfüllten Augen zu dem alten Mann um, doch bevor sie ihn noch fragen konnte, was sie jetzt tun sollten, stürzte eine schwarze Gestalt in die Höhle, riesig und behaart. Sie warf sich auf Laliari und riss sie zu Boden.

Trotz heftiger Gegenwehr wurde Laliari mit der Bestie in einen harten Kampf verwickelt. Gerade als sie mühsam auf die Füße gekommen war, wurde sie am Knöchel gepackt und festgehalten. Dann fasste die Bestie sie um die Taille, hob sie hoch und schleuderte sie mit übermenschlicher Kraft und einem tierhaften Schrei quer durch die Höhle, sodass sie mit dem Kopf an die Wand schlug und liegen blieb. Ohne Bellek, der stumm und starr dastand, eines Blickes zu würdigen, eilte das Ungeheuer, das sich als Mann in Fellkleidung

entpuppte, zu der Grube zurück und bedeckte das tote Kind hastig wieder mit Erde.
Einige Momente später kam Laliari wieder zu sich und fand sich mit schmerzendem Kopf aufrecht an der Höhlenwand sitzend, Bellek an ihrer Seite, der sich sein blutendes Bein hielt. Ihr Blick fiel in die Mitte der Höhle, wo sich eine erstaunliche Szene abspielte.
Der Rohling, der sie überfallen hatte, saß über die Grube mit dem toten Kind gebeugt, stieß unheimliche Laute aus und fuchtelte mit den Armen. Der Anblick versetzte Laliari in Angst und Schrecken. Ihr erster Impuls war, aus der Höhle zu fliehen und den Leichnam so schnell wie möglich hinter sich zu lassen, aber Belleks Bein blutete immer heftiger, und sein Gesicht war fahl geworden. Sie rückte näher an ihn heran, legte ihm einen Arm um die Schulter und überlegte fieberhaft, was sie zu ihrem Schutz tun konnte.
Indessen hatte der Fremde, der ihnen weiterhin keine Beachtung schenkte, seinen Gesang beendet und streute nun eine Hand voll Blüten auf das Grab. Dann wandte er sich der glimmenden Feuerstelle zu und entfachte das Feuer neu, wobei die Rauchschwaden durch einen unsichtbaren Spalt in der Decke abzogen.
Der Mann war auf der Jagd gewesen. Er häutete zwei Kaninchen und warf sie in das Feuer. Als das erste angekohlt war, zupfte er die Asche ab und machte sich über das Fleisch her.
Während er kaute, blickte er mürrisch zu den beiden hinüber. Der Alte, dem das Blut aus einer Wunde strömte, stöhnte vor Schmerzen, und das Mädchen saß verstört neben ihm, den Arm um seine Schultern. Er hätte die beiden dafür töten sollen, ein so mächtiges Tabu zu brechen und ein Grab zu entweihen. Vielleicht würde er das ja immer noch tun, überlegte er, während er weiteraß.
Stunden vergingen. Der Mann hockte noch immer am wärmenden Feuer, das Gesicht von den Flammen erhellt. Laliari hatte ihn zuerst für ein Tier gehalten, weil sie noch nie einen ganz in Tierfelle gehüllten Menschen gesehen hatte. Außerdem fand sie ihn hässlich mit seinen wulstigen Augenbrauen und der kräftigen Nase, die eher

an ein Tier als an einen Menschen denken ließen. Beunruhigend war auch die Farbe seiner Augen, die sie selbst aus der Entfernung erkennen konnte: Sie waren blau wie der Himmel. So etwas hatte Laliari noch nie gesehen, und sie fragte sich, ob sie vielleicht einem Geist gehörten. War das womöglich der Grund, weshalb er sich in der Nähe eines Leichnams nicht fürchtete?

Als Belleks Stöhnen immer lauter wurde, erhob sich der Mann und kam näher. Sofort sprang Laliari auf und stellte sich schützend vor den Alten. Der Mann schob sie einfach beiseite, hockte sich neben Bellek und untersuchte die Wunde. Laliari verfolgte jede seiner Bewegungen. Bei der kleinsten Bedrohung würde sie Bellek bis aufs Blut verteidigen. Doch der Fremde nahm lediglich etwas aus seinem Lederbeutel am Gürtel und verstrich es auf der Wunde. Als Bellek unter der Berührung zusammenzuckte, machte Laliari sich zum Sprung bereit, doch Belleks Schmerzen schienen nachzulassen. Der Mann kehrte an seinen Platz zurück. Mit einem Satz war Laliari bei Bellek und beschnüffelte die Wunde, um herauszufinden, was der Fremde aufgetragen hatte. Sie warf Bellek einen fragenden Blick zu, doch der rührte sich nicht. Wenige Augenblicke später stand der Mann wieder vor ihr und reichte ihr eine Schale mit Wasser und ein geröstetes Kaninchen.

Obwohl sie vor Hunger schier umkam, zögerte sie. Die Essensverteilung im Clan unterlag komplexen Regeln, und der Verzehr von Fleisch hing von vielerlei Bedingungen ab: Welcher Jäger hatte das Tier unter welchen Umständen erlegt; wer waren die Mutter des Jägers und die Mutter ihrer Mutter; welche Ältesten hatten das Vorrecht, als Erste zu essen, und in welcher Mondphase befanden sie sich gerade? Wie konnte Laliari sicher sein, dass dieser Fremde die korrekten Zauberformeln gesprochen hatte, als er das Kaninchen erlegte?

Der Gedanke, sie könnte mit einem Tabu belegtes Fleisch verspeisen, erfüllte Laliari mit dem unguten Gefühl eines Sakrilegs, aber das Fleisch war verlockend knusprig und rosig, von Saft und Fett triefend, und verbreitete einen köstlichen Duft. Und der arme Bellek leckte sich bereits die Lippen. Ihr Hunger siegte. Laliari nahm die Gabe an.

Sie hätte das Fleisch am liebsten hinuntergeschlungen, das Gebot des Clans verlangte jedoch, dass Bellek zuerst aß. Folglich zerkaute sie kleine Bissen, spuckte den Brei auf ihren Handteller, um ihn daraufhin Bellek hinzuhalten. Ein langsamer und aufwändiger Prozess, der von dem Fremden aufmerksam verfolgt wurde.

Laliaris Grasrock schien ihn zu faszinieren, er besah ihn von allen Seiten und befingerte die langen, trockenen Fasern. Er zupfte an dem geflochtenen Grasgürtel, zog ihn von ihrer Taille, als ob er darüber rätselte, wie Gras aus ihrer Haut wachsen konnte. Dann starrte er lange und intensiv auf die Elfenbeinnadel, die in ihrer Nase steckte, aber als er sie anfassen wollte, gab ihm Laliari einen Klaps auf die Hand.

Schließlich war Bellek satt und schloss ermattet die Augen. Laliari verschlang das restliche Kaninchenfleisch, saugte die Knochen aus und leckte sich das Fett von den Fingern, wobei sie den Fremden keine Sekunde aus den Augen ließ.

Mit der Zeit wurde es ihm langweilig, und er kehrte an seinen Platz an der Feuerstelle zurück. In der Höhle war es gemütlich warm, und irgendwann fielen alle in einen tiefen Schlaf. Als Laliari des Nachts aufwachte, sah sie zu ihrer Verwunderung den Fremden, quer über das Grab gestreckt, schluchzen. Wohl verstand sie den Akt des Trauerns, aber wusste der Fremde nicht, welches Unglück er heraufbeschwor, wenn er sich so nahe bei einem Toten befand? Wie gerne wäre sie aus dieser Höhle geflohen. Doch inzwischen regnete es in Strömen, und mit seiner Wunde konnte Bellek unmöglich gehen. Bilder des toten Kindes und der Gedanke an böse Geister, die im Schatten der Höhle lauern konnten, ließen Laliari keinen Schlaf mehr finden.

Schließlich richtete sich der Mann wieder auf, verharrte jedoch noch eine Weile auf dem Erdhügel, als würde er mit einer Entscheidung ringen. Dann bedeutete er Laliari, sich zu ihm ans Feuer zu setzen. Sie zögerte, doch ihre Neugier überwog. Nach einem prüfenden Blick auf den friedlich schlafenden Bellek trat sie zu dem Fremden, nicht ohne einen weiten Bogen um das Grab des Kindes zu machen. Sie setzte sich mit untergeschlagenen Beinen ans Feuer und musterte die Sachen des Fremden, die neben seinem Fellbett lagen: mit Steinspitzen bewehrte Speere, Faustkeile, kleine Lederbeutel mit rätselhaftem Inhalt, aus Stein gehöhlte Schalen, die mit Nüssen und Samenkörnern gefüllt waren. Sie hielt die Hände über das wärmende Feuer, während sie den Fremden mit gesenktem Kopf hinter Wimpern heimlich musterte. Auf seiner behaarten Brust hing eine Halskette aus Tiersehnen, die mit Knochen und Elfenbein bestückt war. In sein langes, verfilztes Haar waren Glasperlen und Muschelschalen geflochten. Kleine dunkelrote Tätowierungen schmückten seine Arme und Beine. Bis auf die derben Gesichtszüge unterschied sich sein Äußeres im Grunde wenig von den Mitgliedern ihres Clans. Sie fragte sich, warum er allein hier war und wo sein Volk geblieben sein könnte.

Schließlich schaute sie ihn direkt an und fragte: »Wer bist du?«

Er schüttelte den Kopf. Er verstand sie nicht.

Mit wiederholten Gesten, indem sie immer wieder auf sich selbst, dann auf ihn deutete, machte sie ihm schließlich ihre Frage verständlich. Er klopfte sich an die Brust und artikulierte etwas, das wie »Ts'ank't« klang. Als sie versuchte es nachzusprechen, brachte sie lediglich ein »Zant« heraus. Und »Laliari« war für ihn so fremd, egal, wie genau er ihre Lippen- und Zungenbewegung verfolgte, dass es als »Lali« herauskam, und bei Lali blieb es dann.

Sie versuchten sich zu verständigen, indem Zant auf andere Dinge zeigte – die Höhle, das Feuer, den Regen, sogar auf Bellek – und dafür Worte in seiner eigenen Sprache verwendete, aber Laliari konnte sie nur mühsam wiederholen. Umgekehrt mühte Zant sich redlich, ihre Worte in ihrer Sprache auszusprechen, aber schließlich gaben sie es ganz auf und blickten stumm in die Flammen, gefangen

von dem Wunder, einem Menschen aus einer anderen Welt gegenüberzusitzen.
Eine Frage bewegte Laliari jedoch weiterhin. Sie deutete schließlich auf den kleinen Grabhügel und schaute Zant fragend an.
Als ihm Tränen in die Augen stiegen, wurde sie unruhig, denn in ihrem Clan pflegten Männer selten ungeniert zu weinen. Und in Tränen steckte Macht, genauso wie im Blut, im Urin und im Speichel. Er wischte sie einfach fort und äußerte etwas Unverständliches. Auf ihren fragenden Blick hin wiederholte er das Wort immer wieder und zeigte auf den Grabhügel, bis sie begriff, dass er den Namen des Kindes sagte.
Erschrocken sprang sie auf und zeichnete hastig magische Schutzzeichen in die Luft, während ihre Blicke die Höhle nach dem Geist des Jungen absuchten.
Zant verstand ihr Verhalten nicht. Er liebte es, den Namen des Jungen auszusprechen. Das brachte ihm Trost. Warum aber machte ihr das Angst? Er ging noch einmal zu dem kleinen Hügel, kniete nieder und klopfte die frisch angehäufte Erde liebevoll glatt. Laliari verfolgte sein Tun mit ängstlichem Blick.
Zant überlegte eine Weile. Schließlich hockte er sich wieder ans Feuer, griff in das Fell über seiner Brust und zog einen kleinen grauen Stein heraus, den er Laliari reichte.
Als sie zögerte, sagte er ein Wort und lächelte dazu. Sein ganzes Gesicht veränderte sich. Auf einmal erschien er ihr beinahe vertraut. Schließlich nahm sie die Gabe und betrachtete sie mit gefurchter Stirn.
Der graue Stein, der offensichtlich bearbeitet worden war, schmiegte sich in ihre Handfläche. Er war am oberen und unteren Ende zugespitzt und wies in der Mitte glatte, runde Wölbungen auf. Laliari hatte keine Vorstellung, was sie bedeuten sollten, bis Zant ihr mit dem Finger auf die nackte Brust tippte und dann auf eine der Rundungen des Steins deutete. Sie musterte den Stein eingehender, und da nahm er plötzlich Gestalt an. Es war eine schwangere Frau.

Laliari hielt den Atem an. Noch nie zuvor hatte sie die Darstellung eines Menschenwesens gesehen. Was für ein Zauber bewirkte, dass sie eine kleine Frau in den Händen halten konnte?
Als der Feuerschein etwas in der Figurine aufblitzen ließ, gewahrte Laliari im Bauch der Statuette den schönsten blauen Stein, den sie je gesehen hatte. Er sah wie gefrorenes Wasser oder wie ein Stück vom Sommerhimmel aus. Er war wie das Blau von Zants Augen und funkelte im Widerschein der Flammen so betörend, dass Laliari wie gebannt war.
Sie hielt den Kristall näher an die Augen und studierte sein durchsichtiges Herz. Das Feuer knackte, Bellek schnarchte in seiner Ecke. Laliari starrte verzaubert in die kristallblauen Tiefen des Steins, bis sie erkannte und aufschrie.
Mitten in dem blauen Stein konnte sie ein Baby im Mutterleib sehen!
Wie Zant ihr zu erklären versuchte, hatten seine Vorfahren den blauen Kristall vor unendlich langer Zeit Eindringlingen aus dem Süden abgenommen, und eine Medizinfrau seines Clans hatte ihn in den Bauch einer kleinen Steinfigur setzen lassen. Zants Vorfahren hatten bei ihrem Zug nach Süden in wärmere Zonen den blauen Stein in das Gebiet seiner ursprünglichen Eigentümer zurückgebracht, den Nachfahren der Großen nämlich, zu denen auch Laliari gehörte.
Jetzt versuchte er die Verbindung zwischen der schwangeren Steinfigur und dem toten Kind zu erklären, doch Laliari vermochte ihm beim besten Willen nicht zu folgen.
Plötzlich kam ein lautes Stöhnen aus einer Ecke der Höhle, Bellek rief nach Laliari. Sie fand ihn auf der Seite liegend und vor Kälte zitternd. Obwohl sie versuchte, seine kalten Glieder warm zu reiben, und ihren Atem über ihn blies, schüttelte es ihn immer heftiger, und seine Lippen liefen blau an. Zant schob Laliari sanft beiseite, hob den Mann von seinem Lager und trug ihn ans Feuer. Dort bettete er ihn auf seine eigenen Schlaffelle und deckte ihn sorgfältig

zu. Als Bellek nach einer Weile friedlich schlief, legte Zant ihm seine kräftige Hand auf die Stirn und murmelte für Laliari unverständliche Worte.

Belleks Zustand verschlechterte sich. Seine Wunde eiterte, und in seinem Körper brannte ein heftiges Fieber. Zant kümmerte sich rührend um den alten Mann. Selbst bei stärkstem Regen wagte er sich aus der Höhle und kehrte mit leicht zu kauender Kost für den Alten zurück – weichen Wurzeln und Eiern, zu Brei zerstoßenen Nüssen – und heilenden Mitteln – Aloe für die Wunde, ein Sud aus Weidenborke für das Fieber. Als Laliari sah, wie liebevoll Zant den alten Schamanen umsorgte, wie er den geschwächten Bellek mit seinen kräftigen Armen stützte, um ihm beim Trinken zu helfen, und dabei leise in seiner eigenen Sprache sang, begannen ihr ursprüngliches Misstrauen und ihre Abneigung zu schwinden.

Dennoch blieb er ein Mann voller Rätsel.

Warum war er allein? Wo war sein Volk? War sein Clan ausgestorben, weil es keinen Mond gab? War das Kind unter dem Grabhügel sein letzter Angehöriger gewesen?

Was war mit den Tierherden im Tal geschehen? Wohin waren sie gewandert?

Und schließlich die kleine schwangere Frau mit dem Kind aus blauem Kristall in ihrem Leib. Was bedeutete das?

Neben diesen bohrenden Fragen quälte Laliari die Sorge um ihre Clansleute unten am See. Ohne Alawas und Belleks Zauberkräfte waren sie hilflos und verwundbar. Und diese endlosen Regenfälle, die schon seit Tagen anhielten, mussten ihre Leute zu Tode erschrecken. So etwas hatte es in ihrem Heimatland nicht gegeben. Laliari warf einen trüben Blick durch den Höhleneingang auf die prasselnde Regenwand. Bei dem Gedanken an den verlorenen Mond, an die verschwundenen Tierherden, an Zant, den Letzten seines Stammes, fragte sie sich: *Geht es zu Ende mit der Welt?*

Während Zant sich weiterhin um Bellek kümmerte und ihn gesund pflegte, brach für den Mann und die Frau zweier unterschiedlicher Völker eine Zeit des Forschens und Entdeckens an. Zant unterwies Laliari in der Kenntnis der Heilkräuter, die im Tal wuchsen; sie wiederum sammelte Wurzeln und Gemüse und zeigte Zant, was ihr Volk daraus zu kochen pflegte. Das machte Zant zornig. Sein Stamm aß nur Fleisch. Mit einer verächtlichen Geste wischte er das Gemüse beiseite. »Für Pferde«, meinte er. »Nicht für Männer.« Er erklärte Laliari, dass er zum Wolfsclan gehörte, und Wölfe waren Fleischfresser. Laliari hatte noch nie einen Wolf gesehen.
In der Höhle verteilt standen sonderbare Steinschalen, die Überreste von verbranntem Tierfett enthielten. Zant zeigte ihr, wie er Feuer in einer Schale entfachte, und reichte sie Laliari. Verwundert betrachtete sie das gleichmäßig brennende Licht. Da ihr Volk nicht in Höhlen lebte, sondern in Hütten, deren Dach sich zum Himmel und damit zu den Sternen und dem Mond öffnete, benötigten sie auch kein Licht. Zwar hatte ihr Volk gelernt, glimmende Kohle mitzuführen, um jederzeit ein Feuer entfachen zu können, das Feuer selbst wurde jedoch nicht weitergetragen!
Zant transportierte Dinge in Beuteln, die aus Tierblasen, -mägen und -häuten gefertigt waren. Laliari, aus einem Flusstal mit üppigen Reetgrasbeständen kommend, führte einen Tragekorb mit sich, der Zant Rätsel aufgab, hatte er doch noch nie geflochtenes Gras gesehen.
Da Zants Volk zu den Fleischessern gehörte, war er im Fischefangen nicht so geübt, warum sollte er auch, bei den reichen Wildbeständen? Nun war aber das Wild rar geworden im Tal, und die Jagd im Regen nicht sehr erfolgreich, also führte Laliari vor, wie man mit einem aus Pflanzenfasern und Tiersehnen gefertigten Netz fischte. Sie suchten sich dazu einen Tag aus, an dem der Regen kurze Zeit nachließ und die Sonne durch die Wolken brach, und gingen zu einem fischreichen Bach. Laliari nahm das Netz aus ihrem Korb, entrollte es, beschwerte es mit Steinen und warf es ins Was-

ser. Beim Anblick der sich im Netz windenden Fische planschte Zant aufgeregt ins Wasser, um das Netz einzuholen, rutschte aber aus und fiel in den Bach. Laliari bog sich vor Lachen, als er ans Ufer kletterte und sich gründlich schüttelte. Sein Fellumhang troff vor Nässe, also streifte er ihn ab und breitete ihn zum Trocknen auf die Steine. Beim Anblick seines nackten Körpers verstummte Laliaris Lachen.

Seine Haut war so weiß wie die Wolken am Sommerhimmel, bedeckt von einem feinen schwarzen Haarpelz, in dem Wassertropfen glitzerten. Sein Brustkorb war kräftig gewölbt, seine Arme und Schultern waren mit Muskeln bepackt. Ein Lendenschurz aus weichem Leder verdeckte seine Männlichkeit, ließ jedoch die festen, weißen Gesäßbacken frei, auf denen sich eine Gänsehaut zeigte, sobald die Sonne hinter einer Wolke verschwand. Als Zant die Arme hob, um sich die langen Haare auszuwringen, stockte Laliari der Atem beim Spiel der Muskeln, die sich unter seiner nassen Haut abzeichneten.

Sobald die Sonne wieder hervorkam, hob Zant sein Gesicht ihren wärmenden Strahlen entgegen. Er stand vollkommen still, seine Nacktheit ein Spiel von Licht und Schatten, mit perlenden Wassertropfen auf der Haut, das Haar wie ein breites schwarzes Band auf seinem Rücken. Vom Anblick seines Profils verzaubert, fragte sich Laliari, ob so womöglich ein Wolf aussah.

Doch dann zogen Wolken vor die Sonne, sofort wurde es kühl, und der magische Moment war vorbei. Laliaris Verzückung nicht. Während sie Zant dabei zusah, wie er seine Fellkleidung einsammelte, über seine Kraft und sein dunkles Geheimnis rätselte, verspürte sie eine unbekannte neue Hitze tief in ihrem Inneren. Als er sich unerwartet umwandte und seine blauen Augen ihren Blick einfingen, begann ihr Herz auf ungewohnte neue Art zu hüpfen, wie eine Gazelle – freudig, glücklich, lebensfroh.

Doch dieses Gefühl wurde sogleich überschattet, wenn sie an Zants Einsamkeit dachte.

Jeden Tag sah Laliari Zant aufs Neue mit Speer und Axt bewaffnet in den Regen hinausziehen. Wenn er dann vor Kälte zitternd zurückkehrte, jedes Mal mit einem erlegten Stück Wild, häutete er schweigsam das Tier und warf das Fleisch ins Feuer. Und wenn sie sah, wie er sich vor das Feuer hockte und mit einem verlorenen Ausdruck in die Flammen starrte, fragte sie sich immer wieder, warum er dablieb, warum er nicht einfach fortging. Als ob er ihren forschenden Blick spürte, schaute er dann und wann auf und sah ihr in die Augen. Laliari spürte, dass etwas Seltsames, Unerklärliches in der warmen Geborgenheit der Höhle stattfand. Nach einer Weile brachte er Bellek und ihr gegartes Fleisch und achtete darauf, dass sie auch aßen, bevor er sich über seinen Anteil hermachte. Und während sie kaute, spürte sie seine Blicke, Blicke voller Einsamkeit, Fragen und Sehnsucht.

Sie verbrachten die Tage mit der Suche nach Nahrung, die Abende mit umständlichen Gesprächen, die Nächte in unruhigem Schlaf. Keiner vermochte in Worte zu fassen, was hier geschah, keiner konnte die fremdartigen Gefühle erklären, die von ihnen Besitz ergriffen. Während Laliari und Zant den alten Bellek umsorgten und gesund pflegten, spürten sie noch etwas anderes in der Höhle, eine Gegenwart wie die eines Geistes, doch nicht etwa eines unfreundlichen Geistes, sondern eher wie der Geist des Feuers, weil beide eine innere Hitze empfanden. Laliari fragte sich, wie Zants Volk sich wohl vergnügte, und Zant grübelte darüber nach, wie die Männer und Frauen ihres Stammes sich näher kamen. Unbekannte Tabus und die Angst, sie zu brechen, standen zwischen ihnen.

Als Laliari eines Tages ihre Habe und etwas zu essen einpackte und die Höhle verließ, wusste Zant, warum sie das tat. In seinem eigenen Stamm pflegten die Frauen sich ebenfalls während ihres Monatsflusses abzusondern.

Fünf Tage später kehrte sie in die Höhle zurück, und Zant bedeutete

ihr, dass er ihr etwas zeigen wollte. Wie sich herausstellte, sollte dieses Erlebnis ihre Seele bewegen und viele Dinge erklären.
Es hatte endlich aufgehört zu regnen, und die Sonne zeigte sich zwischen den Wolken. Zant vergewisserte sich, dass es Bellek an nichts fehlte, dann führte er Laliari auf einem schmalen Pfad zu den Klippen hinauf. Hier, hoch oben über der Welt und unter einem grenzenlosen Himmel, spürte Laliari, wie der Wind ihren Geist durchwehte und in eine andere Sphäre trug. Weit unten erblickte sie sanft gewellte Ebenen, die bereits das erste Frühjahrsgrün zeigten, und in der Ferne den riesigen Süßwassersee, an dem ihre Leute lagerten. So hoch oben hatte Laliari noch nie gestanden, noch nie einen solchen Blick in die Welt genossen.
Es war jedoch nicht dieser Anblick, der so vieles erklären sollte. Wortlos führte Zant sie über die ausgedehnte Hochfläche bis zum äußersten Rand, von wo es senkrecht in die Tiefe ging. Laliari fürchtete sich, so nahe an die gefährliche Kante zu treten, aber Zant hielt ihren Arm und ermutigte sie mit einem Lächeln. Obwohl sie fürchtete, der Wind würde sie davontragen, wagte sie einen Blick in die Tiefe und erschauerte.
Am Fuß des Steilhangs türmte sich ein Berg von Pferdekadavern, von denen ein bestialischer Gestank der Verwesung ausging. Nach dem, was Zant mit vielen Gesten und Gebärden zu erklären versuchte, bekam Laliari allmählich einen Vorstellung von dem, was geschehen war: Zant und sein Stamm hatten diese Tiere in ihr Verderben getrieben. Das war ihre Jagdmethode. Laliari erinnerte sich an den Berg von Antilopenkadavern, den sie vor Wochen passiert und sich dabei gefragt hatten, wieso die Tiere sich in den Abgrund gestürzt hatten. Jetzt verstand sie den Grund dafür.
Dann wurde ihr klar, dass die Menschen nur einen geringen Teil der Tiere verwendet hatten. Aus Zants plumpen Worten und Gesten wurde deutlich, dass seine Leute den Tieren bei lebendigem Leib die Bäuche aufschlitzten, hineinkrochen, um die Organe herauszuziehen, dass sie sich an pulsierenden Herzen, dampfenden Lebern lab-

ten und sich mit Blut beschmierten, um sich mit dem Geist des Pferdes zu stählen.
Was für eine entsetzliche Verschwendung, befand Laliari. Ihr Volk hätte jedes Organ, jede Sehne, ja selbst die Pferdemähnen genutzt. Und dann bemerkte sie, dass sogar das allergrößte Tabu gebrochen worden war: Die Mehrzahl der getöteten Tiere waren Stuten. Ihr Clan pflegte nur männliche Tiere zu jagen, da diese keine Jungen austragen konnten und somit für das Überleben der Herde nicht so wichtig waren. Weibliche Tiere zu töten bedeutete, ihre künftigen Abkömmlinge und letzten Endes die gesamte Herde zu töten. Beim Betrachten dieses abscheulichen Schlachtfelds – einige der Stuten waren trächtig gewesen – fiel ihr ein, dass sie auf ihrer Wanderung bisher keine Pferde gesehen hatten. Lagen vor ihr nunmehr die Letzten ihrer Art?
Sie wandte sich dem Mann zu, der sie gleichermaßen erregte und verwirrte, jetzt aber erschreckte und abstieß, wie bei ihrer ersten Begegnung. Ein Mann, der so behutsam mit einem verwundeten alten Mann umging, andererseits aber Hunderte von Pferden ins sinnlose Verderben treiben konnte und sich nichts dabei dachte! Als er fortfuhr, in seiner ihm eigenen Sprache zu reden, wild Richtung Norden gestikulierte und sich wiederholt stolz an die Brust klopfte, während seine Augen eine andere Sprache sprachen und seine immense Einsamkeit verrieten, dämmerte Laliari die bittere Wahrheit: Zant war gar nicht der Letzte seines Stammes. Nachdem sie die heimischen Bestände ausgebeutet hatten, waren seine Leute gezwungen gewesen, auf der Suche nach neuen Herden weiter gen Norden zu ziehen. Wie Zant ihr bedeutete, folgten die Männer des Wolfsclans den Wolfsrudeln, die ihrerseits den Spuren der Herden folgten, und seine Leute lagerten einen Tagesmarsch von hier jenseits des Sees in den Bergen, wo sie auf ihn warteten.

Schließlich war Belleks Wunde verheilt, und Zant erklärte, dass es Zeit für ihn werde weiterzuziehen. Er legte seine Habe zusammen

und machte sich zum Abschied bereit. Diesmal würden sie sich berühren dürfen, denn es ging ums Abschiednehmen.
»Lali«, sagte er mit so verlorener Stimme, dass es ihr das Herz rührte, und seine rauen Fingerspitzen auf ihrer Wange entfachten kleine Feuer in ihrem Inneren. Sie nahm seine Hand, presste sie mit der Handfläche an die Lippen und hielt sie in einem langen, schmerzvollen Kuss.
Unter seinen schweren Brauen stiegen ihm Tränen in die Augen. Namenlose Gefühle, unerklärliche Empfindungen wallten in ihr auf. Noch nie war sie auf diese Weise berührt gewesen – weder bei Dorons erster Umarmung noch im Augenblick seines Todes. Dieser rätselhafte Mensch aus einer anderen Welt hatte in ihrem Innersten Winkel und Nischen aufgespürt, von deren Existenz sie nichts geahnt hatte, und ihre Seele auf eine Weise geweckt, dass sie hungerte und brannte und glaubte, ohne ihn sterben zu müssen.
Er riss sie in die Arme. Die Lippen an seiner Wange, fühlte sie seinen heißen Atem in ihrem Nacken und seine harte Männlichkeit. Als er sie auf den Boden bettete, zog sie ihn rasch auf sich. Er nannte sie »Lali« und streichelte wie im Fieber ihre Glieder. Sie murmelte »Zant« und öffnete sich ihm. Er war kräftiger als Doron, und das Gefühl, ihn zu spüren, nahm ihr den Atem.
Bellek, der draußen auf einem Felsen wartete und für derlei Dinge Verständnis hatte, kauerte sich nieder und begann in aller Ruhe, Nissen aus seinen Haaren zu ziehen.

Zant blieb sieben Tage und sieben Nächte bei Laliari, und in dieser Zeit erforschten und entdeckten sie einander, verbrachten die Stunden des Tages mit Jagen und Fischen und die Nachtstunden in lustvoller Umarmung. Als er schließlich von ihr Abschied nahm, wussten beide, dass sie sich nie wiedersehen würden. Laliaris Platz war bei ihrem Volk, und sie würde, obwohl sie es jetzt noch nicht wissen konnte, eines Tages das Gazellengeweih tragen. Und Zant, der eilen musste, um zu seinen Clansleuten zu kommen, konnte ebenfalls nicht ahnen, dass diese mit ihrer Jagdmethode, ganze Mammutherden, Pferde-, Rentier- und Steinbockherden über die Klippen zu treiben, bei manchen von ihnen zur Ausrottung ihrer Art beitrugen. Zant und sein Volk würden nach Norden wandern, ohne sich der Tatsache bewusst zu sein, dass ihre eigene Rasse kurz vor dem Aussterben stand aus Gründen, die noch 35 000 Jahre später ein Rätsel bleiben sollten, wenn man ihn und seine Artgenossen »Neandertaler« nennen würde.

Als Laliari traurig ihre Habe zusammenpackte, um mit Bellek an den See zurückzukehren, fand sie in einem ihrer Körbe die kleine Statuette mit dem Kinderstein versteckt. Ein Abschiedsgeschenk von Zant.

Sie fasste den humpelnden Bellek beim Gehen unter, und während sie über die Ebene wanderten, fragten sie sich, ob das Lager nach ihrem langen Fortbleiben überhaupt noch bestand. Doch dann sahen sie die Rauchfahnen von den Kochstellen und hörten Kindergelächter. Und als sie näher kamen, sahen sie …

Gespenster!

Bellek blieb abrupt stehen und stöhnte entsetzt auf. Mit ihren scharfen Augen erkannte Laliari jedoch sehr bald, dass die Männer im Lager keine Gespenster waren, sondern ihre eigenen Jäger, die sie im Meer ertrunken geglaubt hatten. Sie beschleunigten ihre Schritte, und als sie das Lager erreichten, suchte Laliari mit bangem Blick nach dem einen vertrauten Gesicht. Und dann sah sie ihn.

Doron hatte die Sturzflut überlebt.

Wie die Männer der aufgeregten Zuhörerschaft schilderten, waren sie kilometerweit vom Wasser mitgerissen und schließlich ans Ufer gespült worden – doch auf der den Frauen gegenüberliegenden Seite des Sees. Erst nachdem das Wasser abgelaufen war, hatten sie sich auf die Suche nach den Frauen machen können und erst nach vielen Tagen die ersten Spuren gefunden. Danach waren sie einfach Belleks magischen Symbolen gefolgt, die dieser, während sie flussaufwärts zogen, in die Bäume geritzt hatte.

Nun war der Clan endlich wieder vereint. Beim Anblick ihres geliebten Doron stiegen Laliari die Freudentränen in die Augen. Dann dachte sie an Zant …

In dieser Nacht, als Bellek die Geschichte ihrer wundersamen Rettung in der Höhle zum Besten gab – obgleich er den größten Teil verschlafen hatte – und Laliari die Fruchtbarkeitsstatue zum Bestaunen herumreichte, ertönte plötzlich ein Ruf, und einer der zur Mondwache abkommandierten Jäger kam wild gestikulierend herbeigelaufen. Sofort sprangen alle auf, liefen durch den Wald zu einer Lichtung und erstarrten.

Über ihnen hing ein dicker runder Mond am Sternenhimmel.

In dieser Nacht wurde im Gazellenclan ein Fest gefeiert. Bellek verteilte seine magischen Pilze, und schon bald wurden die Menschen am Lagerfeuer von Halluzinationen, Farbvisionen und einem unvorstellbaren Wohlgefühl erfasst. Ihre Herzen gingen auf in Liebe füreinander, und ihr Puls raste vor Verlangen. Paarweise verschwanden sie hinter den Büschen, Doron führte Laliari in die Abgeschiedenheit von Reetgras und Schilf, und Bellek fand sich in den Armen von zwei berauschten jungen Frauen.

Am nächsten Tag waren sich alle einig, dass kein Zufall den Mond zusammen mit Laliari und Bellek hatte zurückkommen lassen. Und Laliari, die sich das erstaunliche Phänomen selbst kaum erklären konnte, meinte, der Mond müsse mit dem blauen Kristall gekommen sein, den ihr der Fremde in der Höhle geschenkt hatte.

Die anderen bezweifelten dies und hielten es für einen Trugschluss, bis die meisten Frauen einen Monat später feststellten, dass sie schwanger waren. So wurde die kleine Steinfigur erneut hervorgeholt und eingehend betrachtet, und diesmal gab es keinen Zweifel: Da waren die Brüste und der Leib einer schwangeren Frau, und in der Tiefe des blauen Kristalls konnten sie ein Kind erkennen.

Der Stein hatte dem Clan den Mond, und damit das Leben, zurückgebracht.

So fand ein neuerliches Fest statt, diesmal zu Ehren und zum Preis von Laliari. Sie nahm diese Huldigung in aller Demut an und dachte voller Wehmut an Zant und voller Glück an Doron. Dabei entging ihr, dass ein schwarzes Augenpaar fest auf sie gerichtet war – Keeka, die ihr im Kreis gegenübersaß.

Keeka kannte nur noch einen Gedanken – Rache.
Sie hatte sich insgeheim gefreut, als sich Laliaris Aufenthalt in der Höhle über Wochen hinzog. Obwohl sie, wie alle anderen, fürchtete, Bellek könnte inzwischen tot sein und sie ohne den Schutz eines Schamanen zurücklassen, hatte sie im Stillen doch gehofft, dass die Cousine nie mehr zurückkommen möge. Als dann auch noch Doron und die anderen Überlebenden aufgetaucht waren, hatte Keeka alles daran gesetzt, Doron für sich zu gewinnen, und es beinahe geschafft. Er hatte gerade begonnen, sich beim Abendessen neben sie zu setzen und Interesse bekundet, mit ihr zu schlafen – als Bellek und Laliari aus dem Nebel aufgetaucht waren!
In den sieben Jahren seither waren Laliaris Ansehen und Rang im Clan gestiegen. Der Clan hatte sie zur neuen Hüterin des Gazellengeweihs bestimmt, weil er glaubte, dass ihr Fruchtbarkeitsstein den Mond aus seinem Versteck geholt hätte. Mittlerweile hatte Laliari drei Kinder, Doron schlief in ihrer Hütte und nicht wie früher bei den Jägern, und jedermann liebte sie. Von Eifersucht gepeinigt, konnte Keeka das nicht länger ertragen.
Die Art ihrer Rache musste jedoch sorgfältig überlegt sein. Laliari durfte nicht wissen, dass Keeka sie getötet hatte, sonst würde ihr Geist Keeka lebenslang verfolgen. Wie aber sollte man eine Frau töten, ohne dass sie einen erkannte? Allen denkbaren Methoden – mit einem Speer erstechen, mit einer Keule erschlagen oder von den Felsen stürzen – fehlte die notwendige Anonymität. Außerdem ließ sich die Cousine gewiss nicht so leicht täuschen wie Alawa. Bevor Keeka zu der Alten ins Zelt gekrochen war, um sie zu erwürgen – sie musste das tun, nachdem sie Alawa belauscht hatte, wie sie Bellek erklärte, dass sie die Knaben, Keekas Knaben, würden tö-

ten müssen –, hatte sie sich das Gesicht mit Schlamm verschmiert, die Haare unter Blättern versteckt und der alten Frau vorgespielt, sie sei ein Geist. Laliari jedoch verfügte über gesunde Augen und einen scharfen Verstand, sie würde wissen, von wem der Angriff kam.

Die Frauen waren damit beschäftigt, Frühlingspflanzen zu sammeln. In ihrer neuen Heimat hatten sie sich einem anderen Rhythmus der Jahreszeiten angepasst. So wurde ihr Leben nicht mehr wie früher von der jährlichen Überschwemmung, sondern von einem Zyklus aus Herbstnebel, Winter und Schnee, blühendem Frühling und Sommerhitze bestimmt. Sie hatten sich die Gewohnheiten der Zugvögel und Wandertiere eingeprägt und gelernt, wann und wo essbare wilde Früchte und Gräser zu ernten waren. Nachdem ihre Grasröcke keinen Schutz vor der Eiseskälte boten, hatten sie gelernt, Umhänge und Beinkleider aus Tierhäuten zu fertigen. In den Wintermonaten zogen sie sich in die warmen, trockenen Höhlen der Kliffs zurück, um im Frühling dann neue Hütten am Ufer des Süßwassersees zu errichten.

So kam es, dass Keeka, während sie mit den anderen Frauen auf Nahrungssuche war, auf eine Pflanze stieß, die sie noch nie gesehen hatte. Ihr Ursprung lag weit im Norden in den Bergen eines Landes, das eines fernen Tages Türkei heißen sollte. Die Samen dieser Pflanze waren über die Jahrhunderte von Wind und Vogelschwingen über Land getragen worden und hatten schließlich am Ufer des Sees Genezareth Wurzeln geschlagen. Keeka setzte ihre Körbe und Grabstöcke ab und hielt inne, um die unbekannten roten Stängel und breiten grünen Blätter zu betrachten. Der Clan hatte in diesem Tal manch neue Nahrungsquelle entdeckt, so überraschte auch diese Pflanze nicht. Als Keeka sich jedoch bückte, um sie auszugraben, erstarrte sie.

Zwischen den Pflanzen lagen überall tote Nagetiere.

Erschrocken zuckte Keeka zurück. Hier waren böse Geister am Werke! Während sie ein Schutzzeichen schlug und hastig eine beschwörende Formel murmelte, erweckte etwas an den toten Tieren ihre Aufmerksamkeit, und sie trat näher.

Nach einer Weile kam sie zu dem Schluss, dass die Tiere vor ihrem Tod an den Blättern dieser Pflanze genagt haben mussten. Eines lebte sogar noch und wand sich in Krämpfen. Es zuckte noch einmal, dann war es tot. Aus Furcht vor dem giftigen Geist dieser Pflanze wich Keeka zurück, und eine unerwartete Vision nahm plötzlich Gestalt an: Sie sah Laliari wie die Nagetiere am Boden liegen, vom bösen Geist der Pflanze getötet.

Jetzt hatte Keeka ihr Racheinstrument.

Aufgeregt eilte sie ans Wasser und beschmierte ihre Hände mit frischem Schlamm. Unter beschwörenden Gesängen zog sie die Rhabarberstängel aus dem Boden. Als sie sich die Hände wieder sauber wusch, freute sie sich über ihre Gewitztheit, denn sie persönlich würde in der Tat keine Schuld am Tod der Cousine treffen, nur den bösartigen Geist in der Pflanze. Während sie ihren Korb mit dem tödlichen Inhalt schulterte, malte sie sich das Leben ohne Laliari aus und dachte lächelnd daran, wie sie Doron in ihre Hütte locken würde.

Die ersten Versuche des Clans, Tierhäute zuzurichten, scheiterten kläglich – die Häute wurden hart und steif und ließen sich nicht strecken oder dehnen, und so hatten Laliaris Leute ihren ersten Winter frierend in den Höhlen gesessen. Laliari erinnerte sich jedoch an Zants weiche, geschmeidige Felle, und so experimentierte sie mit den anderen Frauen den folgenden Sommer lang, bis die Häute tragbar wurden. Dann bastelte sie Nadeln aus Knochen, um die Häute mit Hilfe von Pflanzenfasern zu säumen. So kam es, dass sie nun in einem langen Kasack aus warmem, weichem Ziegenleder, die Füße in Fellstiefeln, ihr acht Monate altes Baby auf dem Rücken in einem Tragesack aus Schaffell, auf einem windigen Hügel stand. Laliaris kleine Söhne Vivek und Josu steckten in warmen kleinen Umhängen und Beinkleidern aus weichem Gazellenleder.

Mit dem Gazellengeweih, dem Zeichen ihrer Würde, auf dem Kopf, stand sie auf dem Hügel und hielt Ausschau nach den ersten Früchten des Frühlings. Für die wilden Knoblauchzwiebeln unten am Fluss, die ihre Leute besonders zu schätzen gelernt hatten, war es noch zu früh. Sie betastete die grünen Früchte an dem uralten stämmigen Feigenbaum. Es würde noch einen weiteren Mondzyklus dauern, bis der Clan die süßen Feigen würde kosten können. Doch dann entdeckte sie die ersten reifen Beeren eines Maulbeerbaums und begann sie zu pflücken.

Während sie die Beeren in ihren Korb legte, trug der Wind einen zarten Duft zu ihr herüber – er kam von der blauen Hyazinthe, die zu Tausenden auf den Wiesen und Hügeln blühte, und von den Narzissen, deren schneeweiße Blüten in der Sonne blitzten. Nach den langen dunklen Wintermonaten in den verräucherten Höhlen waren die Angehörigen des Gazellenclans für jedes Zeichen einer Wiederauferstehung der Natur dankbar.

Voller Glück betrachtete Laliari ihre Kinder. Ihre kleine Tochter schlief friedlich im Tragesack, und ganz in der Nähe spielten ihre beiden Söhne im hohen Gras.

Ihr Ältester, der sechsjährige Vivek, wies mit seinen schweren Augenbrauen und den kräftigen Kieferbacken eine auffallende Ähnlichkeit mit Zant auf, und das verwunderte Laliari nicht, war es doch seine Fruchtbarkeitsstatue gewesen, die ihr dieses Kind geschenkt hatte. Laliaris zweiter Sohn, ein aufgeweckter Vierjähriger, hatte goldbraune Locken und pummelige Arme und Beine. Morgen war sein großer Tag, man würde ihm Nase und Lippen durchbohren, um die bösen Geister zu bannen, und bei dem anschließenden Fest würde er seine eigene kleine Axt und eine Muschelhalskette mit Glücksbringern bekommen.

Die Schrecken der ersten Zeit in diesem Land waren praktisch vergessen, und mittlerweile hatte der Clan seine neue Heimat lieben gelernt. Laliaris Gedanken wanderten zu Zant. Sie hoffte von ganzem Herzen, dass er jetzt bei seinen Leuten glücklich war und mit ihnen auf die Jagd ging. Die Höhle, in der sie ihm begegnet war, hat-

te sie nie wieder betreten, denn dort lag ein Kind begraben, und Bellek hatte die Höhle für tabu erklärt.
Ein helles Pfeifen ließ sie aufblicken. Keeka kam den Hügel herauf. Trotz des kalten Windes ging sie barbusig, um eine wunderschöne Halskette aus Strandschnecken, die einer der Jäger für sie gefertigt hatte, zur Schau zu stellen. Keeka hatte mit den Jahren wieder an Gewicht zugelegt, denn seit der Clan hier am See siedelte, hatte sie ihre alten Gewohnheiten wieder aufgenommen und angefangen, Nahrung zu horten.
Doch zu Laliaris Überraschung kam sie diesmal, um zu teilen. Keeka reichte ihr einen Korb mit kräftigen grünen Blättern und erklärte, sie hätte eine köstliche neue Pflanze gefunden. Laliari bot Keeka zum Dank ihre Maulbeeren an, worauf diese mit einem zufriedenen Lächeln davonzog. Laliari kostete von der neuen Pflanze, fand den Rhabarbergeschmack jedoch uninteressant.
Ihren quengelnden Söhnen gab sie jeweils ein Blatt zum Spielen, aber Vivek verzog das Gesicht und spuckte den Bissen sogleich wieder aus, während Josu glücklich an seinem Stück knabberte.
Mit zwei Körben voller Maulbeeren kehrte Laliari zum Lager zurück, wo die anderen Frauen ebenfalls ihre Ernte einbrachten: Löwenzahn, wilde Gurken, Koriandersamen und Taubeneier und eine gute Ladung Binsen, die sie zum Korbflechten brauchten. Die Männer trugen Fische herbei, Körbe voller Napfschnecken und zwei frisch gehäutete Ziegen.
Unter rituellen Gesängen wurde das Fleisch zerteilt und gebraten und dann den Regeln entsprechend an die Stammesmitglieder verteilt. Laliari stillte ihr Baby, Vivek schlürfte an einem Eigelb, und Josu knabberte unbekümmert an seinem Rhabarberblatt. Jemand hatte Winterweizen mitgebracht, und so hockten sie um die Feuerstelle, hielten die gebündelten Stängel in die Flammen, bis die Ähren geröstet waren und die Körner herausfielen.
Nach dem Essen machten die Frauen sich ans Korbflechten, während die Männer ihre Steinwerkzeuge schärften und die Jagdaus-

beute erörterten. Erst da fiel Laliari auf, dass Josu über Schmerzen im Mund klagte, und als sie die wunden Stellen an seinen Schleimhäuten entdeckte, erschrak sie heftig. War Josu etwa von einem bösen Geist heimgesucht worden?
Josu hielt sich den Bauch, der ebenfalls schmerzte. Laliari wurde bleich. Der Geist war durch seinen Mund eingedrungen und steckte jetzt in seinem Bauch!
Während sie fieberhaft überlegte, was zu tun sei, begann Josu zu zittern. Sie nahm ihn in die Arme und versuchte, ihn zu beruhigen, aber sein Zittern wurde immer heftiger.
Nun wurden auch die anderen Frauen aufmerksam, sie umringten den Knaben, legten ihm die Hand auf und murmelten beschwörende Worte.
Als er plötzlich anfing zu keuchen und nach Atem rang, rief Laliari in ihrer Verzweiflung nach Bellek. Der ganze Clan hatte sich inzwischen versammelt und sah in atemlosem Schweigen zu, wie Bellek, mit all seinen Zauberamuletten und Fetischen behängt, sich über den Jungen beugte und verschiedene Stellen seines Körpers berührte. Dann legte er dem Jungen einen machtvollen Talisman auf den Leib, und während er einen mystischen Singsang anstimmte, tauchte er die Finger in ein Gefäß mit Farbpigmenten und malte heilende Symbole auf Stirn, Brust und Füße des Jungen.
Josus Atem kam nur noch stockend.
Am äußersten Rand der Gruppe saß Keeka und schob sich ungerührt Nüsse in den Mund. Da sie selbst so gern aß, war ihr gar nicht in den Sinn gekommen, dass Laliari ihre Kinder zuerst von den Rhabarberblättern würde kosten lassen. So hatte der böse Geist also von dem kleinen Jungen Besitz ergriffen und nicht von Laliari. Keeka war klug genug zu wissen, dass sie ihre Chance verspielt hatte und Doron ihr niemals gehören würde. Dennoch bereiteten ihr Laliaris Schock und ihre Tränen eine gewisse Genugtuung.
Mittlerweile hatte Josu, von heftigen Krämpfen geschüttelt, das Bewusstsein verloren.

»Rette ihn!«, schrie Laliari unter Tränen.
Während der alte Bellek noch zögerte, hatten die Krämpfe aufgehört. »Josu?«, fragte Laliari mit einem Funken Hoffnung im Herzen. Die Brust des Jungen hob sich in einem letzten langen Atemzug, dann lag er still.

Es war die traurigste »stille Wache«, die die Clansleute je abgehalten hatten, und als sie mit kummervoller Miene ihre Zelte abrissen – das Gesetz gebot, dass sie weiterzogen und Josu den Elementen überließen –, sprach keiner ein Wort.
Obwohl die Zeit zum Aufbruch drängte, nun, da das Ritual vollendet war, verharrte Laliari mit fahlem Gesicht beim Leichnam ihres Sohnes. Die Clansmitglieder, die bereits ihre Habe geschultert hatten und marschbereit waren, traten nervös auf der Stelle. Sie fürchteten, dass Laliari Unglück über sie brächte.
Als sie dann auch noch den Knaben schluchzend in die Arme nahm, wichen sie ängstlich zurück. Wir müssen sie zurücklassen, meinten die einen. Aber sie trägt das Gazellengeweih, befanden die anderen. Doron setzte sich unschlüssig neben sie und streckte die Hand nach ihr aus, wagte jedoch keine Berührung.
Laliaris Tränen versiegten, und eine merkwürdige Ruhe kam über sie. Ihr Blick wanderte zu den nahe gelegenen Kliffs, und mit einem Mal fiel ihr jene Höhle wieder ein, in der das Kind begraben lag. Hastig nestelte sie an dem kleinen Lederbeutel an ihrem Gürtel und zog die Steinfigur heraus. Während sie auf den blauen Kristall starrte, wurde ihr plötzlich klar, was Zant ihr damals in der Höhle zu erklären versucht hatte: Dieser Stein stellte keine Frau mit einem Baby im Leib dar, sondern ein Grab mit einem Kind darin.
Mein Sohn wird weder den wilden Tieren noch dem Wind und den Geistern überlassen. Und er wird nie vergessen werden.
Unter den verwunderten Blicken der Menge hob Laliari Josus Leichnam auf und schritt, das Baby auf dem Rücken und Vivek an ihrem Rockzipfel, aus dem Lager.

Die anderen zögerten, unschlüssig, was sie vorhatte. Als sie jedoch sahen, dass Bellek hinter ihr herhumpelte, überwog ihre Neugier, und sie folgten dem alten Schamanen in gebührendem Abstand. Würde er ihr befehlen, den Jungen hier zu lassen und mit dem Clan zu ziehen? Und wohin ging Laliari eigentlich?
Sie erhielten ihre Antwort, als Laliari, am Fuß der Klippen angelangt, ihren mühsamen Aufstieg begann. Dabei musste sie immer wieder pausieren, um auf Vivek zu warten oder ihre traurige Last wieder zurechtzurücken.
Sie blickte sich nicht ein einziges Mal um.
Die Höhle, die Laliari wählte, war nie bewohnt worden, weil sie sehr eng und niedrig war, dennoch bot sie Schutz vor den Elementen. Der Boden war weich und sandig. Laliari legte Josu vorsichtig ab und begann mit ihrem Grabstock zu graben.
Am Höhleneingang drängten sich die anderen, starrten, raunten und flüsterten, aber keiner wagte sich hinein.
Schließlich legte Laliari ihren toten Sohn in die Grube und bettete ihn so, dass er aussah, als ob er schliefe. Dann erhob sie sich, ging durch die gaffende Menge nach draußen und machte sich daran, zwischen Felsen und Steinen Wildblüten und Kräuter zu sammeln, trug ihre duftende Ernte in die Höhle und streute die Blüten über Josus Leichnam. Dann füllte sie die Grube mit Sand auf, bis der Kinderkörper bedeckt war, und klopfte zum Schluss den kleinen Hügel glatt.
Am Höhleneingang stand Vivek neben Doron. Laliari führte ihren Sohn zu dem kleinen Grab und sagte feierlich zu ihm: »Du musst keine Angst haben. Dein Bruder schläft jetzt. Er ist vor Geistern und jedwedem Unglück sicher. Und dir kann er auch nichts tun. Sein Name ist Josu, und du wirst ihn nie vergessen.«
Die Umstehenden hielten den Atem an. Laliari hatte den Namen des Toten ausgesprochen!
Es kümmerte sie nicht, was die anderen dachten oder dass Bellek totenblass geworden war. Das Einzige, was sie empfand, war eine

grenzenlose Erleichterung, ihr Kind sicher in der Nähe seiner Familie zu wissen.
Als sie schließlich aus der Höhle ins Mondlicht trat, hielt Laliari die Figurine in die Höhe. Alle verstummten und lauschten der Hüterin des Gazellengeweihs. »Die Mutter schenkt Leben, und zur Mutter kehrt das Leben zurück. Es steht uns nicht zu, diese Gabe, die sie uns geschenkt hat, zu vergessen. Vom heutigen Tage an sind die Namen der Toten nicht mehr tabu.«
Laliari war sich durchaus bewusst, dass es für ihre Leute nicht leicht sein würde, mit einem Generationen alten Gesetz zu brechen, dennoch blieb sie hart. Ihr Volk sollte nicht weiterhin ohne Trost bleiben, wie sie und ihre Frauen es einst erlebt hatten, als sie um ihre ertrunkenen Männer trauerten. Die Toten durften nicht vergessen werden. Das hatte sie von einem Fremden namens Zant gelernt.

Interim

Nach diesem Vorfall fürchteten sie sich eine Zeit lang vor Laliari. Als den Clan jedoch kein Unglück traf, nachdem sie den Namen ihres toten Kindes ausgesprochen hatte und ihnen zudem das neue Jahr eine überreiche Ernte bescherte, begannen sie sich zu fragen, ob Laliari über besondere Kräfte verfügte. Im darauf folgenden Frühling starb Bellek, und während der »stillen Wache« sprach Laliari seinen Namen, würdigte seine Taten, erzählte von seinem langen Leben. Sie ließ ihn neben Josu begraben. Und als nach diesem erneuten Tabubruch immer noch kein Unglück geschah, verloren sie allmählich ihre Scheu und begannen, die Namen all jener Söhne und Brüder auszusprechen, die vor langer Zeit durch die Hand der Eindringlinge umgekommen waren.
Nachdem sie nicht mehr von Geistern verfolgt wurden und auch

die Nahrungsquellen in ihrem Tal nicht versiegten, vergaßen die Leute allmählich das alte Tabu, und von den Toten zu sprechen wurde ein Bestandteil ihrer ehemals »stillen Wache«. Und weil die Statuette mit dem wundersamen blauen Kristall Laliari diese neuen Gesetze gelehrt hatte, wurde es zur Gewohnheit, die Figur bei jeder Gedenkrunde im Kreis weiterzureichen, sodass jeder sie halten konnte, während er Worte des Lobes und des Gedenkens über den Verstorbenen sprach.

Als Laliari viele Jahre später neben ihrem Sohn zur letzten Ruhe gebettet wurde, saßen die Clansmitglieder in der Runde, und ein jeder schilderte seine Erinnerungen an die greise Hüterin des Gazellengeweihs, am liebsten aber sprachen sie von jener lange zurückliegenden Zeit, als Laliari ihrem Volk den Mond und die Fruchtbarkeit zurückgebracht und sie gelehrt hatte, die Toten zu ehren.

Nach dem Aussterben jener Menschen, die die Wildtiere fast bis zur Ausrottung gejagt hatten, erholte sich die Natur im Jordantal allmählich wieder. Das Volk des Gazellenclans folgte den Herden, ging mit den Jahreszeiten, verbrachte den Sommer an kühlen Quellen im Süden und den Winter in warmen Höhlen im Norden. Doch wo immer der Clan auch hinzog, führte er die kleine Fruchtbarkeitsstatue mit sich.

Das Wunder des blauen Kristalls lag in seiner Schönheit. Wäre es ein gewöhnlicher Jaspis oder ein stumpfer Karneol gewesen, wäre er sicherlich irgendwann vergessen worden oder verloren gegangen. Doch sein erstaunliches Funkeln betörte die Menschen immer wieder aufs Neue, sodass dieser strahlende Klumpen kosmischen Staubes von einer Generation zur nächsten weitergereicht und sicher verwahrt wurde, auf dass man ihn ehrte, verehrte und bestaunte.

Der blaue Stein erlangte mit der Zeit einen besonderen Status, der über den eines gewöhnlichen Glücksbringers hinausging. Für die Steinerne Mutter mit dem Kristall in ihrem Schoß wurde ein be-

sonderes Behältnis geschaffen, eine winzige Hütte aus Holz und Lehm, und einem besonderen Hüter anvertraut. Neben den Hütern des Gazellengeweihs und der Pilze gab es nunmehr auch einen Hüter des Wundersteins.
Zehntausend Jahre nachdem Laliari und Zant sich in den Armen gelegen hatten, traf ein besonders harter Winter das Tal, und Galiläa versank unter einer Schneedecke. Während das Volk der Gazelle in den Höhlen überwinterte, erschien der blaue Kristall dem Hüter des Steins in einem Traum und erklärte, er sei sein enges Behältnis leid. Die Clanältesten berieten sich und beschlossen, dass der Stein eine größere, schönere und seiner Macht entsprechende Hülle bekommen sollte. Holzschnitzer wurden beauftragt, eine neue Figur zu schaffen, die möglichst naturgetreu sein sollte, mit menschlichen Zügen und dem langen Haar einer Frau. In ihre Mitte wurde der blaue Kristall platziert, denn er war schließlich die Seele der Statue. Die kleine Lade wurde ebenfalls vergrößert und aus dauerhaftem Material angefertigt, worauf sie wesentlich schwerer wog und von zwei Männern auf einem Tragegestell zwischen zwei Stangen getragen werden musste. Wo immer der Gazellenclan hinzog, die Statue war in ihrem eigenen Schrein dabei, und die Männer rissen sich um die Ehre, sie tragen zu dürfen.
Mit der Größe der Statue und ihres Schreins wuchs auch ihr Ansehen. Zwanzigtausend Jahre nachdem Laliari ihren Sohn in galiläischer Erde begraben hatte, wusste der Gazellenclan, dass eine Göttin in seiner Mitte lebte.

Der Clan wuchs in Größe und Zahl, bis die heimischen Nahrungsquellen knapp wurden, und so kam es, dass er sich in kleinere Gruppen aufsplitterte, die neue Gebiete für sich erschlossen. Dennoch blieben sie Angehörige desselben Stammes, verehrten dieselben Vorfahren und dieselbe Göttin und hielten ihre jährlichen Zusammenkünfte am Ort einer nie versiegenden Quelle zwischen dem Toten Meer und dem Jordanfluss ab.

Es gab nunmehr zwei Hauptclans, den westlichen und den nördlichen Clan, die wiederum in Familien unterteilt waren. Talithas Familie stammte vom Gazellenclan im Norden, Serophia gehörte zum Rabenclan im Westen. Bei den jährlichen Zusammenkünften war es mittlerweile Brauch geworden, die Göttin für das kommende Jahr jeweils einer anderen Familie anzuvertrauen. Spätere Generationen würden erklären, dass Talitha den magischen Traubensaft nicht ohne Grund ausgerechnet in jenem Sommer entdeckt hatte, da die Göttin sich bei ihr in Verwahrung befand.

Damals hatte der ganze Ärger angefangen.

Aber eigentlich, warfen die Geschichtenerzähler dann ein, eigentlich reichte der Ärger viel weiter zurück in eine Zeit, als Talitha und Serophia noch jung waren und die Clans nördlich des Toten Meeres in der Sommerhitze lagerten. Hin und wieder kam es vor, dass Fremde auftauchten, Jäger ohne Familie oder Clanzugehörigkeit, die allein herumzogen. Diese Männer pflegten mit frischer Jagdbeute aus den Bergen zu kommen und sich im Lager nach einer Feuerstelle umzusehen, um ihre Beute mit denen zu teilen, die das Häuten und Kochen übernahmen. Talitha, eine kräftige Frau und Mutter von fünf Kindern, besaß besondere Gaben: Ihr Herdfeuer erlosch niemals, ihre Kochsteine waren immer heiß, und sie kannte das Geheimnis des Würzens. So kam es, dass der Fremde, der in jenem Sommer auftauchte, ein breitschultriger Jäger namens Bazel mit einem prächtigen Mutterschaf über der Schulter, seinen Weg zu Talithas Zelt fand und eine Woche lang ihre Kochkünste und ihre Zuwendung genoss. Als er unruhig wurde, denn das Umherziehen lag in seiner Natur, beschloss Talitha, ihn an sich zu binden und verführte ihn mit köstlichen gebratenen Tauben und Traubensaft. Diese Künste hatte sie perfektioniert und gab sie niemals preis.

Er blieb eine weitere Woche in Talithas Zelt, bis er eines Morgens in die Berge zog, um Gazellen zu jagen. Er kehrte jedoch nicht mehr bei Talitha ein, sondern in einer Grashütte jenseits der Quelle, wo ein anderer Clan kampierte. Diese Hütte gehörte einer Frau namens Serophia, jünger und wesentlich schlanker als Talitha und mit weniger Kindern. Hier verbrachte Bazel zwei Wochen des Vergnügens, bis sein Blick wieder unruhig zum Horizont wanderte. Während die Männer des Clans den Neuankömmling nur zu gerne weiterziehen sahen, schließlich gelüstete es sie selbst nach Talitha und Serophia, sahen die beiden Frauen das anders. Jede wollte den Jäger auf Dauer für sich allein.

Der nun einsetzende Wettkampf sorgte den ganzen Sommer lang für Unterhaltung und war noch Jahre später Gesprächsstoff. Talitha und Serophia führten einen Feldzug, dem die Jäger die allerbeste Taktik bescheinigten, um den hocherfreuten Bazel, der seine Zeit zwischen Zelt und Hütte verbrachte und seine Gunst so gerecht wie möglich aufteilte. Nie war er so gut bekocht worden, nie hatte er so viel Sex genossen. Es war ein Sommer, den er nie vergessen würde. Doch dann nahte der Tag, an dem sich die jährliche Zusammenkunft auflösen und die Clans in ihre Winterquartiere ziehen würden. Talitha und Serophia wurden immer bedrückter, denn Bazel hatte sich noch nicht entschieden.

Keiner vermochte hinterher zu sagen, was genau geschehen war. Die Beschuldigungen kamen von allen Seiten: Die einen sagten, Talitha hätte den bösen Blick auf Serophia geworfen, die anderen behaupteten, Serophia hätte Talitha mit einem schlimmen Zauber belegt. Auf jeden Fall erkrankten beide Frauen an der roten Ruhr, die beim Wasserlassen schmerzte und den sexuellen Verkehr unmöglich machte. Weder die Wahrsager noch die Schamanin wussten Rat oder Hilfe. Fest stand nur, dass die beiden Frauen von einem bösen Geist besessen waren. In einer Neumondnacht beschloss Bazel fortzugehen, ehe man ihn beschuldigte, den bösen Geist unter die Frauen gebracht zu haben, schulterte seinen Speer, schlüpfte aus dem Lager und ward nie mehr gesehen.

Während die Clans zu ihren angestammten Stätten im Norden und im Westen zogen, ging es den beiden Frauen sehr schlecht. Sie gaben einander die Schuld an dem Unglück und entwickelten einen abgrundtiefen Groll, der noch Jahrhunderte später nachwirken sollte.

»Und somit kommen wir zum Sommer der Trauben«, leitete der Geschichtenzähler dann immer das folgende Kapitel ein. »Der Sommer, in dem der ganze Ärger begann.«

Der Jäger Bazel war mittlerweile vergessen, der gegenseitige Hass der Frauen schwelte jedoch weiter. Mit den Jahren hatten beide an Ansehen in ihrem Clan gewonnen. Beide hatten eine ansehnliche Zahl von Kindern in die Welt gesetzt und waren nunmehr geachtete Großmütter in der Blüte ihrer späten Mondenphase. Talitha hatte mittlerweile eine recht gedrungene Figur, schließlich floss in ihren Adern das Blut von Zant, Serophia aber war immer noch schlank, ohne dabei gebrechlich zu sein. Beide waren aus hartem Holz geschnitzt und unbeugsam in ihrem Wesen. Mit den Jahren wurde ihre Rivalität zur Legende und sorgte beim täglichen Klatsch stets aufs Neue für Heiterkeit.

Spione wurden hin und her geschickt. Sagte etwa Serophia: »Wenn ein Mann zwischen Talithas Beinen liegt, schläft sie ein«, so konterte Talitha: »Wenn ein Mann zwischen Serophias Beinen liegt, schläft *er* ein!« Selbst Männer, die gerade keine Beziehung zu einer Frau unterhielten, die im Gemeinschaftszelt lebten und sich kaum für Frauengeschichten interessierten, nahmen Anteil. Punkte für die eine oder andere Partei wurden gegeben, Wetten abgeschlossen. Bei jeder jährlichen Zusammenkunft gehörten die neuesten Klatschgeschichten aus dem Talitha-Serophia-Kampf zur nächtlichen Unterhaltung an den Lagerfeuern.

Ein zufällig grassierendes Fieber sollte die Pattsituation im legendären Sommer der Weintrauben beenden.

Talithas Clan war durch ein frühes Sommerfieber unter den Kindern auf seinem Weg vom Norden aufgehalten worden, und so erreichte Serophias Clan zuerst die Quelle im Süden. Da Serophia Talithas Leidenschaft für Weintrauben kannte, hieß sie die Frauen, den

gesamten wilden Wein zu ernten, und tauschte die Trauben bei anderen kleineren Clans gegen Flachs aus dem Süden oder Salz aus dem Osten ein. Bis Talitha mit ihrem Gefolge eintraf, waren alle Weinstöcke abgeerntet und die Trauben verkauft. Als sie erfuhr, was sich zugetragen hatte, wurde sie von kalter Wut gepackt.
Sie marschierte sofort zu Serophias Zelt und explodierte beim Anblick der frischen Traubenflecken auf Serophias Hirschlederrock.
»Du lässt dich von Ziegenböcken besteigen!«
»Skorpione rennen weg, wenn sie dich kommen sehen«, zischte Serophia.
»Aasgeier würden deinen Kadaver nicht anrühren!«
»Wenn eine Schlange dich beißt, muss *sie* sterben!«
Die Familien mussten die beiden trennen, und während Serophia ihren heimlichen Sieg genoss, sann die andere auf Rache.
Im darauf folgenden Sommer sorgte Talitha dafür, dass ihr Clan vor den anderen an der Quelle eintraf, und wies die Frauen an, die gesamten Weintrauben abzuernten. Ein Teil der Ernte wurde gegessen, ein Teil ging in den Tauschhandel mit anderen Clans. Die restlichen Trauben wurden in wasserdichte Körbe gepackt und in einer nahe gelegenen Kalksteinhöhle versteckt. Sollte Serophia bei der nächsten jährlichen Zusammenkunft so viele Trauben ernten wie sie wollte, Talitha hatte sich ihren Anteil gesichert.
Als die Clans jedoch im folgenden Jahr an der Ewigen Quelle eintrafen, stellten Talithas Leute erschrocken fest, dass ihre in Körbe gefüllten Trauben, die ein ganzes Jahr lang unangetastet in der Dunkelheit gelagert hatten, eine seltsame Verwandlung erfahren hatten.
Im Zuge ihres Reifungsprozesses waren alle Trauben aufgeplatzt, und in den Körben schwamm nunmehr ein Gemisch aus Schalen, Fruchtfleisch und Saft mit einem gar nicht so unangenehmen Aroma. Einer der Stammesältesten tauchte einen Finger in den Saft, kostete und fand den Geschmack faszinierend.
Talitha schöpfte sich eine Hand voll rosa Maische aus dem Korb und

kostete ebenfalls. Die Umstehenden warteten gespannt, während sie sich die Lippen leckte.

»Was meinst du, Talitha?«, fragte Janka, der derzeitige Hüter der Gottheit und ein Wichtigtuer.

Talitha kostete noch einmal. Sie vermochte nicht zu sagen, ob ihr der Geschmack gefiel oder nicht, aber da war noch etwas …

Sie trank noch einmal, überlegte wieder ein wenig und wurde plötzlich ungemein fröhlich. Sie wies die Männer an, die schweren Körbe ins Lager zu schaffen. Dort brannten bereits zahllose Kochstellen, die Luft war von Rufen und Gelächter erfüllt, und das Volk des Gazellenclans setzte sich nieder, um das Wunder in seiner Mitte zu überdenken.

Die Ellbogen auf ihre gewaltigen Schenkel gestützt, tauchte Talitha eine Trinkschale in einen der Körbe aus der Höhle und nahm einen Schluck. Unter den Augen der Umsitzenden schnalzte sie mit der Zunge und fuhr sich über die Lippen. Auf ihr Zeichen hin tauchten alle anderen ihre Trinkschalen in den Saft und kosteten. Lippen wurden geleckt, Meinungen ausgetauscht, Trinkschalen zur Vergewisserung erneut in den Saft getaucht, noch einmal und noch einmal.

In einem waren sie sich einig: Sie hatten keine Ahnung, was sie da tranken.

Mit einem Mal zeigten sich die merkwürdigsten Erscheinungen: verworrenes Sprechen, schlingernder Gang, Schluckauf und unerklärliche Lachanfälle. Talitha blickte besorgt in die Runde. Waren ihre Leute von einem bösen Geist besessen? Sie sah ihre beiden Brüder Arm in Arm vorbeitorkeln. Und ihre Schwestern, die eine weinte, die andere kicherte sinnloses Zeug. Sie selbst fühlte sich merkwürdig erhitzt. Als der normalerweise zurückhaltende Janka einen Darmwind entweichen ließ, brachen alle in Gelächter aus. Darauf wiederholte er diese Vorstellung, und weil alle brüllten, als ob sie noch nie so etwas Komisches gehört hätten, machte er obszöne Geräusche, bis die ganze Runde sich brüllend auf die Schenkel schlug. Obwohl Talitha von dem Gelächter angesteckt wurde, nagte etwas in ihrem Hinterkopf. So benahmen sich ihre Leute gewöhnlich nicht. Was war los mit ihnen? Zu ihrem Leidwesen konnte sie selbst nicht mehr klar denken, und je mehr Traubensaft sie trank, desto unklarer wurde ihr Denken. Als dann Janka, der stoische, finstere Hüter der Göttin sie unerwartet packte und mit Küssen übersäte, war sie nicht einmal erzürnt – sie hatte ihm gewiss kein Zeichen gegeben, dass sie an ihm interessiert sei –, sondern kicherte albern und lupfte fröhlich ihren Rock.

Janka brauchte nicht lange und rollte von ihr wie ein Sack. Talitha bediente sich noch einmal von dem Traubensaft und merkte plötzlich, dass ihre Knie nicht mehr schmerzten.

Die hatten ihr schon seit Monaten Probleme bereitet, und die Gelenke waren manchmal so angeschwollen, dass man sie tragen musste. Aber jetzt waren nicht nur die Schmerzen verschwunden, sie fühlte sich geschmeidig wie eine junge Frau!

Es war ein wunderbares Gefühl – gewiss tranken sie da einen Zaubertrank. Einen Trank, der Glück und Gesundheit bescherte. Eine göttliche Gabe!

Je mehr sie jedoch trank, desto weniger jung und heiter fühlte sie sich. Ein Unbehagen beschlich sie, und nach einem weiteren stärkenden Schluck richtete sie sich mühsam auf, torkelte durch das Lager, stolperte über andere Leute und riss beinahe ein Zelt um, bis sie schließlich in Serophias Hütte wankte.

»Wir sind doch Cousinen, Serophia!«, heulte sie und schlug sich an die Brust. »Wir sind Blutsverwandte! Wir sollten uns lieben, nicht hassen! Es ist meine Schuld. Ich bin so maßlos und selbstsüchtig.« Sie fiel auf die Knie. »Kannst du mir vergeben, liebste Cousine?«

Serophia war so geschockt, dass ihr der Mund offen blieb. Zwei von Talithas Neffen, die sich auf der Suche nach ihrer Tante befanden, traten in den Kreis, und als sie ihren Zustand bemerkten, halfen sie ihr auf die Füße und schleiften sie aus der Hütte.

In ihrem Zelt lallte Talitha nur noch unverständliches Zeug, rollte sich auf ihrem Schlaffell zusammen und schlief sofort ein.

Der nächste Morgen war eine andere Geschichte.
Alle erwachten mit der Erkenntnis, dass sie sich hundeelend fühlten. Teufel hämmerten in ihrem Kopf und verdrehten ihnen den Magen, böse Geister wüteten in ihren Gedärmen. Ihre Hände zitterten, ihr Blick war unscharf. Einige erklärten, sie seien dem Tode nahe. Reue überkam sie, als Erinnerungsfetzen an die vergangene Nacht vorbeihuschten, aber schlimmer noch waren die Gedächtnislücken.
Als Talitha, den Kopf in den Händen, aus ihrem Zelt wankte und im Morgenlicht blinzelte, sah sie, wie Ari sich auf Händen und Knien fürchterlich erbrach und Janka aus einer Kürbisflasche soff, als ob keine Wasser dieser Welt seinen Durst stillen könnten. Beinahe jeder hielt sich den Kopf und stöhnte, und einige der Frauen fanden zu ihrer Bestürzung Hinweise auf eine körperliche Vereinigung, an die sich beim besten Willen nicht mehr erinnern konnten.
Talithas Gedanken überstürzten sich. Wieso waren sie alle in der vergangenen Nacht so fröhlich und ausgelassen gewesen und fühlten sich heute so elend? Es mussten Geister gewesen sein, die sie erst so heiter gestimmt und dann in diese elende Verfassung gestürzt hatten – böse, trickreiche Geister!
Talitha hatte keinerlei Erinnerung an ihren nächtlichen Besuch bei Serophia, bis sie die betretenen Gesichter ihrer Neffen sah, die als Einzige nichts von dem Traubensaft getrunken hatten. Da fiel es ihr wieder ein. *Sie hatte Serophia auf Knien um Verzeihung gebeten.*
»Bei den Brüsten der Göttin!«, kreischte sie. Waren sie denn alle vom bösen Geist besessen gewesen?
Trotz alledem wollte Talitha von dem neuen Getränk nicht lassen. Die Wahrsager und der Hüter der Göttin sollten die Zeichen und Omen deuten, über die Vorkommnisse meditieren und zur Göttin beten. Nach einem Tag der Abgeschiedenheit, des Betens, Fastens und Meditierens befanden die Seher des Clans, dass die Göttin den Traubensaft verwandelt und ihren auserwählten Kindern zum Geschenk gemacht hatte. Im Rückblick auf die angenehmen Gefühle

der vergangenen Nacht erklärten die Seher den Saft zu einem heiligen Getränk, das nicht etwa leichtfertig, sondern nur mit großer Würde genossen werden durfte.
Die Kunde über den Zaubersaft verbreitete sich wie ein Lauffeuer. Talitha lud die Oberhäupter anderer Clans zum Kosten ein, wobei sie Serophia wohlweislich überging. Die Häuptlinge ließen den Trinkbecher kreisen, kosteten und berieten sich, kosteten erneut und befanden den Saft für gar nicht so übel. Schließlich machte er einen fröhlich, er vertrieb die Schmerzen und garantierte einen festen Schlaf. Es konnte sich nur um ein heiliges Getränk handeln, das vom Geist der Göttin beseelt war.
In den folgenden Jahren verfuhr der Gazellenclan wie gewohnt, er brach frühzeitig zur Ewigen Quelle auf, erntete den Wein und versteckte ihn in den Höhlen oberhalb des Toten Meeres, um ihn zu gegebener Zeit mit anderen Clans zu teilen und gegen deren Waren einzutauschen.
Im vierten Jahr erklärte Talitha, dass es ratsam sei, das Winterquartier aufzugeben und im Süden neue, feste Unterkünfte zu errichten. Es schien ihr klüger, in der Nähe der Weinstöcke zu bleiben, bevor andere sich ihrer Schätze bemächtigten.
Viele aus dem Gazellenclan hatten den Ort an der Quelle im Süden schätzen gelernt. Und so errichteten sie feste Unterkünfte, ernannten sich zu Hütern des Freude spendenden Weins und verfuhren im folgenden Sommer in der gewohnten Weise mit dem Ernten und Lagern des kostbaren Stoffes. Sie wussten nichts von Hefe und dem Gärungsprozess und glaubten fest daran, dass die Göttin die harmlosen Trauben mit Eigenschaften versähe, die die Männer fröhlich stimmten und die Frauen schwanger werden ließen.
Talithas Familie hielt das Monopol über die Weinstöcke und entwickelte mit der Zeit einen lebhaften Tauschhandel mit den anderen Clans. Während Serophias Clan von diesen Aktivitäten ausgeschlossen blieb und Talitha insgeheim ihren Sieg über die Cousine auskostete, stand eine weitere Entdeckung bevor.

Es wuchs noch eine andere kostbare Frucht bei der Ewigen Quelle. Die Clans ernteten jeden Sommer so viel Gerste, wie sie brauchten, rösteten die Ähren über dem Feuer und verspeisten die Körner. Als Vergeltung für Talithas Rache riss Serophia das Monopol über die Gerste an sich, wobei sie Talithas Clan beim Tauschhandel geflissentlich überging. Mit der Zeit siedelte sie ihre Familie ebenfalls an der Quelle an, um ihre Vorherrschaft über die Gerste zu sichern. Diese wurde in Körben in Serophias Zelt gelagert und von Serophia entsprechend zugeteilt oder gegen andere Waren eingetauscht.

So vergingen die Jahre, bis im Sommer des großen Regens ein zweites Wunder geschah.

Ein schweres Unwetter bescherte dem nicht vom Regen verwöhnten Jordantal schwere Güsse, die tagelang anhielten. Der Regen drang durch lecke Stellen in den Zeltwänden, durchnässte Schlafstellen und Kleidungsstücke und weichte die in den Körben gelagerte Gerste auf.

Aus Eigensinn und purem Stolz behielt Serophia die ruinierten Gerstevorräte in ihrem Zelt, um sich vor Talitha nicht zum Gespött zu machen. Bis eines Tages im Herbst einer ihrer Neffen einen merkwürdigen Geruch im Zelt wahrnahm. Als die Familie nach dem Ursprung suchte, fand sie die Körbe zum Bersten angeschwollen und mit einer trüben, streng riechenden Flüssigkeit gefüllt. Serophias Clan kannte die Auswirkungen der Hefe auf im Wasser gequollene Gerste und die daraus resultierende Gärung nicht. Die Ahnungslosen begriffen nur, dass das Gebräu sie belebte und heiter stimmte.

Mit der Zeit verfeinerten Serophias Nachkommen die Kunst des Bierbrauens, und so entstand ein neues Gewerbe.

Weil die Clans weitgehend sesshaft wurden, verwendeten die Menschen ihre Mußestunden zur Herstellung von Schmuck, Werkzeugen, Musikinstrumenten und auf das Gerben von Leder. Auch die Essgewohnheiten veränderten sich. Die Getreidekörner wurden nicht mehr direkt von der Ähre geklaubt und verzehrt, sondern zwi-

schen Steinen gemahlen und mit Wasser zu einer nahrhaften Grütze verarbeitet. Als einmal eine Schale mit Grütze umfiel und der Brei auf die heißen Kochsteine lief, war das Fladenbrot entdeckt, und so entwickelte sich mit der Zeit die Kunst des Brotbackens.
Immer mehr Familien siedelten sich im Umkreis der Ewigen Quelle an, und als sie darangingen, ihr eigenes Gemüse anzubauen, das von der Quelle gewässert wurde, entfiel die Notwendigkeit der täglichen Nahrungssuche. Es entstanden feste Ansiedlungen. Damit beschränkte sich der Besitz nicht mehr auf das, was der Einzelne transportieren konnte. Behausungen aus gebrannten Lehmziegeln füllten sich mit persönlicher Habe, mit Krimskrams und nutzlosen Dingen, und zum ersten Mal gab es Menschen mit unterschiedlichem Status: die Reichen und die Armen.
An die Göttin, die auf wundersame Weise Trauben in Wein und Gerste in Bier verwandeln konnte, richteten sich indessen Gebete in einer ganz neuen Form. Die Fürbitten galten nicht mehr den Toten, der Fruchtbarkeit oder der Gesundheit, vielmehr wurde um Regen für die Frucht auf den Feldern, um eine reiche Ernte und um noch mehr Kunden gebetet.
Die Armen beteten um Wohlstand und die Reichen um noch mehr Reichtum.

DRITTES BUCH

Das Jordantal

Vor 10 000 Jahren

Was Avram betraf, hätte es eine Nacht der Erscheinungen, Kometen und Mondfinsternisse sein können, eine Nacht der Vorboten, die den Jüngsten Tag und Armageddon ankündigten. Es hätte aber auch eine friedliche Sommernacht sein können. Bei Avram wusste man nie, er lebte in seiner eigenen Welt.

Was hatte er da gerade geträumt! Marit in seinen Armen, so weich und warm, hingebungsvoll an ihn geschmiegt, ihre Hüften und Lippen, die sich ihm entgegendrängten. Ein so leidenschaftlicher Traum, dass Avrams Haut selbst jetzt noch inmitten der Weinberge im kalten Hauch der Morgendämmerung vor Fieber brannte. Während er die Sprossen der Leiter zu seinem Ausguck erklomm, über der einen Schulter an einer Kordel aufgefädelte Fladenbrote, über der anderen einen mit Bier gefüllten Schlauch – Avram wollte den ganzen Tag hier nach Marodeuren Ausschau halten –, spürte er die Erregung von neuem. Als er die oberste Plattform erreichte, hatte er bereits wieder eine prächtige Erektion. In seinem ganzen Leben war Avram noch nie so verliebt und noch nie so unglücklich gewesen.

Er war gerade sechzehn Jahre alt.

Das Ziel seiner Wünsche war ein Mädchen von vierzehn Jahren, mit schwellenden Brüsten und den Augen einer Gazelle, mit schlanken Gliedmaßen, leicht wie der Wind und von sanftem Gemüt. Der Grund für sein Unglück war die Tatsache, dass Marit zu Serophias Familie gehörte, während Avram Talithas Clan entstammte. Ihre

Familien hatten sich über zwei Jahrhunderte lang befehdet, und ihr gegenseitiger Hass war Legende. Wenn auch nur irgendjemand von Avrams heimlicher Liebe erfuhr, würde er öffentlich gedemütigt und verflucht, geschlagen und eingesperrt und möglicherweise sogar kastriert werden. Zumindest sah die Strafe in Avrams jugendlicher Vorstellung so aus.

Und dabei ging ihm das Gespräch mit seinem *Abba* Yubal, drei Jahre zuvor, im Kopf herum, als Avram die Veränderungen in seinem Körper bemerkt hatte. »Das Leben ist hart, mein Sohn«, hatte er gesagt. »Tägliche Mühsal, Plackerei und Leid. Doch die Göttin in all ihrer Weisheit hat uns die Gabe des Genießens geschenkt, die uns für alles entschädigt. Sie hat dafür gesorgt, dass Männer und Frauen einander Genuss bereiten, damit sie ihr Elend vergessen können. Wenn dich also das Verlangen packt, mein Sohn, stille es, wo du kannst, denn das ist es, was unser aller Mutter wünscht.«

Offenbar hatte Yubal Recht, denn soweit Avram erkennen konnte, waren die Bewohner der Stätte der Ewigen Quelle vorrangig damit beschäftigt, die Weisungen der Göttin zu befolgen. Der beliebteste Zeitvertreib im Dorf bestand in einer endlosen Folge von Verliebtsein, Zusammenleben und Schlussmachen. Die Klatschsüchtigen pflegten bei ihren Bierbottichen zu hocken und Wetten abzuschließen, wie lange eine neue Paarung bestehen oder wer wann aus wessen Hütte gekrochen kommen würde. Manchmal wurde eine Beziehung von beiden Partnern beendet, meistens jedoch war es so, dass ein Partner der Verbindung überdrüssig wurde und eine neue Beziehung einging. Das konnte zu heftigen Kämpfen führen. (Allen noch gut im Gedächtnis war jener Tag, da Lea, die Geburtshelferin, Uriah, den Bogenmacher, mit einer der Zwillingsschwestern ertappte. Lea hatte die Frau regelrecht skalpiert und Uriah mit kochend heißem Wasser übergossen. Der Bogenmacher hatte die Flucht ergriffen und war nie mehr gesehen worden.) Dann gab es die seltenen Fälle, in denen ein Paar ein Leben lang zusammenblieb – bei seiner Mutter und seinem Abba war es so –, und genauso stellte

Avram sich das Leben mit seiner geliebten Marit vor: Liebende in alle Ewigkeit.
Avram stand auf dem Turm und atmete tief ein in der Hoffnung, dass die frische Morgenluft sein inneres Feuer kühlen würde, damit er sich auf seine Aufgabe konzentrieren konnte, herumstreifende Truppen auszuspähen. Er wollte alles richtig machen. Im letzten Jahr waren die Räuber ohne Vorwarnung aus dem Osten gekommen, hatten seine Mutter brutal hingeschlachtet und seine beiden Schwestern verschleppt. Als Folge davon hatte man den Wachturm errichtet und Avram zum Schutz gegen künftige Attacken als Wachposten abgestellt.
Die Räuber kamen nicht regelmäßig, und ihre Attacken ließen sich nicht vorhersagen. Sie waren eine wilde Schar, ihr Land lag jenseits der östlichen Berge, und sie lebten vom Jagen und Stehlen. Keiner wusste, wer sie waren oder wie sie lebten, weil noch keiner den Mut aufgebracht hatte, sie nach einem Überfall zu verfolgen. Dafür gab es umso mehr Gerüchte. Es hieß, die Räuber äßen Steine und tränken Sand, und dass sie, in Ermangelung eigener Frauen, den Fortbestand ihrer Art sicherten, indem sie die Frauen anderer Stämme verschleppten. Im Schlaf verließen ihre Seelen ihre Körper und wanderten umher, hieß es. Und dass sie ihre Toten äßen.
Wachsamkeit war also geboten. Es fiel Avram einigermaßen schwer, sich auf seine Aufgabe zu konzentrieren, wo er doch an nichts anderes denken konnte als an Marit und seinen wunderbaren Traum. Kein Mann war je so von Verlangen getrieben worden wie er. Nicht einmal sein *Abba*, Yubal, der in aller Öffentlichkeit Tränen über den Tod seiner Frau geweint und sie zur Liebe seines Lebens erklärt hatte.
Der Junge schüttelte derlei Gedanken ab und wandte sich seiner Aufgabe zu.
Über den östlichen Bergen und der Ansiedlung mit Namen »Stätte der Ewigen Quelle« verfärbte sich der Himmel rosa, und das Dorf erwachte zum Leben. Es lag eine halbe Tagereise westlich von dem

Fluss, den die Menschen Jordan nannten, das bedeutete »der Absteigende«, denn er floss von Norden nach Süden. Von seinem Ausguck konnte Avram nicht nur die Weinberge seines *Abba* und die Gerstefelder von Serophia erkennen, er hatte auch einen ausgezeichneten Überblick über die gesamte Ansiedlung mit ihren rund zweitausend Menschen, die in Lehmziegelhäusern, Grashütten und Zelten hausten oder, in ihre Schlaffelle gerollt, ihre wenigen Habseligkeiten unter ihrem Körper versteckt, einfach im Freien lagerten.

Unzählige Menschen waren hier sesshaft geworden, andere kamen und gingen. Viele kamen an die Stätte der Ewigen Quelle, um zu handeln und zu feilschen, man tauschte Obsidian gegen Salz, Kaurimuscheln gegen Leinöl, grünen Malachit gegen gesponnenen Flachs, Bier gegen Wein und Fleisch gegen Brot. Im Zentrum des Ortes sprudelte die unversiegbare Quelle, von der lange Bewässerungskanäle in alle Richtungen führten und an der um diese frühe Stunde bereits Frauen und Mädchen zum Wasserschöpfen zusammenkamen.

Avram rutschte unruhig auf seinem Sitz umher. So viele Frauen, und nicht eine von ihnen war so schön und bezaubernd wie seine geliebte Marit.

Wie die meisten Jungen seines Alters war Avram in sexuellen Dingen nicht ganz unerfahren. Wobei der Sport hauptsächlich darin bestand, mit den Freunden hügelan zu ziehen, sich ein Mutterschaf zu greifen und es mit ihm zu treiben. Mit Mädchen hatte er nur begrenzte Erfahrung, mit Marit überhaupt keine. In all den Jahren, in denen sie Haus an Haus lebten, hatten sie noch kein einziges Wort gewechselt. Und seine Großmutter würde ihn mit Sicherheit umbringen, wenn er es je wagte.

Avram wünschte sich in die alten Zeiten zurück, in der es, wie er meinte, so viel besser zugegangen war als heute. Er konnte sich gar nicht satt hören an den Geschichten über die Vorfahren, über die wahren Urahnen, die alle noch als Nomaden in einem großen Stamm lebten, wo Männer und Frauen sich nehmen konnten, wen sie wollten. Heute zogen keine Nomaden mehr in großen Clans umher, es gab nur noch kleine Familien, die in einem Haus auf einem festen Stück Land lebten und einander um ihren Besitz beneideten. »Yubals Wein schmeckt wie Eselpisse«, pflegte Marits *Abba*, Molok, zu sagen. »Moloks Bier ist aus Schweinehoden gepresst«, wusste Avrams *Abba*, Yubal, zu kontern. Nicht, dass sie sich das etwa offen ins Gesicht gesagt hätten. Die Menschen vom Clan der Talitha und der Serophia hatten seit Generationen kein Wort mehr miteinander gewechselt.

Man durfte also sicher sein, dass ein Junge der einen Familie und ein Mädchen aus der anderen niemals zueinander finden würden.

Avram fand das ungerecht. Diese Feindschaft war Sache seiner Vorfahren, nicht seine. In seinen kühnsten Träumen malte er sich aus, wie er mit Marit (nachdem er überhaupt erst Mittel und Wege gefunden hatte, mir ihr zu sprechen) weglaufen und mit ihr die Welt erkunden würde. Avram war der geborene Träumer und Sucher, mit einer rastlosen Seele und einem ruhelosen Geist. In einem anderen Zeitalter wäre er Astronom oder Forscher, Erfinder oder Gelehrter geworden, immer auf der Suche nach dem »Warum«. Fernrohre und Schiffe jedoch, Metallurgie und das Alphabet, selbst die Erfindung des Rads und das Domestizieren von Tieren lagen noch in unendlich weiter Ferne.

Avram brach sich ein Stück Fladenbrot ab, und während er kaute, ließ er den Blick über die bescheidenen Lehmhäuser schweifen, die am Rande von Serophias Gerstefeldern kauerten, bis sein Blick auf dem Haus von Marits Familie verweilte. Er stieß einen tiefen Seufzer aus, als ihm bewusst wurde, dass er keine Ahnung hatte, was Marit für ihn empfand. Es gab Momente, da spürte er, wie sie ihn anschaute. Und erst vor wenigen Wochen, beim Fest der Frühlingstagundnachtgleiche, hatte sie den Blick hastig abgewandt, während ihr die Röte in die Wangen stieg. War das ein gutes Zeichen? Bedeutet das etwa, dass sie seine Gefühle teilte? Wenn er es nur wüsste!

Während die Sonne allmählich höher stieg, spähte Avram unverwandt nach Marit aus. Wenn er um diese frühe Stunde einen Blick auf sie erhaschte, wäre das ein gutes Zeichen. Doch alles, was er sah, war die fette Cochava, die ihre Kinder mit einem Stock scheuchte, zwei Ziegelbrenner im Streit um ein Fass Bier (offenbar hatten sie die ganze Nacht durchgezecht); Enoch, der Zahnreißer, und Lea, die hastig, an einen Baum gelehnt, kopulierten. Er sah Dagan, den Fischer, aus Mahalias Hütte kriechen, während seine Habseligkeiten hinter ihm herflogen. Vor einem Monat erst war Dagan zu Ziva gezogen, den Monat davor zu Anath. Avram fragte sich, warum die Frauen Dagans so schnell überdrüssig wurden und ihn hinauswarfen. Der arme Dagan – wie sollte ein Mann ohne Frau und häuslichen Herd leben?

Beim Anblick von Namir, der eine Herde Ziegen vor sich hertrieb, musste Avram herzlich lachen. Der Alte war von der Idee besessen, es sei viel einfacher, Ziegen in einem Stall zu halten und nach Bedarf zu schlachten, als sie in den Bergen zu jagen. Folglich war er mit seinen Neffen losgezogen, Ziegen zu fangen, und da ihre Herde sich vermehren sollte, hatten sie sich auf die weiblichen Tiere beschränkt und die Ziegenböcke zurückgelassen. Nach einem Jahr war der Bestand jedoch aufgebraucht, die Ziegen hatten keinen Nachwuchs produziert, und der Rest war verspeist oder verkauft worden. Die Nachbarn lachten sich halb tot, aber Namir schwor auf seinen Plan. »Wenn die Ziegen sich in den Bergen vermehren, warum nicht in meinem Stall?«, erklärte er seinen Freunden über Unmengen von Bier. Also machte er sich von neuem auf und trieb eine Herde Ziegen in seinen Stall. Diesmal warfen sie überhaupt keine Jungen, und in kürzester Zeit war der Bestand aufgegessen oder verkauft. Und jetzt war er schon wieder mit neuen Ziegen unterwegs, trieb und peitschte sie durch das erwachende Dorf, während die Bewohner ihm spöttische Blicke nachwarfen und insgeheim Wetten abschlossen, wie lange seine Herde diesmal wohl halten würde.

Nicht alle Lebensentwürfe waren so verrückt wie der Namirs.

Avram erinnerte sich, wie alle Dorfbewohner einen Mann namens Yasap verspottet hatten, der vor zehn Jahren zugezogen war und Blumenfelder angelegt hatte. Die Leute hatten ihn ausgelacht, weil sie in der Blumenzucht keinen Sinn sahen. Das Lachen verging ihnen, als die Bienen zu den Feldern flogen, Yasap Bienenkörbe aufstellte und den Honig einsammelte. Zum ersten Mal in ihrem Leben verfügten die Menschen während des ganzen Jahres über Zucker, und die Nachfrage war so groß, dass Yasap inzwischen zu den reichsten Männern des Dorfes zählte.
Immer mehr Menschen siedelten sich an der Stätte der Ewigen Quelle an, sie kamen, schauten sich um, entdeckten neue Lebensperspektiven, bauten eine Unterkunft und blieben. Menschen mit besonderen handwerklichen Fähigkeiten boten ihre Dienste für Nahrung, Kleidung und Schmuck an; Barbiere und Tätowierer, Wahrsager und Sterndeuter, Knochenschnitzer und Steinschleifer, Fischer und Gerber, Hebammen und Wundheiler, Fallensteller und Jäger. Viele kamen, die meisten blieben.
Wenn ich frei und ungebunden wäre, sinnierte Avram, würde ich keinen Augenblick länger hier bleiben. Ich würde Brot und Bier einpacken, meinen Speer schultern und herausfinden, was hinter den Bergen liegt.
Helle Kinderstimmen rissen ihn aus seinen Gedanken. Avram sah seine kleinen Brüder zwischen den Weinstöcken herumtollen. Mit ihren dreizehn, elf und zehn Jahren hatten sie sich die Weinberge zum Spielplatz erkoren. Wenn erst die Weinlese begann, würden sie mit ganzem Eifer beim Pflücken helfen und später mit ihren kleinen Füßen die Trauben in den großen Bottichen zermanschen.
Avram wollte gerade seinem ältesten Bruder Caleb zuwinken, als er innehielt. Eine alte Frau in einem Hirschlederrock, mit bloßen Brüsten, die langen Haarflechten mit erkennbar weißen Ansätzen unter der Hennafärbung, kam mühsam den Pfad heran. Sie schien unter dem Gewicht der zahllosen Stein- und Muschelketten beinahe zusammenzubrechen, aber als reiche Frau gehörte es zu ihren

Pflichten, den Wohlstand der Familie auf diese Weise zu demonstrieren.
Avram konnte es kaum fassen. Was machte seine Großmutter um diese Stunde auf dem Weg zum Schrein der Göttin? Es konnte nur etwas Wichtiges sein. Hatte sie etwa seine heimliche Liebe zu Marit entdeckt? Wollte sie die Göttin anrufen, damit sie ihn verzauberte? Wie die meisten Knaben hatte Avram höllische Angst vor seiner Großmutter. Alte Frauen besaßen unendliche Macht.
Avrams Hand fuhr automatisch zu seinem Talisman, den er an einem Lederband um den Hals trug. Nach alter Tradition erhielt jedes Kind im Alter von sieben Jahren, wenn es so aussah, als ob es das Erwachsenenalter erreichen würde, einen richtigen Namen und einen kleinen Lederbeutel für seine Glücksbringer. Das konnte die getrocknete Nabelschnur sein, der erste Zahn oder eine Locke vom Haar der Mutter. Während Avram den kleinen Beutel mit Zauberkieseln, Knochen- und Aststückchen umklammerte, fragte er sich bang, ob sein Talisman stark genug sei, ihn vor der eigenen Großmutter zu schützen.
Er blickte ihr nach, wie sie sich zwischen den Hütten und herumliegenden Unrat einen Weg bahnte, an den stinkenden Gerberhütten, vor denen blutige Tierhäute zum Trocknen auslagen, vorbei, bis sie schließlich an dem Lehmziegelgebäude anlangte, das den Schrein der Göttin beherbergte. Avram sah, wie Reina, die Priesterin, aus ihrer Hütte trat, die Besucherin zu begrüßen.
Selbst von seinem Ausguck konnte Avram Reinas prächtige Brüste erkennen. Während der Sommerzeit gingen für gewöhnlich alle Frauen barbrüstig, und so konnten die Männer ihre Blicke an den Schätzen der Frauen laben. Reinas Brüste waren hoch und fest, nicht so schlaff und hängend wie bei den meisten Frauen ihres Alters, weil Reina nie Kinder gehabt hatte. Als sie zur Priesterin erkoren worden war, hatte sie ihre Jungfräulichkeit zwar der Göttin geweiht, doch fühlte sie sich deswegen nicht weniger als Frau. Sie rieb sich die Nippel mit rotem Ocker ein und parfümierte sich das Haar

mit duftenden Ölen. Über ihren ausladenden Hüften trug sie einen Hirschlederrock, dessen Bund so weit unter den Nabel reichte, dass er das heilige Dreieck, zu dem kein Mann je Zutritt haben würde, nur knapp bedeckte.

Avram seufzte in jugendlicher Hitze und fragte sich, warum die Göttin diesen verwirrenden Hunger zwischen Männern und Frauen geschaffen hatte. Zum Beispiel Reina, die kein Mann je berühren durfte und die sie darum umso heftiger begehrten, oder Marit, der sein Herz gehörte und die er nie würde haben dürfen. Wo lag hier das Vergnügen?

Kurze Zeit später trat die Großmutter aus dem Schrein der Göttin, in dem die heilige Statue mit dem blauen Kristall aufbewahrt wurde. Avram fiel auf, dass die alte Frau nach Hause hastete, als ob sie von etwas Dringendem getrieben würde. Einen Augenblick später hörte Avram erregte Stimmen. Großmutter und sein *Abba* stritten miteinander!

Dann stürmte sein *Abba* aus dem Haus den staubigen Pfad hinunter, der an den Gerstefeldern vorbei zu Marits Haus führte.

Es machte Avram ganz unglücklich, Yubal so aufgebracht zu sehen, und er dachte an die Zeit seiner Kindheit zurück, da Yubal ihn auf den Schultern über Wiesen und durch Bäche getragen hatte. Dabei war Avram sich wie ein Riese vorgekommen und so stolz auf diesen Schultern geritten, dass er nie wieder absteigen wollte. Avram kannte keinen anderen Jungen, der so eine enge Beziehung zu seinem *Abba* hatte.

Nicht jeder Mann verdiente den Ehrentitel »Abba«, der so viel wie Herr oder Gebieter bedeutete. Herr über ein blühendes Geschäft, manchmal auch Herr über ein Haus und eine Familie. Nur wenige Männer hielten es lange mit einer Frau aus, und schon gar nicht, wenn sie Kinder bekam. Yubal stellte eine Ausnahme dar, denn er hatte Avrams Mutter aufrichtig geliebt und zwanzig Jahre lang in ihrem Haus gelebt.

In seinen hirschledernen Kleidern war er eine imposante Erschei-

nung, das lange Haar und den Bart hatte er, seinem Status entsprechend, sorgfältig eingeölt. Avram sah, wie er plötzlich stehen blieb, sich das Kinn rieb, dann auf dem Absatz umkehrte und den Weg ins Dorf einschlug. Dort ließ er sich bei Joktan, dem Bierhändler, im Schatten eines Baumes nieder, wo bereits drei andere Männer über einem Fass Bier saßen und Yubal, der zu den beliebtesten und am meisten bewunderten Dorfbewohnern zählte, mit großem Hallo begrüßten. Joktan brachte ihm ein Schilfrohr von gut zwei Armlängen, das Yubal durch den trüben Bierschaum steckte, um das erfrischende Nass vom Grund des Fasses zu schlürfen. Joktans Bier war wesentlich schlechter als Moloks, aber Yubal hatte geschworen, dass er eher Schlangenpisse trinken würde, als dass Bier von Serophias Nachgeborenen über seine Lippen käme.
Bei Yubals Anblick wurde Avrams Eifer als Wächter wieder geweckt. Schließlich tat er es für seinen *Abba,* der stolz auf ihn sein sollte. Sein wachsamer Blick wurde jedoch erneut von Dingen abgelenkt, die ihn an seine neue Besessenheit, an Marit und an Sex erinnerten. Im Licht der Morgensonne leuchtete das frisch gemalte Bild weiblicher Genitalien an der Tür des Steinpolierers. Der alte Mann hoffte, dass dadurch seine Töchter schwanger würden. Viele Familien malten derlei Fruchtbarkeitssymbole an ihre Haustür – meistens Brüste und Vulvae –, damit die Göttin ihr Haus mit Fruchtbarkeit segnen möge. Verzweifelte Frauen holten sich von der Priesterin Reina Zauberamulette, Fruchtbarkeitstränke und Kräuter.
Männer hatten an derlei Fruchtbarkeitsritualen keinen Anteil, denn Avrams Volk war sich der Rolle des Mannes bei der Fortpflanzung noch nicht bewusst. Die Empfängnis war ein Mysterium, das von den Frauen allein durch die Kraft der Göttin bewirkt wurde.
Lautes Gebrüll riss Avram aus seinen Gedanken. Einer der an den Schandpfahl neben der Quelle gebundenen Verbrecher schrie die Kinder an, die ihn mit Unrat bewarfen. Gewöhnlich wurden Lügner und Betrüger, Gesetzesbrecher und üble Verleumder an den Pfahl gebunden, dieser Mann jedoch, der jetzt nackt in seinen Fesseln

hing, war betrunken auf ein Dach geklettert und hatte auf ahnungslose Passanten uriniert. Wäre eines der Opfer nicht ausgerechnet Avrams Großmutter gewesen, wäre seine Strafe milder ausgefallen. In der Dorfgemeinschaft wurde allgemein kurzer Prozess gemacht. Dieben wurde eine Hand abgehackt. Mörder wurden hingerichtet. Von seinem Ausguck konnte Avram den Leichnam eines Mörders an einem Baum am Ende des Weizenfeldes hängen sehen, der noch so frisch war, dass die Raben gerade dabei waren, ihm die Augen auszuhacken.

Der Anblick ließ Avram frösteln.

Eine Staubwolke erhob sich am Horizont. Avram schirmte die Augen mit der Hand und schärfte seinen Blick. Kam da etwas von Nordosten?

Der Hals wurde ihm eng. Eindringlinge!

Dann wurden seine Augen groß, und ein Seufzer der Erleichterung entrang sich seiner Brust. Es waren keine Räuber, es war Hadadezers Karawane! »Heilige Mutter!«, rief er aus und schwang sich auf die Leiter, und weil es ihm nicht schnell genug ging, stürzte er die restlichen Sprossen hinunter.

Rufend, die Arme schwenkend rannte Avram durchs Dorf – die Obsidianhändler sind da! Das würde heute Abend ein großes Fest geben, und wer sollte in dem fröhlichem Gedränge, wenn alle tranken und sich vergnügten, bemerken, ob zwei junge Menschen es wagten, verstohlene Blicke zu tauschen.

Die Karawane bot immer wieder einen unvergesslichen Anblick: ein ganzer Menschenstrom, der sich über Berge, Fluren und Flüsse ergoss, tausend Seelen auf einem endlosen Marsch, jeder ein unter der Last der Waren und Vorräte gebeugtes Packtier. Einige trugen die Bündel an einem Joch über den Schultern, andere schleppten an über die Stirn gespannten Lederriemen Körbe auf dem Rücken, schwere Güter wurden auf Schlitten befördert, die von mehreren, in ein Joch gespannten Männern gezogen wurden. Es war jedes Mal eine lange, mühselige Reise über Stock und Stein, durch sengende Hitze, durch kalten Regen, über Bergpässe und durch brennend heiße Wüsten. Und doch gab es keine andere Wahl. Die Leute im Süden wollten, was die Menschen im Norden zu verkaufen hatten, und umgekehrt. Es hatte zwar im Norden ein paar mühsame Versuche gegeben, Rinder zu zähmen und zu Zug- und Lasttieren zu machen, aber ohne großen Erfolg, und so gelangten auf dem Rücken der Menschen Malachit und Azurit, Ocker und Zinnober; aus Alabaster, Marmor und Stein gefertigte Gegenstände; Pelze, Felle und Geweihe und die feinen Holzgeschirre, für die der Norden berühmt war – Soßenschüsseln, winzige Eierbecher und Teller mit geschnitzten Griffen – in den Süden, wo sie gegen Papyrus und Öl, Gewürze und Weizen, Schildpatt und Muscheln getauscht wurden, die dann auf denselben gebeugten Rücken nach Norden gelangten.

Auch Frauen zogen in der Karawane mit, ebenfalls beladen mit Bettrollen, Zelten, Töpfen und lebendem Geflügel – Frauen, die ihre Männer begleiteten oder sich der Karawane unterwegs angeschlossen hatten. Einige mit Kindern im Schlepptau, von denen nicht wenige auf dem mühsamen Zug nach Süden auf die Welt gekommen waren. Wenn sie an der Stätte der Ewigen Quelle angelangt waren, verließen manche die Karawane, während einheimische Frauen aus unterschiedlichen persönlichen Gründen ihr Heim verließen und mit der Karawane nach Süden zogen.

An der Spitze dieses gewaltigen Konvois ritt der Anführer, ein Obsidianhändler mit Namen Hadadezer. Dessen persönliches Fortbewegungsmittel war ebenfalls sehenswert. Hadadezer pflegte keinen Schritt zu Fuß zu gehen – nirgendwohin. Und schon gar nicht die zweitausend Meilen Rundreise seiner Karawane. So hatte er sich ein Tragegestell aus zwei stabilen Pflöcken mit einem Sitzgeflecht aus Ästen und Schilfrohren bauen lassen, das auf den Schultern von acht kräftigen Männern getragen wurde. Und so reiste Hadadezer in vollem Prunk, mit untergeschlagenen Beinen auf geflochtenen Matten sitzend, Arme und Rücken auf weichen, mit Gänsedaunen

gefüllten Rehlederkissen ruhend. Da jedermann wusste, dass ein dicker Mann ein reicher Mann war, musste man Hadadezer, seinem Körperumfang nach zu urteilen, für den reichsten Mann der Welt halten.
Hadadezers lange, üppig eingeölte schwarze Haarflechten reichten ihm bis zu den Hüften, so wie sein dichter schwarzer Bart, in den noch unzählige Perlen und Muscheln gefädelt waren. Er trug einen knielangen Lederumhang, der vom Kragen bis zum Saum mit Kaurimuscheln geschmückt war und dessen Pracht die Menschen voller Ehrfurcht staunen ließ. Sechstausend Jahre später würden sich Hadadezers Nachkommen mit Gold und Silber, mit Diamanten und Smaragden schmücken, zu jener Zeit aber, da Edelmetalle und Edelsteine noch unentdeckt in der Erde ruhten, waren Kaurimuscheln eines reichen Mannes würdiger Schmuck und dienten zudem als Zahlungsmittel.
Hadadezer war als schlauer Fuchs bekannt. In jungen Jahren hatte er bereits mit dem Handel von Weihrauch begonnen, dem Harz eines Baumes mit Namen *Leboneh*, der im Norden wuchs. Beim Verbrennen entwickelte das Harz einen einzigartigen Wohlgeruch, was ihm größte Beliebtheit eintrug und die Nachfrage ins Unermessliche steigen ließ. Obwohl Hadadezer einen hohen Preis für sein Produkt forderte, blieb ihm nur eine geringe Gewinnspanne, denn er selber musste die Harzsammler teuer bezahlen. Auf einer seiner Reisen hatte er jedoch in nördlichen Wäldern das duftende Holz von Wacholder und Pinie entdeckt, das sich in pulverisiertem Zustand vortrefflich mit dem Weihrauch mischen ließ, ohne dass jemand den Schwindel bemerkte. Auf diese Weise konnte er seine Harzvorräte strecken und seine Gewinnmarge maximieren.
Die Dorfbewohner eilten der Karawane entgegen, bewegt von der Vorfreude auf das kommende Fest. Unter der glühenden Sonne wurden eiligst Zelte errichtet, Kochfeuer angezündet, Weinschläuche und Bierfässer angestochen. Und während die Dorfbewohner neugierig durch das Karawanenlager streiften, zogen die Leute aus

der Karawane ins Dorf, um sich bei Brot, Bier, Glücksspiel und Sex für die Strapazen der Reise zu entschädigen. Hadadezer lagerte gewöhnlich fünf Tage lang an der Stätte der Ewigen Quelle, dann zog die Karawane weiter nach Süden ins Niltal, wo bis zur Rückreise nach Norden wieder ein Lager aufgeschlagen wurde. Hadadezer brachte diese gewaltige Rundreise innerhalb eines Jahres hinter sich, wobei er es so einzurichten wusste, dass seine Besuche an der Stätte der Ewigen Quelle stets auf die Sommer- und Wintersonnenwende fielen.

Alle würden an dem riesigen Fest teilnehmen, ein jeder wollte sein Vergnügen und seinen Spaß haben.

Mit einer unglücklichen Ausnahme.

Nachdem ihm gestattet worden war, die Prozession der Göttin zu sehen, die um das Karawanenlager abgehalten wurde, um die Besucher zu segnen, war Avram in die Weinberge zurückgeschickt worden, wo er mit seinen Brüdern Wache halten sollte.

Während er mit seiner Fackel durch die Weinberge patrouillierte, dachte Avram sehnsuchtsvoll an die Männer der Karawane und ihre Geschichten von wilden Jagden, von Meeren, die Menschen verschlangen, von Frauen mit Feuer zwischen den Schenkeln und Riesen so groß wie Bäume. Die Männer waren den Nil aufwärts gereist und hatten dort Menschen, so schwarz wie die Nacht getroffen, im Norden hatten sie ein Tier gesehen, ein Mittelding zwischen Pferd und Antilope, mit zwei Höckern auf dem Rücken. Avram brannte darauf, Händler zu werden, er würde den Rest seines Lebens nicht mit dem Zermanschen von Weintrauben verbringen.

Er vermutete, dass Marit sich ebenfalls unter das fröhliche Treiben mischte, vielleicht, um Henna zu kaufen oder eine hübsche Muschelkette zu erstehen. Vielleicht würde sie sich auch aus der Gesellschaft von Mutter und Schwestern stehlen, um die Kunststücke eines trainierten Äffchens zu bestaunen. Und hier, außer Sichtweite ihrer Familie, inmitten des fröhlichen Treibens und der würzigen

Schwaden von kochendem Essen würde sie womöglich nicht einmal etwas dagegen haben, wenn ein bestimmter Junge dicht neben ihr stünde und versehentlich ihren Arm streifte.

Die Leidenschaft siegte über den Gehorsam. Avram hielt es nicht länger aus. Mit einer gemurmelten Ausrede drückte er seinem Bruder Caleb die Fackel in die Hand und stahl sich vom Weinberg.

Das Zeltlager erstreckte sich über die gesamte Ebene und reichte bis fast an den Jordan. Aus Hunderten von Kochstellen stiegen Rauchschwaden in den Sternenhimmel. Es gab so viel zu sehen, zu hören und zu riechen, dass Avram seine Marit beinahe darüber vergaß. Dann und wann blieb er stehen und staunte über Akrobaten und Zauberer, Tänzer und Jongleure, Schlangenbeschwörer und Trickkünstler, die alle nur das eine wollten: den leichtgläubigen Zuschauer von seinen kostbaren Kaurimuscheln zu trennen.

An jeder Ecke gab es etwas zu essen. An gewaltigen Spießen steckten gebratene Schweine und Ziegen, auf Reetmatten türmten sich Berge von Brotfladen und mit Honig gefüllte Schalen, und überall standen Bierfässer mit langen Strohhalmen, die zum Trinken einluden.

Ein kleiner Menschenauflauf hatte sich um eine Tänzerin gebildet, die lediglich eine Perlenschnur um den Hals und einen Muschelgürtel um die Hüften trug. Sie hatte einen schönen, sinnlichen Körper. Ihre Haut glänzte von Schweiß, während sie zum Takt einer Trommel und dem Händeklatschen der Umstehenden stampfte und sich verführerisch wand und bog. Bei ihrem Anblick wurde Avram ganz heiß, am liebsten hätte er die Tänzerin genommen und sich tief in sie gebohrt. Sein Mund wurde trocken, und seine Blicke schossen wie Pfeile auf ihre Schenkel. Er dachte an Marit und empfand einen unstillbaren Hunger.

Als er sich von der Tänzerin abwandte, entdeckte er ganz in der Nähe Marits *Abba*, der heftig mit einem Elfenbeinhändler feilschte. Molok war ein untersetzter Mann mit O-Beinen, dem sein gewaltiger Bauch als Zeugnis seines Wohlstands und seines Bierkonsums über den Gürtel quoll. Ein jähzorniger Mensch, der ohne mit der Wimper zu zucken jedem männlichen Nachkommen Talithas die Eier abschneiden würde, sollte dieser auch nur einen Blick auf eine Serophia-Frau wagen.

Avram schlug das Herz bis zum Hals. Auf was hatte er sich da eingelassen? Warum hielt er an dieser Obsession fest, die einfach nicht gut enden konnte?

Er war gerade zu dem Schluss gelangt, dass seine Suche nach Marit nur Unglück bringen würde und er besser auf seinen Wachposten zurückkehren sollte, als ihn ein gewisses Lachen ganz in der Nähe aufhorchen ließ: silberhell und klar wie der Gesang eines kleinen Vogels, der in den Weiden am Fluss lebte.

Der Boden schwankte unter Avrams Füßen, und im nächsten Moment hatte sich alles um ihn herum in nichts aufgelöst. Das Einzige, was blieb, war Marit mit ihrem glockenhellen Lachen.

Von seinem Liebeskummer übermannt, stand Avram wie benommen und rang nach Luft. Konnte man aus Liebe sterben?

Da drehte Marit sich um und sah ihn an. Und ein Wunder geschah. Alles rückte wieder an seinen Platz: der Mond mit allen Sternen, die jetzt heller funkelten als je zuvor; der Boden unter Avrams Füßen, ja selbst das Zeltlager mit seinem fröhlichen Treiben. Avrams Haut prickelte vor Erregung, denn Marit sah ihn an, offen und direkt. Der Blick aus ihren dunklen Augen verfing sich mit seinem, sie saugte ihn ein, zog ihn in ihr Innerstes, wie sie es schon so oft in seinen Träumen getan hatte.

Avram schluckte. Dieser Blick war unmissverständlich.

Das Tal der Raben war ein Trockental, das im Sommer keinerlei Wasser führte, nach heftigen Winterregen jedoch von reißenden Strömen erfüllt wurde. Avrams Schatten, der im Mondlicht scharfe Konturen auf die Felswände der Schlucht warf, folgte ihm wie ein Verbündeter. Avram lauschte in die Nacht, hörte das einsame Heulen der Schakale und den Wind, der durch die Felsschlucht pfiff.

Trotz der kalten Nachtluft brannte seine Haut wie Feuer. Am Himmel stand ein runder, praller Mond.
Im Grunde glaubte Avram nicht so recht, dass Marit kommen würde. Mit Hilfe eines Freundes hatte er ihr heimlich eine Nachricht zukommen lassen – dass er eine seltene Blume im Tal der Raben gefunden hätte, die er ihr gern zeigen wollte. Marit würde wissen, dass es sich um eine Lüge handelte, aber *falls* sie zu kommen beabsichtigte, würde sie genau diese Ausrede brauchen.
Avram kauerte sich nieder und wartete. Von den Festlichkeiten im Dorf drangen bisweilen Musikfetzen, Gelächter und köstliche Essensdüfte herüber. Sein Magen knurrte, dennoch verspürte er keinen Hunger. Seine Ungeduld und Nervosität wuchsen.
Die Zeit verstrich. Der Mond zog gemächlich seine Bahn. Avram sprang auf und ging unruhig umher. Marit würde nicht kommen.
Aber er hatte sich getäuscht.
Plötzlich stand sie vor ihm, als sei sie geräuschlos auf einem Mondstrahl herabgeglitten.
Sie schauten sich stumm an. Zum ersten Mal waren sie allein miteinander, ohne ihre Schwestern oder Avrams Brüder oder andere Dorfbewohner, die sich sonst immer in ihrer Nähe hielten. Nur die Sterne waren Zeugen.
Avram zitterte vor Angst und Aufregung. In all seinen Phantasien hatte er nicht mit Angst gerechnet. Mit einem Mal, viel zu spät, wurde ihm bewusst, dass ihre Ahnen Talitha und Serophia ebenfalls hier waren, gespenstische Kontrahentinnen, die nur darauf lauerten, welch schwerwiegende Tabus ihre Nachkommen brechen würden. Der Angstschweiß brach ihm aus. Er wusste genau, wenn er sich jetzt umdrehte, würde Talitha wie ein Racheengel hinter ihm stehen, bereit, ihm jederzeit den Kopf abzureißen.
Avram sah, wie Marit sich fröstelnd die Arme rieb und ängstlich umschaute, als ob auch sie ihre rachsüchtigen Ahnen zu sehen erwartete, die ihr den Todesstoß versetzen würden.
Doch das Einzige, was sie hören konnten, war der Wind in den Fel-

sen, und alles, was sie sehen konnten, waren Mondschein und Schatten und einander. Avram räusperte sich. Es klang wie Donnerhall.
Den Blick auf die Hände gesenkt, fragte Marit: »Die Blume, hast du …?«
Er schluckte. »Ich …«
Sie wartete.
Er glaubte, mitten in einem Feuer zu stehen. »Ich …«, hob er wieder an. In seinen kühnsten Träumen über ihre erste unbeobachtete Begegnung war er auf diesen Moment nicht vorbereitet gewesen. Plötzlich spürte er die Blicke seiner Großmutter auf sich, seines *Abba* und all seiner Vorfahren bis zurück zu Talitha, und kalte Furcht packte ihn. Was tat er da? Er war dabei, das größte Tabu seiner Familie zu brechen!
Als er sah, wie heftig Marit zitterte, begriff er, was sie alles auf sich genommen hatte, um hierher zu kommen, und wie gefährlich es auch für sie sein musste. Molok würde ihren nackten Rücken peitschen, wenn er davon erfuhr!
Sie konnten immer noch zurück. Er könnte hinauf in die Berge gehen, und Marit könnte nach Hause schleichen. Niemand hätte etwas gemerkt.
Aber sie rührten sich nicht. Sie waren Gefangene des Mondlichts und ihres Verlangens, das vierzehnjährige Mädchen und der sechzehnjährige Junge auf der Schwelle zu Frau und Mann.
Später wusste keiner mehr zu sagen, wer den ersten Schritt getan hatte. Doch der eine Schritt genügte, die anderen folgten von alleine, und im nächsten Augenblick, der alle vergangenen Jahrhunderte und Zeitalter auslöschte, lagen sie sich in den Armen. Avram hielt Marit fest umschlungen, presste seine Lippen auf ihre, und in ihrem verzweifelten, hastigen und ungeschickten ersten Kuss fürchteten sie, die Wände der Schlucht könnten einstürzen und sie beide unter einer Felslawine begraben. Sie glaubten, die aufgebrachten Vorfahren aufheulen zu hören und den kalten Hauch des Todes zu spüren.
Aber da waren nur Avram und Marit in leidenschaftlicher Umar-

mung, blind gegen alle Geister, Tabus, Blutlinien und Rachegefühle im alles überstrahlenden Gefühl ihrer Liebe.

Am folgenden Morgen spähte Avram nach Zeichen des Unglücks, das seine Familie heimgesucht haben könnte. Er erwartete, das Haus in Trümmern, das Dach in Flammen oder seine Haut mit Pusteln übersät zu finden. Der Morgen jedoch war friedlich, und seine Großmutter trank wie gewöhnlich ihr Bier zum Frühstück. Sie klagte weder über einen schlechten Traum noch, dass sie irgendetwas vermisste. Einzig Yubal schien mehr zu grübeln als sonst, aber Avram schob das auf die bevorstehende Weinernte.
Er frühstückte in nervösem Schweigen, und bevor er das Haus verließ, zollte er den Ahnen besonderen Respekt, indem er mehr als sonst üblich von seinem Frühstück für sie stehen ließ und sie bat, das Haus wegen seines Fehltritts mit Marit nicht heimzusuchen.
Obwohl er in der ständigen Furcht lebte, die Erde könne sich plötzlich auftun und ihn verschlingen oder der Blitz ihn aus heiterem Himmel treffen, vergingen die Tage ohne Anzeichen für kommendes Unheil. Das gab Avram neue Zuversicht, und so verabredete er sich wieder heimlich mit Marit im Tal der Raben. Nachdem auch Marit nichts Ungewöhnliches zu berichten hatte, meinten sie, dass ihre Ahnen mit ihrem Tun wohl einverstanden waren. »Es ist der Wunsch der Göttin, dass wir Vergnügen finden«, sagte Avram, als er Marit in seine Arme zog. »Und es steht den Ahnen nicht zu, das Gebot der Göttin zu missachten.«
Dass sie ihre Zusammenkünfte geheim halten konnten, grenzte an ein Wunder, und bestärkte sie in der Annahme, dass die Göttin ihnen gewogen war. In den folgenden Wochen und Monaten, in denen sie sich tagsüber verstohlene Küsse schenkten und nachts in verbotener Umarmung lagen, schöpfte niemand in ihren Familien Verdacht. Avram gab vor, zum Fischen zu gehen, und auch Marit fiel nicht auf, war sie doch in dem Alter, da Mädchen verträumt im Mondschein wandelten.

Ganz allmählich ging in dem Sechzehnjährigen eine Veränderung vor. In der Gesellschaft von Marit fühlte er sich eins mit ihr. Waren sie jedoch getrennt, fühlte er sich leer und nutzlos. Am schlimmsten empfand er jeden Monat die fünf Tage, die Marit in der Mondhütte in besonderer Einkehr bei der Göttin verbrachte. In jenen Tagen war sie nicht nur körperlich, sondern auch geistig von ihm getrennt, denn die Tage der Abgeschiedenheit wurden mit Gebeten, Ritualen und in direktem Kontakt mit Al-Iari verbracht.
Avram und Marit schenkten einander nicht nur ihre Liebe und ihre Körper, sondern auch ihre Träume. Er gestand ihr, dass er einmal ein Händler wie Hadadezer werden und nicht für den Rest seines Lebens Trauben zermatschen wollte. Leider stand sein Traum im Konflikt mit seinem Herzen, denn als Händler würde er ständig unterwegs sein und Marit lange Zeit nicht sehen können. Wie sollte er diesen Konflikt lösen?
Marit hatte andere Vorstellungen: »Ich möchte gern Teil einer langen Lebenskette sein, so wie ich aus meiner Mutter kam, die wiederum aus ihrer Mutter gekommen ist, bis zurück zu Serophia und der Göttin Al-Iari selbst. Es gibt mir Kraft zu wissen, dass meine Töchter einmal diese Kette weiterführen werden.«
Avram fühlte sich von der Ungerechtigkeit des Lebens getroffen. Die Blutlinie einer Frau setzte sich direkt fort, die eines Mannes wurde nur durch seine Schwestern fortgeführt.
Inzwischen war ein halbes Jahr vergangen, und mit der Wintersonnwende rückte auch die Ankunft von Hadadezers Karawane näher. Avram und Marit waren stolz, wie geschickt sie ihr Geheimnis bewahrt hatten. Sie waren sogar so weit gegangen, vor anderen zu behaupten, dass sie sich nicht mochten, und sie glaubten, dass dieses Versteckspiel ewig so weitergehen könnte.

Es gab keinen größeren Beweis für die Leben spendende Kraft der Göttin als den des Weinmachens. War denn die Höhle nicht der Erdenmutter Schoß? Und war der Traubensaft aus Yubals Weinstö-

cken nicht dem Monatsfluss einer Frau vergleichbar? Jeder wusste doch, wenn der Monatsfluss nicht einsetzte, entstand neues Leben im Schoß der Frau. Und ebenso geschah das Wunder mit dem Wein: Der Traubensaft wurde in die Höhle gebracht und blieb dort im geheimnisvollen Dunkel, bis er sechs Monate später auf wundersame Weise in ein Getränk »mit Leben« verwandelt worden war.
Demzufolge war die jährliche Verkostung des Weins die wichtigste und feierlichste Handlung an der Stätte der Ewigen Quelle. Die Göttin selbst, von vier kräftigen Männern auf den Schultern getragen, ihr blaues Kristallherz in den ersten Sonnenstrahlen funkelnd, führte die Prozession zur heiligen Höhle an. Die Statue war vor über hundert Jahren aus einem Sandsteinquader gehauen worden. Drei Fuß hoch, waren alle Details, von den großen, allwissenden Augen bis zu den zierlichen Sandalen an den Füßen, kunstvoll herausgearbeitet. Zwischen den Brüsten der Göttin ruhte der blaue Kristall, uralt und magisch und von ungeheurer Kraft.
Die Prozession bewegte sich durch die Ebene zum Fluss, um dann Richtung Süden zum Toten Meer zu ziehen, wo die heilige Höhle lag. Gegen Mittag erreichte sie die Kliffs, und die Priesterin Reina gebot der Menschenmenge anzuhalten. Nachdem die Göttin ihren Platz auf dem Felsthron eingenommen hatte, sprach Reina ein Gebet, dann wurde ein Schaf geopfert. Danach stiegen Avrams Großmutter, sein *Abba* Yubal, Avram und seine drei Brüder allein den steilen Pfad zur Höhle hinauf.
Die Übrigen blieben schweigend zurück und harrten darauf, was die erste Verkostung des Sommerweins über den weiteren Verlauf des Jahres aussagen würde.
Am Eingang zur Höhle hob Avrams Großmutter die Arme und betete laut zur Göttin und zu allen Geistern. Sie sprach die Worte, die von Talitha vom Tag des ersten Weines weitergegeben worden waren, und zum Zeichen der Huldigung streute sie Weihrauch und Lorbeerblätter auf die Schwelle. Sie ging als Erste hinein und entzündete die Öllampen, die im Sommer bereits aufgestellt worden waren.

Nachdem sie sich von der Unversehrtheit der Weinschläuche überzeugt hatte und dass kein Sakrileg in den Monaten der Gärung begangen worden war – jegliches Eindringen in die heilige Höhle bedeutete den sicheren Tod –, nickte sie Yubal zu. Er war der *Abba* des Hauses, und er war ebenfalls der *Abba* der Weinberge. Ihm oblag es, den ersten Schluck zu kosten.

Zu Avrams Überraschung zupfte Yubal ihn am Arm und bedeutete ihm mitzukommen. Avram hatte noch nie einen Fuß über die Schwelle der heiligen Höhle gesetzt. Er folgte Yubal ehrfurchtsvoll in das Dunkel und spürte sogleich die göttliche Gegenwart. Er dachte an Marit, die bei den anderen stand und ihm voller Stolz nachschaute.

Yubal machte vor den Weinschläuchen Halt, die auf in den Kalkfelsen gehauenen Bänken ruhten. Voller Stolz blickte er auf den hoch gewachsenen, schmucken Jungen neben sich, dem bereits der erste Bartflaum spross. Yubal konnte sich seine Empfindungen für den Jungen nicht erklären. Es geschah, als Avrams Mutter mit ihm schwanger war. Wenn sie zusammen auf ihrer Schlafmatte lagen, staunte Yubal immer wieder aufs Neue über das Wunder, das sich in dem geschwollenen Leib vollzog. Dann legte er seine Hand auf diesen wunderbaren Hügel, und als er spürte, wie das Kind sich bewegte, überkam ihn ein machtvolles Gefühl der Anteilnahme.

»Bevor wir beginnen, Avram«, hob Yubal mit feierlicher Stimme an, »muss ich dir etwas sagen.« Er lächelte. »Etwas Erfreuliches.«

Als er in die erwartungsvollen Augen des Jungen blickte, wurde er ernst. Mit Avram zu reden war ihm nie schwer gefallen, sie waren einander immer nahe gewesen. Nur als Avram das Alter erreichte, da der Vater ihm die Gesetze und Regeln im Umgang mit Frauen erklären musste, die Mondhütte, in die sich die Frauen einmal im Monat zurückzogen, und den Monatsfluss, der neues Leben hervorbrachte, waren ihm aus Scheu vor dem Mysterium der Frauen die Worte nur schwer über die Lippen gekommen.

Bei all seinem Reichtum war Yubal ein einfacher Mann. Er verstand viel von seinen Weinbergen und von seinem Wein. Nur die Frauen verwirrten ihn. Dieses Geheimnis, das sie umgab ... diese verborgene Stelle in ihnen, die dem Mann Lust schenkte und neues Leben hervorbrachte und wo die Göttin wohnte. Die Angst vor dem Monatsfluss der Frauen saß tief in Yubal, wie bei vielen Männern. Wie es hieß, brachte allein die Berührung mit dem Blut einem Mann den Tod, weil dem Monatsblut die Kraft der Göttin innewohnte, die Kraft über Leben und Tod.

»Unser Haus wird ein neues Mitglied aufnehmen«, sagte Yubal im flackernden Licht der Öllampen.

Avram sah ihn überrascht an. Seine Liebe zu Marit hatte ihn blind für alles andere gemacht, und so war ihm entgangen, dass sein *Abba* Pläne für die Familie schmiedete.

Die Traditionen und Gesetze über Familienbündnisse reichten weit zurück in jene Zeit, da fremde Marodeure regelmäßig über die Dörfer herfielen, um Ernten und Häuser zu plündern. Daraufhin hatten die Ahnen beschlossen, dass die Familien einander beistehen sollten, um das Überleben der Gemeinschaft zu sichern, und mit den Jahren hatte sich der regelmäßige Austausch von Söhnen und Töchtern als bester Schutz in Zeiten der Not erwiesen. In Avrams Familie zum Beispiel gab es zu wenig Männer, um die Weinberge zu bearbeiten und die Ernten zu schützen. Yubal heuerte zwar oft genug Männer für derlei Aufgaben an, aber die naschten lieber an den Trauben und nahmen bei einem Überfall sofort Reißaus. Außerdem drohte die Familie auszusterben. Neben der alten Großmutter gab es nur noch Yubal, Avram und seine drei Brüder. Also würde man ein neues weibliches Familienmitglied aufnehmen, vorzugsweise eines mit vielen Brüdern und Onkeln, die die Weinberge bewachen und keinesfalls die Familie bestehlen würden, mit der sie verschwägert waren.

»Und wer wird das sein?«, fragte Avram, während ihm mehrere Anwärterinnen durch den Kopf gingen – die Töchter von Sol, dem Maisbauern, die Nichten von Guri, dem Lampenmacher, oder die jüngste der Zwiebel-Schwestern.

Yubal räusperte sich umständlich. »Eine Tochter aus dem Serophia-Clan.«
Avram starrte ihn fassungslos an. »Serophia«, murmelte er.
Yubal hob beschwichtigend die Hand. »Gewiss ist das eine Überraschung für dich. Aber wir haben die Göttin befragt, und sie hat durch Reina gesprochen. Wir haben auch den Sterndeuter und die Wahrsager befragt. Sie alle befanden, dass eine so alte und noble Familie wie die unsere sich nur mit einer Familie von gleichem Rang verbinden kann. Und da bleibt nur Serophia.«
Yubal hatte die Idee überhaupt nicht gefallen und deswegen heftige Debatten mit der Großmutter geführt. Edra sei eine gute Familie, hatte er argumentiert, mit der Blutlinie von Abigail. Aber die Großmutter und die Göttin hatten darauf beharrt, dass keine andere Familie gut genug wäre. Und so war Yubal durch einen Unterhändler (undenkbar, dass die verfeindeten *Abbas* miteinander reden sollten) mit dem Anliegen eines Familienbündnisses an Molok herangetreten, wobei er noch eine Trumpfkarte ausspielen konnte. Von Hadadezer hatte Yubal erfahren, dass Molok sich Sorgen um sein Biergeschäft machte. Viele Dorfbewohner hatten herausgefunden, dass sich Bier ganz einfach herstellen ließ, man brauchte nur Gerste zu kaufen, die Körner in Wasser aufquellen und das Ganze bis zur Gärung stehen zu lassen und hatte keine Mühe mit der Feldbestellung, der Ernte, Heuschreckenplagen oder Dieben. Gerüchteweise hörte man, dass Moloks Geschäfte schlecht gingen und er sich nach anderen Wegen umsah, den Wohlstand der Familie zu erhalten. Molok war jedoch auf andere Art reich: Er hatte viele kräftige Söhne, und so befand Yubal, dass der Schutz durch eines anderen Mannes Söhne im Tausch gegen eine Weinpresse und einen Teil der Weinernte ein gutes Geschäft sei. Daraufhin war nach Jahrhunderten erbitterter Feindschaft das Familienbündnis beschlossen worden.
»Selbst wenn Serophias Söhne uns immer noch hassen mögen«, meinte Yubal, »werden sie dennoch ihre Schwester vor Überfällen schützen und damit uns und unsere Weinberge gleich mit.«

»Welche Tochter, *Abba?*«, fragte Avram mit bangem Herzen.
»Die jüngste, Marit.«
Avram fühlte sich wie vom Blitz getroffen und zugleich in den Himmel gewirbelt. Der Schreck und die übergroße Freude machten ihn sprachlos.
Yubal, der seinen erschrockenen Gesichtsausdruck falsch deutete, redete hastig weiter. »Ich nehme dir deinen Zorn nicht übel. Aber es geht um die Ahnen und die Blutlinie. Doch warte, ich habe noch bessere Neuigkeiten.«
Avram suchte immer noch nach Worten, um dem Vater zu sagen, dass es nichts Besseres gab, als seine geliebte Marit mit ihm unter einem Dach zu wissen. Aber Yubal fuhr bereits fort: »Ich habe mit Parthalan vom Edra-Clan ein Abkommen getroffen, und wir werden uns mit ihnen verbünden, indem wir dich zu ihnen schicken. Denk doch nur, Avram! Mit den Muschelarbeitern zu leben! Eine beneidenswerte Position! Ihre Arbeit ist sauber. Kein Schweiß, keine Schwielen, ihre Hände sind immer weich und rein. Und sie haben mehrere bildschöne Töchter, mit denen du dich vergnügen kannst.«
Yubal rieb sich innerlich die Hände über seine Gewitztheit – man brauchte sich nur das Gesicht des Jungen anzusehen! Der fiel bei dieser unerwarteten guten Nachricht womöglich gleich in Ohnmacht! Da der Junge ein Träumer war und sich immer nur fragte, was hinter den Bergen lag, statt sich für die Weinstöcke oder den Wein zu interessieren, hatte Yubal mit Parthalan die perfekte Lösung gefunden. Der reiste mit seinen Töchtern jedes Jahr an das große Meer, um Muscheln zu sammeln, die sie daheim zu Ketten, Fetischen, Amuletten und magischen Schmuckstücken verarbeiteten. Parthalan war sehr reich und suchte schon länger nach frischem, männlichem Blut für seine Familie. Und so waren Yubal und Parthalan übereingekommen: Avram würde sich dem Edra-Clan anschließen, und Parthalan würde dafür einen jährlichen Obolus in Form von Abaloneschalen an den Talitha-Clan entrichten.

Yubal strahlte. »Jetzt wirst du endlich sehen, was hinter den Bergen liegt! Kannst du dir ein besseres Leben vorstellen?«
»O *Abba*«, rief Avram verzweifelt. »Das sind schreckliche Neuigkeiten.«
Yubals Gesicht wurde lang. »Was soll das heißen? Du solltest vor Freude jubeln. Du hast die Arbeit im Weinberg nie gemocht. Jetzt bekommst du die Chance, hinter die Berge zu schauen. Ich verwirkliche dir deinen Traum, und du bist verärgert?«
»Mein Traum ist Marit«, platzte Avram heraus.
Yubal starrte ihn an. »Was redest du da?«
»Marit. Ich liebe Marit.«
»Du empfindest etwas für das Mädchen? Davon hatte ich keine Ahnung. Du hast dich gut verstellt.«
Avram ließ den Kopf hängen. »*Abba,* ich kann sie nicht verlassen.«
»Du musst aber.«
»Ich kann mich nicht von Marit trennen.«
»Du bist noch jung, mein Sohn. Wenn du erst die schwellenden Schenkel von Parthalans Töchtern …«
»Ich will die Töchter des Muschelarbeiters nicht. Ich will Marit!«
Yubals Miene verfinsterte sich. Er liebte den Jungen, aber jetzt ging Avram einen Schritt zu weit. »Du kannst sie nicht haben, Avram, und das tut mir sehr Leid, aber mit Parthalan sind alle Abmachungen getroffen. Wir haben unser Wort vor der Göttin gegeben, wir können es nicht zurücknehmen.« Yubal legte dem Jungen die Hand auf die Schulter. »Tröste dich mit dem Gedanken, dass Marit in unserem Haus sicher und geschützt ist und da sein wird, wenn du zurückkommst.«
Avram war todunglücklich. »Die Muschelsucher sind ein ganzes Jahr fort.«
»Aber dann kommen sie zurück, um die Muscheln zu verkaufen, und du wirst bei Marit sein.«
»Ich werde das nicht überleben.«
Yubal stieß einen Seufzer aus. Diese Wendung hatte er nicht erwar-

tet. Aber er konnte es nicht ändern. Avram war noch jung, er würde darüber hinwegkommen. Jetzt galt es, sich um die Dinge zu kümmern, deretwegen sie hier waren. Doch zunächst musste er noch etwas anderes erledigen.

Seine Hand fuhr zu dem Wolfszahn, den er als Talisman an einem Lederband um den Hals trug. Er stammte von einem Wolf, der ihn einmal beinahe getötet hätte. Der Anhänger war ein besonders mächtiger Schutz vor jedwedem Unheil.

Yubal nahm das Lederband ab und legte es Avram um den Hals. »Es wird dich schützen, während du am großen Meer bist.«

Als der Junge auf den kraftvollen Talisman blickte, spürte er einen Kloß im Hals. Er rang nach Worten. »Ich schwöre, die Familie und deinen Vertrag mit Parthalan zu ehren, *Abba*.« Und vor seinem inneren Auge sah er Marit, die ihm von einem Hügel nachwinkte, bis ihre Gestalt immer kleiner wurde und dann ganz verschwand.

Selbst ein Blinder könnte sehen, dass Yubal einen schrecklichen Fehler begangen hat, spottete Hadadezer insgeheim, während er an seiner Hammelkeule nagte.

Dann und wann wischte er sich die fettigen Hände an seinem dichten Bart ab und ließ den Blick in die Runde schweifen. Was für eine merkwürdige Gesellschaft, dachte er. Dieses Essen glich eher einer Trauerfeier als einem Freudenfest. Der Bruder des Serophia-Mädchens brütete finster vor sich hin. Molok trank zu viel. Marits Mutter war zu laut, mit ihrem übertriebenen Lachen und dann noch diesen Unmengen von Elfenbein- und Muschelschmuck, die sie zu erdrücken drohten. Dann die Talitha-Großmutter mit ihrem falschen Lächeln und ihrer Buckelei vor den Gästen. Und viel zu viel Essen, selbst für diese reichen Leute. Was hatten sie denn erwartet? Dass sich mit ein paar Gesten, einem bestimmten Ritual und den Gelöbnissen vor ihrer Göttin der seit ihrer Geburt in ihnen verwurzelte Hass plötzlich in Luft auflösen würde? Großer Schöpfer, über diesem Fest hing das Unheil wie eine schwere Wolke. Zum ersten

Mal in all den Jahren, seit Hadadezer an der Stätte der Ewigen Quelle einkehrte, hatte er es eilig, in sein Zelt zu kommen.
Zu seinem Leidwesen war er jedoch Ehrengast – seine Karawane sollte am nächsten Morgen gen Norden aufbrechen – und konnte die Gesellschaft nicht einfach so verlassen. Er musste dieses peinliche Gelage also durchstehen und dann auch noch der Prozession vom Haus des Mädchens zu dem ihrer neuen Familie folgen. Er seufzte tief.
Zumindest das Mädchen machte einen glücklichen Eindruck, wie es da auf seinem kleinen, mit Winterblumen geschmückten Thron saß, im Haar einen Kranz aus Lorbeerblättern, auf der Brust schwere Muschelhalsketten – Geschenke von Freunden und Verwandten –, die ihr das Atmen erschwerten. Ihre neuen Verwandten dagegen, Yubal und Avram, machten jämmerliche Mienen und tranken zu viel. Selbst für Hadadezers Begriffe.
Der Abend zog sich mit aufgesetzter Fröhlichkeit weiter hin. Endlich gab die Priesterin Reina das Zeichen für den Schlussakt dieser Familienfeier. Hadadezer rülpste erleichtert und winkte seinen Trägern, die sofort aufsprangen und ihn mit seinem Tragegestell schulterten.
Yubal konnte kaum noch gehen. Sein Abkommen mit den Muschelarbeitern reute ihn so sehr – er hatte tatsächlich geglaubt, Avram damit eine Riesenfreude zu bereiten –, dass er mehr Wein getrunken hatte, als er vertrug. Aber ein anderer Schmerz quälte Yubal noch mehr, und den vermochte kein Wein dieser Welt zu lindern: dass er Molok um Beistand hatte bitten müssen. Obwohl er sich zuerst noch besonders schlau vorgekommen war, weil er über Moloks Lage Bescheid wusste und geglaubt hatte, dem Mann einen Gefallen zu tun, bohrte sich der Stachel der Erkenntnis immer tiefer in sein Fleisch. Weder der Segen der Göttin noch die guten Wünsche der Freunde oder die Versicherungen der Wahrsager und Sterndeuter, dass er das Richtige getan hatte, vermochten ihm den bitteren Geschmack im Mund zu nehmen. Er hasste den Serophia-Clan nach wie vor, Molok

ganz besonders, und bereute zutiefst, dass er den Fortbestand des Talitha-Clans nicht auf andere Art hatte retten können.

Als die Prozession vor dem Haus der Talitha-Familie ankam, bat Reina die Göttin um ihren Segen, und alle Umstehenden brachen in Freudenrufe aus und wünschten beiden Familien alles Gute. Molok und seine Schwester küssten Marit zum Abschied, ihre Brüder warfen Yubal finstere Blicke zu, die besagten, dass sie sehr genau auf das Wohlergehen ihrer Schwester achten würden. Dann torkelten Yubal und Avram zu ihrem Nachtlager, während die Großmutter Marit zu den Unterkünften der Frauen führte.

Ein satter, gelber Mond, der eher einem Frühlingsmond glich, stand am Himmel, sein Schein fand den Weg durch das kleine Fenster in der Ziegelwand und fiel auf Marit, die mit offenen Augen in ihrem neuen Bett lag. Sie wartete auf Avram. Es war vereinbart, dass er zu ihr kommen würde, wenn alle anderen schliefen.

Aber wo blieb er?

Sie lauschte in die Stille des Hauses, die nur vom Schnarchen der alten Frau und der jüngeren Brüder durchbrochen wurde. Als sie es nicht mehr aushielt, schlüpfte sie aus dem Bett und huschte, völlig nackt, auf Zehenspitzen zu den Männerräumen auf der anderen Seite des Hauses hinüber.

Im gleichen Moment warf Yubal sich im Schlaf herum. Im Traum erschien ihm seine geliebte Gefährtin, Avrams Mutter, die ihm zuflüsterte, sie sei gar nicht tot und käme zurück zu ihm. Selig schloss er sie in die Arme und begann sie zu liebkosen, als er mit einem Ruck erwachte. In seinem benebelten Zustand starrte er ratlos ins Dunkel, unfähig zwischen Traum und Wirklichkeit zu unterscheiden. Wo war sie hin?

Ein Geräusch lenkte seinen Blick zur Seite, und da sah er sie – Avrams Mutter, jung und schlank und nackt, wie sie auf Zehenspitzen auf ihn zukam.

Yubal rappelte sich mühsam auf, torkelte ihr entgegen und zog sie in seine Arme.

Marits Aufschrei riss Avram aus dem Schlaf. Er blinzelte in die Dunkelheit, sah zwei Gestalten im Mondlicht, glaubte, er sähe doppelt, rieb sich die Augen und starrte erneut hin. Zwei Menschen in heftiger Umklammerung, nackt.

Avram sprang aus dem Bett und fiel sofort vornüber auf die Knie. Das musste ein Traum sein. Oder eine Halluzination. Das Bild verschwamm vor seinen Augen, als ob das ganze Haus unter die Ewige Quelle gesunken sei und nun unter Wasser läge. Er sah fahle Arme, die sich wie Schlangen wanden, zwei Köpfe in einem merkwürdigen Tanz. Taumelnde Glieder, sich windende Körper. Liebende in einer Unterwasserumarmung.

Da schoss die Erkenntnis wie ein Blitz durch den Nebel seiner Trunkenheit: Marit! In Yubals Armen!

Er versuchte wieder auf die Beine zu kommen, aber der Boden unter ihm schwankte wie ein Boot im Sturm, sein Magen hob sich, und er begann zu würgen.

Er schaffte es gerade noch nach draußen, wo er sich im Gemüsegarten seiner Großmutter erbrach. Er holte ein paar Mal tief Luft, aber die Übelkeit überwältigte ihn erneut.

Yubals Hände auf Marits Körper.

Das Würgen wurde schlimmer. Er vermochte keinen klaren Gedanken zu fassen, erdrückt vom Chaos der Gefühle. *Yubal und Marit!*

Er stürzte davon. Hustend und stöhnend, die Welt ein irrer Kreisel, rannte er in den Weinberg und warf sich zu Boden. In seinem alkoholisierten Schädel rasten die Gedanken, und mit einem Mal glaubte er zu erkennen, das Yubal alles eingefädelt hatte, nur um Marit zu bekommen.

»Nein«, flüsterte er mit dem Gesicht zur Erde. »Das kann nicht sein.«

Verzweifelt versuchte er, einen klaren Gedanken zu fassen, aber schon packte ihn rasende Eifersucht. Unbeherrschte Wut stieg in ihm auf.

Schwankend stand er auf, reckte die geballte Faust gen Himmel und

schrie in die Nacht: »Du hast mich verraten! Das hat du mit Absicht getan! Holst meine Liebste ins Haus und willst mich wegschicken. Du hast sie nur für dich allein gewollt! Verflucht seist du, Yubal! Mögest du tausend schreckliche Tode sterben!«
Unter Schluchzen lief Avram ein paar Schritte, brach tränenblind durch die Weinstöcke, bis ihn schließlich die Übelkeit völlig überwältigte. Kopfüber stürzte er in eine Dunkelheit, in der alles versank.

Helles Licht. Stöhnen.
Avram lag reglos da und fragte sich, warum er sich elend fühlte. Im Mund hatte er einen Geschmack wie Sägemehl, sauer und trocken. Noch ein Stöhnen. Da merkte er, dass er selbst es ausgestoßen hatte. Langsam hob er die Augenlider, um sich an das Licht zu gewöhnen. Sonnenlicht, das durch eine Öffnung im Zelt strömte.
Wieso lag er in einem Zelt?
Als er sich aufsetzen wollte, überkam ihn eine so heftige Übelkeit, dass er auf sein Lager zurücksank. Ein Lager aus Fellen. Nicht sein eigenes Bett.
Wem gehörte dieses Zelt? Wie war er hierher gekommen? Er versuchte sich zu erinnern, aber sein Verstand war trübe wie ein schlammiger Teich. Endlich bekam er ein paar Erinnerungsfetzen zu fassen: das Fest zur Feier des Familienbündnisses, die Prozession zu seinem Haus, seine Großmutter, die Marit zu den Frauenräumen führt, er und Yubal wie tot auf ihren Schlafmatten.
Danach nichts.
Ein Summen ließ ihn sich umdrehen, und er sah eine dunkelhäutige Frau, die gerade dabei war, einen Korb mit Töpferwaren zu packen. Er versuchte zu sprechen, und als sie merkte, dass er wach war, gab sie ihm Wasser zu trinken, wobei sie ihm erklärte, dass sie und ihre Schwestern ihn vor ihrem Zelt, in seinem Erbrochenen liegend, gefunden hatten. Worauf sie ihn ins Zelt gebracht, gesäubert und dem Schlaf der Gerechten überlassen hatten.

Er setzte sich auf und rieb sich den Schädel, in dem böse Dämonen tanzten. So elend hatte sich der Sechzehnjährige noch nie zuvor gefühlt. *Mir war übel? Ich hab mich erbrochen? Warum bin ich hier im Karawanenlager, warum nicht zu Hause?*

Es gelang ihm irgendwie, auf die Beine zu kommen, und während er immer noch leicht schwankend zusah, wie die Frau das Zelt ausräumte, fiel ihm ein, dass Hadadezers Karawane an diesem Morgen aufbrechen sollte.

Ich muss nach Hause, bevor man mich vermisst.

Ein dringendes Bedürfnis trieb ihn aus dem Zelt, und während er sich in einer Ecke erleichterte und zu seinem Dorf hinübersah, erhob sich dort ein Wehklagen und Wehgeschrei, wie es nur angestimmt wurde, wenn eine wichtige Person gestorben war.

Avram ging um das Zelt herum zu der Frau zurück und fragte sie, was im Dorf geschehen sei. Worauf sie ihm erklärte, dass der Weinbauer in den Armen eines jungen Mädchens gestorben sei.

Avram blinzelte entgeistert. Weinbauer? In den Armen eines jungen Mädchens?

Blitzartig kam die Erinnerung zurück: Avram wacht auf und sieht, wie Yubal Marit in den Armen hält und küsst. Die Flucht in den Garten, die erhobene Faust und der gen Himmel ausgestoßene Fluch. Und dann …

Jetzt fiel ihm das ganze schreckliche Geschehen wieder ein, das er, zwischen den Weinstöcken versteckt, beobachtet hatte: ein Schrei, und Marit stürzt aus dem Haus. Gefolgt von seiner Großmutter, die sich unter Wehklagen an die Brust schlägt. Avrams Brüder, die herumtorkeln, als seien sie vom Blitz getroffen. Die Nachbarn kommen angerannt, eilen ins Haus. Dann die Schreie: »Yubal ist tot! Der Abba des Talitha-Clans ist zu seinen Ahnen gegangen!«

Avram erinnerte sich jetzt wieder, dass er im Schock wie angewurzelt zwischen den Weinstöcken sitzen blieb. Yubal war tot?

Dann eine andere Erinnerung: *Avrams geballte Faust und sein Fluch: »Mögest du tausend schreckliche Tode sterben!«*

Blindlings war er aus dem Weinberg davongejagt, bis er sich vor dem Schrein der Göttin wiederfand.
Bruchstückhaft holte die Erinnerung ihn wieder ein. Al-Iaris Haus, eng und niedrig, im milden Schein der Öllampen die Borde mit Zauberamuletten, Heilkräutern, Tränken, Pülverchen und Fruchtbarkeitstalismanen. Und auf dem Altar …
Die Statue.
Im Lampenlicht funkelnd, der blaue Kristall. Das Herz der Göttin. Ihr versöhnliches Herz. In seiner Trunkenheit und Verzweiflung hatte Avram die Beine der Göttin umschlungen, dann das Gleichgewicht verloren und die Statue umgerissen. Ein lautes Krachen.
Die Göttin lag in tausend Stücken auf dem Boden.
Unvorstellbar, unmöglich! Das war alles ein einziger fürchterlicher Albtraum!
Er hörte, wie die dunkelhäutige Frau ihn etwas fragte, und blinzelte sie hilflos an. »Hast du den Weinbauern gekannt?«, wiederholte sie. Aber all seine Gedanken kreisten nur um die Statue von Al-Iari. Es war kein Albtraum. *Er hatte die Göttin getötet.*
Und noch eine Erinnerung: seine Hand, die blind nach dem blauen Kristall greift, ihn umschließt, an seinem Talismanbeutel nestelt und den Stein hineinstopft.
Vor Schreck ganz atemlos griff Avram sich an die Brust und tastete nach dem Lederbeutel unter seinem Umhang. Der Lederwulst war spürbar größer.
Der blaue Kristall, das Herz der Göttin.
Er wollte toben, wollte schreien, versuchte zu weinen, aber nichts geschah. Sein Körper gehorchte ihm nicht. Wie betäubt sah er die Frauen das Zelt abbrechen und auf einem Schlitten verstauen, und als sie sich in den Menschenzug einreihten und die Karawane sich langsam in Bewegung setzte, folgte Avram wie in Trance.
Sie waren eine Gruppe von sieben Frauen: Großmutter, Mutter, drei Töchter und zwei Cousinen. Sie seien Federmacher, erklärten sie,

und er dürfe sie gerne begleiten. Und so ging er mit den Federmachern, ein stummer, namenloser Knabe, der die Frauen vielleicht misstrauisch gemacht hätte, wäre da nicht seine gepflegte Erscheinung gewesen, die seine reiche Herkunft verriet.

Avram lebte in den folgenden Tagen und Wochen wie in einem Nebelschleier. Des Tags schuftete er für die Frauen, des Nachts liebkosten sie ihn und zogen ihn an ihre üppigen Körper. Erst nach geraumer Zeit löste sich Avrams geistige Starre, und nun erkannte er, was für ein elender Schuft er war. Er hatte seinen *Abba* getötet, Schande über seinen Clan gebracht, einen Vertrag mit Parthalan gebrochen, Marit verlassen und, indem er das Herz der Göttin stahl, einen unvorstellbaren Frevel begangen. So kam es, dass er sich von den Federmachern, die nichts von seinem Elend wussten, trösten und Unterschlupf gewähren ließ.
Sie ahnten nicht, dass der Junge in ihrer Gesellschaft nur ein Schatten, eine seelenlose Hülle war. Avram reagierte nach Instinkt – wenn er einen Becher in die Hand gedrückt bekam, trank er, und wenn die Frauen sich zu ihm legten, reagierte sein Körper und schenkte ihnen Lust. Nur er selber verspürte weder Verlangen noch Hunger oder Durst. Er bewegte sich in einem Reich zwischen Leben und Tod.
Die Karawane, dieser träge fließende Strom menschlicher Lasttiere, bewegte sich nordwärts, am Süßwassersee und der Höhle von Al-Iari vorbei in üppiges Waldland, wo der *Lebonah*-Baum wuchs. Avram zog den Schlitten der Federmacher und schlug ihr Zelt auf. Und obwohl ihm seine Sicherheit und sein Wohlergehen gleichgültig waren, raunte ihm eine innere Stimme zu, sich von Hadadezer fern zu halten, der einmal Yubals Freund gewesen war.
Körperlich und geistig abgestumpft, sah Avram den Federmachern bei ihrer Arbeit zu, die überall dort, wo die Karawane vorbeikam, für ihre Kunstfertigkeit gerühmt wurden. Ihr Talent bestand darin, Federn so geschickt auf Leder übereinander zu schichten, wie man

das vom Gefieder der Vögel kannte. Und da sie im Umgang mit Farben ebenso begabt waren, erzielten ihre Fächer, Umhänge, Gürtel und Kopfbedeckungen die höchsten Preise.

Es war bereits Frühling, als die Karawane schließlich über einen Bergpass auf eine weite, grasige Hochebene gelangte, wo andere Familien bereits ihre Lager am Ufer eines seichten Gewässers aufgeschlagen hatten. Die Federmacher luden Avram in ihr Haus ein, das nur eine Tagereise entfernt lag und wo er ein bequemeres Leben führen könnte, bis sie sich Hadadezers Karawane wieder anschlössen. Rastlos und verwirrt spürte er in sich jedoch einen unbestimmten Drang, noch weiterzuziehen, und schloss sich einer anderen Familie an.

So setzte Avram seine Flucht von der Stätte der Ewigen Quelle fort. Die Federmacher schenkten ihm zum Abschied einen wunderschönen Federumhang, der mit Gänsedaunen gefüttert war. Mit der neuen Familie wanderte Avram über das anatolische Plateau, einer grasbedeckten Ebene mit Weiden, wilden Tulpen und Päonien. Sie folgten riesigen Herden von Pferden, Wildeseln und Antilopen. Avram sah zweihöckrige Kamele, fette Murmeltiere beim Sonnenbaden, rosafarbene Sperlinge in riesigen Schwärmen und Kraniche, die ihre Nester auf dem Boden bauten. Und dennoch rührten all diese Wunder nicht an sein Gemüt. Auch dieser Familie gegenüber behielt Avram seinen Namen und seine Geschichte für sich, aber er arbeitete hart und verhielt sich unauffällig. Wenn die Frauen zu ihm ins Bett krochen, reagierte sein Körper und schenkte ihnen Lust, doch sein Herz blieb kalt.

An der westlichen Grenze der Hochebene angekommen, nahm Avram Abschied von seinen Begleitern und setzte seinen Weg an die Küste fort, wo er an einen schmalen Wasserlauf gelangte, den er für einen Fluss hielt. In Wirklichkeit war es eine Meerenge, die zwei größere Meere verband und zwei Kontinente trennte. Avram ahnte nichts von der Gletscherschmelze in Europa, die den Meeresspiegel ansteigen lassen und über Jahrtausende diese enge Wasserstraße in

einen breiten Strom verwandeln würde, der eines Tages Bosporus heißen sollte.
Aber hier sah er zum ersten Mal Boote und fand einen Mann, der ihn übersetzte. Avram war gerade achtzehn Jahre alt geworden und glaubte, sein Leben sei vorbei.

Er reiste allein.
Wenn er auf Spuren von Menschen stieß, machte er einen großen Bogen darum. Auf seiner rastlosen Wanderung nach Westen war aus Avram, dem Träumer, Avram der Jäger, der Fallensteller, der Fischer geworden. Er fing Kaninchen und Lachse, grub nach Muscheln im Sand und schlief nachts einsam am Feuer. Der Federumhang schützte ihn vor Wind und Regen und diente an heißen Sommertagen als Sonnenschutz. Sein knochiger Knabenkörper setzte Muskeln an, sein Bart begann kräftig zu sprießen. Er zog unbeirrt nach Westen, ohne zu ahnen, dass acht Jahrtausende später einmal Männer wie Alexander der Große oder Paulus genau seiner Route folgen würden.
An einem Gestade, das eines Tages Italien heißen sollte, gelangte er zu einer Ansiedlung, deren Menschen sich von Muscheln ernährten und eigens ein Werkzeug aus Flintstein zum Aufbrechen der Schalen entwickelt hatten. Von der langen Reise erschöpft, blieb Avram eine Jahreszeit bei ihnen, ohne jedoch seinen Namen zu nennen oder ihre Sprache zu erlernen. Inzwischen betrachtete er das Leben als flüchtige Begebenheit, die keinen Raum für Namen und persönliche Schicksale ließ. Wenn ihn das Heimweh überkam, verhärtete er sein jugendliches Herz und gemahnte sich an seine schreckliche Tat, an die Schande, die er über seine Familie gebracht hatte, und daran, dass er verflucht und auf ewig ein Ausgestoßener sein würde.
Obwohl der Horizont weiterhin lockte, wie in seinen jungen Jahren, folgte er ihm nur, weil er nicht wusste, wohin sonst er gehen sollte. In seiner Rastlosigkeit fand er nirgends einen Ort, der seiner Hei-

mat ähnlich gewesen wäre. Früher hatte er einmal geglaubt, dass alle Menschen in Lehmziegelhäusern mit kleinen Gärtchen lebten, um sich nun eingestehen zu müssen, dass die Stätte der Ewigen Quelle einmalig war.
Und noch etwas war ihm klar geworden: Yubals Wolfszahn schützte ihn tatsächlich vor allem Unheil. Auf seiner gesamten Reise zur Quelle des Jordan und darüber hinaus, über die anatolische Ebene bis zu der gefährlichen Flussüberquerung in einem flachen Kahn, war ihm kein Unglück widerfahren. Die Muschelesser hatten ihn freundlich aufgenommen, andere nur argwöhnisch beäugt, selbst wilde Tiere hatten ihn in Ruhe gelassen. Und dies alles kraft des ihm innewohnenden Wolfsgeistes. Getrübt wurde diese Erkenntnis jedoch von dem Gedanken, dass Avrams Fluch Yubal wahrscheinlich nicht getötet hätte, wenn dieser den Talisman behalten hätte.
Avram zog weiter Richtung Norden. Er folgte mächtigen Strömen, überquerte gewaltige Gebirgszüge und kam durch dichte Birken-, Fichten- und Mischwälder, in denen überwiegend Rotwild und Wildrinder lebten. Hier stieß er auf ein Volk von Hochwildjägern. Er tauschte seinen Federumhang, der nicht mehr besonders schön, aber immer noch eine Besonderheit war, gegen Pelze, Stiefel und einen kräftigen Speer ein. Gelegentlich schloss er sich anderen Jägern an, blieb eine Weile und zog weiter, ohne je seinen Namen oder seine Geschichte zu verraten. Aber er war ein guter Jäger, der immer teilte, der die Gesetze und Tabus der anderen achtete und sich nie unaufgefordert zu einer Frau legte.
In dieser ganzen Zeit trug er den blauen Kristall bei sich, versteckt an der Brust, als Symbol seines Verbrechens und seiner Schande. Seit seiner Flucht aus der Heimat hatte er den Stein nicht mehr hervorgeholt, und dennoch spürte er täglich seine Gegenwart: hart, kalt und unpersönlich. Wenn er des Nachts von Träumen heimgesucht wurde – Marit, die ihn im Tal der Raben suchte, Yubal, der ihm vom Wachturm zurief –, verriet er seinen Begleitern nichts von seinen Qualen.

Der Tag kam, da ihn die Unruhe wieder überkam. Nach Norden deutend, fragte er die Jäger, was in dieser Richtung lag, und sie sagten: »Geister.«

So kam es, dass Avram Abschied von den Jägern nahm und nordwärts zum Land der Geister zog.

In Pelze gehüllt, die Speere und Pfeile auf dem Rücken verzurrt, wanderte Avram auf Schneeschuhen weiter, die ihm die Jäger mitgegeben hatten, bis er schließlich am Rande einer weiten weißen Wildnis anlangte. Hier gab es mehr Schnee, als er je gesehen hatte, eine endlose Schneewüste, aus der sich keine Berge erhoben, die kein Horizont begrenzte und über die ein Sturm heulte, der wie das schrille Geschrei von Dämonen klang, das ihm ins Fleisch schnitt und sein Herz gefrieren ließ. Er dachte: Ich bin am Ende der Welt angelangt. Das ist mein Schicksal.

Er stapfte voran: Der Wind riss ihm die Pelzkapuze vom Kopf und blies ihm seinen eiskalten Atem ins Gesicht. Rasch stülpte er sich die Kapuze wieder über, und während er sie mit einer Hand unter dem Kinn festhielt, marschierte er weiter, ohne zu ahnen, dass er nicht mehr auf festem Grund ging, sondern gefrorenes Wasser überquerte. Er hatte keine Ahnung, was ihn am Ende seiner Reise erwarten würde, bis auf die vage Vorstellung, dass er auf dem Weg zum Land der Toten war. Während er noch grübelte, ob er womöglich bereits tot war, brach plötzlich das Eis unter ihm, und er stürzte ins Wasser.

Verzweifelt schlug er um sich, suchte nach einem Halt, doch jedes Mal, wenn er sich am Eis hochstemmen wollte, brach die Kante unter ihm ab.

Er spürte, wie die Eiseskälte in seinen Körper kroch, seine Glieder wurden taub, und seine Kräfte schwanden. Sein letzter Gedanke, ehe das Wasser über ihm zusammenschlug, galt Marit im warmen Sonnenschein.

Avram glaubte zu fliegen, aber nicht wie ein Vogel, sondern halb sitzend, halb liegend, die Arme unter warmen Felldecken verborgen. *Reisten so die Toten zum Land der Ahnen?*
Vor seinem vermummten Gesicht sah er eine weiße Schneelandschaft vorbeihuschen. Er runzelte die Stirn. Nein, er flog nicht. Aber er rannte auch nicht, denn seine Beine waren lang ausgestreckt, ebenfalls in warme Felle verpackt. Angestrengt schaute er nach vorn, und als sein Blick sich endlich klärte, sah er, dass er von einem Rudel Wölfe davongetragen wurde. *Ich bin ihr Nachtmahl.* Vielleicht war das die Rache dafür, dass Yubal damals diesen Wolf getötet hatte. Der Wolfszahn bot offenbar keinen Schutz mehr.
Dann fresst mich doch, rief sein verwirrter Geist. *Das hab ich verdient.* Dann verlor er das Bewusstsein.
Als er wieder erwachte, sah er kleine, runde weiße Hügel näher rücken. Der Eindruck des Fliegens war vorbei, und bei genauerem Hinsehen stellte er fest, dass die Wölfe keine gewöhnlichen Wölfe waren und an Ledergurten in einem Gespann liefen. Irgendjemand stand hinter ihm, überragte ihn sogar, und rief den Wölfen Kommandos zu, aber es war unmöglich, ein Gesicht hinter der Fellvermummung zu erkennen.
Er verlor erneut das Bewusstsein, und als er das nächste Mal erwachte, befand er sich in einer kleinen dunklen Höhle, die nach Tran und menschlichem Schweiß roch. Mit den Augen blinzelnd, versuchte er sich zu orientieren. Die Decke bestand aus Eis. War er in einer Eishöhle? Aber nein, er konnte doch die Fugen zwischen den Eisblöcken erkennen. Ein Haus – aus Eis? Und er selbst lag vollkommen nackt in einer Art Bett. Jemand hatte ihm die Kleider weggenommen! Er wollte nach seinem Talisman greifen, aber mit seinen Armen stimmte etwas nicht. Er konnte sie nicht bewegen.
Eine Stimme ganz nah, dann ein Schatten an der Wand. Avram blinzelte erneut, und da kam ein Gesicht in sein Blickfeld. Alt, faltig, mit zahnlosem Grinsen, begann die Gestalt zu sprechen. Und dann riss sie ihm auch noch die Felldecken weg, dass er im Freien lag.

»Unverschämte Frau!«, wollte er schreien, aber er brachte keinen Laut heraus.
Die alte Frau spähte dem hilflos daliegenden Avram in den Mund, untersuchte seinen Nabel und betastete seine Hoden. Schließlich begann sie, mit ihren rauen Händen seine eiskalten Glieder zu bearbeiten, drückte und massierte seine Finger, hob sie an ihren Mund und hauchte sie an. Er spürte weder ihren Atem noch ihre Berührung. Er spürte überhaupt nichts.
Mit besorgtem Blick hielt sie inne, murmelte unverständliche Worte und verschwand. »Du hast mich nicht zugedeckt«, wollte Avram ihr nachrufen, aber seine Lippen und Zunge gehorchten ihm nicht.
Die Alte kam kurze Zeit später mit einer hoch gewachsenen, breitschultrigen Person zurück, die sich sogleich ihrer Kleiderschichten entledigte und dabei volle Brüste, eine schmale Taille und breite Hüften enthüllte. Wortlos streckte sie sich neben Avram aus und nahm ihn in die Arme. Die Alte deckte beide zu und verschwand.
Avram versank immer wieder in einem Dämmerschlaf, ehe er ganz zu Bewusstsein kam. Das Erste, was er erblickte, waren goldene Wimpern auf weißen Wangen, eine schmale, lange Nase und ein breiter, roter Mund. Erst viel später sollte er erfahren, dass sie Frida hieß und dass sie ihn aus dem Eisloch gerettet hatte.

Seine Genesung dauerte Wochen. Frida und die alte Frau pflegten und massierten ihn, fütterten ihn mit Fischsuppe und heilenden Kräutern. Männer schauten vorbei, hockten sich neben ihn und fragten ihn Dinge in einer Sprache, die er nicht verstand. Jede Nacht sank er in Fridas warmen Armen in tiefen Schlaf und erwachte am nächsten Morgen mit ihrem flachsblonden Haar über der Brust. Als er eines Morgens mit einer Erektion aufwachte, erklärte ihn die Alte für geheilt und verbannte Frida aus seinem Bett.
Später sollte er erfahren, warum sie ihm das Leben gerettet hatten und das wenige, das sie besaßen, mit ihm teilten. Als Avram über den zugefrorenen See marschiert war und der Wind ihm die Kapuze

herunterriss, waren zufällig Menschen, darunter Frida, in der Nähe gewesen, und sie hatte sein schwarzes Haar und seine dunkle Gesichtshaut bemerkt. Wie sie Avram später erklärte, nachdem er ihre Sprache verstand, gab es unter ihren Göttern solche mit dunklen Haaren, die Hüter der Wälder und Höhlen. Sie verfügten über wundersame Kräfte.

Eines Morgens erhielt Avram seine Kleider zurück, die er sich hastig überstreifte. Erleichtert griff er nach dem Talismanbeutel, der immer noch an seinem Lederband hing und offenbar nicht angerührt worden war. Er öffnete ihn vorsichtig und holte seine Schätze heraus, und da, beim Anblick des blauen Kristalls, stieß die Alte einen spitzen Schrei aus und stürzte aus der Hütte.

Avram konnte sie draußen sprechen hören, gleich darauf drängte sich ein riesiger Mann in die Eishütte. Einen Augenblick lang befürchtete Avram, der Mann wollte den blauen Stein stehlen, indes hockte sich dieser auf den Boden und sah den Stein voller Ehrfurcht an. Schließlich erhob er sich und bedeutete Avram, ihm nach draußen zu folgen.

Den Talismanbeutel sicher unter seinem Umhang versteckt, setzte Avram zum ersten Mal einen Fuß nach draußen, um festzustellen, dass dieser »Morgen« nur in seiner Phantasie bestand, denn er befand sich hier in einem Land ewiger Dunkelheit.

Menschen scharten sich um ihn, auf scheue Art neugierig auf den Unbekannten. Sie waren alle in Kapuzenjacken, Hosen und Stiefel aus wasserdichtem Seehundfell gekleidet und sahen einander so ähnlich, dass Avram sich insgeheim fragte, wie die Männer und Frauen sich zum Zweck des Vergnügens finden sollten. Am meisten ähnelten sie jedoch Geistern, denn ihre Haut glich weißem Rauch, und ihr Haar hatte die Farbe von hellem Weizen. Und dann ihre Größe! Selbst die Frauen überragten Avram um eine Handbreit. Die anderen wiederum staunten über seine kleine Statur, sein schwarzes Haar und seine Olivenhaut.

Der Clanführer trat vor.

Bodolfs hünenhafte Gestalt ließ Avram an die Bären denken, die er auf seiner Reise über den Kontinent getroffen hatte – er war ein riesiger, bleicher Bär mit einem dröhnenden Lachen. Anders als die Männer in Avrams Clan, ölte Bodolf seinen vollen Bart nicht, trug aber das lange blonde Haar in Flechten, die statt mit Muscheln und Perlen mit menschlichen Knöcheln geschmückt waren. »Von den Körpern unserer Feinde«, wie Bodolf später prahlte.

In dieser Nacht – obwohl die Sonne nie aufgegangen war – wurde zu Ehren des Besuchers, der ein Stück vom Himmel besaß, ein großes Fest veranstaltet. Avram kostete zum ersten Mal Robbenfleisch, Fischtran und Fleisch vom Bären, dessen Fell so weiß wie Schnee war. Er war froh, dass er am Leben war und die Gesellschaft so gastfreundlicher Menschen genießen durfte, insbesondere der Frauen, die ihn faszinierend fanden.

Bei den ersten Anzeichen des Frühlings brach Bodolfs Clan, der sich Volk des Rentiers nannte, mit den Schlitten in eine Bergregion mit reichen Fichten- und Birkenwäldern auf. Hier machten sich die Menschen an die Arbeit, fällten Bäume, um aus den Stämmen ein riesiges Blockhaus zu errichten, das Platz für alle bot. Avram packte mit an, schwang die Axt, bestrich das Holz mit Pech und teilte mit anderen die Mahlzeiten, schlief jedoch allein. Er erlernte ihre Sprache fast widerwillig und wollte auch ihre Namen nicht wissen.

In den wenigen ruhigen Momenten, wenn er das neue sprießende Grün sah und an den Frühling in seiner Heimat dachte, ging sein Blick suchend nach Süden. Da er nicht weiter nach Norden oder Westen vordringen konnte – er hatte das Ende der Welt erreicht –, wurde es womöglich Zeit zurückzugehen.

Nur … wohin? Zurück zur Ewigen Quelle, wo ihn Schimpf und Schande erwartete? Es gab nur einen Grund für ihn heimzukehren: Marit.

»Bleib bei uns«, sagte Bodolf und legte ihm den Arm um die Schultern. »Wir werden uns gegenseitig unsere Geschichten erzählen, wir werden zusammen trinken und die Herzen unserer Ahnen erfreuen.«

Sie machten ihn mit Met bekannt, einem Honigwein, den sie den ganzen Sommer über in gewaltigen Mengen konsumierten. Als Avram den Met kostete und bemerkte, wie hübsch Fridas Haar im Schein des Feuers schimmerte, sah er keine Veranlassung, bald aufzubrechen.

Mit der Zeit wollte er mehr über seine neue Umgebung erfahren. »Wie kommt es, dass euer Volk an so einem Ort lebt?«, fragte er und dachte dabei an seine von der Sonne verwöhnte Heimat, die ihm viel wohnlicher erschien.

»Unsere Ahnen lebten ursprünglich im Süden. Als die Rentiere ›Zieht-nordwärts-Stimmen‹ vernahmen, zogen sie los, und meine Ahnen folgten ihnen.« Bodolf deutete auf die Berge, die wie scharfe Messer emporragten, und die großen Eisströme dazwischen. »Die Stimmen kamen von den Gletschern dort. Sie waren auf dem Rückzug nach Norden und hinterließen Flechten und Moos, die unsere Rentiere lieben. Man könnte also sagen, dass uns die Gletscher hergebracht haben.«

»Wieso ziehen sie sich zurück?«

Bodolf zuckte die Achseln. »Vielleicht ruft der Himmel sie zurück.«

»Werden sie wiederkommen?«, fragte Avram und versuchte, sich eine Welt vollkommen von Eis bedeckt vorzustellen.

»Das hängt von den Göttern ab. Vielleicht. Eines Tages.«

Avram deutete auf das Gehege mit den seltsamen Wölfen, die gerade von ein paar Männern gefüttert wurden. Zu seiner Verwunderung wurden die Männer nicht angegriffen. »Wie ist das möglich?«

»Habt ihr keine Hunde dort, wo du herkommst?«

»Aber das sind doch Wölfe!«

»Verwandte von Wölfen.«

»Ihr habt sie gezähmt?«

»Sie haben uns gezähmt«, erwiderte Bodolf verschmitzt. »Sie sind vor langer Zeit an unsere Ahnen herangetreten und haben gesagt:

›Wenn ihr uns füttert, werden wir für euch arbeiten und euch in den langen Nächten Gesellschaft leisten.‹«

Mit der Zeit erfuhr Avram, dass Bodolfs Volk das Rentier als Nahrungsquelle und als Schöpfer des Lebens verehrte.

Die prächtigen Tiere wurden in großen Gehegen gehalten, die ihnen genug Freiraum boten. Es waren schöne Tiere, mit dichtem dunklen Fell, weißer Decke und mehrfach verzweigtem Geweih. Dass solche Tiere von Menschen gehalten werden konnten, verwunderte Avram, und noch mehr, dass sie sich melken ließen. Er musste an Namir und seine Experimente mit den Ziegen denken und empfand einen ganz neuen Respekt vor dem Mann.

Bodolf erzählte ihm von den Rentierjagden seiner Vorfahren und wie einmal einer seiner Ahnen sich bei einer solchen Jagd verirrt hatte und halb erfroren im Schnee lag. Eine Rentierkuh war aus dem Nichts aufgetaucht, hatte sich neben ihn gekauert, ihn mit ihrem massiven Körper gewärmt und ihm dann erlaubt, ihre Milch zu trinken. Und während langsam wieder Leben in den Mann kam, hatte sie ihm erklärt: »Jagt uns nicht weiter. Lasst einige von uns bei euch leben, wir werden euch füttern und warm halten. Aber lasst meine Herden frei umherziehen.« Daraufhin fingen sie ein paar Rentierkühe ein und nahmen sie mit. Eine Zeit lang reichte die Milch, dann erschien die Kuh dem Vorfahren im Traum und sagte: »Ihr könnt die Weibchen nicht von den Männchen trennen, denn wie die Menschen wollen auch die Rentiere ihr Vergnügen.« Also gesellten die Vorfahren einen Hirsch zu den Kühen, und fortan gab es immer Milch.

Avram runzelte die Stirn. »Wie vergnügen sich denn Tiere?«, wollte er wissen und hatte Mühe, sich das vorzustellen.

Bodolf lachte und machte mit den Händen eine eindeutige Geste. »Wie wir Menschen auch! Tiere sind nicht anders!«

Avram hatte Tiere immer nur auf der Jagd erlebt, wenn er sie mit Speeren oder Pfeil und Bogen jagte, aber noch nie bei derlei Betätigung. Es leuchtete ihm ein. Die Göttin hatte den Akt des Vergnü-

gens für die Menschen geschaffen, warum nicht auch für die Tiere?
»Wenn der Frühling kommt«, meinte Bodolf zuversichtlich, »werden Kälbchen geboren.«
Avram zog die Augenbrauen hoch. »Wie kannst du das wissen? Der Mond entscheidet, wann neues Leben geboren wird. Menschen können das nicht vorhersehen.«
Bodolf wurde ungeduldig. »Habt ihr keine Tiere in eurem Land?«
»Doch, viele.«
»Und gebären sie Junge?«
»Wenn wir im Frühling jagen gehen, sehen wir Junge bei den Herden.«
»Also kann man es vorhersehen! Weil so nämlich ...«, und dabei machte Bodolf wieder die derbe Geste mit den Händen, »der Rentiergeist dem Weibchen Nachwuchs bringt. Das Gleiche passiert mit den Menschen. Wenn eine Frau von einem Rentier träumt, den Rauch von Rentierfleisch auf dem Feuer einatmet oder ein Rentieramulett um den Hals trägt, wird sie schwanger. Das Rentier ist der Lebensspender für alle. Ist das bei euch nicht so?«
»In meinem Land ist es der Mond, der die Frau mit einem Kind segnet«, antwortete Avram, der nicht so recht an das sexuelle Vergnügen von Tieren glaubte.
Viel faszinierender als das Rätsel der Rentiere fand Avram die Menschen selber. Er stellte fest, dass es hier mehr feste Paarbindungen gab als bei seinem eigenen Volk und dass es keine Bündnisse zwischen den Familien, wohl aber zwischen zwei Menschen gab: Die Frau kümmerte sich um Heim und Herd, während der Mann für Nahrung und Schutz sorgte. Vielleicht lag es an den bitterkalten, langen Wintern und dem harten Leben hier, dass die Zusammenarbeit für das Überleben erforderlich war. Anders als in seiner Heimat, wo die Nächte heiß und schwül waren und die Menschen sich unter freiem Himmel paarten.
Als sich der Winter ankündigte, verließ das Volk der Rentiere das Waldland und zog in die Eiswüste hinaus, um dort seine Iglus zu

bauen. Bodolf prüfte die Festigkeit des Schnees mit seinem Messer, ehe er anfing, große Blöcke herauszuschneiden, die dann spiralförmig zu einer Kuppel aufeinander geschichtet wurden. Im Inneren des Iglus wurde der Boden freigeschaufelt, dann wurden Schlafbänke aus dem Schnee geschnitten.

Bodolf befand, dass Avram sich eine Wintergefährtin nehmen sollte. Avram dachte sofort an Frida, die, wie er erfuhr, noch keinen Gefährten gewählt hatte. Aber um die Gunst einer Frau zu erlangen, musste er sich zuerst als guter Nahrungsbeschaffer erweisen, und so nahmen Bodolf und sein Schwager Eskil Avram mit auf Robbenjagd.

Wie Bodolf erklärte, lauerten sie den Robben an ihren Atemlöchern im Eis auf, an denen die Tiere regelmäßig zum Luftholen auftauchten, und erlegten sie mit der Harpune. Es erforderte viel Geduld und stundenlanges Warten, aber das war Avram von seinem Dienst auf dem Wachturm in seiner Heimat gewöhnt.

Nach mehreren missglückten Versuchen hatten die Männer ein Einsehen und halfen Avram, eine Robbe zu erlegen, die er, nach altem Brauch, der Frau seiner Wahl präsentieren sollte. Er trug die Robbe zu Frida, die dem Tier einen Schluck Wasser anbot, um den Robbengeist günstig zu stimmen, und Avram in ihre Hütte einlud.

So erlebte Avram seinen zweiten Winter beim Volk des Rentiers, verbrachte die Tage bei der Robbenjagd und die Nächte in Fridas Armen, obwohl Tag und Nacht praktisch gleich finster waren. Frida zeigte ihm tanzende Lichterscheinungen am Nordhimmel, er wiederum erzählte ihr von der Wüste und dem Salzmeer ohne Leben darin. In Fridas Armen vergaß Avram eine Weile die Schande, die ihn hierher getrieben hatte, und sein Verbrechen. Wenn er sein Gesicht in ihrem flachsblonden Haar vergrub und ihr beteuerte, sie sei die Liebe seines Lebens, lachte sie nur und neckte ihn, weil sie ihn oft genug im Schlaf nach Marit hatte rufen hören und wusste, dass eine dunkelhaarige Frau in seinen Träumen ihre Rivalin war.

Wie von selbst passte Avram sich einem neuen Zeitrhythmus an, der von Licht und Dunkelheit diktiert wurde. Am hellsten waren die Tage von Frühling bis Spätsommer, am dunkelsten zwischen Herbst und Frühling. Drei Monate lang sank die Sonne nie hinter den Horizont, und drei Monate lang kam sie gar nicht erst zum Vorschein. Die Jahreszeiten ließen massive Eisschichten auf dem Wasser wachsen oder tauen. Avram erfuhr viel über Bodolfs Götter und den Aberglauben seines Volkes, aber er respektierte ihn. Allmählich schmeckte ihm sogar Robbenfleisch, und im Sommer folgte er Frida zu schneebedeckten Gipfeln, von wo aus sie die gesamte Welt überblicken konnten. Aus einem frischen Wurf der Schlittenhunde wuchs ihm ein Welpe besonders ans Herz. Er nahm ihn bei sich auf, nannte ihn »Hund« und hatte von da einen treuen Begleiter. Die Stätte der Ewigen Quelle erschien ihm immer mehr wie ein Traum, und Marit und die anderen wie Personen, die er selbst erfunden hatte. Das Land der Wärme und des Sonnenscheins, das so unendlich weit von dieser Eiswüste entfernt lag, schien in Wirklichkeit nicht mehr zu existieren.
Aber dann, in seinem fünften Sommer beim Volk des Rentiers, setzten die Träume ein. Träume von Yubal und Marit, von der Priesterin Reina, seinen Brüdern, ja sogar Hadadezer. Es waren warme, verführerische Träume, die ihm in grünen und goldenen Farben den Frühling im Jordantal vorgaukelten. Im Schlaf griff Avram nach rotem Klatschmohn, rosaroten Päonien, nach süßen Datteln und saftigen Granatäpfeln. Die Nachtgesichte waren so real, dass er sich beim Aufwachen darüber wunderte, wie seine Seele in kürzester Zeit über so große Entfernungen reisen konnte.
Als die Träume immer häufiger und heftiger wurden und Avram wie ein Häufchen Elend herumschlich, schickte die besorgte Frida nach der Steindeuterin.
Die Steindeuterin war klein und sehr alt, ihr Körper verschrumpelt wie eine alte Nuss in einer Schale aus Rentier- und Robbenfellen. Doch ihre Augen waren blank wie der Polarstern und fun-

kelten mit einer Intensität, dass Avram glaubte, sie wüsste alle Antworten.
Im Kreis sitzend verfolgten sie gespannt, wie das Orakel in einen Lederbeutel blies und dann Steine auf ein Rechteck aus weichem Robbenfell warf. Mit ihrem verknöcherten Finger auf jeden einzelnen deutend, krächzte die Alte: »Dieser Stein trägt deine Hoffnungen und Ängste. Dieser Stein sagt, was unabänderlich ist. Dieser Stein verrät deine gegenwärtige Situation.« Sie blickte Avram an. »Du willst bleiben. Du willst gehen. Das ist es, was dich quält.«
»Können die Steine mir sagen, was ich tun soll?«
Die Alte atmete tief. »An deiner Seite ist ein Tiergeist. Einer, den ich nicht kenne. Ein kleines Tier mit großen Hörnern, die sich wie Rauch kringeln. Sein Fell hat die Farbe von Met mit schwarzen Streifen am Bauch.« Sie sah Avram direkt an. »Ist das dein Clangeist?«
»Die Gazelle«, sagte Avram verwundert. Wie konnte sie das Tier so genau beschreiben, wenn sie es noch nie gesehen hatte? »Was verlangt sie von mir?«
Die Alte schüttelte den Kopf. »Nicht *sie* verlangt etwas.« Ihr helles Augenpaar war fest auf Avram gerichtet. »Da ist noch ein Stein«, sagte sie schließlich. »Nicht von diesen. Der da.« Sie deutete auf den Talismanbeutel an seiner Brust. »Blau wie der Himmel, durchsichtig wie das Wasser. Der Stein trägt die Antwort in sich.«
Avram holte den Talismanbeutel hervor und öffnete ihn behutsam. Er zog den Kristall heraus, hielt ihn zwischen zwei Fingern hoch. Diesen Stein hatte Al-Iari seinem Volk vor Anbeginn der Zeit geschenkt. Als er den kosmischen Staub im Inneren des Steins genauer betrachtete und darin die sprudelnde Quelle, das Herzstück seiner Heimat erkannte, überfiel es ihn blitzartig: Der Stein ist das Herz der Göttin und gehört in den Schrein an der Stätte der Ewigen Quelle.
Auch er gehörte dort hin, gehörte zu seinem Volk. Das verstand er jetzt. In all der Zeit beim Volk des Rentiers war, von ihm unbemerkt,

eine Veränderung in ihm vorgegangen; sein Kummer hatte sich gelegt und Raum für eine neue Empfindung geschaffen: Heimweh. Zum Abschied schenkte er Bodolf seinen Wolfszahn als Schutz gegen ihren Feind, den Wolf. Als Gegengeschenk bekam er einen aus Bernstein geschnitzten Eisbären. Er küsste Frida, die im neunten Monat schwanger war, und wünschte ihr alles Gute. Dann schulterte er sein Bündel, packte Speer und Bogen und machte sich, mit »Hund« an der Seite, nach Süden auf über die Eisbrücke, die ihn über das Meer auf die alte Route zurückbringen würde, die er vor fünf Jahren gekommen war.

Ein Jahr nach seinem Abschied vom Volk des Rentiers und neun Jahre nach seiner Flucht aus der Stätte der Ewigen Quelle gelangte er zu dem Bergdorf, in dem Hadadezer zu Hause war. Der Hund hatte sich auf dem langen Weg als guter Gefährte in vielen gefährlichen Situationen erwiesen, und Avram hatte eine Menge dazugelernt. Hatte er Tiere bislang nur als Nahrungsquelle angesehen, vermittelte ihm dieser Pakt mit dem Hund jetzt eine stille Freude, wie er sie noch nie erlebt hatte.

Als die beiden jedoch an der Bergfestung eintrafen, verursachten sie einige Aufregung, weil die Wächter den »Wolf« töten wollten. Erst als Avram den Namen Hadadezer ins Spiel brachte, ließen sie von ihrem Vorhaben ab und führten ihn durch ein Labyrinth von hohen Steinmauern und Tunnel, derweil die Leute sie anstarrten und sich über das wilde Tier in ihrer Mitte entsetzten.

Die Festung bestand aus einer merkwürdigen Ansammlung von Häusern, die wie die Waben in einem Bienenkorb dicht aneinander gebaut waren, ohne Fenster oder Türen, mit nur einer Öffnung im Dach. Avram wurde in einen Innenhof gebracht, der so von hohen Mauern und umliegenden Berggipfeln überschattet war, dass kein Sonnenstrahl je die Pflastersteine erreichte. Hier verbrachte Hadadezer seinen Lebensabend, auf einer mit Kissen und Fellen üppig ausgestatteten Plattform liegend und von Dienern umsorgt. Sein rundes Vollmondgesicht glänzte vor Schweiß, sein gewaltiger Leib wogte nach allen Seiten, und seine geschwollenen Füße erweckten den Eindruck, als hätten sie seit Jahren den Boden nicht mehr berührt. Als er seinen Besucher erblickte, quollen ihm die Augen aus ihren Fettwülsten hervor. »Großer Schöpfer! Mein alter Freund Yubal!«

Avram blieb wie angewurzelt stehen. Sah der alte Mann Gespenster? Doch Hadadezer schaute ihn direkt an. »Du irrst dich, ich bin Avram, der Sohn von Chanah aus dem Talitha-Clan. Du wirst mich nicht mehr kennen …«

»Aber gewiss erinnere ich mich!«, tönte der Alte. »Großer Schöpfer, was für eine Freude, den Sohn meines guten alten Freundes zu sehen, möge sein Geist Frieden finden!«

»Sohn?«, gab Avram zurück.

Hadadezer schwenkte die mächtigen Arme. »Bildlich gesprochen, da ein Mann ja keine Söhne haben kann. Aber deine Ähnlichkeit mit Yubal, möge er Frieden bei der Göttin finden, beweist, welchen Einfluss sein Geist auf dich hat!« Er schnippte mit den Fingern, und sogleich wurde ein wundersamer Gegenstand in den Hof gebracht: eine Scheibe aus Obsidian, fast so groß und so breit wie ein Mensch, messerdünn, so flach wie das Tote Meer und in einen Muschelrahmen gefasst. Im richtigen Winkel betrachtet, stand auf einmal Yubals Geist in dem vulkanischen Gestein. Avram sprang zurück und zeichnete hastig ein Schutzzeichen in die Luft.

Hadadezer lachte dröhnend. »Hab keine Angst, mein Junge! Das ist nur ein Spiegelbild von dir!«

Fasziniert wandte Avram seinen Kopf hierhin und dorthin, hob erst den einen Fuß, dann den anderen und stellte fest, dass das Bild tatsächlich er selber war.

Das erfüllte ihn mit Besorgnis. Der einzige Ort, an dem man sein Abbild sehen konnte, war im Wasser, und es brachte Unglück, wenn man zu lange ins Wasser schaute, weil es einem die Seele stehlen konnte. Fasziniert starrte er auf den bärtigen Mann, der ihn aus dem schwarzen Glas heraus anblickte. Die Gestalt glich Yubal bis aufs Haar.

»Komm, setz dich«, hob Hadadezer an. »Lass uns essen und trinken und von den guten alten Tagen sprechen, die besser waren als die heutigen. Seit Anbeginn der Zeit waren die alten Tage immer die besseren.«

Nachdem die Diener ein gewaltiges Fass Bier mit zwei Trinkhalmen gebracht hatten, berichtete Avram ausführlich von seiner langen abenteuerlichen Reise, verschwieg dabei aber den Grund für seine Flucht.

»Und was ist das?«, fragte Hadadezer, der die Hündin erst jetzt bemerkt hatte. Sie lag, den Kopf auf den Pfoten, zu Avrams Füßen zusammengerollt.

»Sie ist mein treuer Gefährte.«

»Du reist mit einem Wolf? Und ich habe geglaubt, mir sei nichts mehr fremd! Wie ist die Welt so?«, wollte er nach einem kräftigen Schluck Bier wissen.

»So verschieden wie die Völker. Es gibt Menschen, die wie Bären leben, andere wohnen auf Eis oder kriechen auf dem Bauch in Höhlen und malen Bilder von den Tieren, die sie erlegt haben.«

»Und Städte? Hast du Städte gesehen?«

»Nur diese hier und die Stätte der Ewigen Quelle.« Seine Worte stockten. Jetzt saß er hier in Gesellschaft eines Menschen, den er aus der Vergangenheit kannte und mit dem er über seinen Geburtsort sprechen konnte. Tränen stiegen ihm in die Augen.

Vielleicht sah Hadadezer den Tränenschimmer, denn er sagte behutsam: »Wir haben uns alle gefragt, wohin du verschwunden bist. Die meisten dachten, du wärst tot. Bist du weggerannt, weil Yubal tot war? Ja, das dachte ich mir. Du warst jung und unerfahren. Das ist verständlich. Nach Yubals Tod und deinem plötzlichen Verschwinden wurde jedem klar, dass dieses Familienbündnis ein großer Fehler gewesen war. Ganz eindeutig lag der Fluch von Talitha und Serophia darauf.«

Gewaltige Platten mit Essen wurden aufgetragen: gefülltes Geflügel, in Öl gebratenes Gemüse, Fladenbrot, winzige Schalen mit Salz und ein grässliches Gebräu namens Joghurt.
»Ja, Yubals Tod muss ein Schock für dich gewesen sein, du armer Kerl«, fuhr Hadadezer fort, während er nach einem gebratenen Täubchen griff. »Obwohl es mich nicht überrascht hat. Kein bisschen.«
Avram sah ihn überrascht an. »Was meinst du damit?«
»Yubal hatte schon länger über Schmerzen im Kopf geklagt. Wahrscheinlich hat er dir nichts davon erzählt, um dich nicht zu beunruhigen. Wenn er sich aufregte oder zu sehr anstrengte, fing es in seinem Kopf schmerzhaft an zu klopfen. Er fragte mich, ob ich eine Medizin für ihn hätte, aber ich musste passen. Ich riet ihm jedoch, mit seinen Kräften hauszuhalten, weil ich schon jüngere Männer mit derlei Beschwerden erlebt habe. Es hieß, er sei gestorben, weil er sich bei einem jungen Mädchen verausgabt habe.« Hadadezer nickte bedeutungsvoll. »Das genügte.«
Avram starrte den Mann fassungslos an. Yubal hatte Beschwerden, die ihm den Tod bringen konnten? Dann war Avrams Fluch gar nicht schuld gewesen?
Er war wie vom Donner gerührt. Und all die Jahre hatte diese schwere Schuld auf ihm gelastet.
Ich habe meinen geliebten Abba nicht umgebracht.
Ein unbeschreibliches Glücksgefühl erfasste ihn, am liebsten hätte er der Göttin und allen heimischen Göttern auf der Stelle ein Opfer gebracht. Er hätte dem hünenhaften Hadadezer um den Hals fallen und jedem versichern mögen, was für ein herrlicher Ort diese Welt doch sei. Er beschränkte sich jedoch darauf, einen langen Schluck Bier zu nehmen und sich genüsslich die Lippen zu lecken.
Hadadezer nickte. »Eine Menge ist danach passiert, mein Junge. Zwei Jahre nach Yubals Tod kamen die Räuber. Diesmal waren sie besonders gründlich. Viele Menschen fanden den Tod. Und im Jahr darauf kamen die Heuschrecken.«

Avram wurde wieder ernst. Er gierte nach Neuigkeiten von zu Hause. »Lebt meine Großmutter noch? Wie geht es meinen Brüdern?«
Hadadezer erklärte ihm, dass er nach seinem letzten Besuch an der Stätte der Ewigen Quelle sein Karawanengeschäft in die Hände seiner Neffen gelegt hätte, um seine letzten Lebensjahre in Ruhe zu genießen. Die Neffen berichteten nur, was sie für wichtig erachteten: von Überfällen, Heuschreckenplagen oder Missernten. Wer gestorben war oder noch lebte, interessierte sie kaum. Hadadezer gestand, dass sein Karawanengeschäft nach den Missgeschicken an der Stätte der Ewigen Quelle nicht mehr so gut wie früher lief.
»Sie handeln auch nicht mehr mit Wein«, schloss er. »Und das vermisse ich besonders.«
Erschrocken ließ Avram den Trinkhalm sinken. »Was ist passiert?«
Hadadezer zuckte die Achseln. »Sie produzieren nur noch Wein für den eigenen Gebrauch.«
Avram stellte sich seine Brüder vor, die ehemals zwischen den Weinstöcken herumgetollt waren und nun, als Erwachsene, mit der Pflege der Weinstöcke, der Weinernte und der Produktion zu kämpfen hatten. Ohne die Hilfe des weisen Yubal.
»Du sagst, du willst zurückgehen?«, fragte Hadadezer, während er sich diskret einen leeren Schlauch unter den Umhang schob und hinein urinierte.
»Ja, ich gehe nach Hause. Ich war fast zehn Jahre weg.«
Hadadezer nickte zustimmend, reichte den Schlauch einem Diener und rieb sich die Hände an seinem Bart. »Junger Freund, ich frage mich, ob wir beide nicht ins Geschäft kommen können.« Und als der durchtriebene Händler ihm seinen Plan unterbreitete, musste Avram zugestehen, dass er beiden zum Vorteil gereichen würde. Wenn die Karawane das nächste Mal zu ihrer jährlichen Reise nach Süden aufbrach, würde Avram sie anführen.
Er blieb den Sommer über in Hadadezers seltsamer Bergfestung, genoss die Gastfreundschaft des Händlers und die Gesellschaft der Nichten in seinem Bett. Und er entdeckte viele neue Wunder bei

diesen tüchtigen, erfindungsreichen Menschen: Tongeschirr, das im Ofen gebrannt wurde; Werkzeug, das aus geschmolzenem Kupfer gegossen wurde; Rinder, die vor Pflüge gespannt wurden, und schließlich Verschläge mit Kühen, die nicht in Freiheit, sondern im Stall geboren waren und nur wegen ihrer Milch gehalten wurden, so wie Bodolf das mit seinen Rentieren tat.

»Du wirst bemerkt haben, dass wir den Stier verehren, Avram«, sagte Hadadezer, der auf seinem Tragegestell zu den Kuhställen gebracht worden war. »Der Stier ist der Schöpfer des Lebens. Unsere Frauen baden in Stierblut, um schwanger zu werden.«

Avram hatte die zahlreichen Stierhörner und -symbole in den Häusern gesehen und sich darüber gewundert, dass diese kräftigen Tiere sich so geduldig von Menschen führen ließen. Verfügten diese über einen besonderen Zauber, um Tiere zu zähmen?

»In der Zeit unserer Vorfahren«, begann Hadadezer, während er Avram eine Schale mit Joghurt reichte, »bevor wir diese Festung in die Berge gebaut haben, als wir noch in Zelten lebten und durch die Ebenen streiften, haben wir die Erde und den Himmel angebetet, denn wir wussten nichts davon, wie der Stier der Kuh das Kalb gibt. Und dann wurde unseren Vorfahren von den Göttern befohlen, sesshaft zu werden, die Tiere von den Ebenen zu uns zu holen und zu halten, damit der Geist des Großen Stiers unser Volk fruchtbar machen würde. Es ist der Geist des Großen Stiers, der unser Volk so stark macht, Avram. Dein Volk ist aus dem Mond geboren, das macht euch schwach. Ich will dich keineswegs beleidigen, ich sage nur die Wahrheit. Ich würde dir gern einen Stier mitgeben, aber diese Tiere sind schlecht zu transportieren.«

Als Avram Hadadezer ganz ähnlich über den Stier reden hörte wie Bodolf über sein Rentier, sann er darüber nach, ob jede Art sich durch einen anderen Gott fortpflanzte. Das würde auch das unterschiedliche Erscheinungsbild der Völker auf der Erde erklären – das Volk des Rentiers hatte seine weizenblonden Haare und helle Haut vom Trinken der Rentiermilch, während die rötliche Haut von

Hadadezers Volk vom Stierblut herrührte. *Und in meinem Volk sind die Menschen klein und dunkelhäutig, denn wir sind aus dem Mond geboren, und sein Reich ist die Nacht.*
Während Avram zwischen Steinmauern unter den dunkeläugigen Menschen lebte, ihre Lebensweise annahm, mit ihren Frauen schlief und sich sein Magen an Joghurt und Käse gewöhnte, begann eine seltsame Krankheit in seine Seele zu kriechen. Sie äußerte sich in finsteren, turbulenten Träumen und Erinnerungen, die ihn unerwartet überfielen und nur um ein Thema kreisten: die Nacht, in der Yubal starb. Im Traum musste Avram jene schreckliche Nacht immer aufs Neue durchleben, sah sich aufwachen und die beiden nackten Gestalten umschlungen in der Dunkelheit stehen, während ihm die schmerzhafte Erkenntnis durchzuckte, dass Yubal alles so eingefädelt hatte, um Marit für sich zu haben. Wenn Avram morgens schweißgebadet erwachte, überfiel ihn dieser Schmerz mit neuer Wucht. In all den Jahren, da er kreuz und quer durch die Welt gewandert war, hatte Avram nicht einen Gedanken an Yubals Hinterhältigkeit verschwendet, die seinen Fluch ausgelöst hatte. Seitdem er jedoch wusste, dass sein Fluch nicht für Yubals Tod verantwortlich war, quälte ihn die bittere Wahrheit, dass der über alles geliebte und verehrte Mann ihn auf so schändliche Weise hintergangen hatte, um Marit für sich zu haben.

Schließlich ging der Sommer zur Neige, und Hadadezer befragte den heimischen Wahrsager, der den Zeitpunkt für die Abreise der Karawane für günstig erklärte.
Hadadezer bereute inzwischen, die Geschäfte seinen Neffen übergeben zu haben, da diese ein faules Pack und ohne jeden Geschäftssinn seien, wie er Avram am Vorabend der Abreise anvertraute. Er gab sogar offen zu, dass sie ihn betrogen. Unglücklicherweise gebot es die Tradition, dass Geschäfte nur innerhalb der Familie vererbt werden konnten. »Das heißt aber nicht, dass ich auf der Strecke keine Vertreter einsetzen kann, Männer, denen ich vertraue.«

Avram sollte als Hadadezers Repräsentant an der Stätte der Ewigen Quelle fungieren. Die anderen vier Vertreter waren die Söhne der Frau, mit der Hadadezer viele Jahre zusammengelebt hatte. Hadadezer vertraute diesen jungen Männern, denn sie liebten und achteten ihn und würden seine Geschäfte ehrlich führen. Ihre Bestimmungsorte waren das Land der *Lebonah*-Bäume, die Küste des Großen Meeres, das Nildelta und eine blühende, rasch wachsende Ansiedlung am südlichen Nil. Hadadezer bot seinen Gästen Geschenke an, und Avram wählte die seinen mit Bedacht aus: Diese Gaben sollten der erste Schritt zur Versöhnung mit Parthalan, Reina und Marit sein. Als Gegengabe erhielt Hadadezer von Avram den Eisbären aus Bernstein, über den er sich wie ein Kind freute.

Am Morgen ihrer Abreise sah Avram zu seiner Verwunderung, dass Esel mit Lasten beladen wurden. Obwohl das Volk des Rentiers ihre Rentiere und Hunde so weit gezähmt hatten, dass sie Milch gaben oder Schlitten zogen, hatten sie doch nie versucht, sie als Lasttiere einzusetzen. »Aber es gibt Grenzen«, warnte Hadadezer. »Behandelt die Esel gut, füttert sie ordentlich, und sie werden eure Lasten tragen. Versucht aber nicht, euch auf sie draufzusetzen, ihr werdet in unliebsamer Weise auf den Boden zurückkehren.«

Hadadezer ließ die Esel und die Männer mit Handelsgütern beladen – Getreidesaaten, Obsidian für Werkzeuge und Waffen und Vorräte, wie Salzfisch, Brot und Bier. »Als Investition«, sagte er zu Avram und keuchte von der Anstrengung, so viele Befehle geben zu müssen, wobei er seinen Tragsitz gar nicht verlassen hatte. »Bau dein Dorf wieder auf, Avram. Mache eine blühende Oase daraus, damit auch meine Karawane wieder davon profitiert.«

Als Avram die Karawane durch das Haupttor aus der Bergstadt zum südlichen Bergpass führte, wappnete er sich im Geiste für das, was ihm bevorstand. Er würde seine Brüder um Verzeihung bitten, weil er davongelaufen war und Schande über die Familie gebracht hatte; er würde sich Parthalan zu Füßen werfen und dessen Familienehre wiederherstellen; er würde Marit um Vergebung anflehen und versuchen, ihr Herz neu zu gewinnen. Yubals Geist würde er jedoch nie um Vergebung bitten, das musste dieser bei ihm tun.

Die Karawane zog auf derselben Route südwärts, auf der zehn Jahre zuvor ein unglücklicher Knabe nordwärts gezogen war, nur sah Avram die Landschaft jetzt mit neuen Augen. Er sah Zedernwälder, die von einem wunderbaren Duft erfüllt waren, er sah die Höhlen von Al-Iari, Heimstätte seiner Ahnen, und er sah einen Fluss, der so lieb und vertraut war, dass Avram auf die Knie sank und Tränen der Reue vergoss.

Aus einem grauen Himmel fiel leichter Winterregen, als die Karawane an die Stätte der Ewigen Quelle gelangte. Zur Begrüßung kam eine viel kleinere Menschenschar herausgeströmt als in früheren Zeiten, und Avram fragte sich, ob es daran lag, dass es keine Wachposten mehr gab, die dem Dorf die Ankunft der Karawane ankündigten. Als er jedoch, seinen Packesel hinter sich herziehend, näher kam, bemerkte er, dass die gesamte Ansiedlung viel kleiner war, als er sie in Erinnung hatte, und dass es keine Lehmziegelhäuser mehr gab, ja dass nicht einmal sein Geburtshaus mehr stand. Ein alter Mann, der angehumpelt kam, entpuppte sich als Namir, der Ziegenfänger, doch ihm folgten lauter fremde Menschen, sodass Avram sich besorgt fragte, ob die gesamte Bevölkerung im Verlauf der letzten zehn Jahre eine andere geworden worden war.

Dann hielt Namir plötzlich inne, blinzelte ungläubig und lief, laut schreiend »Es ist ein Geist!« ins Dorf zurück, ehe Avram ihm versichern konnte, dass er nicht Yubals Geist sei.

Andere, besonders die Älteren, blieben ebenfalls stehen und starrten Avram mit vor Furcht geweiteten Augen an, während die Jüngeren den Hund und die Packesel mit offenem Mund anglotzten.

Avram gab der Karawane das Zeichen, ihr Lager aufzuschlagen. Die erschöpften Männer luden ihre Lasten ab, Kochfeuer wurden entzündet und Zelte in dem leichten Nieselregen aufgeschlagen. Alles sah irgendwie ärmlicher aus als in den großen Tagen von Hadadezer. Avram ließ den Blick auf der Suche nach bekannten Gesichtern über die Menge schweifen. Würde er seine Brüder wiedererkennen? Seine Großmutter lebte bestimmt nicht mehr. Aber Marit – in seiner Erinnerung immer noch ein Mädchen –, war sie wohl hier?

Ein kurzbeiniger Mann kam mit dem Gehabe eines Gockels herangestelzt, in der Hand einen beeindruckenden Krummstab. Avram brauchte einen Moment, bis er Molok, Marits *Abba*, erkannte. Er wollte ihn freudig begrüßen, aber der Mann starrte ihn nur mit gefurchter Stirn an, so als ob er versuchte, sich an etwas zu erinnern.

Inzwischen hatte sich die Kunde von der Karawane im Dorf verbreitet, und immer mehr Menschen kamen herbei, darunter auch drei junge Männer mit Feldwerkzeug. Avram erkannte seine Brüder beinahe nicht mehr. Er hatte sie immer als Knaben in Erinnerung behalten, aber nun waren sie zu robusten, stattlichen Männern herangewachsen. Caleb fiel vor Avram auf die Knie und umfing seine Beine. »Gesegnet sei der Tag, der unseren Bruder zurückbringt! Wir dachten, du seist tot!«

»Steh auf, Bruder.« Peinlich berührt fasste Avram Caleb am Arm. »Ich müsste zu *deinen* Füßen liegen.«

Sie fielen sich weinend um den Hals. Die jüngeren Brüder kamen ebenfalls heran und begrüßten Avram unter Freudentränen.

»Kenne ich dich, junger Mann?«, fragte Molok und blinzelte aus halbblinden Augen. »Du kommst mir bekannt vor.«

»*Abba* Molok«, sagte Avram mit allem Respekt. »Ich bin Avram, der Sohn von Chanah aus dem Talitha-Clan.«

»Was? Avram? Es hieß, du seist tot. Aber du bist zu kräftig für einen Geist!« Molok hob selbstgefällig die Arme und erklärte den restlichen Tag zum Feiertag. Eine unnötige Erklärung, da bereits Bierfässer herausgerollt, frisch geschlachtete Ziegen und Schafe herbeigeschleppt wurden und Fladenbrot und Schalen mit Honig in Windeseile auftauchten. Bevor überhaupt alle Zelte aufgebaut waren, erklangen Flöten und Rasseln, begleitet von Willkommensrufen und Schreien des Entzückens.

So war es also doch noch wie in alten Tagen.

Wie es schien, hatte sich bei Sonnenuntergang die gesamte Dorfbevölkerung eingefunden und vergnügte sich, rund um die Feuerstellen hockend, mit Essen, Klatsch und Neuigkeiten. Nur die zwei Menschen, nach denen Avram am meisten Ausschau gehalten hatte, waren nicht darunter, und er wagte nicht, die Brüder nach Reina und Marit zu fragen.

Wenngleich er sich an seinem Heimatort befand, hatte Avram innerhalb der Karawane ein kleines Lager für sich aufgeschlagen, da er sich über seine Stellung bei den eigenen Leuten nicht sicher war. Obwohl die Schuld an Yubals Tod nicht bei ihm lag, lastete immer noch die Familienschande auf seinen Schultern. Aber nichts schien die Freude der Brüder zu trüben, die nur allzu glücklich Enten auf das Feuer legten und Brot und Weinschläuche herbeischleppten. Sie platzten vor Neugier, wollten alles von ihm hören und staunten über seinen Hund.

Als Avram seine alten Freunde und Nachbarn so fröhlich in dieses improvisierte Fest einstimmen sah, kam ihm ein Gedanke, den er in all den Jahren seiner Abwesenheit nie zu denken gewagt hatte: Die Menschen hier wussten offenbar gar nicht, dass er derjenige war, der das blaue Kristallherz der Göttin gestohlen hatte. Ebenso wenig wussten sie, dass er aus Feigheit weggelaufen war. Die Vorstellung, dass er Schande über sein Volk gebracht hatte, bestand nur in Avrams Kopf, während die anderen nicht einmal ahnten, was ihm zugestoßen war. *Sie dachten, ich sei getötet oder entführt worden, wäre aus Kummer verschwunden und irgendwo gestorben. Wie kann ich sie um Vergebung bitten, wenn sie nichts zu vergeben haben?*

Und dann entdeckte er noch etwas in ihren erwartungsvollen Blicken: Sie wollten die Wahrheit gar nicht wissen. Mit Schrecken wurde ihm klar, dass sie während seiner Abwesenheit unendlich viel Leid und Missgeschick erlebt hatten, und dass es noch viel grausamer wäre, jetzt neue Schande über sie zu bringen. Also tischte er ihnen eine wilde Geschichte auf, in der er sich aus Kummer verirrte, sein Gedächtnis verlor, gefangen genommen wurde und sich nach Hause durchkämpfte – eine abenteuerliche Geschichte, in der es von Göttern und Monstern, lüsternen Frauen und Heldentaten nur so wimmelte –, eine Geschichte, die wohl nicht alle glaubten, aber ungemein unterhaltsam fanden. Und während die Weinschläuche die Runde machten, gab keiner Avram mehr die Schuld an dem, was sich zehn Jahre zuvor ereignet hatte. Die Vergangenheit war Vergangenheit. Sich fröhlich zu betrinken war das, was heute zählte.

Und schließlich erzählten seine Brüder ihre traurige Geschichte.

Es hatte viele Missgeschicke gegeben, seitdem er fort war. Nach den Räubern hatten sie einige Missernten erlebt, und dann hatten sich die Heuschrecken über die Felder hergemacht und alles vernichtet, sodass viele Familien ihre Zelte im Dorf abbrachen und ihr Nomadenleben wieder aufnahmen. In dem einst so blühenden Dorf hielten es nur noch einige wenige Standhafte aus. »Was für einen Sinn hat es, ein Feld zu bestellen und Früchte anzubauen, wenn sie einem wieder gestohlen werden?«

Auf Avrams Frage nach den Weinbergen schüttelte Caleb traurig den Kopf und berichtete, dass es in diesem Sommer nur eine karge Weinernte gegeben hatte, gerade genug, um Rosinen daraus zu machen und an Vorbeireisende zu verkaufen. »Die Nomaden kommen hierher, schlagen ihr Lager auf und bedienen sich an unseren Trauben. Wie sollen wir sie zu dritt vertreiben? Wir können unsere Weinberge nicht Tag und Nacht bewachen.«

»Was ist mit den Söhnen aus dem Serophia-Clan?«

Wie Caleb ihm mit bitteren Worten erklärte, war Marit nach Yubals Tod mit ihren Brüdern in den Schoß ihrer Familie zurückgekehrt. Sie hatten, als die Marodeure kamen, ihre eigenen Gerstefelder bestens verteidigt, während die Weinstöcke restlos geplündert wurden.

Und als sich nach zwei Jahren zum ersten Mal wieder eine gute Ernte abzeichnete, kamen die Heuschrecken. Seitdem reichte die Weinproduktion gerade für den Eigenbedarf.
Avram war erschüttert, denn gerade der Weinhandel war das Rückgrat des Dorfes gewesen; der Wein hatte die Menschen wohlhabend gemacht und sie vor allem einst bewogen, ihr Nomadenleben aufzugeben und sesshaft zu werden. »Das wird sich jetzt ändern«, versicherte Avram seinem Bruder. »Wir werden die Weinreben wieder zum Blühen bringen, und wenn die Räuber das nächste Mal kommen, sind wir vorbereitet.« Im Geiste legte er sich bereits einen Plan zurecht: Er würde den einheimischen Männern je einen gefüllten Weinschlauch im Tausch für eine Nachtwache in den Weinbergen anbieten.
»Wo ist die Priesterin Reina?«, fragte er schließlich und fürchtete sich bereits vor der Antwort.
Sie gab auf den Schrein Acht, wurde ihm beschieden. Die Göttin kam nicht mehr heraus unter die Leute, sie hatte die Prozessionen vor zehn Jahren eingestellt. Aber sie war immer noch da, wie ihre getreue Dienerin auch.
Avram forderte seine Brüder auf, es sich weiterhin bei Wein und Essen am Feuer gemütlich zu machen, entschuldigte sich und verließ auf unsicheren Beinen das laute Lager. Zuerst schaute er nach den Weinbergen und war entsetzt zu sehen, was sich ihm im letzten Licht des Tages darbot. Die Brüder hatten, so gut es ging, einen Schutzzaun um ein klägliches Areal errichtet, aber ein Großteil der einst üppigen Weinberge lag verdorrt und von Unkraut überwuchert. Von dem einstigen hölzernen Wachturm gab es keine Spur mehr, und wo früher schmucke Lehmziegelhäuser standen, war nur noch ein großes Zelt aus Ziegenhäuten vorhanden.
Mit zunehmender Beklemmung ging Avram weiter durch das verlassene Dorf, dessen Bewohner fröhlich im Karawanenlager feierten. Was er sah, versetzte ihm einen bösen Schock. Das Haus von Guri, dem Lampenmacher, das Zelt der sechs Leinenweber-Brüder,

die Unterkunft von Enoch, dem Zahnreißer, und Lea, der Hebamme, Namirs Lehmziegelhaus und das von Yasap, dem Honigsammler – sie waren alle verschwunden. Die Ansiedlung bestand nur noch aus schäbigen Behausungen mit dem Anstrich des Provisoriums wie zu Zeiten der Vorfahren, ehe sie sesshaft wurden.
Als er schließlich Parthalan, den Muschelarbeiter, fand, glaubte Avram seinen Augen nicht zu trauen. Der alte Mann war allein und praktisch blind. Er vegetierte in einer Grashütte und war kaum mehr in der Lage, die wenigen Muscheln zu bearbeiten, die er noch fand. Er weinte, als er Avram erblickte, gab ihm jedoch keine Schuld an seinem Missgeschick. »Das Leben ist ein Fluch«, erklärte er. »Der Tod ein Segen.« Avram dachte an die Geschenke, die er für Parthalan ausgesucht hatte: wunderschöne Muscheln zum Schnitzen, die jedoch unter den zittrigen Händen des blinden Mannes ruiniert würden.
Bittere Galle stieg in ihm auf, als er den alten Muschelarbeiter verließ. Nichts geschah aus Zufall, das wusste er mit Sicherheit. Alles hatte seinen Grund. Als er sich in der heruntergekommenen Ansiedlung umschaute und den Stempel des Missgeschicks auf allem sah, wusste er den Grund. Es war alles Yubals Schuld. Hätte er nicht ein falsches Spiel gespielt, wäre er nicht gestorben, und die Weinberge und die Siedlung würden weiterhin prächtig gedeihen. Mit Bitterkeit im Herzen machte Avram sich auf den letzten Weg, den er nehmen musste: zu Serophias Haus. Zu Marit.
Auch hier war das Lehmziegelhaus verschwunden, unter dem an seiner Stelle errichteten Zelt waren die bröckelnden Fundamente noch sichtbar. Marit stand vor dem Ofen und warf Heu hinein, auf den Kochsteinen bräunten Fladenbrote. Sie blickte nicht auf, aber Avram spürte, dass sie ihn erkannte.
Sie war in seiner Abwesenheit wunderbar füllig geworden, eine Frau, ganz Fleisch und Kurven, die die Arme eines Mannes ausfüllten. Aber nicht *meine* Arme, dachte er bitter, denn obwohl sein Herz immer noch nach ihr schrie und sein Körper nach ihr hun-

gerte, schmerzte die Erinnerung an jene schicksalhafte Nacht mehr als tausend Messerstiche. Er würde sie nie wieder ansehen können, ohne an Yubals Verrat zu denken, und er würde nie wieder ihre Haut berühren können, ohne sie in Yubals Armen zu sehen.

»Wieso bist du gekommen?«, fragte sie tonlos.

Avram wusste nicht, was er sagen sollte. Er hatte geglaubt, sie würde sich freuen, wenn sie ihn sah, oder zumindest froh sein, dass er noch lebte.

Sie wandte sich ihm zu und musterte ihn mit Augen kalt wie Stein. Ihr Gesicht, zwar immer noch rund und schön, war nach Jahren der Mühsal und Enttäuschung von Falten gezeichnet, und ihre Mundwinkel hingen herab. »Ich wusste, dass du lebst, Avram. Jeder meinte, du seist tot, aber in meinem Herzen wusste ich, was mit dir geschehen war. Du hast uns zusammen gesehen, Yubal und mich. Du bist aufgewacht, hast uns gesehen und bist davongestürzt. Ich habe tagelang und wochenlang auf dich gewartet, und als du nicht zurückkamst, wurde mir klar, dass du weggelaufen bist und warum.«

»Ich hatte jedes Recht dazu«, empörte er sich.

»Du hattest überhaupt kein Recht! Du warst auf Yubal und mich eifersüchtig, ohne zu wissen, was passiert war. Du hast falsche Schlüsse gezogen und uns beide verurteilt. Du hast gedacht, Yubal und ich vergnügten uns miteinander.«

»Das konnte ich sehen.«

»Avram, hattest du einen Sonnenstich? Wenn du nur einen Moment länger gewartet hättest, hättest du gesehen, wie ich mich aus Yubals Armen losgekämpft habe, und hättest hören können, wie er mich beim Namen deiner Mutter rief. Du hättest sehen können, wie er sich für sein Versehen entschuldigt hat, wie er zu seinem Bett zurückging, wie er sich an den Kopf fasste und zu Boden stürzte. Hattest du denn gar kein Vertrauen zu uns? Zu deinem *Abba* und zu deiner Geliebten?«

Er blinzelte fassungslos. »Ich dachte …«

»Das ist dein Problem! Du denkst zu viel!« Ärgerlich wischte sie sich eine Träne fort.
Er starrte sie wortlos an.
»Danach wollte kein Mann mehr bei mir liegen. Ich wurde zu einer Unberührbaren, weil alle dachten, ich sei verflucht und ließe Männer tot umfallen, wenn sie mich nur berührten. In all den Jahren habe ich nie den Trost einer einzigen liebevollen Umarmung erfahren.«
»Warum hast du nicht allen die Wahrheit gesagt?«, fragte Avram unter Tränen.
»Wie willst du gegen ein Gerücht angehen? Die Leute glauben, was sie glauben wollen, ob es die Wahrheit ist oder nicht. Du doch auf jeden Fall«, schloss sie bitter.
»All die Jahre«, flüsterte er mit heiserer Stimme. »Wie musst du mich gehasst haben.«
»Zuerst schon. Dann empfand ich nur noch Verachtung für dich, aber ich behielt mein Wissen für mich. Wer würde einer fluchbeladenen Frau schon glauben?« Die Hände in die Hüften gestemmt, sah sie ihn herausfordernd an. »Du bist der einzige Mann, mit dem ich geschlafen habe. Und wie ist das mit dir, Avram? Mit wie vielen Frauen hast du dich in diesen zehn Jahren vergnügt?«
Wie ein hilfloser Narr stand er vor ihr, während er im Geiste zählte: die Frauen der Federmacher, der Nomaden, der Muschelesser, der Großwildjäger, Frida und Hadadezers Nichten.
Marit wandte sich dem Ofen wieder zu und warf noch mehr Heu hinein. »Zehn vergeudete Jahre. Du und ich, wir sind in der Mitte unseres Lebens. Deine Großmutter wurde zweiundsechzig, das war ein Segen. Keiner lebt so lang. Wir können nur noch auf ein paar Jahre guter Gesundheit hoffen, bevor wir unseren Familien zur Last werden. Und eine Last werde ich sein, denn die Göttin hat beschlossen, mir Kinder zu versagen. Ich bin unfruchtbar, Avram, und es gibt nichts Undankbareres, als eine unfruchtbare Frau zu versorgen. Jetzt geh. Bemitleide dich woanders, hier wirst du kein Mitleid finden.«

Er taumelte in die Nacht hinaus, betroffen und verwirrt. Große Göttin, rief es in ihm. Was habe ich getan?
Seine Füße trugen ihn zu dem einzigen Ort, der ihm noch blieb. Der Schrein der Göttin war kleiner und bescheidener als der, den er erinnerte. Er war nur aus Brettern und Schilf gebaut mit einer angrenzenden Hütte, in der die Priesterin lebte. Wie er von seinen Brüdern erfahren hatte, lebte Reina inzwischen in bitterer Armut, obwohl sie immer noch die Priesterin war. Sie war von den Räubern vergewaltigt worden, das hatte sie verbittert. Dann war auch noch der blaue Kristall verschwunden; und nach den Überfällen, den Missernten und der Heuschreckenplage hatten sich viele Menschen von der Göttin abgewandt. Sie beschuldigten Reina, sie habe die Zeichen falsch gedeutet, und stellten ihre großzügigen Geschenke und Gaben ein. Seither lebte Reina von der Hand in den Mund.
Als Avram vor ihrer Hütte auftauchte, rührte sie gerade in einem Topf mit Grütze, in den sie eine Prise Kräuter streute. Ihr mittlerweile grau gewordenes Haar war immer noch sorgfältig gekämmt und geflochten. Ihre schöne Leinenkleidung hatte sie gegen fleckiges Rehleder eingetauscht, sie wirkte müde und zerschlagen. Avram wusste nicht, was er tun sollte. Er war zu ihr gekommen, um Rat und Trost zu finden und sein Weltbild gerade rücken zu lassen, nur schien die Priesterin den Beistand nötiger zu haben als er. Um Worte verlegen, scharrte er mit den Füßen, um Reinas Aufmerksamkeit zu wecken.
Sie fuhr herum. Ihre Augen wurden groß. »Yubal!«
»Beruhige dich, Priesterin«, beeilte Avram sich zu sagen. »Ich bin nicht Yubal. Ich bin Avram.«
»Avram?« Sie ergriff eine Lampe und leuchtete ihm ins Gesicht. Im Schein der Lampe sah er die Ringe unter Reinas Augen, die Furchen und die hohlen Wangen. Das beunruhigte ihn. Selbst die Priesterin war nicht gegen das Missgeschick an diesem Ort gefeit.
Mit Tränen in den Augen musterte sie jeden Zentimeter seines Ge-

sichts, ließ den Blick über seine langen Haare wandern, seinen Männerbart, die wenigen Silberfäden an den Schläfen. Ihre Augen labten sich an seinen breiten Schultern und seiner kräftigen Brust, dann glitt ihr Blick wieder zu seinem Gesicht, und sie lächelte. Sofort erschienen ihre Gesichtszüge weicher, sie selbst um Jahre verjüngt. »Ja, du bist Avram. Das sehe ich jetzt. Aber wie ähnlich du Yubal doch bist! Keiner hat mir gesagt, dass du mit der Karawane gekommen bist. Setz dich, lass uns trinken und in Erinnerungen schwelgen. Der Göttin sei Dank, dass du heil zurück bist.«
Sie wollte weder wissen, warum er weggegangen, noch, wo er gewesen oder warum er zurückgekommen war. Als ob all ihre Neugier versiegt sei. Womöglich hatten die zehn langen entbehrungsvollen Jahre sie gelehrt, alles einfach zu akzeptieren. Das Bier, das sie ihm anbot, war verwässert und schmeckte schal, doch er nahm es dankbar an und setzte sich zu ihr an die Kohlenpfanne, denn die Winternacht wurde langsam kalt.
Reina trank, wie Avram bekümmert feststellen musste, ohne der Göttin zuerst ein Trankopfer zu bringen. »Es ist schön, dich wiederzusehen, Avram«, sagte sie mit Wärme. »Wenn ich dich sehe, sehe ich Yubal. Ich habe ihn geliebt, weißt du.«
Avram war überrascht. »Das wusste ich nicht.«
»Das war mein Geheimnis. Obwohl ich nie Lust mit ihm genossen habe, war das Verlangen in meinem Herzen, und ich glaube, die Göttin hat mich dafür bestraft, dass ich mein Keuschheitsgelübde gebrochen habe. Als die Räuber mich überfielen und missbrauchten, haben sie in mir jedes Verlangen nach Yubal oder anderen Männern getötet und mir gezeigt, dass das Vergnügen zwischen Mann und Frau keine Lust, sondern Schmerz bedeutet.«
Avram starrte beklommen in seinen Becher. »Es tut mir so Leid«, murmelte er, und ein Gefühl grenzenloser Einsamkeit beschlich ihn. »Wie kam nur so viel Unheil über unser Volk?«
Sie schüttelte den Kopf. »Ich weiß es nicht, nicht einmal, wie es anfing. Vielleicht war es nur eine Kleinigkeit, jemand ist auf den

Schatten des Nachbarn getreten, eine Dienerin hat einen Krug zerbrochen, oder ein Vorfahr wurde beleidigt.«
»Ich bin weggelaufen«, sagte Avram.
Sie nickte nur, den Blick auf die kleine Flamme der Öllampe gerichtet.
»Ich habe etwas gesehen, das ich missverstand, und bin wie ein Feigling …«
Reina hob ihre schwieligen Hände. »Die Vergangenheit ist Vergangenheit, und morgen wird vielleicht niemals sein. Also müssen wir für den Augenblick leben, Avram.«
»Ich wollte um Vergebung bitten.«
»Ich habe nichts zu vergeben.«
»Ich meinte die Göttin.«
Reina sah ihn verwundert an. »Weißt du denn nicht? Die Göttin hat uns verlassen.« Sie sprach ohne Groll, und das beunruhigte ihn mehr als jeder Wutausbruch.
Endlich wurde ihm die Tragweite seines Vergehens bewusst. Das Unheil, das diesem Ort widerfahren war, war nicht von einem zerbrochenen Krug oder einem verärgerten Vorfahren ausgelöst worden. Er, Avram, Sohn von Chanah aus dem Talitha-Clan, trug die Schuld an allem. »Große Göttin«, murmelte er, als sich das furchtbare Bild vor seinen Augen entrollte: die falsch gedeutete Umarmung von Yubal und Marit, sein Raub des Kristalls und seine feige Flucht in den Norden.
Er zog den Talismanbeutel unter seinem Umhang hervor und nahm den blauen Stein heraus. Als er ihn Reina reichte, funkelte der Stein im Lampenlicht wie tausend Sterne.
Sie rang um Worte. »Du hast die Göttin nach Hause gebracht!«
»Nein, sie hat *mich* nach Hause gebracht. Du musst den Leuten den Stein zeigen, damit sie wissen, dass ihre Göttin zu ihnen zurückgekommen ist.«
Schluchzend vergrub Reina das Gesicht in den Händen. Dann fasste sie sich wieder und nahm den Stein so vorsichtig wie ein rohes Ei.

»Ich werde ihnen vorläufig gar nichts erzählen. Denn einige werden sich erinnern, dass der Stein in derselben Nacht verschwunden ist wie du, und werden ihre Schlüsse ziehen, wenn er jetzt mit dir wieder auftaucht. Ich werde einen bestimmten Moment abwarten und ihnen dann die Offenbarung so vollziehen, dass kein Verdacht auf dich fällt. Ich werde einen neuen Schrein für die Göttin bauen, größer als der alte. Ich werde ein großes Fest ausrichten und die Menschen wissen lassen, dass ihre Göttin zu ihnen zurückgekehrt ist.«
Avram sagte zerknirscht: »Ich habe all dieses Unglück verschuldet. Wie kann ich Buße tun und meinem Volk das Glück zurückbringen?«
Sie legte ihm die Hand auf den Arm. »Hast du Yubal schon deine Verehrung bezeugt? Das musst du tun, Avram. Geh und bete zu ihm. Yubal war ein weiser Mann. Er wird dir den Weg zeigen.« Und mit bebender Stimme fügte sie noch hinzu: »Gesegnet seist du, dass du den Geist der Göttin zurückgebracht hast, jetzt wird sie ihre Kinder mit Glück und Wohlstand segnen.«
Beim Hinausgehen wandte Avram sich um. »Marit ist kinderlos. Kannst du ihr helfen?«
»Sie kam zu mir, und wir haben es Jahr für Jahr versucht. Mit Amuletten, Tränken, Gebeten und Beschwörungen. Ich ließ sie Plazenta essen und Rauch einatmen. Aber Monat für Monat kam ihr Monatsfluss wieder.« Reina drückte den blauen Stein an die Brust, und ihr Gesicht leuchtete wie in vergangenen Tagen. »Vielleicht gibt es jetzt neue Hoffnung, denn noch ist Marit im gebärfähigen Alter.«
Avram betrat seines Bruders Zelt und fand die Altarnische mit den kleinen Statuen der Ahnen. Yubals Statue hatte die Gestalt eines Wolfs, und Avram erinnerte sich an den Wolfszahn, den er von Yubal bekommen hatte. Jetzt sprach er zu seinem verehrten *Abba*: »All die Tage auf meiner Flucht, als ich fremde Länder und Orte durchquerte, glaubte ich, unter dem Schutz des Wolfgeistes zu stehen. Nun aber weiß ich, dass du es warst, *Abba*. Du bist mit mir gewan-

dert, hast mich geführt und vor allen Gefahren bewahrt.« Er nahm den kleinen steinernen Wolf auf und küsste ihn.
»*Abba*, ich schwöre bei deinem Geist und den Geistern unserer Vorfahren, dass ich alles wieder gutmachen werde, was ich unserem Volk angetan habe.«

Im Traum sprach Yubal zu ihm. Den blauen Stein der Göttin in der Hand haltend, sagte er: »Du musst eine Befestigungsmauer um die Siedlung bauen. Eine Mauer und einen Turm.«
»Morgen werde ich Bäume fällen«, antwortete Avram im Traum.
»Keine Bäume. Die Mauer darf nicht aus Holz sein, denn Holz kann brennen.«
»Aus Ziegeln also. Ich werde sogleich anfangen, welche zu brennen.«
Doch Yubal schüttelte das Haupt. »Lehmziegel weichen im Regen auf.« Er hielt Avram den blauen Stein hin. »So musst du bauen. Die Mauer muss so hart wie das Herz der Göttin sein.«
Als Avram erwachte, wusste er, was zu tun war.
Nach einem raschen Frühstück zog er sich seine Fellhose und Stiefel an, den Oberkörper ließ er nackt. Bevor die Sonne über den östlichen Bergen aufging, hatte er bereits Hadadezers Esel angespannt und zog in die nahe gelegenen Hügel hinauf. Er schuftete den ganzen Tag, schaufelte die Erde mit bloßen Händen beiseite und grub riesige Felsbrocken und Steine aus. Die wuchtete er in die Tragekörbe der Esel und brachte sie zu Tal, wo er sie neben der Ewigen Quelle ablud. Ohne einen Blick auf die verwunderten Zuschauer zu verschwenden, kehrte er in die Hügel zurück.
So ging er unter den verwunderten Blicken der Einwohner Tag für Tag seiner Arbeit nach, brach Felsbrocken und Steine aus den Hügeln, die er wortlos neben der Quelle auftürmte.
Je mehr Menschen sich an der Quelle versammelten, desto irritierter wurden sie und begannen sich zu fragen, ob Avram verrückt geworden sei. Sie sprachen ihn an, wollten wissen, was er da tat, aber

er reagierte nicht. Mit grimmiger Entschlossenheit widmete er sich seiner Aufgabe, denn er wusste, erst wenn die Mauer und der Turm standen, würden ihm seine Sünden vergeben sein.
Er arbeitete bis zum Umfallen, aß kaum, schlief kaum, bis er eines Tages neben seinen Steinen zusammenbrach. Die Umstehenden fürchteten, er sei vom bösen Geist besessen, und wagten nicht ihn anzurühren, bis Marit angelaufen kam. Als sie ihn bewusstlos im Schmutz liegen sah, spuckte sie verächtlich aus und rief: »Habt ihr keinen Stolz? Habt ihr kein Ehrgefühl? Ihr rührt keinen Finger, um eurem Freund zu helfen?«
Caleb half ihr, Avram in ihr Zelt zu tragen, wo sie ihn auf ihr Bett legten. Marit badete Avrams wunde Hände, bestrich sie mit einer Heilsalbe und umwickelte sie mit Leinenstreifen. Und während sie ihm Gesicht und Körper wusch, schimpfte sie mit ihm, dass er verrückt sei und sich zu viel zugemutet hätte und dass es nur Dämonen sein könnten, die ihn in die Hügel getrieben hätten.
Als Avram erwachte, strich sie ihm über die Stirn. »Avram, ich kann nicht verstehen, warum die Göttin uns dieses Schicksal auferlegt. Ich bin nur eine einfache Frau, aber eins weiß ich ganz sicher: Ich liebe dich.« Sie streckte sich neben Avram aus. Entkräftet und zerschlagen wie er war, spürte er, dass nun glücklichere Zeiten anbrachen.
Am nächsten Morgen erwachte er von lautem Freudengeschrei vor dem Zelt. »Was ist los?«
Marit, die dabei war, sich die Haare zu kämmen und zu flechten, schien um Jahre verjüngt, als sie ihn anlächelte. »Reina sagt, das Herz der Göttin sei wieder da.« Und sie flog in seine Arme.
Als Avram wieder genesen war, kehrte er zu seiner Arbeit zurück, Marit an seiner Seite, die zwei Körbe schleppte. Gegen Nachmittag hatten sich ihnen Caleb und zwei weitere Brüder angeschlossen, und die Dorfbewohner gafften immer noch.
Am dritten Tag tauchte Namir mit vier Neffen im Schlepptau auf. Bei Einbruch der Nacht türmten sich die Steine bereits in beträchtlicher Höhe.

Am Morgen darauf packten alle männlichen Dorfbewohner mit an. Der Anblick des blauen Kristallherzens der Göttin hatte sie mit neuem Mut und neuer Hoffnung erfüllt.
Als Fundament für die Mauer ließ Avram einen Graben ziehen. Er führte im weiten Kreis um die Quelle herum, sodass die Menschen ihre Häuser innerhalb der Mauern errichten konnten. Bald setzte emsiges Treiben bei den Ziegelbrennern ein, als die Einwohner mit neuer Tatkraft darangingen, ihre Siedlung wieder aufzubauen. Sie arbeiteten den ganzen Winter und Frühling hindurch, und zum Schutz vor Überfällen wurden Knaben auf provisorischen Wachtürmen postiert.
Avram hatte Männer angeheuert, die für eine bestimmte Weinration die Weinberge bewachten. Seine Brüder pflegten die Weinstöcke, die bald schon reiche Erträge lieferten. Andere halfen mit, jäteten Unkraut, beschnitten die Reben, düngten und wässerten und jagten jeden Dieb mit Stöcken und Keulen davon.
Dann geschahen unerwartet zwei Wunder.
Das erste geschah, nachdem Avrams Hündin tagelang verschwunden und dann völlig erschöpft mit verfilztem Fell wieder aufgetaucht war. Nach einiger Zeit bemerkte Avram, dass ihr Leib anschwoll, und als sie ihm einen Wurf junger Hunde bescherte, wusste er, dass eine neue Population an der Stätte der Ewigen Quelle Fuß gefasst hatte.
Dann geschah das zweite Wunder. »Ich bin schwanger«, erklärte Marit mit so tief überraschtem Ausdruck, als hätte sie der Göttin direkt ins Antlitz geblickt.
Es war tatsächlich ein Wunder, ein Zeichen, dass die Göttin ihrem Volk wieder wohl gesonnen war. In dieser Nacht lag Avram noch lange neben Marit wach. In seinem Kopf war ein fernes Echo, ein Gedanke versuchte Gestalt anzunehmen, aber er ließ sich nicht fassen.
In diesem Sommer, da die Schutzmauer Schicht um Schicht wuchs, immer mehr Lehmziegelhäuser im Ring der Mauer entstanden und

ein trutziger Turm unter den kundigen Händen eines Steinmetzen erwuchs, warfen Avrams Weinstöcke eine üppige Ernte ab, und jedermann eilte herbei, um die Trauben zu pressen.

Reina und die Göttin führten die Prozession zur heiligen Höhle an, und als sie sich deren Eingang näherten, erhob sich eine leichte Brise, die sanft und mit süßem Duft über sie strich. Avram hielt inne, um über die Ebene bis zum Toten Meer zu schauen, und hatte das merkwürdige Gefühl, als ob ihm ein parfümierter Atem über den Nacken streiche. Die Sommerbrise liebkoste sein Haar, und dann sandte die Sonne goldene Lichtspeere über das Tote Meer herüber. Der Tag wirkte irgendwie irreal. Das Summen der Insekten erschien Avram lauter, die Farben wirkten leuchtender, als ob die ganze Natur um ihn herum ihm etwas sagen wollte.

Er gebot der Prozession am Fuß der Kliffs Halt und spähte zu dem schattigen Höhleneingang hinauf. Da erkannte er blitzartig, wie schon Generationen vor ihm, wie sehr die Höhle dem weiblichen Schoß ähnelte. In Mutter Erdes Schoß würde der Traubensaft im Dunkeln ruhen, während die Göttin die magische Umwandlung vollzog und dem Saft Leben einhauchte, indem sie ihn zu Wein machte.

Noch während Avram die Höhle anstarrte, regte sich abermals dieser unbestimmte Gedanke in seinem Kopf, gaukelte wie ein Schmetterling und entwich, sobald er ihn zu greifen versuchte.

Eines Abends fiel sein Blick zufällig auf die Hündin, die ihre Jungen säugte, und dabei fiel ihm auf, dass vier der Jungen weißes Fell wie sie hatten, zwei jedoch so grau wie die Wölfe in den Bergen waren. Zum ersten Mal rätselte er darüber, wie die Hündin hatte trächtig werden können. Sie kam aus einem Land, das außerhalb des Mondreiches lag, und zwar aus dem Land des Rentiergottes. Reichten dessen Kräfte über die Grenzen hinaus? Und weiter noch, wie war der Geist des Wolfes in den Schoß der Hündin gelangt?

Avrams Gedanken wurden zunehmend philosophischer, als er Marits hoch gewölbten Leib betrachtete. Welche Kraft erzeugte das Leben? Bodolf und sein Volk glaubten an den Geist des Rentiers, Hadadezer an den Geist des Stiers, und die Menschen der Ewigen Quelle sprachen dem Mond diese Kraft zu. Gab es womöglich eine noch größere, allumfassende Macht? Und während er weiter grübelte, regte sich abermals dieser Gedanke wie ein flüchtiger Schmetterling in seinem Sinn.

Diese schemenhafte Idee ließ ihn während der folgenden Wochen nicht mehr los, sie verfolgte ihn bis in seine Träume, in denen auch Bodolf, Eskil, Yubal, Hadadezer und die Söhne der Frau auftauchten, mit der Hadadezer zusammengelebt hatte. Die Bedeutung dieser Träume blieb Avram verborgen, bis er eines Tages sein Spiegelbild in einem Gewässer erblickte und meinte, Yubal zu sehen. Das war es also: Die jungen Männer ähnelten den Alten.

Seine Überlegungen schweiften zu den Rentiergehegen zurück, wo er die Hirsche hatte die Kühe besteigen sehen. Damals hatte er noch nicht gewusst, dass Tiere so etwas taten. Er dachte an seine Zeit in Anatolien, wo er bei wilden Herden gelegentlich Ähnliches beobachtet und es für eine Art Kampf oder Spiel gehalten hatte. Schließlich dachte er an Hadadezers Stier, der Kühen Vergnügen bereitete, und an seine Hündin, die in den Hügeln verschwunden und mit wolfsähnlichen Jungen zurückgekommen war.

War *das* der Akt, der neues Leben erzeugte? Nicht der Geist, sondern Mann und Frau, Männchen und Weibchen. Aber es geschah nicht immer. Der alte Lampenmacher Guri bevorzugte blutjunge Mädchen, und die wurden nie schwanger. Und die alte Zwiebelschwester lag mit vielen Männern ohne Folgen. Da fiel ihm ein, dass junge Mädchen und alte Frauen keinen Monatsfluss hatten.

Er war verblüfft. War das das Geheimnis? Ein jeder wusste, dass die Göttin Babys aus dem Monatsfluss erschuf. Wenn es sich nun aber mit dem Monatsfluss verhielt wie mit dem Traubensaft? Denn das Wunder bestand doch darin, dass die Trauben nicht am Weinstock gärten und der Traubensaft nicht in einem hölzernen Trinkbecher zu gären begann. Trauben waren Trauben, und Saft war Saft. Der Umwandlungsprozess fand nur durch die Kraft der Göttin statt.

Es waren jedoch Männer, die den Traubensaft in die Höhle schafften.

Avram stand wie versteinert. Sein Blick wanderte über die wellige Hügellandschaft jenseits der Ewigen Quelle, wo neue Felder zur Aussaat gepflügt wurden. Da fiel ihm die Ähnlichkeit der Ackerfurchen mit der geheimen Stelle der Frauen auf. Und er stellte sich vor, wie die Samenkörner von der Hand eines Mannes ausgestreut wurden.

Erzeugten Mann und Frau zusammen neues Leben?

Nein, korrigierte er sich sogleich. *Die Göttin erzeugt neues Leben – sie allein hat die Macht. Aber um neues Leben zu erzeugen, nimmt sie von Mann und Frau.*

Diese neue Erkenntnis traf Avram wie ein Hieb. *Wein entsteht wie die Kinder durch die Kraft der Göttin. Wenn die Trauben sich jedoch nicht von alleine in ein heiliges Getränk verwandeln, sondern erst durch die gemeinsamen Anstrengungen der Menschen, folgt daraus der Umkehrschluss, dass aus dem Monatsfluss allein kein Kind entstehen kann, sondern nur durch die Mitwirkung eines Mannes. Aus Samenkörnern, die willkürlich ausgestreut werden, wächst nur halb so viel wie aus denen, die in gepflügte Felder eingebracht werden. Höhle, Feld und Frau: Sie alle sind Mutter. Sie bringen Leben hervor, aber nur durch Zutun eines Mannes.*

In seiner Verwirrung suchte er Rat bei der Göttin. Während er vor dem Schrein betete, erinnerte er sich daran, wie er als Knabe die junge Reina begehrt und sich gefragt hatte, warum die Göttin diesen verwirrenden Hunger zwischen Männern und Frauen geschaffen hatte. Heute wollte ihm scheinen, dass die Intimität zwischen Mann und Frau nicht immer nur Vergnügen bereitete, wie Yubal ihm einst eingeredet hatte. Oft genug hatte er feststellen müssen, dass der lustvollen Umarmung Kummer, ja sogar Katastrophen folgten.

Warum hatte die Göttin dann diese starke Anziehungskraft zwischen Mann und Frau geschaffen?
Da sprach sie zu ihm: Um sicherzustellen, dass neues Leben entsteht, Avram.
Vor Aufregung zitternd, stellte er bang seine nächste Frage: Durch Mann und Frau also?
Der blaue Kristall begann zu funkeln und in einem besonderen Licht zu strahlen. Avram konnte den Blick nicht abwenden. Wie gebannt starrte er auf das steinerne Herz und suchte nach einer Antwort. Und da wurde ihm eine Offenbarung zuteil: In der milchigen Substanz im Inneren des Steins, die er einst für die ewige Quelle gehalten hatte, erkannte er jetzt den Saft des Mannes, wenn er sich mit einer Frau in Lust verband. *Der Monatsfluss und des Mannes Saft vereinigten sich im Schoß der Frau, damit die Göttin ihr Wunder vollbringen konnte.*
Alles fügte sich jetzt zusammen: das sich ewig wiederholende Wunder des Lebens, das ihm schon Hunderte von Malen unbewusst bei den Tieren begegnet war. Auf einmal fühlte er sich der gesamten Menschheit und der Natur in einer bisher nie gekannten Weise verbunden. Das Gefühl, von der Erschaffung des Lebens ausgeschlossen zu sein, wich einem völlig neuen: dem der Zugehörigkeit. Er erinnerte sich, dass Marit einst gesagt hatte, sie fühlte sich als Glied in einer langen Kette. Auch er bildete jetzt ein Teil dieser langen Kette, und Marit war schwanger – mit seinem Kind.
Es war, als ob sich der Himmel über ihm geöffnet hätte. Sein ganzes Leben lang hatte Avram sich gefragt, *warum*, hatte die Mysterien der Natur zu ergründen versucht, und jetzt ergab alles einen Sinn, plötzlich *verstand* er.
Er eilte in sein Zelt, wo er sich vor den Altar der Ahnen warf und zu Yubal sprach, ihm sein Herz und seine Seele ausschüttete, ihm seine Liebe bekannte und seine Verehrung erwies. Unter Freudentränen nannte er ihn *Abba* und gab dem Wort einen neuen Sinn, denn von nun an würde *Abba* auch *Vater* bedeuten.

Avram behielt seine Erkenntnis für sich, weil er ahnte, dass die Leute ihn nur auslachen würden. Doch riet er Namir im Geheimen, das nächste Mal einen Ziegenbock zu seinen Ziegen zu gesellen, und ermunterte Guri, den Lampenmacher, mit seiner Taubenzucht fortzufahren. Allein Marit vertraute er sein neues Wissen an, und sie glaubte ihm, weil es von der Göttin kam. Avram war davon überzeugt, dass die Menschen mit der Zeit die gleichen Beobachtungen wie er machen und ihre Schlüsse daraus ziehen würden.
Endlich war die Schutzmauer fertig.
Alle versammelten sich, um den neuen Turm einzuweihen, den sie Jericho nennen wollten, das bedeutete »vom Mond gesegnet«. Avram erklomm die neue Treppe fast auf den Tag genau zwölf Jahre nach jenem schicksalhaften Tag, da er die Sprossen zum Wachturm hinaufgeklettert war. Damals ein bartloser Knabe, von Zweifeln erfüllt, ohne Vorstellung und ratlos in einer verwirrenden Welt, heute ein Mann voller Selbstvertrauen und mit einem besseren Verständnis für die Dinge um ihn.
Unter den Zuschauern stand Marit, ihr gemeinsames Kind auf den Armen haltend, einen prächtigen zweijährigen Sohn. An ihrer Seite die Hündin, abermals mit geschwollenem Leib, von einer neuen Generation Welpen umgeben. Avram hatte die ersten Jungen der Hündin heranwachsen, spielen und sich besteigen sehen, sodass jetzt die dritte Generation domestizierter Hunde heranwuchs. Namir stand breit lächelnd da, inzwischen wohlhabender und stolzer Besitzer einer ständig wachsenden Ziegenherde, weil er Avrams Rat befolgt hatte. Guri, der Lampenmacher, experimentierte weiter mit Tauben, und die Zwiebelschwestern waren gerade dabei, einen Entenstall zu bauen – auch sie hatten erkannt, dass in der Natur eine einzigartige Harmonie herrschte, dass alle Tiere und Pflanzen und alle Menschen in einem universellen Netz unauflöslich miteinander verknüpft waren.
Als Avram die Spitze des Turms erreichte und in den hellen Sonnenschein trat, begrüßte ihn die Menschenmenge mit Jubelgeschrei.

Voller Stolz blickten die Einwohner von Jericho auf ihr Werk, das einmalig auf der Welt war. Nie würden Angreifer die Mauern einreißen können. Unter dem ohrenbetäubenden Jubel der Menge, im Frieden mit sich selbst und frei von Sünden, ließ Avram seine Gedanken über die Kontinente bis zum Volk des Rentiers fliegen – zu Frida und dem Kind, das sie unter dem Herzen trug, als er sie verließ. Sein Kind.
Dort oben im eisigen Norden hatte Avram eine Spur des Lebens hinterlassen, die Blutlinie von Talitha und Yubal, damit sie von anderen fortgesetzt würde.

Interim

Avram hatte nie verstanden, warum ausgerechnet er mit dem Wissen um die Zeugung gesegnet worden war. Aber die Göttin hatte ihre Gründe, und er dankte ihr jeden Morgen und jeden Abend aufs Neue und pries sie als Allmutter. In einer fernen Zeit sollte der Allmutter ein Allvater an die Seite gestellt werden, bis sie eines Tages ganz vom Vater verdrängt sein würde.
Jericho florierte. Avram und Marit bekamen weitere Kinder, Namirs Ziegenherde wuchs beständig, noch mehr junge Hunde wurden geboren, und aus Guri, dem Lampenmacher, wurde ein erfolgreicher Schweinezüchter. Weizen und Mais, Baumwolle und Flachs wurden angebaut, die Nutztiere lieferten Milch, Eier und Wolle. Mit wachsendem Wohlstand der Menschen vergrößerte sich auch der Schrein der Göttin, und die Schar ihrer Priesterinnen vermehrte sich. Die Mauern von Jericho hatten keine Ähnlichkeit mehr mit denen, die Avram einst hatte errichten lassen, denn sie waren im Laufe der Jahrhunderte wiederholt gefallen, aber immer wieder aufgebaut worden.
Die Kunst der Textilherstellung kam nach Jericho, ebenso wie das

Alphabet und die Kunst des Schreibens. Zweitausend Jahre nachdem Avram und Marit zu den Ahnen gegangen waren, stieß ein Töpfer namens Azizu versehentlich seine Töpferscheibe um, und als er sie auf der Seite liegend kreiseln sah, kam ihm eine Idee. Nach vielen Fehlversuchen gelang es ihm schließlich, zwei Räder an einer Achse zu befestigen, auf die er einen Karren setzte und somit zehnmal mehr Töpferwaren als zuvor befördern konnte. Seinem Bekunden nach verdankte er seine Eingebung einem Besuch am Schrein der Göttin, wobei er ihr blaues Kristallherz als Glücksbringer geküsst hatte. Viertausend Jahre nachdem Hadadezer Avram mit aus dem Fluss gewaschenen Kupferklumpen geblendet hatte, bauten die Menschen Kupfer und Zinn ab, um daraus Bronze zu machen. Tausend Jahre später entdeckten sie das Eisen, und die Welt veränderte sich für immer.

In dem Maße, wie die Bevölkerung wuchs, wurden aus Ansiedlungen Dörfer, aus Dörfern wurden Städte. Aus den Massen erhoben sich Anführer und nannten sich »König« oder »Königin«, um über andere zu herrschen. Mit Al-Iaris Macht wuchs auch ihr Schrein: Er wurde zum Tabernakel, dann zum Tempel mit Priestern und Priesterinnen. Ihr Volk nannte sich Kanaaniter, und Reisende aus Babylon und Sumer erkannten in ihr ihre Göttinnen Ishtar und Inanna. Neben Baal wurde sie als Fruchtbarkeitsgöttin verehrt, und obwohl sich ihr Erscheinungsbild im Laufe der Jahre veränderte und ihre Statue viele Male erneuert wurde, bildete der blaue Kristall stets das Herzstück.

Und so hatte sie Tausende von Generationen überlebt. Dann kamen Eindringlinge aus dem Niltal, angeführt von einem kriegerischen Pharao namens Amenhotep, der nicht nur Gefangene nahm, sondern auch Gottheiten raubte, darunter die Göttin von Jericho, die man vorübergehend und ohne jeden Respekt in dem Tempel einer ägyptischen Göttin niederen Ranges unterbrachte, bis ihr Kristallherz einer ehebrecherischen Königin ins Auge stach.

Als die Königin in einem Grab von unvorstellbarer Pracht (dank der

Gewissenbisse des Königs, der sie vergiftet hatte) zur letzten Ruhe gebettet wurde, ging der blaue Kristall mit ihr. In einer luftdichten Kammer ruhten die Königin und der Kristall tausend Jahre lang, anonym und vergessen, bis betrunkene Grabräuber in die Grabkammer einbrachen und den uralten blauen Stein ans Tageslicht holten. In den folgenden Jahren wanderte der tropfenförmige himmelblaue Kristall von Hand zu Hand, er wurde erworben und verkauft, gestohlen, umkämpft und verspielt, bis er in Alexandria in den Besitz eines hohen römischen Beamten gelangte, der den Stein für seine Frau an einer prachtvollen Goldkette fassen ließ.
Das Geschenk war als Bestrafung gedacht.

VIERTES BUCH

Rom

Im Jahre 64 n. Chr.

Amelia sandte ein Stoßgebet zum Himmel.
»Lass das Kind gesund sein.«
Im Schrein der Hausgötter konnte Amelia unter den Mächtigsten des Pantheon wählen. Die besonderen Umstände erforderten jedoch die Fürsprache einer Göttin, die von den Menschen Heilige Jungfrau genannt wurde (sie hatte ein Kind ohne das Zutun eines Mannes empfangen), einer Göttin also, die das Leid am eigenen Leib erfahren hatte, als ihr Sohn an einem Baum aufgehängt wurde, in die Unterwelt abstieg und wieder auferstand. An diese erbarmungsvolle Mutter also, an die Königin des Himmels, richtete Amelia ihr Gebet. *»Bitte lass dieses Kind ohne Fehl und Makel sein. Lass den Ehemann meiner Tochter Gefallen an ihm finden und es in die Familie aufnehmen.«*
Ihre geflüsterten Worte klangen hohl in der Stille des Morgens. Hohl, weil sie ohne Sinn waren, weil kein Glaube hinter ihnen stand. Das Gebet war ein reines Lippenbekenntnis vor einem Stück Marmor, und Amelia führte diesen Akt der Frömmigkeit nur aus, weil man dergleichen von ihr erwartete. Als römische Mustergattin tat sie immer das Richtige, wahrte stets den Schein. Tief in ihrem Herzen jedoch war sie bar jeden Glaubens. Woran sollte eine Frau noch glauben, wenn die Männer das Recht hatten, ein unerwünschtes Kind wie ein Stück Abfall zu entsorgen?
Nach Beendigung ihres Gebets bekreuzigte sie sich, indem sie die Schultern, die Stirn und die Brust berührte, denn sie war einst eine

Anhängerin von Hermes gewesen, dem antiken Erlösergott, der als Fleisch gewordenes Wort galt. Das Kreuzzeichen machte sie aus jahrelanger Gewohnheit. Amelia glaubte nicht mehr an die Kraft des Zeichens. Es gab einmal eine Zeit, da hatten ihr die Gebete und die Gottheiten Trost gespendet, aber nun waren die Götter verschwunden, und es gab keinen Trost mehr auf der Welt.

Schreie erfüllten plötzlich das Haus, hallten von den Wänden, Säulen und Statuen wider. Amelias Tochter lag seit anderthalb Tagen in den Wehen, und die Hebammen wurden allmählich unruhig.

Amalia wandte sich von der Schutzgöttin der Geburt ab und begab sich in den schattigen Säulengang, der den Innenhof der Villa umschloss und in dem ein Springbrunnen fröhlich plätscherte. Sie machte sich gar nicht erst die Mühe, das Heiligtum der Ahnen aufzusuchen, sie betete schon seit Jahren nicht mehr zu ihnen.

Lautlos schlüpfte sie am Atrium und den jungen Männern vorbei, die dort beim Würfelspiel lachten und sich nicht um die Schreie kümmerten, die die Morgenstille zerrissen. Es waren Amelias drei Söhne und zwei Schwiegersöhne ebenso wie enge Freunde des jungen Mannes, dessen Kind sich gerade mühte, ans Licht der Welt zu kommen. Durch die offene Tür konnte sie den Ehemann ihrer Tochter sehen, den werdenden Vater, der mit aller Gelassenheit Wein trank und würfelte, als ob es ihn nicht kümmerte.

Was es vermutlich auch nicht tat, dachte Amelia mit ungewohnter Bitterkeit. Kindergebären war allein Sache der Frauen.

Ein dunkler Schatten kreuzte Amelias Gedanken: Wir Frauen tragen Kinder unter unserem Herzen, ernähren sie mit unserem Atem und unserem Blut, unser Herz gibt ihnen Leben, und beinahe zehn Monate lang sind wir eins mit unserem Kind; dann kommen die Geburtswehen, das Reißen von Fleisch und das Strömen von Blut, wenn unter Qualen neues Leben ans Licht der Welt gepresst wird. Für dich, junger Vater, gibt es weder Schmerzen noch Blut. Ein Moment ekstatischer Lust, und neun Monate später trinkst du Wein und entscheidest über das Schicksal des Neugeborenen.

Heftiger Groll überkam Amelia. Er richtete sich nicht nur gegen ihren Schwiegersohn, sondern gegen alle Männer, die über Leben und Tod so locker entschieden, als sei es ein Würfelspiel. So hatte sie nicht immer empfunden. Vor langer Zeit hatte Amelia, Gattin des mächtigen und noblen Cornelius Gaius Vitellius, noch an die Götter geglaubt und gedacht, das Leben sei gut, die *Männer* seien gut. Ihre Lebensfreude und ihr Glaube waren jedoch an jenem Tag erloschen, da der Tod über das Leben entschieden hatte.
Ein Tag, der dem heutigen durchaus ähnelte.
Mit einem Mal trat ihr ein älterer Mann in den Weg, der Vogeldeuter, den sie dafür bezahlte, dass er die Zeichen las. Der alte Grieche betrieb damit einen lukrativen Handel, weil die Römer als abergläubisches Volk immerzu auf der Suche nach Vorzeichen und Omen waren und aus jeder Wolke und jedem Donnerschlag eine Botschaft herauslasen. Für einen Römer begann der Tag damit zu bestimmen, ob es ein günstiger Tag für Geschäfte, zum Heiraten oder zum Bereiten einer Fischsauce war. Und von allen Hilfsmitteln zur Erkundung des göttlichen Willens – von Knöchelbeinen bis hin zu Teeblättern – stellte die Vogelschau das wichtigste dar – selbst das Wort Auspizien, also Vorzeichen, leitete sich aus der Deutung göttlicher Zeichen ab.
»Ich habe die Auspizien gelesen, Gebieterin«, begann der Vogeldeuter. »Ich sehe einen Mann. Und er heißt Euch mit offenen Armen willkommen.«
»Mich? Du meinst bestimmt meine Tochter. Oder ihr Neugeborenes.«
»Die Zeichen waren ganz klar. Ein Mann tritt in Euer Leben, Gebieterin, und er öffnet die Arme für Euch.«
Der einzige Mann, der gemeint sein konnte, war ihr Ehemann Cornelius, der täglich aus Ägypten zurück erwartet wurde. Aber das war unmöglich. Er hatte seine Arme seit Jahren nicht mehr für sie geöffnet.
»Was sagen die Zeichen über meine Tochter?«

Der Wahrsager zuckte nur die Schultern und hielt die Hand auf. »Nichts, Gebieterin. Nur über Euch.«

Amalia gab dem Mann eine Goldmünze, dann eilte sie durch den Säulengang zum Schlafzimmer, in dem ihre Tochter in den Wehen lag.

Amelia hatte alle Vorsicht walten lassen, um den glücklichen Verlauf dieser Schwangerschaft, der ersten ihrer jüngsten Tochter, zu gewährleisten. Gleich vom ersten Tag an hatte Amelia die Tochter gedrängt, die Schwangerschaftsmonate auf ihrem Landsitz zu verbringen, wo die Patrizierfamilie Vitellius seit Generationen Wein und Oliven produzierte. Amelia hätte ihr Stadthaus vorgezogen, doch wann immer ihr Gatte Cornelius auf Reisen war, wie auch jetzt in Ägypten, bestand er darauf, dass sie mit dem gesamten Haushalt aufs Land zog. Nur Amelia kannte den wahren Grund für diese strenge Regel, nur sie allein wusste, dass sie eine Art Bestrafung darstellte.

Sie betrat das Schlafzimmer, in dem sich Hebammen und ihre Helferinnen, Cornelias Tanten und Cousinen, ihre ältere Schwester und zwei Schwägerinnen drängten. In einer Ecke saß der Astrologe und wartete zwischen all seinen Karten und Instrumenten darauf, den Moment der Kindsgeburt zu dokumentieren. Einer sehr alten Tradition in adligen Familien folgend, war Amelias Tochter nach ihrem Vater, also Cornelia, genannt worden, und nicht nach ihrer Mutter, was Amelia lieber gewesen wäre.

Sie fühlte mit Cornelia, denn sie selbst war auch erst siebzehn gewesen, als sie ihr erstes Kind geboren hatte, einen Sohn, der jetzt sechsundzwanzig wäre, hätte er überlebt. Amelias zweite Schwangerschaft hatte mit einer Fehlgeburt geendet, aber aus ihrer dritten Schwangerschaft war ihr Ältester, Cornelius, hervorgegangen. In der Hoffnung, eines Tages in seines Vaters berühmte Fußstapfen zu treten, studierte er jetzt die Rechte. Danach war Amelia noch sieben Mal schwanger gewesen: Zuerst kamen die Zwillinge, die jetzt zwanzig Jahre alt waren, dann folgte Cornelia, danach zwei Kinder, die nur kurz überlebten, dann wurde ihr dreizehn Jahre alter Sohn Gaius geboren. Nach einer weiteren Fehlgeburt war sie schließlich vor sechs Jahren zum letzten Mal schwanger geworden. Danach hatte sich ihr Leben für immer verändert.

Sie trat an das Bett der Tochter. Voller Mitgefühl und Besorgnis legte sie ihr die Hand auf die Stirn und wünschte von ganzem Herzen, ihr die Schmerzen abnehmen zu können.

Die junge Frau stieß die Hand der Mutter fort. »Wo ist Papa?«, sagte sie unruhig. »Ich will Papa.«

Amelia spürte einen Stich im Herzen. Cornelia war gar nicht ihretwillen auf den Landsitz gekommen, sondern um in der Nähe ihres Vaters zu sein, wenn er aus Ägypten zurückkam. »Ich habe Nachricht nach Ostia gesandt«, sagte Amelia. »Sobald sein Schiff anlegt, wird er sie erhalten.«

Cornelia wandte sich von der Mutter ab und winkte ihre Schwester und Schwägerin herbei. Die jungen Frauen umringten sie und drängten Amelia aus dem Kreis. Sie protestierte nicht. Amelia war vor Jahren schon aus dem Familienkreis ausgeschlossen worden, nachdem ihr Kummer sie zu einer unverzeihlichen Dummheit getrieben hatte. Kleine Mädchen, die sie einst verehrt hatten und ihr wie ein Schatten gefolgt waren, hatten ihr den Rücken gekehrt, weil sie sie nicht mehr für verehrungswürdig hielten.

Ja!, wollte sie hinausschreien, wie sie es seit sechs Jahren hatte tun wollen. Ich habe Ehebruch begangen. Ich habe Trost in den Armen eines anderen Mannes gesucht. Aber nicht aus Verlangen nach Sex oder Liebe – der Kummer hat mich getrieben, weil mein Kind als Krüppel geboren wurde und mein Mann es weggeworfen hat!

Doch der Schrei blieb stumm – es interessierte niemanden, warum Amelia mit einem anderen Mann geschlafen hatte, nur *dass* sie es getan hatte – und Amelia blieb nichts weiter übrig, als mit gefalteten Händen die Arbeit der Hebamme zu verfolgen. Die Frau hatte den Geburtskanal mit Gänsefett eingeschmiert, und doch wollte das Baby nicht kommen. Also zog sie jetzt eine lange weiße Feder aus ihrem Beutel, beugte sich über die werdende Mutter und begann ihre Nase zu kitzeln.

In schmerzvoller Erinnerung schloss Amelia die Augen. Sie dachte daran, wie sie selbst damals in den Wehen lag, ihr letztes Kind gebar, das Cornelius nicht hatte annehmen wollen und stattdessen einem Diener befahl, den wenige Minuten alten Säugling auf einem Abfallhaufen auszusetzen. Amelia hatte das Kind nie zu sehen bekommen, man hatte es aus dem Mutterleib direkt zu Cornelius gebracht, der es, nach einem Blick auf seinen verkrüppelten Fuß, für untauglich erklärt hatte. Seither quälte Amelia sich mit Vorwürfen, dass sie etwas falsch gemacht hatte, denn nur sie allein traf doch die Schuld. Wie sonst sollte man sich die Deformation erklären? Mit kummervollem Herzen war sie die Monate der Schwangerschaft in Gedanken durchgegangen auf der Suche nach dem einen Fehltritt, dem einen Fehler, den sie begangen hatte. Schließlich war sie darauf gekommen: Es war an dem Tag, da sie im Garten ihres Stadthauses gesessen und Gedichte gelesen hatte. Den Schmetterling auf ihrem Fuß hatte sie erst bemerkt, als sie aufblickte. Fasziniert von seiner Schönheit und beinahe beglückt von seiner Nähe, hatte sie über seine Pracht gestaunt und die Art, wie er so unbekümmert dasaß und die zerbrechlichen Schwingen bewegte, dass sie ihn nicht verscheucht hatte. Wie lange der Schmetterling auf ihrem Fuß gesessen hatte, vermochte sie nicht zu sagen, aber offenbar lange genug, um ein Mal auf dem Baby in ihrem Leib zu hinterlassen, denn drei Monate später wurde das Kind mit einem verdrehten Fuß geboren, und damit war sein Schicksal besiegelt.

Ihre Tochter sollte nicht die gleichen Qualen durchmachen wie sie bei ihrem letzten Kind. Deshalb hatte sich Amelia in den letzten Monaten so besorgt um ihre Tochter gezeigt, hatte die Auspizien mehrmals am Tag gelesen, hatte nach Vorzeichen ausgeschaut und streng darauf geachtet, keine Tabus zu brechen oder Unglück ins Haus zu ziehen. So war eine schwarze Katze, die sich in ihren Gar-

ten verirrt hatte, sofort getötet worden, während eine streunende weiße Katze ins Haus geholt und verwöhnt worden war.
Nachdem die Feder keinen Erfolg gezeitigt hatte, streute sich die Hebamme etwas Pfeffer auf den Handteller, hielt ihn Cornelia unter die Nase und befahl ihr, tief einzuatmen. Sie gehorchte, worauf sie so heftig niesen musste, dass das Baby nach unten gedrückt wurde und wenig später auf das bereitgelegte Tuch glitt. Unter Amalias aufmerksamen Blicken trennte die Hebamme die Nabelschnur durch.
»Ist es ein Junge?«, fragte Cornelia atemlos. »Ist er wohlgestaltet?«
Amelia hütete sich zu antworten. Wenn ein Baby geboren war, lag die Angelegenheit nicht mehr bei den Frauen, sondern in den Händen des Ehegatten. Falls er das Kind zurückwies, war es besser, dass Cornelia nichts davon erfuhr, denn es würde erbarmungslos auf einem Abfallhaufen den Elementen ausgesetzt werden.
Sobald die Hebamme das Neugeborene in eine Decke gewickelt hatte, nahm Amelia das Bündel in die Arme und eilte damit aus dem Zimmer. Hinter ihrem Rücken hörte sie Cornelia abermals fragen, ob es ein Junge oder Mädchen war, doch die Hebamme, aus Erfahrung klug, hielt den Mund. Je weniger eine junge Mutter über ihr Neugeborenes erfuhr, desto besser. Man wusste ja nie.
Amelia betrat das Atrium, und sofort hoben sich die Köpfe der dort sitzenden jungen Männer: Es waren ihr ältester Sohn Cornelius, der bereits zwei kleine Kinder hatte; ihr nächster Sohn, der Zwillingsbruder von Amelias zwanzigjähriger Tochter; ihr jüngster Sohn, der gerade dreizehn war, Vettern und enge Freunde und schließlich Cornelias Ehegatte, gerade neunzehn Jahre alt. Angesichts des Ernstes und der Gewichtigkeit der Handlung, die er, einer alten Tradition folgend, gleich vornehmen sollte, richtete er sich stolz zu voller Größe auf.
Amelia legte ihm das Baby vor die Füße und trat einen Schritt zurück. Mit angehaltenem Atem verfolgten die Umstehenden, wie der Gatte die Decke zurückschlug, um das Geschlecht des Kindes zu sehen. War es ein Mädchen und ohne jeden Makel, würde er es als

sein Kind anerkennen und es von Sklaven zu einer Amme bringen lassen, wie es die Sitte gebot. War es jedoch ein makelloser Junge, musste er ihn hochheben und ihn vor der Familie und den Freunden als seinen Sohn erklären.
Der Augenblick zog sich endlos hin, und Amelia wurde beinahe übel vor Angst. *Vor sechs Jahren: Cornelius teilt die Decke, sieht, dass das Baby ein Mädchen ist, und bemerkt dann den verkrüppelten Fuß. Mit abgewandtem Gesicht winkt er ärgerlich einem Sklaven, der den Säugling wie ein Stück Abfall wegfegt. Und die erst elfjährige Cornelia kommt in ihr Zimmer gestürzt und fragt: »Mama, Papa hat angeordnet, dass das Baby weggeworfen wird! War es ein Ungeheuer?«*
Und nun war es Cornelia, die auf die erlösenden Worte wartete …
Das Neugeborene war ein Junge, wohlgestaltet und ohne jeden Makel. Der junge Vater hob das Baby strahlend hoch. »Ich habe einen Sohn!«, rief er, und die Umstehenden brachen in Freudenrufe aus und überboten sich mit Glückwünschen.
Amelia versagten vor Erleichterung fast die Beine. Als sie gerade zu ihrer Tochter eilen wollte, ihr die gute Nachricht zu überbringen, entstand plötzlich Unruhe im Haus. Philo, der Majordomus, stand mit feierlichem Ernst in der Tür. »Gebieterin, der Herr ist angekommen.«
Ihre Hand flog zum Mund. Sie war nicht bereit!
Amelia eilte nicht zu Cornelius' Begrüßung, sondern beobachtete aus dem Schatten heraus, wie die Sklaven ihrem Herrn und Gebieter mit Speisen und Wein aufwarteten, ihm aus der Toga halfen und sich im Eifer der Wiedersehensfreude um ihn bemühten. Ohne den Herrn war das Leben auf dem Land sterbenslangweilig. Er nahm ihre Ehrerbietung huldvoll wie ein König entgegen. Mit seinen fünfundvierzig Jahren war Cornelius immer noch ein stattlicher, schöner Mann mit nur wenig Grau an den Schläfen. Amelia konnte sich fast noch daran erinnern, wie es war, in ihn verliebt zu sein.
Das war, bevor sie sein kaltes, unversöhnliches Herz zu spüren be-

kam, nachdem Freunde ihm ihre flüchtige Affäre mit einem durchreisenden Poeten hintertragen hatten. Sie hatte Cornelius alles gebeichtet und um Vergebung angefleht, weil sie sich nur aus Kummer über den Verlust ihres Kindes zu dieser Dummheit hatte hinreißen lassen. Cornelius jedoch erklärte, dass er ihr nie vergeben würde, und von da an änderte sich ihr Leben grundlegend.
Verstohlen folgte sie ihm bis zum Geburtszimmer, wo er seinen Schwiegersohn beglückwünschte und sich den Säugling besah. Dann setzte er sich zu Cornelia ans Bett und beugte sich über sie. Sie war immer seine Lieblingstochter gewesen. Wenn die beiden zusammen waren, fühlte Amelia sich immer ausgeschlossen. Was für Geheimnisse flüsterte er ihr jetzt wohl wieder ins Ohr?
Ein kleiner Junge kam ins Zimmer gerannt. »Papa! Papa!« Lucius, ein pummeliger Neunjähriger, gefolgt von einem alten Jagdhund namens Fido, dem in Rom beliebtesten Namen für einen Hund, denn er bedeutete »treu«. Fido wäre auch ein passender Name für den Jungen gewesen, denn er betete seinen Vater an und folgte ihm wie ein Schatten. Amelia sah, wie Cornelius das Kind liebevoll in die Arme schloss. Er war nicht ihr leiblicher Sohn. Cornelius hatte den Jungen adoptiert, als er im Alter von drei Jahren verwaiste. Er war der Sohn eines entfernten Cousins und gehörte damit zur Familie. So sehr Amelia sich auch bemühte, das Kind zu lieben, ihr Herz blieb kalt. Das lag nicht an dem Jungen, sie konnte nur nicht darüber hinwegkommen, dass Cornelius den Sohn einer anderen Frau umarmte, während er sein eigenes Kind ablehnte.
Sie war siebenunddreißig, als sie ihr letztes Kind empfing. Damals schon hatte sie die Veränderungen in ihrem Körper gespürt, die Anzeichen, dass ihre fruchtbaren Jahre sich dem Ende näherten. Insofern hatte diese Schwangerschaft eine besondere Bedeutung für sie gehabt, weil es ihre letzte sein würde, und sie hatte das werdende Leben in ihrem Schoß viel inniger empfunden als bei den vorangegangenen Schwangerschaften. Dieses Kind würde ihr im Alter Gesellschaft leisten, wenn die Geschwister bereits erwachsen und aus

dem Haus waren, und würde dafür mit der besonderen Aufmerksamkeit und Weisheit einer reifen Mutter belohnt.
Und dann hatte Cornelius es einfach weggeworfen.
Amelia hatte sich einzureden versucht, dass sie dankbar sein sollte, fünf lebende Kinder aus zehn Schwangerschaften zu haben. Sicher ein Gunstbeweis der Götter. Weil die Säuglingssterblichkeit so groß war, gab man römischen Kindern erst mit dem Erreichen des ersten Lebensjahres einen Namen. Hatte dieses besondere Kind womöglich überlebt? Gab es irgendwo in Rom ein kleines Mädchen, das auf einem verkrüppelten Fuß herumhumpelte? Es kam manchmal vor, dass Menschen beim Durchwühlen der Abfallberge Babys mitnahmen, die noch atmeten. Dies geschah jedoch nicht etwa aus Mitleid, sondern aus reiner Profitgier: Ein kleines Kind ließ sich mit einem Minimum an Nahrung und Zuwendung aufziehen, und wenn es dann tatsächlich seinen dritten oder vierten Geburtstag erlebte, konnte man es mit einem stattlichen Gewinn auf dem Sklavenmarkt verkaufen. Hatte das Mädchen Glück, würde es einen gütigen Herrn finden, viel wahrscheinlicher würde es jedoch ein harsches Sklavendasein führen und bestenfalls dem sexuellen Vergnügen dienen.
Amelia erlebte das Wiedersehen von Vater und Tochter wie mit den Augen einer Fremden – sie würde nie dazu gehören, weder als Ehefrau noch als Mutter. Sie trat aus dem Schatten und ging, dem Koch Anweisungen für das abendliche Festmahl zu geben.
Während Amelia noch die Speisenfolge mit dem Koch besprach, stand Philo, der Majordomus, unerwartet auf der Schwelle, um ihr mitzuteilen, dass ihr Ehemann sie zu sehen wünsche. Amelia traute Philo nicht. Hinter seinen schläfrigen Augen verbarg sich ein scharfer Verstand, und sie argwöhnte, dass Philo ihr nachspionierte, um ihren Gatten von jedem ihrer Schritte zu unterrichten.
Bevor sie ihren Mann in seinen Privatgemächern aufsuchte, eilte sie rasch in ihre eigene Suite, um ihre Frisur, ihre Tunika und ihr Parfüm zu überprüfen. Sie war plötzlich nervös. Warum wollte Cor-

nelius sie sehen? Amelia und ihr Gatte sprachen kaum noch miteinander, selbst nach einer siebenmonatigen Trennung nicht.
Cornelius Vitellius, einer der populärsten Anwälte Roms und gegenwärtig Liebling der Plebs, war in Familienangelegenheiten nach Ägypten gereist. Amelia und ihr Mann waren sehr reich. Cornelius besaß Kupferminen in Sizilien, eine Handelsflotte und Getreidefelder in Ägypten, Amelia wiederum gehörten mehrere große Mietshäuser im Zentrum von Rom.
Sie fand ihn an einem kleinen Schreibtisch sitzend. Gerade erst von einer langen Reise zurück, sichtete er bereits seine Korrespondenz. Amelia blieb abwartend stehen. Schließlich fragte sie: »Wie war Ägypten, mein Gebieter?«
»Ägyptisch«, meinte er wegwerfend.
Amelia wäre liebend gern mit ihm gereist. Schon seit ihrer Kindheit hatte sie davon geträumt, die Ruinen Ägyptens zu besuchen, aber solche Träume waren mittlerweile begraben. Während sie nervös darauf wartete zu erfahren, warum er sie sehen wollte, fragte sie sich, ob es in den letzten sieben Monaten irgendetwas gegeben hätte, was er auch nur im Entferntesten als Verstoß gegen seine ihr auferlegten Regeln ansehen könnte. Ein unmögliches Unterfangen. Cornelius konnte schon das leiseste Wort, die kleinste Geste als Akt der Rebellion deuten. Was immer es war, wie würde er sie diesmal bestrafen?
Er ließ sie seine Bestrafung auf vielerlei Arten spüren. So lehnte er jedes Gespräch ab, in dem sie sich hätte erklären können. Er hatte sie verurteilt, und das genügte ihm. Nach ihrem Fehltritt hatte Cornelius sie nicht, wie andere Ehemänner es tun würden, ausgefragt. Er hatte auch nicht die Stimme erhoben und sie beschimpft. Aber Cornelius hatte ihr jeden Ausweg genommen. Anstatt sich von ihr scheiden zu lassen und sie ins Exil zu verbannen, was sein gutes Recht war, hatte Cornelius auf einer Fortführung der Ehe bestanden. Damals hielt Amelia das für ein Zeichen des Vergebens. In Wirklichkeit war es genau das Gegenteil.

Von nun an kontrollierte er ihr Leben und schickte sie, als Teil ihrer Bestrafung, von Zeit zu Zeit aufs Land. Dabei liebte Amelia die Stadt. Hier war das Theater, hier lebten alle ihre Freunde. Wann immer sie zwangsweise auf ihrem Landsitz saß, dachte sie an Julia, die Tochter von Augustus, die auf die Insel Pandateria verbannt worden war, einem öden Vulkaneiland im Ozean, das so klein war, dass sie es in weniger als einer Stunde der Länge und der Breite nach durchschreiten konnte. Hier war Julia gestorben. Solcher Art war das Schicksal treuloser Ehefrauen – sofern sie für ihr Verbrechen nicht hingerichtet wurden.

Cornelius jedoch hatte eine langsamere und schmerzlichere Bestrafung gewählt. Anstatt sie mit einem Schlag zu erledigen, behielt er Amelia an seiner Seite, um sie mürbe zu machen, um ihr Selbstbewusstsein und ihren Stolz schwinden zu sehen. Sie verglich sich oft mit der Göttinnenstatue in ihrem Garten, die, den Elementen ausgesetzt, jedes Jahr ein bisschen mehr zerstört wurde. Die ehemals perfekt gemeißelten Züge waren von Wind und Regen bis zur Unkenntlichkeit ausgewaschen. So sah Amelia sich selbst: als Statue, die der Willkür ihres Gatten ausgesetzt war. Und wie eine Statue war auch sie unbeweglich und konnte nicht davonlaufen. Eines Tages, fürchtete sie, würde sie so gesichtslos sein, dass ihre Identität nicht mehr festzustellen war.

Schließlich stand Cornelius von seinem Schreibtisch auf und reichte ihr eine kleine Schatulle aus Ebenholz.

Amelia staunte. »Was ist das?«

»Nimm.«

Er hatte ihr ein Geschenk mitgebracht? Ihr Herz machte einen winzigen, hoffnungsfrohen Hüpfer. Hatte er in Ägypten Zeit zum Nachdenken gehabt und eingelenkt? Sie dachte an den Vogeldeuter, der ihr einen Mann mit offenen Armen vorhergesagt hatte, und fragte sich aufgeregt, ob Cornelius ihr womöglich vergeben hatte.

Als sie die Schachtel öffnete und sah, was darin lag, hielt sie den Atem an – es war die kostbarste Halskette, die sie je gesehen habe.

Mit zitternden Fingern nahm sie die Kette heraus und hielt sie ins Licht. In das meisterlich gefertigte Geschmeide war ein wunderbarer blauer Stein gefasst, tropfenförmig und glatt, der in allen Schattierungen des Himmels, des Regenbogens und tiefer Gewässer schimmerte. Als sie die Kette im Nacken verschloss, sagte Cornelius: »Der Legende nach wurde diese Kette im Grab einer ägyptischen Königin gefunden, die ihren Gatten betrogen hatte und dafür mit dem Tod bestraft wurde.« Mit einem Schlag waren Amelias Hoffnungen ausgelöscht.

Sie fuhr aus dem Schlaf.
Durch das geöffnete Fenster hörte Amelia den nie verstummenden Lärm der Stadt. Tagsüber war Wagenverkehr in Rom nicht erlaubt, demgemäß erklangen des Nachts das Klappern von Hufen und das Ächzen der Pferdekarren. Es war jedoch nicht die Stadt, die sie geweckt hatte. »Wer ist da?«, flüsterte sie in das Dunkel.
Als keine Reaktion erfolgte, blieb sie still liegen und hielt den Atem an. Sie glaubte, eine Präsenz im Zimmer zu spüren. »Cornelius?«, fragte sie, obwohl das unmöglich schien.
Sie fühlte einen kalten Schauer auf der Haut. Von namenloser Furcht erfüllt, setzte sie sich auf. Ihr Zimmer lag in helles Mondlicht getaucht. Amelia sah sich um, aber da war niemand. Und doch meinte sie, etwas zu spüren.
Sie schlüpfte aus dem Bett und ging auf Zehenspitzen ans Fenster. Vor ihr lagen die Dächer, Türme, Hügel und Täler Roms im Mondlicht. Der anhaltende Straßenlärm drang seltsam feierlich und gedämpft an ihr Ohr, als ob Geister die Pferde und Maulesel antrieben.
Ein eisiger Hauch streifte ihren Rücken. Sie fuhr herum, spähte mit geschärften Sinnen in das Zimmer. Im fahlen Licht des Mondes bildeten die Möbel unheimliche Reliefs. Es sah gar nicht mehr wie ihr Schlafzimmer aus, sondern ließ sie an eine Grabkammer und den Tod denken.

Amelia tappte über die kalten Fliesen zu ihrem Ankleidetisch und betrachtete die Schatulle, die Cornelius aus Ägypten mitgebracht hatte. Und plötzlich wusste sie: *Dort lag die namenlose Präsenz.* Der abscheuliche blaue Kristall, der tausend Jahre lang auf der Brust einer toten Frau gelegen hatte, machte ihr Angst. Beim ersten Betrachten hatte Amelia lange und tief in das blaue Herz des Steins geblickt, und was da zu sehen war, hatte sie so heftig erschreckt, dass sie die Kette weggeschlossen und sich geschworen hatte, sie nie wieder hervorzuholen.
Denn sie hatte den Geist der toten Königin gesehen.

Als das erste Sonnenlicht ins Zimmer drang, saß Amelia wie gewohnt an ihrem Ankleidetisch, schminkte sich, sortierte ihre Juwelen und ließ sich das Haar richten: ein notwendiges Ritual. Ihre äußere Erscheinung zu pflegen half ihr, ihr inneres Gleichgewicht zu wahren. Indem sie Anweisungen für ihre Frisur gab, konnte sie ihre Gefühle kontrollieren. Indem sie tat, was von ihr erwartet wurde, brauchte sie nicht zu denken oder Entscheidungen zu treffen. Eine Frau ihres Standes musste bestimmte Regeln einhalten, und Amelia erfüllte dies bis ins letzte Detail. Vor langer, langer Zeit hatte sie Cornelius geliebt, heute vermochte sie nicht einmal mehr zu sagen, wie es war, Cornelius zu lieben, ja überhaupt zu lieben. In den Poeten war sie nicht einmal verliebt gewesen, ein Mann, den sie knapp eine Woche gekannt hatte und dessen Gesicht bereits in ihrer Erinnerung verschwamm. Im Rückblick konnte sie sich nicht einmal mehr die Gefühle erklären, die sie in seine Arme getrieben hatten, und nichts war von ihrer flüchtigen erotischen Begegnung geblieben.
Ehebruch war eine merkwürdige Angelegenheit. Es kam immer darauf an, wer ihn beging und mit wem. In den niederen Ständen gehörte die eheliche Untreue beinahe zum Alltag und auf jeden Fall zum Witzrepertoire der Theater. Für die Aristokratie galten jedoch andere Maßstäbe, und wenn eine Frau Ehebruch beging, wurde das nicht nur als Verrat an ihrem Gatten erachtet, sondern auch an ih-

rer gesellschaftlichen Klasse. Wie Lucilla, die schöne Witwe eines berühmten Senators, ihr einst schnippisch zu verstehen gab, war nicht der Ehebruch an sich eine Schande, sondern sich dabei erwischen zu lassen. Amelia hatte sich dumm angestellt, und das wollten die römischen Herrschaften ihr nicht verzeihen.

»Hütet Euch vor der Zahl Vier, Gebieterin«, krächzte der Astrologe, der von seinen Berechnungen der Transite aufsah.

Amelia blickte in den Spiegel. Sie hatte sich Reispuder auf die dunklen Augenringe getupft, denn im Schlaf war sie von Albträumen verfolgt worden, Szenarien von Gräbern und Sarkophagen und rachelüsternen toten Königinnen. »Die Zahl Vier?«, fragte sie.

»Das ist heute Eure Unglückszahl«, erklärte der alte Mann, der Amelia jeden Morgen das Horoskop stellte. »Sie muss auf jeden Fall vermieden werden.«

Amelia starrte ihr Spiegelbild an. Wie sollte sie eine so wichtige Zahl vermeiden? Das Universum bestand aus den großen Vier: den vier Elementen, den vier Winden, den vier Mondphasen. Und erst die Menschen: vier Gliedmaße, vier Herzkammern; vier Leidenschaften.

Die Sklavinnen, die ihr Haar frisierten, gingen ihrer Arbeit gewissenhaft nach, weil sie ihre Herrin mochten. Amelia war viel gütiger als manche Damen ihres Standes und stach die Mädchen nicht mit Haarnadeln, wenn sie Fehler machten. Heute Morgen wurden Amelias lange Locken, die mit Henna getönt waren, um die grauen Strähnen zu übertönen, wie eine Tiara aufgetürmt. Für die Gattin des Hauses Vitellius war perfektes Aussehen die höchste Pflicht. Sie trug Gewänder aus kostbaren Stoffen, perlenbesetzte Halsketten und Schmuck aus spanischem Silber und illyrischem Gold. Jede Fremde hätte sie beneidet.

»Steht in deinen Karten auch etwas über einen Mann, der mich mit offenen Armen begrüßt?«, fragte sie den Astrologen.

Der senile Wahrsager hob die buschigen weißen Augenbrauen. »Mit offenen Armen, Gebieterin?«

»Ja, als ob er mich umarmen oder willkommen heißen wollte.« Er schüttelte den Kopf und sammelte seine Instrumente ein. »Nichts, Gebieterin«, murmelte er und ging.
Sie nagte an ihrer Lippe. Der Vogeldeuter auf ihrem Landsitz hatte sich noch nie geirrt. Seine Vorhersagen traten mit untrüglicher Sicherheit ein. Unglücklicherweise hatte der Deuter der Auspizien den Haushalt nicht in die Stadt zurückbegleitet.
Amelia fröstelte – nicht vor Kälte, sondern vor Angst. Die Halskette. Selbst in der Schatulle verwahrt, flößte sie ihr Angst ein. Der blaue Kristall ließ sie an den Tod denken. Er trug die Farbe der Grausamkeit und Unversöhnlichkeit. Der Stein kannte keine Gnade, ebenso wenig wie sein Spender. Erfreulich für das Auge, aber hart und kalt mit einem verschlossenen Herzen, wie Cornelius selbst.
Sie dachte nach über seine Macht und die Macht der Männer im Allgemeinen. Welche Macht besaßen Frauen überhaupt? Amelias Vater und Brüder hatten streng über ihre Unschuld und damit über ihre Sexualität gewacht. Bei ihrer Heirat war sie ihrem Gatten von ihrem Vater »übergeben« worden. Nicht ein einziges Mal in ihrem Leben hatte sie über sich selbst bestimmt.
Sie fröstelte wieder vor Furcht, was sie in ihrem Spiegelbild entdecken würde – ob der Geist der toten Königin hinter ihr lauerte. Diese schreckliche Halskette! Es war, als ob Cornelius ein Gespenst in ihr Haus gebracht hätte. Wenn sie nur beten könnte.
Wie sie ihre Freundin Rahel beneidete, so gläubig, so aktiv in ihrer Gemeinschaft, ihrer Sache so sicher. Rahel wusste um Amelias Glaubensverlust und hatte auf einfühlsame Weise versucht, der Freundin den Judaismus nahe zu bringen. Doch Rahels Religion hatte Amelia nur verwirrt und bestürzt. Wenn hundert römische Gottheiten ihren Glauben nicht erwecken konnten, wie dann nur einer?
Da fiel Amelia ein, dass sie heute zu ihrer Freundin eingeladen war, und das an einem Tag, an dem sie Rahel normalerweise nicht besucht hätte, denn es war ihr Feiertag, den sie Sabbat nannte. Umso erstaunlicher, dass es die Einladung zu einem *Essen* war. Nach dem

rabbinischen Gesetz durften Juden keine Mahlzeit mit Nichtjuden teilen, und in all den Jahren ihrer Freundschaft hatte sie mit Rahel noch nie das Brot gebrochen. Sie freute sich auf diesen Abend, bedachte jedoch, dass Cornelius ihre Freude nicht merken durfte, damit er sie nicht mit Hausarrest bestrafte.
Amelia wusste, weshalb Cornelius ihr die Freundschaft mit Rahel nicht untersagte, während er ihr alle anderen Freiheiten verbot: Er brauchte eine Handhabe gegen sie, um sie kleinzuhalten. Wenn er ihr alle anderen Freuden nahm und sie zu einer echten Gefangenen machte, hätte er nichts mehr in der Hand, womit er sie in Schach halten konnte. Ihre Ausflüge zu Rahel dienten ihm als konstante Versicherung seiner Macht über sie. Außerdem hielt er sie ständig im Ungewissen. Bis zum letzten Moment war Amelia sich nie sicher, ob er ihr erlauben würde, das Haus zu verlassen. Und während sie sich an diesem Morgen darauf freute, ihre Freundin Rahel wiederzusehen, blieb immer noch die Ungewissheit, ob es diesmal das letzte Mal sein würde.

»Der Tag ist ausgesprochen günstig, Eure Exzellenz, um Euren Fall vor Gericht zu bringen.« Cornelius' persönlicher Astrologe nickte, zufrieden über seine Berechnungen. »Ja, ausgesprochen günstig. Ich möchte sagen, der Fall wird bis Mittag entschieden sein.«
Während die drei Sklaven die Toga ihres Herrn kunstvoll drapierten, spähte Cornelius zu der offenen Tür. Er wusste, dass Amelia in der Nähe lauerte.
Sie war nicht immer so scheu gewesen. Es gab eine Zeit, da war Amelia eine ihrem hohen Rang in der römischen Gesellschaft entsprechende Persönlichkeit gewesen. Diese traurige Demontage hatte sie sich selbst zuzuschreiben. Eine Scheidung mit anschließender Verbannung wäre die gerechte Strafe gewesen, aber nur Cornelius kannte die Gründe, warum er die Ehe aufrechterhielt. Die Römer mochten keine unverheirateten Männer, und schon gar keine reichen. Kaiser Augustus hätte die Ehelosigkeit einst beinahe unter

Strafe gestellt. Wenn Cornelius sich von Amelia scheiden ließe, wäre jede Mutter einer unverheirateten Tochter, jede Witwe und jede Geschiedene, ja jede heiratsfähige Frau im gesamten Kaiserreich hinter ihm her. Auf diese Weise diente Amelia ihm als Schutzschild, und er fand diesen Winkelzug geradezu genial. Obwohl immer noch im Rang einer Ehefrau, genoss Amelia keinerlei Rechte mehr, und er war ihr gegenüber aller Verpflichtungen entbunden, andererseits hielt sie ihm auf bequeme Art heiratswütige Frauen vom Leib.

Und dann die Halskette! Wieder so ein Geniestreich von ihm. Als der ägyptische Händler ihm die aus einer Grabkammer gestohlene Kette zeigte, hatte Cornelius sofort erkannt, dass sie wie geschaffen für Amelia war – der protzige Tand einer ehebrecherischen Königin. Der Zeitpunkt hätte nicht besser gewählt sein können. Amelias Indiskretion lag inzwischen sechs Jahre zurück und verblasste allmählich in der Erinnerung der Leute. Der blaue Stein mit seiner skandalösen Geschichte war geradezu perfekt, um das Gedächtnis der Leute aufzufrischen, und erlaubte ihm, Cornelius, auf geschickte Art, seine wachsende Macht in Rom zu demonstrieren, denn der Stein sagte: Wenn ich meiner Frau das antun kann, dann überlegt mal, was ich *euch* antun kann.

Im Atrium wurde er bereits von einem kleinen Kreis erwartet. Cornelius war erst seit zwei Tagen wieder in Rom, und schon hatte die Nachricht von seiner Rückkehr die Runde gemacht. Sie kamen stets zum Morgenempfang, hungrige junge Männer, auf der Suche nach Gefälligkeiten, Empfehlungen, Einführungen. Sie eilten aus ihren schäbigen Behausungen herbei, um ihrem Gönner ihren Respekt zu bezeugen, hing doch ihre ganze Existenz von ihm ab. Und als Gegenleistung für Geschenke und Speisen wurde von dieser beflissenen Klientel erwartet, dass sie ihren Patron durch die Stadt begleitete. Es war eine römische Tradition: Je größer die Gefolgschaft, desto höher das Ansehen des Schutzherrn. Und Cornelius Gaius Vitellius hatte eine der größten Gefolgschaften in Rom.

Cornelius war ein erfolgreicher, einflussreicher Advokat mit hochkarätigen Beziehungen. Wann immer bekannt wurde, dass er einen Fall vor Gericht vertrat, drängten sich die Zuschauer in den Rängen. Seine Großzügigkeit war ebenfalls stadtbekannt. Er unterstützte kostenlose Badetage in den Thermen, wobei sein Name auf einem Banner über dem Eingang prangte. In der Arena trug eine der Zeltbahnen, die zum Schutz vor der Sonne über einen Teil der Tribüne gezogen wurde, seinen Namen, um die Zuschauer darüber zu informieren, dass dieser Sonnenschutz kostenlos von ihm zur Verfügung gestellt wurde. Er ließ Sklaven mit Flöten und Trommeln durch die Straßen marschieren, die seine Größe proklamierten, gefolgt von noch mehr Sklaven, die Brot an das Volk verteilten. Cornelius brannte darauf, eines Tages Konsul zu werden. Dann würde er im Rang nur noch unter dem Kaiser stehen und in die Geschichte eingehen. Brotlaibe und Zeltplanen waren dafür ein geringer Preis.
Er dachte an Amelia, die vor seiner Tür wartete.
Der einzig wahre Besitz eines Mannes war sein guter Ruf. Nahm man ihm seine Güter, seinen Besitz und seine Erfolge, blieb immer noch sein Name, und den zu verteidigen war das höchste Recht. Und die schlimmste Demütigung für einen Mann in Rom war, dass man über ihn lachte. Zielscheibe des Spotts zu sein war nichts für Cornelius Gaius Vitellius, in dessen Adern edleres Patrizierblut floss als in denen des Kaisers (Cornelius würde sich hüten, Nero je daran zu erinnern). Seine untreue Ehefrau ins Exil zu verbannen wäre zu einfach gewesen, eine Lösung für Schwächlinge. Cornelius zeigte den Römern, aus welchem Holz er geschnitzt war, indem er seine Ehefrau behielt und an ihr ein Exempel für andere Frauen statuierte.
Ihre Ehe war eine Vernunftehe, es ging um die Vereinigung zweier mächtiger Familien. Mit elf beziehungsweise acht Jahren waren Cornelius und Amelia einander versprochen worden, acht Jahre später waren sie verheiratet und innerhalb von fünf Jahren zum ersten Mal Eltern. Nach ihrem Erstgeborenen, der nach dem Vater benannt wurde, folgten weitere Schwangerschaften, die mit Fehlgeburten,

Totgeburten und gesunden Kindern endeten – die normale Mischung. Im Laufe der Jahre festigte Cornelius seinen Ruf als begnadeter Rhetoriker und erfolgreicher Anwalt, und Amelia erwies sich als Mustergattin. Konnte ein Mann noch mehr verlangen?
Aber dann hatte sie sich mit Neros Mutter Agrippina angefreundet, der einflussreichsten Frau im römischen Reich – einer Frau, die einmal die Spiele in Gewändern aus puren Goldfäden besucht und damit die Zuschauer buchstäblich geblendet hatte. Agrippina lebte nicht mehr, den Göttern sei Dank, aber Cornelius würde nie die Demütigung vergessen, die er sechs Jahre zuvor im Zirkus erlebt hatte, als er in Begleitung der damals schwangeren Amelia die kaiserliche Loge betrat und die Zuschauermenge aufsprang und jubelte. Cornelius hatte huldvoll den Arm erhoben, während Agrippina ihm aus dem Mundwinkel zuzischte: »Sie bejubeln deine Frau, nicht dich, du Idiot!«
Woher hätte er wissen sollen, dass Amelia höchstpersönlich Roms beliebtesten Wagenlenker überredet hatte, seinen Ruhestand für ein allerletztes Wagenrennen aufzugeben? Die Aktivitäten der Ehefrau interessierten einen Mann nicht, solange die Kinder anständig erzogen wurden, der Haushalt reibungslos lief und der Name und gute Ruf ihres Gatten nicht beschmutzt wurden. Was die Gattin sonst noch unternahm – Wohltätigkeiten oder Gesellschaften – war nicht von Belang für den Ehemann. Wie also hätte Cornelius ahnen können, dass Amelia eine Delegation von Patrizierdamen angeführt hatte, um dem arroganten Wagenlenker zu schmeicheln und ihn zu einem letzten Wagenrennen zu überreden? Da Amelias Bemühungen erfolgreich waren und die Römer den Wagenlenker geradezu vergötterten, hatte der Plebs Amelia selbst zur Heldin erklärt.
Und ihr Mann hatte nichts davon gewusst.
Danach war Cornelius monatelang das Gespött der Stadt gewesen. Die Leute reimten Spottverse und Lieder, kritzelten Sprüche an Hauswände und machten aus »Cornelius Vitellius« einen Euphemismus für den einfältigen Ehemann. Und es gab nichts, was er da-

gegen hätte tun können, ohne sich noch lächerlicher zu machen. Die Demütigung und der Groll hatten an ihm genagt wie ein Krebsgeschwür, bis er endlich seine Stunde gekommen sah. Von ihrem öffentlichen Podest würde er Amelia nicht stoßen können, wohl aber von ihrem persönlichen Sockel. Selbst wenn das Baby ein makelloser Junge gewesen wäre, hätte er es für untauglich erklärt und auf den Müll werfen lassen. Zum Glück war es ein Mädchen, und keiner hatte genau genug hingeschaut oder den Mut aufgebracht, den verkrüppelten Fuß anzuzweifeln. Trotz Amelias hysterischen Flehens wurde das Kind den Elementen ausgesetzt, und Cornelius' Herrschaft war wieder hergestellt.

Doch dann musste diese dumme Frau sich mit einem anderen Mann einlassen – dazu noch mit einem Poeten! Und war dann auch noch so dämlich gewesen, sich erwischen zu lassen. Wieder musste Cornelius handeln. Er verbannte sie jedoch nicht aus Rom. Wenn der Plebs seine Gattin schon zur Favoritin erkoren hatte, sollte er auch ständig daran erinnert werden, was für eine Hure sie war.

Als die Sklaven seine Toga schließlich in elegante Falten gelegt hatten, trat Cornelius einen Schritt zurück und betrachtete sich in dem hohen Spiegel aus geschliffenem Kupfer. »Ich nehme an, du möchtest die Jüdin besuchen?«, fragte er nebenbei. Cornelius nannte Rahel nie bei ihrem Namen. Er mochte die Juden nicht und war entschieden dagegen, dass der Staat ihren Glauben und ihre geheimen Sekten tolerierte. Dabei übersah er geflissentlich, dass es der Ehemann ebenjener Jüdin gewesen war, ein Arzt namens Solomon, der das Leben eines seiner Kinder gerettet hatte.

Amelia erschien auf der Türschwelle. »Ja, wenn ich darf.«

Er nestelte an seiner Toga, drehte sich mehrmals vor dem Spiegel, bellte seinen Sklaven einen Befehl zu, musterte seine perfekt manikürten Fingernägel und sagte schließlich: »Möchtest du das wirklich?«

Sie presste die Lippen zusammen. »Ja, Cornelius.« Sie sehnte sich verzweifelt danach, das Haus zu verlassen. Nach dem Besuch bei

Rahel würde sie hoffentlich die Gelegenheit haben, an einem der Bücherläden in der Nähe des Forums nach einer neuen Gedichtsammlung zu stöbern. Nur würde sie sich beeilen und den Fund vor Cornelius verstecken müssen.
Endlich schaute er sie an. »Du trägst ja mein Geschenk gar nicht.«
Ihr Herz tat einen Sprung. Die Halskette! »Ich dachte … Sie schien mir viel zu kostbar …«
»Die Jüdin ist deine beste Freundin. Ich hätte erwartet, dass du ihr mein Geschenk zeigen möchtest.«
Amelia schluckte mit trockenem Mund. »Ja, Cornelius. Ich werde die Kette tragen, wie du es wünschst.«
»In dem Fall sei dir dein Besuch gestattet.«
Sie versuchte, ihre grenzenlose Erleichterung zu verbergen.
»Du wirst vor Sonnenuntergang zurück sein«, fügte Cornelius hinzu. »Wir haben heute Abend Gäste.«
»Wer …«
»Kein Abstecher zum Forum. Du wirst direkt nach Hause kommen, und wenn nicht, erfahre ich es sowieso.«
Mit gesenktem Kopf wisperte sie: »Ja, Cornelius.«
Er entließ sie mit einer Handbewegung, und sie ging in ihr Schlafzimmer, wo sie die Goldkette mit dem verhassten blauen Stein aus der Schatulle nahm. Als sie sich das schwere Geschmeide umlegte, spürte sie, wie die Schatten sie umlagerten. Ob sie wollte oder nicht, sie musste den Geist der ägyptischen Königin ertragen.

Während Amelia in ihrer Sänfte durch die Straßen getragen wurde, sog sie den Lärm und die Gerüche von Rom ein. Von der frischen Landluft verwöhnt, waren die ersten Tage in der Stadt jedes Mal ein Schock für sie. Sie brauchte die Vorhänge nicht beiseite zu ziehen, um zu wissen, dass sie die Straße der Tuchwalker passierten, denn zum Walken der Wolle verwendeten die Tuchwalker Urin.
In Roms Straßen drängten sich die Menschen auf der Suche nach Unterhaltung und Zerstreuung; Käufer und Verkäufer; Männer, die

gesehen werden oder selber sehen wollten; Frauen beim Klatschen und Tratschen. An jeder Straßenecke wurde Unterhaltung feilgeboten: von Jongleuren, von Spaßmachern, von Wahrsagern und Schlangenbeschwörern. Hier scharten sich Zuschauer um einen Schwertschlucker, dort um ein Akrobatentrio, um Zauberer mit Tauben und Zwergen mit dressierten Äffchen. Es gab Sänger, Bordsteinartisten, Feuerschlucker und Pantomimen. Auf Kisten stehend, ereiferten sich Redner über alles, von den Vorteilen ungewürzter Speisen bis hin zu den Übeln des Sex. Einbeinige Matrosen unterhielten ihr Publikum mit Papageien, die obszöne Wörter krächzten, Poeten rezitierten auf Griechisch oder Lateinisch; fliegende Händler verkauften Tonika, Elixiere und Wunderheilmittel. Auf der ständigen Suche nach Abwechslung bevölkerten die Menschen die Marktplätze, die Parks, das Forum, enge Gassen oder breite Straßen. Sie füllten Läden und Tavernen, um ihren Appetit zu stillen; es wurde getratscht, geflirtet, geneckt und gekuppelt. In dunklen Hinterhöfen wurden niedrigere Gelüste befriedigt: mit grausamen Hundekämpfen, nackten Tanzmädchen, Kinderprostituierten. Sex wurde billig erkauft und rasch konsumiert.

Amelia liebte es, in ihrer Sänfte durch die Menge zu schaukeln, wobei ihre vier kräftigen Träger sich mit lauten Rufen den Weg bahnten. Rom machte sie wieder lebendig und half ihr, das Gespenst, das sie belauerte, zu vergessen.

Als die Sänfte vor einer hohen Mauer mit einem schweren Eisentor abgesetzt wurde, stand die Sonne bereits im Zenit. Amelia läutete, und das Tor schwang auf. Bevor sie über die Schwelle trat, berührte sie mit den Fingerspitzen eine in die Steinmauer eingelassene Tonkapsel. *Mezwah* hieß diese Kapsel, die einen mit heiligen Worten beschrifteten Pergamentstreifen enthielt. Amelias Geste erfolgte unwillkürlich, aber sie tat es nicht, weil sie an die Kraft der heiligen Worte glaubte, sondern aus Achtung vor Rahel und ihrem Glauben. Amelia genoss die Zusammenkünfte mit Rahel, weil sie von ihr nie kritisiert oder insgeheim verurteilt wurde, wie in ihren eigenen

Kreisen üblich. Mit Rahel konnte sie ungeniert sprechen oder auch einfach schweigen. Am liebsten verbrachten sie ihre gemeinsame Zeit mit Spaziergängen am Ufer des Tiber, beim Durchstöbern der Buchläden, beim Bummel durch die Straßen oder beim Brettspiel in Rahels Garten. Ein Essen hatten sie jedoch noch nie miteinander geteilt, und Amelia war gespannt, was sie erwartete.

Ihre Freundin kam ihr entgegen, eine ältere, rundliche Frau mit freundlichem Gesicht und prächtigem silbernen Schmuck um den Hals. »Meine liebe Amelia.« Rahel umarmte sie. »Wie ich dich vermisst habe«, sagte sie mit feuchten Augen. »Und du hast noch ein Enkelkind bekommen!«

»Einen gesunden Jungen.«

»Gott sei gelobt. Wie geht es Cornelia?«

»Sie ist mit ihrem Mann noch auf dem Land und wird erst in ein paar Tagen nach Rom kommen. Aber du, Rahel. Du siehst wunderbar aus!« Sie hatten sich sieben Monate lang nicht gesehen, und obwohl die Freundin immer sehr wohl aussah, erschien es Amelia heute so, als ob Rahel von innen heraus strahlte. In ihren kostbaren dunkelblauen Seidengewändern mit der Silberstickerei sah Rahel tatsächlich um Jahre jünger aus. Sie hakte Amelia unter und geleitete sie zum Haus.

»Heute ist Schawuot, ein Freudenfest, zum Gedenken an den Tag der Offenbarung am Berg Sinai, als Moses von Gott die Gesetzestafeln mit den Zehn Geboten empfangen hat. In Jerusalem bringen die Menschen erste Erntegarben des Weizens als Opfer in den Tempel, und ich habe mein Haus mit frischem Grün geschmückt. Außerdem ist es ein Wallfahrtsfest, Solomon und ich hatten immer gehofft, Schawuot eines Tages in Jerusalem begehen zu können.«

Rahel hielt inne, als sie an Amelias Hals etwas aufblitzen sah. »Was ist das? Eine Halskette, die du versteckst?«

Amelia zog den Anhänger aus blauem Kristall aus dem Ausschnitt. Als Rahel ihn berühren wollte, zuckte Amelia zurück. »Nicht.«

»Warum?«

»Ein Fluch liegt darauf.«
Rahels Augen wurden vor Schreck ganz rund.
»Diese Halskette stammt von der Mumie einer ägyptischen Königin.«
Rahel fasste sich an die Brust. »Von den Toten gestohlen? Gott schütze uns. Amelia, warum trägst du so etwas?«
»Cornelius hat es mir befohlen.«
Rahel schwieg dazu. Alles, was sie zum Thema Cornelius zu sagen hatte, war schon längst gesagt.
»Ich spüre ihre Gegenwart.«
»Wessen?«
»Der toten Königin. Es ist, als ob Cornelius ihren Geist mitgebracht hätte.«
»In diesem Haus gibt es keine Gespenster.« Rahel nahm Amelias Arm. »Hier bist du sicher.«

Als sie in dem kühlen Atrium standen, fasste Rahel Amelia an den Händen und sagte mit besonderer Wärme: »Ich kann die gute Neuigkeit nicht länger für mich behalten. Meine teure Freundin, während du auf dem Lande warst, ist etwas Wunderbares geschehen! Du weißt, wie trostlos mein Leben seit Solomons Dahinscheiden ist.«
Rahels Ehemann war Arzt der griechischen Schule gewesen – die hippokratischen Ärzte waren damals wegen ihres Könnens und ihrer Lauterkeit sehr gefragt. Die beiden Frauen hatten sich kennen gelernt, als eines von Amelias Kindern erkrankt war und Solomon es behandelt hatte. Er und Rahel waren damals gerade von Korinth nach Rom gezogen, wo es an guten Ärzten mangelte. Rahel und Solomon hatten einander wirklich geliebt, eine Seltenheit in jener Zeit. In Rom galt es als höchst unziemlich, dass Ehegatten sich liebten, und Zeichen der Zuneigung waren in der Öffentlichkeit verpönt. Amelia hatte einst schockiert mit angesehen, wie Solomon seine Frau auf die Wange küsste. Seit seinem Tod war Rahel wie

verwandelt, als ob sein Ableben eine unheilbare Wunde gerissen hätte.

Heute jedoch schien sie vor Freude ganz aufgeregt. »Ich habe mir immer gesagt, wenn ich nur die Gewissheit hätte, dass ich meinen Solomon wiedersehen kann. Und nun habe ich die Gewissheit.«

Atemlos erzählte Rahel von einem jüdischen Helden, den sie den Erlöser nannte, der ein kommendes Königreich verkündigte und ewiges Leben versprach. »Durch Christus erlangen wir inneren Frieden. Er hat Juden und Christen durch seinen Tod vereint, indem er mit dem alten Gesetz, das sie trennte, brach.«

Sie lachte über Amelias ratloses Gesicht: »Es ist verwirrend, aber bald wirst du es besser verstehen. Hier findest auch du Antworten, liebste Freundin.«

Nach und nach trafen die anderen Gäste ein. Amelia staunte über die Mischung, denn Rahel hatte ihr einmal gestanden, sie sei ihre einzige nichtjüdische Freundin, und doch fanden sich noch andere Nichtjuden unter den Gästen. Sie stammten nicht nur wie Rahel aus der Oberklasse, sondern schienen aus allen Bevölkerungsschichten zu kommen, einschließlich der Sklaven, die zu Amelias Verwunderung ebenfalls herzlich willkommen geheißen wurden. Es war eine laute Gesellschaft. Die meisten Römer wussten relativ wenig über das Judentum, und Amelia hatte geglaubt, ihre religiösen Rituale vollzögen sich still und feierlich, wie die in den Tempeln von Isis und Juno. Aber wie Rahel ihrer verwirrten Freundin erklärte, dienten diese wöchentlichen Begegnungen nach dem Besuch der Synagoge vornehmlich dem gesellschaftlichen und geistigen Austausch.

Es gab drei Esstische, die von neun Sitzbänken umstellt waren, wobei drei Gäste sich eine Bank teilten. Hierbei erwies Rahel sich als perfekte Gastgeberin, denn es galt als schlechter Stil, weniger als neun Gäste an einem Tisch und mehr als siebenundzwanzig Gäste auf einer Gesellschaft zu versammeln. Alle Kamine waren bereits am Vorabend beheizt worden, nach dem jüdischen Ruhegebot durfte am Sabbat kein Feuer entzündet werden.

Als alle ihre Plätze eingenommen hatten, sagte Rahel: »Es ist mir eine große Freude, die Nichtjuden unter uns begrüßen zu dürfen.«
Ein älterer Mann mit Kippa und Gebetsschal entrüstete sich über die Anwesenheit der Andersgläubigen und verließ unter Protest den Raum.
Rahel schickte ihm einen jungen Mann hinterher und wandte sich beinahe entschuldigend an Amelia. »Viele unter uns sind immer noch geteilter Meinung. Jede Gemeinde ist in der Gestaltung ihres religiösen Lebens selbständig. Unsere Glaubensbrüder in Korinth verfahren anders als wir hier in Rom oder unsere Brüder und Schwestern in Ephesos.«
Tatsächlich kehrte der alte Mann an der Seite des jungen zurück, der ihn mit den Worten des Propheten Jesaja ermahnte: »Ich habe dich auch zum Licht der Heiden gemacht, dass du seist mein Heil bis an der Welt Ende.« Obwohl er nicht sehr überzeugt schien, nahm der Alte seinen Platz wieder ein.
Rahel stimmte das große Gebet »Höre Israel, der Herr ist unser Gott« an, zunächst auf Hebräisch, dann, mit Rücksicht auf die neuen Gäste, auf Lateinisch.
Die Andacht schien daraus zu bestehen, Briefe vorzulesen und Geschichten zu erzählen. Amelia erkannte einige der Geschichten wieder, denn die Auferstehung von Göttern war nichts Neues. Der Gott Mars war drei Tage in die Unterwelt gestiegen und dann wieder auferstanden. Von anderen Erlösern aus früheren Zeiten kannte sie ähnliche Geschichten, selbst Romulus, der erste König von Rom, war nach seinem Tod leibhaftig seiner Gefolgschaft erschienen und hatte erklärt, er würde zu den Göttern hinaufsteigen. Julius Cäsar und Augustus zählten inzwischen ebenfalls zu den Göttern. Es gehörte beinahe zum Alltag, dass aus Menschen Götter wurden. Und was das Leben nach dem Tode betraf, so hatte Isis solches bereits versprochen. Die Versammlung sprach von der Kreuzigung ihres Erlösers. Auch das war für Amelia ohne Belang, Verbrecher wurden täglich ans Kreuz geschlagen. Die Wege nach Rom waren von Kreu-

zen gesäumt, von denen selten eines leer blieb. Und dass Jesus Wunder vollbrachte und die Kranken heilte, war auch nichts Besonderes, in den Straßen Roms wurden täglich Wunder vollbracht: Zauberer verwandelten Wasser in Wein, und Wunderheiler brachten Lahme zum Gehen. Doch hörte sie höflich zu und staunte darüber, wie gebannt die Runde lauschte.

Rahels Cousine aus Korinth hatte Briefe mitgebracht, die laut vorgelesen wurden. Rahel sagte leise zu Amelia: »Unsere Glaubensgemeinde hat keine offiziellen Bethäuser. Wir halten unsere Versammlungen in Privathäusern ab. Meine Cousine ist genau wie ich eine Schutzherrin des neuen Glaubens und hält Zusammenkünfte bei sich zu Hause ab. Ihre Schwägerin in Ephesus macht das ebenso. Es gibt keine einheitlichen Regeln oder Vorschriften für die Ausübung unseres Glaubens. In Alexandria zum Beispiel gibt es eine Glaubensgruppe, die nur aus Nichtjuden besteht, und so haben sie ihre Zusammenkünfte vom Sabbat auf den Sonntag, den sie den Tag des Herrn nennen, verschoben. Sie halten auch die koscheren Speisegesetze nicht ein. Die Gefährten des Herrn schicken Briefe an viele Gemeinschaften, um uns alle zusammenzubringen.«

Bei der Versammlung in Rahels Haus schien es keinen andersgläubigen Einfluss zu geben. Die Teilnehmer waren in der Mehrzahl Juden. Auf dem Tisch stand eine Menorah, der siebenarmige Leuchter. Rahels Haupt, wie das der Männer, war bedeckt, die meisten Männer trugen Gebetsschal und Gebetsriemen. Die Gebete wurden zuerst auf Hebräisch, dann auf Lateinisch gesprochen. Und die Speisen, so reichhaltig und bunt, enthielten weder Schweinefleisch noch Schaltiere, Milch oder Käse. Dafür gab es gedünsteten Fisch in einer schmackhaften Sauce, gekochtes Huhn und zartes Kalbfleisch.

Rahel, die den Vorsitz führte, erklärte den Neuen in der Runde, dass mit diesem Fest der Ankunft des verheißenen Erlösers gedacht würde, des Messias, der den Juden das Reich Gottes bringen sollte. Sie stellte die neuen Freunde vor. »Einige unter euch protestieren gegen die Nichtjuden in unserer Mitte. Aber hat Paulus uns nicht ermahnt, ›Ihr seid alle Gottes Kinder durch den Glauben an Christum Jesum‹?«

Rahel brach das Brot in Stücke und reichte es weiter.

Amelia war aufgefallen, dass sich die Gebete an einen »Abba« richteten. »Ist Abba der Name eures Gottes?«, wollte sie wissen.

»Aramäisch war die Sprache unseres Herrn, und Abba ist das aramäische Wort für ›Vater‹. Jesus hat Gott mit ›Vater‹ angeredet, und das haben wir übernommen.«

Trotz der fröhlichen Stimmung spürte Amelia eine merkwürdige Angespanntheit in der Gruppe, und je mehr sie ihren Geschichten lauschte, desto besser verstand sie den Grund für diese Spannung: Ihr Erlöser war dreißig Jahre zuvor gekreuzigt worden, und wie Petrus berichtete, hatte der Herr seine Rückkehr zu Lebzeiten seiner Jünger versprochen. Von ihnen lebten jedoch nur noch wenige, hochbetagt. Das bedeutete für die Glaubensgemeinde, dass Jesu Wiederkunft unmittelbar bevorstand. »Es kann jeden Tag sein«, versicherte Rahel der Gruppe. Das war neu für Amelia, denn ihr fiel kein einziger Erlösergott ein, der seine Rückkehr angekündigt hatte oder nach seiner Auferstehung tatsächlich zurückgekommen war. Rahel berichtete auch von Stämmen an den Reichsgrenzen, die einen Aufstand gegen Rom anzettelten, dann zitierte sie Zeichen und Omen, die das Ende der Welt ankündigten.

Die Schlussworte wurden von einem alten Mann gesprochen, den sie mit »Petrus« anredeten, für Amelias Ohren ein merkwürdiger Name, denn sie sprachen Lateinisch und nannten ihn daher »Fels«. Noch nie hatte sie von einem Mann namens Fels gehört. Darauf angesprochen, erwiderte Rahel: »Er ist Simon, der Fels, das bezieht sich auf seine Standfestigkeit und Treue. Er war der erste Jünger unseres Herrn.«

Petrus machte seinem Namen keine Ehre. Klein, alt und gebrechlich, musste man ihm zu seinem Platz geleiten, wo er mit brüchiger Stimme zu sprechen begann. Zuerst pries er Gott, dann sprach er

von der Heiligkeit des Lebens. Für Amelia ergab das meiste wenig Sinn, dennoch hörte sie ihm höflich zu, als er sagte: »Ihr aber seid das auserwählte Geschlecht, das königliche Priestertum, das heilige Volk. Einst wart ihr nicht ein Volk, nun aber seid ihr Gottes Volk.«
Zum Schluss gab es noch eine Geldkollekte, die zum Teil für die Armen in Rom, zum anderen für die im ganzen Land verstreuten Christengemeinden bestimmt war. Als der allgemeine Aufbruch nahte, fragte Rahel die Freundin, was sie von der Zusammenkunft halte. Amelia musste ihr gestehen, dass sie diesen neuen Glauben nicht richtig verstand und nicht akzeptieren mochte, dass das Ende der Welt bevorstand. »Liebste Freundin, ich danke dir, dass du mich heute zu deiner Versammlung eingeladen hast. Aber das ist nichts für mich. Ich habe nicht den Glauben, den du von deinen Mitgliedern erwartest. Ich denke auch nicht, dass euer Erlöser sich für mich interessieren könnte.« Sie brach unvermittelt ab.
Der gebrechliche alte Apostel mit Namen Petrus begann gerade sein Schlussgebet. Er erhob sich von seinem Sitz, streckte die Arme aus und betete: »Unser Vater, der du bist im Himmel …«
Wie unter Schock starrte Amelia auf die weit ausgestreckten Arme und dachte an die Prophezeiung des Wahrsagers. War *das* der vorhergesagte Mann?

Da die Sommerhitze über der Stadt lastete, richtete Rahel das Peristyl, den von Säulen umstandenen Garten, für die samstägliche Zusammenkunft her. Die Gruppe war beständig angewachsen, das Gemeinschaftsmahl ließ sich nicht länger an Tischen abhalten. Jetzt hockten die Gäste auf dem Boden oder auf Bänken und aßen ihr Brot aus der Hand. Weil sie keinen offiziellen Andachtsraum besaßen und sich in Privathäusern versammelten, nannte sich ihre Gruppe eine *ecclesia* – das Wort kam aus dem Griechischen und bedeutete »Versammlung« und würde in ferner Zukunft einmal »Kirche« bedeuten. Rahels Haus war nunmehr eine »Hauskirche«, ebenso wie Chloes Haus in Korinth oder Nymphas Haus in Laodicea. Und alle diese verstreuten Hauskirchen zusammen bildeten die christliche Urgemeinde.

Der christliche Glaube verbreitete sich so rasch, dass Rahel praktisch täglich Taufen am Brunnen in ihrem Säulenhof vornahm. Sie hatte das Taufritual von ihrer Cousine Chloe übernommen, die wiederum hatte es von Paulus, der es bei Petrus in Jerusalem gelernt hatte. Das Ritual knüpfte das Band mit Jesus, der selbst vor rund vierzig Jahren auf diese Weise im Jordan getauft worden war. Rahels größter Wunsch war jedoch, ihre Freundin zu taufen.

Sie schaute zu Amelia hinüber, die geschäftig mit kleinen, selbst gebackenen Broten hantierte. Mit den mit dem Hermeskreuz versehenen Broten leistete sie ihren bescheidenen Beitrag zu den wöchentlichen Zusammenkünften.

Amelia hatte keine Ahnung, wie inbrünstig Rahel für sie betete, wie sehr es der Freundin um ihr Seelenheil ging. Rahels eigene Konversion hatte an einem regnerischen Tag im Januar stattgefunden, ein Tag, den sie nie vergessen würde. Damals hatte sie die wunderbare Botschaft vom Erlöser der Juden vernommen, dass bei seiner Wiederkehr die Menschen mit den Toten vereinigt würden, denn der Tod war, wie Paulus gepredigt hatte, nur ein Schlaf, »eine Nacht zwischen zwei Tagen«. Als Petrus ihr die knochige Hand auf den Scheitel legte, spürte Rahel sofort, wie die Trauer von ihr wich. Dieselbe Erfahrung wünschte sie Amelia.

Nach Solomons Tod hatte Amelia sich als wahre Freundin erwiesen, die ihr in ihrem tiefsten Kummer beistand, Trost spendete, ihre Trauer und ihr Gefühl des Verlassenseins teilte. Sie konnte sich nicht vorstellen, wie sie diese dunklen Stunden ohne die Freundin hätte ertragen können.

Und dann hatte sich das Blatt gewendet. »Ich komme mir vor, als verlöre ich meine Seele«, hatte Amelia ihr eines Tages gebeichtet, als die Dämmerung sich langsam über den Garten senkte. »Cornelius zehrt mich aus, Rahel, und ich habe keine Kraft, mich zu wehren.«

Wie gern hätte Rahel Amelia diese schreckliche Kette vom Hals gerissen und den bösartigen blauen Stein unter ihrem Absatz zertreten. Aber Cornelius vergewisserte sich täglich, dass Amelia die Kette auch umlegte, und Amelia fand ihre Strafe gerecht. »Ich habe doch Ehebruch begangen«, klagte sie.

»Amelia, hör mir zu. Eines Tages traf Jesus auf eine Gruppe von Leuten, die eine Frau wegen Ehebruchs steinigen wollten. Er reichte ihnen einen Stein und forderte sie auf, derjenige solle den ersten Stein werfen, der keine Sünde begangen hätte. Und glaube mir, Amelia, keiner hat den Stein geworfen. Ist Cornelius denn ohne Sünde?«

»Für ihn ist das etwas anderes. Für Männer ist es immer etwas anderes.«

Dem vermochte Rahel nichts entgegenzusetzen, denn in der römischen wie in der jüdischen Tradition war die Frau eindeutig dem Mann untergeordnet. Aber hatte Jesus nicht von der Gleichheit zwischen Mann und Frau gepredigt, und war sie, Rahel, nicht der beste Beweis dafür? In der Synagoge musste sie gewöhnlich auf der durch ein Gitter abgegrenzten Frauenempore sitzen und durfte nicht aktiv am Gottesdienst teilnehmen, bei den samstäglichen Zusammenkünften in ihrem Haus dagegen fungierte sie als Geistliche und Vorsängerin und brach das gemeinsame Brot. Wenn Jesus wieder erschien und das neue Reich Gottes anbrach, würde das auch den Beginn eines neuen Zeitalters für Frauen und Männer verheißen.

Rahel konnte ihre Freundin nicht aufgeben. Jesu Rückkehr stand unmittelbar bevor, und nur die Getauften würden Eingang ins neue Königreich finden. Während Rahel den Lammtopf abschmeckte, der seit dem Abend vor Sabbat leise vor sich hin köchelte, schwor sie sich, alle ihre Kräfte einzusetzen, um die Seele der Freundin zu retten.

Summend richtete Amelia die Brote auf Servierplatten an. Bei solchen kleinen Aufgaben fühlte sie sich wieder zu etwas nütze. Cornelius gehörte mittlerweile zum inneren Zirkel Neros und verbrachte immer mehr Zeit im kaiserlichen Palast. So war es in ihrem Haus beklemmend still geworden. Es gab nur noch Gaius, der in zwei Jahren die schneeweiße Toga der Mannbarkeit erhalten würde und die meiste Zeit mit seinen Freunden oder Erziehern verbrachte; und den kleinen Adoptivsohn Lucius, um den sich sein Kindermädchen, seine Erzieher und Cornelius kümmerten. Amelia wanderte meist rastlos durch die ausgestorbenen Räume, die Säulengänge und die Gärten ihrer Villa auf dem Aventin, als ob sie nach etwas suchte, und Rahel versicherte ihr, dass sie auf der Suche nach dem richtigen Glauben war. Aber warum hatte Amelia ihn dann noch nicht in diesem Klima religiösen Eifers gefunden? Bei einigen Versammlungen hatte sie erlebt, wie Menschen sich zu Boden warfen, unverständliches Zeug brabbelten oder das Ende der Welt prophezeiten. Obwohl in der Gruppe gebetet und gesungen wurde, neue Bekehrte getauft, der Erlöser und das ewige Leben beschworen wurden, blieb Amelia von alledem unberührt.

Sie machte sich daran, eine besondere Speise für Japheth zu bereiten, dem das Essen Schwierigkeiten bereitete, seit ein grausamer Herr ihm die Zunge abgeschnitten hatte. Ein Priester des Jupitertempels hatte gespottet: »Wie soll dein Gott dich hören, wenn du nicht sprechen kannst?«, und ihm gegen Bezahlung angeboten, seine Gebete laut vorzutragen. Daraufhin hatte sich Japheth Rahels Gemeinde angeschlossen, weil der Gott der Juden auch stumme Gebete erhörte.

Als Amelia das Brot an Cleander, einen jungen Sklaven mit einem Klumpfuß, weiterreichte, wurde sie ungewollt an ihr verlorenes Kind erinnert und fragte sich, ob es wohl überlebt hatte oder bereits im Himmel war und auf seine Mutter wartete, wie Jesus verheißen hatte. Wenn sie doch nur glauben könnte! Was Amelia jedoch in Rahels Gruppe suchte, war weniger der Glaube als die Gesellschaft der anderen. Hier wurde sie gebraucht und fühlte sich als Teil einer Familie. Es störte Amelia nicht, dass jeder Mensch etwas anderes in Jesus sah – Zauberer, Rebell, Lehrer, Heiler, Erlöser, Gottessohn –, denn hatte Jesus nicht selbst in Gleichnissen gesprochen, sodass ein jeder die Botschaft seinem Glauben gemäß auslegen konnte? Für Amelia war Jesus der Lehrer eines moralischen Lebens. Sie erkannte keine Göttlichkeit in ihm, keine Wunderkräfte, mit vielleicht einer Ausnahme: Seine Botschaft hatte wieder Freude in ihr Leben gebracht. *Das* war ein Wunder.

Ob Cornelius die Veränderung in ihr bemerkt hatte? Und wenn er überhaupt an sie dachte, was meinte er wohl, womit sie ihre Zeit zubrachte? Stellte er sich wirklich vor, sie und Rahel gluckten zusammen, um über die Enkelkinder zu sprechen oder die aktuelle Haarmode zu erörtern? Amelia wagte gar nicht, sich seine Reaktion vorzustellen, wenn er erfuhr, dass seine Gattin das Brot mit Menschen von niedrigem Stand teilte oder dass sie sein Hochzeitsgeschenk, ein Armband, versetzt hatte, um einen Juden aus Tarsus aus dem Gefängnis freizukaufen.

Cornelius. Nach all diesen Jahren verstand sie ihn immer noch nicht. Warum musste er sie, zum Beispiel, nach sechs Jahren immer noch bestrafen und bei jeder Gelegenheit demütigen, wenn es doch an der Zeit gewesen wäre, Gras über die Angelegenheit wachsen zu lassen? Doch dann hatte sie die schrägen Blicke und das Getuschel hinter ihrem Rücken bemerkt, bis das Gerücht endlich ihr Ohr erreichte: Cornelius hatte die schöne Witwe Lucilla mit nach Ägypten genommen. So war das also. Mit der Halskette sollte die Öffentlichkeit immer wieder an ihren Fehltritt erinnert werden, während Cornelius klammheimlich seinem Vergnügen nachging.

Von ihrem Landsitz in die Stadt zurückgekehrt, hatten sie und Cornelius sich in das gesellschaftliche Leben Roms gestürzt, in eine endlose Folge von nächtlichen Diners und Galaempfängen, mit denen sich die römische Oberschicht zu unterhalten pflegte. Jedes Mal bestand Cornelius darauf, dass sie die ägyptische Halskette trug, und obwohl sie den Anhänger unter ihrer Tunika verbarg, zwang er sie, ihn vorzuzeigen, während er die Legende von der treulosen Königin erzählte. Neros Frau, die Kaiserin Poppaea, hatte den schwe-

ren goldenen Anhänger in der Hand gewogen, den blauen Stein mit schmalen Augen taxiert und schließlich mit unverhohlener Schadenfreude »Skandalös!« gezischt.
Des Nachts wurde Amelia von Albträumen gequält, bei Tag fühlte sie sich von dem dunklen Schatten der ägyptischen Königin verfolgt. Aber sobald sie Rahels Haus betrat und sich zu den Gästen gesellte, die fröhlich und fromm waren und die Gesetze ihres Gottes befolgten, wurde ihr wieder leicht ums Herz. Wie gerne hätte sie Rahel gestanden: »Ich bin gläubig.« Aber wie geschah dieses Wunder des Glaubens? Wie kam es, dass Menschen unerwartet eine Erleuchtung hatten, mitten in Rahels Garten auf die Knie fielen und in einer unverständlichen Sprache redeten? Und warum wirkte die geheimnisvolle Kraft nur bei manchen und nicht bei allen?
Alle waren so sehr vom nahen Ende der Welt überzeugt – nicht nur Rahels Gruppe, auch Besucher aus anderen Gemeinden –, dass viele Anhänger ihren gesamten Besitz veräußert hatten. Auch in Rahels Haus war die Veränderung zu spüren: Sie hatte ihre Sklaven freigelassen, ein Großteil ihrer erlesenen Möbel war verschwunden, und statt ihrer kostbaren Seidengewänder trug sie grobes, handgewebtes Leinen. Sie sammelte unermüdlich Spenden für ihre armen Brüder und Schwestern in Jerusalem und opferte ihren teuren Silberschmuck für die Finanzierung christlicher Missionen in Spanien und Germanien.
Es war Amelia nicht entgangen, dass unter den Christen keine Einigkeit in ihren Glaubensfragen herrschte. Heiden aus allen Schichten der Bevölkerung schlossen sich an, im Gepäck ihre alten Götter, und wenn Rahel zum Schluss das »Höre Israel« anstimmte, schlugen die einen ein Kreuz, während die anderen das heilige Zeichen des Osiris machten. Gelegentlich traten weit gereiste Besucher vor die Gemeinde, einige von ihnen hatten Jesus tatsächlich gekannt, doch das waren uralte Männer, die mit brüchiger Stimme ein so unverständliches Griechisch sprachen, dass sie einen Dolmetscher benötigten. Und selbst diese Männer konnten sich über das,

was vor dreißig Jahren in Galiläa geschehen war, nicht einigen. Dann gab es die Anhänger Paulus', der Jesus zwar nicht persönlich gekannt hatte, aber große Popularität genoss. Indes legten die Menschen seine Predigten großzügig zu ihrem eigenen Vorteil aus, was dazu führte, dass Paulus sie in seinen Briefen immer wieder ermahnen musste. Wieder eine andere, hauptsächlich aus Griechen bestehende Gruppe fasste die christliche Botschaft der griechischen Philosophie gemäß auf. Die Anhänger von Petrus, dem in der christlichen Bewegung populärsten Mann, hielten sich streng an die jüdischen Gesetze und forderten, dass bekehrungswillige Heiden zuerst Juden werden mussten, bevor sie zum Christentum übertraten. Und dann gab es die Mystiker, die sich darauf beriefen, dass die neue Sekte nicht aus gewöhnlichen Menschen, sondern nur in einem mystischen Bund mit Christus bestand. Jede Gruppe hielt ihre Überzeugung für den einzig wahren Glauben.

Auch über Jesu Wiederkunft gab es die unterschiedlichsten Meinungen. Die einen behaupteten, er würde in einem goldenen Triumphwagen Einzug halten, die anderen meinten, er würde bescheiden auf einem Esel reiten; die einen sagten, er würde nach Rom kommen, die anderen erwarteten ihn zuerst in Jerusalem. Was das Reich Gottes betraf, so gingen die Meinungen über seine Form und wo und wann es errichtet würde, weit auseinander. Die einen sahen in Jesus den Friedensfürsten, die anderen den Krieger.

Die vielen Evangelien, die in Form von Schriftrollen, Briefen und Papyri in Umlauf gebracht wurden, trugen zu der allgemeinen Verunsicherung noch bei. Jedes Evangelium behauptete, das einzig »wahre« zu sein, obwohl alle erst lange nach Jesus Tod geschrieben worden waren. Was die Verwirrung noch größer machte, war die Tatsache, dass es nur noch wenige gab, die Jesus zu seinen Lebzeiten gekannt hatten. Eine neue Generation von Menschen, die Jesus nie persönlich hatten predigen hören, interpretierte dreißig Jahre zurückliegende Ereignisse vor dem Hintergrund aktueller Stimmungen und Strömungen völlig neu.

Die Debatte über die Bekehrung der Heiden wurde erbittert weitergeführt: Taufe oder Beschneidung. Die Befürworter der Beschneidung behaupteten, die Bekehrten würden Jesus zwar in ihr Pantheon aufnehmen, ihre alten Götter deswegen aber nicht aufgeben. Die Heidenchristen fingen damit an, Jesus Namen am 25. Dezember zu lobpreisen, das war der Tag, an dem sie den Geburtstag von Mithras begingen; und die Anhänger von Isis, der Himmelsgöttin, behaupteten, dass Jesu Mutter Maria die Mensch gewordene Göttin darstellte. Alle glaubten, dass es ihr Gott sei, dessen Königreich Jesus verheißen hatte.

Es wurde sogar über den Namen des Herrn gestritten. Er war Jehoschua, Josua, Iesus oder Jesus, je nach Nationalität und Sprache der Gläubigen. Einige nannten ihn Bar-Abbas, das bedeutete Sohn des Abbas, während andere argumentierten, dass es sich bei Barabbas, dessen Vorname ebenfalls Jesus lautete, um einen ganz anderen Mann handelte. Und diejenigen, die ihn Jesus bar Joseph nannten, wurden von denen widerlegt, die behaupteten, wenn der Herr sich selbst Gottes Sohn nannte, könnte er keinen irdischen Vater haben wie andere Erlöser vor ihm.

Als endlich alle versammelt waren und die Andacht beginnen konnte, las Rahel aus der Thora. Sie hatte eine Passage aus dem fünften Buch Mose gewählt: »Denn wo ist ein so herrliches Volk, dem sein Gott so nahe ist wie uns der Herr, unser Gott, sooft wir ihn anrufen.«

Bevor sie die Thora entrollen konnte, kam einer ihrer Freigelassenen angelaufen, um einen Spätankömmling anzukündigen. Sobald die Versammelten den Namen hörten, setzte große Aufregung ein. Amelia wandte sich an die ältere Phoebe. »Wer ist es denn?«

»Ihr Name ist Maria, sie hat unseren Herrn und Meister gekannt.« Aus Phoebes Stimme sprachen Ehrerbietung und Verwunderung, dass eine solche Persönlichkeit ihre bescheidene Gemeinde beehrte. »Eine wohlhabende, einflussreiche Frau, sie hat Jesus und seine Jünger in ihrem Haus beherbergt, damit sie die Botschaft verbreiten.«

Amelia wusste, dass sich unter Jesu Gefolgschaft auch viele Frauen befanden, Frauen, die ihren Besitz für ihn und seine Sache gaben, so wie Rahel, Phoebe und Chloe das heute taten. Dass einige von ihnen noch lebten, war ihr bisher unbekannt. Phoebe fuhr fort: »Maria war eine seiner engsten Vertrauten, sein erster Apostel. Als Jesus verhaftet wurde, leugneten Petrus und die anderen, ihn zu kennen, und es waren nur die Frauen, die Jesus am Fuße des Kreuzes beweinten. Die Frauen nahmen seinen Leichnam ab und legten ihn in das Grab. Das Grab wurde mit einem Stein verschlossen, und wieder waren es die Frauen, die Wache hielten, weil sich die Jünger aus Angst versteckt hatten. Als Jesus aus dem Grab auferstanden war, zeigte er sich zuerst dieser Frau als der Auferstandene. Ich glaube fest daran«, sagte Phoebe mit einem Leuchten in den Augen, »wenn unser Herr auf die Erde wiederkehrt, wird er zuerst Maria erscheinen.«

Die Besucherin war eine unscheinbare Frau von hohem Alter, klein, gebeugt und in weißes handgewebtes Leinen gekleidet. Sie ging mit Hilfe eines Stocks am Arm einer jungen Frau, und ihre Stimme war so zerbrechlich und dünn wie Glas. Sie sprach den griechischen Dialekt Palästinas, und so musste ihre junge Begleiterin für die Zuhörer ins Lateinische übersetzen. Ihre Worte waren ganz einfach.

Als Erstes forderte Maria zum gemeinsamen Gebet auf. Im Gedenken an den Gekreuzigten standen alle mit ausgestreckten Armen und zurückgelegtem Kopf, die Augen himmelwärts gewandt, und sangen die Lobpreisungen. Dann begann Maria mit ihrer Geschichte. »Jesus, unser Herr und Meister, war ein überaus gütiger Mensch. Er liebte Kinder, und der Anblick von Krankheit, Armut und Ungerechtigkeit jammerte ihn. Er heilte und segnete und predigte die Güte.«

Die Hitze des Tages legte sich über den Garten, und die Worte der alten Frau wurden zu einem hypnotischen Singsang. Amelia glitt in eine andere Bewusstseinsebene, als ob sie unverdünnten Wein getrunken hätte. Sie vernahm keine Worte mehr, sondern sah auf einmal lebendige Bilder. Sie sah sich an Jesu Seite durch die grüne Hügellandschaft Galiläas wandern, sie stand am See und sah Jesus von einem Fischerboot predigen; sie saß auf einer Anhöhe im Gras und hörte ihn von Nächstenliebe und Güte und vom Hinhalten der anderen Wange predigen; sie schmeckte seinen Wein auf einer Hochzeit und spürte sein Lächeln auf ihrer Wange, als er vorbeiging.

Maria erzählte von Geldwechslern und Hohenpriestern, von einem wieder erweckten Mädchen und einem Mann namens Lazarus. Amelia sah ein Mahl aus Fischen und Brot, sie roch den Staub der Straßen und Wege Palästinas und hörte das Klappern der Hufe, als römische Soldaten vorbeiritten.

Die schwere Luft, die Hitze, das Bienengesumm – und der Garten glitt in eine andere Epoche, an einen anderen Ort. Marias brüchige Stimme malte Bilder in lebhaften Farben und dann …

Er war hier! In Rahels Garten! Der abtrünnige Jude und friedliche Prediger, der bewaffnete Zelot und Gottessohn. Seine mannigfachen Erscheinungen wirbelten von den heißen Pflastersteinen auf, flimmerten wie Phantome, bis sie schließlich in der Gestalt *eines* Mannes verschmolzen.

Amelia saß wie gebannt. Marias Worte hatten den Mann mitten in ihren Kreis gebracht, und Amelia sah ihn in Fleisch und Blut vor sich. Wenn Maria davon sprach, wie Jesus haderte, warum Gott ihm diese Last aufgebürdet habe, sah Amelia den Zweifel in seinen Augen und die Schweißtropfen auf seiner Stirn. Wenn Maria schilderte, wie er predigte, sah Amelia seine Züge erstrahlen. Dieser Jesus, über den in vielfältiger Form geredet, gepredigt und gestritten worden war, manifestierte sich jetzt und hier in diesem Garten in der Gestalt eines leibhaftigen Menschen. Nicht als Mythos oder Mysterium, sondern als Mensch, von einer Frau geboren und mit allen Hoffnungen, Zweifeln und Schwächen der Menschheit beladen.

»Und dann wurde er verraten«, fuhr Maria leise fort. »Römische Soldaten zogen ihn aus und verhöhnten ihn, setzten ihm eine Dornenkrone auf und geißelten ihn. Und dann musste er sein Kreuz durch Jerusalem schleppen, während die Leute johlten und ihn mit Dreck bewarfen. Durch seine Hände und Füße wurden Nägel getrieben, dann wurde er am Kreuz hochgezogen, damit alle ihn sehen konnten. Mein herzallerliebster Jesus hing da wie ein armseliges Tier, blutend, hilflos und gedemütigt. Als die Luft aus seinen Lungen wich und sein Gesicht sich im Todesschmerz verzerrte, bat er Gott den Vater, den Männern zu vergeben, die ihm das angetan hatten.«

Einige der Zuhörer begannen zu weinen, andere waren so betroffen, dass sie kaum atmen konnten. Amelia war zutiefst bewegt. Marias leise Worte hatten etwas bewirkt, was weder Petrus' Predigten noch Paulus' Ermahnungen, das Lesen von Schriftrollen, Briefen oder Evangelien erreicht hatten: Sie hatten Jesus zum Leben erweckt.

Amelia presste die Hand an die Brust. Als sie die Halskette unter ihrem Gewand spürte, zog sie den Anhänger hervor und drehte ihn verwundert im diffusen Licht des Gartens. Im Inneren des Steins erblickte sie die arme Kreatur, die von römischen Soldaten gemartert worden war, sah den abgemagerten Körper, das blutüberströmte Gesicht, die von Dornen zerstochene Haut. Amelia hatte schon viele gekreuzigte Verbrecher, aber nie den *Menschen* dahinter gesehen. Wie viele von denen, die an Kreuzen die Via Appia säumten, waren unschuldig gewesen? Wie viele von ihnen hatten Familie, Frau und Kinder? Wie viele hatten unverdient am Kreuz gehangen, während ihre Familie am Fuß des Kreuzes weinte?

»Ja«, wiederholte Maria, und man merkte ihr an, wie sehr die Erinnerung an die tragischen Ereignisse vor dreißig Jahren sie anstrengte. »Nach allem, was er erlitten hatte, bat er Gott, denen zu vergeben, die ihn gemartert hatten.«

Amelia spürte einen Kloß in der Kehle. Durch einen Tränenschleier sah sie auf den blauen Stein, der sich in ihrer Hand zu verflüssigen

schien. *Nach allem, was man Jesus angetan hatte, bat er mit seinem letzten Atemzug Gott, denen zu vergeben, die ihn so misshandelt hatten.* Auf einmal erkannte sie, was im Inneren des Steins verborgen war. Nicht der Geist der ägyptischen Königin oder Simon Petrus im Gebet, es war Jesus am Kreuz mit ausgebreiteten Armen. Wie der Vogeldeuter es vorhergesagt hatte!
Amelia schluchzte auf. In all diesen Wochen hatte sie ihn an ihrem Herzen getragen und es nicht gewusst – den Mann, der sie mit offenen Armen empfing.

Sie wurde getauft.
Alle ihre neuen Freunde waren anwesend, um mit ihr zu feiern. Rahel, der die Ehre gebührte, die Taufe vorzunehmen, vollzog das Ritual unter Freudentränen. Dass ihre Familie nichts von ihrer Bekehrung wusste, kümmerte Amelia wenig. Man würde sie sowieso nicht verstehen, und sie würde sich gar nicht erst mit Erklärungen aufhalten. Mit der Zeit würde sie vielleicht von ihrer Taufe erzählen und ihre Kinder mit dem neuen Glauben vertraut machen können.
»Was ist das?«, hörte sie Cornelius fragen, der gerade den Garten betrat. Wie gewöhnlich sprach er ohne Grußwort oder Einführung. Während sie Rosen schnitt, rätselte Amelia darüber, ob die Sommerrosen immer schon so köstlich geduftet hätten. Es kam ihr vor, als sähe sie die Welt mit anderen Augen, oder, wie es beim Evangelisten Paulus hieß, es sei ihr wie Schuppen von den Augen gefallen. Alles um sie herum war in neue Farben getaucht. Wie diese Rosen. Sie würde einen Strauß für Phoebe pflücken, die mit einer Erkältung daniederlag. Zu Amelias neuen religiösen Pflichten gehörte der *Bikur Cholim,* der Krankenbesuch, den sie indes weniger als Pflicht denn als Liebesdienst ansah. Sie fühlte sich Phoebe mittlerweile wie einer Schwester verbunden.
Amelia war in ihrem Glauben noch nicht so gefestigt wie Rahel. Es gab immer noch eine Menge Dinge, die sie verwirrten, über die sie nachdenken musste. Die Vorstellung vom allwissenden, aber un-

sichtbaren Gott zum Beispiel. Es gab keine Statuen oder Bilder von ihm. Amelia hatte noch nie zu einem Geist gebetet. Ihr blauer Kristall half ihr dabei, denn in seinem Inneren sah sie das Bild des gekreuzigten Erlösers. Andere Mitglieder der Hauskirche behalfen sich ebenfalls mit Abbildern, weil sie auf Symbole nicht verzichten mochten. Gaspar zum Beispiel betete vor seiner Statue des Dionysius, der selbst ein gekreuzigter Erlösergott war; Japheth trug weiterhin sein altes Hermeskreuz; und ein Neuankömmling aus Babylon, der einst zu Tammuz dem Schäfer gebetet hatte, hatte in Rahels Garten ein kleines Wandbild mit Jesus als Schäfer mit einem Lamm auf der Schulter gemalt. Es war für Amelia auch schwierig zu akzeptieren, dass es nur einen Gott und keine Göttin gab. Bestand die Natur denn nicht aus Mann und Frau? Und so, wie die Heidenchristen immer noch zu Isis beteten, bewahrte Amelia sich ihren Glauben an Juno. Es gab noch andere Glaubensgrundsätze, mit denen sie ihre Schwierigkeiten hatte, aber über eines war sie sich ganz im Klaren: dass Jesus ihr ihre Sünden vergeben hatte und dass sie ein neues Leben erwartete.

»Amelia«, wiederholte Cornelius ungeduldig. »Was ist das?«

»Guten Morgen, Cornelius«, sagte sie, ohne sich umzudrehen.

»Ich möchte wissen, was das hier ist.«

»Eine interessante Sache mit den Rosen«, fuhr Amelia unbekümmert fort. »Wie man mir sagte, müssen die verwelkten Blüten abgeschnitten werden, damit die Pflanze neue Knospen treibt. Das trifft aber nicht auf alle Rosen zu. Wusstest du das? Es gibt Pflanzen, die nur einmal blühen, da hilft es auch nicht, wenn man die welken Blüten abschneidet. Bei anderen aber, wie bei der Teerose hier, setzt eine neue Blüte ein, sobald die welken Blüten abgeschnitten sind.«

»Amelia«, sagte Cornelius gereizt. »Sieh mich an, wenn ich mit dir rede.«

Als sie sich zu ihm umdrehte, fiel sein Blick auf den Anhänger an ihrem Hals, der in der Sonne blaue Funken sprühte. Sie trug die Halskette über ihrer Tunika.

»Was ist das hier?« Er schwenkte etwas in der Hand.
»Das sieht wie eine Schriftrolle aus, Cornelius.«
»Es ist eine Aufstellung über kassierte Mieten aus dem Wohnungsblock im Zehnten Distrikt. Besser gesagt, nicht kassierte Mieten. Du hast die Mieter nicht unter Druck gesetzt. Warum?«
»Weil sie nicht zahlen können. Es sind Mütter mit Kindern ohne Ernährer. Es sind Freigelassene ohne Arbeit. Es sind Kranke und Alte. Sie können die Miete nicht aufbringen.«
»Das ist nicht unser Problem. Ich wünsche, dass diese Mieten auf der Stelle kassiert werden.«
»Der Wohnblock gehört mir, Cornelius. *Ich* entscheide über die Mieten.«
Ihre Worte, ihr Ton, ließen ihn einen Moment lang verstummen. Schließlich sagte er: »Du hast noch nie Geschäftssinn besessen, Amelia. Ich werde Philo mit einer Wache hinschicken, damit er die Mieten kassiert.«
»Das Gebäude gehört mir«, erklärte Amelia noch einmal freundlich, aber bestimmt. »Mein Vater hat es mir vererbt. Ich bin die rechtmäßige Eigentümerin. Und ich bestimme, wer Miete bezahlt und wer nicht.«
»Ist dir klar, wie viel Geld wir dabei verlieren?«
Sie ließ den Blick über seine penibel gefaltete weiße Toga mit den Purpurstreifen wandern. »Du siehst nicht gerade aus, als ob du deswegen hungern müsstest.«
In seinem Gesicht zuckte es. »Na schön«, erklärte er und schlug mit der Schriftrolle auf seine Handfläche, wie um seine Worte zu unterstreichen. »Dann werde ich die Mieten persönlich kassieren.«
Cornelius benötigte einen Monat, um den verängstigten Mietern mit Hilfe kräftiger Wachen die exorbitanten Mieten abzupressen, Amelia brauchte einen Nachmittag, um sie zurückzugeben.
»Alle unsere Freunde reden darüber, Amelia. Du hast mich in aller Öffentlichkeit lächerlich gemacht.« Sie befanden sich wieder im Garten. Cornelius war erzürnt.

»Cornelius«, begann Amelia in dem Ton, den sie oft beim zehnjährigen Lucius anschlug. »Ich habe dir doch gesagt, dass ich von diesen Leuten keine Miete kassiere. Nicht bis ihre Lebensumstände sich gebessert haben.«
Cornelius' Augen verengten sich, als er die Halskette bemerkte, die Amelia schon wieder über ihrer Tunika trug. »Ich weiß nicht, was in dich gefahren ist, aber ich denke, du solltest eine Weile zu Hause bleiben. Du wirst diese Jüdin nicht mehr besuchen.« Er wandte sich zum Gehen. »Amelia? Hast du mich gehört?
»Ja, Cornelius. Ich habe dich gehört.«
»Dann sind wir uns einig. Du wirst die Jüdin nicht besuchen.«
Während sie Cornelius ansah, kamen ihr Rahels Worte vom nahen Ende der Welt wieder in den Sinn. Die meisten Christen glaubten daran, und so drehte sich manches Gespräch bei ihren samstäglichen Zusammenkünften darum, wie dieses Ende aussehen würde. Würde die Welt in einem einzigen Feuerball aufgehen? Würde das Ende mit Erdbeben und Überschwemmungen kommen? Würden sich Völker erheben und kämpfen, bis nur noch die Erlösten übrig blieben? Einige sprachen von Engeln mit Posaunen, andere sahen Plagen und Tod. Wie immer das Ende aussehen mochte, Amelia fragte sich, wie Cornelius reagieren würde. Sie stellte sich vor, wie er gewichtig auf- und abschritt, wie er das im Tribunal zu tun pflegte, und ausrief: »Moment mal, das könnt ihr doch nicht machen!« Bei diesem Gedanken musste sie beinahe lächeln.
»Amelia? Hast du mich gehört?«
»Ja, Cornelius. Ich habe dich gehört.«
»Na schön. Du wirst also nicht mehr zum Haus der Jüdin gehen.« Wieder wandte er sich zum Gehen, wieder blieb er stehen. »Amelia.«
»Ja, Cornelius?«
Sein Blick zuckte zu der ägyptischen Halskette, die herausfordernd an Amelias Hals funkelte. »Findest du das passend?«, fragte er und deutete auf den Anhänger.

Amelia schaute an sich herunter. »Es ist ein Geschenk von dir, Cornelius. Möchtest du nicht, dass ich es zeige?«
An jenem denkwürdigen Tag ihrer Erleuchtung hatte Amelia Rahel gefragt, wie sie diese Vergebung erlangen könne, die Jesus für seine Peiniger erbeten hatte, und war überrascht gewesen zu hören, dass sie keinerlei Geld- oder Tieropfer im Tempel leisten musste. Sie brauchte auch keinen Vermittler wie etwa einen Priester oder eine Priesterin. »Sprich einfach direkt zu Gott«, hatte Rahel ihr geraten. »Bitte ihn von ganzem Herzen um Vergebung, und er wird dir vergeben.«
In einem Aufruhr der Gefühle war sie heimgegangen. Froh, das Haus leer zu finden, hatte sie sofort ihr privates Heiligtum aufgesucht, einen kleinen Garten mit einem Brunnen und einer Isis-Statue, und dort bis tief in die Nacht hinein über die Geschehnisse nachgedacht. Ihr heftiger Zorn über alle Menschen, die unschuldige Wesen quälten, hatte sich schließlich auf Cornelius konzentriert, der ihr nicht vergeben wollte. Am nächsten Morgen war sie von neuer Energie erfüllt erwacht. Ihr Zorn, ihr Kummer, ihre Verwirrung, ihr Gefühl der Hilflosigkeit waren einem neuen Selbstbewusstsein gewichen. Und dieses neue Gefühl hatte sie veranlasst, die Halskette nicht mehr zu verstecken, sondern offen über der Tunika zu tragen. Wenn sie schon gebrandmarkt war, sollte alle Welt es sehen.
Cornelius' Augen wurden schmal. Amelia spielte gewöhnlich keine Spielchen. Er würde die Sache mit der Halskette vorerst auf sich beruhen lassen. »Wir sind uns also einig«, sagte er. »Du wirst die Jüdin nicht wieder sehen.« Er wartete. »Hast du mich verstanden?«
»Ich habe dich verstanden.«
»Dann wirst du gehorchen.«
»Nein, Cornelius. Ich werde meine Freundin Rahel weiterhin besuchen.«
»Amelia!«
»Ja, Cornelius?«

Zum ersten Mal bemerkte sie, dass Cornelius sich das Haar von hinten in die Stirn kämmte. Kahlköpfigkeit war in Rom verpönt, sie wurde als Zeichen der Schwäche ausgelegt. Dieselben Männer, die über ihre Frauen spotteten, weil sie so viel Zeit mit ihren Friseuren verbrachten, machten selber viel Aufhebens um ihr schütteres Haar. Amelia war überrascht, dass sie bei ihrer Entdeckung nicht so sehr Verachtung als vielmehr Mitleid für ihren Mann empfand. Die Büsten von Julius Cäsar zeigten ihn als Mann mit dünnem Haar, und doch galt er als Held, wurde als Gott gefeiert. Sie hätte Cornelius liebend gern geraten, sich die Glatze zu polieren, um an Größe zu gewinnen.
»Ich verbiete dir, dort noch einmal hinzugehen.«
Sie widmete sich wieder ihren Rosen.
»Amelia, hast du mich gehört?«
»Ich bin nicht taub, Cornelius.«
»Dann wirst du also nicht mehr zu der Jüdin gehen?«
Amelia schnitt ungerührt Rosen ab und legte sie in einen Korb.
Cornelius furchte die Stirn. »Fühlst du dich nicht wohl?«
»Warum fragst du, Cornelius?«
»Du hast Fieber.«
»Mir fehlt nichts.«
»Warum benimmst du dich dann so sonderbar?«
»Tue ich das?«
»Was ist los mit dir?«, donnerte er los, was er sofort bereute. Cornelius pflegte sich damit zu brüsten, dass er nie die Contenance verlor. Erfahrene Redner und gewiefte Anwälte hatten schon alles versucht, um an seiner Fassade zu kratzen. Und jetzt musste ausgerechnet seine eigene Frau ihn aus der Fassung bringen! Das ließ er nicht zu. »Du hast mich gehört«, verkündete er schließlich, machte auf dem Absatz kehrt und ging davon.
Die sonderbare Unterhaltung mit Amelia verfolgte ihn noch den ganzen Nachmittag bis in den Abend hinein, aber er dachte nicht daran, sich in irgendwelche Spielchen von ihr verwickeln zu lassen.

Amelia würde es niemals wagen, sich seinen Anweisungen zu widersetzen.
Und doch tat sie genau dies am folgenden Tag.
»Wo ist die Herrin des Hauses?«, fragte er Philo, den Majordomus.
»Die Herrin ist fort, mein Gebieter.«
»Wohin?«
»Wohin sie immer am Samstag geht, mein Gebieter. Zum Haus der Jüdin.«
Cornelius brannte vor Wut. Sie wagte es! Das war das letzte Mal!
Er erwartete sie bereits, als sie heimkam. »Nimm die Halskette ab.«
»Aber sie gefällt mir.«
»Das ist nur so ein Trick von dir, um mich dazu zu bringen, dir zu vergeben …«
»Warum denn, Cornelius? Du brauchst mir nicht zu vergeben. Mir ist bereits von einem weit Größeren vergeben worden.«
»Von wem denn?« Er lachte trocken. »Von der Jüdin? Nimm die Kette ab, Amelia.«
»Wenn ich als Ehebrecherin gebrandmarkt werden soll, Cornelius, dann lass doch alle Welt von meiner Schande wissen.«
»Ich will, dass du sie abnimmst.«
»Du willst doch nur, dass ich ständig an meinen Fehltritt erinnert werde, ist es nicht so?«
»Im Grunde geht es um das verfluchte Baby, oder nicht?«
Sie zog die Augenbrauen hoch. »›Verfluchtes Baby‹? Sprichst du von unserer Tochter, unserem letzten Kind? Ja, ich glaube, vor sechs Jahren hat alles angefangen. Ich versuchte, dir eine gehorsame Ehefrau zu sein, stattdessen fiel ich in eine tiefe Dunkelheit. Aber das hat dich nicht gekümmert, Cornelius. So suchte ich Trost in den Armen eines anderen Mannes. Das war vielleicht falsch, ich weiß es nicht. Eines weiß ich aber mit Sicherheit, dass du meinem Kind Unrecht getan hast.«
»Die Gesetze besagen …«
Amelia richtete sich auf. »Es interessiert mich nicht, was die Geset-

ze besagen. Die Gesetze sind von Männern gemacht worden. Ein Baby gehört zu seiner Mutter und sonst niemandem. Du hattest kein Recht, mein Kind dem Tod preiszugeben.«

»Nach dem Gesetz habe ich jedes Recht dazu«, erklärte Cornelius knapp.

»Nein. Das ist ein von Männer gemachtes Gesetz. Die Geburt eines Kindes ist ein *Naturgesetz*, und kein Mann kann daran rühren.«

Als sie sich zum Gehen wandte, rief er hinter ihr her: »Bleib, Amelia. Ich bin noch nicht fertig«, aber da hatte sie den Raum bereits verlassen.

Dass Amelia die Halskette offen zur Schau trug, wurde allmählich zum Tagesgespräch der Gesellschaft und machte Cornelius abermals zum Gespött der Stadt. Schließlich forderte er die Kette zurück, doch Amelia lehnte ab. Zur Sicherheit legte sie die Kette jede Nacht unter ihr Kopfkissen, aber sie konnte ungestört schlafen, Cornelius kam nicht.

Als sie das nächste Mal miteinander sprachen, bellte Cornelius Befehle durchs Haus und herrschte die Sklaven an, die Sachen für den Landaufenthalt zu packen. Amelia vermutete bereits einen neuen Akt der Bestrafung, aber als Cornelius ihr erklärte, dass die Malaria in der Stadt ausgebrochen sei, klang seine Besorgnis echt.

Die Stadt wurde seit Jahrhunderten regelmäßig von dem Sumpffieber heimgesucht, das jedoch wieder verschwand, sobald die Sümpfe am Tiber austrockneten. Niemand wusste einen Rat. Der Arzt Solomon hatte den Magistrat darauf hingewiesen, dass nicht die schlechten Ausdünstungen – *mal aria* – in den Sumpfgebieten die Ursache für die Krankheit seien, sondern die Stechmücken, die dort brüteten. Aber man hatte nicht auf ihn gehört, schließlich war Solomon ein Jude.

Da Cornelius darauf drängte, dass der gesamte Haushalt aufs Land zog, war Amelia von seinen guten Absichten überzeugt. Also verließ die Familie Vitellius an einem frühen Julimorgen Rom, beglei-

tet von Kindermädchen und Erziehern, persönlichen Bediensteten und einem riesigen Gefolge aus Sklaven und Wachen. Der Großteil der Familie war dankbar, der Hitze, dem Gestank und dem Lärm der Stadt für eine Weile zu entkommen.
Nur Amelia hatte böse Ahnungen.

Obwohl es in römischen Familien üblich war, niedere Arbeiten wie Garnspinnen, Weben und Nähen den Sklaven zu überlassen, glaubte Amelia wie andere römische Damen noch an die altmodische Tugend der eigenen Handarbeit.
So saß sie auf ihrem Landsitz im Schatten einer Sykamore, einen Korb mit Wollvlies zu Füßen, und kardete die Wollfasern. Ihre beiden Töchter und Schwiegertöchter, jede mit einem greinenden Säugling auf dem Schoß, ihre Söhne Gaius und Lucius und noch ein paar Sklavenkinder saßen um sie herum und lauschten der Geschichte über einen Mann namens Jesus und die Heiligen Drei Könige, die dem Jesuskind Gaben brachten.
Im Gegensatz zu den Judenchristen, die strengen Gottesgehorsam und die Einhaltung der mosaischen Gesetze forderten, erfreuten sich die Heidenchristen an Geschichten über den Erlöser. Nachdem kaum etwas über die frühen Jahre Christus des Herrn bekannt war und es nur noch wenige gab, die ihn zu Lebzeiten gekannt hatten, wurden die Lücken ungeniert mit Geschichten geschlossen, von denen seine Anhänger meinten, dass sie zu ihm *passten*. Andere Erlösergötter wie Dionysios, Mithras und Krishna waren schließlich von drei Weisen aus dem Morgenland und Schäfern besucht worden, warum also nicht auch Jesus? Solche Geschichten machten es den Neuankömmlingen in der Christengemeinde leichter, Jesus anzunehmen.
Als Amelia geendet hatte, kletterte der kleine Lucius auf ihren Schoß, schlang die Arme um ihren Hals und fragte: »Liebt Jesus mich auch, Mutter?«
Unvermittelt fuhr Cornelia die Kinder an, spielen zu gehen, sie seien in der Hitze nur lästig. Ihre Schwester und Schwägerinnen, der

Geschichten und der Hitze ohnehin überdrüssig, nutzten die Gelegenheit und zogen sich ins kühle Haus zurück. Als sie mit ihrer Mutter allein war, sagte Cornelia: »Ich hatte letzte Nacht einen Traum. In der Stadt stimmt etwas nicht.«

Ihre Mutter zeigte sich sofort alarmiert. Träume waren wichtig und durften nicht ignoriert werden.

»Es war nichts Besonderes«, fuhr Cornelia fort und ließ den Blick über die Gartenmauer schweifen, als ob sie meilenweit über die Hügel sehen könne, wo Rom in der Julihitze schmorte. »Ich wünschte nur, Papa wäre hier.«

»Er hat seine Pflichten.«

»Pflichten!«, spottete Cornelia. »Er ist in Rom bei seiner Mätresse. Das hast du doch gewusst, Mutter, dass er eine Mätresse hat?«

Amelia hatte solches geahnt. Cornelius besaß einen gesunden sexuellen Appetit, und da er ihr Bett seit Jahren nicht mehr aufgesucht hatte, nahm sie an, dass er woanders Befriedigung fand. Sie nahm die Wolle wieder zur Hand.

»Wie kannst du das dulden?«

Amelia sah die Tochter ungläubig an. Cornelia tat gerade so, als sei sie die Betroffene, als betrüge ihr Vater *sie*. »Was dein Vater tut, geht dich nichts an.«

»Du weißt, wer es ist? Es ist Lucilla. Er hat sie mit nach Ägypten genommen. Hast du das gewusst?«

Amelia schloss die Augen. Die Gerüchte in Rom hatten dafür gesorgt, dass sie davon erfuhr. Es passte zu Cornelius, dass er die schöne, reiche und elegante Lucilla gewählt hatte, denn mit weniger würde Cornelius sich nicht begnügen. Trotzdem wollte Amelia nicht darüber reden, es schickte sich nicht, und außerdem ging es ihre Tochter nichts an.

Aber Cornelia ließ nicht locker. Sie warf ihrer Mutter vor, dass sie zu dick sei, sie kritisierte ihren neuen Glauben und empörte sich über die Halskette.

»Sie ist ein Geschenk deines Vaters.«

»Hör auf, Mutter. Ich bin kein Kind mehr. Ich weiß, warum er sie dir geschenkt hat. Ganz Rom weiß, warum. Und es gehört sich nicht, dass du sie so offen trägst.«
Amelia fuhr mit der Hand über die Wolle, spürte das Lanolin an ihren Fingern. Sie hatte gehofft, dass die Geschehnisse von vor sechs Jahren nie zur Sprache kommen würden.
»Cornelia, Liebes«, begann sie.
»Versuch ja nicht, dich zu verteidigen«, giftete Cornelia und strich sich unwirsch die feuchten Locken zurück. »Du hast Papa weggejagt. Er ist schließlich nur ein Mann. Mit deiner Untreue hast du ihn in die Arme einer anderen Frau getrieben.«
»Cornelia!«
»Ist doch wahr! Papa würde sonst nie Ehebruch begehen.«
Amelia starrte die Tochter erschrocken an.
»Er trifft sich immer noch mit ihr«, stichelte Cornelia weiter. »Und das ist alles deine Schuld.«
»Was dein Vater privat tut …«
»Es ist ja nicht nur das. Es ist der Junge. Lucius.« Das Waisenkind, das Cornelius adoptiert hatte.
Amelia schaute zu Lucius hinüber, der unbekümmert mit seinem Hündchen spielte. »Was ist mit ihm?«
»Er nennt dich Mutter.«
»Ich bin seine Mutter, zumindest vor dem Gesetz«, erwiderte Amelia mit einem unguten Gefühl. »Er ist ein Blutsverwandter«, fuhr sie fort, während es ihr kalt über den Rücken lief. »Seine Eltern waren Vitellii.«
»O Mutter, wie kannst du nur so blind sein?«
Jetzt war es endlich heraus. Amelia hatte es insgeheim gewusst und sich immer wieder eingeredet, die Ähnlichkeit des Jungen mit Cornelius läge an der Blutsverwandschaft. Jetzt gestand sie sich ein, was Cornelia ihr enthüllen wollte: Lucius war Cornelius' Sohn.
Ihre Hand fuhr zu ihrer Halskette, suchte Trost bei dem kalten Stein, während sie innerlich Gott um Kraft anflehte.

»Kein Wort mehr darüber«, sagte sie knapp.

»Und es stört dich nicht, dass Lucius Lucillas Sohn ist? Dass ganz Rom weiß, dass Papa den Bastard seiner Mätresse adoptiert hat und sich immer noch mit ihr trifft?«

»Das reicht!« Als Amelia dem herausfordernden Blick ihrer Tochter begegnete, bemerkte sie, dass Cornelias einst weiche Gesichtszüge eine gewisse Schärfe, wie die ihres Vaters, angenommen hatten. »Cornelia, was habe ich getan, dass du mich so verachtest?«

Das Mädchen schlug die Augen nieder. »Du hast Papa betrogen.«

»Nachdem er mein Kind weggeworfen hatte.« Da. Jetzt war es heraus.

»Er hat das einzig Richtige getan! Es war missgebildet. *Du* musst etwas falsch gemacht haben!«

Amelia war überrascht, die Tochter den Tränen nahe zu sehen. Gerade als Cornelia losplatzte: »Es ist alles dein Fehler. Das Kind – alles!«, kam ein Sklave in den Garten gerannt und rief: »Gebieterin! Gebieterin! Die Stadt brennt!«

Sie beobachteten das Feuer sechs Tage lang. Täglich kamen Läufer aus der Stadt und berichteten vom Stand der Dinge. Die Villa war in Aufruhr, das Tagesgeschehen kam beinahe zum Erliegen, weil die Familie mit den Sklaven auf dem Dach stand und auf den glutroten Himmel in der Ferne starrte. Rom brannte …

War das das Ende der Welt, fragte sich Amelia. War es das, was Rahel und ihre Freunde prophezeit hatten? Jesus auf dem Weg nach Rom?

Cornelius hatte über einen Boten mitteilen lassen, dass es ihm gut ging. Er war nach Antium geritten, dem Kaiser Bericht zu erstatten. Amelias größte Sorge galt jedoch ihren Freunden: Phoebe, die alt und krank war, Japheth, der nicht um Hilfe rufen konnte, und Gaspar, dem Einarmigen. Wie sollten sie der Feuersbrunst entfliehen?

Später sollten sie erfahren, dass der Brand in Geschäften mit leicht entflammbarer Ware ausgebrochen war. Vom Wind angefacht, von

Mauern ungehindert, hatte sich das Feuer im unteren Teil der Stadt ausgebreitet, sich dann in die Hügel gefressen und jeden Löschversuch unmöglich gemacht. Die engen, verwinkelten Straßen und Gassen hatten den Brand noch angefacht. Unter den Bewohnern brach Panik aus, sämtliche Straßen waren mit flüchtenden Menschen verstopft. Augenzeugen berichteten, dass hilflose Menschen einfach niedergetrampelt wurden. Wer blindlings eine qualmende Straße hinunterrannte, wurde von einer Feuerwand gestoppt oder vom Feuer eingekesselt. Wichen die Menschen in ein Nachbarviertel aus, folgte das Feuer ihnen wie ein Raubtier auf der Suche nach Beute. In Todesangst flohen die Massen aufs Land, retteten sich auf Weiden und Felder.

Nero kehrte in die schwelende Stadt zurück, nicht ohne publik zu machen, dass er die sicheren Mauern Antiums nur aus Liebe zu seinem Volk verlassen habe, und ließ die Tore der öffentlichen Gebäude am Marsfeld, ja selbst seine eigenen Gärten, für die obdachlos gewordenen Massen öffnen. Aus Nachbarstädten ließ er Lebensmittel bringen und senkte den Getreidepreis. Doch erntete er mit diesen Maßnahmen keinen Dank. Inzwischen kursierten nämlich Gerüchte, dass Nero, während die Stadt brannte, seinem inneren Zirkel Lieder vorgetragen und von der Zerstörung Trojas gesungen habe. Und noch schlimmer: dass Nero das Großfeuer selbst angelegt habe, um sich Raum für seine riesigen Bauvorhaben zu schaffen.

Am sechsten Tag fanden die rasenden Flammen keine Nahrung mehr, das Feuer erstarb am Fuß des Esquilinischen Hügels. Große Teile der Stadt lagen in Schutt und Asche. Drei Distrikte waren dem Boden gleichgemacht, von anderen standen nur noch verkohlte Ruinen. Der Schaden an Häusern, Wohnblocks und Tempeln war unermesslich, die Zahl der obdachlos gewordenen Menschen, verwaisten Kinder und Witwen unüberschaubar.

Eine Woche lang wartete Amelia voller Sorge auf Nachricht von ihren Freunden. Sie hätte selber nach ihnen gesehen, hätte sie sich nicht um ihre Familie und ihr Haus kümmern müssen, denn täglich

schwoll der Strom der Flüchtlinge an, täglich klopften mehr Leute an die Türen der Reichen. Wie gerne hätte sie die armen Menschen hereingelassen, wäre da nicht übles Gesindel unterwegs gewesen, das die Gunst der Stunde nutzte, Flüchtlinge überfiel und Häuser plünderte, bis endlich eine Kohorte Soldaten eingriff und die Ordnung wiederherstellte.
So konnte Amelia nichts anderes tun als zu warten und zu beten.

Schließlich kehrte auch Cornelius heim und berichtete, dass ihre Stadtvilla zwar vom Brand verschont geblieben sei, aber dennoch schwere Rauchschäden davongetragen habe. Er würde umgehend den Bau einer neuen Villa veranlassen, in der Zwischenzeit wäre die Familie auf dem Lande sicher vor den Epidemien, die bereits in der verwüsteten Stadt wüteten.
Es sollte fast ein Jahr dauern, bis sie endlich nach Rom zurückkehren konnten. Unterdessen hatte Amelia Nachricht von Rahel erhalten. Gott sei Dank sei ihr Haus ebenfalls verschont geblieben, und auch die meisten Mitglieder ihrer kleinen Christengemeinde hätten das Feuer ohne Schaden überstanden. Sie hätten ihre samstäglichen Zusammenkünfte wieder aufgenommen und würden Amelia in ihre Gebete einschließen. Da Cornelius die meiste Zeit in der Stadt verbrachte, versammelte Amelia ihre eigene kleine Gemeinde um sich, zu der auch ihre Familie und Sklaven eingeladen waren. Cornelia wollte damit nichts zu tun haben und zog sich, unter ihrer zweiten Schwangerschaft leidend, in ihren Sommerpavillon zurück.
In der Zwischenzeit wurde Rom neu aufgebaut, und manch einer profitierte davon. Nero nahm private Unternehmer unter Vertrag, deren Schiffe den Schutt nach Ostia schafften und dort in den Sümpfen versenkten. Es gab viel zu tun, und Rom war erfüllt vom Klang der Münzen, die von einer Hand in die andere wechselten.
Amelia begann sich über die zunehmend gute Laune ihres Mannes zu wundern. Bei jedem Besuch auf dem Landsitz versicherte er, dass sie durch den Wiederaufbau Roms unendlich reich würden. Es wa-

ren seine Schiffe, die das neue Baumaterial nach Rom schafften, denn er hatte die Weitsicht besessen, prahlte er, sich das Monopol über die Steinbrüche zu sichern. Als Amelia sich vor Augen rief, wie Cornelius darauf gedrängt hatte, dass die gesamte Familie aufs Land zog, stieg in ihr ein furchtbarer Verdacht auf: Hatte Cornelius etwa schon vorher von dem Großbrand gewusst?
Dann kam endlich der Tag, an dem sie alle in die Stadt zurückkehren sollten. Und keiner war darüber glücklicher als Amelia.

»Sie könnte gestohlen werden.« Cornelius blickte ärgerlich auf den blauen Stein, der so herausfordernd auf Amelias Brust funkelte. »Ein Dieb könnte sie dir vom Hals reißen. Du hättest die Halskette zu Hause lassen sollen, Amelia.«
Sie antwortete mit dem stereotypen Satz: »Die Kette ist ein Geschenk von dir, und ich werde sie immer tragen.«
»Dann verbirg sie wenigstens unter deiner Tunika.«
Amelia tat nichts dergleichen.
Sie waren in ihrer Sänfte vor dem großen Zirkus am Vatikanhügel angekommen. Es war ein großer Tag für den Kaiser, und ganz Rom war gekommen, ihn zu sehen. Amelia wäre lieber zu Hause geblieben, befürchtete jedoch, dass die kaiserliche Familie ihre Abwesenheit bemerken könnte. Außerdem gehörte ihr Gatte zu den Mäzenen der heutigen Vorstellung, sie konnte also unmöglich fernbleiben. Gladiatorenkämpfe oder Raubtierhatz gefielen ihr nicht besonders, aber sie würde den Tag schon irgendwie überstehen: Cornelius hatte ihr für morgen einen Besuch bei Rahel erlaubt.
Sie waren erst seit knapp einer Woche wieder in Rom, und Amelia hatte noch keine Zeit gefunden, Kontakt mit ihren Freunden aufzunehmen. Wie Cornelius versprochen hatte, war ihre neue Villa auf dem Aventin noch geräumiger und luxuriöser als die alte, und Amelia hatte mit der Einrichtung alle Hände voll zu tun gehabt. Und dann hatte Cornelius angekündigt, dass Nero zum Dank an die Götter für die Wiedergeburt der Stadt Spiele ausrichten ließe.

Unglaubliche Massen drängten und schoben sich durch die Gänge zu den ansteigenden Sitzreihen, von denen man in eine riesige Arena blickte. Aufgeregt und laut quetschten sich Männer, Frauen und Kinder brüllend, schreiend und schwitzend auf ihre Sitze. Die ersten Reihen ganz unten waren von Senatoren, Priestern und hohen Beamten besetzt. In den nächsthöheren Reihen saßen reiche Bürger von Rang und Namen. Hier hatte der Vitellius-Clan eine eigene Loge.

Die gesamte Familie war anwesend. Neben Cornelius und Amelia saßen Cornelia und ihr Mann, Cornelius Junior mit seiner Frau, die Zwillinge mit ihren Ehegatten und schließlich die Knaben Gaius und Lucius. Die jungen Frauen hatten bereits die Köpfe zusammengesteckt und tuschelten: Wer in diesem Jahr die falschen Farben oder die falsche Frisur trug, wer älter, dicker oder gesellschaftlich unakzeptabel erschien. Amelia bemühte sich, die schöne Witwe Lucilla zu ignorieren, die nur zwei Logen entfernt an der Seite eines Senators saß. Sie sonnte sich im Glanz ihrer blondierten Haare und ihrer kostbaren Stola aus rosaroter Seide.

Seit dem Großen Brand hatten Amelia und Cornelia das Thema von Cornelius' Mätresse nie wieder berührt, dennoch spürte Amelia, dass es wie ein kalter Hauch zwischen ihnen stand.

Ein wolkenloser blauer Himmel spannte sich über der Stadt; später würden Zeltbahnen über den Tribünen ausgerollt werden. An den Ständen der Händler duftete es köstlich nach Schweinswürstchen und frisch gebackenem Brot, gebratenen Täubchen und gedünstetem Fisch, warmen Pasteten und Honigkuchen. Und durch den Lärm der Schaulustigen hörte man das Gebrüll unruhiger und verängstigter Tiere. Die Stimmung der Menge war angeheizt, denn es hatte sich herumgesprochen, dass Nero heute eine besondere Attraktion bieten wollte, die er und seine Mäzene geheim gehalten hatten. Alle Plätze waren besetzt, als die Ankunft der kaiserlichen Familie mit einem Fanfarenstoß angekündigt wurde.

Zur Erinnerung an ihren religiösen Ursprung begannen die *ludi cir-*

censes nach einem genau festgelegten Zeremoniell. Priester und Priesterinnen schlachteten Lämmer und Tauben und brachten sie Jupiter und Mars, Apollo und Venus als Opfergaben dar. Weihrauch erfüllte die Luft, der Sand wurde mit heiligem Wasser besprengt. Die Zuschauer wussten um die ernste Seite der Spiele, sie wussten, dass die blutige Unterhaltung dem Wohl des Staatswesens diente.
Nero überquerte den Sand mit grandios gespreizter Würde, was die Menge zum Rasen brachte. In der kaiserlichen Loge angekommen, erklärte er die Spiele mit großem Pomp für eröffnet. Nach einem Fanfarenstoß begann eine Pantomime, gefolgt von Gauklern und Zauberern, Akrobaten und Clowns, Tanzbären und gewagten Reiterkunststücken, Tanzmädchen in freizügigen Kostümen, Marschmusik und Elefantenparaden. Die Zuschauer ergötzten sich an einer Einlage mit Straußenvögeln, die nach langer Gefangenschaft buchstäblich durch die Arena tollten, bis Bogenschützen auftauchten, die verängstigten Tiere jagten und mit Pfeil und Bogen erlegten. Dann begannen die blutigen Spiele: Gladiatorenkämpfe, Raubtierhatz und Schaukämpfe, die den Sand blutrot färbten. Zwischen den Auftritten zerrten Sklaven Leichen und Kadaver an Haken und Ketten aus der Arena und streuten frischen Sand, während die Zuschauer sich bei Getränken erfrischten oder mit Leckereien stärkten.
Im Verlauf der Spiele wurde die Hitze unerträglich. Die Luft war vom Gestank der überquellenden Latrinen und dem Geruch von Blut erfüllt. Die Menge begann bereits unruhig zu werden, da ertönten die Fanfaren, und Nero erklärte dem Publikum, dass er kraft des Willens der Götter die Brandstifter gefunden habe, die für den Großen Brand und den Verlust so vieler geliebter Menschen verantwortlich seien. Tore öffneten sich, und ein bunt zusammengewürfelter Menschenhaufen stolperte, von der Sonne geblendet, in die Arena. Amelia war verblüfft. Sie hatte Deserteure, Banditen erwartet, das übliche Gesindel bei derlei Exekutionen. Diese Gruppe jedoch bestand offensichtlich aus … Frauen! Greisen! Kindern!
»Cornelius«, sagte Amelia mit gepresster Stimme, damit niemand

sie hörte. »Nero glaubt doch gewiss nicht, dass diese Menschen den Brand gelegt haben?«

»Er hat Beweise.«

»Aber schau sie dir doch an. Sie können kaum ...«

Sie furchte die Stirn. Einige Gesichter kamen ihr bekannt vor. Die Augen mit der Hand beschattend, beugte sie sich vor. Dieser alte Mann dort ... hatte große Ähnlichkeit mit Petrus, dem Fischer, der einst zu Gast in Rahels Haus gewesen war.

Amelia rang nach Luft. Es *war* Petrus! Von Soldaten vorangepeitscht, bis er auf die Knie fiel und das Publikum vor Freude tobte. Da war auch Priscilla! Und Flavius und der alte Saulus. »Heilige Mutter Juno«, stammelte Amelia. »Cornelius, ich kenne diese Leute.«

Er reagierte nicht, hielt, ein blasiertes Lächeln auf den Lippen, den Blick unverwandt auf das Schauspiel gerichtet, das er mit organisiert hatte. Die Hinrichtung der so genannten Brandstifter.

Und dann sah Amelia etwas, das ihr den Magen umdrehte. Sie schlug die Hände vor den Mund, unterdrückte einen Schrei. Da unten, auf dem blutgetränkten Sand, wurde Rahel mit der Spitze eines Speers vorangetrieben. Die Haare fielen ihr um die Schultern, und selbst von ihrem Platz aus konnte Amelia Verletzungen und Prellungen erkennen. Ihre Freundin war gefoltert worden!

Wie versteinert saß Amelia da und verfolgte fassungslos, wie die Gruppe zu auf dem Sand ausgelegten Kreuzen stolperte; wie die Wachen die Greise, Frauen und Kinder auf die Knie zwangen, wie sie auf die gekreuzten Balken klettern und sich hinlegen mussten, während zweihundertfünfzigtausend Schaulustige lachten und johlten und »Tod den Juden!« brüllten.

Amelia fand ihre Stimme wieder. »Cornelius, du musst das beenden!«

»Psst! Der Kaiser!«

Amelia schaute zu Nero hinüber, der zufällig gerade in ihre Richtung blickte. Als er ihr freundlich zuwinkte und sie keine Bosheit in seinem Lächeln, keine Verachtung in seinem Blick entdecken konnte, wurde ihr klar, dass der Kaiser nichts von ihrer Verbindung zu diesen zum Tode verurteilten Menschen ahnte.

Sie wandte sich Cornelius wieder zu, sah sein Profil so scharf wie auf einer Münze. »Mach dem ein Ende«, forderte sie. »Du darfst das nicht zulassen. Diese Menschen sind unschuldig. Sie sind meine Freunde.«

Als er sich endlich zu ihr umdrehte, ging ihr sein kalter Blick bis ins Mark. »Warum sollte ich deinen Wunsch erfüllen? Hatte ich *dich* nicht auch um etwas gebeten, das du geflissentlich ignoriert hast?« Dabei blickte er bedeutungsvoll auf ihren blauen Anhänger.

Amelia wurde ganz elend zu Mute. »Tust du das, um mich zu strafen? Tötest du unschuldige Menschen, weil …« Übelkeit überkam sie. »Weil du dich über mich ärgerst? Cornelius, was für ein Monster bist du?«

»Eines, meine Liebe«, erwiderte er mit einem Lächeln, »das weiß, wie man den Mob erfreut.« Er schwenkte den Arm über das Publikum, der Beifall war ohrenbetäubend.

Rahels Hinrichtung und die der anderen wurde zur Farce degradiert. Wer nicht zum Tod am Kreuz verurteilt war, musste sich Tierhäute überziehen und wurde von Hunden oder Löwen zerfetzt. Die Kreuzigungen sollten als Letztes, bei Sonnenuntergang, stattfinden, damit die brennenden Leiber umso spektakulärer wirkten. Betäubt sah Amelia zu, wie die Kreuze von anderen verurteilten Christen an Seilen hochgezogen wurden. Sie hörte die bedauernswerten Kreaturen weinen und beten, während ein Kreuz nach dem anderen angezündet wurde. Das Publikum johlte und tobte, als die Opfer sich unter den Flammen krümmten und wanden. »Ihr sollt sterben!«, schrie die Menge. »Ihr sollt sterben, ihr Brandstifter!« Amelia sah die Rachlust in ihren Gesichtern, denn viele von ihnen hatten ihre Angehörigen oder ihr Haus beim Großen Brand verloren. Nach diesem Spektakel würden sie, ihren Kummer und ihr Elend halbwegs vergessen, befriedigt heimgehen, und die Gerüchte, dass Nero die

Stadt persönlich in Schutt und Asche gelegt hatte, würden allmählich verstummen.

»Ich muss das beenden!« Amelia wollte aufspringen, aber Cornelius hielt ihren Arm mit eisernem Griff.

»Bist du verrückt?«, zischte er. »Denk an deine Familie!«

Amelia fing an zu schluchzen. Der Rauch und der Gestank von brennendem Fleisch versengten ihr das Herz. Ihre Seele fing Feuer und brannte lichterloh wie ihre Freunde da unten in der Arena. Rahel war bereits zur Unkenntlichkeit verbrannt, und obwohl ihr verkohlter Körper immer noch zuckte, betete Amelia inbrünstig, dass die Freundin nicht mehr am Leben sein möge.

Niemand äußerte Zweifel über die Hinrichtungen. Keiner machte sich Gedanken darüber, dass Nero einen Sündenbock gesucht hatte, um den Verdacht von sich abzulenken. Keiner fragte sich, warum er eine Gruppe abtrünniger Juden, die sich Christen nannten und allseits unbeliebt waren, ausgewählt hatte. Manch einer erinnerte sich noch daran, dass fünfzehn Jahre zuvor Kaiser Claudius jüdische Emporkömmlinge aus Rom verbannt hatte, weil ihre Streitgespräche über Christus beinahe zu Aufständen in den Synagogen geführt hatten.

Amelia hatte Cornelius beobachtet, während ihre Freunde verbrannten. Auf seinem Gesicht lag ein solch abgrundtiefer Hass, dass sie erschauerte. Und dann erinnerte sie sich, dass sie diesen Ausdruck schon einmal bei ihrem Mann gesehen hatte. Damals, ebenfalls in der Arena, in der kaiserlichen Loge, als Cornelius irrtümlicherweise die Huldigung des Publikums auf sich bezogen hatte, bis Neros Mutter ihn einen Idioten genannt hatte. Damals hatte Cornelius Amelia mit unverhohlenem Hass angesehen …

Da fiel es ihr wie Schuppen von den Augen.

Amelia weinte, wie sie noch nie in ihrem Leben geweint hatte, selbst damals nicht, als Cornelius ihr Kind beiseite geschafft hatte. Während alle im Haus schliefen, lag sie auf ihrem Bett, das Gesicht in den

Kissen vergraben, und ließ ihrem Schmerz freien Lauf. So lange sie lebte, würde sie das Bild von Rahels Tod nicht mehr vergessen.
Ihr Kummer rief noch andere Gefühle hervor: Zorn, Verbitterung, Abscheu. Sie strömten wie Gift aus ihrem Körper, durchtränkten ihr Kopfkissen, bis ihre Tränen weit nach Mitternacht endlich versiegten und sie sich mit einem neuen Hassgefühl im Herzen aufrichtete. Der Hass richtete sich nicht gegen Kaiser Nero oder den Pöbel in der Arena. Er galt nur einem Mann, einem Monster namens Cornelius.
Sie stahl sich in sein Schlafzimmer, blickte auf den schlafenden Mann, während leise Stimmen in ihr raunten: »Warum hat Nero die Christen bestraft? Hat er überhaupt von uns gewusst? In Rom gibt es religiöse Sekten wie Sand am Meer, und wir sind nur ein winziger Teil davon. Ein so bornierter Mensch wie Nero hätte von unserer Gruppe nie etwas erfahren, es sei denn, jemand hätte uns verraten. Jemand, der uns vernichten wollte. Warst du das, Cornelius? Wolltest du mich damit bestrafen? Am Kreuz hängend, konnte Jesus seinen Peinigern vergeben, aber ich kann dir nicht vergeben, Cornelius.«
In diesem Moment wurde ihr klar, dass sie ihn töten könnte. So wie er dalag, könnte sie ihn erdolchen, dann um Hilfe schreien, sich das Gewand zerreißen und den Leibwachen erklären, dass es ein Einbrecher gewesen sei. Mit dieser Ausrede könnte sie davonkommen. Dennoch wusste sie, dass sie Cornelius nie töten würde. Sie brauchte seinen Tod nicht, um frei zu sein, denn sie war ja bereits frei.
Sie hielt den blauen Stein ins Mondlicht. Der Geist der ägyptischen Königin war verschwunden, seinen Platz hatte der Erlöser eingenommen.

Sie kam in der Begleitung eines hoch gewachsenen afrikanischen Sklaven, eines Christen. Er leuchtete ihr mit einer Laterne und würde jeden Dieb und Angreifer in den nächtlichen Straßen abwehren. An einem der Wohnblocks angekommen, die den Großen Brand ohne Schaden überstanden hatten, führte ihr Weg sie über verdreckte Stiegen, an fiependen Ratten und obszönen Schmierereien vorbei nach oben. Statt Türen gab es nur schäbige Stoffbahnen, die ein Stück Privatsphäre vermittelten.

Amelia kannte keine Furcht mehr. Sie hatte sich verändert. Sie war auf der Suche nach Antworten.

An der Wohnung, die man ihr genannt hatte, schob sie den Stoff beiseite und spähte nach drinnen. Die Bewohnerin, eine verhutzelte Alte, schaute erschrocken hoch. Sie wollte gerade ein bescheidenes Mahl einnehmen, ihre einzige Lichtquelle war der Mond.

Amelia zog sich den Schleier vom Gesicht und hielt die Laterne hoch, damit die Frau sie erkennen konnte. »Kennst du mich, Mutter?«, fragte sie.

Die alte Frau stand stumm vor Schreck.

»Hab keine Angst. Ich will dir nichts Böses.« Amelia legte ein paar Münzen auf den Tisch. »Sag, erkennst du mich?«

Die Hebamme blickte auf die Münzen, dann auf ihre unerwartete Besucherin. Sie stellte die Essschale ab und wischte sich die Finger an ihrem Kleid. »Ich erinnere mich an Euch.«

»Du hast mich vor sieben Jahren von einem Kind entbunden. Einem Mädchen.«

Die alte Frau nickte.

»War das Kind verkrüppelt?«

Die Alte schlug die Augen nieder. »Nein …«

Mit einem Mal bekam alles einen Sinn. Der Zorn ihrer Tochter. »Es ist alles deine Schuld. Das Baby … alles!« Cornelia war elf Jahre alt gewesen, als das Neugeborene Cornelius zu Füßen gelegt wurde. In blankem Schrecken war sie ins Zimmer der Mutter gestürzt und hatte wissen wollen, warum ihr Papa den Säugling verstoßen hätte. Jetzt wurde Amelia alles klar. Das Kind war vollkommen gesund gewesen, und Cornelia, blind vor Liebe zu ihrem Vater, hatte nicht verstanden, warum er so etwas tat.

Jetzt erkannte Amelia die Wahrheit: Cornelias Hass galt nicht ihrer Mutter.

Zufrieden mit sich und der Welt betrat Cornelius seine Villa auf dem Aventin. Er hatte gerade einen Rechtsstreit gewonnen, und die Menge hatte ihm zugejubelt. In seinem Haus war wieder Frieden eingekehrt, Amelia verhielt sich ruhig. Seit sie der Hinrichtung der Christen in der Arena beigewohnt hatte, benahm sie sich züchtig und sittsam. Sie hatte sogar die verdammte Halskette abgelegt.
Er trat in das Atrium. Keine Sklaven, kein Majordomus, die zur Begrüßung herbeieilten. Er wollte bereits nach ihnen rufen, als er Stimmen vernahm, die auf Lateinisch psalmodierten: »Vater unser, der du bist im Himmel, gesegnet sei dein Name, dein Königreich komme, gib uns unser täglich Brot, vergib uns unsere Sünden und verschone uns von dem Übel.«
Cornelius spähte in den Garten. Um Amelia scharte sich eine kleine Gruppe von Leuten, seine Sklaven und der Majordomus waren auch darunter, die mit ausgebreiteten Armen, zurückgelegtem Kopf und geschlossenen Augen andachtsvoll sangen.
Während sich alle bekreuzigten und mit einem »Amen« schlossen, schlug Amelia die Augen auf und sah Cornelius herausfordernd an. Beide wussten, dass sie an einem Wendepunkt standen.

Nachdem Rahels gesamter Besitz von Nero beschlagnahmt worden war, sollte die Zusammenkunft an diesem Sabbat in Phoebes Haus stattfinden. Doch Phoebe war alt, sie litt unter Arthritis und brauchte Hilfe bei den Vorbereitungen für das Mahl. Trotz allem, was mit Rahel und den anderen geschehen war, wandten sich immer mehr Menschen dem Christentum zu, insbesondere, seit Nero die Verfolgung eingestellt hatte.
Ihre Gedanken drehten sich immer wieder um die Ereignisse der letzten Wochen. Nach dem Großen Brand hatten Gerüchte die Runde gemacht. Wie es hieß, hatte Nero versucht, die Götter zu besänftigen. Doch kein Gebet, keine Opfergabe konnte den finsteren Verdacht auslöschen, dass das Feuer mit Absicht gelegt worden war – und zwar vom Kaiser selbst. Um seine Glaubwürdigkeit wiederher-

zustellen, war Nero gezwungen gewesen, einen Sündenbock auszumachen, und da war ihm die christliche Gemeinde gerade recht gekommen.

Seltsamerweise hatten die Christenverfolgungen nach den Geschehnissen im Zirkus jedoch aufgehört. Neros Rechnung war nicht ganz aufgegangen, die Menschen hatten die armen Opfer am Ende bedauert und gemeint, Unschuldige wären der Brutalität eines Einzelnen und weniger dem Allgemeinwohl geopfert worden. Außerdem kümmerte man sich nicht um eine so unbedeutende Sekte, selbst Nero hatte sie über seinen eigenen Problemen vergessen. Und so konnten sich die Christen wieder freier bewegen.

»Seid Ihr Amelia, die Gattin des Cornelius Gaius Vitellius?«

Amelia fand sich einem Mitglied der Präfekturpolizei gegenüber, das Gesicht vom Visier seines Helms verborgen. Er wurde von sechs kräftigen Wachsoldaten begleitet.

»Das bin ich«, antwortete Amelia.

»Würdet Ihr bitte mitkommen?«

Die Präfektur, in der sich Roms Hauptgefängnis befand, war ein imposantes Gebäude in der Nähe des Forums. Hinter der Fassade aus blendend weißem Marmor mit kannelierten Säulen und wunderbaren Statuen verbarg sich ein finsteres Labyrinth aus dunklen Gängen und feuchten Verliesen.

»Warum bin ich hier?«, wollte Amelia wissen, als sie von grimmigen Wachsoldaten in die Unterwelt des Hauptgebäudes geführt wurde. Ihre Eskorte reagierte nicht, ihr schwerer Schritt und das Rasseln der Rüstungen hallten von den Wänden wider.

Vor einer schweren Holztür machten sie Halt. Die Wache zog die Tür auf und bedeutete Amelia einzutreten. »Bin ich eine Gefangene?«, fragte sie ungläubig. Im Licht der Fackel blickte sie in eine enge, stinkende Zelle.

»Bitte sehr.« Die Wache wiederholte ihre einladende Geste. Amelias erster Gedanke war, zu protestieren, ja sogar wegzurennen. Aber das

wäre sinnlos. Welcher Irrtum auch immer vorlag, die Angelegenheit würde in Kürze geklärt sein. Hoch erhobenen Hauptes schritt sie über die Schwelle, als beträte sie einen Tempel.
Die Tür schlug hinter ihr zu, und der Schlüssel drehte sich im Schloss. Als die Wachen mit den Fackeln davonmarschierten und die Zelle in Dunkelheit versank, wurde Amelia von Panik gepackt. Sie lief zur Tür, lehnte sich schwer atmend dagegen. Über ihrem Kopf, doch außer Reichweite, befand sich eine schmale, vergitterte Öffnung. Selbst auf Zehenspitzen würde Amelia nicht hinaussehen können. Von den Wandfackeln draußen im Gang sickerte spärliches Licht herein, und allmählich gewöhnten sich ihre Augen an die Dunkelheit.
In der Zelle roch es nach Moder und Urin. In den Ecken lagen verschimmelte Strohhaufen, an den Wänden hingen Ketten. Amelia sah Blutflecken auf dem Boden, von fern hörte sie Schreie von anderen Gefangenen. Sie unterdrückte ihre Angst und versuchte klar zu denken. Es handelte sich bestimmt um ein Versehen! Aber … die Wachen hatten genau gewusst, wo sie sie auf dem Marktplatz finden würden; sie hatten sie erkannt und mit ihrem Namen angesprochen. Jemand musste ihnen einen Hinweis gegeben haben. Aber wer? Und warum?
Von einer schrecklichen Vorahnung erfüllt – würde man sie hier in alle Ewigkeit einsperren? –, ließ sie sich auf dem Steinboden nieder und umschlang ihre Knie. Dunkelheit umgab sie. Als sie etwas an ihrem Fuß spürte, schrie sie auf. Ihre Familie würde sie bestimmt vermissen und Nachforschungen anstellen. Und doch hatte sie von Leuten gehört, die für immer in diesem Gefängnis eingesperrt waren und vergessen …
Sie faltete die Hände und begann zu beten.

Cornelius Vitellius kam in seiner mit breiten Purpurstreifen verbrämten Toga zum Gefängnis. Diese Toga war nur wenigen Privilegierten vorbehalten, und er hatte sie mit Absicht gewählt, um seinem Aussehen noch mehr Autorität zu verleihen.

»Ist sie hier?«, fragte er den Dienst habenden Wachoffizier.
»Seit der ersten Wache, Herr«, erwiderte der und grüßte Cornelius mit der Art knappem Salut, den Berufssoldaten Bürgern von Rang offerierten. »Das sind zehn Stunden.«
»Zu essen oder zu trinken?«
»Keinen Tropfen oder Bissen, wie Ihr befohlen habt. Aber wir haben ihr einen Eimer zum Pinkeln reingestellt. Wie lange sollen wir sie dabehalten?«
»Ich lass es dich wissen. Bis dahin, kein Wort zu ihr.«
Der Wachoffizier hatte im Lauf der Jahre gelernt, dass Schweigen Gold bedeutete. Der berühmte Advokat – der Offizier hatte selbst schon so manches von Cornelius Vitellius spendierte Bier getrunken – war nicht der Erste, der einen missliebigen Angehörigen wegen unschicklichen Verhaltens unter Arrest stellte. Der Wachoffizier nickte und nahm sein Würfelspiel wieder auf.
Cornelius folgte dem Wärter durch den stinkenden Gang. Vor Amelias Tür machte er Halt, um sich zu sammeln, wie er das oft vor einer Gerichtsverhandlung tat. Dann gab er dem Wärter ein Zeichen.
»Du meine Güte, Amelia!«, sagte er, als die Tür hinter ihm zuschlug.
»Cornelius!« Sie flog in seine Arme.
»Ich konnte es gar nicht glauben, als man mir sagte, du wärst eingesperrt!«
»Warum bin ich hier? Bin ich unter Arrest? Keiner sagt etwas.«
»Beruhige dich, Amelia. Es sieht so aus, als habe dich jemand als Christin bezeichnet.«
Sie schaute ihn ungläubig an. »Aber Cornelius, dass ich Christin bin, ist kein Geheimnis. Und es ist auch kein Verbrechen.«
»Ich fürchte, Nero übt immer noch Rache gegen die Christen, aber er tut es heimlich, um seinem öffentlichen Ansehen nicht zu schaden.« Als er sah, wie ihr die Farbe aus dem Gesicht wich, wusste er, dass sie ihm glaubte, und fuhr fort: »Nero hat mir gestattet, mit dir zu reden, bevor das eigentliche Verhör beginnt.«
»Du meinst … Folter?«, stammelte sie.

»Schwöre diesem neuen Glauben ab, Amelia. Nenne mir die Namen der anderen, und du wirst frei sein.«

»Und wenn ich es nicht tue?«

»Dann liegt es nicht mehr in meiner Macht.« Er spreizte bedeutungsvoll die Hände.

Sie dachte an all die Leute, die ihr lieb und teuer waren – Gaspar und Japheth, Chloe, Phoebe ... und begann zu zittern. Würde sie einer Folter standhalten können und die Namen verschweigen?

»Wie weit ...«, setzte sie an. »Wie weit wird Nero gehen?«

Cornelius zuckte die Achseln, wie er das gern bei Gerichtsverfahren zu tun pflegte. Eine Geste, die mehr besagte als Worte.

»Cornelius, hilf mir! Ich will leben! Ich will unsere Enkelkinder heranwachsen sehen. Ich will dabei sein, wenn Gaius die Toga der Mannbarkeit erhält.« Das Leben war ihr noch nie süßer vorgekommen. Und noch nie war sie so verzweifelt gewesen. »Bitte, Cornelius! Ich flehe dich im Namen deiner Kinder an. Hilf mir!«

Er fasste sie an den Schultern. »Ich möchte ja, Amelia. Ich schwöre bei den Göttern, auch nach allem, was zwischen uns vorgefallen ist, wünsche ich dir nicht so ein Schicksal. Aber Nero ist fest entschlossen. Sag ihnen, was sie wissen wollen, und du wirst das Gefängnis noch heute mit mir verlassen.«

In ihrem Blick lag blankes Entsetzen. »Ich ... kann nicht.«

»Dann sag es mir, und ich sage es der Wache. Sie werden das gestatten. Wann und wo halten die Christen ihre nächste Zusammenkunft ab? Und wer sind sie?«

Amelia glaubte Cornelius nicht so recht. Sie war überzeugt, dass ihren Freunden Schlimmes widerfahren würde, darum schwieg sie. Cornelius versuchte eine andere Taktik. »Gib diesen neuen Glauben auf, Amelia, und wir fangen noch einmal von vorne an. Ich werde dich mit nach Ägypten nehmen. Würde dir das gefallen?«

Im trüben Licht der Zelle forschte Amelia in den Zügen ihres Mannes. Er schien aufrichtig bekümmert zu sein. Schließlich sagte sie:

»Nero kann meinen Leib töten, wie er das bei meinen Freunden getan hat. Aber sie sind nicht tot. Also hat er keine Macht über den Tod. Was hat er denn überhaupt?«
Cornelius musterte sie scharf. Bezog sie sich auf Nero, oder sprach sie verdeckt über ihn selbst? Nein, in ihrem Blick war keine Arglist.
»Wenn du das zulässt, kannst du weder mich noch deine Familie lieben. Denk an deine Kinder!«
»Das tue ich doch!«, schluchzte sie. »Gerade für meine Kinder tue ich das!«
»Wenn du nicht auf mich hören willst, Amelia, kann ich nichts mehr für dich tun.« Er wandte sich zum Gehen.
»Nein!«, schrie sie auf. »Lass mich nicht hier!«
»Du kannst deine Freiheit ganz einfach erlangen, Amelia. Jedes Kind würde das verstehen.«
Sie sah ihn fassungslos an. »Willst du mich wirklich in dieser abscheulichen Zelle lassen?«
»Wie ich schon sagte, es liegt nicht in meiner Macht.«
Mit gespielter Niedergeschlagenheit verließ Cornelius die Zelle, insgeheim schäumte er jedoch vor Wut über Amelias Verstocktheit. Er hatte gehofft, dass sie ihn auf Knien anflehen würde, damit er seinen Triumph voll auskosten könnte. Er befahl dem Wachoffizier, Amelia ohne Essen und Trinken über Nacht dazubehalten. Dann überlegte er einen Moment. »Lässt es sich einrichten, dass sie Foltergeräusche zu hören bekommt?«
»Ich weiß was Besseres, Herr«, erklärte der Soldat, der sich seine eintönige Arbeit gern mit sadistischen Spielchen versüßte. »Ich kann mit blutigen Händen in ihre Zelle gehen. Wirkt jedes Mal.«

Amelia wachte von dem Rasseln der Schlüssel an ihrer Tür auf. Mühsam setzte sie sich auf. Sämtliche Knochen taten ihr weh. Ihre Haut juckte von diversen Bissstellen, und ihre Kehle dürstete nach Wasser. »Cornelius?«, wisperte sie.
Es war ihre Tochter. Sie sah schrecklich mitgenommen aus.

»Mutter«, stammelte die Neunzehnjährige und schloss Amelia unter Tränen in die Arme. »Was für eine furchtbare Geschichte!«

»Hast du …«, setzte Amelia an, erschrocken, wie schwach sie sich fühlte. »Könnte ich etwas Wasser haben?«

Cornelia trommelte an die Tür und rief nach Wasser. Eine Minute später brachte der Wärter, ein anderer diesmal, einen Krug mit Wasser, eine brennende Fackel und zwei Hocker.

»Ich habe es von meinem Bruder erfahren. O Mutter, ich kann es einfach nicht glauben! Warum bist du hier?«

Amelia musste zuerst ihren Durst stillen. Sie trank direkt aus dem Krug und ließ sich das Wasser genussvoll über den Hals, die Arme und die Hände laufen. Hundert Bäder würden nicht reichen, diese Schmach von ihr abzuwaschen. Schließlich berichtete sie der Tochter von ihrer Unterredung mit Cornelius und fragte sich, warum *er* nicht gekommen war.

Cornelia runzelte die Stirn. »Ich habe von keinen neuen Verfolgungen gehört, Mutter. Nero ist viel zu sehr damit beschäftigt, seine eigene Haut zu retten, als sich um das Schicksal anderer zu kümmern.«

Das war es also. Amelia hatte in ihrem Innersten immer gewusst und in all ihren Träumen geahnt, dass dies alles Cornelius' Werk war. Indem er sie zwang, ihrem neuen Glauben abzuschwören, hätte er wieder die Oberhand über sie gewonnen.

Im nächsten Moment wurden auch Cornelia die Zusammenhänge klar. »Das hat Papa getan, nicht?«, flüsterte sie. »Warum? Warum hasst er dich so?«

»Verletzte Eitelkeit. Ich war damals der Grund, dass der Stolz deines Vaters verletzt wurde, aber ich habe es nicht mit Absicht getan. Die Zuschauer in der Arena …«

»Ich erinnere mich! Es wurde noch wochenlang davon gesprochen. Papa dachte, das Volk würde ihm huldigen, dabei galt die Huldigung dir. Hat er deswegen …?«

»Hat er was, Cornelia?«

Die junge Frau schlug die Augen nieder. »Ich hab das Kind gesehen. Es war ganz gesund. Es gab keinen verkrüppelten Fuß. Aber Papa hat befohlen, es wegzubringen. Ich war so erschrocken. Ich konnte mir das einfach nicht erklären.«

»Dein Vater war dein Held und entpuppte sich als einfacher Mensch.«

»Aber er bestraft dich immer wieder. Lass es nicht zu, Mutter. Gib ihm, was er will, und du bist frei.«

Amelia schüttelte den Kopf. »Wenn ich Cornelius gebe, was er fordert, werde ich nie frei sein.«

»O doch, das wirst du! Ich helfe dir! Er kann uns nicht beide verurteilen, Mutter!« Cornelia wurde immer erregter. »Es ist ja gar nicht Nero! Nur Papa tut dir das an!«

»Meine Tochter, hör mir zu. Es geht weder um Nero, um ein Stadion voller Menschen oder um einen einzigen Mann. Ich kann meinen Glauben nicht aufgeben.«

Cornelia fiel vor ihrer Mutter auf die Knie und vergrub weinend das Gesicht in ihrem Schoß. Während Amelia das Haar der Tochter streichelte, staunte sie aufs Neue darüber, dass sie noch vor zwei Jahren, als Cornelia ihr erstes Kind gebar, eine ungläubige Frau gewesen war. Jetzt hatte sie Glauben im Überfluss, den sie gern mit ihrer Tochter geteilt hätte, um ihr Hoffnung zu machen.

»Geh jetzt, mein Kind«, murmelte sie. »Kümmere dich um die Familie. Und behandle den kleinen Lucius wie deinen Bruder, denn das ist er ja.«

Sie umarmten und küssten sich zum Abschied. Cornelia wollte sich um die Freilassung ihrer Mutter kümmern, aber Amelia wusste, dass das sinnlos war. Cornelius hielt alle Fäden in der Hand.

Er betrat die Zelle unmittelbar, nachdem Cornelia gegangen war. Offenbar hatte er vor der Tür gewartet.

»Zum letzten Mal, Frau, wirst du diesen Wahnsinn beenden?«, fragte er. Als sie den Kopf schüttelte, sah sie echte Ratlosigkeit in seinem Gesicht.

»Cornelius, ich glaube, du hast mich nur in den Zirkus mitgenommen, um mir Angst zu machen«, hob Amelia an. »Du hast vermutlich gedacht, dass ich beim Anblick von Rahels Tod meinen neuen Glauben aufgeben würde. Genau das Gegenteil ist der Fall. Was ich gesehen habe und die Tatsache, dass *du* meine Freunde ermordet hast, hat mich noch mehr in meinem Glauben bestärkt. Ich werde die Namen meiner christlichen Brüder und Schwestern niemals preisgeben. Und meinem Glauben werde ich auch nicht abschwören.«

Er straffte sich in seiner Amtstoga, bei deren Anblick die Menge gewöhnlich ehrfurchtsvoll zurückwich, und in seinen Augen funkelte purer Hass. Ohne ein weiteres Wort machte er kehrt und verließ die Zelle. Als die Tür hinter ihm zuschlug, wusste Amelia, dass sie verloren war. Ob Nero nun wirklich an dieser Sache beteiligt war, ob die gegen sie vorgebrachten Beschuldigungen stimmten oder nicht, Cornelius würde seinen Rachefeldzug gegen sie zu Ende führen. Er wollte sie in der Arena leiden sehen. Und sie wäre nicht allein: Er würde Japheth und Chloe und alle anderen kreuzigen lassen und sie, Amelia, als Letzte.

Mit jedem Schritt durch den finsteren Gang und jedem Tritt auf den glitschigen Stufen, die Amelia hatten Angst einjagen und sie gefügig machen sollen, wuchs Cornelius' Zorn. Doch kam ihm bereits eine neue Idee, wie er die verfahrene Situation für sich retten konnte. Er würde Amelia vorgaukeln, dass er sein ganzes politisches Gewicht und seinen guten Namen in die Waagschale geworfen habe, um ihre Freilassung zu erwirken. Sie würde es allen ihren Freunden weitererzählen, und in kürzester Zeit würde Cornelius als Held dastehen.

Mit entsprechender Ungeduld wartete er darauf, dem Wachoffizier den Befehl für Amelias Freilassung zu erteilen, wie sie es vorab vereinbart hatten. Stattdessen traf er auf einen Untergebenen, der ihm erklärte, sein Vorgesetzter sei für einen Moment fortgegangen und den Schlüsselbund habe er mitgenommen.

»Dann geh ihn suchen!«, bellte Cornelius, der es mittlerweile mit Amelias Freilassung und der Wiederherstellung seiner Reputation eilig hatte.
Allein in ihrem Verlies wurde Amelia von Ängsten geschüttelt. Sie dachte an die Jahre, die noch vor ihr lagen, an ihre Familie, an ihre Stadtvilla, ja sogar an ihren Landsitz, der ihr plötzlich so kostbar erschien. Sie wollte die Mannbarkeitszeremonie ihrer beiden Söhne Gaius und Lucius miterleben, wollte ihren ältesten Sohn seinen ersten Rechtsstreit gewinnen sehen, wollte die Kinder ihrer Tochter im Arm wiegen, wollte alt und weise werden und jeden Sonnenuntergang preisen. Sie hatte das in all den Jahren für selbstverständlich genommen, während sie dem Schöpfer für jeden neuen Tag hätte dankbar sein sollen.
Sie betete mit nie gekannter Inbrunst. Diese einst ungläubige Frau war nun so von Glauben erfüllt, dass sie nicht nur zu ihrem Erlöser betete, sondern auch zu der Heiligen Mutter Juno. Sie flehte um ein Zeichen. *Was soll ich tun*?
Sie lauschte in die Dunkelheit, aber alles, was sie hörte, war die beklemmende Stille der massiven Wände und die entfernten Rufe anderer Gefangener, die um Freilassung, Essen und Wasser bettelten. Sie hörte den Schlag ihres Herzens und die geraunten Ängste ihres Gewissens. Erneut suchte sie Zuflucht im Gebet. Vollkommen erschöpft zog sie schließlich die Halskette unter ihrer Tunika hervor und blickte in das Herz des blauen Kristalls, dessen Einschluss aus kosmischem Staub die Gestalt des Erlösers hatte. Und da fand sie die Antwort.
Der Stein hatte ihr einst den Glauben zurückgegeben, jetzt bestärkte er sie noch darin. Sie wusste, was sie zu tun hatte.
Mit zitternden Händen nestelte sie den Stein aus seiner Goldfassung, und als sie ihn in das dämmerige Licht hielt, wurde sie von seiner Schönheit überwältigt. Solange der Stein in seiner Fassung lag, hatte sie seine unglaubliche Reinheit und die Klarheit der in seinem Inneren eingeschlossenen Christusfigur nicht zu schätzen

gewusst. Seltsam, dass sie diesen Stein einmal für verflucht gehalten und sich vor dem darin gefangenen Geist gefürchtet hatte. Aber genau das war ja Cornelius' Absicht gewesen.

Dann dachte sie an die bevorstehende Pein, an die Qualen und den Todeskampf in der Arena. Sie wusste, dass sie einer Folter nicht standhalten und die Namen der Freunde verraten würde. Ihr Wille war stark, aber ihr Fleisch würde schwach sein. Vielleicht war ihr Wille aber jetzt stark genug, bevor die Folter begann.

Ihre Gedanken wanderten zu dem Tag vor sieben Jahren zurück, da Cornelius über Leben oder Tod zu entscheiden hatte und den Tod wählte. Nun stand sie vor der gleichen Wahl. Und sie entschied sich für das Leben: das ewige Leben.

Eine merkwürdige innere Ruhe überkam sie, und alle Geheimnisse erklärten sich. Als Jesus vom Ende der Welt sprach, dachte sie bei sich, hatte er damit nicht gemeint, dass alle Menschen das Ende gemeinsam erfahren würden, sondern ein jeder zu seiner Zeit. Für mich kommt heute Nacht das Ende der Welt.

Sie hielt den Atem an und lauschte. Am Ende des Ganges ertönten Stimmen. Sie musste rasch handeln, bevor man sie holte.

Es war nicht einfach, den Stein zu schlucken. Sobald sie ihn auf ihrer Zunge spürte, wurde ihr übel. Dann dachte sie an das Leben, das noch vor ihr lag, an die schöne Villa und ihren Gatten, der sie liebevoll verwöhnen, der von neuem beginnen wollte. Doch all das wurde überlagert von dem Gedanken an den Gekreuzigten, der seinen Peinigern vergeben und sie, Amelia, durch die Taufe angenommen hatte.

Sie schob sich den Stein tiefer in den Mund und konnte ihn immer noch nicht schlucken. Sie befürchtete, dass sie den Stein wieder ausspucken oder ohnmächtig würde und die Wachen den Stein entfernen könnten, bevor er sein Werk vollendet hatte.

Unter Würgen drückte sie sich den Stein tiefer in den Schlund, während sie im Geiste betete: »Gott, vergib mir, dass ich mir das Leben nehme, aber ich bin nur aus schwachem Fleisch. Ich kann es nicht

zulassen, dass meine geliebten Freunde mit mir in der Arena den Tod finden, auch wenn es ein Märtyrertod ist.«
Aber dann bäumte sich ihr Lebenswille noch einmal auf, und Panik durchfuhr sie. Sie griff sich an die Kehle. Keuchend rang sie nach Luft. Ein stechender Schmerz bohrte sich in ihre Brust, und in ihren Ohren hämmerte es. Sie stürzte zu Boden. Ihr Lungen drohten zu bersten. *Gnädiger Gott, mach dieser Qual ein Ende!*
Als das Leben langsam aus ihrem Körper wich, überkam sie ein wunderbarer Friede. Und der geheimnisvolle Stein, so makellos und schön, der vor vielen Jahrtausenden ein Mädchen mit Namen »Die Große« geführt hatte, einer jungen Frau namens Laliari die Furcht vor den Toten genommen und einst einem jungen Mann mit Namen Avram seinen Platz in der Welt gezeigt hatte, dieses Fragment aus dem Kosmos, steckte jetzt im Hals einer überaus gläubigen Frau.
Als die Dunkelheit sie umfing, machte sie sich bereit für den Tod und das Wiedersehen mit Rahel, mit den geliebten Freunden und mit ihrem verstoßenen Kind. Und so fügte es sich, dass ausgerechnet der Schmuckstein, mit dem ihr Gatte sie hatte bestrafen wollen, ihr den Weg zur Erlösung wies.

Interim

Die Wachen rätselten darüber, wie Amelia gestorben war, als sie ihr blau angelaufenes Gesicht und die heraushängende Zunge sahen. Der herbeigerufene Arzt erklärte, sie sähe so aus, als ob sie einen Herzanfall erlitten hätte. Die Angst vor dem Tod in der Arena musste zu groß gewesen sein. Cornelius erinnerte sich an ihre Worte. Ja, er hatte ihr Angst einflößen, sie aber doch nicht umbringen wollen. Dann entdeckte er etwas, was den anderen entgangen war. Der Stein fehlte, und Cornelius wusste, was sie getan hatte.

Da er es seiner Frau nicht vergönnte, zur Märtyrerin erhoben zu werden, und die Leute stattdessen glauben sollten, sie sei aus Feigheit gestorben, verschwieg er die Sache mit dem blauen Stein und ihre heroische Selbsttötung. Er bewahrte Stillschweigen und spielte den trauernden Ehemann.
Cornelia indes, rasend vor Kummer, gab ihrem Vater die Schuld an der Tragödie. Sie verbot ihm, die Mutter einzuäschern, und ließ Amelia in einem Grab zur letzten Ruhe betten, das einem Haus glich, mit blinden Fenstern, Türen und einem Garten. Aus persönlicher Rache an ihrem Vater trat sie zum Christentum über, obwohl sie nicht daran glaubte, hielt Andachten in ihrem Haus ab und demonstrierte christliches Handeln, bis sie eines Tages tatsächlich bekehrt war. Von ihrem neuen Glauben beseelt, kämpfte sie darum, die Erinnerung an ihre Mutter wach zu halten, und führte den Tag ihres Märtyrertodes als Gedenktag für die Christen ein.
Cornelias Tochter – am Jahrestag von Cornelius' Rückkehr aus Ägypten geboren, als dieser die Halskette der ägyptischen Königin mitbrachte – wurde ebenfalls bekennende Christin und eine herausragende Geistliche. Cornelia ließ ein silbernes Reliquiar für die sterblichen Überreste ihrer Mutter anfertigen, und in einem großen Festakt wurden die in Tuch gehüllten Gebeine vor Hunderten von Christen ehrfürchtig in das Reliquiar umgebettet, das dann in einem Schrein aufgestellt und für jedermann zugänglich gemacht wurde.
Im hohen Alter folgte Cornelia ihrer Mutter in den Märtyrertod, als ihr unter Kaiser Domitian bei einem Spektakel im Circus die Zunge ausgerissen wurde.
Cornelius, dem der Tod seiner Gattin keinen besonderen Verlust bedeutete, wurde endlich zum Konsul ernannt und glaubte, als Namensgeber eines Amtsjahres in die Geschichte einzugehen. Unglücklicherweise übernahmen nach Neros Tod andere Herrscher die Macht, und die Namen der Konsuln gerieten in Vergessenheit. Während Cornelius' Gattin als Märtyrerin Berühmtheit erlangte

und sogar eine Kirche nach ihr benannt wurde, verschwand der Name Cornelius Gaius Vitellius aus den Geschichtsbüchern.
Im goldenen Zeitalter unter Mark Aurel wurden die Gebeine der heiligen Amelia in eine neu errichtete Kirche überführt. Hier ruhte sie in Frieden, und ihre Anhängerschar gedachte jedes Jahr ihres Märtyrertodes, bis die letzte und grausamste Christenverfolgung unter Kaiser Diokletian im Jahre 303 n. Chr. einsetzte.
Mit einem Edikt verbot der Kaiser die christlichen Gemeinden; Kirchen und heilige Bücher wurden verbrannt, und die Christen mussten ihrem Glauben abschwören. Jede Weigerung wurde mit dem Tode bestraft. Bei einem Geheimtreffen beschlossen Bischöfe und Geistliche, dass, obwohl der Märtyrertod den unmittelbaren Zugang zum Paradies eröffnete, es für die Weiterführung des Glaubens unabdingbar sei, einige Anhänger am Leben zu erhalten, um das Wort in der Welt zu verbreiten. Diese Missionare wurden durch Los ausgewählt. Reliquien, Bücher und Kultgegenstände, unter ihnen das silberne Reliquiar mit den Gebeinen der heiligen Amelia, wurden in einer Gewitternacht heimlich aus Rom weggeschafft und auf ein Schiff gebracht.
Durch stürmische See wurden die Gebeine Amelias, der einstigen Gattin des Cornelius Gaius Vitellius, in die römische Provinz Britannien gebracht, wo Christen in einer Ansiedlung namens Portus lebten, die einst eine römische Küstenfestung, inzwischen ein blühender Fischerhafen war.

FÜNFTES BUCH

England

Im Jahre 1022 n. Chr.

Oberin Winifred, die Priorin des Klosters St. Amelia, schaute aus dem Fenster des Skriptoriums und dachte: Frühling!

Oh, die wundersamen Farben der Natur, Gottes Pinsel am Werk: blassrosa Kirschblüten, rote und schwarze Maulbeeren, scharlachrote Rotdornbeeren und sonnengelbe Narzissen. Wäre doch nur ihre eigene Farbenpalette dermaßen bunt. Die Illuminierungen, die sie damit schaffen könnte!

Die Farben bestärkten sie in ihrer Hoffnung. Vielleicht würde der Abt ihr ja in *diesem* Jahr erlauben, das Altarbild zu malen.

Ihre Gefühle beruhigten sich wieder. Sie hatte erneut den Traum gehabt – nun, einen Traum konnte sie es nicht direkt nennen, eher eine Tagträumerei, wenn nicht sogar eine Vision. Das Traumbild war ihr erschienen, als sie zur heiligen Amelia gebetet hatte. In der Vision sah sie das, was sie bereits zahllose Male zuvor erblickt hatte: das Leben der Heiligen, von ihrer frühesten Jugend bis zum Übertritt zum Christentum, von ihrer Festnahme durch römische Soldaten bis zu ihrem Märtyrertod durch Kaiser Nero. Winifred hatte keinerlei Vorstellung, wie römische Soldaten und ein römischer Kaiser aussahen, geschweige denn, wie die Menschen sich vor tausend Jahren kleideten und wie sie lebten – und natürlich wusste auch niemand, wie Amelia ausgesehen hatte; jahrhundertelang hatte keiner einen Blick auf ihre sterblichen Überreste geworfen. Dennoch war Winifred der festen Überzeugung, dass es seine Richtigkeit mit der Vision hatte, war sie doch von Gott gekommen.

Das Problem lag darin, den Abt zu überzeugen. Das Altarbild war eine Streitfrage, die schon so lange zwischen ihnen geschwelt hatte, dass Winifred es sich gar nicht mehr anders vorstellen konnte. Das Ganze verlief stets nach demselben Schema: Winifred bat um Erlaubnis, an etwas Aufwändigerem zu arbeiten als an einem Manuskript, und der Abt (der gegenwärtige wie auch seine Vorgänger) setzte dem regelmäßig entgegen, dass ihr Anliegen ungehörig sei und im Übrigen an Sünden wie Stolz und Ehrgeiz grenze. Auch wenn Winifred jedes Mal nachgab – schließlich hatte sie ihr Gehorsamkeitsgelübde abgelegt –, dachte sie insgeheim rebellisch: Männer malen großartige Gemälde, doch Frauen sind nur gut genug für Großbuchstaben.

Genau das war es nämlich, was Oberin Winifred und die Schwestern des Klosters St. Amelia machten: Sie malten Großbuchstaben, auch Illuminierungen genannt, die in ganz England bekannt und berühmt waren. Das Ganze hatte nur einen Haken: Winifred selbst wollte keine Illuminierungen malen, das war allein der Wunsch des *Abtes*.

Seufzend gemahnte sie sich daran, dass es im Leben einer Nonne nicht um Wünsche, sondern um Gehorsam ging.

Sie schob die Hände in die bauschigen Ärmel ihres Habits und wollte sich gerade vom Fenster abwenden, durch das ihre Gedanken zu den Regenbogenfarben des Frühlings gewandert waren, als sie Andrew sah, den betagten Hausmeister der Priorei, der aufgeregt durch den Garten eilte. Als Oberin Winifred die Besorgnis auf seinem Gesicht sah, lehnte sie sich aus dem Fenster (die Fenster des Klosters hatten kein Glas, da sich die Nonnen derartige Ausgaben nicht leisten konnten).

Mit ehrerbietiger Verbeugung bat Andrew die Priorin für die Unterbrechung um Entschuldigung und erklärte, dass er Pater Edman auf dem Weg Richtung Kloster hatte kommen sehen, während er Äste für Feuerholz von einem alten Baum abgehackt hatte. »Wird wohl knapp eine Viertelstunde dauern, bevor er hier auftaucht.«

Winifred war beunruhigt. Was bedeutete sein Besuch *heute*? Der Abt kam nur einmal im Monat nach St. Amelia, um Beichten abzunehmen und Manuskripte abzuholen. Früher hatte er auch meist die Messe gelesen, doch nun war er zu beschäftigt und zu bedeutend, um sich um eine Hand voll ältlicher Nonnen zu kümmern. Diese lästige Aufgabe fiel jetzt unbedeutenderen Priestern zu.

»Ich glaube, das bedeutet schlechte Nachrichten, Mutter Oberin.«

Winifred kniff die Lippen zusammen. Sie konnte sich nicht entsinnen, dass der Abt guter Nachrichten wegen je seine Pläne geändert hätte. Dennoch gab es keinen Grund, die anderen zu beunruhigen.

»Vielleicht kommt er ja, um uns mitzuteilen, dass dieses Jahr endlich unser Dach repariert wird.«

»Das wären tatsächlich gute Nachrichten.«

»Wir behalten das aber erst einmal für uns.« Sie dankte dem Mann, bat ihn, ihr Bescheid zu geben, wenn Pater Edman an der Klosterpforte stand, und zog sich vom Fenster zurück. Leise ging sie zwischen den Reihen der Nonnen entlang, die an diesem wunderbaren Frühlingsmorgen im elften Jahrhundert des Herrn bereits an der Arbeit waren.

Das Skriptorium des Klosters befand sich in einem großen Raum mit einem langen Tisch in der Mitte und Pulten entlang der Wände, an denen die Schwestern von St. Amelia über ihrer mühsamen, doch kunstvollen Arbeit saßen. Da selten bei künstlichem Licht gearbeitet wurde, ließ man die Fensterläden offen, sodass die Morgensonne den Raum durchfluten konnte. Winifred hatte einmal das Skriptorium in der Portminster Abtei besucht. Dort waren die Benediktinermönche zwar einer Schweigepflicht während der Arbeit unterworfen, doch das Kopieren von Kirchentexten war keine Beschäftigung, die unbedingt Schweigen erforderte: Einige Mönche hatten mit dem Experiment begonnen, schweigend zu lesen, die meisten aber lasen noch immer so, wie man es jahrhundertelang getan hatte: laut.

Während die Mönche der Portminster Abtei den eigentlichen Text

eines Buches abschrieben, ließen sie Platz an der Stelle, an der der erste Buchstabe einer Seite stehen sollte, denn dieser Buchstabe wurde zuletzt hinzugefügt, und zwar im Kloster St. Amelia. Obwohl die Illuminierungen, nicht die Texte, in ganz England berühmt waren, waren die Mönche diejenigen, die das Lob dafür einsteckten. Oberin Winifred nahm dies als gegeben hin, denn sie diente der Kirche, Gott und den Menschen. Dennoch dachte sie bisweilen, dass es schön wäre, wenn man wenigstens einmal das Geschick, Talent und die Hingabe ihrer Schwestern entsprechend erwähnen würde.
Womit sie wieder beim Thema des Abtbesuchs war. Ihre Traumvision war diesmal so intensiv gewesen, dass sie das Bedürfnis verspürte, mit ihm zu sprechen. Natürlich konnte sie selbst auf keinen Fall zum Abt gehen, sondern musste warten, bis *er* zu *ihr* kam. In den ganzen vierzig Jahren, die sie bereits in der Priorei lebte, hatte Winifred sich selten nach draußen gewagt, und wenn, dann nur in die allernächste Umgebung – wenn beispielsweise Mitglieder ihrer Familie starben und auf dem Dorffriedhof beerdigt wurden. Einmal hatte sie auch der Amtseinsetzung von Pater Edman als neuem Abt von Portminster beigewohnt.
Pater Edman ... Wie merkwürdig, dass er gerade an diesem Morgen diesen unangekündigten Besuch abstattete. Konnte sie zu hoffen wagen, dass hier Gottes Hand am Werk war? War es ein Zeichen, dass der Abt endlich nachgeben und ihr ihren Wunsch gewähren würde? Würde er endlich verstehen, dass das Altarbild nichts mit Winifreds eigenem Vergnügen und Stolz zu tun hatte, sondern dass es ein Geschenk für die gepriesene Heilige war, als Dankbarkeit dafür, was diese für Winifred getan hatte?
Als Winifred noch klein war und zu Hause im Herrenhaus ihres Vaters lebte, hatte sie das unheimliche Gespür besessen, verloren gegangene Dinge wieder aufzufinden – eine Haarnadel, eine Brosche, einmal gar eine Fleischpastete, die ein Hund gestohlen hatte. Ihre Großmutter hatte ihr erklärt, sie habe das »zweite Gesicht« – von ihren keltischen Vorfahren geerbt –, hatte sie aber gleichzeitig

gewarnt, darüber Stillschweigen zu bewahren, da man sie sonst für eine Hexe hielte. Winifred hatte ihre hellseherischen Fähigkeiten also für sich behalten, bis das Geheimnis eines Tages zufällig ans Licht kam, als das ganze Herrenhaus bei der Suche nach einem verloren gegangenen Löffel auf den Kopf gestellt wurde. Winifred, damals erst vierzehn, hatte den Löffel hinter einem Butterfass »gesehen«. Als man den Löffel in der Tat hinter dem Butterfass fand, verlangte man eine Erklärung von ihr, woher sie das gewusst habe. Da sie es nicht erklären konnte, wurde sie als heimtückische kleine Sünderin hingestellt. Sie empfing eine Tracht Prügel, und der Vater des Jungen, mit dem sie verlobt gewesen war, annullierte die Verlobung und gab als Grund dafür Charakterschwäche des jungen Mädchens an. Damals war Winifred zur Kapelle der heiligen Amelia gegangen und hatte gebetet, sie möge ihr helfen.

Während ihre Mutter und Schwestern sich in der Kapelle in ihre Gebete vertieft hatten, war Winifred auf Entdeckungsreise gegangen. Als sie zufällig auf das Skriptorium stieß, wo die Nonnen über ihre Arbeit gebeugt saßen, und ihre Paletten und Farben, ihre Pergamentrollen und Schreibfedern sah, wusste sie, dass dieser Ort auch für sie bestimmt war.

Winifreds Vater war dem Wunsch seiner Tochter, ins Kloster einzutreten, nur allzu gern nachgekommen, und seither hatte Winifred hier im Kloster gelebt. Es verging kein Tag, an dem sie nicht ein neues Dankesgebet zur heiligen Amelia schickte, die sie vor einem kläglichen Schicksal bewahrt hatte: dem einer Tochter, die man nicht mehr verheiraten konnte, die keine Enkel gebären würde und wenig als Gegenleistung zu ihrem Unterhalt beisteuern könnte; einer Tochter, die sich letztlich als die verachtetste aller wertlosen Kreaturen entpuppen würde, die unverheiratete Tante nämlich, die von der Familie unterstützt werden musste und ihr dies mit schlechter Laune und schlechten Stickereien danken würde.

Das Skriptorium im Kloster St. Amelia roch nach Öl und Wachs, Ruß und Holzkohle, Schwefel und Pflanzen. Ein Dunstschleier lag über dem Raum, denn die Öllampen brannten Tag und Nacht, nicht der Arbeit an den Illuminierungen wegen, sondern um den für die Herstellung von Tinte notwendigen Lampenruß zu gewinnen. Die Nonnen stellten auch ihre eigenen Farbstoffe her: Das herrlichste Dunkelblau wurde aus Lapislazuli gewonnen, den es nur im fernen Orient gab; für rote Tinte benutzten die Nonnen Bleioxyd, rote Mennige oder zerstoßene Kermesschildläuse. Dann gab es da noch Farben, die nur innerhalb der Klostermauern entstanden und deren Herstellung für die Außenwelt ein Geheimnis blieb.

Oben am Tisch in der Mitte saß Schwester Edith, die ein wahres Talent zum Auftragen von Blattgold besaß, der ersten Stufe bei der Gestaltung einer Illuminierung. Man musste schon ein Händchen dafür haben, erst den Kreidegrund anzulegen und darauf dann das Blattgold aufzutragen, sowie ein scharfes Auge, um festzustellen, wann die Grundlage *gerade* noch feucht war, sie dann *an*zuhauchen, das Seidentuch ganz *sacht* darauf zu drücken und mit dem Polierbein *leicht* wie eine Feder darüber zu gleiten. Ging man ungeschickter vor oder konnte man nicht mehr so gut sehen wie Schwester Edith, fiele die Blattgolddekoration längst nicht so fein aus.

Eine andere Schwester malte gerade eine Miniatur von Adam und Eva im Paradies. Beide waren nackt, beide weiblicher Gestalt mit gerundeten Hüften und einem Bäuchlein, denn die Nonne hatte keine rechte Vorstellung, wie ein nackter Mann aussah. Was die Genitalien anging, so waren Feigenblätter ein Geschenk des Himmels, da die Schwestern nicht wussten, wie Männer unter ihrer Kleidung beschaffen waren. Selbst Oberin Winifred war trotz ihres Alters Novizin in Sachen menschlicher Anatomie, da sie nie bei einer Geburt geholfen oder anderweitig eine Frau in unbekleidetem Zustand gesehen hatte. Sie kannte die Metaphern: der Schlüssel des Mannes für das Schlüsselloch der Frau, sein Schwert in ihre Scheide und so weiter. Was es jedoch mit dem Beischlaf und der Zeugung auf sich hatte, entzog sich Oberin Winifreds Kenntnis.

Sie dachte nie über Geschlechtliches nach, überlegte nie, ob sie etwas versäumt hatte. Soweit sie wusste (den Geschichten nach zu urteilen, die sie von Besucherinnen im Kloster gehört hatte), war Sex für Männer als Vergnügen und für Frauen als Elend geschaffen worden. Sie erinnerte sich an die Hochzeit ihrer Schwester und wie die Cousinen ihr beim Packen für ihre Hochzeitsreise geholfen hatten: Die Mädchen hatten angesichts des *chemise cagoule* gekichert, einem voluminösen Nachtgewand mit einem kleinen Loch vorn, das den Zeugungsakt mit minimalem Körperkontakt gewährleistete.

»Warum legt Ihr nicht eine kleine Ruhepause ein?«, sagte Winifred zu der ältlichen Nonne, die im Begriff war, die Schlange zu malen.

»Es tut mir Leid, dass ich so lange brauche, Mutter Oberin, aber meine Sehkraft …«

»Dagegen sind wir alle nicht gefeit. Legt Euren Pinsel beiseite und schließt kurz die Augen. Vielleicht helfen auch ein paar Tropfen Wasser.«

»Aber der Ehrwürdige Abt hat gesagt –«

Winifred schürzte die Lippen. Hätte der Abt bei seinem letzten Besuch doch nur nicht so laut über das immer langsamere Voranschreiten der Arbeit lamentiert. Es war unnötig, ihre Schwestern mit Kritik zu verunsichern. Zudem konnte man gegen die Beschwerden nichts machen. Agnes kam in die Jahre, daran ließ sich nichts ändern, und es war zu erwarten, dass sie mit der Arbeit nicht mehr ganz so schnell vorankommen würde.

»Macht Euch keine Sorgen um den Ehrwürdigen Abt«, entgegnete Winifred sanft. »Es ist nicht Gottes Wunsch, dass wir uns zu Tode arbeiten und ihm nicht mehr dienlich sein können. Ruht Eure Augen aus und fahrt später mit der Arbeit fort.« Im Geiste setzte sie ein weiteres Anliegen auf ihre Liste, die sie dem Abt vorlegen würde: eine Augentinktur für Schwester Agnes.

In diesem Moment rief leises Glockengeläut die Klosterinsassen zur Terz, der dritten der sieben kanonischen Stunden, die im Laufe des Tages Gebeten und Kirchenhymnen gewidmet waren. Die Nonnen legten sorgsam ihre Pinsel und Federn nieder, flüsterten ein Gebet

über ihrer unvollendeten Arbeit, bekreuzigten sich und verließen geräuschlos eine nach der anderen das Skriptorium.
Nachdem sie durch den jahrhundertealten Kreuzgang gehuscht waren, versammelten sie sich im Altarraum, dem Herzstück ihrer Kapelle: Im Osten stand der Altar, wo die Schwestern die Messe zelebrierten; im Westen lag hinter einem Holzlettner das Mittelschiff, wo Dorfbewohner, Pilger und Gäste des Klosters beim Messgottesdienst zusammenkamen. Die Kapelle, ein kleines, bescheidenes Steingebäude, bildete den Mittelpunkt der einfachen Bauten, aus denen die dreihundert Jahre alte Priorei St. Amelia bestand. Die Nonnen, die das Gelübde des heiligen Benedikt abgelegt hatten, das Schweigen, Zölibat, Entsagung und Armut beinhaltete, schliefen in Zellen in einem Dormitorium und nahmen ihre Mahlzeiten im großen Refektorium ein. In einem etwas ansprechenderen Schlafsaal waren diejenigen untergebracht, die keinen Nonnenstatus hatten, aber auf Dauer im Kloster lebten: wohlhabende Damen, die sich vom Leben zurückgezogen hatten. Für Gäste und Pilger gab es ein Gästehaus (das dieser Tage allerdings leer stand). Neben der kleinen Kapelle lag der Kapitelsaal, in dem die Nonnen zusammenkamen, die Ordensregeln lasen und ihre Sünden beichteten. Und dann gab es noch das Skriptorium, wo sie den Großteil ihrer Zeit verbrachten. Diese Gebäude gruppierten sich um den rechteckig angelegten Kreuzgang mit Säulenbögen, wo die Schwestern ihren Exerzitien nachgingen. Hinter diesen kalten, grauen, schweigsamen Mauern also entstanden die einmaligen, unwirklich schönsten Manuskripte ganz Englands.
Winifred betrachtete die Hand voll Schwestern, die sich nacheinander auf der Chorbank zum Singen niederließen – einstmals war es eine große Gruppe gewesen, doch nun konnte man die Schwestern, gebrechlich, alt, keine einzige junge Novizin darunter, an den Fingern abzählen. Gleichwohl inspizierte Winifred, streng auf Disziplin bedacht, ihre Nonnen jeden Morgen, um sich zu vergewissern, dass ihr Habit makellos war: schwarzes Überkleid, Brusttuch und

Schleier; weiße gestärkte Haube, Nonnenschleier und Stirnbinde. Bei rauem Wetter oder für die seltenen Besuche außerhalb der Klostermauern trugen sie schwarze Umhänge mit Kapuzen. Jede Nonne hatte einen Seilgürtel um die Taille gebunden, an dem ein Rosenkranz und ein Brotmesser hingen. Da man ihre Hände nicht sehen sollte, verschränkten die Nonnen die Arme in den Ärmeln des Habits hinter dem Skapulier in Taillenhöhe. Die Augen waren stets demutsvoll auf den Boden gerichtet. Reden war zwar erlaubt, doch nur leise und nicht im Übermaß.

Wie überall in England, stand der Konvent nur adligen Damen offen. Frauen aus dem Bürgertum durften kaum Hoffnung hegen, von einem Orden aufgenommen zu werden, und Frauen der untersten Schicht war dies gänzlich unmöglich. Winifred hätte gern wohlhabende Damen des Bürgertums, die sich zur Nonne berufen fühlten, aufgenommen und gelegentlich vielleicht sogar eine Bauerstochter. Doch Regeln waren Regeln. St. Amelia konnte auch Schülerinnen aufnehmen – zum einen die Töchter reicher Barone, die im Kloster Sticken lernen sollten und auch gutes Benehmen, wie man knickste und einen Tisch deckte, und zum anderen Schülerinnen mit großzügigen Vätern, die im Kloster Latein lesen und schreiben und die Grundbegriffe der Mathematik lernten, sodass sie eines Tages einem Haushalt vorstehen konnten. In früheren Jahren hatte St. Amelia auch wohlhabenden Witwen als Refugium gedient sowie Frauen, die finanziell dazu imstande waren, sich vor ihren Ehemännern oder Vätern ins Kloster zurückzuziehen und in dieser von Männern und männlicher Dominanz freien Zufluchtsstätte zu leben.

Einst war St. Amelia ein blühendes Gemeinwesen von fast sechzig Seelen gewesen. Nun waren es nur noch elf, einschließlich Oberin Winifred selbst.

Von den anderen zehn hatten sieben das Nonnengelübde abgelegt. Zwei waren betagte Adelsdamen, die schon zu lange hier gelebt hatten, um in einen anderen Konvent zu übersiedeln, und dann war da noch Andrew, der alte Hausmeister, der seit dem Säuglingsalter im Kloster lebte, nachdem man ihn in einem Korb an der Pforte hatte stehen lassen.

Warum es mit St. Amelia bergab ging, lag an dem neuen, zehn Meilen entfernten Kloster, das vor fünf Jahren gebaut worden war und das eine sehr viel wichtigere Reliquie beherbergte als die Gebeine einer Heiligen. Das neue Kloster zog nicht nur Novizinnen, adlige Damen und Schülerinnen an, sondern auch Pilger und Reisende, die die Räumlichkeiten und Säckel des Klosters des Wahren Kreuzes füllten. Winifred versuchte, nicht an die leeren Schreibpulte in ihrem Skriptorium zu denken, an die seit langem ausgetrockneten Tintenfässer und an die noch verbliebenen Schwestern, die sich mit den Illuminierungen abmühten und wie sie selbst allmählich älter wurden. Das Kloster St. Amelia hatte Schülerinnen und Novizinnen an das Kloster des Wahren Kreuzes verloren, da Letzteres von unglaublichen Heilungen zu berichten wusste – von unfruchtbaren Ehefrauen, die schwanger wurden, von Baronen, die ein Vermögen erbten. Nach den Worten des Abts war es schon eine geraume Zeit her, dass St. Amelia Ähnliches vorweisen und Wunder bewirken konnte. Winifred aber war der festen Überzeugung, dass Amelia tagtäglich Wunder vollbrachte – sprachen die Illuminierungen denn nicht für sich selbst?

Gleichwohl waren die Pilger ausgeblieben. Wie konnte man mit dem Wahren Kreuz mithalten? Selten suchten Pilger *beide* Reliquienschreine auf – wenn man einer Segnung oder einer Wunderheilung wegen Meilen zurücklegte, würde man einen Splitter vom Baum vom Leiden Christi den Gebeinen einer Frau vorziehen –, und so geriet St. Amelia im Lauf der Jahre immer mehr in Vergessenheit.

Und überhaupt: Wie konnte man mit Jugend und Reichtum konkurrieren? Winifred war jetzt Mitte fünfzig und hatte so gut wie keine Familie mehr. Solange ihr wohlhabender Bruder, ein Mann mit Beziehungen bis in die höchsten politischen Kreise, seine schützende Hand über sie hielt, war ihre Stellung gesichert. Nun war er jedoch tot, ihre Schwestern und Schwager ebenfalls, und ihre Familie – das, was noch davon übrig war – besaß keinen roten Heller. Das neue Kloster hingegen wurde von Oswald von Mercia, dem Vater der neuen Priorin, unterstützt, der sehr reich und sehr großzügig war. Und natürlich konnte sich das Kloster der vollen Unterstützung durch die Abtei sicher sein.

Die Portminster Abtei, hoch oben auf einer Anhöhe mit Blick auf die Kleinstadt Portminster und den Fluss Fenn gelegen, hatte ihren Ursprung in einer im Jahre 84 n. Chr. entstandenen römischen Garnison. Im Laufe der Zeit hatte sie sich zu einer Hafenstadt mit dem treffenden Namen Portus entwickelt, die für ihren geschützten Hafen und einen lebhaften Handel mit Aal berühmt war, einer Industrie, die sich bis zu Winifreds Tagen behauptet hatte. Im vierten Jahrhundert hatten Christen, von Kaiser Diokletian verfolgt, die Gebeine der heiligen Amelia von Rom nach Portminster überführt. Eine Gruppe von Einsiedlermönchen, die in einem *monasterium* außerhalb von Portus lebten, nahm die Heilige auf der Flucht mit offenen Armen auf und gab ihren Überresten die ersehnte Ruhestätte. Über die Jahrhunderte veränderte der angelsächsische Einfluss das Wort *monasterium* zu *mynster*, und als eine neue Kirche gebaut wurde, gab man ihr den Namen Portus Mynster.

Im Jahre 822 plünderten Dänen Portminster und brannten die Kirche nieder, doch die Gebeine der heiligen Amelia wurden erneut gerettet und in einer kleinen Gemeinschaft von Klosterfrauen versteckt, die in einer nahen Priorei lebten.

Ein Jahrhundert später, als Benediktinermönche sich in der Gegend niederließen und eine Abtei in Portminster bauten, wurde auch die Frage erörtert, was mit den Gebeinen der heiligen Amelia geschehen solle. Man entschied schließlich, sie weiterhin in der einfachen Priorei zu belassen – hatte sich doch der Ruf über die Wunder der gepriesenen Heiligen weit verbreitet, die diese in der Priorei vollbrachte und die Pilger und Besucher von nah und fern anzogen. Wie es hieß, sei Amelia als Schutzheilige von Brusterkrankungen in der Lage, so ziemlich alles heilen zu können, von Lungenentzündungen bis zu Herzversagen – und einige behaupteten sogar, dass die Gesegnete selbst andere »Beschwerden des Herzens«, nämlich Liebeskummer, kuriere. Als Folge davon hatten sich Ruhm und Reichtum der Priorei gemehrt. Zur gleichen Zeit hatte sich die Portminster Abtei, die acht Meilen entfernt lag und der die Priorei unterstand, ihren eigenen einzigartigen Ruf erworben, kostbare illuminierte Manuskripte herzustellen.

Während die Nonnen die Psalmodie für die Terz rezitierten, schweifte Winifreds Blick zum Altar, wo der kleine Reliquienschrein mit den Gebeinen der heiligen Amelia stand. Sie stellte sich ihr Altarbild dahinter vor: ein Triptychon mit drei goldgerahmten Holzaufsätzen, jeder Aufsatz vier Ellen hoch und drei Ellen breit. Auf dem ersten würde sie Amelias Übertritt zum christlichen Glauben darstellen; auf dem zweiten ihre Missionen für die Armen und Kranken; und auf dem dritten schließlich Amelia selbst, die Hände an die Brust gedrückt, als sie ihrem Herzen Stillstand gebot, bevor die römischen Soldaten sie dazu zwingen konnten, ihrem Glauben abzuschwören.

Winifreds Blick glitt an dem staubigen Gerüst empor, das die Decke über dem Altar umschloss. Die Streben und Stützen waren fünf Jahre zuvor aufgezogen worden, als der Abt die Dachreparaturen versprochen hatte. Dank der Eröffnung des neuen Klosters aber und der Tatsache, dass Oswalds ganzes Geld dorthin floss, hatte der Abt dieses Reparaturprojekt als Verschwendung betrachtet und es eingestellt. Die Arbeiter hatten das Holzgerüst einfach stehen lassen, und für Winifred war seine Anwesenheit fast ein Hohn.

Als die Stimmen der Nonnen im *Salve Regina* erschallten, erhaschte Winifred einen Schatten auf der anderen Seite des Lettners, der die Laien von den Klosterfrauen trennte. Es war Andrew. »Der Abt ist am Ende des Weges«, sagte er leise und mit besorgt geweiteten Augen.

»Danke, Andrew«, murmelte sie. »Lass ihn durch die Pforte ein.«
Die Nonnen ihrem Gesang überlassend, eilte Winifred durch den Kreuzgang zur Küche, wo eine grauhaarige Frau in einem einfachen Gewand Haferbrei über einem Feuer rührte. Es war Dame Mildred, die dem Kloster vor fünfundzwanzig Jahren nach dem Tod ihres Mannes beigetreten war. Da keines ihrer Kinder bis ins Erwachsenenalter überlebt hatte und ihre eigenen Verwandten tot waren, hatte sie die Gemeinschaft der Nonnen zu ihrer Familie gemacht. Als ihr Vermögen aufgebraucht war und sie nicht länger für ihren Unterhalt aufkommen konnte, hatte sie unaufgefordert den Küchendienst übernommen und lange seitdem vergessen, dass sie einst eine adlige Dame gewesen war. »Wir werden Ale für den Abt brauchen«, sagte Winifred. »Und etwas zu essen.«
»O je, warum ist er denn gekommen? Es ist zu früh!«
Obwohl Dame Mildred geheißen worden war, Ale für den Abt zu holen, verließ sie den Herd und folgte Winifred zur Besucherpforte, wo sie beide beklommen auf die Ankunft des Abtes warteten.
»Ehrwürdige Mutter!«, rief Mildred plötzlich voller Freude. »Seht nur! Der Abt bringt zwei Fasane mit!« Ihr Gesichtsausdruck wandelte sich abrupt. »Nein, nur ein Fasan ist's. Wir sind zu elft, das dürfte nicht im Mindesten ausreichen, und wenn Ehrwürden sich entschließt, mit uns zu speisen …«
»Keine Sorge. Wir schaffen das schon.«
Oberin Winifred sah den Abt auf seinem stolzen Rappen näher kommen. An seiner Haltung konnte sie erkennen, dass ihre Besorgnis gerechtfertigt war. Der Abt hatte mehr als nur heilige Bücher in seinem Rucksack. Er brachte auch schlechte Nachrichten mit.

»Gott segne euer Tagewerk, Mutter Oberin«, rief er, als er von seinem Pferd abstieg.
»Und das Eure, Vater Abt.« Winifred beäugte den armseligen Fasan. Das würde heute Abend ein kärgliches Abendbrot abgeben, dachte sie, während der Abt in der Luft schnupperte, jedoch keine Wohlge-

rüche aus der Küche ausmachen konnte. Er erinnerte sich an die Tage, als er sich auf Winifreds berühmten *blankmanger* freuen konnte, diesen Pudding, den sie höchstpersönlich aus Hühnchenpaste, vermischt mit gekochtem Reis, Mandelmilch, Zucker und Anis, zubereitete. Sie tischte köstliche Fischklößchen auf und Schmalzgebäck, bei dessen Genuss einem die Tränen in die Augen traten. Und erst ihre Pflaumenkuchen … Die Erinnerungen ließen ihn tief aufseufzen. Leider waren diese Zeiten vorbei. Wenn er dieser Tage zum Essen blieb, konnte er sich auf altbackenes Brot gefasst machen, Wassersuppe, zerkochten Kohl und Bohnen, die bei ihm eine Woche lang für satten Wind sorgen würden.

Mit knurrenden Mägen betraten sie zusammen den Kapitelsaal. Ihre Unterhaltung drehte sich dabei ums Wetter und andere Belanglosigkeiten, »weitschweifige« Themen, wie die Oberin sie insgeheim nannte, denn sie kannte den Abt gut genug, um zu wissen, wann er unangenehme Nachrichten aufschob. Dabei war Winifreds scharfen Augen nicht entgangen, dass der Abt neue Gewänder trug. Sein Umhang, zwar schwarz, glänzte genauso schön im Sonnenlicht wie der kahle Fleck auf seinem Kopf, wo sein Haar für eine Tonsur geschoren war. Außerdem hatte sein Bauchumfang merklich zugenommen, seit sie ihn das letzte Mal – zwei Wochen war das erst her! – gesehen hatte.

Ihre Gedanken kreisten um das Thema, das er so hartnäckig anzuschneiden vermied. Er brauchte sich gar nicht solche Mühe zu geben, sie wusste bereits, welche Hiobsbotschaft er mitbrachte: Auch in diesem Jahr würde es wieder keine Reparaturen für das Dach geben. Sie und ihre Schwestern würden einen weiteren Winter mit Eimern, Pfannen und durchweichten Betten überstehen müssen.

Vielleicht sollte sie diesen traurigen Besuch zu ihrem Vorteil wenden. Wenn der Abt schon so enttäuschende Nachrichten überbrachte, könnte er ihr doch nicht auch noch zu allem Elend ihre Bitte, das Altarbild zu malen, abschlagen. Sie würde an das letzte bisschen Großzügigkeit appellieren, das sich in seinem Herzen verbarg.

Winifred glaubte buchstäblich jedes Wort, das in der Bibel stand, nahm sich dabei aber das Recht zur Interpretation heraus. Sie war zwar davon überzeugt, dass Gott Männer *zuerst* geschaffen hatte, glaubte aber nicht, dass er sie *klüger* geschaffen hatte. Gleichwohl hatte sie ihr Gehorsamkeitsgelübde abgelegt und war somit auch dem Abt zu Gehorsam verpflichtet – aber in dem von ihr gesteckten Rahmen. Wenn er ihr kein neues Dach gewähren konnte, musste er seine Einwilligung zum Altarbild geben. Das war das Mindeste, was ihr zustand. Mit fast sechzig Jahren war Winifred eine der ältesten Frauen, die sie kannte, und in der Tat älter als die meisten ihr bekannten Männer – zweifellos älter als Ehrwürden hier –, und sie fand, dass ihr allein schon aus diesem Grund Sonderrechte zustanden.

Im Kapitelsaal, einer zugigen Halle mit geradlehnigen Stühlen und einem riesigen verrußten Kamin als Mittelpunkt, fragte Winifred den Geistlichen, ob er ihr Weidenrindentee mitgebracht habe. »Es ist nicht das erste Mal, Vater Abt, dass ich diese Bitte vorbringe.«

Während er seine Körperfülle in den einzigen bequemen Sessel wuchtete, fragte sich der Abt, ob Winifred ihren Nonnenschleier zu fest gebunden hatte oder ob ihr Gesicht auf natürliche Art so spitz aussah. Ein kurzer Blick auf ihre Hände und die schwarzblauen Flecken sagte ihm, dass sie den Morgen mit dem Sammeln von Färberwurzel verbracht hatte. Der Busch mit den ausladenden Blättern, der das Rohmaterial für einen blauen Farbstoff enthielt, war ein hervorragender Ersatz für den importierten indischen Indigo, den die Nonnen für ihre Pigmente verwendeten, der aber selten und teuer war.

»Ihr dürft nicht an Euer Behagen denken, Mutter Oberin«, tadelte er sanft.

Ihr Mund verzog sich zu einem geraden Strich. »Ich dachte da eher an die Arthritis von Schwester Agatha. Die Schmerzen sind manchmal so schlimm, dass sie kaum einen Pinsel zu halten vermag. Wenn meine Schwestern nicht malen können«, schloss sie und ließ die Drohung unvollendet in der Luft hängen.

»Nun denn. Ich werde Weidenrindentee schicken, sobald ich wieder in der Abtei bin.«

»Und Fleisch. Meine Schwestern müssen essen. Sie brauchen Kraft für ihre Arbeit«, merkte Winifred anzüglich an.

Der Abt sah finster drein. Er wusste, was sie im Schilde führte. Winifred wusste mit viel Geschick ihre Illuminierungen als Vorwand für leibliches Wohl und leibliche Genüsse einzusetzen. Dennoch waren ihm die Hände gebunden. Die Nachfrage nach den Illuminierungen wuchs, wobei er sich sehr bemühte, Winifred darüber in Unkenntnis zu lassen.

Man würde Ehrwürden Edman nicht gerecht, wollte man behaupten, er hasse Frauen. Er sah schlichtweg keinen Sinn und Zweck für ihre Existenz und fragte sich immer wieder, warum Gott in Seiner unendlichen Weisheit ein so diffiziles Geschöpf für die Erzeugung Seiner Kinder geschaffen hatte (Edman war nämlich überzeugt, dass Männer und Frauen niemals, bis in alle Ewigkeit, lernen würden, miteinander auszukommen). Wären keine Frauen mit im Spiel gewesen, so wäre Adam im Garten Eden geblieben, und alle Männer würden nun im Paradies leben. Leider war England kein Paradies, und dieses Kloster fiel unter seinen Zuständigkeitsbereich als Abt von Portminster – mithin oblag es ihm, dem Kloster und den Klosterfrauen regelmäßige Besuche abzustatten. Er hielt sich jedoch nie lange auf, versuchte das Geschäftliche hinter sich zu bringen und so schnell wieder abzureisen, wie es die Höflichkeit erlaubte.

Während er versuchte, sich in dieser durch und durch weiblich geprägten Atmosphäre zu entspannen – warum nur hatten Frauen so eine frivole Leidenschaft für Blumen –, dachte er an seine Ordensbrüder, die Schwierigkeiten mit der Einhaltung des Zölibatsgelübdes hatten. Edman selbst hielt sich strikt daran, obwohl von ihm als Ordenspriester nicht verlangt wurde, im Zölibat zu leben. Die meisten Priester waren verheiratet, etwas für ihn Unverständliches. Noch erstaunlicher aber war ein Vorfall im Jahre 964, als Bischof Ethelwold die verheirateten Priester der Kathedrale von Winches-

ter vor die Wahl stellte, ihre Frauen oder ihre Priesterämter zu behalten, und sie entschieden sich allesamt für ihre Frauen. Für Edman war Ehelosigkeit nie ein Problem gewesen, denn er hatte nie das Verlangen gespürt, sich körperlich mit einer Frau einzulassen. Es war für ihn gänzlich unbegreiflich, warum ein von Vernunft und Verstand geprägter Mann auch nur den Wunsch dazu verspüren konnte. Edman, der in ärmlichen Verhältnissen aufgewachsen war, nur vage Erinnerungen an seine Mutter hatte und nach dem Tod seines Vaters, Fischer von Beruf, als Waisenkind aufwuchs, hatte dank seiner Intelligenz und seiner Schläue in der Hafenstadt überlebt und sich als Arbeitstier von Bäuerinnen und Fischweibern ausnutzen lassen. Er hatte mehr Ohrfeigen und Kopfnüsse bekommen, als er zählen konnte, und daraus gelernt, dass Frauen Begriffe wie Leidenschaft und Zärtlichkeit fremd waren. Nur die Güte eines örtlichen Priesters, der ihm Lesen und Schreiben beibrachte, hatte Edman vor einem Leben voller Erniedrigung und tiefster Verzweiflung bewahrt. Nach Empfang der heiligen Weihen hatte er mit Ehrgeiz, rascher Auffassungsgabe und dem Talent, sich die richtigen Freunde auszusuchen, die klerikale Leiter erklommen und stand nun einer berühmten Abtei und einem wohlhabenden, für seine Schreiber gerühmten Benediktinerorden vor.
Schon deswegen ärgerten ihn die Pflichtbesuche in der Priorei St. Amelia. Diese Pflicht hätte auch ein Untergebener absolvieren können, und Edman hatte in der Tat einen seiner Priesteranwärter ins Kloster geschickt, um ein illuminiertes Manuskript abzuholen. Mutter Winifred war jedoch dermaßen gekränkt gewesen, dass sie behauptete, das Manuskript sei noch nicht fertig, und gab damit klar zu verstehen, dass es auch erst fertig sein würde, wenn der Abt es selbst abholte. Dieses Geschöpf war auf eine wahrlich merkwürdige Art gehorsam und herausfordernd zugleich. In bestimmten Dingen aber blieb Edman hart – zum Beispiel was ihre Bitte, ein Altarbild zu malen, anbelangte –, und darin fügte sie sich auch seinen Anordnungen. Gott sei Dank, denn der Abt konnte ihr einfach nicht die

Zeit gewähren, die sie für die heilige Amelia aufwenden würde, war doch ihr Talent für die wachsende Nachfrage an Illuminierungen gefragt.
Bei aller Abneigung gegen den Besuch des Klosters musste Edman allerdings zugeben, dass Orte dieser Art doch auch einem nützlichen Zwecke dienten. Gar manch eine unerwünschte Frau wurde in ein Kloster abgeschoben, um ihr Leben respektabel, in Sicherheit und ohne Belästigung durch Männer zu verbringen. Und dann gab es noch weibliche Wesen, die die Gesellschaft ihres eigenen Geschlechtes bevorzugten, Frauen, die dagegen rebellierten, einem Mann gehorsam zu sein, Frauen, die sich Männern gegenüber als gleichberechtigt oder sogar überlegen sahen, Frauen mit der merkwürdigen Auffassung, für sich selbst denken zu können. Die Klöster erfüllten somit für Männer und Frauen gleichermaßen ihren Zweck. Wenn diese Geschöpfe doch nur nicht so fanatisch in Sachen Sauberkeit wären, räsonierte der Abt weiter. Der Geruch ehrlichen Schweißes hatte noch keinem geschadet, doch Winifred und ihr Klüngel rochen, wie alle hochgeborenen Damen, stets nach Lavendel und Gänsefingerkraut und Kräutern, die sie auf ihre Matratzen streuten, um Flöhe fern zu halten.
»Wie war Euer Besuch in Canterbury, Vater Abt?«, erkundigte sich Oberin Winifred, keineswegs aus echtem Interesse und auf eine knappe Antwort hoffend. Ein Blick auf seinen prallen Rucksack sagte ihr, das er viel Arbeit für ihre Schwestern mitgebracht hatte, was wiederum bedeutete, dass sie sich darum kümmern musste, frische Pigmente herzustellen.
Edman musste so angestrengt überlegen, dass er die Augen zusammenkniff. In der Kathedrale von Canterbury war er Zeuge eines sonderbaren Schauspiels gewesen – einem so genannten »Stück«, in dem Männer in Kostümen auftraten und eine Geschichte darstellten. Als ein als Teufel verkleideter Mönch auf der Bühne erschien, hatte sich die Gemeinde teils aus Furcht, teils aus Wut auf den Mann gestürzt und ihn beinahe umgebracht. Es hieß, dass sol-

che Aufführungen dem Volk biblische Geschichten näher brächten, doch der Abt hatte seine Zweifel. Wenn die Leute sich einfach eine Geschichte *anschauten*, würden sie dann nicht aufhören, den Predigten zu lauschen? Würden gebildete Männer es nicht ganz unterlassen, die Bibel zu lesen? Aber vielleicht fand diese Neuerung ja auch gar keinen Anklang. Er jedenfalls hatte nicht die Absicht, Stücke dieser Art in seiner Abtei aufführen zu lassen.
Er sinnierte darüber, ob die Stücke den Anbruch einer neuen Zeit signalisierten. Allerdings hatte es da vor nur zweiundzwanzig Jahren einen Tag gegeben, an dem die Kirche geglaubt hatte, die Zeiten würden sich so drastisch ändern, dass man buchstäblich das Ende der Welt verkündet hatte.
Wie sich herausstellte, war das Millennium eine einzige Enttäuschung. Die ganze Aufregung und Hysterie, die Festlichkeiten und Gelage, Leute, die in Massen zu ihm, dem Abt, gekommen waren, um ihre Sünden zu beichten, die Selbstmörder und all die, die den Weltuntergang prophezeit hatten – alle waren überzeugt davon, dass Jesus zurückkäme und das Ende der Welt bevorstünde. Und die endlosen Debatten erst! Zählen wir tausend Jahre von der Geburt Christi oder von seinem Tod an? Stand das Millennium für das Zweite Kommen Christi oder den Beginn von Satans Herrschaft? War die Zerstörung des heiligen Schreins in Jerusalem durch die Muselmanen ein Zeichen? Nein, dieses Ereignis hatte erst im Jahre 1009 stattgefunden. War es neun Jahre später dann noch das Millennium? Abt Edman, damals ein junger Geistlicher, hatte sich der »Gottesfrieden«-Bewegung angeschlossen in dem Bestreben, dem Wüten der Feudalherren Einhalt zu gebieten. Natürlich hatte das Fieber um den Tag des Jüngsten Gerichts auch seine Vorteile gehabt. Ein wohlhabender Baron der Grafschaft hatte sein ganzes Land und Vermögen der Abtei von Portminster vermacht und war anschließend zu einer Reise aufgebrochen, um den Abend der Jahrtausendwende in Sack und Asche gehüllt im Vatikan zu verbringen. Und dann, am Morgen des 1. Januar 1000 – nichts. Nichts als ein

weiterer kalter Morgen mit den üblichen Wehwehchen und Blähungen.

»Meine Reise verlief zufrieden stellend, dem Herrn sei Dank«, antwortete er schließlich. Hoffentlich würde dieses Geschwätz sie nicht wieder auf ihr Anliegen mit dem vermaledeiten Altarbild bringen. So ein ermüdendes Thema, egal, wie oft er ihr auch sagte, dass dies außer Frage stand. War ihr denn nicht bewusst, dass sie sich gegen Gott wendete, wenn sie sich dem Willen des Abtes widersetzte?

Natürlich wusste sie das, und daher zeigte sie ihm gegenüber ja auch nie Ungehorsam. Die Frau war ein Muster christlicher Willfährigkeit, auch wenn sie hin und wieder die Beichte dazu nutzte, kleine rebellische Ansichten einzuflechten: »Ich bin der Sünde des Hungers schuldig«, pflegte sie durch das Beichtstuhlgitter zu murmeln, »und wünschte, Ehrwürden würde meinen Schwestern und mir mehr Essen gewähren.« Gewöhnlich ignorierte er derartige Anspielungen und erlegte ihr drei Vaterunser für die Sünde der Völlerei auf.

Der Verdruss des Abtes war aber auch mit Mitleid gepaart. Arme Winifred. Kaum hatte sich die Nachricht über das neue Kloster und seine Annehmlichkeiten verbreitet, war es zu einem beschämenden Exodus der Nonnen, adligen Damen und Schülerinnen aus St. Amelia gekommen. Wie konnte es denn auch anders sein? Winifred wurde nicht gerade für ihre reiche Tafel gerühmt. Sie war knauserig, wenn es um Holz und Kohle ging, und erlaubte keine Schoßtiere. Die adligen Damen beklagten sich oft bei ihm, dass es an vielem mangelte. Und nun waren sie bequem in ihrem neuen Zuhause untergebracht, wo Kaminfeuer vor Kälte schützten und die Tische sich unter der Last von Fleisch und Wein bogen. Die arme Winifred und ihre wenigen getreuen Anhängerinnen hingegen blieben sich selbst in diesen zugigen Räumen überlassen. Bestünde nicht weiterhin Bedarf an ihren herrlichen Illuminierungen, hätte er das Kloster schon vor langer Zeit geschlossen.

Dame Mildred hatte Honighaferkekse gebacken, eine besondere

Leckerei für die Schwestern. Aus Mangel an Honig und Hafer hatte sie genau elf walnussgroße Kekse gebacken, einen für jede Schwester und einen für Andrew, den Hausmeister. Um der Mutter Oberin die Peinlichkeit zu ersparen, dass sie dem Abt nichts anbieten konnte, hatte sie den Teller mit Keksen präsentiert, darauf bedacht, ihren eigenen Haferkeks zu opfern, damit der Abt sich von der Gastfreundschaft der Schwestern überzeugen konnte. Zu ihrem und Mutter Winifreds Entsetzen aber griff sich der Abt drei Kekse auf einmal und schob sie sich in den Mund. Sie mussten mit ansehen, wie seine Kiefer den kostbaren Hafer und Honig zermalmten und wie er sich drei weitere Kekse nahm, nachdem er die ersten verdrückt hatte. Die Kekse waren in Windeseile weg, und Oberin Winifred kochte innerlich vor Wut.

Während Edman die nicht sonderlich schmeckenden Kekse mit einem Becher schwachen Bieres hinunterspülte, sah er die Blicke, die die beiden Frauen tauschten. Er ignorierte es. Der Abt brachte keine Entschuldigungen für seinen Appetit vor, denn er glaubte fest daran, dass es Gottes Wille sei, seine Schäfchen wohlgenährt zu sehen. Wie konnte man von ihm erwarten, Ungläubige für das Christentum zu gewinnen, wenn er selbst wie ein ausgezehrter Spatz aussah? Würde der Heide nicht sagen: »Wie gut kann Euer Christ sein, wenn er seine Kinder hungern lässt?« Und wenn es darum ging, jemanden für das Evangelium zu gewinnen, verstand Ehrwürden Edman keinen Spaß. Nach außen hin hatte es zwar den Anschein, dass das Christentum seinen Einzug in England gehalten hatte, doch der Abt war sich nur allzu sehr bewusst, dass viele Menschen noch Bäume und Steinkreise verehrten. Unter dem dünnen Mäntelchen vorgetäuschter Frömmigkeit verbargen sich alter Aberglaube und heidnische Sitten und Gebräuche, und somit war der Kampf um die menschliche Seele eine nie enden wollende Schlacht. Er selbst sah sich als Krieger Gottes, und jeder wusste, dass Krieger essen müssen.

Er wischte sich die Finger an seinem Habit ab, wandte sich dem Geschäftlichen zu und holte die neuen Seiten, die mit Inkunabeln ver-

sehen werden mussten, aus seinem Rucksack. Er hatte auch ein zu illuminierendes Buch für Winifred mitgebracht – ein weiterer Beweis dafür, dass Veränderungen im Gange waren, denn allmählich regte sich auch jenseits der Priesterschaft ein Interesse an Büchern.
»Der Spender möchte, dass er auf der Titelseite abgebildet wird, und zwar in einer Rüstung auf seinem Pferd mit Schild und Lanze. Er möchte auch, dass seine Gemahlin am Anfang eines der Psalme dargestellt wird.«
Winifred nickte. Dies war eine häufig vorgebrachte Bitte. Sie wählte gewöhnlich Psalm 101 für die Frau eines Edelmannes. Im Lateinischen begann der Psalm mit dem Buchstaben D, der die richtige Form und den Platz dafür bot, eine menschliche Figur hineinzuzeichnen. Der Psalm begann zudem mit den Worten »Ich werde von deiner Liebe singen«, was den Damen immer zusagte.
In England und Europa wurden dieser Tage zahlreiche Bücher illuminiert, von Evangelien und liturgischen Werken bis zu Auszügen aus dem Alten Testament und den von karolingischen Kopisten abgeschriebenen Sammlungen klassischer Dichter. Abt Edman jedoch hatte sich auf Psalter, Bücher der Psalmen, spezialisiert, die mit biblischen Szenen ausgeschmückt und von einer Qualität waren, wie man sie sonst nirgends in England fand – dank Winifred. Die Illuminierungen wurden in lebendigem Stil ausgeführt, die Figuren in realistisch anmutenden Posen und mit wehenden Gewändern dargestellt. Da Winifred in jungen Jahren von einem in dem für Winchester typischen Illuminierungsstil bewanderten Künstler ausgebildet worden war, waren ihre Kunstwerke von sattem Blau und leuchtendem Grün geprägt und von prächtigen Blattornamenten und Tiergestalten umrandet. Sie bezog aber auch ihren eigenen Stil mit ein, der sich durch Spiralformen, verschlungene Elemente und ineinander verwobene Tiere auszeichnete und an keltische Metallarbeiten denken ließ.
Die Zentren, in denen die Bücher hergestellt wurden, wetteiferten hart miteinander, denn es war der ehrgeizige Wunsch einer jeden

rivalisierenden Abtei oder Kathedrale, ihren Büchern in Königs- und Adelskreisen zu Ansehen zu verhelfen. Die Herstellung von illuminierten Büchern war indes Zeit raubend, und die meisten Kathedralen und Klöster fertigten nicht mehr als zwei Werke pro Jahr. Einer von Edmans Vorgängern hatte die glorreiche Idee gehabt, die Nonnen von St. Amelia mit dieser Arbeit zu beauftragen, denn mit ihren kleineren Händen und dem schärferen Blick für Details konnten sie sich mit den Großbuchstaben abmühen, während die Mönche einen Haupttext nach dem anderen verfassten. Aus purem Stolz hatte der ehemalige Abt verschwiegen, dass die Kunstwerke von Frauenhand geschaffen wurden, und daher war jedermann im Glauben, dass die Mönche der Abtei von Portminster diese prachtvollen Werke mit solch außerordentlicher Geschwindigkeit herstellten. »Sie arbeiten in Gottes Geschwindigkeit«, pflegte der Abt zu sagen. Nun aber war ein Problem aufgetaucht. Es kamen keine Novizinnen mehr nach St. Amelia, und die erste Generation von Künstlerinnen unter den Nonnen war am Aussterben. Der Bischof schließlich hatte eine Lösung gefunden. Eine vernünftige und geniale Lösung zugleich, wie Edman befand, aber Winifred würde es natürlich nicht so sehen.

Er musste behutsam vorgehen, denn er wusste nicht, wie sie auf seine Worte reagieren würde. Man durfte ihre rebellische Ader nicht außer Acht lassen. Wenn er sie nicht mit Samthandschuhen anfasste, würde er alles zunichte machen. Andererseits war der Abt ein Mann von Ehrgeiz. Einer Abtei vorzustehen bewies Erfolg, daran bestand kein Zweifel, doch er fühlte sich zu Höherem berufen. In Portminster wurde gerade eine neue Kathedrale erbaut, und das verlangte nach einem neuen Bischof. Und dieser Bischof würde er sein, Ehrwürden Edman. Sein ehrgeiziger Plan hing jedoch in hohem Maße davon ab, dass Winifred weiterhin Illuminierungen anfertigte.

Während der Abt weitere Kekse verspeiste, ließ Winifred die fertigen Manuskripte in den Kapitelsaal bringen. Edman sah sie sich an.

Die leuchtenden Farben waren auch diesmal wieder atemberaubend. Er hätte schwören mögen, dass man einen Pulsschlag spürte, wenn man das Rot berührte, dass man den Duft von Butterblumen einatmete, wenn man am Gelb roch. Eine merkwürdige Ironie, dachte der Abt, dass Winifred selbst so starr, unnachgiebig und farblos war, während ihre Werke vor Leben sprühten.
Er lobte die Arbeit nicht – das tat er nie, und Winifred erwartete es auch nie. Dennoch sah sie die Bewunderung in seinen Augen und verspürte kurz ein Gefühl des Stolzes. Daher glaubte sie, dass dies der geeignete Zeitpunkt sei, noch einmal ihr Anliegen mit dem Altarbild vorzubringen.
Geduldig hörte er sich ihre Erklärung an – »Ich möchte der heiligen Amelia etwas dafür geben, was sie mir gegeben hat« –, obwohl er bereits den Entschluss gefasst hatte, ihre Bitte abzuschlagen. Edman konnte einfach nicht erlauben, dass Winifred ein Projekt in Angriff nahm, das Monate dauern würde – kostbare Zeit, die besser darauf verwendet wäre, junge Nonnen in der Kunst des Illuminierens zu unterweisen.
Er räusperte sich und versuchte, so zu klingen, als hätte er ihr Anliegen ernsthaft in Erwägung gezogen. »Die heilige Amelia ist gewiss der Ansicht, dass Ihr ihr in all den Jahren genug gedient habt, Mutter Oberin.«
»Warum geht mir dann das Altarbild nicht aus dem Sinn? Ich denke Tag und Nacht an nichts anderes.«
»Vielleicht solltet Ihr es mit Gebeten versuchen«, schlug Edman vor.
»Das habe ich getan, und die einzige Antwort, die ich anscheinend darauf bekomme, ist die, dass ich noch mehr über das Altarbild nachdenke. Ich träume sogar schon davon. Ich habe das Gefühl, ich werde von der Hand Gottes gelenkt.«
Der Abt schürzte die Lippen. Das war gefährliches Denken, dass eine Frau ihre Anordnungen direkt von Gott erhielt. Was, wenn auf einmal *alle* Frauen so dächten? Dann würden Ehefrauen nicht mehr

ihren Ehemännern gehorchen, Töchter nicht mehr ihren Vätern folgen, und Chaos würde sich in der Gesellschaft ausbreiten.

»Wie es sich trifft, Mutter Oberin, wird St. Amelia keine Verwendung mehr für ein Altarbild haben.«

Winifred zog die kaum vorhandenen Augenbrauen hoch. »Wieso das?«

»Ich fürchte«, er räusperte sich erneut, diesmal nervös, »dass St. Amelia geschlossen wird.«

Winifred starrte ihn ungläubig an. Stille senkte sich über den Kapitelsaal. Durch wuchtige Türen hindurch hörte man leise Schritte. Endlich sagte sie: »Was meint Ihr damit?«

Er richtete sich auf. »Was ich damit meine, Mutter Oberin, ist, dass diese alten Gebäude unmöglich erneuert werden können und dass Reparaturen eine Verschwendung wären. Ich habe mich mit dem Bischof beraten, und er stimmt mir darin zu, Euch und Eure Schwestern im Kloster des Wahren Kreuzes unterzubringen und St. Amelia zu schließen.«

»Aber unsere Arbeit –«

»Die Arbeit wird natürlich weitergehen. Und Ihr werdet Eure Künste an eine jüngere Generation von Nonnen weitergeben, die dann die Tradition aufrechterhalten können.«

Winifred war wie betäubt. Was für schlechte Nachrichten sie auch erwartet hatte – dieser Gedanke war ihr gänzlich fern gewesen. »Und was passiert mit der heiligen Amelia?«

»Sie erhält ihre eigene Kapelle in der neuen Kathedrale in Portminster.«

Zu dieser späten Stunde war es still und leer in der Kapelle bis auf eine einsame Gestalt, auf die der flackernde Schein einer Kerze fiel. Winifred, auf den Knien.

Nie zuvor hatte sie sich so verzweifelt gefühlt. Der Tag, der mit so vielen Farben und Verheißungen begonnen hatte, war nun so trostlos wie ein englischer Winter. Das einzige Zuhause, das sie kannte, verlassen zu müssen! In diesem späten Abschnitt ihres Lebens damit anzufangen, lebenslange Erfahrung, über Jahre erworbenes Wissen an junge Mädchen weiterzugeben. Ihren eigenen lieben, ältlichen Schwestern erklären zu müssen, dass sie in unvertraute Unterkünfte überwechseln würden, wo sie sich nach Jahren eingespielter Lebensweise neuen Gewohnheiten anpassen müssten. Wie konnte es nur so weit gekommen sein? Zählten Jahrzehnte des Dienens denn überhaupt nichts?

Das Schlimmste aber, oh, das Schlimmste war, von ihrer geliebten Heiligen getrennt zu werden.

Winifred hatte fast ihr ganzes Leben lang täglich zur heiligen Amelia gebetet. Es verging kein Tag, an dem sie nicht morgens und abends ein Zwiegespräch mit Amelia geführt hätte. Winifred hatte sich nie weit aus dem Klosterbereich herausgewagt, da sie immer in der Nähe ihrer Heiligen bleiben wollte. Amelia verlieh ihr Klugheit und Stärke. Amelia war mehr als eine Frau, die vor tausend Jahren dahingeschieden war, sie war die Mutter, die Winifred kaum gekannt hatte, die Tochter, die sie nie besessen, die Schwestern, die sie auf dem Kirchhof zu Grabe getragen hatte. Und nun, da sie im flackernden Kerzenlicht und von schweigenden Steinmauern umgeben allein in der Kapelle kniete, wurde ihr abverlangt, dass sie sich von Amelia verabschiede. Sie glaubte sich am Rande eines tiefen Abgrunds, und dieses Gefühl erfüllte sie mit blankem Entsetzen.

»Vater Abt«, hatte sie schließlich herausgebracht, nachdem sie sich ob der schrecklichen Nachrichten scheinbar wieder gefangen hatte. »Ich habe über vier Jahrzehnte hier gelebt. Ich kenne kein anderes Zuhause. In diesem Kloster wurde ich mit dem Talent zum Malen gesegnet. Wie kann ich von hier wegziehen? Von der heiligen Amelia getrennt, werde ich meine Begabung verlieren.«

»Unsinn«, hatte der Abt erwidert. »Eure Begabung kommt von Gott. Und Ihr könnt die heilige Amelia immer noch gelegentlich in der Kathedrale besuchen.«

Die heilige Amelia gelegentlich besuchen. *Ich werde zugrunde gehen …*

In ihrem Herzen tobte ein Kampf. Von klein auf hatte man ihr beigebracht, Vater, Ehemann, Priester und Kirche zu gehorchen. Doch hatte es Zeiten in ihrem Leben gegeben, da sie vermeinte, bessere Einsichten zu haben und bessere Entscheidungen zu treffen als andere. Wie etwa in der Nacht des Millenniums: Vater Edmans Vorgänger hatte sie und ihre Schwestern angewiesen, zum Gebet die Abtei von Portminster aufzusuchen, wo sie sicher sein würden. Winifred jedoch, in dem untrüglichen Gefühl, dass sie bei St. Amelia besser aufgehoben wären, hatte sich den Anweisungen des Abtes widersetzt. Wie es sich traf, war es am letzten Abend des alten Jahres in der Abtei zu hysterischen Ausschreitungen, ja sogar zu einem Aufstand mit vielen Verletzten gekommen, da der Abt außer Stande gewesen war, der Situation Herr zu werden. Seine eigene Erregung über das bevorstehende Millennium hatte sich auf die ohnehin nervöse Gemeinde übertragen. Dank Winifreds bewussten Ungehorsams waren ihre Schwestern und adligen Damen jedoch verschont geblieben.

Was aber sollte sie in der jetzigen Situation tun? Sie hob den Blick zum Reliquienschrein auf dem Altar, auf den das Licht der Kerze einen matten Schimmer warf. Die Bürde, sich um sechzig Nonnen, weibliche Gäste und Schülerinnen zu kümmern und dazu noch tagtäglich für das körperliche und geistige Wohlergehen von Pilgerscharen zu sorgen, wog nicht halb so schwer wie die nun auf ihr lastende Verantwortung für ihre auf elf Klosterfrauen geschrumpfte Familie.

Für einen Augenblick erlaubte sich Winifred bittere Gedanken: In Wirklichkeit ging es gar nicht darum, ein hinfälliges Kloster zu schließen, denn mit ein bisschen Geld und den notwendigsten Reparaturen wäre St. Amelia schon geholfen. Es ging vielmehr um Frauen, die ausgedient hatten, denn es lag auf der Hand, was der Abt von Winifred wollte: die jüngeren Schwestern in der Kunst des

Illuminierens zu unterweisen. »Lasst Agnes und Edith die müden Hände in den Schoß legen und ihren Lebensabend in Ruhe und Frieden verbringen. Lasst Euch die Last der Arbeit von Jüngeren abnehmen«, waren seine Worte gewesen. Und sie hatte dem entgegengesetzt, dass ihre Schwestern ihre Arbeit liebten – ihnen diese Arbeit wegzunehmen würde ihnen den Lebensinhalt nehmen. Der Abt hatte diesen Einwand jedoch nicht gelten lassen.

Winifred kam sich alt vor, ausgelaugt und wie eine zerbrochene Nähnadel nicht mehr zu gebrauchen. Alter zählte überhaupt nichts; Jugend bedeutete alles. Und wie ein Haufen welker Blätter weggefegt werden musste, damit neues Grün nachwachsen konnte, mussten sie und ihre ältlichen Schwestern weggefegt werden.

Zum ersten Mal seit Jahren war Winifred der Verzweiflung nahe. Diese friedvolle, einfache Priorei hatte drei Jahrhunderte allen Stürmen, Überschwemmungen, Bränden und selbst Wikingerangriffen getrotzt. Nun sollte sie von einem Holzsplitter zu Fall gebracht werden!

Plötzlich voller Reue ob dieser frevlerischen Gedanken – denn es war kein gewöhnlicher Holzsplitter, der im neuen Kloster aufbewahrt wurde! – schlug Winifred die Hände zusammen und rief: »O selige Amelia, ich habe dich nie um etwas gebeten.« Das entsprach der Wahrheit. Während alle Welt mit Bitten, Wünschen und Forderungen zur Heiligen gepilgert kam, hatte Oberin Winifred, seit vierzig Jahren die Hüterin der Heiligen, ihr nichts als Dankgebete dargebracht. Nun hatte sie aber doch eine Bitte, keine Bitte materieller Art, sie suchte auch keine Linderung von körperlichen Schmerzen, keinen Rat in Liebesdingen, keinen Ehemann – nein, Winifred bat allein um Führung. »Sag mir, was ich tun soll.«

Vierzig Jahre der Selbstkontrolle schwanden dahin. »Bitte hilf mir!«, rief sie und tat etwas, was sie noch nie getan hatte: Sie warf sich über den Altar und drückte den Reliquienschrein an ihre Brust. Entsetzt über ihren Frevel – das Reliquiar wurde höchstens von

einem Staubwedel berührt – raffte sie sich, das Kreuzzeichen schlagend, rasch wieder auf. Dabei verfing sich ihr Fuß im Saum des Habits, und sie verlor das Gleichgewicht. Halt suchend, griff sie unbewusst nach dem Altartuch und zog im Fallen alles herunter – Blumen, Kerzenständer, Reliquiar.
Halb im Schock schlug sie auf den Steinstufen auf, überschlug sich halb, stieß sich den Kopf an und wurde bewusstlos. Als Winifred wieder zu sich kam, fand sie sich auf den Stufen zum Altar ausgestreckt, den benommenen Blick auf das Gerüst über sich geheftet, in ihrem Schädel ein bohrender Schmerz. Bei dem Versuch, sich zu bewegen, merkte sie, dass ihr rechter Arm von einem Gewicht erdrückt wurde.
Der Reliquienschrein. Der nun offen stand.
Zum ersten Mal seit fast tausend Jahren lagen die Gebeine der Heiligen bloß.
Winifred sprang auf und wisperte: »Heilige Mutter Gottes!« Bleich vor Entsetzen starrte sie auf die geschändeten sterblichen Überreste.
Ihr Herz klopfte wie wild, während sie fieberhaft überlegte, was sie nun tun sollte. Hatte eine Entweihung stattgefunden? Gab es ein besonderes Ritual dafür, die Gebeine einer Heiligen wieder zu ordnen? Der Abt. Sie musste Ehrwürden unverzüglich von dem Vorfall in Kenntnis setzen.
Doch irgendetwas ließ Winifred innehalten. Sie unterdrückte den Impuls, aus der Kapelle zu laufen, ließ sich langsam auf die Knie fallen und starrte fassungslos auf die verstreuten Gebeine.
Sie sahen wie Muscheln aus, wie kleine Kieselsteine, die man in einem Bach findet – zerbrechlich und verletzlich, hier der Knochen eines zierlichen Fingers, da die Elle eines schlanken Armes. Zu ihrem Erstaunen war das Skelett vollständig, obwohl die Gebeine jetzt durcheinander lagen. Der Schädel saß noch am Hals, der Hals an den Schulterknochen. Die Rippen waren längst verfallen, und das Becken war in hundert Stücke zerbrochen. Der Hals aber war es, der

Winifred Aufmerksamkeit auf sich zog, denn irgendetwas stimmte da nicht …

Sie beugte sich tiefer und kniff im schwachen Licht der Kapelle die Augen zusammen. Am Hals, wo sich die ersten beiden Wirbel zusammenfügten …

Ihre Augen weiteten sich. Hastig griff sie nach der Kerze und hielt sie an die Knochen. Mit angehaltenem Atem sah sie, wie das flackernde Kerzenlicht auf den bleichen Wirbeln tanzte und sich in einem glitzernden Etwas darin verfing.

Winifred runzelte die Stirn. Knochen glitzern nicht.

Sie hielt die Kerze noch näher und beugte sich noch tiefer, kniff die Augen noch enger zusammen und starrte angestrengt auf den Spalt zwischen den beiden Wirbeln. Ein Hauch von Zugluft wehte durch die Kapelle, ließ die Flamme tanzen und das Etwas erneut funkeln. Es war wie der Funke beim Schlagen eines Feuersteins, ging es ihr durch den Sinn.

Was war das?

Ein Schauer durchlief sie, während sie allein mit den tausend Jahre alten Gebeinen in der stillen Kapelle kniete. Winifred hatte plötzlich das merkwürdige Gefühl, dass sie nicht mehr allein war. Sie blickte um sich und sah, dass die Kapelle leer war. Niemand, *nichts* lauerte im Dunkeln. Dennoch verspürte sie ein Kribbeln im Nacken, als würde ihn jemand sacht anhauchen.

Es *war* jemand da.

Und dann begriff sie es, in einem Moment der erstaunlichsten geistigen Klarheit, die sie je erlebt hatte: Es war die heilige Amelia, die aus ihrem langen Schlaf erwacht war, als ihre Gebeine gestört wurden.

»Bitte vergib mir«, flüsterte Winifred zitternd, während sie überlegte, wie sie die Teile aufsammeln und wieder in den Reliquienschrein legen sollte. Es musste so andächtig und ehrfürchtig geschehen wie nur möglich – und keine Menschenseele durfte davon erfahren. Denn eines wusste sie mit Sicherheit: Nur sie allein war befugt, die Gebeine zu sehen – sonst niemand. Es war ein Zeichen. Die heilige Amelia versuchte ihr etwas zu sagen.

Als die Kerze erneut aufflackerte und es wieder in den Halswirbeln glitzerte, streckte Winifred zögernd die Hand aus und berührte mit dem Zeigefinger behutsam die Wirbelsäule aus brüchigem Kalk. Die Wirbel zerbröckelten unter der Berührung, so alt und morsch waren sie. Und während sie so auseinander brachen, wie die Hälften einer Walnuss, gaben sie etwas so Wundersames frei, dass Winifred mit einem Aufschrei nach hinten fiel.

In Amelias Halswirbeln war der herrlichste blaue Stein eingebettet, den Winifred je gesehen hatte.

Sie behielt den Stein, ihr Geheimnis, bei sich, tief in der Tasche ihres Habits verborgen. Den blauen Kristall aus dem Hals der heiligen Amelia. Sie erzählte keiner Menschenseele davon, nachdem sie die Gebeine wieder sorgsam in den Reliquienschrein gelegt und den Schrein auf den Altar zurückgestellt hatte, denn zuerst musste sie über das Geheimnis nachdenken, das sie aufgedeckt hatte. Warum war der Stein da? Wie war er in den Hals der Heiligen geraten? Und war es ein Zeichen? Was könnte es sonst sein? Die Knochen waren seit Jahrhunderten, gar Jahrtausenden in ihrem Schrein versiegelt gewesen, warum sollten sie diesen Moment gewählt haben, sich preiszugeben? Die Antwort lag auf der Hand: Nachdem der Abt das Kloster wieder verlassen hatte, war Winifred in so tiefe Verzweiflung gestürzt, dass sie ohne weiteres geglaubt hätte, die Sonne würde nie wieder aufgehen. Und da hatte Amelia zu ihr gesprochen.

Wie aber lautete die Botschaft? Hatte es etwas mit dem Umzug in das neue Kloster zu tun? Wenn ja, sagte Amelia ihr, sie solle gehen oder bleiben? Nichts hatte je so schwer auf Winifred gelastet wie diese neue Wende der Ereignisse. Die Frauen in ihrer Obhut waren auf ihre richtige Entscheidung angewiesen.

Und wie hilflos sie doch alle waren! Dame Odelyn, zum Beispiel, ältlich und gelähmt, die geduldig am Brunnen wartete, bis jemand vorbeikam und Wasser für sie schöpfte. Odelyn war vor vielen Jahren nach St. Amelia gekommen, nachdem ein Wikingerüberfall ihre gesamte Familie ausgelöscht hatte. Familienschmuck, im Brunnen hinter dem Herrenhaus versteckt, hatte ihr einen Platz auf Lebenszeit im Kloster verschafft. Seit jenem Tag aber, da sie in den Brunnen hatte klettern müssen, um den von ihrem Vater dort versteckten Schatz zu holen – kaum dazu fähig, weil sie gerade erst aus ihrem Versteck gekrochen war und den Schock über ihre niedergemetzelten bewältigen musste –, seit jenem Tag also saß die Angst vor Brunnen tief in Odelyn. Und dann die arme Schwester Edith, die so vergesslich war, dass sie jede Nacht zum *necessarium* hinausgeführt werden musste, weil sie sich dabei immer verirrte. Und Agatha, der die Arthritis so zu schaffen machte, dass man ihr beim Essen helfen musste. Die Liste ließe sich noch weiter fortsetzen. Wie konnte Winifred diesen armen Frauen erklären, dass sie aus ihrem gewohnten Leben gerissen und in eine fremde und unbekannte Umgebung verpflanzt werden sollten?

Auf der Suche nach einem Weg aus ihren Gewissensnöten konzentrierte sie sich auf den blauen Kristall. Wenn sie den durchscheinenden Stein gegen das Licht hielt, sah sie Explosionen von Azurit und Aquamarin, Streifen von Himmel- und Kornblumenblau, saphirblaue Seen, türkisfarbene Teiche. Und die Farben wechselten ständig. Sie betrachtete den Stein im Sonnenlicht und bei Kerzenschein, während eines Gewitters und bei Sonnenuntergang, und sie sah Azur, Türkis, Marineblau, Ultramarin, Lapislazuli, Dunkelblau, Indigo und das grünlich schimmernde Blau im Gefieder einer Krickente. Winifred war von der Farbe und Zusammensetzung des Kristalls gefesselt. Der Stein war nicht ganz durchsichtig, denn im Kern, wo sich Teilchen sammelten, die aufleuchteten, wenn die Sonne im richtigen Winkel darauffiel, war er wolkig und silberweiß und nahm eine andere Form an, je nachdem, wie man ihn betrachtete. Sie wickelte einen dünnen Faden um den Stein, ließ ihn daran pendeln und sah zu, wie er sich langsam im Sonnenlicht drehte. Die

Substanz in seinem Inneren schien sich zu bewegen und zu verändern. Es war faszinierend. Wie Winifred so auf den Stein starrte, glaubte sie fast, den Schemen einer Frau darin zu erkennen, die ihr zunickte …

Sie hätte den Stein gern auf Pergament festgehalten, aber da würde ein Wunder geschehen müssen, denn wo in aller Welt sollte sie solche blauen Farbtöne finden, so eine lichte Transparenz, diese zarten Nuancen?

»Ihr habt Euer Frühstück nicht angerührt«, sagte Dame Mildred mit großer Besorgnis, nachdem die Schwestern das Refektorium verlassen und ins Skriptorium gegangen waren. Es sah der Oberin Winifred gar nicht ähnlich, dass sie ihren Teller nicht leer aß, und sie hatte noch nicht einmal ihr Morgenelixier getrunken. Winifred glaubte an den uralten Brauch, den Winter mit einem aus sieben Kräutern gebrauten Trank aus den Gliedern zu vertreiben. Seit ihrer Zeit als junge Novizin hatte sie ihren Körper jedes Jahr mit einem Tee neu belebt, der aus Klettenwurzel gebraut wurde, Veilchenblättern, Brennnesseln, Senfblättern, Löwenzahn, Lilienschösslingen und wilder Zwiebel. Übel schmeckend, aber so anregend! »Seit dem Besuch des Abts seid Ihr gar nicht mehr Ihr selbst.«

Dame Mildred erinnerte Winifred stets an die Schoßhündchen, die die Damen so liebten, die Sorte Hündchen, die man in einem Ärmel mit sich herumtragen konnte und die mit großen, wässrigen Augen daraus hervorschauten. Winifred argwöhnte, dass Mildred nichts entging, zumal sie eine so wichtige Domäne im Kloster innehatte. Schwestern kamen mit ihren Wehwehchen und Sorgen zu ihr, baten um Linimente, Tonika, Heilmittel und kräftigende Nahrung. Dame Mildred war eine winzige Person, aber bei all ihrer Zierlichkeit scharfsichtiger als der behäbige Abt. »Waren seine Nachrichten so schlimm?«, drängte sie.

»Wir werden in diesem Jahr kein neues Dach bekommen«, sagte Winifred schließlich. Es entsprach nicht ganz der Wahrheit, war aber auch keine richtige Lüge. Bislang hatte sie ihre Schwestern noch vor den schlechten Nachrichten verschont, weil sie erst noch darüber nachsinnen und im Stillen beten wollte. Sie hatte sich etwas Zeit erkauft, indem sie dem Abt erklärte, dass ihre Nonnen, von dem bevorstehenden Umzug beunruhigt, nicht in der Lage sein würden, an den neuesten Manuskripten zu arbeiten. Daraufhin hatte er ihr eine Gnadenfrist von zwei Monaten gewährt, nach deren Ablauf sie das Kloster aber räumen müssten. In der Zwischenzeit sann Winifred über das Wunder des geheimnisvollen blauen Steins nach und versuchte, seine Botschaft zu erkunden.

Die betroffen dreinschauende Dame Mildred sich selbst überlassend, ging Winifred ins Skriptorium, wo die Schwestern bereits schweigend und andachtsvoll über ihre Arbeit gebeugt saßen und biblische Szenen mit so prächtigen Farben von solcher Lebendigkeit schufen, dass sie das Gespräch von ganz England sein würden. Das Geheimnis für diese einzigartigen Illuminierungen lag in den Farbpigmenten. Was nützte schließlich die Begabung des Künstlers, wenn er mit minderwertigen Farben arbeitete? Nun aber war der Vorrat an Farben merklich geschrumpft, und was noch vorhanden war, von minderer Qualität. Winifred hatte versucht, dem Abt einige Münzen für den Kauf neuer Vorräte zu entlocken, doch er hatte ihre Bitte abgeschlagen, wohl wissend, dass Winifred mit dem wenigen, das ihr zur Verfügung stand, wahre Wunder vollbringen würde, wie es auch in der Vergangenheit immer der Fall gewesen war.

Winifred fiel nun der neue Ring wieder ein, den sie an der Hand des Abtes entdeckt hatte. Zweifellos das Geschenk eines Gönners der Abtei. Der Wert dieses Schmuckstückes allein hätte ihren Nonnen die erlesensten Pigmente für ein Jahr erkauft, und vielleicht hätte sie sogar Malachit erstehen können, aus dem man atemberaubende Grüntöne herstellen konnte. So aber mussten sie und ihre Schwestern sich damit begnügen, Grün aus Wegdorn und Maulbeeren zu gewinnen, notfalls sogar aus Geißblattbeeren und Nachtschattenblättern. Vielleicht mussten sie auch wieder auf den Saft von Iris-

blüten zurückgreifen, dessen Beschaffung mühsam war und Geduld und Können erforderte. Die dunkelblauen Blüten waren keine nahe liegende Quelle für grüne Farben, und das Purpurrot, das zuerst herausgedrückt wurde, war nicht viel versprechend. Sobald man es aber mit Alaun vermischte, entstand ein klares, schönes Grün. Das Geheimnis, wie Winifred wusste, lag darin, die Pollen zu entfernen.
War es gerecht, dass der Abt mit seinem schönen Ring ihre Schwestern dazu zwang, sich so viel zusätzliche Arbeit aufzubürden?
Es stand wohl auch außer Zweifel, dass sie dieses Jahr ihre gelben Farbtöne aus Apfelbaumrinde herstellen müssten. Wenn sie sich doch nur Safran leisten könnten. Safran war eine unerlässliche Zutat für die Imitation von Gold. Ließ man eine Prise getrockneten Safrans mit Eiweiß in einer Schüssel ziehen, so erhielt man ein herrlich durchsichtiges, intensives Gelb. Winifred benutzte diesen glasigen Safran gern für ornamentale Federschnörkel um farbige Initialen, für an Gold erinnernde Rahmen illuminierter Tafeln in Büchern und für Goldglasuren und Nuancen in geschriebenen Zeilen in Rot und Schwarz – die Wirkung war jedes Mal beeindruckend.
Sie hatten jedoch keinen Safran, aber Hauptsache, der Abt trug einen herrlichen Rubinring!
Am liebsten hätte Winifred ihre Entrüstung und Verzweiflung laut hinausgeschrien. Der Abt erwartete von ihr, dass sie aus einem Kieselstein einen Diamanten schuf, und nun sollte sie ihr ganzes Wissen auch noch an junge Nonnen weitergeben! Nicht nur, wie man zeichnete, malte und Pigmente herstellte, sondern auch noch, wie man die Ingredienzen erstand und dabei nicht übers Ohr gehauen wurde. Sah der Abt denn nicht, dass die Schülerinnen während dieses Lernprozesses nur sehr mäßige Illuminierungen hervorbringen würden? Konnte er sich nicht denken, dass der hervorragende Ruf seiner Bücher leiden würde, bis das Können der Novizinnen an die Virtuosität ebenjener Schwestern heranreichte, die er schnöde an die Luft setzen wollte? Sein fehlender Weitblick machte sie wütend. Typisch für die meisten Männer, dachte sie verdrossen; der Abt

dachte nur ans Heute. Sollten sich doch die Frauen über das Morgen den Kopf zerbrechen.

»Mutter Oberin!«, ertönte Dame Mildreds Stimme. Auf klappernden Sandalen kam sie ins Skriptorium geeilt. »Der fahrende Händler ist da! Ibn Abu Aziz Jaffar!«

Ach, wie wurde Winifred da von Freude erfüllt! »Dem Himmel sei Dank!«, stieß sie hervor. Gewiss war dies ein weiteres Zeichen Gottes: Gerade jetzt, wo ihre Vorräte fast aufgebraucht waren, schickte ihr der Allmächtige den Farbenhändler!

»Möge Gott mit Euch sein, Ibn Jaffar!«, rief sie ihm entgegen, als sie mit wehendem Habit den Pfad entlanghastete.

»Und auch mit Euch, werte Dame!«, antwortete er, indem er mit anmutiger Geste den Hut abnahm und sich galant verbeugte.

Der fahrende Händler, ein Mann fremdländischen Ursprungs mit olivfarbener Haut und gestutztem silberweißen Bart, begrüßte die Oberin auf eine Weise, die sie an Könige und ihren Hofstaat denken ließ. Er trug ein langes, mit Sternen und Monden besetztes Gewand; sein Hut war wattiert und hatte eine Fransenkrempe. Er war von stattlicher Gestalt, hoch gewachsen, und hielt sich trotz seiner schätzungsweise sechzig Jahre kerzengerade. Sein Pferd zog einen höchst sonderbaren Wagen, der mit himmlischen Symbolen, Tierkreiszeichen, Kometen und Regenbogen, Einhörnern und großen, allwissenden Augen bemalt war. Man kannte den fahrenden Händler landauf, landab als einen, der Träume verkaufte, Magie, Sternenstaub und Hoffnung. Die Menschen liebten es, wie ihnen sein Name Ibn Abu Aziz Jaffar über die Lippen rollte; Kinder rannten hinter seinem Wagen her, riefen seinen Namen, und die Frauen eilten aus ihren Häusern. In Wahrheit hieß er Simon Levi, und er war Jude. Obwohl er jedermann erzählte, er käme aus dem fernen Arabien, stammte er aus dem spanischen Sevilla. Seine Kunden sahen in ihm einen christlichen Zigeuner, doch unter seinem langen Umhang trug er den Gebetsschal, und wenn er des Nachts allein war, pflegte er andächtig das große Gebet »Höre Israel« anzustimmen. Simon

verbarg seine Identität nicht etwa aus Furcht vor Vorurteilen (Judenverfolgung gab es zu dieser Zeit in Europa nicht), nein, er hatte Gefallen an der exotischen Figur und der damit verbundenen Berühmtheit gefunden. Er liebte es, Rätsel und Illusionen zu verkaufen; das Herz ging ihm auf, wenn er sah, wie die Kinder verzückt an seinen Lippen hingen, denn Simon selbst hatte das Gemüt eines Kindes. Ein Zufall hatte ihn an Bord eines Schiffes, das auf dem Weg nach Brügge vom Kurs abgekommen war, nach England gebracht. Schon bald hatte er gemerkt, dass er sich von den anderen Menschen unterschied – in seiner Heimat war er nur einer unter vielen, hier war er etwas Besonderes –, und beschloss zu bleiben, um Gewinn aus dieser Einzigartigkeit zu schlagen. Er lebte allein, unternahm einmal im Jahr eine Rundreise von London zum Hadrians Wall und zurück und sehnte sich nach dem Tag, da er sich in sein bescheidenes Häuschen zurückziehen und die gute alte Seska, seit fünfzehn Jahren seine getreue Begleiterin, in den wohl verdienten Ruhestand auf die Koppel schicken konnte.
Ibn Abu Aziz Jaffar hatte jedoch eine Schwäche, die ihm bei mehr als einer Gelegenheit beinahe zum Verhängnis geworden wäre: Er liebte Frauen. Ob jung oder alt, behäbig oder flink, jedes weibliche Wesen rief in ihm wundersames Staunen und Ergötzen hervor. Vielleicht hatte es damit zu tun, dass er unter acht Brüdern aufgewachsen war. In seinen Augen waren Frauen ein Geschenk Gottes an die Männer, egal, was die Thora über Lilith und Adams unglückselige Tändelei mit ihr sagte. Er liebte die Weichheit ihrer Körper und ihren Geruch, ihre merkwürdigen Stimmungen und die Tatsache, dass sie manchmal schwächer, manchmal aber stärker als ein Mann sein konnten. Ihr animalischer Mutterinstinkt. Ihr kokettes Lächeln. Ihre langen Haare – oh, diese langen Haare! Obschon in fortgeschrittenem Alter, war Simon nicht alt genug, um einen festen Schenkel, einen vollen Busen und ein warmes Herz zu verschmähen. Er brauchte die Frauen nie zu zwingen oder zu überreden; sie kamen freiwillig zu ihm, oder er ließ es ganz. Wo auch

immer er hinkam, die Frauen waren von seiner Fremdartigkeit fasziniert und räsonierten tief in ihrem Herzen, dass ein Mann von so weit her geübter in der Kunst der Liebe sein müsste als die Einheimischen. Und er war es, in der Tat.

Er reiste allein und wurde selten angepöbelt. Sogar Banditen respektierten den Heiler und baten selbst manches Mal um den Rat des Wahrsagers. Die Menschen konnten zwar nicht lesen, doch sie verstanden die Symbole auf dem Wagen zu deuten, die Simon als Alchimisten, Wahrsager, Barbier und Zauberer auswiesen. Er verkaufte alles – Knöpfe, Nadeln, Fingerhüte und Garn; Tinkturen und Salben; Flaschen und Löffel – mit einer Ausnahme: Er handelte nicht mit Reliquien und Devotionalien, denn Simon Levi gehörte einer äußerst seltenen Spezies an: Er war ein ehrbarer Händler. Insofern überließ er den Handel mit Locken, Zähnen und Knochen von Heiligen den Scharlatanen und Priestern, wobei er manches Mal dachte, dass es zwischen den beiden keinen großen Unterschied gebe. Er hatte auch so seine eigene Meinung über den Holzsplitter des Wahren Kreuzes, der in dem neuen Konvent aufbewahrt wurde. Auf seinen zahlreichen Reisen kreuz und quer durch Frankreich und Spanien war er einer ganzen Reihe von diesen Splittern begegnet, und er hatte von noch mehr Splittern in ganz Europa und im Heiligen Land erzählen hören; er sagte sich, dass jeder halbwegs vernünftige Mensch mit ein bisschen Rechnen dahinter kommen würde, dass alle angeblichen Splitter des Wahren Kreuzes zusammengenommen bis zum Mond reichen müssten.

Er erinnerte sich noch gut an die Hysterie vor zweiundzwanzig Jahren, als das so genannte Millennium eintreten sollte. Ein Rätsel für Simon, denn im jüdischen Kalender gab es keine Tausendjahrmarke und auch nicht im Kalender ihrer moslemischen Brüder, deren Zeitrechnung mit Mohammed begann. Sollte das bedeuten, dass nur ein Drittel der Menschheit zugrunde gehen würde, während der Rest einfach so weitermachte? Wie sich herausstellte, war diese Überlegung müßig, denn die bedeutungsvolle Zeitenwende trat ein, ohne dass etwas Gravierendes passiert wäre, und nun behaupteten die Priester, erst beim *nächsten* Millennium, im unvorstellbaren Jahr 2000, würden Jesus und die Engel auf die Erde niedersteigen.

Wenn Simon so durch die englische Landschaft zog, stellte er sich den Leuten auf vielerlei Art dar, aber wann immer er an der Priorei von St. Amelia Halt machte, war er er selbst. Er bewunderte die Oberin und wusste, dass sie seine Verwandlungskünste durchschaute, seine Weisheit und seine Bildung jedoch schätzte. Und so verschwanden Fransenhut, Zauberstab und mystische Gebärden, nur den Zauberumhang behielt er an, weil er meinte, dass dieser ihm eine gewisse Würde verlieh.

Vor einem Jahr hatte ihn sein Weg das letzte Mal hierher geführt, und der Zustand der Priorei besorgte ihn: Verfallene Mauern, verdorrte Felder, keine Gänse oder Hühner zu sehen, Unkraut überzog den Weg, der einst von den Tritten der Pilger glatt getrampelt war. Er hatte davon gehört, dass das neue Kloster an Zulauf gewann, aber er hätte nie geglaubt, dass die nahe gelegene Abtei diese Klosterfrauen so vernachlässigen würde. Der feiste Abt musste doch sehen, dass seine frommen Schwestern Essen auf dem Tisch und Ale in ihren Bechern brauchten.

Als sie Jaffar mit seinem breiten Lächeln in dem olivfarbenen Gesicht vor sich stehen sah, wurde Winifred ganz warm ums Herz. Sie war in weltlichen Dingen unerfahren, gerade mal zwanzig Meilen von der Priorei geboren und nie im Leben weiter gereist als diese Strecke. Ihre Belesenheit beschränkte sich auf Elementarkenntnisse des Lateinischen und ein wenig Bibelstudium, und was sie und ihre Schwestern vom Rest der Welt wussten, stammte aus den Erzählungen von Pilgern und Reisenden. Aber nachdem auch diese nicht mehr an ihre Pforte klopften, waren die Besuche von Ibn Abu Aziz Jaffar umso kostbarer, brachte der fahrende Händler doch jedes Mal Neuigkeiten und allerlei Klatschgeschichten mit.

Ein merkwürdiger Mensch, dieser Händler, beinahe abstoßend in seinem fremdländischen Aussehen, und doch hatte er ein einnehmendes Wesen. Hätte Winifred sich derlei weltliche Gedanken zugestanden, würde sie ihn einen gut aussehenden Mann genannt haben. Sie vermutete, dass er nicht dem christlichen Glauben angehörte, andererseits wusste sie, dass er Gott im höchsten Maße achtete. Und dann hatte er noch so eine Art, manchmal Dinge zu sagen, dass kleine Lichter in ihrem Geist angesteckt wurden. Jaffar war nicht wie die anderen Händler. Die waren schmutzig, ungehobelt und gerissen, während Jaffar sauber und gepflegt daherkam, dazu mit diesem fremdländischen Charme. Aber, was am meisten zählte, er war vertrauenswürdig.

Wie oft war sie in der Vergangenheit von anderen Händlern beim Kauf von Farbpigmenten geprellt worden. Billiges Azurit konnte man leicht für teures Lapislazuli halten. Um ganz sicherzugehen, mussten die Steine glühend heiß gemacht werden: Azurit verfärbte sich schwarz, Lapis behielt seine Farbe. Azurit wurde gewöhnlich in Pulverform verkauft, und da gab es nicht selten Betrüger, die Sand unter das gemahlene Pigment mischten, um das Gewicht zu verfälschen, und damit die Farbe ruinierten. Andere Gauner füllten die Farbbeutel so, dass das beste Blau obenauf lag und die mindere Qualität unten. Nicht so Jaffar, der soeben eine Schachtel aus dem Wagen nahm und öffnete. Angesichts der Fülle der Farben verschlug es Winifred beinahe die Sprache.

»Gott der Herr schickt Euch im günstigsten Moment, Ibn Jaffar, denn meine Schwestern und ich haben keine Vorräte mehr. Ganz besonders brauchen wir Gelbtöne.«

Zu ihrem Entzücken zeigte er ihr Gallensteine.

Aus den Tiefen ihres Habits zog Winifred die mit Wasser gefüllte Glaskugel, die ihr als Vergrößerungsglas diente. Jaffar hatte einmal versucht, ihr eine neue Erfindung aus Amsterdam zu verkaufen – ein geschliffenes Glas, das man Linse nannte –, aber sie hatte das Angebot als zu teuer ausgeschlagen. Während Winifred nun die Gallensteine durch ihre Glaskugel begutachtete, dachte Simon bei sich, dass hier die wahre Kunst dieser Frau lag. Denn Winifred war nicht nur malerisch und zeichnerisch begabt, sie besaß zudem den untrüglichen Sinn für Farben. Unter ihren flinken Fingern und scharfen Augen verwandelten sich die alltäglichsten Substanzen in die prächtigsten Farben in Gottes Schöpfung. Zum Beispiel ein als »Saftgrün« bekanntes Pigment, ein Ersatz für den seltenen und unerschwinglichen Grünspan. Saftgrün erhielt man aus dem Saft der reifen Wegdornbeeren, der, mit Alaun vermischt, durch Verdunsten eingedickt wurde. Das Ergebnis war ein satter, durchscheinender Olivton. Auch andere Klöster hatten diesen Farbton zuwege gebracht, Winifreds Kunst lag jedoch in der Haltbarmachung der Farbe. Saftgrün hielt gewöhnlich nicht lange, das verrieten vor Jahrzehnten hergestellte Handschriften minderer Qualität. Oberin Winifred kannte das Geheimnis, wie man den Saft, den sie als dicken Sirup in Tierblasen aufbewahrte, gerade genug eindicken ließ, damit er nicht austrocknete. Illuminierungen mit dieser Farbe waren nicht nur eine Augenweide, sondern auch haltbar.

Während Winifred den Blick aufmerksam über die Pulver und Mineralien wandern ließ, diese Rohmaterialien, aus denen lebendige Tiere auf einer Buchseite entstehen würden, musterte Simon sie heimlich von der Seite und fand, dass sie verändert aussah. Ihr Gesicht war von tiefen Schatten gezeichnet, und ihre Augen flackerten nervös. Er hatte die Oberin immer für ausgeglichen und ruhig gehalten, wenn auch ein wenig streng und humorlos. Aber dass sie einmal Besorgnis zeigen könnte, hatte er nicht für möglich gehalten.

Winifred wählte ihre Einkäufe mit Bedacht. »Ich habe im Moment nicht das Geld«, erklärte sie dann. »Ich nehme an, Ihr haltet Euch noch ein wenig in der Nachbarschaft auf, wie Ihr das sonst immer tut?«

Simon strich sich über den makellos gestutzten Bart und überlegte. Es war offenkundig, dass die Oberin sich die ausgesuchten Waren nicht leisten konnte. Wie wollte sie sie bezahlen? Gleichwohl, er würde ihr die Peinlichkeit dieser Frage ersparen – Simon wusste nur zu gut, wie wichtig es war, seinen Stolz zu wahren. Wenn sie sich doch nur dazu durchringen könnte, sich von dem einen oder anderen ihrer illuminierten Bücher zu trennen. Wie oft war er schon von vermögenden Herren in London gefragt worden, ob er nicht an Handschriften aus Portminster herankäme. Ein von Winifred illuminiertes Buch – und sie könnte alle Pigmente bekommen, die sie brauchte. Allerdings wusste er nur zu gut, dass sie sich von keinem dieser wertvollen Bücher trennen würde, denn ihrem Verständnis nach gehörten die Bücher dem Abt. »Nun, werte Dame, dann werden wir unsere Transaktion heute in drei Tagen abschließen.« Er wartete darauf, ob sie ihn wohl auf ein Ale und möglicherweise ein Stück Kuchen hereinbitten würde, und verstand ihr Zögern so, als dass sie zu überlegen schien. Stattdessen überraschte sie ihn mit der Frage, ob er als Alchimist wohl einen Gegenstand begutachten könne, der in ihren Besitz gelangt sei.

In der Erwartung, den Zahn eines Heiligen oder ein vierblättriges Kleeblatt sehen zu dürfen, staunte Simon nicht schlecht, als sie ihm einen Kristall reichte, der so blau und tief leuchtete wie das Mittelmeer. Er sog hörbar die Luft ein, beschwor sich in seiner Muttersprache, dann hob er den Kristall an sein scharfes Auge, um ihn eingehend zu betrachten.

Der Stein war so schön, dass es Simon die Sprache verschlug. In einer Zeit, da es als ruinös galt, einen Edelstein zu schleifen, weil man damit angeblich die Magie des Steins zerstörte, gab es kaum einen Edelstein von solcher Reinheit. Simon hatte nur wenige gesehen – einmal sogar einen geschliffenen Diamanten und hatte nicht glauben wollen, dass so ein wolkiger Kristall eine solche Brillanz in sich trug. Dieser Stein jedoch schien nicht geschliffen zu sein, er war glatt und tropfenförmig, kaum größer als das Ei eines Rotkehlchens, aber von einem spektakuläreren Blau. Konnte es ein Aquamarin sein? Er hatte einmal einen Smaragd aus Cleopatras Minen gesehen. Ebenfalls geschliffen und von einem das Auge betörenden Glanz. Aber nein, dieser hier war nicht so grün und rein wie jener Smaragd.

Obwohl er den Stein nicht einzuordnen vermochte, spürte Simon

instinktiv, dass er von großem Wert sein musste. »Ich kenne da jemanden in London«, schlug er vor. »Einen Edelsteinhändler.«
Winifred hatte schon von London gehört. Die meisten Leute besaßen nur dürftige Kenntnis von dem, was über den Radius von fünf Meilen um ihre Heimstatt hinausging; einige wussten sogar von fremden Ländern, und das wenige, was sie über Fremde zu sagen vermochten, beschränkte sich darauf, dass die Wikinger, einst die Geißel Englands, blondbärtige Teufel von jenseits der Meere waren. Winifred wusste, dass London die größte Stadt im Süden Englands war, ein blühendes Handelszentrum, wo der König lebte.
Ibn Aziz fügte hinzu: »London ist der richtige Ort, um so einen Edelstein zu verkaufen.«
»Verkaufen!«
»Aber gewiss.« Er gab ihr den Stein zurück. »Ist es nicht das, worum Ihr mich bitten wolltet?«
»Amelias Stein verkaufen?«, fragte Winifred, als hätte er sie aufgefordert, sich einen Arm abzuhacken. Doch dann überwog ihr gesunder Menschenverstand. »Ist er denn so kostbar?«
»Ehrwürdige Mutter Oberin, ich könnte ein Vermögen für diesen Stein herausholen. Schon seine Einzigartigkeit würde einen schönen Batzen Gold erbringen.«
Ihre Augen wurden rund, und in ihrem Kopf begann es fieberhaft zu arbeiten. Mit einem Batzen Gold könnte sie das Dach und die Mauern reparieren lassen, sie könnte neue Betten kaufen, neue Feldfrüchte anbauen und ein paar Ziegen erwerben. Sie könnte junge Männer aus dem Ort zum Helfen anheuern, St. Amelia wieder wirtschaftlich unabhängig und für neue Novizinnen und adlige Damen attraktiv machen, was wiederum Zuwendungen und die Gönnerschaft ihrer Familien nach sich ziehen würde. In einem einzigen Augenblick, in dem betörenden Funkeln des blauen Kristalls, erblickte Winifred eine schöne neue Zukunft für ihren Konvent.
Aber dann huschte ein Schatten über ihr Gesicht. »Ich muss mich mit dem Abt besprechen.«

»Was sagt er, was mit dem Stein geschehen soll?«

»Er weiß noch nichts von seiner Existenz.«

Ibn Abu Aziz Jaffar strich sich über den Bart. »Hmm«, machte er nur, und Winifred verstand ihn ohne Worte.

»Ich *müsste* es dem Abt sagen«, meinte sie dann etwas unentschlossen. »Oder nicht?«

Auf seine Frage, wie sie denn an den Stein gekommen sei, erzählte Winifred ihm die ganze Geschichte. Simon Levi strich sich erneut über den Bart. »Es möchte so scheinen, Ehrwürdige Mutter Oberin, dass dieser Stein Euch allein gegeben wurde. Ein Geschenk Eurer Heiligen.«

Als sie verunsichert an ihrer Lippe nagte, sagte Simon mit sonorer Stimme: »Ihr befindet Euch in einem Gewissenskonflikt.«

Sie neigte das verschleierte Haupt. »Ja, so ist es.«

»Es ist ein Kampf zwischen Glaube und Gehorsam.«

»Ich spüre, dass Gott mir etwas sagen möchte. Dem Abt hat er aber das genaue Gegenteil gesagt. Wie soll ich mich entscheiden?«

»Das, werte Dame, liegt bei Euch. Ihr müsst in Euer Herz hineinhorchen, was es Euch sagen will.«

»Ich folge Gott, nicht meinem Herzen.«

»Ist das nicht das Gleiche?« Er wollte noch mehr über den Kristall wissen, insbesondere, wie ihrer Meinung nach der Stein in den Halsknochen der Heiligen gelangt war. Daraufhin erzählte Winifred ihm, wie Amelia sich das Leben genommen hatte, bevor ihre Häscher die Namen anderer Christen aus ihr herauspressen konnten.

»Mich dünkt«, merkte Simon an, »wenn dieser Stein wirklich eine Botschaft trägt, dann ist es die, dass Ihr Eurem Herzen folgen sollt.«

Winifreds Gesicht hellte sich auf. »Das war auch mein Gedanke!« Und auf einmal gestand sie ihm ihren Traum von der Ausmalung eines Altarbilds für St. Amelia.

»Und was Euch am meisten beunruhigt«, räsonierte der weise Fremde, »ist die Sorge, dass Ihr in dem neuen Konvent diese Vision verliert.«

»Ja«, stammelte sie. »Ja …«
»Dann müsst Ihr Eurem Herzen folgen.«
»Aber Gott der Herr spricht doch durch den Abt.«
Als er nichts darauf erwiderte und sie seinen skeptischen Blick sah, fuhr sie fort: »Ibn Jaffar, ich vermute, dass Ihr kein Christ seid.«
Er lächelte fein. »Ihr vermutet richtig.«
»Gibt es in Eurem Glauben keine Priester?«
»Nicht wie bei Euch. Wir haben Rabbiner, aber die sind eher geistliche Ratgeber als Vermittler zu Gott. Wir glauben, dass Gott uns hört und direkt zu uns spricht.« Er wollte noch hinzufügen, dass Winifreds gekreuzigter Gott auch ein Rabbi gewesen sei, doch dies war nicht die Stunde noch der Ort für derlei Disput.
Stattdessen sagte er: »Ich werde noch ein paar Tage am Fluss mein Lager aufschlagen, während ich die umliegenden Gehöfte aufsuche. Danach werde ich nach Portminster weiterziehen. Vor meiner Abreise könnt Ihr mir Euren Entschluss mitteilen, und ich bete, Ehrwürdige Mutter Oberin, dass es der richtige ist.«

Oberin Winifreds Entschluss stand fest. Sie würde allein zur Abtei gehen. Gewöhnlich reisten sie und ihre Ordensschwestern zu zweit oder in Gruppen, aber Winifred musste diesen Weg allein gehen. Entgegen den Anweisungen des Abts, das Kloster St. Amelia in Bälde zu verlassen, hatte Winifred den anderen Schwestern noch nichts davon gesagt. Möglicherweise hätte sie sich ohne Zögern den Anweisungen gebeugt, wäre da nicht dieser Zwischenfall mit dem Reliquiar und dem blauen Kristall gewesen. Aber es *war* nun einmal passiert, und sie *war* im Besitz des bemerkenswerten Talismans der heiligen Amelia, und so sah sie sich gezwungen, sich mit dem Abt zu beraten, was nun zu tun sei.
Sie hatte die ganze Nacht im Gebet verbracht, und obwohl sie nicht geschlafen hatte, fühlte sie sich am Morgen auf merkwürdige Weise erfrischt. Mit festem Schritt ging sie aus dem Kloster hinaus, bester

Absicht und guten Mutes, denn bei sich trug sie den blauen Stein der heiligen Amelia.

Als sie in den Hauptweg einbog, sah Winifred, dass sie doch nicht allein gehen würde. Sie reihte sich ein in einen Zug von Pilgern auf dem Weg zum Kloster des Wahren Kreuzes – und sie hatten St. Amelia links liegen lassen. »Wir müssen bis Mittag im Kloster sein«, erklärte ihr Anführer. »Dann decken die guten Schwestern den Tisch. Wie man mir sagte, werden wir uns heute an Hammel und Brot satt essen können.« Dann bemerkte er Winifreds Habit, und langsam dämmerte ihm, wen er vor sich hatte. Mit vor Verlegenheit knallrotem Gesicht flüchtete er sich in eine faule Ausrede und hastete an die Spitze des Zuges.

Immer mehr Leute schlossen sich dem Tross an: Bauersleute mit ihren Erzeugnissen für den Markt in Portminster, Ritter mit Gefolgschaft, adlige Damen in verhängten Sänften. Der Zug wand sich durch Weißdorn-, Ulmen- und Buchenwälder, dazwischen öffneten sich Täler, die den Blick auf Felder voller Glockenblumen, auf Bäche und kleine Weiher freigaben. An einigen Stellen zweigten Fußwege zu Bauernhäusern und Schafkoppeln ab. An anderer Stelle trafen ihre Schritte auf Pflastersteine älterer Machart, die von der römischen Legion seinerzeit gelegt worden waren. Und inmitten all dieser Leute und der zarten Farben des Frühlings, in der gesunden Waldluft und erfüllt vom Gesang der Vögel, spürte Winifred ihre Zuversicht wachsen. Sie tat genau das Richtige, obwohl der Abt, hätte er davon gewusst, es Ungehorsam genannt hätte.

Die älteren Leute im Tross sprachen von Wikingern, hünenhaften blondbärtigen Teufeln mit roten Umhängen über Kettenpanzern, die, wie man sich erzählte, im Blutrausch, wie wahnsinnige Wölfe, über alles hergefallen waren. Die Erinnerungen an die Wikinger verlieh diesen Alten eine Art Prestige, denn dreißig Jahre zuvor hatten die Dänen in der entscheidenden Schlacht von Maldon mit der Hilfe von Norwegens gefürchtetstem Wikingerkönig Olaf die Angelsachsen besiegt und England in Schutt und Asche gelegt. Zwar

gehörte der Sturz von König Ethelred durch den Dänenkönig Sven Gabelbart, der Knut den Großen auf den Thron brachte, zur neueren Geschichte, doch hatten die jüngeren Reisenden keine Erfahrung mit derlei Ängsten. Obwohl es hier und da noch zu vereinzelten Überfällen durch Wikinger kam, die den neuen Frieden mit England nicht akzeptieren wollten, war der ständige Terror der letzten hundert Jahre vorbei und England konnte nachts wieder ruhig schlafen. Und die Strophe »Herr, errette uns vor der Raserei der Nordmänner« war inzwischen aus den Gebeten verschwunden.
Sie kamen an einen Wegweiser. Der eine Pfeil zeigte geradeaus, nach Portminster; ein anderer nach links, in Richtung *Mayfield*, der dritte Pfeil, neueren Datums, wies nach rechts zum *Kloster des Wahren Kreuzes*. Winifred hatte dem neuen Konvent keinen Besuch abstatten wollen, doch schon bewegten sich ihre Füße wie von selbst auf dem neu angelegten Weg, und sie fand sich inmitten der Pilgergruppe wieder, deren Gespräche nun darum kreisten, was sie wohl auf dem Mittagstisch der Nonnen erwarten würde.

Durch die Bäume konnte sie die Mauern erspähen, und das Erste, was Winifred hörte, war fröhliches Lachen aus Frauenkehlen. Es kam vom Konvent. Und dann vernahm sie Stimmen – Schnattern und Kreischen, wie von aufgeregten Hennen. Sie runzelte die Stirn. Wie sollte man sich bei all dem Lärm auf geistliche Dinge konzentrieren? Als sie die äußere Wiese überquerte, blieb Winifred auf einmal regungslos stehen: Zwei junge Frauen in Novizinnentracht warfen einander laut lachend Bälle zu, während ihre Röcke sich unschicklich im Wind bauschten. Eine Dritte neckte einen kleinen Hund mit einem Knochen, gab vor, ihn zu werfen, und bog sich vor Lachen, als der kleine Kerl lospreschte. Zwei weitere junge Nonnen standen mit geschürzten Röcken auf Leitern in Apfelbäumen, riefen sich beim Pflücken fröhliche Worte zu. Nach dem Passieren des Hauptportals betrat Winifred den Innenhof, in dem geschäftiges Treiben mit Pilgern, Stadtleuten, adligen Damen und frommen

Schwestern herrschte. Da standen Verkaufsbuden, in denen klösterlicher Tand angeboten wurde – bestickte Abzeichen für die Pilger als Nachweis, dass sie den Schrein besucht hatten, Phiolen mit geheiligtem Wasser, Rosenkränze, Statuetten, Glücksanhänger, Süßigkeiten und Brot – und obendrein Nonnen mit Geldwechseln beschäftigt!

Während Oberin Winifred durch dieses bunte Treiben schritt, das eher einem Jahrmarkt glich, verwandelte sich ihr erster Schock in heiligen Zorn. An diesem Ort gab es keine Pietät, keine Würde, keinen Anstand. Der Abt hatte ihr versichert, dass die Ordensschwestern den Regeln des heiligen Benedikt folgten, aber Winifred entdeckte weder Bescheidenheit, Armut, Demut noch Schweigen.

Als sie die Stufen zum Kapitelsaal hinaufging, konnte sie sich einer gewissen ironischen Erkenntnis nicht erwehren: Wohlstand zog Wohlstand an. Während es dem oberflächlichen Beobachter alsbald klar wurde, dass St. Amelia praktisch am Hungertuch nagte, überschüttete die Abtei dieses neue Kloster förmlich mit Geld, das zudem mit den Mitteln eines reichen Barons gegründet worden war, der seinerseits nicht geizte. Allein die Obstgärten! Winifred hielt sich die Hand an den knurrenden Magen, wie um ein nörgelndes Kind zu beruhigen. Sie spielte mit dem Gedanken, ein paar Äpfel für ihre hungrigen Schwestern zu stibitzen.

Der Kapitelsaal erschien Winifred wie das Wohnzimmer eines wohlhabenden Mannes, mit silbernen Kerzenständern, kostbaren Möbeln und Wandteppichen. Und als Oberin Rosamund auf sie zutrat, um sie zu begrüßen, erlitt Winifred einen zweiten Schock.

Und so geht die Geschichte: Als der Däne Knut der Große König über England wurde, überredete Oswald de Mercia seine Landsleute, den Lehnseid abzulegen. Für diese Tat wurde er mit Ländereien in der Grafschaft von Portminster belehnt. Als dann Knut, in seinem Eifer, der »christlichste König« zu werden, seine Absicht verkündete, neue Klöster zu erbauen, erbat Oswald sich die Gunst, ein Kloster zu Ehren seines neuen Lehnsherrn errichten zu dürfen. Was den dänischen Eroberer schließlich überzeugte, war eine Geschichte, die Oswald ihm erzählte. Er sei, so ging die Erzählung, nach Glastonbury gereist, wohin ein gewisser Joseph von Arimatiha den heiligen Gral gebracht hatte. Oswald, der des Nachts allein am Wege kampierte, habe einen Traum gehabt, in welchem ihm der genaue Ort der kostbaren Reliquie enthüllt wurde. Tief in einer Höhle verborgen befand sich eine eiserne Kiste mit einem Stück vom heiligen Kreuz, von Joseph persönlich vergraben. Oswald hatte die Reliquie an sich genommen und in der Familienkapelle verwahrt. Wie es sich ergab, hatte Oswalds älteste Tochter Rosamund, eine tief religiöse Frau, während der gesamten Kämpfe zwischen den Dänen und den Engländern um einen Sieg der Dänen gebetet, weil sie spürte, dass dieses Gottes Wille sei – wie Oswald betonte. Die Gebete der Tochter Rosamund und der Splitter aus dem Wahren Kreuz bewogen Knut in all seiner Güte, die Gründung eines neuen Klosters in seinem Namen zu gewähren.

Soweit die Geschichte. Die Wahrheit jedoch lautete anders: Oswald de Mercia, ein Feigling bis auf die Knochen, kämpfte auf der Seite des englischen Königs Ethelred, bis er erkannte, aus welcher Richtung der Wind wehte. Mithin wechselte er das Lager und verriet die Engländer. Was nun seine Tochter Rosamund anging, verabscheute sie Männer mehr, als sie fromm war, und da sie die Gesellschaft von Frauen vorzog, weigerte sie sich zu heiraten, so sehr ihr Vater sie auch zu bestechen suchte. Ebenso stark war ihr Drang nach Macht. So fand Oswald die perfekte Lösung: Sollte sie doch ein Kloster leiten. Natürlich keinen gewöhnlichen Konvent, sondern einen von Bedeutung. Und was würde sich besser eignen, eine Institution mit Bedeutung zu erfüllen, als eine sehr bedeutsame Reliquie in ihren Hallen zu hüten – und was könnte bedeutsamer sein als das Kreuz, an dem Christus selbst gestorben war? Natürlich hatte es keine Reise nach Glastonbury gegeben, keinen Traum, keine Höhle, keine Eisenkiste mit dem Wahren Kreuz. Das Reliquiar auf dem Altar in der Kapelle des neuen Klosters enthielt nichts als Luft.

Winifred stand nun also der neuen Vorsteherin des Konvents gegenüber, der St. Amelia in den Ruin trieb. Oberin Rosamund war auffallend jung. Sie konnte dem Orden seit höchstens sechs Jahren angehören. Winifred hatte es bald dreißig Jahre gekostet, bis sie zur Oberin aufstieg. Eine Strähne wunderschönen Goldhaars hatte sich der Enge der Nonnenhaube entzogen, und Winifred hegte den hartherzigen Verdacht, dass dies mit Absicht geschehen war. Sie stellte sich die eitle junge Frau vor einem Spiegel vor, wie sie mit einer Nähnadel durch das gestärkte Material fuhr, um ihm den richtigen Schwung zu geben. Aber am schockierendsten überhaupt waren die Hände der jungen Frau – unruhig, flatterig wie Schmetterlinge, die man mit Fäden festzubinden versuchte. Sie fuhren auf und ab, hin und her, wobei ihre Ärmel zurückfielen und die Arme bis über die Ellenbogen entblößten! Ganz offensichtlich hatte Rosamund keine Unterweisung in der Benediktinerordnung erfahren.
Winifred wurde das Herz schwer. Wie sollte sie diesen frivolen Mädchen die heilige Kunst des Illuminierens nahe bringen? Das war unmöglich. Sie würde dem Abt sagen, dass dieses neue Kloster eine Beleidigung für den Orden darstellte und dass er persönlich eingreifen müsse, um die Disziplin wiederherzustellen. Winifred scherte sich nicht darum, wie reich Rosamunds Vater war; dieser Konvent war eine Beleidigung Gottes.
»Liebste Mutter Winifred, ich freue mich so sehr, dass Ihr nach all den Jahren im Dienste des Herrn den Mantel der Oberin ablegen und wieder eine einfache Schwester sein wollt.«
Winifred stand wie versteinert. Wovon sprach das Mädchen überhaupt? Und dann überkam sie die Erkenntnis wie zuvor angesichts des blauen Kristalls: Natürlich konnte es keine *zwei* Oberinnen in einem Kloster geben! Der Abt hatte nichts Derartiges verlauten lassen und erwartete nun wohl von Winifred, dass sie ihre eigenen Schlussfolgerungen zöge. Dennoch kam es wie ein Schock. Ihren Titel zu verlieren und wieder in den Stand einer einfachen Schwester versetzt zu werden, dazu ein Mädchen, das

jung genug war, als ihre Enkelin durchzugehen, mit »Oberin« anzureden – undenkbar!

»Nicht dass Ihr irgendwelche Pflichten hättet«, fuhr die junge Frau beiläufig fort. »Meine Mädchen warten schon darauf, diese wunderbare Kunst des Illuminierens zu erlernen.«

Winifreds Gedanken überschlugen sich. In Rosamunds Worten klang das alles wie ein Kinderspiel. »Es gehört mehr dazu, als nur Bilder malen«, erwiderte sie. »Ich werde sie darin unterweisen müssen, wie man Pigmente herstellt, wie man sie am besten …«

»Aber ja, mein Vater wird uns mit Farben versorgen! Genau dieselben, die in Winchester verwendet werden! Er wird sie uns jeden Monat persönlich vorbeibringen!«

Winifred fühlte sich kalt bis ins Mark. Pigmente zu verwenden, die von jemand anderem gemischt worden waren? »Ich beziehe meine Rohstoffe stets von Ibn Jaffar«, sagte sie in beinahe flehendem Ton.

»Mit dem haben wir nichts zu tun«, erklärte Rosamund mit unverhüllter Verachtung. »Er hat meinen Vater beleidigt. Dieser Lump hat auf unserem Besitz nichts mehr zu suchen, und das gilt bis zum Hauptweg.«

Winifred glaubte, den Boden unter den Füßen zu verlieren. Die Umgebung verschwamm vor ihren Augen, sie war einer Ohnmacht nahe. Nicht mehr Priorin ihres Klosters zu sein, nicht länger die Aufsicht über die Herstellung der Pigmente zu haben, die ihr Lebenswerk bedeuteten, war schon schlimm genug! Und nun das noch: Ibn Jaffar nie mehr wiederzusehen!

Als Rosamund ihre Gäste durch das neue Kloster führte und dabei fröhlich plappernd auf all die Annehmlichkeiten und den Luxus hinwies, nahm Winifred von alledem nichts mehr wahr. Sie schlich hinter den anderen her wie eine Frau, die plötzlich um zwei Jahrzehnte gealtert ist. In ihrem Kopf hämmerten Kummer, Enttäuschung und Schock.

Aber wie sie so von Raum zu Raum geführt wurde, durch einen Klostergarten und über einen sauber gepflasterten Weg, wechselte

Schock zu Erkenntnis. Wie hatte sie nur glauben können, sie und ihre Ordensschwestern würden nie hierher ziehen?

Es war eine andere Welt, eine wunderschöne Welt. Jedes Gästezimmer besaß ein eigenes *necessarium* – ein kleines Klosett an der Außenmauer, das über ein eigenes Abflussrohr verfügte. Was für ein Luxus, nicht bei Wind und Wetter nach draußen zu müssen, wenn die Natur es verlangte. Es gab Annehmlichkeiten, wie man sie nur aus noblen Häusern kannte: eingekerbte Kerzen, um die Zeit anzuzeigen, Laternen aus durchscheinendem Ochsenhorn, sauber gefegte, mit duftenden Binsen ausgelegte Böden. Und es gab Luxus: Im Wirtschaftshof hinter der Klosterküche waren Bedienstete damit beschäftigt, Laken, Kleidungsstücke und Unterkleider in hölzernen Bottichen in einer Lauge aus Holzasche und Ätznatron zu waschen. Burschen arbeiteten auf den Gemüsefeldern, junge Frauen kümmerten sich um Gänse und Hühner. Ein alter Mann wurde eigens dafür bezahlt, herrlich duftende Seifenriegel herzustellen.

Die großzügig bestückte Küche, fünfmal so groß wie die in St. Amelia, roch angenehm nach Holz und frischem Kalkanstrich. Beim Anblick des gedeckten Mittagstisches gingen Winifred die Augen über: ein ganzer Hammel, dicke Scheiben von Rindfleisch, knuspriges Brot, Fässer mit Ale und Wein. Als Rosamund ihr einen gefüllten Teller reichte, erklärte Winifred, sie hätte bereits gegessen, würde aber, um die Gastgeberin nicht zu kränken, das Essen in ein Tuch einschlagen und für später aufheben. In Wahrheit würde sie diese Schätze mit ihren Schwestern teilen, die seit langem nichts Gutes mehr gekostet hatten.

Nach dem Essen wurde sie zu der großen Kapelle geführt, wo die Pilger – Rittersleute und Arme, noble Herren und Geistliche, die Kranken und die Lahmen – in einer langen Schlange warteten, um vor dem prächtigen Schrein des Wahren Kreuzes zu beten. In dieser Kirche gab es etwas, das Winifreds kleiner Kapelle fehlte: bleigefasste Buntglasfenster. Und erst das Gold! So viele Kerzen, schneeweiß und gerade. Und das alles für ein Stück Holz, während die Gebeine einer realen Frau, die einst um ihres Glaubens willen den Märtyrertod erlitten hatte, an einem bescheidenen Ort mit schiefen, rußenden Kerzen aufbewahrt wurden. Dieser Kontrast machte Winifred nicht verbittert, nur traurig. Am liebsten hätte sie die heilige Amelia in die Arme genommen und ihr zugeflüstert: »Das hier mag vielleicht schöner sein, aber du wirst mehr geliebt.«

Und schließlich verfügte dieser Konvent auch noch über eine Krankenstation. Acht Betten und eine geschulte Pflegerin standen den Kranken zur Verfügung. Beim Anblick der Medizinschränke wurde Winifred fast neidisch: all diese Tinkturen und Lotionen, Salben und Pasten, Pillen und Pülverchen. Verschiedene Phiolen mit Augenwässern. Heilmittel für Arthritis. Hagebuttentee für Nierenleiden.

Angesichts dieses üppigen Angebots überschlugen sich Winifreds Gedanken. Schwester Ethel würde ein eigenes *necessarium* gleich neben ihrem Zimmer haben und wäre des Nachts nicht mehr auf Begleitung angewiesen; der junge Bursche im Garten würde jederzeit Wasser aus dem Brunnen holen, und Dame Oldelyn bräuchte sich nicht mehr zu ängstigen …

Mit einem tiefen Seufzer musste Winifred sich eingestehen, dass dieser Ort das Paradies für ihre ältlichen Schwestern wäre. Sie würden genug zu essen haben und versorgt sein. Da spielte es keine Rolle, dass sie keine Pflichten mehr hatten. Seelenfrieden und Bequemlichkeit waren wichtiger.

Man hatte ihr angeboten, die Nacht im Gästequartier auf einer mit Eiderdaunen gefüllten Matratze zu verbringen, aber Winifred wollte noch vor der Dunkelheit nach Hause kommen. Sie dankte Oberin Rosamund für ihre Gastfreundschaft und eilte, so rasch es sich geziemte, aus dem Kapitelsaal und dem Kloster. Am Hauptweg angekommen, setzte sie sich unter eine ausladende Buche und zog im Schatten des Baumes den blauen Kristall hervor.

Während sie auf den Stein in ihrer Hand blickte, der im durch die Blätter sickernden Sonnenlicht aufblitzte, dämmerte in Winifred die Erkenntnis, dass der Kristall gar kein Zeichen war und keine Bot-

schaft von Amelia enthielt. Auch seine Entdeckung hatte keinerlei Bedeutung. Es war ein Zufall gewesen, nichts weiter. Sie würde mit ihren Ordensschwestern in das neue Kloster ziehen, um dort bis ans Ende ihrer Tage zu leben. Sie würde ihr Bestes geben, die Novizinnen in der Kunst des Illuminierens zu unterweisen, allerdings würde es ihr an Virtuosität mangeln, denn sie spürte bereits, wie ihre schöpferische Kraft sie verließ. Die Gabe, die ihr die heilige Amelia vor vielen Jahren verliehen hatte, erschöpfte sich nun. Winifred würde jetzt nur eine gewöhnliche Buchmalerin sein; sie würde gewöhnlichen Mädchen beibringen, wie man gewöhnliche Bilder herstellte. Vor allem aber würde sie ihre närrische Vorstellung, einmal ein prächtiges Altarbild zu schaffen, ein für alle Mal vergessen.
Zurück in ihrem alten Kloster wollte sie als Erstes den blauen Stein an seinen angestammten Platz zurücklegen und den Schrein versiegeln.

Wie versprochen, kam Ibn Jaffar nach drei Tagen zurück. Und Winifred konnte ihn bezahlen, denn sie hatte ihr letztes Wertstück verkauft, einen wunderschönen Wandteppich mit einem Einhorn darauf, der im Kapitelsaal gehangen hatte. Wer brauchte diesen Wandteppich noch, wenn St. Amelia geschlossen wurde?
Es tat ihm sehr Leid zu hören, dass sie ihr Kloster aufgeben musste, und er würde für ihr Glück im neuen Heim beten. Dann tat er etwas gänzlich Überraschendes: Er machte ihr ein Geschenk, ein Stück wertvollen spanischen Zinnobers, den er für einen guten Preis hätte verkaufen können. Ganz offen legte er das Stück in Winifreds verfärbte, schwielige Hände.
Sie war sprachlos. Wenn man den roten Stein zermahlte, erhielt man ausgezeichnetes Zinnoberrot, das ihnen gerade am meisten fehlte. »Ich danke Euch, Ibn Jaffar«, sagte sie in aller Demut.
Er tat noch ein Weiteres. Er nahm ihre Hand und hielt sie in der seinen. Winifred hatte seit vierzig Jahren keine menschliche Berührung mehr erfahren, und schon gar nicht die eines Mannes! Und

nun passierte etwas Merkwürdiges: Als Winifred die warme Haut an ihren Fingern spürte, sah sie zum ersten Mal in ihrem Leben ein Mitglied des anderen Geschlechts nicht als Vater oder Bruder, als Händler oder Priester, sondern als *Mann*. Ihr Blick verfing sich in Simons dunklen, lebhaften Augen, und sie spürte, wie sich in ihrem Herzen etwas Ungewohntes rührte.
Sie zwinkerte und holte einmal tief Luft. »Wo führt Euch Euer Weg jetzt hin?«, fragte sie unvermittelt.
Die Frage überraschte ihn. »Zur Abtei, Mutter Oberin. Ich verkaufe den Mönchen dort Medizin.«
»Geht landeinwärts«, stieß Winifred hervor. »Geht erst nach Mayfield.«
»Aber Mayfield wäre ein Umweg von zwei Tagen. Und dann wieder zurück …«
»Bitte«, drängte sie ihn.
»Könnt Ihr mir sagen, warum?«
»Ich habe eine Vorahnung. Ein Gefühl. Ihr müsst von hier landeinwärts fahren, durch Bryer Wood.«
Er wurde nachdenklich. »Ich werde das mit Seska besprechen, Mutter Oberin«, sagte er schließlich mit Blick auf sein Pferd. »Wenn sie zustimmt, werden wir den Umweg nehmen.« Dann erklomm er seinen Wagen, knallte mit der Peitsche und winkte zum Abschied.

»Wo ist Schwester Agnes? Es ist Zeit zu gehen.«
Dame Mildred kam in den Kapitelsaal beladen mit ihren letzten guten Stücken – uralten Töpfen und Pfannen, sogar einem kaputten Nudelholz –, nutzloser Kram, von dem sie sich aber nicht trennen wollte, obwohl Winifred ihr versichert hatte, dass sie nicht mehr kochen müsste. »Agnes ist auf dem Friedhof«, keuchte Mildred unter ihrer Last. Nicht einmal einen Löffel hatte sie zurückgelassen; ihre gesamte Küche war sauber verpackt und verschnürt. Der Mann, der die Schwestern zu ihrem neuen Konvent bringen sollte, würde mehr als einen Wagen benötigen.

Es überraschte Winifred nicht, dass Agnes sich auf dem Klosterfriedhof aufhielt. Sechzig Jahre lang hatte sie ihn jeden Sonntag aufgesucht. Nun musste sie sich von ihm verabschieden.
Die Priorin fand die alte Nonne auf den Knien vor einem winzigen Grab im Schatten einer Ulme, die von der Trockenfäule befallen war. Die Nonne strich mit ihren arthritischen Fingern die welken Blätter fort und weinte.
Winifred kniete sich neben sie, bekreuzigte sich und schloss die Augen im Gebet. Der kleine Sarg unter ihnen barg die Leiche eines Kindes, das nur wenige Stunden gelebt hatte. Bei einem Wikingerüberfall vor einundsechzig Jahren auf Portminster war Agnes von einer Horde Dänen vergewaltigt und danach schwanger geworden. Auf Anweisung ihres Vaters wurde sie in das Kloster St. Amelia verbracht, weil sie die Familie entehrt hatte. Die Nonnen hatten sie aufgenommen, doch das Kind hatte nicht lange gelebt. Nachdem sie ihren Sohn auf dem Klosterfriedhof begraben hatte, war Agnes im Kloster geblieben und hatte ihre Familie nie mehr wiedergesehen. Sie hatte die Ordensgelübde abgelegt, die Kunst des Illuminierens gelernt und jeden Sonntag am Grab ihres Kindes verbracht, auf dessen Grabstein die wenigen Worte standen, *John – verst. 962 im Jahre des Herrn.*
Mit tränennassen Augen schaute sie jetzt zu den kahlen Ästen hinauf und fragte sich, warum Gott gerade jetzt den Baum mit der Trockenfäule schlug; die welken Blätter regneten auf das kleine Grab, und in wenigen Stunden würde es vollständig bedeckt sein. Waren die Schwestern erst einmal fort, würde niemand mehr das Grab pflegen. Neben der kleinen Grabstätte lag bereits ein größerer Laubhaufen, den Andrew später hatte verbrennen wollen. Nur würde es nicht mehr dazu kommen, denn Andrew zog mit ihnen in das neue Kloster.
Winifred half der alten Nonne auf die Füße. »Andrew sagt, das neue Kloster sei sehr weitläufig«, meinte Agnes.
»Ja, Schwester Agnes, aber es ist auch neu und hübsch. Und …«, sie

hob den Blick zu der kranken Ulme. »Alle Bäume dort sind gesund und grün.«
»Ich werde mich dort nie zurechtfinden.«
Die anderen Nonnen hatten ähnliche Befürchtungen geäußert, und Winifred selbst graute vor dem Labyrinth an Gängen, Innenhöfen und Gebäuden.
»Und ich werde nie wieder malen.« Agnes tupfte sich die Augen trocken.
»Ihr müsst Euch endlich ausruhen. Ihr habt Euer Leben lang Gott gedient. Kommt, es wird Zeit für uns.«
Sie versammelten sich im Kapitelsaal, der von einem riesigen, verrußten Kamin beherrscht wurde. Vor zweihundert Jahren hatte ihn eine besonders kälteempfindliche Priorin einbauen lassen; ihr vermögender Bruder hatte die protzige Feuerstelle bezahlt, die viel zu groß für den Raum war und ihn geradezu erdrückte. In den massiven Kaminsims waren die Worte Jesu eingemeißelt, nach denen Winifred und ihre Schwestern stets zu leben trachteten: *Mandatum novum do vobis: ut diligatis invicem* – »Ein neues Gesetz werde ich euch geben, dass ihr einander lieben sollt.«
Dame Mildred jammerte, weil sie ihren gewaltigen Schmortopf zurücklassen sollte. Aufgrund der ständig schrumpfenden Insassenzahl des Klosters war er seit Jahren nicht mehr benutzt worden. »So ein guter Topf«, murrte sie. »Der hat uns durch manch harten Winter gebracht. Wir sollten ihn mitnehmen.«
»Er ist zu groß, Schwester«, suchte Winifred sie zu beschwichtigen. »Wir können ihn nicht selber tragen. Vielleicht können wir ihn später holen lassen.«
Dame Mildred wirkte unentschlossen. Sie warf einen letzten sorgenvollen Blick auf ihre Küche, als würde sie ein Kind zurücklassen. Plötzlich hörten sie Rufe von draußen und Pferdegetrappel im Hof. Mit fahlem Gesicht kam Andrew hereingestürmt und stammelte etwas von einem Überfall. Als Winifred zu ihm eilte, kam ein weiterer Mann herein, das Gesicht von einem scharfen Ritt gerötet. Auf

seinem Kettenhemd prangte das Emblem der Abtei, in der Hand hielt er eine Hellebarde. »Bitte um Vergebung«, stieß er atemlos hervor. »Die Wikinger haben angegriffen, und ich soll Euch und die anderen Damen zum Schutz in die Abtei bringen.«

»Wikinger!« Winifred bekreuzigte sich, und die anderen brachen in Wehgeschrei aus.

Hastig erklärte der Gardist, was geschehen war: Die Nordmänner waren in Bryer's Point gelandet und sofort auf das Kloster des Wahren Kreuzes losmarschiert. Der Bericht war etwas lückenhaft, doch so viel stand fest: Der gesamte Komplex war verwüstet und in Brand gesteckt worden. Von den Pilgern und Schwestern wusste der Mann nicht viel zu sagen, außer, dass Oberin Rosamund die Flucht gelungen war. Sie hatte sich in die Abtei gerettet und Alarm geschlagen.

»Sie sagt, ihre Nonnen hatten Schutz in der Kapelle gesucht, und da haben die Teufel sie gefunden, alle auf einem Haufen, und niedergemetzelt wie Gänse im Stall. Und so bin ich ausgeschickt worden, Euch zu holen. Kommt rasch, uns bleibt nicht viel Zeit.«

»Aber die Abtei ist ein ganzes Stück des Weges!«, protestierte Winifred. »Werden wir unterwegs nicht auf die Nordmänner stoßen?«

»Auf jeden Fall werdet Ihr hier nicht sicher sein, Mutter Oberin.« Der Gardist wurde ungeduldig. »Beeilt Euch! Ich werde Euch begleiten. Wir nehmen den Wagen.«

Während ihre Schwestern in Panik ausbrachen, überstürzten sich Winifreds Gedanken. Die Invasoren hatten weder die Hafenstadt noch die Abtei überfallen, sondern vielmehr ein schutzloses Kloster. Was würde sie davon abhalten, ein zweites Mal leichte Beute zu suchen und nach St. Amelia zu kommen? Dann würden die Soldaten und ihre hilflosen Schützlinge ihnen geradewegs in die Arme laufen.

Ihr Instinkt sagte ihr, dass sie hier in ihrem kleinen Kloster besser aufgehoben wären. Den Wikingern auf offener Strecke zu begegnen kam einem Selbstmord gleich, wenn sie aber in St. Amelia blieben, konnten Oswalds Soldaten die Verfolgung aufnehmen und die Eindringlinge stellen.

Winifred griff nach dem blauen Stein in ihrer Tasche und rief sich in Erinnerung, wie die heilige Amelia ihr Schicksal mutig gemeistert und sich nicht der Folter der römischen Soldaten ausgeliefert hatte. Amelia hatte mehr getan, als sich den Anweisungen eines Abtes zu widersetzen, sie hatte sich gegen die Autorität des römischen Kaisers erhoben.

»Nein«, erklärte sie unvermittelt. »Wir werden hier bleiben.«

Der Gardist wollte seinen Ohren nicht trauen. »Seid Ihr nicht bei Trost? Hört, ich habe meine Befehle und gedenke, sie auch auszuführen. Jetzt begebt Euch bitte alle in den Wagen.«

Seine Worte blieben wirkungslos. Die älteren Nonnen und die beiden adligen Damen drängten sich um die Oberin wie Küken um die Henne und riefen ängstlich: »Was sollen wir tun?« Winifred fiel eine Geschichte ein, die sich vor vielen Jahren zugetragen hatte. Die Wikinger hatten ein Dorf an der Küste überfallen, die Dorfbewohner hatten Schutz in der Kirche gesucht und sich dort zusammengeschart. Daraufhin hatten die Wikinger die Kirche in Brand gesteckt, und alle waren darin umgekommen. *Wir dürfen uns nicht auf einem Haufen zusammendrängen, denn genau das erwarten sie von uns.*

»Hört mir gut zu, meine Schwestern. Erinnert ihr euch, wie unsere geliebte Heilige sich einer noch viel härteren Prüfung ausgesetzt sah als diese hier? Ihr Glaube und ihr Leben standen auf dem Prüfstand. Sie aber fand den Mut, ihre Peiniger zu überlisten, und das werden wir auch tun.«

»Aber Mutter Oberin«, warf Dame Mildred mit bebender Stimme ein. »Wie?«

»Jede von euch muss sich ein Versteck suchen, in dem die Eindringlinge keine Dame vermuten würden. Versteckt euch nicht unter dem Bett oder in einem Kleiderschrank, denn dort werden die Wikinger zuerst nachschauen.«

»Können wir uns nicht alle zusammen verstecken?«

»Nein.« Oberin Winifred schüttelte energisch den Kopf. »Genau das dürfen wir nicht tun, nicht einmal zu zweit.«
Der Gardist der Abtei ergriff das Wort. »Mutter Oberin, es ist der Befehl des Abts …«
»Ich weiß, was am besten für meine Damen ist. Und Ihr werdet auch hier bleiben.«
»Ich!« Erschrocken griff er sich an die Brust. »Ich muss zur Abtei zurück.«
»Ihr werdet bleiben«, befahl Winifred. »Ihr werdet Euch ein Versteck suchen und ganz still verhalten, bis ich Entwarnung gebe.«
»Aber ich erhalte meine Befehle vom …«
»Junger Mann, Ihr befindet Euch in meinem Haus, und ich habe hier das Kommando. Tut, wie Euch geheißen, und zwar rasch.«
Nach einem Moment ratlosen Herumirrens schwärmten die Damen schließlich aus dem Kapitelsaal. Sie wählten entweder das am meisten geliebte Plätzchen in der Hoffnung, dass sie dort sicher seien, oder den am meisten gefürchteten Ort in dem Glauben, dass die Wikinger ihn ebenso fürchten würden. In Windeseile waren die elf Insassinnen von St. Amelia aus dem Blickfeld des verblüfften Gardisten verschwunden, der fürchtete, dass sie nun alle wie Schafe hingeschlachtet würden.
Aber dabei unterschätzte er Oberin Winifreds Findigkeit. Da ihre Ordensschwestern kleiner und zierlicher gebaut waren als die Wikinger, konnten sie sich, wie Mäuse in Mauerrissen, in die kleinsten Verstecke zwängen, an welche die Teufel nicht herankämen. Dame Mildred zum Beispiel schob die Spinnweben über der Öffnung ihres riesigen Schmortopfs behutsam beiseite, stieg hinein und zog sich die Spinnweben über den Kopf.
Schwester Gertrude entwickelte ungeahnte Kräfte und Ideen. Sie kletterte in den Schornstein des gewaltigen Kamins im Kapitelsaal und hing wie eine verängstigte Fledermaus an den Scharnieren des Rauchkanals. Schwester Agatha wiederum flüchtete sich in das Dormitorium, riss den Saum einer Matratze auf, zog Teile der Strohfül-

lung heraus und warf sie aus dem Fenster. Dann kroch sie in die Matratze und hielt den klaffenden Saum mit den Fingern zu. Dame Odelyn wollte sich zunächst auf den Eimer in dem gefürchteten Brunnen setzen, aber dann sagte sie sich, dass der Eimer sie verraten könnte. Also stieg sie tapfer in den Brunnenschacht, wobei sie sich an den hervorstehenden Mauersteinen festhielt. Schwester Agnes warf sich auf das Grab ihres Kindes und deckte sich mit Laubschichten zu. Schwester Edith, die immer Mühe hatte, das *necessarium* zu finden, floh zu eben jenem stillen Örtchen und zwängte sich in den übel riechenden Spalt zwischen Sitz und Wand.
Erst als sie sich vergewissert hatte, dass alle, auch Andrew und der Gardist aus der Abtei, sicher versteckt waren, suchte Winifred ihren eigenen Schlupfwinkel auf. Sie erklomm das Holzgerüst über dem Altar und kauerte sich hinter die Balken.
Da kamen auch schon die Nordmänner mit Furcht erregendem Geheul in den Vorhof gestürmt. Wie wilde Stiere polterten sie durch den Kapitelsaal und die Kapelle, durch Dormitorium und Refektorium, Küche und Skriptorium. Wie Winifred vorhergesagt hatte, suchten sie überall nach den Schwestern: im Beichtstuhl, hinter dem Altar, hinter Wandteppichen, in Schränken und Truhen, unter den Betten. Mit gesenktem Kopf im Brunnenschacht hockend, sah Dame Oldelyn im Wasserspiegel unter sich, wie ein rotblonder Schopf über den Brunnenrand spähte. Gott sei Dank war sie mit ihrem dunklen Habit im Schatten des Brunnenschachts nicht auszumachen. Keiner der Männer machte sich die Mühe, in der Küche in einen von Spinnweben überzogenen Schmortopf zu schauen. In ihrer Matratze vernahm Gertrude schwere Schritte und hielt den Atem an. Sie hörte, wie die Tür aufflog, spürte ein Augenpaar den Raum absuchen, dann trampelten die Füße weiter in den nächsten Raum. Wie gelähmt kauerten die verängstigten Frauen in ihren Verstecken, hörten oder sahen, wie die Unholde alles durchwühlten und an sich rissen und wilde Flüche ausstießen, weil sie die Frauen nicht fanden.

Winifred, den blauen Stein fest umklammert, duckte sich hinter das Gerüst. Mit angehaltenem Atem verfolgte sie, wie der Anführer der Wikinger durch die Kapelle stapfte und sich lauernd umsah. So einen hünenhaften Kerl hatte sie noch nie gesehen, seine Muskeln waren groß wie Melonen, und sein Haar loderte wie Feuer. Er packte das silberne Reliquiar, brach es auf und warf die Gebeine auf den Boden, wo er sie mit dem Fuß verstreute. Nachdem seine Suche unter und hinter dem Altar, im Beichtstuhl, in jedem Winkel und jeder Nische erfolglos blieb, klemmte er sich das silberne Behältnis unter den Arm und stürmte hinaus.

Winifred wagte nicht, sich zu rühren. Zwar schmerzte inzwischen jedes Gelenk und jeder Muskel dank ihrer unbequemen Haltung zwischen den Balken, aber sie verhielt sich mucksmäuschenstill und hoffte inbrünstig, die Eindringlinge möchten ihr Werk der Zerstörung rasch vollenden und abziehen. Der Schweiß brach ihr aus. Er tröpfelte über ihren Schädel und unter ihren Schleier. Die Hände wurden ihr feucht. Und da löste sich zu ihrem Entsetzen der blaue Stein aus ihren Fingern und schlug direkt unter ihr auf dem Boden auf.

Sie biss sich auf die Zunge, um nicht laut aufzuschreien, und betete mit aller Inbrunst, dass kein Nordmann mehr die Kapelle betreten möge. Zu ihrem Entsetzen kam der Anführer zurück, als hätte er etwas vergessen – oder als spürte er, dass etwas nicht stimmte. Starr vor Schreck sah Winifred, wie der blonde Riese mit dem gehörnten Helm langsam zwischen den Sitzreihen auf den Altar zukam. Vor dem Altar drehte er sich um, dabei stieß sein Fuß an den Stein.

Mit Mühe unterdrückte Winifred einen Schrei.

Der Mann bückte sich, hob den funkelnden Edelstein auf und schaute um sich, wohl wissend, dass der Stein vorhin noch nicht da gelegen hatte. Er hob den Kopf und spähte in die Schatten aus Balken, Stützen und Streben. Einen langen Moment stand er so. Winifred sah ein Paar scharfer blauer Augen, vermochte aber nicht zu erkennen, ob er sie sehen konnte.

Unvermittelt hielt er inne, und ihre Blicke trafen sich. Mit angehaltenem Atem klammerte sich Winifred an das morsche Holz, um ja keinen Staub aufzuwirbeln.
Der Augenblick zog sich in die Länge, der Wilde starrte unvermindert auf die verängstigte Nonne über sich.
Dann bellte er in seiner eigenen Sprache seinen Männern einen Befehl zu, und Winifred sah durch den Lichtgaden, wie sie ihren gesamten Plunder einsammelten. Zwei seiner Männer kamen mit Fackeln in die Kapelle gestürmt, doch er brüllte ihnen etwas zu und scheuchte sie mit einer Handbewegung fort. Dann schaute er wieder hoch, und bevor er die Kapelle verließ, sah Winifred ein leichtes Zwinkern in seinen Augen, ein leichtes Heben des Mundwinkels. Jeder andere hätte diesen Blick als eine Anerkennung ihres Mutes und Einfallsreichtums gewertet; nicht so Winifred, die nur Amelias Kraft am Werk sah.
Sie ließ sich lange Zeit, ehe sie herunterkletterte. Ihre Gelenke knackten, als sie sich endlich aus ihrer verkrampften Haltung aufrichtete, und auf dem Weg nach unten verlor sie fast den Halt. Dann hastete sie die enge Treppe zum Glockenturm hinauf und schaute hinaus. In einiger Entfernung hörte sie das Donnern von Pferdehufen – Oswalds Männer verfolgten die flüchtenden Eindringlinge. Dann entfernte sich der Donner, und Ruhe kehrte ein.
Winifred rief die Schwestern aus ihren Verstecken herbei, und alle versammelten sich im Kapitelsaal zum Gebet. Und während sie darüber sprachen, wie eine jede von ihnen unentdeckt geblieben war, musste Winifred daran denken, wie oft sie das Gerüst in den letzten fünf Jahren schon verflucht hatte, das ihr nun das Leben gerettet hatte; dachte an Odelyns gefürchteten Brunnen und das *necessarium,* mit dem Ethel sich immer so quälen musste; sie dachte an die welken Blätter auf Johns Grab und befand: Das Gerüst, der Schmortopf, die befallene Ulme, der Brunnen – das war kein Zufall. Es war ein Wunder. Diese Dinge waren zu ihrer Rettung bestimmt, weil sie den Mut hatten, sie zu nutzen. Amelias Mut.

Winifreds Gedanken wanderten zu dem blauen Kristall, den der Wikinger an sich genommen hatte. Sie hoffte inbrünstig, dass die Gnade der heiligen Amelia mit ihm ginge und eines Tages Licht in das Herz des Barbaren bringen würde.

Der Abt ritt auf seinem edlen Pferd des Weges und sinnierte darüber, um wie vieles bequemer der neue Konvent für die Abtei gewesen war. Unglücklicherweise war das Kloster von den Wikingern dem Boden gleichgemacht worden, während St. Amelia den Überfall wie durch ein Wunder überstanden hatte. Mithin war es nun das einzige Kloster in Portminster. Wenn beide Klöster zerstört worden wären, hätte man selbstverständlich das neue wieder aufgebaut und St. Amelia in Trümmern liegen lassen. Aber jetzt …

Hinter einer Biegung stieß er auf einen Pilgerzug, der auf dem Weg zur Priorei war. Der Splitter vom Wahren Kreuz war ein Opfer der Flammen geworden, somit befand sich in St. Amelia die einzige Reliquie weit und breit. Der Abt wusste wohl, dass hier ein Wunder geschehen war. Warum hatten die Wikinger das Kloster nicht auch abgefackelt? Ein jeder erklärte, dass die heilige Amelia sie aufgehalten hätte. Aber bei dem Gedanken an die unbeugsame Oberin Winifred kamen ihm Zweifel …

Der Ort hatte sich seit dem Zwischenfall mit den Wikingern auf wundersame Weise verändert. Köstliche Essensdüfte drangen aus der Küche, wo ein schmackhafter Eintopf in Dame Mildreds riesigem Schmortopf köchelte. Im Garten zog ein junger Mann Wasser aus dem Brunnen und reichte Dame Odelyn den Eimer. Ein anderer Bursche harkte welke Blätter von einem kleinen Grab. Überall herrschten Geschäftigkeit und neuer Wohlstand.

Doch der Abt kam heute nicht hierher, um den Nonnen von St. Amelia zu gratulieren. Er war hier, weil er beunruhigende Nachrichten gehört hatte: Oberin Winifred unterwies die jungen Novizinnen nicht länger selbst in der Kunst des Illuminierens, sondern überließ diese Aufgabe den älteren Nonnen. Und was machte die

Oberin mit der gewonnenen Zeit? Sie malte das verflixte Altarbild! Nun, er würde dem ein für alle Mal ein Ende setzen. Er würde keine weitere Unbotmäßigkeit dieser Frau mehr dulden.
Statt, wie erwartet, Oberin Winifred zur Begrüßung an der Pforte zu sehen, wie sie es sonst immer getan hatte, stand da Schwester Rosamund, die nun, ihres Titels ledig, zu den Ordensschwestern gehörte. Die Zurückstufung schien ihr nichts auszumachen, sie stand der Oberin zur Seite und kümmerte sich mit Hingabe um die Bedürfnisse der Reisenden, der Schülerinnen und adligen Damen, überwachte die Renovierung der Gebäude, sah nach den Ziegen, Schafen und Hühnern und sorgte dafür, dass sich der Mittagstisch stets unter einem reichen Angebot bog.
Rosamund geleitete den Abt zu der neuen Sonnenterrasse, wo Oberin Winifred vor einer Staffelei saß und malte. Er wollte gerade anheben zu sprechen, als sein Blick wie gebannt auf der Leinwand verharrte. Und dann sah er etwas noch Ungewöhnlicheres: Oberin Winifred lächelte!
Er zog sich einen Stuhl heran und verhielt sich still, während Winifred arbeitete. Sie hatte eine exquisite heilige Amelia geschaffen, strahlend und doch voller Demut, die den Armen diente und das Wort verbreitete. Im dritten Tafelbild des Triptychons hob die heilige Amelia einen blauen Kristall an ihren Hals. Der Abt konnte sich keinen Reim darauf machen, aber das Bild war einmalig und wunderschön und verschlug ihm den Atem.
Eine Novizin brachte dem Abt einen Becher mit Ale. Während er versonnen daran nippte, beschloss er, Winifred nun doch das Altarbild malen zu lassen, und außerdem dachte er bereits an künftige Bilder, die er bei ihr in Auftrag geben würde und die einen stattlichen Preis erzielen sollten.

Nachdem der Abt das Wunderwerk von Winifreds Altarbild gesehen hatte, durchlief er einen dramatischen Sinneswandel: Er rechnete es sich als alleiniges Verdienst an, Winifred zu dem Altarbild ermutigt zu haben, und gab dann ein Triptychon für seine eigene Kirche in Auftrag. Die Bischofswürde blieb ihm versagt, denn er starb zwei Jahre später, als ihm während des Ostermahls beim dritten Nachschlag eine Gräte im Halse stecken blieb.

Oberin Winifred lebte noch dreißig Jahre. In dieser Zeit schuf sie zahlreiche atemberaubende Bilder, Altarbilder und Miniaturen, die aufgrund des allgegenwärtigen blauen Kristalls ihr allein zugeschrieben wurden. In jenen Tagen signierten Künstler ihre Werke noch nicht. Der Stein offenbarte sich dem Betrachter nicht immer, aber wenn man ihn suchte, fand man ihn.

Kurz nach dem Wikingerüberfall kehrte Ibn Abu Aziz Jaffar ein letztes Mal nach St. Amelia zurück. Er wollte sich bei Oberin Winifred bedanken, denn dank ihrer Warnung war er an jenem denkwürdigen Tag nicht zur Abtei (und damit in die Arme der Wikinger) gereist, sondern landeinwärts nach Mayfield, und dieser Umweg hatte ihm das Leben gerettet. Oberin Winifred vergaß das »zweite Gesicht« ihrer keltischen Vorfahren und lud den fahrenden Händler in die Priorei ein, wo er so lange bleiben konnte, wie es ihm beliebte. Er bezog seinen Altersruhesitz in einem kleinen Häuschen, und seine getreue Seska fraß auf einer nahe gelegenen Koppel ihr Gnadenbrot. Simon Levi half gelegentlich im Kloster aus, er war bei Besuchern und Pilgern gleichermaßen beliebt und pflegte mit Oberin Winifred eine aufrichtige Freundschaft – gewöhnlich trafen sie sich einmal am Tag zu einem ruhigen Gespräch, Simon, der Jude, und Winifred, die christliche Nonne – bis zu seinem Tod vierzehn Jahre später. Obwohl er sich nie zum Christentum bekehrt hatte, bestand seine alte Freundin darauf, dass er die Sterbesakramente erhielt und in geweihter Erde begraben wurde.

Oberin Winifred fuhr mit ihrer Malerei fort, aber mit dem Alter wurden ihr Augenlicht und ihre Hände immer schwächer. Bisweilen legte sie den Pinsel nieder, dachte an den Wikinger, der einst den blauen Kristall an sich genommen hatte, und fragte sich, was aus der Kraft der heiligen Amelia geworden war.

Folgendes war geschehen: Als die Wikinger zu ihrem Schiff gelangten, brannte es lichterloh und war von Oswalds Soldaten umstellt, die die Nordmänner bis auf den letzten Mann hinschlachteten. Oswald, der sich selbst an der Plünderung der Leichen beteiligte, fand einen seltsamen blauen Stein von bestechender Schönheit. Er ließ ihn in den Griff eines Schwertes fassen, das später einen vom Unglück verfolgten Kreuzfahrer nach Jerusalem begleitete. Dort wurde der Stein aus dem Griff gestohlen und als Geschenk für den Kalifen nach Bagdad gebracht, der ihn in seinen Lieblingsturban einsetzen ließ. In einem Moment der Schwäche schenkte der Kalif den Stein einer Tempeltänzerin, die für ihn tanzte und noch in derselben Nacht mit ihrem heimlichen Geliebten floh. Der blaue Kristall wurde verkauft, erworben und erneut entwendet, bis er schließlich in den Taschen eines Kreuzritters den Weg zurück nach England machte. Der Arme war in einer Schlacht bei Jerusalem geblendet worden, und in der Hoffnung auf Heilung schloss er sich einem Pilgerzug auf dem Weg nach Canterbury an. Unterwegs wurden sie von Straßenräubern überfallen, die ihre Beute im nördlichen England verkauften. Hier wurde der blaue Kristall von einem jungen Mann in den Deckel einer Schmuckschatulle aus Perlmutt eingelassen, mit deren Hilfe er sich die Zuneigung einer gewissen jungen Dame erhoffte. Als diese jedoch den Heiratsantrag ihres Verehrers ausschlug, setzte er sich nach Europa ab, wo er sich an einem passenden Ort das Leben zu nehmen gedachte. Dort traf er auf einen Mann aus Assisi mit Namen Franziskus, der dabei war, einen Bettelorden zu gründen. Aus einem Impuls heraus schloss sich der abgewiesene Heiratskandidat diesem Orden an und verschenkte alles, was er hatte, einschließlich der verfluchten Schmuckschatulle.

Ein armer Bauer fand die Schatulle unter den barmherzigen Gaben der Franziskaner, löste den Stein aus dem Deckel und erkaufte sich damit einen Laib Brot. Als die Bäckersfrau den faszinierenden Stein sah, tauschte sie ihn für eine neue Erfindung, einen Glasspiegel, ein. Sie glaubte nämlich, ein Gegenstand, der ihr Gesicht widerspiegelte, sei wertvoller als einer, der das nicht tat.

Im Jahre 1349 raffte der Schwarze Tod ein Drittel der Bevölkerung Europas dahin, und in dieser Zeit wurden dem blauen Kristall sieben Todesfälle und sechs Heilungen zugeschrieben, während er von Hand zu Hand wanderte, vom Erblasser zum Erben, vom Patienten zum Arzt. Ungefähr hundert Jahre später, als eine junge Frau namens Johanna in Frankreich wegen Ketzerei den Tod auf dem Scheiterhaufen erlitt, wurde ein Mann in der gaffenden Menge von einem Taschendieb bestohlen, der ihn um zwei Goldstücke und einen blauen Kristall erleichterte.

An einem warmen Sommertag im Jahre 1480 versammelte sich eine Menschenmenge auf den Hügeln bei Florenz, um einen achtundzwanzig Jahre alten Tüftler zu bestaunten, der seine neueste Erfindung vorführte, »ein Zelt aus beschichtetem Tuch«, das später Fallschirm genannt wurde. Unter den Zuschauern schloss manch einer eine Wette darauf ab, dass der junge Idiot sich das Genick brechen würde. Doch Leonardo da Vinci landete ohne Missgeschick auf dem Gras, und der blaue Kristall wanderte so von der Hand eines Medici-Fürsten in die Tasche eines reisenden Gelehrten, der den funkelnden Edelstein nach Jerusalem zurückbrachte. Er war als Geschenk für seine geliebte Tochter gedacht, die jedoch während seiner Abwesenheit im Kindbett gestorben war. Ihr Tod erfüllte ihn mit solcher Bitterkeit, dass er den verhassten Kristall, der ihn an sein einziges Kind erinnerte, wegschloss. Und da lag er nun, in einer goldenen Schatulle in einer großzügigen Villa auf einem Hügel über dem Felsendom, und wartete auf seinen neuen Besitzer, auf seine nächste Schicksalswende.

SECHSTES BUCH

Deutschland

Im Jahre 1520

Auf die Frage, warum sie Hans Roth denn heiraten wolle, hätte Katharina Bauer geantwortet: »Meiner Treu: Aus Liebe!« In Wahrheit aber steckte der leidenschaftliche Wunsch nach einer Familie dahinter.

Eine Frau »Schwester« oder »Tante«, einen Mann »Bruder« oder »Onkel« nennen zu dürfen, Cousinen, Neffen und Nichten in ihre Arme zu schließen, das war Katharina Bauers großer Traum. Die Siebzehnjährige war das einzige Kind einer Witwe, die eine bescheidene Kammer über einer Brauerei bewohnte, und bei jeder Sternschnuppe, bei jedem vierblättrigen Kleeblatt, bei jedem Glücksbringer wünschte sich Katharina, im Schoß einer großen, glücklichen Familie aufgehoben zu sein. Der zweiundzwanzigjährige Hans Roth mit den kornblumenblauen Augen besaß eben zufällig eine solche Familie.

Hans war eines der fünf Kinder – drei Söhne und zwei Töchter – des Bierkrugmachers Meister Roth und seiner Gattin. Ihr Haus mit den zahlreichen Verwandten, Schwagern, Schwägerinnen und entfernteren Familienangehörigen, die alle bei der Herstellung und beim Verkauf der Bierkrüge mithalfen, summte wie ein Bienenstock. An Tagen, wenn das Geschäft überhand nahm, durfte Katharina dort aushelfen (ohne Lohn, versteht sich). Sie fühlte sich bereits wie ein Mitglied der Großfamilie und hoffte insgeheim, nächstes Jahr um die gleiche Zeit dürfe sie zu Meister Roth endlich »Vater« sagen.

Das war doch die wahre Liebe, sinnierte Katharina, während sie selig beschwingt ihrem Hans im Trockenraum zur Hand ging. Dieses Gefühl ruhiger Freude und tiefer innerer Zufriedenheit. Sie hatte es bei älteren Paaren beobachtet, Paaren, die seit einer *Ewigkeit* miteinander verheiratet waren. Was hatten sie und Hans doch für ein Glück, dass sie schon von Anfang an so füreinander empfanden! Was für ein harmonischer Lebensweg lag da vor ihnen!

Jene andere Seite der Ehe – Bett und Kinder – schob Katharina in Gedanken lieber von sich weg, denn über einen Kuss ging ihr Verlangen nicht hinaus. In den wenigen Augenblicken, in denen sie und Hans sich wegstehlen konnten, im Wald oder drunten am Fluss allein miteinander waren und Hans' Hände sich verirrten, bremste ihn Katharina und erinnerte daran, dass sie einander noch nicht angetraut waren. Aber wenn der Zeitpunkt gekommen wäre, würde sie ihre Pflicht tun und die kurze körperliche Vereinigung dulden, die für die Zeugung von Nachwuchs vonnöten wäre.

Während sie die Bierkrugrohlinge von den Trockengestellen hob, zogen köstliche Düfte durchs offene Fenster herein: Schweinekoteletts, die über dem Feuer brutzelten, Kohl, der im Kessel schmorte, gedünstete Möhren, frisch gebackenes Brot – Meisterin Roth bereitete das gewohnte deftige Mittagessen zu. Katharina würde nicht dazu eingeladen, denn Meisterin Roth war nicht für ihre Großzügigkeit bekannt. Doch Katharina hätte ohnehin abgelehnt, solange ihre Mutter zu Hause mit etwas Käse und einem Ei ein dürftiges Mahl für sie beide richtete. Gelegentlich entlohnte ein zufriedener Kunde Isabella Bauer mit Würsten und Speiserüben, die sie so erfinderisch streckte, dass sie eine Woche lang davon satt wurden. An Brot mangelte es nie, und zum Glück wohnten sie über einer Brauerei, deren Besitzer Brauermeister Müller eine Schwäche für Katharinas Mutter hatte; so bekamen sie auch immer reichlich Bier.

»Die gehen nach Italien«, bemerkte Hans, als er die getrockneten Rohlinge in den Brennofen stellte. Katharina entging das ehrfürchtige Staunen nicht, mit dem Hans das Wort »Italien« aussprach, denn er sehnte sich danach, die Welt zu sehen. Für Katharina dagegen bestand die Welt aus Torbach und seinem Marktplatz mit dem Brunnen in der Mitte, den Läden und Fachwerkhäusern auf zwei Seiten und dem Brauhaus auf der dritten; die vierte Seite nahm das dreihundertjährige Rathaus mit seinem im Obergeschoss gelegenen Eingangsportal ein, zu dem eine Treppe hinaufführte, die bei Gefahr weggezogen werden konnte; daneben stand die karolingische Kirche aus dem achten Jahrhundert, deren Grundmauern, wie es hieß, auf die alten Römer zurückgingen. Dieser Marktplatz war Schauplatz für Jahrmärkte, Hochzeiten, Feierlichkeiten und gelegentliche Aufführungen religiöser Spiele; hier schlugen die Obst- und Gemüsehändler ihre Stände auf. Was konnte die Welt sonst schon noch bieten?

Katharina wusste nicht, was jenseits der Biegung des Flusses oder am Ende der Straße oder auf der anderen Seite des Berges lag, und das war ihr auch völlig egal. Sie hatte weder von der Krönung Karls des Fünften in Aachen gehört, dem größten Ereignis seit der Krönung Karls des Großen, noch von jenem Augustinermönch Martin Luther, der wegen Verbreitung neuer und gefährlicher Ideen gerade vom Papst als Ketzer gebrandmarkt worden war und dessen »Thesen« sich dank der neuen Erfindung eines dritten Mannes namens Johannes Gutenberg wie ein Flächenbrand über Europa ausbreiteten. Katharina kannte nur ihre Stadt, den Wald, das Schloss und die Bürger von Torbach. Und das genügte ihr vollkommen.

Als Hans einen Bierkrug von ihr entgegennahm, streiften sich ihre Finger, und sie sah, wie ihm die Röte in die Wangen stieg. Katharina selbst errötete nicht, denn die Liebe, die sie für den jungen Mann empfand, war nicht von der Funken sprühenden Sorte. Katharina war nicht einmal sicher, ob es jene Liebe außerhalb der Lieder und Gedichte und romantischen Geschichten überhaupt gab. Was für sie zählte, waren tiefe Zuneigung und das Gefühl inniger Vertrautheit. Da sie Hans schon ihr ganzes Leben lang kannte, war diese Liebe zusammen mit den beiden Kindern groß geworden, und als seine Eltern von Heirat sprachen, kam es Katharina nur natürlich vor, dass sie und Hans ein Paar würden. Ihrer Meinung nach wäre ihre Verbindung schon deshalb so passend, weil sie selbst sich zur gefragtesten Näherin Torbachs entwickelte und Hans einmal die berühmte Roth'sche Bierkrugmanufaktur übernehmen würde.

Vor vielen Jahrhunderten hatten die Römer diese Gegend der Gesundheit wegen aufgesucht, zwecks Badekur in den hiesigen heißen Quellen. Die Quellen waren längst versiegt, hatten aber Tonböden hinterlassen und damit einen Rohstoff, der sich bestens zur Herstellung von Steingut eignete. Und so erlangte Torbach Berühmtheit für seine Bierkrüge. Jeder Krug begann als Klumpen rohen Tons, der geformt, mit dem Schnitzmesser bearbeitet und von Hand bemalt, anschließend gebrannt und glasiert wurde. Damit der Ton trocknete und der Krug die nötige Härte erhielt, wurden die Rohlinge viele Stunden lang im Trockenraum gelagert, bevor sie in den Brennofen kamen. Die gesamte Herstellung nahm mehrere Tage in Anspruch und verlangte viel Geduld. Das Geheimnis der Roth'schen Bierkrüge bestand in der langen Trocknungszeit: Je langsamer dem Ton das Wasser entzogen wurde, desto haltbarer die Krüge. Daher waren die Roth'schen Bierkrüge in ganz Europa und darüber hinaus äußerst begehrt, was bedeutete, dass Hans einmal sehr reich sein würde. Und dann könnte Katharina ihrer Mutter ein schönes Haus kaufen und dafür sorgen, dass sie nicht mehr arbeiten müsste.

Die Arbeit des Vormittags war getan, und Katharina folgte Hans in die Werkstatt, in der die frisch gebrannten Bierkrüge mit Zinndeckeln versehen wurden.

Vor hundert Jahren waren Ärzte zur Erkenntnis gelangt, die Pest würde durch Fliegen übertragen, und um die Ausbreitung der Seuche zu verhindern, forderte ein neues Gesetz die Bedeckung aller Getränke. Ein abnehmbarer Deckel störte jedoch den Biertrinker in seinem Genuss, denn er brauchte zum Trinken zwei Hände. Eine Einhandlösung war gefragt, und so wurde der Klappdeckel mit Scharnier geboren, der das einhändige Biertrinken erlaubte und dem Gesetz Genüge tat. Die Roth'schen Bierkrüge waren für ihre

schmucken, reich verzierten Deckel bekannt, auf denen sich stets das Motiv des Krugs wiederholte.
Als Katharina zwei Vettern der Roths dabei half, einen unhandlichen Ballen Verpackungsstroh in den Raum zu schleppen, machte sich Hans von hinten an sie heran, packte sie um die Taille und flüsterte ihr etwas ins Ohr. Katharina kicherte und entwand sich seinem Griff, wobei sie tat, als hätte sie seine Tändelei genossen. Insgeheim aber hoffte sie, er würde sie nicht so oft anfassen, wenn sie einmal verheiratet wären. Das schickte sich auch nicht für ein achtbares Ehepaar.
Katharina wollte sich gerade auf die späte Stunde und ihre Mutter herausreden, die auf sie wartete, als sie draußen plötzlich Schreie hörten. »Katharina! Katharina!«, schrie jemand in höchster Verzweiflung.
Sie trat aus der Tür und sah Manfred, den Sohn des Braumeisters, quer über den Platz rennen und so wild mit den Armen rudern, dass er aussah wie eine lebende Windmühle.
»Katharina! Komm schnell!«, schrie er. »Ein Unglück! Deine Mutter …«
Katharina rannte los. Manfred lief neben ihr her und stieß atemlos hervor: »Sie stand hinter der Bierkutsche, als das Pferd scheute. Ein Fass rollte herunter. Es stürzte auf deine Mutter. Der arabische Arzt ist bei ihr.«
Dafür dankte Katharina Gott im Stillen. Zu niemandem auf der Welt hatte sie ein solches Vertrauen wie zu dem alten Araber.
Doktor Mahmoud war vor achtundzwanzig Jahren aus Spanien geflohen, als Königin Isabella die Mauren aus dem Land vertrieb. Er hielt sich gerade zum Kauf von Arzneien im Norden auf, als ihn die Nachricht ereilte, dass seine ganze Familie ausgelöscht worden war und es für ihn zu gefährlich sei, nach Granada zurückzukehren. Nachdem er ein Jahr lang durch Europa gewandert war, fand er eine neue Zuflucht in Torbach, wo ihm Isabella Bauer, die nur zu gut wusste, wie sich ein Fremder in einer fremden Stadt fühlt, freund-

lich begegnete und viel dazu beitrug, dass ihn die Torbacher in ihrer Mitte aufnahmen.
Doktor Mahmoud erblickte Katharina als Ersten, als sie zur offenen Tür ihrer Kammer hereinstürzte. Der alte Araber trug das exotische Gewand seiner Kultur und auf seinem weißen Haar einen Turban. In einer Ecke betete Bruder Pastorius, ein junger Mönch von schwächlicher Gesundheit, der mit einem Klumpfuß geboren war. Als Katharina ihre Mutter ohne Bewusstsein, mit einer blutigen Binde um die Stirn auf dem Bett liegen sah, trat sie an ihre Seite und fiel auf die Knie.
Isabella Bauer, die beste Näherin von ganz Torbach und Umgebung, hatte sich mit ihren achtunddreißig Jahren trotz eines Lebens voller Not und Entbehrungen ihr jugendliches Aussehen bewahrt. Wie sie mit geschlossenen Augen dalag, dem Tode nahe, sah sie sogar noch jünger aus als sonst, die Spuren, die das Alter und die Sorge in ihr Gesicht gegraben hatten, waren wie weggewischt, ihre blasse Haut schimmerte makellos. »Mama?«, flüsterte Katharina bang und ergriff die kalte, schlaffe Hand ihrer Mutter. »Mama?«, wiederholte sie etwas lauter. Sie blickte zu Doktor Mahmoud hoch, der mit ernster Miene neben ihr stand.
Katharina stand das Herz still. Ihre Mutter war das Einzige an Familie, was sie je gehabt hatte. Über ihren Vater wusste sie wenig. Sie war noch ein Baby gewesen, als er einer Fieberepidemie zum Opfer fiel, die durch ihr Dorf im Norden fegte. Es gab nicht einmal ein Grab, das sie hätte besuchen können. Die Toten mussten damals verbrannt werden, damit die Seuche zum Stillstand kam. Ihre Mutter war mit ihr nach Süden geflohen und hatte sich in Torbach niedergelassen, und als Katharina heranwuchs, schweiften ihre grünen Augen immer wieder nach Norden, zur Biegung des Flusses und den nie gesehenen Gegenden, wo sie sich das Dorf und den gut aussehenden, lächelnden Mann vorstellte, der ihr Vater gewesen war.
Katharina und ihre Mutter gehörten nicht der wohlhabenden Kaufmannsschicht an, sondern mussten täglich um ihre Existenz kämp-

fen und oft auf das Nötigste verzichten. Isabella war häufig gezwungen, ihre Kunden aufzusuchen und um den Lohn, den sie ihr schuldeten, fast zu betteln. Dennoch betrachteten sie sich nicht als arm. Sie wohnten in einer kleinen Kammer über dem Brauhaus, dem einzigen Zuhause, das Katharina je gekannt hatte, begnügten sich mit geflickten Kleidern und ausgebesserten Schuhen, mussten zuweilen hungrig zu Bett gehen oder hatten im Winter nichts zu heizen, doch sie hielten sich immer noch vom Glück begünstigt, weil sie keine Bauern waren, die stets über ihre Kräfte hinaus arbeiten mussten und unter drückenden Pachtzahlungen litten. Isabella Bauer sagte oft zu ihrer Tochter, sie besäßen zwar kein Geld, aber doch ihre Würde.

Und das Leben meinte es im Großen und Ganzen gut mit ihnen. Hinter dem Brauhaus lag ein kleiner, von Mauern umgebener Garten, wo Bruder Pastorius einigen Buben Lateinlektionen erteilte und Doktor Mahmoud seine Patienten empfing. Da das Licht draußen am besten war, saßen dort auch Katharina und ihre Mutter über ihren Näharbeiten, während der alte Araber, abgeschirmt von einem Paravent, den er aus seinem Zimmer heruntertrug, seine Patienten behandelte und Bruder Pastorius die Grundlagen des Lateinischen in die widerspenstigen Schädel einiger Kaufmannssöhne hämmerte. Gewöhnlich lief der Vormittag folgendermaßen ab: Katharina und Isabella stichelten an ihren feinen Mustern, die Luft war erfüllt von Vogelgezwitscher und dem Singsang der Lateinschüler, *anima bruta, anima divina, anima humana …*, hinter dem Paravent hörte man es hin und wieder husten. So kam es, dass die junge und aufgeweckte Katharina, während sie Rosen und Blätter auf Leinen stickte, ganz nebenbei die den Buben zugedachten Lektionen mitlernte: *Leone fortior fides.*

Als Katharina nun angsterfüllt neben dem Bett ihrer Mutter kniete, wehte durchs offene Fenster das Vogelgezwitscher aus dem Garten herein, und plötzlich stieg in dem Mädchen eine düstere Vorahnung auf – die idyllischen Tage im Garten hatten fortan ein Ende.

Nach einer langen Weile begannen Isabellas Lider zu flattern und öffneten sich. Ihr Blick war erst leer, dann erkannte sie Katharina, deren goldenes Haar wie ein Heiligenschein in der Sonne leuchtete. Isabella lächelte. Wie schön das Mädchen geworden war. Ihre Haare, früher hell wie Weizen, hatten eine tief goldene Tönung angenommen. Makellose Haut. Klare grüne Augen. Isabella hob eine Hand an die glatte Wange ihrer Tochter und mühte sich zu sprechen: »Gott hat beschlossen, mich zu ihm zu rufen, mein Liebes. Ich hatte geglaubt, ich hätte noch mehr Zeit …«
»Mama«, schluchzte Katharina und presste die kalte Hand an ihr Gesicht. »Du wirst bald wieder wohlauf sein. Doktor Mahmoud wird dich gesund machen.«
Isabella lächelte traurig und deutete ein Kopfschütteln an. »Ich weiß, dass mir nur noch wenige Minuten bleiben. Ich hatte gehofft, es wären Jahre, doch Gott in seiner Weisheit …«
Katharina wartete. Doktor Mahmoud hielt seine dunklen Augen auf seine Patientin geheftet, Bruder Pastorius murmelte ohne Unterlass seine Bittgebete. Vor der Tür hatte sich eine neugierige Menge versammelt, doch Brauermeister Müller versperrte ihr den Zugang.
Isabella schöpfte tief Atem und begann erneut zu reden. »Es gibt etwas, was du wissen musst, mein Kind, ich bin dir eine Erklärung schuldig …«
Aus Katharinas Augen tropften Tränen auf das blutbefleckte Leintuch.
»Dort«, flüsterte Isabella, »in der Kommode.« Sie deutete auf das einzige gute Möbelstück, das sie besaßen, eine Holzkommode, in der ihre Stoffe und Stickfäden, ihre Nadeln und Scheren untergebracht waren. »Die Schachtel mit den Bändern. Bring sie her zu mir.«
Als Katharina mit der Schachtel ans Bett zurückkehrte, sagte Isabella: »Ich muss es … dir sagen. Katharina. Sei stark. Bitte Gott um Kraft. Jetzt ist die Zeit für die Wahrheit gekommen.«
Das Mädchen wartete. Doktor Mahmoud beugte sich vor. Eine Bie-

ne flog durchs offene Fenster, summte in der Kammer herum und fand wieder den Weg hinaus.
»Was ist denn, Mama?«, drängte Katharina behutsam.
Tränen traten in Isabellas Augen, als sie hervorstieß: »Ich bin nicht deine leibliche Mutter. Du bist nicht meine leibliche Tochter.«
Katharina starrte sie verständnislos an. Dann runzelte sie die Stirn. Sie sah zu Doktor Mahmoud und Bruder Pastorius hoch, der in seinen Gebeten innehielt. Hatte sie richtig gehört?
»Es ist wahr, Katharina«, beharrte Isabella unter großer Anstrengung. »Du wurdest nicht von mir geboren. Eine andere Frau hat dich zur Welt gebracht.«
»Mama, du bist nicht bei Sinnen. Doktor Mahmoud sagte, du hättest einen heftigen Schlag auf den Kopf bekommen.«
»Ich bin bei vollem Verstand, Katharina. Und jetzt hör mir zu, denn ich habe nicht viel Zeit.« Isabella rang mühsam nach Luft, atmete aus und wieder ein. »Vor neunzehn Jahren löschte eine Seuche mein ganzes Dorf im Norden aus und nahm mir meinen Mann und meine beiden Kinder, sodass ich allein zurückblieb. Wir wenigen Überlebenden verstreuten uns in alle Winde. Ich verdingte mich als Dienstmagd in einem Gasthof, wo ich auch Näharbeiten übernahm. Eines Abends traf eine Familie dort ein, die Frau hochschwanger. Sie gaben bei mir das Taufkleid für das Baby in Auftrag. Doch die Mutter starb bei der Geburt. Ihr Mann kam zu mir, von Schmerz überwältigt. Ich habe noch nie einen Mann so weinen sehen.«
Wieder ein mühsamer Atemzug. »Er berichtete mir, er befände sich auf einer Reise … Er und seine Söhne hätten einen weiten Weg vor sich und könnten unmöglich ein Neugeborenes mitnehmen. Mitten in der Nacht kam er zu mir, Katharina, weinte wie ein Kind und bat mich, seine kleine Tochter bei mir zu behalten. Er versprach mir, er würde zurückkommen und sie holen. Dieses Kind warst du, Katharina.«
Ein Murmeln erhob sich in der Menge vor der Tür, bis Braumeister Müller sie mit erhobenem Arm zum Schweigen brachte. Doktor

Mahmoud nahm Isabellas Handgelenk und fühlte ihren Puls. Seine Miene wurde immer ernster. Sein Blick verriet Katharina, dass nicht mehr viel Zeit blieb.
Isabella fuhr fort: »Und so nahm ich das Kind in meine Obhut und versprach, bis zu seiner Rückkehr gut für es zu sorgen. Danach verließ ich den Gasthof. Ich traute den Wirtsleuten nicht und fürchtete, sie könnten mich bestehlen, weil mir der Fremde Goldmünzen für deinen Unterhalt gegeben hatte. Ich schlug mich nach Torbach durch, wo ich den Leuten erzählte, ich sei eine Witwe, was ja auch stimmte, und du seist mein Kind, was nicht stimmte. Ich glaubte, dein Vater könne mich trotzdem wiederfinden, weil ich mich nicht allzu weit entfernte …«
Isabella brachte nun keinen Ton mehr hervor und fuhr sich mit der Zunge über die trockenen Lippen. Behutsam schob Doktor Mahmoud seine Hand unter ihren Kopf und hielt ihr eine Tasse Wasser an den Mund, doch es gelang ihr nicht zu trinken.
Nach einer langen Pause redete sie weiter. »Der Mann … dein Vater, Katharina, hat mir etwas gegeben … Öffne die Schachtel und nimm die Bänder heraus. Den Boden … kannst du hochheben. Dort ist etwas versteckt. Das gehört dir.«
Zu ihrer Überraschung entdeckte Katharina in der Bänderschachtel einen doppelten Boden, und darunter fand sie einen in ein Taschentuch gewickelten Gegenstand. Sie wickelte ihn aus und erblickte durch einen Tränenschleier ein religiöses Miniaturbild, so groß wie ihre Hand.
»Das gehört zu einem Paar – einem Diptychon, wie das Bild über dem Altar in unserer Kirche. Nur eben viel, viel kleiner. Siehst du den blauen Stein im Bild, mein Liebes? Der findet sich auch auf dem anderen Bild. Zusammen erzählen sie eine Geschichte.«
»Mutter …« Katharina versagte die Stimme. »Ich verstehe nichts …«
»Dein Vater … besaß diese beiden Miniaturen … ein Diptychon, von einem Scharnier zusammengehalten. Er brach es entzwei …«

Isabella schloss die Lider und sah vor ihrem inneren Auge das feierliche Ritual, das sich vor siebzehn Jahren mitten in der Nacht vollzogen hatte. »… und gab mir diese Hälfte, dieses kleine Bild. Denn für den Fall, dass er dich nicht selbst holen könnte und einen Mittelsmann schicken müsste, sollte dieser die andere Hälfte vorzeigen, und wenn die beiden Bilder zusammenpassten, wüsste ich Bescheid.«

Katharina sah ihre Mutter verwirrt an, dann betrachtete sie stirnrunzelnd die Miniatur in ihrer Hand. »Ist das die Muttergottes?« Auf dem Bild hielt eine in mittelalterliche Gewänder gekleidete Frau einen blauen Kristall an ihre Kehle. Eine rätselhafte Geste. Dass es sich um einen Stein von ungeheurem Wert handelte, sprang sofort ins Auge, denn er war ungemein prachtvoll in Farbe und Leuchtkraft.

Isabellas Stimme kam von weit weg, als nähme ihre Seele bereits Abschied. »Er zeigte mir das andere Bild … Oben stand auf Lateinisch: *Sancta Amelia, ora pro nobis.*«

»Heilige Amelia, bete für uns«, flüsterte Katharina, die den Blick nicht von der Miniatur wenden konnte – dem Bild, das ihrem Vater gehört hatte.

»Er sagte … der blaue Kristall auf dem Bild sei der Sankt-Amelien-Stein, der magische Heilkräfte besäße, weil Jesus selbst ihn Amelia gegeben hätte.«

Katharina war von der Miniatur wie hypnotisiert. Wie ließe sich die Farbe des Steins in Worte fassen? Er war nicht himmelblau, das war zu blass, auch nicht meerblau, denn das war zu dunkel. Der Stein war auch nicht einfach in einer Farbschicht wiedergegeben, sondern durch viele Schichten übereinander, als handelte es sich nicht um ein Abbild, sondern um den Stein selbst. Katharina konnte nicht wissen, dass die Miniatur vor fünfhundert Jahren in England von der Priorin Mutter Winifred gemalt worden war.

»Dein Vater war wie ein reicher Mann gekleidet«, flüsterte Isabella. »Möglicherweise war er ein Edelmann. Er hat mir einen Beutel

Goldmünzen zurückgelassen. Ich habe nur wenige davon ausgegeben, nur so viel, dass wir uns hier in Torbach niederlassen konnten. Danach habe ich das Geld nicht mehr angerührt, denn es ist dein Erbe. Jahr für Jahr habe ich mir an deinem Geburtstag vorgenommen, dir die Wahrheit zu sagen. Aber ich brachte es einfach nicht über mich. Du bist zu einer Zeit in mein Leben getreten, als mich Kummer und Schmerz über den Verlust meiner eigenen Kinder verzehrten. Gott möge mir verzeihen, denn im tiefsten Winkel meines Herzens hoffte ich, dass dein Vater niemals zurückkehren würde. Aber jetzt, wo ich sterbe, hast du ein Recht auf die Wahrheit.«

»Still, Mama. Schon deine Kräfte. Wir können später reden.«

Isabella schüttelte den Kopf, was sie große Anstrengung kostete. »Du hast mir nie gehört, Katharina. Ich sollte für dich sorgen, bis er dich holen käme. Doch er ist nicht zurückgekehrt. Vielleicht, weil er verwundet wurde, weil er krank ist oder irgendwo im Gefängnis liegt. Vielleicht betet er sogar in diesem Moment zu Gott, dass er euch zusammenführen möge.« Sie streckte ihre Hand aus und berührte Katharinas goldene Zöpfe. »Sein Haar war von derselben Farbe wie deines. Er hatte einen prächtigen blonden Bart, es war, als ginge bei seinem Anblick die Sonne auf. Sieh dir die Rückseite des Bildes an.«

Katharina drehte die Miniatur um und las die Inschrift: *Von Grünewald.*

»Das ist der Name deiner Familie«, erklärte Isabella. »Siehst du … du warst nie für mich bestimmt. Dein Schicksal liegt anderswo. Du musst deinen Vater finden, Katharina. Vielleicht ist er verwundet. Oder krank. Du musst zu ihm.«

»Aber ich kann dich nicht verlassen!«, rief Katharina.

»Kind, es hätte nicht so weit kommen dürfen. Vielleicht wäre alles nicht passiert, wenn ich dir längst die Wahrheit erzählt hätte. Aber in meiner Selbstsucht habe ich geschwiegen. Jetzt muss ich für meine Schuld bezahlen. Der Fremde … er verdient es, seine Tochter bei sich zu haben.«

Katharina begann zu schluchzen. »Aber wie soll ich ihn finden?«

»Er sagte, er würde auf die Suche nach dem blauen Stein gehen, der auf dieser Miniatur abgebildet ist. Er erzählte mir, er bräche nach Jerusalem auf, wo er den Stein vermutete. Finde ihn …«
Isabella rang nach Atem. »Finde du den blauen Stein, dann wirst du auch deinen Vater finden. Wenn du diese Miniatur mit ihrem Gegenstück zusammenbringst, dann hast du ihn gefunden, so Gott will.«
Ihre zarte Hand, die so viele wunderschöne Blumen und Vögel und Schmetterlinge gestickt hatte, lag bebend auf der Wange ihrer Tochter. »Versprich mir, dass du gehen wirst, Katharina. Wohin der blaue Stein dich auch führt, dort wirst du deine Bestimmung finden.«
Mit diesen Worten tat Isabella ihren letzten Atemzug. Katharina warf sich über ihre tote Mutter und weinte verzweifelt, während Doktor Mahmoud und Bruder Pastorius dafür sorgten, dass sich die Menge und Braumeister Müller leise zurückzogen. Isabella Bauer bekam ein Grab auf dem Dorffriedhof und eine Beerdigung, bei der so mancher ihrer Kunden ihr Geschick pries und sich des Besitzes vieler edler Spitzenkrägen, Taschentücher und Wäschestücke rühmte, die von ihrer begabten Hand verziert worden waren. Dieselben Bürger, die Isabella Bauer und ihre Tochter einst stundenlang am Dienstboteneingang ihrer Häuser hatten warten lassen und der Näherin oft den Lohn für ihre wochenlange Arbeit vorenthielten, überschlugen sich nun mit Beileidsbekundungen. Sobald sie erfahren hatten, dass Katharina womöglich edler Herkunft war und ein kleines Vermögen geerbt hatte, behandelten sie sie mit großer Ehrerbietung.
Katharina durchlebte die folgenden Tage wie versteinert, betäubt durch den Schock, den ihr diese plötzliche und unerwartete Wendung ihres Lebens versetzt hatte. Erst als sie aus ihrer Trauer ein wenig auftauchte, setzte auch das große Staunen über die unglaubliche Geschichte ein, die ihre Mutter ihr erzählt hatte. Ob sie wohl wahr wäre? So kam es, dass Katharina zum ersten Mal in ihrem Leben Torbach verließ und in Begleitung von Doktor Mahmoud und

Hans Roth in jenes Dorf reiste, das nur zehn Meilen weiter nördlich lag, aber dem siebzehnjährigen Mädchen vorkam wie eine andere Welt.
Dort suchte Katharina den Gasthof auf, in dem sie geboren worden war. Anschließend besuchte sie die Kirche, und der alte Priester erinnerte sich an eine Frau, die bei der Geburt ihres Kindes starb, eine Edelfrau, die nicht aus ihrer Gegend stammte. Sie lag im Kirchhof begraben. Auf dem Grabstein las Katharina das Todesdatum: Es war der Tag ihrer Geburt. Und der Familienname lautete von Grünewald.
Als Katharina neben dem Grab kniete, versuchte sie, etwas für jene Frau dort unter der Erde zu empfinden, doch es gelang ihr nicht. Ihre Trauer galt der Näherin, die ihre wahre Mutter gewesen war. Dennoch lagen hier die Gebeine jener Frau, die ihr das Leben geschenkt hatte, und nach und nach überkam Katharina ein seltsames, neues Gefühl. Sie legte ihre Hände auf den Grabstein der Maria von Grünewald, verstorben im Alter von sechsundzwanzig Jahren, und gelobte, nach ihrem Vater zu suchen, dem Mann jener bedauernswerten Frau, und ihre Familie zu finden. Ohne Rücksicht auf alle Hindernisse, die sich ihr in den Weg stellen würden.

Ganz Torbach redete von nichts anderem. Katharina Bauer brach auf nach Jerusalem!
Hans war todunglücklich: »Warum musst du denn unbedingt fort?«
Da allein zu reisen nicht infrage kam, hatte Katharina als Erstes ihren Hans gebeten, sie zu begleiten, wozu er natürlich nicht in der Lage war, da man in der Manufaktur ohne ihn nicht auskam. Als Nächstes hatte sie Bruder Pastorius gefragt, doch der arme junge Mann war für eine solche Reise nicht robust genug, so gern er die Heilige Stadt gesehen hätte. Schließlich wandte sie sich an Doktor Mahmoud, und auch er fand es sehr wichtig, dass Katharina ihren Vater kennen lernen und ihm Respekt erweisen wollte. Er selbst trug sich seit langem mit dem Gedanken, in seine Heimatstadt Kairo zu-

rückzukehren, denn es war sein Wunsch, dort zu sterben. Er konnte die Reise auch nicht mehr lange aufschieben, da er bereits ein alter Mann war. Und so beschlossen die beiden, zusammen zu reisen.

»Ich habe ein Versprechen gegeben, Hans«, sagte Katharina mit fester Stimme, als sie ein letztes Mal im Wald von Torbach spazieren gingen. »Ich muss meine Familie finden.«

»Aber *ich* bin doch deine Familie. Wenn du mich heiratest …«

Sie fasste seine Hände und lächelte traurig. »Ja, ich weiß, Hans. Aber mein Vater hatte die Absicht, mich zu sich zu holen. Dass er es nicht getan hat, kann nur daran liegen, dass ihm ein Unglück zugestoßen ist. Ich träume davon – ich sehe ihn allein und vergessen im Gefängnis schmachten oder krank in einem Dorf am Ende der Welt dahinsiechen. Ich muss ihn finden, das bin ich ihm schuldig. Und meiner Mutter auch. Meinen beiden Müttern. Wenn ich ihn gefunden habe, werde ich zu dir zurückkehren.«

Meisterin Roth hatte niemals eine Person für gut genug befunden, um eines ihrer Kinder zu heiraten, und sah es stets mit großem Widerwillen, wenn sie vor den Traualtar traten. Insgeheim hatte sie gehofft, dass Hans, ihr Jüngster, nie heiraten würde. Jeder wusste, dass Meister Roth an einem Herzleiden litt und dass seine Gattin ihn dank ihrer robusten Gesundheit und ihres eisernen Willens um viele Jahre überleben würde. Die Aussicht behagte ihr gar nicht, einmal allein zu leben oder auf die Gnade einer Schwiegertochter angewiesen zu sein – gar auf die Tochter einer dahergelaufenen Näherin (Meisterin Roth glaubte keine Sekunde an die Geschichte vom reichen Edelmann). »Katharina muss gehen und ihren Vater suchen, mein Sohn«, sagte sie mit der größten Herzenswärme, die sie aufbringen konnte. »Das Schicksal hat es so gewollt.«

»Dann versprich mir, dass du zu mir zurückkehren wirst!«, brach es aus Hans mit einer solchen Leidenschaft hervor, dass es Katharina richtig peinlich war. »Tu, was du nicht lassen kannst, finde deinen Vater und schließ Frieden mit deiner Vergangenheit. Und dann komm zurück und werde meine Frau.«

Und so fügte sie den großen Versprechen, die sie ihren beiden Müttern am Totenbett und am Grab gegeben hatte, ein weiteres hinzu: Sie würde nach Torbach zurückkehren und Hans Roth heiraten.

Als der Tross der Kaufleute eintraf, war ganz Torbach auf den Beinen, um Katharina zu verabschieden. Frau Roth machte viel Aufhebens um die mit Silbertalern und Pfennigen gefüllte Geldbörse, die sie Katharina zum Abschied schenken wollte. Sie ließ die Börse herumgehen, damit alle hineinschauten und Frau Roth für ihre Großzügigkeit lobten, doch in einem unbeobachteten Moment fischte sie die Hälfte der Münzen wieder heraus und ließ sie in ihre Rocktasche verschwinden. Dann präsentierte sie Katharina den um einiges erleichterten Beutel.

Um den gewaltigen Handelstross auf die Beine zu stellen, hatten sich etliche Kaufleute und Geldgeber zusammengeschlossen und einiges investiert, um ihre Waren unterwegs zu schützen: Pelze und Bernstein aus dem Norden, die im Süden gegen Früchte, Öl und Gewürze eingetauscht würden, welche dann zurück nach Norden gingen. Der Tross wurde von angeheuerten Söldnern bewacht, die neben den mächtigen, von Kaltblütern gezogenen Fuhrwerken herritten. Entlang der Route erhielten bestimmte besonders gefährliche Banditen »Schutzgelder« und verscheuchten dafür als Gegenleistung andere Diebe. Auch gemeine Bürger schlossen sich solchen Handelszügen an, die einzige Möglichkeit, sicher zu reisen.

Katharina und Doktor Mahmoud machten sich zusammen mit einer Lieferung Roth'scher Bierkrüge, die zur Verschiffung bestimmt waren, auf den Weg, und als sie unter Tränen Abschied nahmen, schenkte Hans seiner Katharina einen ganz besonderen Krug mit einer Gebirgslandschaft, in der als Medaillon das Städtchen Torbach eingebettet lag, ein Meisterstück der Handwerkskunst, vom alten Roth persönlich ausgeführt. Auch der schüchterne Bruder Pastorius überreichte Katharina mit verlegener Röte im Gesicht ein Geschenk: eine flache Ledertasche, die durch Einlassen mit Wachs und Öl wasserdicht gemacht war und an einem Lederriemen verborgen unter den Kleidern getragen werden konnte. Die Tasche hatte genau die richtige Größe für die Miniatur der heiligen Amelia.

Dann schlug die Stunde des Aufbruchs. Die kilometerlange Karawane, die in Antwerpen losgezogen war, setzte sich in Richtung Nürnberg, dem Geld- und Handelszentrum Europas, in Bewegung. Sie benutzte einen der großen Handelswege, auf dem sie im Sommer, wenn die Pässe frei waren, die Alpen erreichen würde. Die Route war ein uralter Handelsweg, den es schon Jahrtausende gab, bevor die Römer ins nördliche Europa einfielen, seit der Steinzeit, als die Nordländer den wertvollen Bernstein sammelten und ihn von der Ostsee bis an die Küsten des Mittelmeers transportierten. Die römischen Legionen bauten zusätzliche Straßen und Brücken und machten die Alpenpässe befahrbar. Durch die Kreuzzüge und die Beliebtheit von Pilgerfahrten im Mittelalter wurde die Straße von immer mehr Menschen benutzt, und Katharina und Doktor Mahmoud reihten sich in ein ganzes Heer von Händlern, Wandersleuten, Pilgern, Bettlern, Landstreichern, Rittern und sogar königlichen Postkutschen ein. Es war eine bunte Prozession mit Dudelsackspielern, Marketenderinnen, die neben Brot auch ihre Säuglinge trugen, Kindern, die hinter Hunden herjagten, lärmenden Gruppen von Männern, die ächzende Karren und Fuhrwerke zogen. Manche waren zu Pferd unterwegs, die meisten aber zu Fuß, und an jeder Wegkreuzung änderte sich das Bild, da Reisende abzweigten und andere sich zugesellten. Der Tross kam nur langsam voran, er musste oft Halt machen, da an jeder Grenze die Papiere kontrolliert und Nachweise gefordert wurden, dass die Reisenden frei von der Pest waren. Abends schlug man entweder ein Lager im Freien auf oder übernachtete in primitiven Herbergen, die unverschämte Preise verlangten. Bei der Überquerung der Alpenpässe halfen Einheimische mit, die in den anstrengenden Zugarbeiten geübt waren.

Katharina empfand die Reise zunächst als wunderbares Abenteuer, da sie sich in Sicherheit wiegen konnte, hatten doch die reichen Kaufleute zu ihrem Schutz Bogenschützen angeheuert; auch genoss sie die Bequemlichkeit einer geschlossenen Kutsche, die ihr nachts als Schlafstatt diente. An den Abenden brachte ihr Doktor Mahmoud am Lagerfeuer seine Muttersprache bei, da er der Überzeugung war, die Kenntnis des Arabischen könnte ihr im Heiligen Land nützen. Er erzählte ihr Geschichten aus seiner Jugend, süße Erinnerungen im wahrsten Sinne des Wortes, da er von einer goldenen Frucht aus Spanien namens Apfelsine berichtete und einer üppigen ägyptischen Frucht, die Dattel genannt wurde – beides hatte Katharina noch nie gekostet. Doch mit den relativen Annehmlichkeiten war es vorbei, sobald sie und Doktor Mahmoud sich in Mailand von ihren Mitreisenden trennten: Das Roth'sche Exportkontor befand sich in Genua, doch hatte man den beiden davon abgeraten, sich dort einzuschiffen, da die Überfahrt von Genua aus mehrere Wochen länger dauerte als von Venedig und die Gefahr von Piratenüberfällen entsprechend größer wäre. Daher schlossen sie sich einem Handelstross an, der französische Stoffe in Venedig gegen venezianisches Glas tauschen würde, und zogen die fruchtbare Poebene entlang, bis sie nach Padua abbogen und von dort aus die Adria erreichten. Von Torbach bis über die Alpen waren sie mit Freunden gereist, jetzt befanden sie sich unter Fremden und hielten sich abseits. Das Leben hatte Doktor Mahmoud den unschätzbaren Wert des Schweigens gelehrt, er ließ sich niemals anmerken, dass er Muslim war, denn in dieser Zeit galt er als Feind, und das umso mehr, je näher das Mittelmeer rückte, das von den verhassten Türken beherrscht wurde.

Venedig versetzte Katharina einen Schock. Zwar waren sie auf ihrer Route durch größere Städte gekommen, auch durch die atemberaubende Metropole Nürnberg, doch Venedig stellte alles in den Schatten. Noch nie hatte Katharina eine so *flache* Stadt gesehen. Nirgendwo war ein Berg oder auch nur ein Hügel in Sicht, die Menschen lebten an Kanälen und benutzten darauf Boote mit merkwürdig geschwungenem Bug. Die Bürger waren weitaus prächtiger gekleidet als die Bewohner nördlicherer Städte; die Damen der Oberschicht trippelten auf hohen Plateauschuhen daher und bedeckten ihr Haar nicht, wie es in Deutschland Sitte war, sondern stellten ihre mit Goldnetzen und Bändern verzierten Locken und Zöpfe stolz zur Schau. Katharina hatte noch nie Männer mit so langen Haaren gesehen, vor allem die Jünglinge wirkten sehr weibisch auf sie, wobei allerdings die anzüglichen Blicke, die sie der blonden Deutschen zuwarfen, durchaus nichts Weibisches an sich hatten. Katharinas Haare waren *die* Attraktion. Auch in Torbach war ihr goldblonder Schopf Gegenstand der Bewunderung, wenn auch keine Rarität gewesen. Doch je weiter nach Süden sie reiste, desto mehr fiel sie auf. Zwar sah man auch hier Frauen mit blonden Haaren, die jedoch offenkundig gefärbt waren und künstlich wirkten, weshalb Katharina von den einheimischen Männern häufig bewundernde Blicke erntete. Auf dem Weg zum Hafen in der weiten Lagune lief sie dicht neben Doktor Mahmoud, beide hielten ihre Bündel fest umklammert.

Zwischen den engen Gassen und Kanälen stießen sie auf einen prächtigen Palazzo, in dem gerade eine Hochzeit gefeiert wurde. Von einem Balkon aus warfen die Braut und der Bräutigam freigebig köstliches Essen zur Menge hinab, Katharina sah gebratene Fasane, goldene Brotlaibe, kandierte Früchte und Zuckermandeln auf die glücklichen Empfänger herunterregnen. Doktor Mahmoud überlegte nicht lange, rasch stießen sie dazu und schnappten sich einen kleinen Käselaib und ein Büschel roter Trauben, die sie sich auf ihrem Weg zum Hafen schmecken ließen. Später erfuhren sie, dass solch ungeniertes Protzen mit Reichtum und Großzügigkeit in dieser mächtigen Hafenstadt an der Tagesordnung war. Ebenso unmäßig war der Sinn der Venezianer für Strafe, wie Katharina und Doktor Mahmoud wenige Minuten später miterleben mussten: Als sie um eine Ecke bogen, prallten sie in einen wütenden Mob, der sich gerade zweier Männer bemächtigt hatte. Den beiden wurde der Brustkorb aufgerissen, ihre dampfenden Herzen ans Portal einer kleinen Kirche genagelt – ein Racheakt, wie Katharina von einem der Gaffer unterrichtet wurde. Die beiden Männer hatten vergangene Woche das Oberhaupt einer der mächtigsten Familien Venedigs ermordet.

Sie eilten weiter zum Hafen und gerieten von einem Staunen ins nächste: Durch einen Wald von Aufbauten und Masten, Segeln und Tauwerk sah Katharina aufs offene Wasser hinaus, das von Karavellen und Galeonen, Schiffen mit viereckigen Segeln und solchen mit großem Dreieckssegel, Handels- und Kriegsschiffen, Koggen, Dinghis, Barkassen und Flößen nur so wimmelte; Doktor Mahmoud wies sie sogar auf zwei chinesische Dschunken mit roten, vom Sturm zerschlissenen Segeln hin. Auf den Kais drängten sich Massen von Pilgern, Christen wie Muslime, die zu ihren heiligen Stätten aufbrachen oder von dort zurückkehrten, Marinesoldaten verschiedenster Couleur, Kaufleute, Gelehrte, Offiziere und einfache Matrosen, dazu Hafenarbeiter, die Ballen, Fässer, Vieh und andere Waren an Bord der Schiffe verfrachteten. Die Luft summte von einem babylonischen Sprachengewirr und war von tausend fremdartigen Gerüchen durchzogen. Katharina entdeckte sogar einen »Buchladen« – Druckwerke hatte sie zwar auch schon in Torbach gesehen, dessen Kirche stolz auf ihre mittels einer Druckerpresse hergestellte Bibel war –, doch nie hatte Katharina vor einer solchen Anhäufung von Büchern gestanden: Der Laden präsentierte einen Bestand von stolzen vierhundert Exemplaren!

Katharina, die nie vom Reisen und von Abenteuern geträumt hatte, wurde von den Ereignissen schlichtweg überrollt. Sie fühlte sich seltsam hin- und hergerissen zwischen Trauer und Freude, es schmerzte sie, dass sie ihre Mutter verloren hatte und Torbach und Hans verlassen musste, gleichzeitig fieberte sie in heller Aufregung ihrer wirklichen Familie entgegen, die sie bestimmt bald kennen lernen würde.

Sie gingen zu den Schiffskontoren, wo Doktor Mahmouds Arabisch und eingerostetes Spanisch wenig weiterhalfen, Katharinas Deutsch und ihre Lateinbrocken aber gute Dienste leisteten. Leider stießen sie überall auf Ablehnung, mit den unterschiedlichsten Begründungen: Manche Kapitäne weigerten sich, Muslime zu befördern, andere duldeten keine Frauen an Bord, wieder andere nahmen überhaupt keine Passagiere mit. Das Leben eines Seemanns war von Angst beherrscht, doch gleich an zweiter Stelle kam der Aberglaube: Wenn ein Heide ein Schiff nicht zum Kentern brachte, dann ganz gewiss eine Frau.

Mit der Sonne sanken auch ihre Hoffnungen. Doktor Mahmoud schlug vor, sie sollten sich nach einem Quartier für die Nacht umsehen und es am nächsten Morgen erneut versuchen.

Unschlüssig sah sich Katharina um. Was sollte sie tun? Während ihr Blick ziellos umherschweifte, erblickte sie auf einmal den Fremden. Er zog ihre Aufmerksamkeit auf sich, weil er anders war als alle anderen im Hafen, obwohl sie den Grund dafür nicht genau hätte erklären können. Mit dem weißen gefütterten Wams, den blauen Kniehosen und den blauen Strümpfen musste er ein Edelmann sein. Er trug einen merkwürdigen, altmodisch anmutenden Umhang, weiß und in der Mitte mit einem blauen Kreuz bestickt, dessen Arme sich gabelten und in acht Spitzen ausliefen, wohl das Emblem eines religiösen Ordens. Kurz geschnittenes braunes Haar, gestutzter Bart über einer weißen Halskrause. Groß, drahtig. Ein elegantes Schwert hing an seiner linken Hüfte. Offensichtlich ein wohlhabender Mann. Doch da lag etwas in seinem Gesicht, wie er auf die See hinausstarrte – etwas Geheimnisvolles, vielleicht war es auch Sehnsucht, jedenfalls zog es Katharina in den Bann. Unvermittelt drehte er sich um und erteilte einem der Träger einen Befehl, wobei Katharina einen Anflug von Trauer in seinen Augen wahrnahm. Dieser Mann leidet unter einer Tragödie, dachte sie, von ihren eigenen Gedanken überrascht. Fremde hatten in Torbach selten ihre Aufmerksamkeit erregt und schon gar nicht ihre Phantasie entflammt. Anders dieser Mann, ohne dass Katharina wusste, warum.

Im selben Moment, als sie sich Doktor Mahmoud mit der Frage zuwandte, was sie jetzt bloß machen sollten, tauchten wie aus dem Nichts zwei wüste Gesellen auf, rempelten sie zur Seite und rissen ihre Bündel an sich. Katharina schrie auf und konnte den stolpernden Doktor Mahmoud gerade noch auffangen.

Der Fremde im Mantel sah, was da gespielt wurde, und nahm sofort die Verfolgung auf. »Halt, ihr Dreckskerle!«, brüllte er, als er die beiden eingeholt hatte, packte sie am Kragen und zerrte sie zurück. Die Diebe ließen ihre Beute fallen, entwanden sich seinem Griff und waren auch schon in der Menge verschwunden.

»Seid Ihr verletzt?«, fragte der Fremde Katharina auf Lateinisch, der Universalsprache christlicher Reisender.

»Mit uns ist alles in Ordnung, vielen Dank, mein Herr«, antwortete Katharina, die heftig atmete, allerdings weniger wegen des Überfalls als wegen der plötzlichen Nähe des Fremden.

»Ich bin Don Adriano von Aragon, Ritter der Marienbruderschaft. Ist der da ein Türke?« Er wies mit dem Kopf in Richtung Doktor Mahmoud.

Katharina schaute den Fremden mit großen Augen an. Aus der Nähe wirkte er sogar noch eindrucksvoller, nicht direkt schön, aber interessant. Und jener Anflug von Sehnsucht und Einsamkeit war noch deutlicher zu spüren. »Doktor Mahmoud stammt aus Spanien, wie Ihr selbst, mein Herr.«

Das schien ihn nicht weiter zu interessieren. »Wohin reist Ihr?«

»Nach Haifa und von da aus nach Jerusalem.«

Er betrachtete sie prüfend. Eine junge Frau mit Haaren wie gesponnenes Gold und der Unschuld eines Neugeborenen. Wieso befand sie sich in Begleitung eines alten Arabers, und wozu wollte sie nach Jerusalem? Das ging ihn zwar nichts an, doch als Marienritter hatte er gelobt, christlichen Pilgern auf ihrem Weg nach Jerusalem zu helfen.

»Ich kann Euch bis Haifa mitnehmen«, bot er an und fügte rasch hinzu: »Aber nur Euch selbst. Den Alten nicht.«
»Aber ich kann Doktor Mahmoud auf keinen Fall zurücklassen!«
Die Leidenschaftlichkeit, die in ihrer Stimme durchklang und aus ihren grünen Augen blitzte, überraschte Don Adriano. Blutsverwandt konnten die junge Blonde und der alte Araber nicht sein – was hatte sie bloß mit ihm zu schaffen? Don Adriano war kein Freund der Mauren. Seine Familie hatte bei ihrer Vertreibung aus Spanien mitgekämpft. Sein Vater war im Kampf gegen die Mauren gefallen. Und die Bruderschaft mit Sitz auf einer Insel im griechischen Meer, der er angehörte, hatte sich der Aufgabe geweiht, das Heilige Land aus der Hand der Ungläubigen für die Christenheit zurückzuerobern.
Aber dann besann er sich auf die Pflicht seines Ordens: Er wollte dafür sorgen, die Christin auf ihrer Pilgerschaft zu unterstützen, und so gab er mit knappem Nicken sein Einverständnis: sollte der Alte eben mitkommen. Verantwortlich fühlte sich Don Adriano jedenfalls nicht für ihn.
»Wartet hier«, sagte er und ging mit großen Schritten davon, sein weißer Mantel mit dem blauen Kreuz blähte sich in der Brise. Katharina beobachtete seine Unterhaltung mit einem Kapitän, die sich zu einem zornigen Streit auswuchs, da der Kapitän hartnäckig den Kopf schüttelte. Doch der hoch gewachsene Don Adriano, dessen hoher gesellschaftlicher Rang jedem sofort in die Augen sprang, konnte sich mit seinem herrischen Auftreten schließlich durchsetzen, der Kapitän gab mit einem widerstrebenden Nicken nach.
Der Spanier kehrte zu ihnen zurück und erklärte: »Ich habe den Kapitän davon überzeugt, dass wir mit einem Muslim an Bord ein sicheres Pfand in der Hand hätten, sollten uns die Barbaren überfallen. Denn einen der Ihrigen werden sie unbehelligt lassen, seine Begleiter ebenso. Und dass Euer Freund auch noch Arzt ist, tut ein Übriges. In einem Punkt blieb der Kapitän allerdings hart: Seine Mannschaft duldet keine Frau an Bord. Seeleute sind ein abergläu-

bisches Volk. Passiert etwas, wird man es Euch in die Schuhe schieben, Señorita. Der Kapitän nimmt Euch nur unter einer Bedingung mit: Ihr müsst Euch verkleiden.«

»Ich mich verkleiden? Als was denn?«

»Ihr werdet als der Enkel des alten Mannes reisen.«

Don Adriano setzte sie in einer kleinen Schänke ab und gab dem Wirt eine Silbermünze, damit er sich um sie kümmere. Kurze Zeit später kehrte Don Adriano zurück und führte Katharina und Doktor Mahmoud in die Gasse hinaus. Nachdem er sich vergewissert hatte, dass sie allein und unbeobachtet waren, reichte er Katharina ein Fläschchen mit einer übel riechenden schwarzen Paste. »Damit werdet Ihr Eure Haare färben«, sagte er und überließ sie der Arbeit. Während Katharina das Färbemittel in ihre Kopfhaut und ihre langen Haare einmassierte, grub Doktor Mahmoud in den Tiefen seiner Reisetasche und beförderte eine Galabeya zutage, ein langes, gerade geschnittenes ägyptisches Gewand, das lose und formlos um den Körper hing. Es gelang ihm, aus Katharinas Schal einen einigermaßen ansehnlichen Turban zu wickeln, unter dem sie ihr frisch gefärbtes, hoch gestecktes Haar verbarg; alle losen Strähnen stopfte sie unter den Rand. Als sie fertig angekleidet war und hinter dem Stapel Fässer, der ihr als Sichtschutz diente, hervortrat, musterte Doktor Mahmoud das Ergebnis mit dem kritischen Blick des Arztes. Die Rundung der weiblichen Brust zeichnete sich verräterisch ab. Doktor Mahmoud zog eine aufgerollte Bandage aus seiner Arzttasche und forderte Katharina auf, ihre Brust so flach wie möglich an den Körper zu binden. Diskret drehte er ihr den Rücken zu, während sie ihre Maskerade vollendete.

Don Adriano kam ihnen schon entgegen, als sie zum Hafen zurückkehrten; ihm blieb vor Überraschung der Mund offen. Katharina war so schlank und groß, ihre Verkleidung so gelungen, dass sie ohne weiteres für einen Knaben durchgehen würde.

Don Adriano hatte inzwischen Wasserflaschen, Brot- und Käselaibe, Trockenfrüchte und getrocknete Rindfleischstreifen gekauft,

denn die Passagiere mussten selbst für ihren Proviant sorgen. Die Sonne sank schon hinter den Horizont und die Matrosen kletterten im Tauwerk herum, als der alte Muslim, sein Enkel und der Ordensritter über die Landungsbrücke zum Schiff hochstiegen.
Ihr Schiff segelte unter portugiesischer Flagge; es hatte gerade eine Ladung Elfenbein aus Afrika gelöscht und fuhr jetzt nach Indien, den Laderaum voller Kupferbarren für die Kupferschmiede in Bombay. Die Abreise verzögerte sich, da der Kapitän die Umlagerung eines Teils der Ladung anordnete. Wenn die Ladung bei voller Fahrt ins Rutschen geriete, drohte ein Schiffbruch. Als das Kupfer schließlich tief genug verstaut war, um den Rumpf zu stabilisieren, gab er den Befehl, die Segel zu hissen. Gemeinsam mit seiner Mannschaft sprach er ein Gebet, und Katharina spürte den tiefen Ernst in ihrem Vaterunser, denn eine Fahrt übers Meer war zwar die schnellste Art des Reisens, aber auch die gefährlichste. Dann spielten zwei Halbwüchsige auf der Flöte und auf der Trommel, während sich die Matrosen im Rhythmus der Melodie, der das gemeinsame Arbeiten erleichterte, an den Seilen und Winden zu schaffen machten. Schließlich segelten sie aus der Lagune aufs offene Meer hinaus. Katharina stand am Bug und hielt ihr Gesicht dem Wind entgegen; sie dachte nicht an die Menschen und das Städtchen, das sie hinter sich ließ, sondern an die Familie, die sie irgendwo in einem unbekannten Land erwartete.

Sie schliefen wie die Seeleute in Hängematten, die im Bauch des Schiffes zwischen der Ladung festgemacht waren. Der Raum war äußerst knapp, sie mussten ihre Mahlzeiten an einem winzigen, zwischen zwei Kanonen eingezwängten Tischchen einnehmen. Falls es das Wetter erlaubte, verbrachten die Passagiere die meiste Zeit an Deck, an der frischen Luft.
Katharina stellte alle möglichen Spekulationen über ihren Retter an, denn obwohl er sich ständig in ihrer und Doktor Mahmouds Nähe aufhielt und durch seine eindrucksvolle Präsenz kundtat, dass

sie unter seinem Schutz standen, nahm er sonst keinen Anteil an ihnen. Ihr fiel auf, dass er weder Fleisch noch Wein anrührte – ob das wohl mit den Gelübden zusammenhing, die er für seine Bruderschaft abgelegt hatte? Zum Beten ließ er sich auf ein Knie nieder und hielt sein Schwert mit beiden Händen so vor sich auf den Boden gestützt, dass der Griff als Kreuz vor ihm aufragte. Er wirkte wie ein tief religiöser Mensch.

Aber auch wie ein tief verstörter.

Es gab Linien in seinem Gesicht, die sie erst für Spuren der Weisheit und Erfahrung gehalten hatte. Aber dann kam ihr der Verdacht, der Schmerz hätte sie dort eingegraben. Und dieser Ausdruck der Sehnsucht, wenn er stundenlang aufs Meer hinausstarrte. Was sah er dort? Was suchte er? Adriano sah zu, wie die Sonne unterging, wie der Himmel immer dunkler wurde und einer nach dem anderen die Sterne aufgingen; er starrte nach oben, als wollte er dort eine Botschaft entziffern. Er hüllte sich in Schweigen wie in seinen Rittermantel, mauerte sich darin ein. Wollte er nichts an sich heranlassen oder nichts hinauslassen? Noch nie hatte sich Katharinas Neugier auf das Innenleben einer Person gerichtet. Sie hatte nie wissen wollen, was Hans dachte, hatte nie seine Tiefen ausloten wollen. Was ihr an der Oberfläche entgegentrat, nahm sie als die ganze Person. Nie wäre sie auf die Idee gekommen, dass darunter Geheimnisse und Leidenschaften brodeln könnten. Nun aber konnte sie nicht aufhören, über diesen rätselhaften Fremden nachzugrübeln, der nicht in dieser Welt, sondern in seiner inneren Seelenlandschaft zu leben schien.

Sie stutzte, wunderte sich über ihre eigenen Gedanken. Es kam ihr vor, als wären es die klugen, überlegenen Gedanken einer Erwachsenen. Nachdem sie Hunderte von Meilen gereist war, so viele Städte und Menschen gesehen hatte und sich jetzt auf der Weite des Meeres befand, kam sie sich plötzlich gereift vor. Auf der Bernsteinstraße hatte sie ihren achtzehnten Geburtstag gefeiert und fühlte sich nun nicht mehr als Mädchen, sondern als Frau. Sie war überzeugt, nun zu wissen, wie das Leben sei, eine Vorstellung, die ihr ausgesprochen gefiel. Sie hatte in so kurzer Zeit so vieles durchgemacht, ihre Mutter verloren und die Wahrheit über ihre Geburt und ihre Herkunft erfahren, und nun segelte sie mitten im adriatischen Meer – Katharina war sicher, sie hätte damit den größten Teil der Welt gesehen. Sie dachte an Jerusalem und an die dramatische Begegnung mit ihrem Vater und ihrer Familie, die dort stattfinden würde, und stellte sich weiter vor, wie sie nach Torbach zurückkehren und mit welcher Begeisterung sie dort empfangen würde, weit gereist und ob ihrer Klugheit geschätzt. Sie wusste bereits genau, wie sie den Torbachern Jerusalem schildern würde, die prachtvollen Kirchen, die dort in Reih und Glied standen, alle Bewohner fromm und religiös, alle sprachen Latein und teilten ganz selbstverständlich ihre Segnungen aus. Und alle Torbacher würden kommen und sie, die Welterfahrenste, um Rat bitten, sogar Pater Benedikt, dessen einziger Anspruch auf Ruhm in einer einmaligen Reise nach Rom bestand. Aber in Jerusalem, wo Jesus höchstpersönlich durch die Straßen gewandert war, war er nie gewesen.

Die Tage vergingen, und der Horizont dehnte sich in immer neue Weiten. Katharina wurde schrecklich seekrank, doch Doktor Mahmoud linderte ihre Beschwerden mit einer Arznei aus Ingwerwurzeln. Unbehagen bereitete ihr auch die Art und Weise, wie die Seeleute sie anstarrten, ständig wurde sie von unergründlichen Blicken verfolgt. Schon lange hatten sie auf ihrer Fahrt kein Land mehr gesehen, und in Katharina machte sich langsam eine gewisse Panik breit. Trost fand sie in dem Miniaturgemälde, das sie häufig aus ihrer Ledertasche unter ihrem ägyptischen Gewand hervorzog. Sie legte die Miniatur in ihre hohlen Hände und heftete ihren Blick auf den blauen Kristall. Was hatte er nur an sich, dass ihr Vater seinetwegen seine winzige neugeborene Tochter verließ? Ob er den Kristall letztendlich gefunden hatte? Besaß der Kristall etwa eine solche Macht, dass er das Gedächtnis ihres Vaters ausgelöscht hatte, sodass er seine Verpflichtung vergaß, die ihn an Deutschland band? Katharina wünschte, sie könnte auch den Bierkrug an sich drücken, den Hans ihr geschenkt hatte, denn in dieser ungewohnten, Furcht einflößenden Umgebung sehnte sie sich nach einem vertrauten Gegenstand, es würde ihr gut tun, ein Stück Torbach unter ihren Fingern zu spüren. Doch der Krug steckte mitten in ihrem Kleiderbündel, gut geschützt zwischen den Falten ihrer Röcke und ihren Miedern, Umschlagtüchern und Schals, damit er ja nicht zu Bruch ginge. Sie könnte ihn erst wieder auspacken, wenn sie ihre Unterkunft in Jerusalem erreicht hätte. Das Haus ihres Vaters? Sie würden gemeinsam den Willkommenstrunk aus diesem Krug trinken, und ihrem Vater, dem deutschen Edelmann, den es so weit weg von der Heimat verschlagen hatte, kamen beim Anblick des prächtigen Bierkrugs bestimmt die Tränen.

Eine Woche, nachdem sie von Venedig losgesegelt waren, zog der Sturm auf.

Die Hälfte der Mannschaft wollte das Großsegel hissen, die andere Hälfte war dagegen, weil der Wind immer stärker wurde. Ein Streit entbrannte, man beschloss, das Segel zu hissen, aber da war es schon zu spät, der Stoff riss mittendurch. Alle Feuer wurden gelöscht: der Ofen des Schiffskochs und sämtliche Laternen. Der Seegang wurde immer heftiger. Doktor Mahmoud und Katharina hielten einander umklammert. Plötzlich ertönte ein Donnerschlag, Blitze zuckten, Regen prasselte nieder. Der Sturm nahm an Gewalt zu, bis der Hauptmast mit einem unheimlichen Knacken barst und aufs Deck krachte. Die Matrosen fielen auf die Knie und begannen laut zu beten. Riesige Wellen türmten sich auf, brachen über die Reling und überfluteten das Deck. Fässer und Ballen wurden aus ihren Verankerungen gerissen, polterten hin und her und wurden schließlich über Bord gespült. Die Fluten verschlangen das Schiff und spien es im nächsten Moment wieder aus. Als Spielball des Unwetters wurde es abwechselnd in die Höhe und in die Tiefe geschleudert, samt seiner zerbrechlichen Ladung von Waren und Menschen, die schrien, beteten und sich um ihres lieben Leben willens an allem, was festen Halt versprach, festkrallten.

Als Katharina zu sich kam, fand sie sich an einem sandigen Ufer wieder, tropfnass, mit Seetang in den Haaren. Der Himmel war grau, aber es fiel kein Regen, das Meer brodelte zornig wie flüssiges Metall, überall weiß von Schaumkronen, auf den Wellen trieben Holzplanken und Segelfetzen. Katharina blickte sich an dem einsamen Ufer um und entdeckte, verstreut zwischen den Dünen, ein paar Bruchstücke des Schiffs und seiner Ladung, aber keine Menschenseele.
Mühsam rappelte sie sich hoch und hielt bestürzt Ausschau nach dem Schiff, nach der Mannschaft – wo waren sie denn alle abgeblieben? »Doktor Mahmoud!«, rief sie. Die einzige Antwort war das spöttische Pfeifen des Windes. Mit unsicheren Schritten stolperte sie den Strand entlang, schleifte ihre zerrissene Galabeya im nassen Sand nach, bis sie auf eine Leiche stieß. Es war der Kapitän, an dem sich bereits die Krebse gütlich taten. Ein Stück weiter fand sie Reste einer Holzkiste, von deren Inhalt nicht viel übrig geblieben war. Daneben steckte im Sand eine weiße Steingutscherbe. Sie zog sie heraus und wischte sie sauber. Es war ein Bruchstück des Bierkrugs, den Hans ihr geschenkt hatte. Sofort suchte sie nach weiteren Stücken, fand aber nichts mehr. Immer noch betäubt vom Schock wiegte Katharina die ovale Scherbe in ihrer Hand – das Miniaturbild des zwischen den Hügeln eingebetteten Städtchens Torbach.
Da fiel ihr Blick auf eine Gestalt, die mit wehendem Mantel über den Sand hastete. Don Adriano! Katharina rannte los, ruderte mit den Armen und schrie seinen Namen, stolperte immer wieder über den Saum ihrer zerrissenen Galabeya.
»Gott sei gelobt!«, rief er, als sie einander erreichten. Sie fiel ihm schluchzend in die Arme. Er hüllte sie in seinen feuchten Mantel, und gemeinsam zitterten und weinten sie, bis er sie schließlich auf

die Knie niederzog; beide schickten Dankgebete für ihre Rettung zum Himmel.

»Wo sind wir?«, fragte sie dann. Ihre Lippen waren aufgesprungen und mit Salz verkrustet.

Don Adriano sah auf den trüben Ozean hinaus, der mit dem Horizont verschmolz. »Ich habe keine Ahnung, Señorita.«

»Habt Ihr Doktor Mahmoud gesehen?«

Trauer verdunkelte seine Augen, als er antwortete: »Ich sah ihn in den Fluten versinken. Ich habe noch versucht, ihn zu fassen, aber er war schon zu tief untergetaucht. Es tut mir sehr Leid.«

Wieder weinte sie, kauerte sich in den Sand und zog die Knie an die Brust. Don Adriano wickelte seinen Mantel um sie und machte sich auf die Suche nach trockenem Feuerholz.

Es dauerte eine Weile, bis Katharina sich an das Miniaturgemälde von der heiligen Amelia erinnerte. Sie stieß einen Freudenschrei aus, als sie entdeckte, dass es immer noch in der wasserdichten Tasche um ihren Hals steckte, und als sie es im Flammenschein des von Don Adriano mühsam entfachten Feuers herauszog, erweckte das tröstliche Bild der Amelia und des blauen Kristalls neue Hoffnung in ihr.

Adriano erkundete die Umgebung: Sie befanden sich auf einer Insel, die kaum größer war als ein aus dem Meer ragender Felsen; es gab hier weder Tiere noch Pflanzen. Doch er fand ans Land gespülte Wasserfässer und genug trockenes Holz, um das Feuer am Leben zu erhalten. Gemeinsam mit Katharina grub er nach Krebsen und anderen Schalentieren, die sie zwischen heißen Steinen und Seetang garten.

Der Himmel verdunkelte sich, die Sonne war untergegangen, doch Wolken verhüllten die Sterne, und vom Meer zog Nebel heran. Don Adriano schüttete einen kleinen Wall rings um die Feuerstelle auf, was das Feuer zum Lodern brachte. Wie in Trance starrte Katharina in die Flammen. Ihr stand das Bild Doktor Mahmouds vor Augen, wie sie ihn zuletzt gesehen hatte: auf die andere Seite des Decks gespült, sodass ihm der Turban vom Kopfe flog, einen Ausdruck des Entsetzens im Gesicht. Sie dachte an die vielen Wochen, die sie zusammen gereist waren, an seine sanfte Geduld, an alles, was er sie gelehrt hatte. Sie hatte gehofft, sie könnte ihn überreden, zusammen mit ihr in Jerusalem zu bleiben, anstatt nach Kairo weiterzuziehen, denn der arabische Arzt war ihr so vertraut wie sonst nur ein Blutsverwandter. Sein Tod brach alte Wunden auf. Katharina schlug die Hände vors Gesicht und weinte nicht nur um Doktor Mahmoud, sondern auch um ihre Mutter, um die Mutter, die sie geboren hatte, um den Kapitän und um die Mannschaft des portugiesischen Schiffs.

Im Lauf der nächsten Tage wurden noch mehr Leichen angespült. Das gestrandete Paar verhalf ihnen zu einem christlichen Begräbnis, wobei Adriano sich immer weiter in sein Schweigen zurückzog und Katharinas Trauer und Verzweiflung wuchsen. Eines Morgens stieß sie auf die aschgraue Leiche eines der Jungen, die auf dem Schiff geflötet und getrommelt hatten. Das ging über ihre Kräfte – so konnte sie nicht weiterleben. Überzeugt davon, dass ihre Rettung nur ein unseliger Zufall war, dass sie eigentlich mit Doktor Mahmoud auf dem Meeresgrund liegen müsste, watete sie in die Brandung hinaus, um sich in den Wogen zu ertränken.

Doch Adriano rannte ihr nach und brachte sie nach einem kurzen Gerangel zurück ans Land. Er setzte sie in den Sand, fasste sie an den Schultern und stieß mit leidenschaftlich bewegter Stimme hervor: »Gottes Wege sind unerforschlich. Wir können keine Vermutungen darüber anstellen. Wir müssen seinem Gebot folgen. Er hat uns verschont, Señorita, aus uns unbegreiflichen Gründen. Der Verzweiflung nachzugeben bedeutet, sich Gottes Willen zu widersetzen. Um Gottes willen müsst Ihr am Leben bleiben.« So viel hatte er schon seit Tagen nicht mehr gesprochen, und allein das Aussprechen dieser Worte schien seine Kräfte wiederzubeleben.

Katharina weinte noch lange, und obwohl sie immer noch das Gefühl hatte, im Grunde hätte sie mit Doktor Mahmoud sterben sollen, unternahm sie keinen weiteren Versuch, sich das Leben zu nehmen. Sie aß und trank ein wenig und lief am schmalen Saum des Ufers entlang, die Augen auf den fernen Horizont gerichtet. Dabei begriff sie, dass sie und Adriano ohnehin so gut wie tot waren.

Sie schliefen dicht beieinander, um sich zu wärmen, und morgens beim Aufwachen spürte Katharina den Arm des Ritters um ihre Schultern, seinen drahtigen Körper und den ruhigen Schlag seines Herzens unter ihrem Kopf, der auf seiner Brust ruhte. Sie stützte sich auf und musterte sein Gesicht in der fahlen Morgendämmerung, sah den Sand und die Salzkristalle in seinen dichten braunen Wimpern, seinen Augenbrauen und dem kurz geschnittenen Bart. Sie fragte sich, welche unruhigen Träume seine Augen hinter den Lidern hin- und herzucken ließen. Welche Leidenschaften trieben ihn dazu, am Leben zu bleiben und auch *sie* am Leben zu erhalten? Ohne Adriano hätte sie sich mit Sicherheit umgebracht. Dann erinnerte sie sich, wie sie selbst letzte Nacht schreiend aufgewacht war, Adriano hatte sie in seinen Armen gewiegt und getröstet. Warum sie geschrien hatte? Sie hatte vom Ertrinken geträumt.
Zum ersten Mal seit Tagen kam die Sonne heraus, die Wolken lösten sich auf, und das Meer funkelte hier und da. Adriano gelang es, mit einem Speer im seichten Wasser ein paar Fische zu erlegen, während Katharina erneut das Ufer abgraste und tatsächlich noch ein Wasserfass ihres untergegangenen Schiffs fand. Wie lange könnten sie wohl auf einer Insel überleben, auf der kein einziger Baum wuchs? Außer Fisch und Meeresfrüchten hatten sie nichts zu essen. Kein Vogel kam hierher. Kein Grün konnte in den Felsspalten Wurzeln schlagen. Ihr kam der Gedanke, ob es für einen Mann und eine Frau überhaupt schicklich wäre zusammenzuleben, ohne getraut zu sein. Berücksichtigte die Kirche beim Erstellen des Sündenkatalogs auch Schiffbrüchige?

Die Schönheit des Sonnenuntergangs erschien wie reiner Hohn, denn langsam wurde klar, dass der Sturm das Schiff offenbar weit vom Kurs abgetrieben hatte, sodass kein anderes Schiff vorbeiziehen und auf sie aufmerksam werden würde. Endlich fand Adriano Stimme und Sprache wieder: »Warum wollt Ihr überhaupt nach Jerusalem?«, fragte er, während er das Feuer schürte.
Katharina flocht sich gerade ihre langen, immer noch braunen Haare, aus denen das Salzwasser die Farbe nicht hatte herauswaschen können. Und nun erzählte sie ihm ihre Geschichte und schloss mit den Worten: »Daher mache ich mich auf die Suche nach meinem Vater.«
»Nach einem Mann, der Euch im Stich gelassen hat?«
»Das war sicher nicht seine Absicht. Er hatte fest vor, mich zu sich zu holen.«
»Aber dieser junge Mann, den Ihr erwähnt habt, Hans Roth. Den hättet Ihr doch heiraten und in Wohlstand leben können. Das alles wollt Ihr aufs Spiel setzen?«
Ruhig erwiderte sie seinen Blick. »Vielleicht ist mein Vater verwundet worden oder grausamen Menschen in die Hände gefallen. Es ist meine Pflicht, ihn zu finden.«
Katharinas Antwort gab Adriano zu denken. Das hatte er nicht erwartet – von einer Frau. Adriano misstraute den Frauen. Nur eine einzige Frau hatte er in seinem Leben geliebt, und als sie ihn mit einem anderen betrog, schwor er sich, niemals mehr zu lieben und niemals mehr einer Frau zu glauben. Als er dann in die Marienbruderschaft eintrat und Keuschheit gelobte, löschte er die Frauen ganz aus seinem Herzen.
Katharina deutete auf das blaue Kreuz, das in Brusthöhe auf sein weißes Wams gestickt war, und fragte: »Seid Ihr ein Priester?«
Er sah sie verblüfft an, dann besänftigte ein Lächeln seine Züge. »Nein, nein, Señorita. Ich bin nur ein Diener Gottes.« Dann schwieg er wieder und starrte finster in die Flammen. Plötzlich brach es aus ihm heraus: »Ich habe einen Mann getötet, der nicht mein Feind

war, und das Leben einer Frau zerstört. Einen Tag und eine Nacht lang lag ich vor dem Altar und flehte die segensreiche Muttergottes um ein Zeichen an. Sie erschien mir in einer Vision und sprach von einer Bruderschaft, die sich der Aufgabe geweiht hatte, ihrem Thron im Heiligen Land wieder zu seinem Recht zu verhelfen. Ich machte diese Bruderschaft ausfindig und trat in sie ein. Das war vor zwanzig Jahren, und immer noch diene ich dieser Gemeinschaft und der Heiligen Jungfrau.«

Sein von tiefen Gefühlen aufgewühlter Blick wanderte zu Katharina zurück. »Wer war dieser alte Mann, den Ihr Mahmoud nanntet?«

»Als ich meine Mutter verlor, wurde er mein Vormund.«

»Ein Heide?«

»Er glaubt an Gott und betet zu ihm. Sogar noch häufiger, als wir es tun. Doktor Mahmoud ist ein guter Mensch.« Tränen schossen ihr in die Augen. »*War* ein guter Mensch«, verbesserte sie sich leise.

Don Adriano hatte seine eigenen Vorstellungen von guten und von gottlosen Menschen, behielt sie aber für sich. Was für ein unschuldiges Mädchen Katharina doch war – wagte sich ganz allein in die Welt hinaus, ohne anderen Schutz als einen gebrechlichen alten Heiden. In Adrianos Herz regte sich ein machtvolles Gefühl, wie er es seit langem nicht mehr gekannt hatte.

Doch rasch gewann er seine Fassung wieder und wandte sich ab. Als er in die Bruderschaft der Marienritter eintrat, hatte er Keuschheit gelobt. Frauen hatten keinen Platz in den Gedanken eines Mannes, der sich auf einer religiösen Mission befand.

Katharina sah zu, wie die Funken des Feuers zu den gleichgültigen Sternen hochstoben, und Erinnerungen stiegen in ihr auf: wie ihre Mutter ihr die Märchen von Rapunzel und vom Teufel mit den drei goldenen Haaren erzählt hatte. Ihre langen Spaziergänge im Schnee. Wie Isabella nach dem Abliefern einer Stickarbeit mit einem ofenwarmen Strudel heimgeeilt war, ein Festessen und ein wunderbarer Abend für sie beide. Wenn sie in kalten Nächten aneinander geschmiegt schliefen, sah Katharina den Schneeflocken zu, die draußen vor dem Fenster vorbeitanzten, und fühlte sich geliebt und geborgen.

Sie stocherte in der Asche und sagte leise: »Meine Mutter hätte auch die Goldmünzen nehmen und mich in dem Gasthaus zurücklassen können; mit einer solchen Mitgift hätte sie vielleicht einen reichen Mann gefunden. Aber das tat sie nicht. Sie behielt mich bei sich, zog mich auf und liebte mich. Sie litt Hunger, während doch Goldmünzen in unserer Kammer versteckt waren. Sie opferte sich auf, litt Mangel und bewahrte den Schatz für mich, aber jetzt ist er dahin, im Meer versunken. Ich habe sie enttäuscht, alle ihre Opfer waren umsonst.«

Adriano nickte ernst. »Die Mutter ist die Erste, die uns liebt, und die Erste, die wir lieben. Der Vater kommt immer später.« Er richtete den Blick auf den Horizont. »Ich diene Gott, aber ich liebe die segensreiche Muttergottes, ihr habe ich mein Leben und meine Seele geweiht.« Dann wandte er den Blick zurück zu Katharina. »Ich empfinde genau wie Ihr, ich habe meine Mutter enttäuscht. Aber wir werden diese Insel verlassen, Señorita. Wir werden hier nicht auf den Tod warten müssen.«

Katharina schaute zu den kahlen, zerklüfteten Felsen hinüber, die finster und bedrohlich hinter ihnen aufragten, und dachte: Hier wächst doch nichts, hier überlebt doch nichts, wie sollten wir dann überleben? Sie sah Adriano an und bewunderte ihn für seinen Glauben, der so felsenfest war wie der eines Apostels.

Adriano hielt Wache, während das Mädchen schlief, und blickte unverwandt in die schwarze See hinaus, hielt Ausschau nach den dort draußen lauernden Gefahren, die er nur zu gut kannte. Er hatte Katharina nicht gesagt, dass es nach dem Schiffbruch noch Schlimmeres zu fürchten gab, wenn sie nämlich von Piraten oder einem türkischen Kriegsschiff aufgegriffen würden. Dann stünde ihnen beiden – einem hilflosen Mädchen und einem christlichen Ritter – ein grausames Schicksal bevor. Dennoch ließ er nicht von seinen

Gebeten ab und schöpfte Hoffnung aus den Gedanken an Gott, dass als Erstes ein venezianisches Schiff auftauchen möge.
Wie sich herausstellte, waren ihre Retter weder Piraten noch Türken, sondern eine griechische Karavelle, eines der vielen unabhängigen Handelsschiffe, die das Mittelmeer nach allem durchkämmten, was Profit versprach, und jedem zahlenden Herren dienten. In diesem Fall hatte sich der Kapitän auf den Verkauf von Sklaven an den Sultanshof verlegt. Da der Wert eines Mädchens höher lag, wenn es Jungfrau war, drohte er seiner Mannschaft an, jeden persönlich umzubringen, der Hand an sie legte; auch ihren Begleiter wollte er in gutem Zustand an Land bringen, denn er wusste nur zu gut, dass die Türken jedem Kreuzritter einen ganz speziellen Foltertod vorbehielten.
Statt also ihre Reise nach Osten in Richtung Jerusalem und zum blauen Kristall der heiligen Amelia fortzusetzen, sah sich Katharina einem plötzlichen Kurswechsel ausgesetzt: Die Karavelle richtete ihren Bug nach Norden und segelte Konstantinopel entgegen, dem Zentrum des osmanischen Reiches.

»Wohin bringt Ihr uns? Bitte, ich muss unbedingt nach Jerusalem! Wenn Ihr Geld wollt, mein Vater …«
Katharinas flehentliche Bitten stießen auf taube Ohren. Mit Ketten gefesselt und von niemandem beachtet, kauerte sie in tiefster Bestürzung an ihrem Platz und betete nur, dass Adriano in Sicherheit wäre und dieser Albtraum bald ein Ende hätte.
Die griechische Karavelle hatte die namenlose Insel in der Hoffnung angelaufen, dort ihre Trinkwasservorräte aufzufüllen. Nun hockte Katharina angekettet unter Deck und trieb einem ungewissen Schicksal entgegen; sie wusste nicht, ob sie Gott für ihr Glück danken oder ihr Pech verfluchen sollte. Sie waren zwar keine Gestrandeten mehr, saßen dafür aber auf einem Sklavenschiff fest. Doch ohne die griechische Karavelle wären sie und Adriano womöglich nie gefunden worden und auf der Felseninsel langsam verdurstet.

Als die Karavelle in den Hafen von Konstantinopel einlief, war ihr Laderaum voll gepackt mit menschlicher Handelsware, von Kindern bis zu älteren Menschen aller Nationalitäten und Sprachen, denn unterwegs hatte das Schiff viele Male Halt gemacht, um Sklaven für den Sultan zu kapern, zu entführen, zu rauben oder zu kaufen. Auf der ganzen Fahrt war Katharina mit den anderen in der lichtlosen, stinkenden Enge des Schiffsbauchs eingesperrt gewesen, bei wenig Wasser und kargem Essen, ohne Verbindung zur Außenwelt, fürchterlich seekrank und überzeugt, dass sie sterben müsse. Adriano sah sie erst wieder, als sie im geschäftigen Hafen ans Tageslicht gezerrt wurden. Obwohl die Sonne sie blendete, entdeckte sie ihn angekettet in einer Reihe jämmerlich aussehender Männer, von denen er sich durch seine Größe und Haltung abhob. Adriano war halb nackt und sah aus, als wäre er misshandelt worden, doch hielt er sein Haupt immer noch hoch erhoben, und sie beobachtete, wie er sich niederbeugte, um einem ins Stolpern geratenen Mitgefangenen aufzuhelfen. Ihre Blicke trafen sich. Katharina versuchte ihm ein Zeichen zu geben, doch Peitschen trieben sie in entgegengesetzte Richtungen auseinander, und Katharina sah ihn in einer bunten, lärmenden Menge verschwinden.

Die Sonne und die frische Luft trugen wenig dazu bei, ihre Kräfte wiederherzustellen. Ihr gefärbtes Haar war verfilzt und wimmelte vor Ungeziefer, ihre Galabeya von Erbrochenem besudelt; barfuß stolperte sie mit ihren weinenden und wehklagenden Leidensgenossinnen über glühend heiße Pflastersteine. Es war nicht weit bis zum Kaisertor, einem eindrucksvollen Triumphbogen aus weißem Marmor, hundert Meter vom Hippodrom und der Hagia Sophia entfernt, jener in eine Moschee umgewandelten Basilika. Das Kaisertor stand allen offen; zur Abschreckung waren dort an einem Seil die verwesenden Köpfe von Verbrechern aufgehängt. Durch dieses massive Stadttor strömten Menschen aller Art, vom höchsten Würdenträger bis zum niedrigsten Dienstboten, Muslime und Christen, Einheimische und Fremde, alle unter dem wachsamen Blick der grimmigen, mit Krummsäbeln, Speeren und Pfeilen bewaffneten Wächter.

Die Aufseher trieben die Frauen und Mädchen mit Peitschen in einen kleineren Hof, der von schwarzen Männern mit Piken bewacht wurde. Dort riss man den Gefangenen die Kleider vom Leib, nackt und zitternd standen sie in der Sonne. Katharina protestierte mit einem Schrei, als ihr Bruder Pastorius' Ledertasche vom Hals gezerrt wurde, die Tasche, die neben der Miniatur der heiligen Amelia nun auch die Keramikscherbe mit der Stadt Torbach enthielt. Diese Scherbe war ihr »Stückchen Deutschland«, ein Stück Steingut, hergestellt aus heimatlicher Erde, von vertrauten Händen geformt und liebevoll bemalt. Dort befand sich ihr Herz, wo immer sie sich aufhalten mochte. Doch nun war ihr dieses Torbach entwendet worden, zusammen mit dem Gemälde, das ihrem Vater beweisen würde, wer sie war. Wie sollten diese Dinge je wieder in ihren Besitz gelangen?

Eine Furcht einflößende Frau erschien auf dem Platz. Sie balancierte auf sehr hohen Plateausohlen und trug einen kegelförmigen Kopfputz, durch den sie noch größer wirkte. Vor einer Gefangenen nach der anderen baute sie sich auf und fragte: »Gläubig oder ungläubig?« Während die Beklagenswerte ihre Antwort murmelte, wurde sie flüchtig gemustert und dann mit einem einzigen Wort zu ihrem weiteren Schicksal verdammt: »Küche!«, »Wäscherei!«, »Kaserne!«, »Sklavenmarkt!« Bis Katharina an der Reihe war, hatte sie herausgefunden, dass die »Gläubigen« Arbeit im Palast bekamen, während die »Ungläubigen« zum Sklavenmarkt, oder, vielleicht schlimmer noch, als Freudenmädchen in die nahe Militärkaserne geschickt wurden.

Noch bevor die Aufseherin ihre Frage stellen konnte, platzte Katharina heraus: »*La illaha illa Allah* – es gibt keinen Gott außer Gott«, das muslimische Grundgebet, das sie von Doktor Mahmoud gelernt hatte.

Die Frau zog die Augenbrauen hoch. »Du bist Muslimin?«

Katharina biss sich auf die Lippe. Doktor Mahmoud hatte ihr genügend über den Islam und den Koran beigebracht, dass sie für eine Glaubensgenossin durchgehen konnte. Aber dann dachte sie an Adriano und seine hingebungsvolle Verehrung der Muttergottes. Adriano würde sich für seinen Glauben foltern lassen, *er* würde niemals vorgeben, etwas anderes als ein Christ zu sein. Da senkte Katharina den Kopf und murmelte: »Nein, ich bin Christin. Aber ich kann lesen und schreiben«, setzte sie rasch in der Hoffnung hinzu, sie würde damit dem Schicksal der anderen Frauen entrinnen, denn das Leben in der Palastküche und Wäscherei war sicher hart und kurz.

Die Frau hielt sich mit Katharina etwas länger auf als mit den anderen, untersuchte ihre Hände und Zähne und erkundigte sich nach ihrer Herkunft, worauf Katharina antwortete, sie sei adeliger Abstammung. Schließlich winkte die Frau einen Helfer heran. Er begleitete Katharina durch eine Tür, die zu ihrer Überraschung in ein Dampfbad führte, wo Frauen und Mädchen kaum bekleidet beieinander saßen und angeregt plauderten. Katharina wurde abgeschrubbt und nach Läusen untersucht; die mit ihr beschäftigte Magd knurrte, es sei ja hinreichend bekannt, dass sich die Christen nicht häufig wuschen. Dann kam der nächste Schock: Katharina musste sich die gesamte Körperbehaarung abrasieren lassen, was der Koran im Übrigen für alle Muslimen beiderlei Geschlechts vorschrieb, wie sie später erfuhr.

Katharina erhielt saubere Kleider, ein seltsames Kostüm aus einer langen Robe, einer Hose und einem Schleier zur Verhüllung des Gesichts, und nach kurzer Befragung musste sie eine Probe ihrer Geschicklichkeit im Umgang mit Nadel und Faden ablegen. Danach wurde sie dem Stab der Gewandmeisterin zugeteilt. Sie merkte bald, dass ihr diese niedrige und unbedeutende Stelle erlaubte, sich im gesamten Frauentrakt des Palasts zu bewegen, wenn auch in einer Gruppe anderer Näherinnen, von denen jede ihre Spezialaufgabe hatte. Katharina wurde mitgeteilt, dass sie, falls sie sich bewährte, eines Tages zur »Fadenhüterin« aufsteigen könne, deren einzige

Aufgabe im Beschaffen und Verwalten von Stickgarn bestand, wobei sie eigene Helferinnen beschäftigen würde. Diese Mitteilung war sicherlich gut gemeint und sollte Katharina aufmuntern, doch auf Katharina wirkte die Aussicht, den Rest ihres Daseins an diesem Ort zu verbringen, wie ein Gefängnisurteil.
So begann sie im großen Sultanspalast von Konstantinopel ihr neues Leben. Niemand scherte sich darum, dass sie Deutsche war und ihren Vater suchte, dass sie frei geboren war und Rechte besaß, dass sie womöglich sogar adeliger Herkunft war. Niemand interessierte sich für ihre Person oder wollte ihren Namen wissen, denn der Sultanspalast war von Tausenden von Sklaven und Dienern bevölkert, die es alle irgendwann als Gefangene hierher verschlagen hatte. Sie hatten sich damit abgefunden, ihr Dasein innerhalb dieser hohen Mauern zu fristen, und manche wandten ihr Schicksal durchaus zum Positiven, stiegen in der Dienstbotenhierarchie hoch hinauf und errangen Wohlstand und einen gewissen Einfluss.
Das Serail bestand aus einem von hohen Mauern umgebenen Komplex von Pavillons, die zwischen viel Grün auf einem Hügel lagen; von dort hatte man Aussicht auf das Theodosiusforum und die berühmten Stallungen des Sultans, in denen viertausend Pferde standen. In dieser isolierten, exotischen Welt kostete Katharina zum ersten Mal Reis und gewöhnte sich an, morgens, mittags und abends Kaffee zu trinken. Sie lernte auch, fünfmal täglich beim Gebetsruf auf die Knie zu fallen, und jedes Mal blutete ihr dabei das Herz, denn sie erinnerte sich an Doktor Mahmoud, der in ihrem Gärtchen in Torbach, während ihrer Reise entlang der Handelsstraße und an Deck jenes unglückseligen portugiesischen Schiffs auf dieselbe Weise gebetet hatte. Bei ihren Gebeten dachte sie an Adriano und hoffte inständig, dass er noch am Leben und irgendwo in ihrer Nähe wäre. Auch an ihren Vater dachte sie und erneuerte ihren Entschluss, ihre Reise nach Jerusalem fortzusetzen und ihn zu finden.
Die Frauen des kaiserlichen Harems waren in zwei Klassen geteilt: die Konkubinen und ihre Dienerinnen. Die Konkubinen mussten

strengen Schönheitskriterien genügen, darüber hinaus aber auch Charme und Niveau besitzen, um als Bettgespielinnen des Sultans auserwählt zu werden. Die Dienerinnen, die teils niedrige Schwerarbeit verrichteten, teils aber auch über kunsthandwerkliche Fertigkeiten und Bildung verfügten, erfüllten die tausend Bedürfnisse der Konkubinen. Katharina musste Stoffe und Gewänder, die bereits überaus prächtig und kostbar waren, mit zusätzlichen Schnörkeln und Ornamenten verzieren. Aber wenigstens brauchte sie nicht in der Küche oder unter den Baderäumen zu schuften, wo das Wasser erhitzt wurde (anderswo wäre das Männerarbeit, aber zum Serail hatten Männer keinen Zutritt).

Katharina wusste, dass in einem anderen Teil des Palasts noch eine andere Welt existierte – die *wirkliche* Welt des Handels, der Wissenschaft und der Männer. Oben auf dem Tor zum Kaiserpalast gab es eine Geheimkammer, wo die Damen des Sultans ungesehen den Paraden beiwohnen konnten, und von dort beobachtete Katharina die endlosen Prozessionen ausländischer Würdenträger, Besucher, Botschafter, Staatsoberhäupter, Wissenschaftler und Künstler. Sie lebten in einer Zeit der Forschungsexpeditionen und Entdeckungen, und da sich der Sultan als aufgeklärter Herrscher betrachtete, bat er die Welt bei sich zu Gast. Durch den marmornen Torbogen schritten spanische Eroberer mit Indianern aus der Neuen Welt, Azteken und Inkas, die sie dem Sultan als Geschenke übergaben. Gesandte vom Hof Heinrichs VIII. überbrachten Bücher über Astronomie und musikalische Werke, die der König höchstpersönlich komponiert hatte. Und aus Italien kamen Künstler, die einen ganz neuen Stil in der Malerei und Bildhauerei entwickelt hatten. Wenn Katharina da unten diese Europäer auf ihren Pferden erblickte, hätte sie am liebsten geschrien: »Hier bin ich! Bitte nehmt mich mit!« Doch obwohl die wirkliche Welt lediglich hinter ein paar Mauern lag, hätte sie genauso gut in den Sternen liegen können, so unerreichbar war sie für die Frauen des kaiserlichen Harems.

Es gab Zeiten, in denen Katharina glaubte, sie würde in diesem gol-

denen Käfig wahnsinnig werden, und oft weinte sie sich in den Schlaf, doch das behielt sie für sich und fügte sich in diese unwirkliche Welt, schloss sich den anderen Näherinnen an, stichelte an ihren feinen Näharbeiten, beobachtete und hörte zu, während sie die Tage zählte und auf eine Chance zur Flucht wartete. Vorsichtig erkundigte sie sich nach einem Mann, der gleichzeitig mit ihr in Gefangenschaft geraten und von denselben Sklavenhändlern nach Konstantinopel gebracht worden war. Ein christlicher Ritter aus Spanien, sagte sie. Auch fragte sie nach den Besitztümern, die man den Gefangenen abgenommen hatte, denn sie hätte etwas eingebüßt, was ihr viel bedeutete und was sie unbedingt zurückhaben müsse. Doch alle ihre Fragen prallten an einer Wand aus Gleichgültigkeit und leeren Blicken ab.
Dann musste sie eben allein die Spurensuche nach Adriano und der Miniatur der heiligen Amelia aufnehmen.

Obwohl Katharina in einer Art Gefängnis lebte, herrschten darin Freiheiten eigener Art, denn solange sie innerhalb der Mauern des Serails blieb, durfte sie gehen, wohin sie wollte. Die endlosen Gänge mit ihren prachtvollen Säulen und Brunnen, die Marmorbänke und exotischen Aussichtspavillons, die sich unerwartet weitenden Plätze, auf denen Jongleurinnen und Tänzerinnen für Unterhaltung sorgten, das Labyrinth von Gemächern und Bädern bildeten eine kleine Stadt für sich, in der ein unvorstellbarer Luxus herrschte. Den verwöhnten Bewohnerinnen fehlte es an nichts. Durch das gesamte Serail zog ein köstlicher Zitrusduft, da alle Marmorsäulen und Wände täglich mit Zitronensaft abgewaschen wurden, damit sie schön glänzten. Doch einen Ort gab es, zu dem Katharina der Zutritt verboten war: ein schöner Säulengang mit Gewölbedecke, der den Namen Perlentor trug. Er führte, wie man Katharina belehrte, zu den Privatgemächern der Sultanin Safiya, der Lieblingskonkubine des Sultans. Um diese Gemächer zu betreten, bedurfte es einer persönlichen Einladung.

Im Palast war immer etwas Aufregendes im Gange, etwa ein religiöser Feiertag mit Musik und Festmahl, ein Fest anlässlich eines Geburtstags oder ein Ehrentag für den Sultan mit Paraden, Fanfaren und geladenen Artisten. Im Serail herrschte stets größte Aufregung, wenn ein Mädchen für das Bett des Sultans auserwählt wurde. Obwohl sämtliche Frauen des Palasts, von der niedrigsten Sklavin bis zur Sultanin, persönlicher Besitz des Sultans waren, mit dem er nach Belieben schalten und walten konnte, bekamen ihn nur wenige Frauen tatsächlich zu Gesicht. Deshalb gab es im Harem so wenig Kinder, nur ein paar kleine Mädchen, die vom Sultan gezeugt waren. Drei Jungen waren im Säuglingsalter gestorben, sodass dem Sultan nur ein einziger Sohn blieb, von einer Konkubine, die Katharina nie gesehen hatte. Frauen, die schwanger wurden (meist von einem Wächter oder einem Besucher, der sich heimlich eingeschlichen hatte), wurden zum Tode verurteilt. Die Mädchen kamen als Jungfrauen hierher und lebten ihr Leben, ohne jemals die Berührung eines Mannes kennen zu lernen. Wenn der Sultan daher ein Mädchen an sein Lager befahl (niemand wusste genau, wie die Auswahl vonstatten ging, da er den Harem nie besuchte), wurden in den Tagen davor die festlichsten Vorbereitungen getroffen; aufgeregtes Geschwatz und Spekulationen kreisten um das Ereignis, während die glückliche Auserwählte gebadet und massiert und mit den schönsten Gewändern und Juwelen geschmückt wurde; sie wurde wie eine Königin behandelt und empfing so manchen geflüsterten Hinweis, wie sie dem Sultan Gefallen bereiten könne. Am Morgen danach erreichte die Aufregung ihren Höhepunkt, wenn Überlegungen über die Geschenke angestellt wurden, die die junge Frau erhalten würde, über die Großzügigkeit des Sultans, alle freuten sich aufrichtig für sie, bejubelten ihr Glück und waren natürlich begierig darauf, alles über die Ereignisse der Nacht zu erfahren. Obwohl sie kein zweites Mal ins Schlafgemach des Sultans gerufen würde, besaß sie dennoch als Auserkorene einen ganz besonderen Status im Harem.

Eine weitere beliebte Vergnügung der Frauen bestand darin, in kleinen Booten auf einem riesigen überdachten Wasserbecken herumzurudern, dabei die Turbane von den Köpfen der Eunuchen herunterzuschlagen und darin zu wetteifern, wer die Turbane am weitesten ins Wasser schleudern konnte. Endlos zerstreute man sich mit zahmen Affen, Papageien und dressierten Tauben, die kleine Fußkettchen aus Perlen trugen und Kunststücke vorführten; viele Stunden vergingen bei Schach und anderen Brettspielen; ganze Nachmittage wurden mit der Anprobe von Kleidern und Schleiern, Schuhen und Schmuckstücken verbracht; oft bestand die einzige Abendunterhaltung darin, einander die Haare zu bürsten oder zu schminken, neue Parfüms zu mischen, diese oder jene Creme auszuprobieren und sich imaginäre Haare von sämtlichen Körperpartien auszuzupfen.

Auch der Klatsch war aus dem Harem nicht wegzudenken, die Konkubinen und ihre Dienerinnen verschlangen Gerüchte wie kandierte Früchte: Wer mit wem schlief (Jamila und Sarah), wer wessen Herz gebrochen hatte (die Hexe Farida und die arme kleine Jasmin), wer sich in die Gunst der Sultanin Safiya einschleichen wollte, wer fett wurde, wer alt wurde. Wochenlang drehten sich die Gespräche nur um die skandalöse Liebesaffäre zwischen Mariam und einem der afrikanischen Eunuchen – als sie erwischt wurden, wurden beide geköpft und zur Warnung für alle anderen am Kaisertor aufgehängt.

Der hauptsächliche Zeitvertreib bestand allerdings, wie es Katharina schien, im Nichtstun. Ein großer Teil davon spielte sich in den Bädern ab – man ließ sich waschen, massieren, die Körperhaare entfernen. Stunden um Stunden verbrachten die Frauen im Dampfbad, labten sich an Obst und Getränken und ergaben sich dem Klatsch und Tratsch. In diesen Bädern gab es keine Wannen, weil die Türken glaubten, in stehendem Wasser lauerten böse *dschinn*, daher saßen die Frauen auf Marmorbänken und ließen sich von Sklavinnen einseifen und abspülen. Katharina staunte über ihren völligen Mangel an Schamgefühl, sie trugen keinen Faden am Leib, sondern lagen

splitternackt auf den Liegen oder stolzierten auf und ab, um ihre prallen Brüste und Hinterbacken zur Schau zu stellen. Da diese sinnlichen Frauen so gut wie nie in den Armen eines Mannes lagen (die Eunuchen waren im Allgemeinen uninteressant), suchten sie die sexuelle Lust untereinander und hatten häufig leidenschaftliche Liebesaffären, die zu heftigen Ausbrüchen von Hass und Eifersucht führen konnten.
Bei so viel Langeweile, Warten und Unausgefülltheit stieg dumpfe Abscheu in Katharina hoch. Diese Frauen waren alle gegen ihren Willen hierher verschleppt worden, schienen jedoch zufrieden und sogar glücklich, als wären ihre Herzen und ihre Erinnerungen stumpf geworden. Sie führten ein Leben, das im Grunde eine Art von angenehmem Tode war, und Katharina fürchtete, wenn sie nur genügend Zeit an diesem verwunschenen Ort zubrächte, würde auch sie seinem Zauber erliegen. Das durfte niemals geschehen. Sie hatte ihrer Mutter am Totenbett das Versprechen gegeben, ihren Vater zu finden. Und Adriano schuldete sie Dank für ihr Leben.
Katharina wurde von fürchterlichen Visionen gequält, was ihm wohl in diesem Moment gerade zustieß, und schämte sich der luxuriösen Existenz, die sie führte. Jeden Morgen dachte sie beim ersten der fünf Tagesgebete daran, dass Adriano sie auf jener Insel nicht im Stich gelassen hatte. Auch sie würde ihn jetzt nicht im Stich lassen. Irgendwie würde sie ihre Schuld begleichen.

Da war er wieder, der entstellte Eunuch, und beobachtete sie. Jetzt war sich Katharina sicher, dass es sich nicht um einen Zufall handelte. Nachdem sie ihm wochenlang an den abgelegensten Orten begegnet war, gelangte sie zur Überzeugung, dass er sie verfolgte. Und das jagte ihr einen Schauder der Angst über den Rücken.
Acht Monate lebte Katharina nun schon im kaiserlichen Harem, und es war ihr mit Verstand und List gelungen, nicht in das verworrene Geflecht der Beziehungen, Verliebtheiten, Eifersüchteleien, Verschwörungen, Intrigen und Gegenintrigen hineingezogen zu

werden, die es zwischen den einzelnen Cliquen und rivalisierenden Gruppen ständig gab. Es kam auf die strenge Beachtung der Hackordnung an, die sich verschob und veränderte wie die Sanddünen. Konkubinen stiegen oder fielen innerhalb der Haremshierarchie, gewannen die Gunst der Mehrheit und verloren sie wieder, alles in völliger Willkür. Nur die Sultanin Safiya, die Lieblingskonkubine des Sultans, hielt ihre Stellung an der Spitze des Harems, doch auf diese erhabene Persönlichkeit hatte Katharina noch nicht einmal einen flüchtigen Blick erhascht. Viele hatten versucht, Katharina auf ihre Seite zu ziehen, doch sie war neutral geblieben und wurde nach einiger Zeit dafür auch respektiert, denn man konnte ihr vertrauen und sich auf ihre Ehrlichkeit verlassen. Sie hatte es sogar geschafft, sich das Wohlwollen ihrer drei launischen Vorgesetzten zu erwerben – der Seidenmeisterin, der Fadenmeisterin und der Schuhmeisterin. Freundschaften hatte sie im Harem nicht geschlossen, sich aber auch keine Feinde gemacht.

Mit den Eunuchen verhielt es sich anders. Auch noch nach acht Monaten angestrengter Anpassung an diese verrückte Welt, die sich so sehr von der Welt außerhalb der Palastmauern unterschied, hatte Katharina das Wesen dieser seltsamen Männer, die die Frauen bewachten, nicht ergründen können.

Der Harem wurde ausschließlich von schwarzen Eunuchen beaufsichtigt, die besonders hässlich oder absichtlich entstellt waren, um ein romantisches Interesse bei den Frauen gar nicht erst aufkommen zu lassen. Sie waren als Knaben in Afrika gefangen genommen und gleich kastriert worden, meist in einer Wüste, wo der heiße Sand das einzige Heilmittel gegen die oft tödlichen Blutungen war. Denn der Eingriff war gewaltig: Wer als Eunuch für den kaiserlichen Harem vorgesehen war, musste die vollständige Amputation von Hoden und Penis über sich ergehen lassen (urinieren konnte der Eunuch dann nur über ein Rohr, das er in seinem Turban verbarg). Eunuchen konnten zu großer Macht aufsteigen und selbst über einen Stab von Dienern und Sklaven herrschen; sie waren bei allen, die sich ihren Missmut zuzogen, gefürchtete Gegner. Deshalb machte sich Katharina auch solche Sorgen, weil dieser eine Eunuch ihr offensichtlich nachspionierte. Wem berichtete er über sie, und aus welchem Grund?

Ihr Verdacht bestätigte sich eines Nachts, als sich plötzlich eine Hand wie eine Eisenklammer über ihren Mund legte. Es war nicht ungewöhnlich, dass ein Mädchen auf geheimnisvolle Weise verschwand und nie wieder gesehen wurde, woraufhin von Ungehorsam, Missgunst und Eifersucht getuschelt wurde. Niemand erfuhr je, wohin diese Unglücklichen gebracht wurden, und niemand wagte es, Nachforschungen anzustellen. Katharina wurde aus dem Schlafsaal getragen, während die anderen Mädchen zusahen und dabei so taten, als schliefen sie, aus Angst, sie könnten dasselbe Schicksal erleiden, wenn sie Zeugen des Vorfalls würden.

Doch draußen im Mondlicht setzte der Eunuch Katharina ab und bedeutete ihr, sie solle schweigen und ihm folgen.

Er brachte sie in ein Gemach in einem abgesonderten Palastflügel, wo nur in hoher Gunst stehende Konkubinen lebten, und Katharina staunte über den verschwenderischen Reichtum. Dieses innere Heiligtum stellte mit seinen kostbaren Teppichen und Wandbehängen, den mit Kissen übersäten Diwanen und den vergoldeten Möbeln alles in den Schatten, was sie bisher gesehen hatte. Wer hier wohnte, war reich und mächtig.

Und dann erschien sie – eine junge Frau, die nicht viel älter war als Katharina selbst, schlank und wunderschön, in ein seidenes Gewand aus Rottönen gekleidet, dessen Kanten mit Goldborten eingefasst waren. »Gottes Friede sei mit dir«, begrüßte die junge Frau sie mit einem Lächeln. »Bitte nimm deinen Schleier ab.«

Katharina tat, wie ihr geheißen, und entblößte ihr langes Haar, das in kunstvoll geflochtenen Zöpfen um ihren Kopf gewunden war.

»Und deinen Hut«, kam der zweite Befehl, obwohl er mehr wie eine Bitte klang, und Katharina nahm das kleine, wie eine runde Schachtel geformte Seidenhütchen ab, mit dem sie ihren Scheitel bedeckte.

Die Konkubine musterte sie einen Augenblick und brach dann in ein freundliches Lachen aus. »Du siehst ja aus, als würdest du ein gelbes Käppchen tragen!«

Katharina errötete. Alle Mädchen neckten sie deswegen; sie konnten sich gar nicht satt hören an Katharinas Geschichte, wie sie sich als Ägypterjunge verkleiden und deshalb ihre Haare dunkel färben musste. Ein nie versiegender Quell der Heiterkeit aber war die allmählich herauswachsende Farbe: Die ersten paar Zentimeter ihres Haars hatten ihre goldblonde Naturfarbe, während die längeren Zöpfe immer noch schlammig braun waren.

»Mein Eunuch hat mir erzählt, du wärest blond«, sagte die junge Frau. Sie streckte ihre Hand aus. »Bitte setz dich, mach es dir bequem.« Sie gab den Dienerinnen ein Zeichen, in die winzigen Tässchen Kaffee einzuschenken, den Katharina allerdings immer noch kaum genießbar fand.

»Ich habe dich eine Weile beobachtet«, fuhr ihre geheimnisvolle Gastgeberin fort. »Vielmehr hat mein Eunuch dich beobachtet und mir Bericht erstattet.« Sie nippte zierlich an ihrem Getränk. »Du hast dich keiner Clique angeschlossen. Es gibt keine Konkubine, die sich rühmen kann, dich, wie man sagt, in der Tasche zu haben. Das lässt auf Charakterstärke schließen, sind doch manche Damen beim Rekrutieren von Gefolgsleuten äußerst hartnäckig. Du aber hast deine persönliche Unabhängigkeit bewahrt, eine Seltenheit im Harem.«

Sie sprach Arabisch, das Katharina inzwischen recht gut beherrschte; sie konnte ihre Gastgeberin verstehen und sich ihrerseits angemessen verständigen. »Was wünscht die Sultanin von mir?«, fragte sie. Katharina wusste, dass sich die osmanischen Sultane längst nicht mehr um die Ehe scherten und es seit Jahrhunderten in dieser Dynastie keine Hochzeit mehr gegeben hatte. Lieblingskonkubinen erlangten jedoch einen besonderen Rang, und weil es keine bessere Anrede gab, wurde die jeweilige Lieblingskonkubine mit dem Ehrentitel »Sultanin« angesprochen.

Die junge Frau verbesserte sie: »Ich bin nicht die Sultanin, komme aber in der Rangfolge gleich nach ihr. Mein Name ist Asmahan, und ich habe dich hierher bringen lassen, um dich um einen Gefallen zu bitten.«

Katharina war sofort auf der Hut. »Einen Gefallen, Herrin?«

Asmahan sprach mit leiser, lieblicher Stimme. »Ich wurde vor acht Jahren aus meiner Heimat Samarkand entführt und in das Haus des Sultans verkauft. Wie du wurde ich Gefangene im Harem und sollte den Rest meiner Tage dort verbringen. Doch ich hatte Glück – ich wurde für eine Nacht zum Sultan gerufen. Wie du weißt, steigen solche Frauen im Rang auf, auch wenn sie den Sultan nie wieder sehen. Doch ich – Gott sei gepriesen – wurde schwanger. Neun Monate lang wurde ich gehätschelt und verwöhnt und beobachtet: Alle warteten, ob ich einen Jungen oder ein Mädchen zur Welt bringen würde. Ein Mädchen würde im Harem großgezogen und auf eine künftige politische Heirat vorbereitet werden. Ein Junge aber …«

Katharina hatte bereits gehört, dass der Sultan einen Sohn von einer Lieblingskonkubine hatte. Asmahan wurde vom ganzen Harem beneidet. »Der Sultan muss sehr glücklich sein«, sagte Katharina, weil ihr nichts Passenderes einfiel, und überlegte, um welchen Gefallen diese mächtige Frau sie wohl bitten könnte.

»Ja. Er liebt unseren Sohn abgöttisch. Er lässt Bulbul oft holen und behält ihn tagelang bei sich.« Wieder trank sie nachdenklich einen Schluck von dem starken Gebräu.

Katharina wartete.

Asmahan beugte sich vor, ihre Stimme wurde hart. »Die Sultanin ist ebenfalls schwanger. Davon bist du sicher unterrichtet.«

Katharina hätte gern geantwortet, dass hier nicht einmal ein Rotkehlchen ein Ei legen konnte, ohne dass es sofort alle Spatzen von den Dächern pfiffen. »Ich habe so etwas gehört«, sagte sie. Es handelte sich um die Sultanin Safiya, die mächtigste Frau im osmanischen Reich, denn sie wurde als Einzige wiederholt ans Lager des Sultans gerufen.

»Es ist nicht ihre erste Schwangerschaft«, fuhr Asmahan so leise

fort, dass kaum mehr als ein Flüstern vernehmbar war. Katharina stellte sich vor, wie sie hinter den Vorhängen von tausend verborgenen Augen beobachtet, von hundert Ohren belauscht wurden. »Die anderen Schwangerschaften endeten mit Fehlgeburten, oder Safiya brachte Töchter zur Welt. Doch die Astrologen prophezeien, diesmal wäre es ein Sohn. Weißt du, was mit anderen Frauen geschehen ist, als sie vom Sultan schwanger geworden sind?«
Katharina war einiges zu Ohren gekommen. Erst vor wenigen Wochen war ein armes Geschöpf in der fünften Schwangerschaftswoche in die Gemächer der Sultanin Safiya befohlen und danach nie mehr gesehen worden. Hinter vorgehaltener Hand wurde geflüstert, dass Safiya das Mädchen in den Bauch getreten und damit massive Blutungen ausgelöst hatte, die Mutter und Kind das Leben kosteten.
»Auf diese und jene Weise ist es der Sultanin immer gelungen, den Weg für ihr eigenes Kind frei zu halten. Ich hatte Glück – und handelte klug. Als bei mir die Geburt näher rückte, bat ich den Sultan um den persönlichen Schutz seiner Leibärzte. So konnte Safiya weder mir noch meinem Baby etwas anhaben. Dass sie meinen Sohn hasst, steht fest, doch nicht einmal sie wagte bisher einen Versuch, ihn aus der Welt zu schaffen. Aber sobald sie selbst einen Sohn gebiert, kann sie das auf legale Weise tun.«
»Sie kann ihn *töten?*«, entfuhr es Katharina.
»Wenn es nur so wäre! Aber meinen kleinen Bulbul erwartet ein noch schlimmeres Schicksal.« Obwohl sie allein im Raum waren, warf Asmahan verstohlene Blicke um sich. »Es gibt in diesem Palast eine Kammer, die Käfig genannt wird. Es ist eine sehr kleine Kammer am Ende eines langen Korridors. Die Türen und Fenster sind zugemauert, sodass es keinen Zugang zur Außenwelt gibt. Dort leben die türkischen Prinzen, die keinen Anspruch auf den Thron haben. Sie werden von taubstummen Kindermädchen in völliger Isolation großgezogen, und nach einigen Jahren verlieren sie den Verstand.«

»Wie grausam! Wie kann so etwas nur geschehen!«
»Im türkischen Reich gibt es ein Gesetz, das dem Thronerben vorschreibt, seine Brüder auszuschalten. Allerdings darf dabei kein Blut vergossen werden; deshalb werden sie dazu verdammt, ihr Leben im Käfig zu verbringen. Genau das ist Bulbuls Los, sobald Safiya dem Sultan einen Sohn schenkt.«
»Ich verstehe nicht ganz, Herrin. Euer Sohn ist doch älter.«
»Aber ich bin von geringerer Geburt als Safiya. Sie stammt aus einem sehr alten, edlen türkischen Geschlecht, ich dagegen aus einer Nomadenfamilie – in unserem eigenen Land sind wir reich und mächtig, doch das zählt hier nicht. Daran erinnert Safiya den Sultan bei jeder Gelegenheit, und ich habe schon bemerkt, wie er schwankend wird.«
»Aber wie kann ich Euch helfen?«
»Mit Gottes Hilfe wirst du Bulbul zu meiner Familie nach Samarkand bringen.«
Katharina verschlug es den Atem. »Samarkand! Aber Herrin! Warum ich? Von den vielen hundert Frauen hier …«
»Weil du die Einzige bist, die fort möchte. Ich habe in dir den leidenschaftlichen Wunsch gesehen, von hier zu fliehen. Die Frauen sind hier in der Regel glücklich, wie dir sicher aufgefallen ist. Viele stammen aus armseligen Dörfern, wo sie ein entbehrungsreiches Leben mit einem tyrannischen Ehemann erwartet hätte. Hier leben sie in Luxus und genießen Freiheit, jedenfalls innerhalb dieser Mauern. Und diejenigen, die nicht glücklich sind, haben sich mit ihrem Schicksal abgefunden. Außerdem habe ich dich gewählt«, fügte sie hinzu, während sie die Arme hob, ihren Schleier zurückschlug und ihr goldenes Haar zeigte, »weil du hellhäutig und blond bist wie ich. Bulbul könnte dein eigenes Kind sein.«
Katharina staunte über Asmahans Haarpracht, deren Farbe ihrer eigenen so ähnelte. Blondinen waren im kaiserlichen Harem nichts Ungewöhnliches, aber da blonde Haare als Zeichen von Schwäche und mangelnder Leidenschaftlichkeit galten, unterzo-

gen sich ihre Besitzerinnen großen Mühen, um ihre Haare rot zu färben.

»Ich würde Euch den Gefallen gern tun, Herrin, denn Ihr habt Recht, ich möchte fort von hier. Aber ich kann Euren Wunsch nicht erfüllen.«

Perfekt nachgezogene Augenbrauen schossen in die Höhe. »Aus welchem Grund? Du willst hier doch nicht bleiben, oder?«

»Nein, das will ich wahrhaftig nicht«, antwortete Katharina mit tiefer Inbrunst. »Ich bin auf der Suche nach meinen Angehörigen. Wie Ihr wurde ich vor langem von meiner Familie getrennt, ich habe meinen Vater und meine Brüder nie gesehen und sehne mich danach, sie kennen zu lernen.«

Asmahan nickte ernst. »Die Trennung von der eigenen Familie ist sehr leidvoll. Deshalb muss Bulbul zu seinem Clan gebracht werden. Aber warum willst du das nicht für mich tun?«

»Es gibt da einen Mann, einen christlichen Ritter, der mit mir nach Konstantinopel verschleppt wurde. Ohne ihn kann ich nicht fort.«

Asmahan runzelte die Stirn. »Christliche Ritter überleben hier nicht lange. Er ist sicher längst gefoltert und getötet worden, Gott sei ihm gnädig.«

»Aber ich habe keine Gewissheit darüber. Ich kann Konstantinopel nicht verlassen, wenn ich nicht weiß, was aus Adriano geworden ist. Und wenn er noch lebt, dann muss er mit mir kommen.«

Asmahan dachte nach. »Ich werde Erkundigungen einziehen«, sagte sie.

»Darf ich noch eine weitere Gunst von Euch erbitten, Herrin? Als ich zum Palast gebracht wurde, hatte ich das wenige, das ich noch besaß, bei mir: eine Ledertasche mit Erinnerungsstücken, die mir viel bedeuten. Diese Tasche wurde mir weggenommen. Seid Ihr vielleicht in der Lage, sie für mich wiederzufinden?«

Asmahan sah sie zweifelnd an. »Die Besitztümer der Gefangenen gelten im Allgemeinen als zu belanglos für den Sultan und seinen

Hofstaat, als dass man sich damit abgäbe; in der Regel werden sie den Sklavenhändlern überlassen oder aber als milde Gaben des Sultans an die Armen der Stadt verteilt. Ich werde sehen, was ich tun kann – alles liegt in Gottes Hand.«

Dann schlug sie einen warnenden Ton an: »Und nun hör mir gut zu. Unser Vorhaben ist gefährlich. Es gibt überall Spione hier. Die Sultanin beobachtet mich. Als meine Vertraute bist du jetzt nicht mehr in Sicherheit; du musst stets auf der Hut sein. Komm morgen Abend wieder und bring dein Stickzeug mit.«

Bei Katharinas nächstem Besuch in den Gemächern Asmahans lag Bruder Pastorius' Ledertasche wie durch ein Wunder auf dem Diwan. Katharina stürzte sich sofort darauf und öffnete sie. Das Miniaturgemälde der heiligen Amelia war immer noch da, ebenso die Keramikscherbe mit Torbach.

Katharina drückte ihre Schätze an ihr Herz und sagte unter Tränen: »Gott segne Euch, Herrin. Ihr habt mir meinen Lebensmut wiedergeschenkt.«

Aus Rücksicht auf Katharinas Gefühle verschwieg ihr Asmahan lieber, dass ihre Schätze so unbedeutend waren, dass sie niemand hatte haben wollen, nicht einmal die Bettler, die in das vom Sultan gestiftete Hospital kamen, um sich dort eine Kleiderspende und einen Becher medizinischen Weins abzuholen. Doch sie verstand Katharina nur zu gut: Hätte sie doch ihr ganzes Gold und alle ihre Juwelen dafür gegeben, ein Schafsfell aus der großen Herde ihres Vaters unter ihren Fingern zu spüren.

Danach ging Katharina jeden Abend mit ihrer Sticktasche zu Asmahan, vorgeblich, um eine Stickerei für die Konkubine anzufertigen, in Wirklichkeit aber, um sich mit dem kleinen Bulbul anzufreunden, einem pausbäckigen, gutmütigen Blondschopf, der, wenn der schreckliche Moment gekommen wäre, bereitwillig mit seiner neuen Mutter ziehen müsste.

Es war ein kühler, wolkenverhangener Vormittag, ein leichter Nieselregen fiel auf Konstantinopel. Die Gewandmeisterin eilte in den Taubenpavillon, wo ihre Helferinnen ein Kleid für die Glückliche nähten, die für das Bett des Sultans auserwählt worden war, und schlug Katharina Nadel und Faden aus der Hand. »Die Sultanin! Sie hat nach dir geschickt!«

Katharina blieb das Herz stehen. Die Sultanin! Hatte sie Asmahans geheime Pläne aufgedeckt?

Auf sie wartete ein Eunuch, der sie begleiten sollte, ein Furcht einflößender Hüne, den Katharina noch nie gesehen hatte. Er war elegant gekleidet und trug einen Turban aus Goldbrokat mit üppigem Federschmuck. Seine Nase war ihm vor langem abgeschnitten und durch einen goldenen Schnabel ersetzt worden, sodass er aussah wie ein mythisches Geschöpf. Wortlos wandte er sich um und schritt voran. Katharina folgte ihm neugierig, doch als sie sich dem verbotenen Perlentor näherten, überfiel sie ein ängstliches Zittern. Wie viele waren durch dieses Tor geschritten, um niemals wiederzukehren? Wenn die Sultanin ihrer Verschwörung mit Asmahan auf die Schliche gekommen war, konnte sie jede Hoffnung fahren lassen, hier jemals wieder lebend herauszukommen.

Katharina hatte nicht geglaubt, dass es noch prächtigere Gemächer als die von Asmahan geben könnte, doch vor der Privatsuite der Sultanin verschlug es ihr den Atem. Sie hatte gehört, dass die Sultanin eine Leidenschaft für Perlen besaß, aber was sie hier sah, übertraf alle ihre Vorstellungen. Die Wandbehänge, Vorhänge, Fußschemel, Diwankissen und sogar die Fußmatten waren mit rosa, weißen und schwarzen Perlen besetzt. Und auf einem thronartigen, ebenfalls mit Hunderten von Perlen verzierten Sessel erwartete sie eine Frau, deren Gewänder mit so vielen Perlen bestickt waren, dass sie aussah, als wäre sie von einem Schneesturm überrascht worden. Katharina hatte an einem Menschen noch nie so viele Perlen gesehen. Wie konnte diese Frau unter ihrem Gewicht überhaupt laufen?

Safiyas Augen waren so hart und starr wie ihre kostbaren Perlen.

Unverblümt taxierte sie die Hilfsnäherin mit einem unergründlichen Blick, und Katharina musste sich sehr zusammennehmen, um nicht nervös zu werden oder zurückzustarren. Die Lider Safiyas waren so dick mit schwarzem Kajalstift umrandet, dass man von den Augen selbst eigentlich nicht mehr viel sah, und auf die Lippen hatte sie so viel Rot aufgetragen, dass der Eindruck entstand, sie hätte Marmelade gegessen und danach versäumt, sich den Mund abzuwischen. Mit aller Schminke ließ sich nicht überdecken, dass die Lieblingskonkubine des Sultans überraschend alt war – Katharina hatte gehört, dass Safiya schon auf die vierzig zuging. Wie seltsam, dass der Sultan diese Frau immer wieder zu sich holte, wenn er die Wahl zwischen hundert gerade eben geschlechtsreifen Mädchen hatte. Safiyas Schwangerschaft war schon weit fortgeschritten.

Ihre Stimme klang scharf und schneidend wie ein Krummsäbel. »Seit einiger Zeit besuchst du Asmahan. Aus welchem Grund?«

Katharina versuchte ihr Zittern zu unterdrücken. »Sie schätzt meine Stickereien, Herrin.«

»Ich finde deine Arbeiten mittelmäßig. Asmahan hat keinen Geschmack.« Die schwarz geränderten Augen durchbohrten sie. Katharina schlug das Herz bis zum Hals. »Warum zitterst du so, Mädchen?«

»Ich war noch nie …« – Katharina befeuchtete sich ihre trockenen Lippen – »in so erhabener Gesellschaft, Herrin. Es ist, als würde ich zu einer Göttin aufblicken.«

Katharina hatte keine Ahnung, wer ihr diese Worte eingeflüstert hatte, jedenfalls zeigten sie Wirkung. Die Sultanin schien eine Spur zugänglicher zu werden, sogar eine so hoch im Rang stehende Frau war für Schmeicheleien nicht unempfänglich. »Ich habe einen Auftrag für dich«, sagte sie ohne Umschweife. »Wenn du deine Sache gut machst, erfülle ich dir jeden Wunsch.«

Katharina konnte ihr Erschrecken kaum verbergen. »Was begehrt Ihr, Herrin?«

»Du wirst Asmahan ausspionieren. Beobachte, was sie tut und wen sie sieht, und hör gut zu, was geredet wird. Dann berichtest du mir. Verstanden?«

»Ja, Herrin. Gibt es etwas Besonde…«

»Alles will ich wissen«, fiel sie Katharina ins Wort. »Erzähl mir alles, was dort vor sich geht. *Ich* entscheide, was wichtig ist und was nicht.« Sie fasste Katharina scharf ins Auge und sagte dann: »Vielleicht fühlst du dich Asmahan gegenüber irgendwie verpflichtet. Das soll deine eigene Sache sein. Aber lass dich dadurch nicht hindern, meinen Auftrag auszuführen. Damit du nicht wankend wirst, denk an mein Versprechen: Ich erfülle dir *jeden Wunsch*, wenn mir deine Berichte gefallen.«

Die Sultanin seufzte und legte schwer beringte Hände auf ihren dicken Bauch. »Ich trage den Erben des Sultans in mir«, erklärte sie, eine unnötige Äußerung, die jedoch eines unmissverständlich klarstellte: Asmahans Sohn hatte keine Chance.

Als sich Katharina zum Gehen wandte, schickte ihr die schneidende Stimme der Sultanin eine Warnung nach: »Pass auf, Mädchen, denn während du Asmahan beobachtest, wirst du selbst beobachtet. Jeder Schritt, den du tust, wird mir hinterbracht.«

Katharina ging weiterhin jeden Abend wegen vorgeblicher Stickarbeiten zu Asmahan, doch ihr neues, furchtbares Geheimnis bedrückte sie schwer. Sie spielte mit Bulbul, erzählte ihm Geschichten und sang ihm Lieder vor, während Asmahan ihnen traurig zusah, denn die Tage mit ihrem Sohn waren gezählt. Die ganze Zeit überlegte Katharina fieberhaft, was sie Safiya bloß berichten solle, ob sie Asmahan ins Vertrauen ziehen solle und ob Adriano jemals gefunden würde. Tagsüber fühlte sie sich bei jedem Schritt von unsichtbaren Späherblicken verfolgt. Der Palast war wie ein Schwamm durchlöchert von Geheimklappen, geheimen Durchgängen und Gucklöchern. Jeder spionierte jedem nach. Abend für Abend fragte Katharina bei ihrer Ankunft in Asmahans Gemächern: »Gibt es etwas Neues von Adriano?« Und Abend für Abend lautete die Antwort: »Ich habe nichts Neues zu berichten.« Bis Katharina ernsthaft zu überlegen begann: Die Sultanin hat mehr Macht als Asmahan. Wenn ich ihr von Asmahans Plänen berichte, wird sie vielleicht Adriano retten und uns beiden die Freiheit schenken. »Ich erfülle dir *jeden Wunsch*«, hatte die mächtige Sultanin versprochen.

Und dann sagte Asmahan eines Abends: »Die Gefahr für meinen Sohn wächst. Safiya hat geschworen, dass er den Sultansthron nicht besteigen wird.«

»Aber wenn die Sultanin ein Mädchen bekommt?«

»Dann wird sie meinen Sohn aus Eifersucht ermorden. Sein Leben schwebt jeden Tag in größerer Gefahr. Ich bekomme Angst. Mein Eunuch hat einen Leibwächter gefunden, dem wir vertrauen können. Dieser Mann wird Bulbul jede Minute bis zum Tag des Aufbruchs bewachen.«

»Wie könnt Ihr sicher sein, dass Ihr ihm vertrauen könnt?« *Du kannst ja nicht einmal mir vertrauen!* Katharina verfluchte das Schicksal, das sie in eine solche Zwickmühle gebracht hatte: entweder Asmahan zu helfen oder sie zu verraten und die Sultanin um Hilfe bei der Suche nach Adriano zu bitten.

»Bist du eine gute Menschenkennerin, Katharina? Vielleicht kannst du selbst beurteilen, ob wir diesem Mann vertrauen können.« Asmahan deutete zu ihrem Privatgarten, wo Bulbul gern Spielzeugboote auf dem Fischteich segeln ließ.

Katharina ging hinaus unter den Nachthimmel und sah neben einer Trauerweide eine hoch gewachsene Gestalt in einem langen Gewand stehen, einen mageren, abgezehrten Mann mit zottigem Bart und Haaren, die ihm bis über die Schultern gewachsen waren. Und als er sich umdrehte, sah sie in dunklen Höhlen liegende Augen und tiefe Falten in den Winkeln eines Mundes, der seit langem nicht gelächelt hatte.

Er starrte sie einen Augenblick lang an, dann begann sein Gesicht langsam zu leuchten, als er sie erkannte. »Dank sei Gott dem Gnädigen«, flüsterte er und trat einen unsicheren Schritt auf sie zu.

Doch Katharina war schon zu ihm gestürzt und wurde von ausgemergelten Armen in der zärtlichsten Umarmung umschlungen. Unter dem Gewand spürte sie nur noch Haut und Knochen und weinte an einer Schulter, die ihre kräftige Rundung verloren hatte. Adriano weinte mit ihr, denn er hatte geglaubt, er würde sie nie wiedersehen.

»Wie …«, setzte Katharina an, beugte sich aber dann zurück und versank in seinen Anblick wie in einen Traum.

Er wischte sich die Tränen ab. Dann führte er Katharina zu einer Bank, setzte sich und sah sie an. Erst nach einer Weile konnte er erzählen.

»Während ich im stinkenden Bauch eines Sklavenschiffs saß, dachte ich an eine junge Frau, der ich begegnet war, eine sehr tapfere junge Frau, die die Sicherheit ihrer Heimatstadt aufgegeben hatte und auf ein angenehmes, behütetes Leben verzichtete, um in die Welt hinauszugehen und ihren Vater zu finden. Keine Gefahr konnte sie von ihrem Weg abhalten, nicht einmal ein Schiffbruch, der sie mit einem Fremden auf eine Insel spülte. Als ich die Entschlossenheit in ihrer Stimme hörte und ihre Willenskraft erkannte, dachte ich: ›Was dieses Mädchen kann, das kann ich doch auch.‹ Ich betete zur Heiligen Jungfrau und erneuerte mein Gelöbnis, ihren Thron in Jerusalem wieder zu errichten und mich meinen Ordensbrüdern anzuschließen. Da erschien mir die Gottesmutter in einem Traum und verkündete mir, als Toter wäre ich ihr nicht von Nutzen, denn Märtyrer bauten keine Kirchen; stattdessen benötige sie lebende Kämpfer. Also legte ich auf dem Sklavenschiff meinen Rittermantel und alles andere ab, was meine wirkliche Stellung verriet, sodass niemand erkannte, wer ich war, als wir das Schiff im Hafen verließen. Ich stellte mich stumm, doch wegen meiner Statur wurde ich in den Steinbruch geschickt, denn die Bauarbeiten an diesem Palast finden nie ein Ende. Seitdem baue ich an ebendiesen Mauern, die uns gefangen halten.«

Er nahm Katharinas weiche Hände zwischen seine schwieligen.

»Am Leben erhielt mich mein Gelübde, nach Jerusalem zu pilgern. Aber auch die Gedanken an dich, Katharina, retteten mir das Leben, denn ich wusste, dass du die Kraft und innere Stärke besitzen würdest, um dieses unselige Abenteuer zu überstehen.« Ein feines Lächeln kräuselte seine Lippen. »Und außerdem dachte ich, ein Ritter der Marienbruderschaft wird doch wohl fertig bringen, was ein Mädchen schafft.«

Asmahan kam in den Garten und hielt inne, um das ungleiche Paar im Mondlicht zu betrachten – das gepflegte Mädchen in Seidenkleidern, den abgezehrten Mann in Lumpen. Dann sagte sie: »Ich habe den Entschluss gefasst, Katharina, dass du nicht allein reisen solltest, denn das könnte verdächtig wirken. Du solltest dich von einem Mann begleiten lassen, den du als deinen Gemahl ausgeben kannst. Das schützt dich und meinen Sohn. Ich habe genug Geld und Freunde, um für euch beide und Bulbul einen Platz in einer Karawane zu beschaffen. Ich werde dir Briefe für meine Familie mitgeben. Mein Vater ist Scheich Ali Sayid, ein reicher und mächtiger Mann. Er wird dich für deine Hilfe großzügig belohnen.«

Katharina sah Asmahan durch einen Schleier von Tränen an. Alle Gedanken an die Sultanin Safiya, Verrat und Intrigen hatten sich in Luft aufgelöst. Für sie bestand die Welt im Moment nur aus der rauen, schwieligen Hand, die die ihre hielt.

Asmahan fuhr fort: »Meine Späher haben mir berichtet, dass beim nächsten Vollmond eine Karawane nach Samarkand aufbricht. Ich werde den Sultan um Erlaubnis bitten, an jenem Tag die Moschee zu besuchen. Ich werde ihm erzählen, es sei der Geburtstag meines Vaters, und ich würde ihn gern auf diese Weise ehren und für ihn beten. Der Sultan wird mir diese Bitte nicht abschlagen. Ich werde meinen Sohn mitnehmen und natürlich ein Gefolge von Damen und Eunuchen zum Schutz. Du und dein Spanier werdet euch darunter befinden. Wir Frauen beten in der Moschee hinter einem Gitter, sodass uns die Männer nicht sehen können. Du wirst unbemerkt mit meinem Sohn hinausschlüpfen können, und mein Eunuch wird

dich und Adriano zu dem Platz begleiten, wo die Karawanen aufbrechen. Danach werde ich in den Palast zurückkehren.«
Katharina fand endlich ihre Sprache wieder, obwohl das in dieser Nacht voller Wunder schwierig war. »Aber dem Sultan wird doch auffallen, dass der Junge fehlt.«
»Der Sultan ist gegenwärtig damit beschäftigt, sein Reich von den Kreuzrittern zu befreien.« Asmahan warf Adriano einen kurzen Seitenblick zu. »Daher sind seine Besuche bei meinem Sohn nicht so häufig. Bis er erfährt, dass der Junge nicht mehr da ist, seid ihr und Bulbul längst unterwegs – wohin, wird niemand wissen.«
Katharina scheute sich vor dieser Frage, die sie aber doch stellen wollte, weil sie auf der Hand lag: »Warum geht Ihr denn nicht selbst?«
»Mein Verschwinden würde auf der Stelle bemerkt werden und eine groß angelegte Suche auslösen. Die Männer des Sultans würden mich innerhalb weniger Tage aufspüren. Aber vielleicht vergehen Wochen, bis jemand merkt, dass Bulbul fort ist, und dann ist es längst zu spät, um eure Spur aufzunehmen.« Sie überreichte Katharina ein Päckchen. »Euer erstes Ziel ist Bagdad, das am Rand des osmanischen Reichs liegt. Diesen ersten Teil des Wegs reist ihr unter dem Schutz des Sultans. Ich habe Papiere ausstellen lassen, die euch eine sichere Durchreise garantieren. In Bagdad schließt ihr euch dann einer Karawane an, die nach Samarkand zieht, und auf diesem Teil der Reise genießt ihr den Schutz meines Vaters. Ich habe mit dem Botschafter Samarkands geheime Verhandlungen geführt. Er hat die notwendigen Papiere beschafft. Mein Vater ist ein mächtiger Mann, sein Name wird gefürchtet. Ihr werdet bei ihm in Sicherheit sein. Bei eurer Ankunft wird er euch fürstlich entlohnen. Und wenn ihr Bulbul in die Obhut meiner Familie gebracht habt, dann seid ihr beide frei und könnt gehen, wohin ihr wollt.«
Bagdad, Samarkand … So weit von Jerusalem war das, so viele Meilen in die entgegengesetzte Richtung! Aber Katharina dachte an den kleinen Bulbul und dann an das Neugeborene, das vor fast neun-

zehn Jahren von einem Witwer zurückgelassen wurde, der sich auf die Suche nach einem blauen Kristall begab. Das traurige Schicksal des Kleinen ähnelte so sehr ihrem eigenen! Und sein Leben schwebte in höchster Gefahr.

»Herrin«, sagte sie, »mir fehlen die Worte, um meine Dankbarkeit dafür auszudrücken, dass Ihr Adriano gefunden habt und …«

Asmahan hob abwehrend ihre kostbar beringte Hand. »Ich tue das für meinen Sohn und aus keinem anderen Grund. Pass gut auf ihn auf und erzähl ihm oft von mir.«

Katharina sah Adriano danach nicht wieder, denn als Mann durfte er Bulbul nur dann begleiten, wenn der Kleine in die Privatgemächer des Sultans gerufen wurde. Zu Asmahan aber ging Katharina mit ihrem Korb voller Seide und Stickgarn weiterhin jeden Abend, und am Morgen danach berichtete sie der Sultanin, dass sie mit der Rivalin über die anderen Konkubinen und die Haremspolitik geklatscht hatte. Sie fragte sich, ob die scharfäugige Frau ihre Verstellung durchschaute. Abends im Schlafsaal zog Katharina in ihrer Bettnische die Miniatur der heiligen Amelia mit dem Kristall hervor und spürte ihr Herz vor Hoffnung klopfen: Sehr bald wären sie und Adriano erneut in Freiheit, und sie würde sich aufmachen, den blauen Kristall und, so Gott wollte, ihre Familie zu finden.

Zwei Tage vor der geplanten Flucht verbreitete sich eine Nachricht wie ein Lauffeuer durch den Palast: Safiyas Wehen hatten eingesetzt. Mit einem Schlag ruhte alles Tun und Treiben, alle warteten gespannt auf Neuigkeiten. Asmahan ließ Bulbul nicht von ihrer Seite, Katharina wartete im Schlafsaal auf ihren Einsatz.

Dann war es soweit: Die Sultanin hatte einen Sohn geboren.

Die Zeit war ihnen davongelaufen. Im Augenblick selbst, als Safiya ihr Neugeborenes an die Brust gelegt bekam, berief sie sich auf ihr verbrieftes Recht, Asmahans Sohn in den Käfig sperren zu lassen. Unmittelbar darauf wurde die jüngere Konkubine von ihren Eunu-

chen und Wachen verlassen. An einen Moscheebesuch war überhaupt nicht mehr zu denken. In wenigen Stunden würden die Eunuchen der Sultanin kommen und Bulbul fortschleppen.
Obwohl Adriano die Türken immer noch für gottlose Heiden und seine geborenen Feinde hielt, hatte ihm Asmahan das Leben gerettet und ihn mit Katharina wiedervereint; daher fühlte er sich zu ihrem Schutz verpflichtet. Zumindest zum Schutz ihres Sohnes, denn letztlich konnte er nichts tun, um die Konkubine zu retten. Mit der Hilfe ihres letzten treuen Eunuchen kletterte Adriano über die Gartenmauer; auf seinem Rücken war der tief schlafende Bulbul festgegurtet, der mit Mohnsaft versetzte Milch zu trinken bekommen hatte. So erklommen beide die Mauer, Katharina hinterher. Im Schutz der Nacht folgten sie dem Eunuchen durch das Labyrinth der Außenmauern und der den Palast umgebenden Parkwege bis tief ins Gassengewirr der Stadt. Vor ihrem Aufbruch hatte Asmahan Katharina eine kleine Holzschachtel voller islamischer Golddinare überreicht, der geltenden Währung des osmanischen Reichs. Sie waren sich in die Arme gefallen, Asmahan hatte ihren Sohn zum letzten Mal geküsst. Auf dem Weg zur Karawane dachte Katharina mit Grauen an das ihr nur zu gut bekannte Schicksal, das Asmahan erwartete, sobald ihr Betrug entdeckt wurde, eine Strafe, die für alle Frauen des Harems galt, die gegen die Regeln des Sultans verstießen: Sie würde mit einer Katze und einer Schlange in einen Sack gesteckt und in die Fluten des Bosporus geworfen.

Im Morgengrauen setzte sich die Karawane in Bewegung, ein Treck von tausend Kamelen, die Parfüms und Kosmetik aus Ägypten trugen und entlang der Handelsstraße noch buntes Glas aus Syrien und Pelze aus den eurasischen Steppen laden würden. Das alles wurde nach China transportiert, wo die Menschen eine Leidenschaft für diese Dinge besaßen und sie gegen Seide und Jade eintauschten, Waren, die wiederum zu den Völkern des Westens gebracht und dort reißenden Absatz finden würden. Entlang ihrer Route schlos-

sen sich ihnen Unterhaltungskünstler auf dem Weg nach China an, Jongleure, Akrobaten, Sänger, Zauberkünstler; aus dem Osten kamen ihnen Mönche, Gelehrte und Forschungsreisende entgegen, deren Ziel Europa war. Zwar könnten sie unterwegs Wild erlegen, doch Katharina und Adriano nahmen Vorräte an Brot, Trockenfrüchten, Pökelfleisch und Hartkäse mit, dazu reichlich Trinkwasser. Sie genossen ihre Freiheit zu dritt über alles: Adriano, der Beschützer, Katharina, die Köchin, und Bulbul, ihr »Sohn«. Konstantinopel und seine Schrecken wichen immer weiter zurück, als sie in der Sonne und der frischen Luft dahinritten, sich gesundes Essen schmecken ließen und tausend Anlässe fanden, um miteinander zu lachen. Langsam gewann Adriano seine Kraft und seinen Lebensmut zurück. Sein Körper bekam wieder Muskeln, sein Geist funkelte wieder in seinen Augen. Katharina kam einmal darauf zu sprechen, dass er sich nicht gebunden zu fühlen brauche, sondern auch gleich nach Jerusalem gehen könne, er wäre nicht verpflichtet, sie auf der langen Reise nach Samarkand zu begleiten. Er brachte sie mit dem Gelöbnis zum Schweigen, dass er nicht von ihrer Seite weichen wolle, bis sie das Asmahan gegebene Versprechen erfüllt habe. Danach würden sie gemeinsam nach Jerusalem reisen.
Die Karawane schlängelte sich ostwärts, und Katharina erlebte zum ersten Mal in ihrem Leben die Wüste und das Furcht erregende Wunder eines Sandsturms, der sich so plötzlich erhob, dass ein unachtsamer Reisender dem Tode preisgegeben war. Sie und Adriano lernten bald ihre Kamele aufmerksam zu beobachten. Wenn die Tiere plötzlich Laut gaben und ihren Kopf im Sand vergruben, hieß das: Sandsturm im Anzug, mochte der Tag auch noch so klar sein. Die Reiter umwickelten sich sofort Nase und Mund mit Tüchern, und unversehens war der Sturm da, gewaltig, ungestüm und im nächsten Moment auch schon wieder vorbei.
Meist übernachteten sie im Freien unter den Sternen, in Oasen und an Wegverzweigungen, doch manchmal machten sie auch in einer Garnison oder einer Karawanserei Halt, wo sie Gasthäuser und rich-

tige Betten, Musiker und lebhafte Unterhaltung vorfanden. Sie zogen zwischen goldenen Sanddünen unter tiefblauem Himmel dahin, unter dahinfliegenden weißen Wolken, im Schatten smaragdgrüner Palmen, und die Reise nahm für Katharina, die Bulbul in den Armen hielt und mit ihm auf ihrem dahinschaukelnden Kamel eindöste, unwirkliche Züge an. Vor sich sah sie stets Adriano mit seinen breiten Schultern und dem geraden Rücken, ein Mann tiefer Überzeugungen und Gottesfurcht, aber auch von Geheimnissen umwittert.

Wann genau sie sich in ihn verliebte, konnte sie nicht mehr nachvollziehen. Vielleicht schon damals, als sie ihn im Hafen von Venedig zum ersten Mal erblickte. Oder als sie ihn an Deck des portugiesischen Schiffs beten sah. Oder als sie eng umschlungen auf einer einsamen Insel schliefen und sich vorkamen wie die beiden letzten Menschen auf dieser Welt. Wann und wo ihre Liebe für ihn begann, behielt sie für sich, denn Adriano musste seinen eigenen Weg gehen, genau wie sie den ihren. Niemals würde sie ihr Herz sprechen lassen, sondern ihre Liebe darin einschließen und sie in jenem besonderen Winkel pflegen, wo auch ihre Mutter, ihr Vater und sogar die tapfere Konkubine Asmahan ihren Platz gefunden hatten.

Doch diese neuen Empfindungen erschreckten Katharina auch, denn für Hans Roth hatte sie eine solche Leidenschaft nie verspürt. Jetzt, wo jeder Blick Adrianos, allein schon der Klang seiner Stimme sie entflammte, konnte sie nicht begreifen, dass sie die Liebe einmal für ein romantisches Märchen gehalten hatte. Ihr Verlangen nach Adriano war stärker als der größte Hunger oder Durst, den sie je erlitten hatte, es war ein geistiges Sehnen, das sie Tag und Nacht verzehrte. Katharinas Liebe musste sich irgendwie Ausdruck verschaffen, und so kam sie auf den Gedanken, ihm einen neuen Umhang zu sticken. Auf dem Markt von Ankara erstand sie heimlich einen neuen weißen Umhang, Seidenfaden und Sticknadeln und arbeitete in jedem freien Moment am Werk ihrer Liebe, wenn Adriano mit den Männern jagen oder Feuerholz sammeln ging. Sie wusste, dass er tief in sich einen großen Schmerz verschlossen hielt. Dass es ihr je gelingen würde, diesen Schmerz von ihm fortzunehmen, konnte sie nicht hoffen, doch sie schickte Gebete zum Himmel, der neue Mantel möge Adriano auch seelisch wieder aufrichten helfen.

Adriano beschäftigte ihre Gedanken nicht nur wegen ihrer wachsenden Liebe, sondern auch, weil ihr vieles an ihm unbegreiflich war und von Tag zu Tag unbegreiflicher wurde. Er hatte ihr erzählt, dass er beim Eintritt in die Bruderschaft ein keusches, enthaltsames Leben gelobt hatte, zur Buße, weil er einen Mann getötet hatte. Auf ihrer Reise verbrachten sie nun die Tage und Nächte in großer Nähe, teilten das Essen und das Nachtlager und gaben vor, die Eltern des reizenden kleinen Bulbul zu sein. Erst jetzt wurde Katharina klar, welches Ausmaß Adrianos Gelübde angenommen hatte. Die Tage und Nächte auf einem portugiesischen Schiff und die paar Tage, die sie auf einer Insel gestrandet waren, hatten nicht genügt, um diesen Mann wirklich zu beobachten. Doch hier in der grenzenlosen Wüste unter einem Himmel, der sich in die Ewigkeit ausdehnte, sah Katharina Adriano mit glasklarer Schärfe. Und es schien ihr, als sprenge er mit seinem Keuschheits- und Enthaltsamkeitsgelübde alle vernünftigen Grenzen, denn er verzichtete nicht nur auf Fleisch und Wein, sondern überhaupt auf eine ausreichende Menge Nahrung. Er bestrafte sich aber nicht nur durch Hungern, sondern auch durch tägliche Anstrengung über die Erschöpfung hinaus: Er arbeitete und jagte und hackte noch lange Holz, nachdem sich die anderen Männer schon an ihr Lagerfeuer zurückgezogen hatten. Das Verbrechen, das er begangen hatte, lag über zwanzig Jahre zurück (Katharina bezweifelte, dass es überhaupt ein Verbrechen war, denn wer um eine Frau kämpfte, die er liebte, kämpfte doch für seine Rechte, oder?). Hatte er immer noch nicht genug gebüßt? Oder – und dieser Verdacht wuchs mit jeder zurückgelegten Meile – steckte etwa mehr hinter seiner Geschichte, als er bisher enthüllt hatte? Sie merkte, dass ihre dauernde Beschäftigung mit Adriano das

Hauptziel ihres Lebens in den Hintergrund drängte: die Suche nach ihrem Vater. Und so musste sie immer öfter das Porträt der heiligen Amelia herausziehen, damit es sie daran erinnerte. Wie eine fromme Seele, die mit dem aufrichtigen Wunsch in der Kirche kniet, voller Inbrunst zu Gott zu beten, deren sprunghafte Gedanken aber durch die Buntglasscheiben hinaus auf die Margeritenwiese wandern, so brauchte auch Katharina immer mehr Willenskraft, um ihr Herz auf Kurs zu halten. Es war ihr zum Ritual geworden, dass sie Abend für Abend das Miniaturgemälde ans Licht holte, sich in den blauen Kristall versenkte und stumm die Litanei vor sich hin sprach: *Dort liegt mein Schicksal.*

Sobald sie Bulbul der Sippe Asmahans übergeben hätte, würde Katharina kehrtmachen und in Richtung Jerusalem ziehen, nach dem blauen Kristall suchen und ihren Vater finden.

Und Adriano musste dem Weg folgen, den seine Sterne ihm wiesen.

Die Karawane war wie ein lebendiges, sich ständig veränderndes Wesen: Einzelne Reisende oder ganze Gruppen verließen sie oder kamen hinzu, sodass sie schlangengleich anschwoll oder dünner wurde, während sie durch die Wüste, durch Steppen oder durch grünes Hügelland glitt. Katharina und Adriano waren nun ganz und gar in ihre fremde Haut geschlüpft und fühlten sich so weit östlich von Konstantinopel vor Entdeckung sicher, schlossen Freundschaft mit Neuankömmlingen, teilten Feuer und Essen und verabschiedeten sich wieder, offen für neue Bekanntschaften.

Während sie weiter nach Osten zogen, stießen sie langsam auf Sprachschwierigkeiten, denn sie begegneten neuen Dialekten und Varianten von Sprachen, mit denen sie vertraut zu sein glaubten. Mit ihrem Arabisch konnte sich Katharina immer schlechter verständigen, und auch Adrianos Griechisch half nicht mehr weiter. Obwohl das Lateinische über tausend Jahre lang in den Osten getragen worden war, fanden es Katharina und Adriano immer schwieriger, die Leute zu verstehen, da sich die alte Sprache gewandelt und den regionalen Gegebenheiten angepasst hatte. Dennoch verstand man einander, die Kommunikation verlegte sich mehr auf Gesten, Mimik und bedeutungsvolle Blicke. Und das genügte, wie die beiden allmählich feststellten, während sie Tage und Nächte gemeinsam verbrachten.

In Nordpersien machte die Karawane in einem kleinen Tal zwischen zwei felsigen Gebirgsketten Halt, an einem sonderbaren Fluss, an dessen Ufern kein Grün wuchs. Alles hier war kahl und felsig, doch das Wasser war warm und zum Erstaunen aller von einer hellgrünen Farbe. Dies läge an Mineralstoffvorkommen im Quellgebiet, erklärte der Führer der Karawane, ihnen verdanke das Wasser sein bemerkenswertes Smaragdgrün. Doch es war trinkbar, manche behaupteten sogar, es wäre gesund. Und so errichteten sie neben dem Smaragdfluss ihr Lager, tausend Zelte und hundert Lagerfeuer, die im Mondlicht flackerten.
Katharina freute sich über die Gelegenheit, endlich einmal ihre Haare gründlich zu waschen. In den letzten Wochen war das Wasser knapp gewesen. Um ihre Haare dennoch sauber zu halten, hatte Katharina einen Trick der Beduinen angewandt: Deren Frauen rieben sich die Haare mit einer Mischung aus Asche und Natron ein und kämmten sie dann stundenlang durch. Durch diese Behandlung konnte Katharina die dunkle Färbung ihres Schopfes nicht beseitigen. Aber jetzt hatte sie richtige Seife zur Verfügung, schäumte und schrubbte und massierte und spülte sich die Haare gründlich durch, und das nicht nur einmal. Als sie fertig war und ihre Haare im Wind trocknete, der die goldene Mähne flattern ließ, erstrahlte sie in einer so verblüffenden Schönheit, dass jeder Vorübergehende stehen blieb und sie anstarrte.
Am allermeisten Adriano.
An diesem Abend, an dem das Mondlicht alles mit einem sanften Schimmer übergoss, schenkte Katharina Adriano den neuen Mantel, den sie für ihn bestickt hatte, und er war so tief bewegt, dass er

keine Worte fand. Jetzt hatte er das Emblem wieder, das sein Leben mit Sinn erfüllte: das Marienkreuz. Jetzt spiegelte sich seine Würde auch in seiner Kleidung wider, sichtbares Zeichen seines ergebenen Dienstes an der Heiligen Jungfrau.

Und hier, unter dem Sternenhimmel, erzählte Adriano Katharina schließlich seine *ganze* Geschichte.

Sie wusste bereits, dass er vor zwanzig Jahren in Aragon eine Frau namens Maria leidenschaftlich geliebt hatte, dass er sie heiraten wollte, sie ihm aber gestand, sie liebe einen anderen. In seiner grenzenlosen Wut forderte Adriano den anderen zum Duell. Es kam zum Kampf. Adriano erschlug den Rivalen, Maria zog sich in ihrer Trauer ins Kloster zurück. So weit waren Katharina die Ereignisse bekannt. Doch in dieser Nacht, in der der Mond rund und feierlich am Himmel stand und der Samaragdfluss leise in seinem steinigen Bett dahinplätscherte, teilte Adriano mit Katharina endlich den ganzen Schmerz, der ihn jeden Tag seines Lebens aufs Neue peinigte.

»Ich wusste es«, sagte er leise und zog sich seinen Umhang enger um die Schultern, »tief im Inneren wusste ich, dass Maria mich nicht liebte. Doch aus Stolz und Überheblichkeit wollte ich es nicht wahrhaben. Ich glaubte, ich könnte sie mit der Zeit schon dazu bringen, mich zu lieben. Aber der andere … wäre es irgendein anderer Mann gewesen, wäre ich vielleicht darüber hinweggegangen. Ich hätte so getan, als bemerkte ich nichts, und darauf gewartet, dass Maria von selbst zu mir zurückkäme. Aber der andere … war mein Bruder. Und das konnte ich nicht ertragen.«

Er heftete seinen gequälten Blick auf Katharina. »Ja, der Rivale, den ich umgebracht habe, war mein Bruder. Ich habe ihn aus blinder Eifersucht erschlagen, er hatte mir nichts getan, er war völlig unschuldig. Ich habe kein Recht auf Glück, Katharina. Ich habe kein Recht darauf, dich zu lieben oder von dir geliebt zu werden.«

Bitteres Schluchzen schüttelte seine Gestalt. Katharina legte die Arme um ihn, er begrub das Gesicht in ihren duftenden goldenen Haaren und spürte, wie sich ihr warmer, junger Körper an ihn

drängte, spürte ihre Lippen auf seinen Wangen und auf seinem Hals. Ihre Tränen mischten sich mit den seinen, bis schließlich seine Lippen auf den ihren lagen. Und unter dem Umhang mit dem blauen Kreuz fanden sie endlich Trost in der Liebe.
Als sie später aufwachten, nahm Adriano Katharina an der Hand und führte sie ans Ufer des Smaragdflusses. Dort rammte er sein Schwert in den Boden, die schöne, vergoldete Waffe, die Asmahan ihm zum Schutz ihres Sohnes geschenkt hatte. Vor diesem Schwert knieten er und Katharina nieder wie vor einem Kreuz. Er nahm ihre Hand in die seine und sagte: »Auch hier, weit weg von Priestern und Kirchen, können Gott, die Heilige Jungfrau und alle Heiligen uns sehen. Im Angesicht all dieser Zeugen erkläre ich dich, meine geliebte Katharina, zu meiner Frau. Ich will dein Mann sein und verpflichte mich dir mit Leib und Seele, mit meiner ganzen Liebe und Ergebenheit, für den Rest meines Lebens und auch nach dem Tode, wenn wir im Himmel vereint sind.«
Katharina sprach denselben Schwur und wusste, dass, was auch die Zukunft bringen mochte, Adriano und sie auf immer verbunden sein würden.

Sie verbrachten eine Liebeswoche als Mann und Frau, fragten sich beide, womit sie ein solches Glück verdient hatten, und nahmen sich vor, als Gegenleistung viele gute Taten zu vollbringen. Eines Morgens krochen sie aus ihrem Zelt und gingen zum Fluss hinunter, um sich zu waschen. Adriano nahm seinen Umhang und ging zu den Männern, Katharina schloss sich den anderen Frauen und Kindern an, die sich ein Stück flussaufwärts versammelt hatten. Sie spielte mit Bulbul im Wasser und erzählte ihm wie jeden Tag, dass er bald seinen Großvater und alle seine Cousins und Cousinen sehen würde. Und als er wie immer fragte, ob auch seine Mama dort sein würde, antwortete Katharina: »Ich weiß nicht, vielleicht«, was wenigstens ein bisschen der Wahrheit entsprach. Dann fügte sie hinzu: »Aber sie möchte, dass du bei deinem Großvater bist, und der wird

dir beibringen, wie man auf einem Pferd reitet.« Zum ersten Mal bedauerte sie, dass sie den Jungen wieder hergeben musste, so sehr war er ihr in den letzten Wochen ans Herz gewachsen.
Sie wickelte ihn in ein Handtuch, als sie den ersten Schrei hörte. Sie fuhr herum und sah berittene Männer, die riesige Schwerter schwenkten, durch das Lager galoppieren.
Katharina packte den Jungen und rannte los. Sie erreichte die Stelle, an der die Männer gebadet hatten, doch sie waren von den Angreifern bereits überrascht worden. Mitten im Getümmel sah sie Adriano in seinem Ritterumhang, der strahlend weiß in der Morgensonne leuchtete. Sie rief seinen Namen im selben Moment, als ein Schwert seinen Rücken durchbohrte, mitten im blauen Kreuz. Entsetzt musste sie mit ansehen, wie er die Arme hochwarf, in die Knie brach und aufs Gesicht stürzte, während ihm ein Strom von Blut den Rücken herabfloss. Sie sah, wie ein zweites Schwert hoch in die Luft geschwungen wurde und auf seinen Nacken niedersauste. Da drehte sie sich um und hielt Bulbul die Hand vor die Augen, während ihr das grauenhafte Geräusch durch Mark und Bein drang, mit dem ein Kopf vom Rumpf getrennt wurde.
Katharina rannte los, doch die Reiter holten sie ein. Der Junge wurde ihr aus den Armen gerissen. Mit unsagbarem Schrecken sah sie zu, wie der kleine Bulbul in die Luft flog, als wäre er ein federleichter Vogel, und dann mit dem Kopf voran auf einen Felsbrocken aufschlug. Sein kleiner Schädel zerbarst.
Und dann fuhr ihr ein scharfer Schmerz in den Kopf. Ihr wurde schwarz vor Augen, als wäre es plötzlich Nacht geworden.

Als Katharina zu sich kam, fand sie sich zusammen mit anderen Frauen in einem Pferch wieder. Manche weinten, manche tobten, andere saßen nur niedergeschlagen und verzweifelt da. Katharina konnte sich an nichts erinnern. Da waren nur diese pochenden Kopfschmerzen und die Übelkeit.
Wo war sie nur? Sie rieb sich die Augen und schaute sich um. So-

weit sie erkennen konnte, war sie mit anderen Frauen zwischen provisorischen Zäunen aus Ziegenhäuten eingesperrt; es gab keinen Schutz vor der sengenden Sonne außer einem kahlen Baum, der kurze, dürre Äste in die Luft streckte. Hinter den Ziegenhautwänden waren primitive Zelte aufgeschlagen, zwischen denen der Rauch von Lagerfeuern aufstieg. Sie hörte Rufe, Streit und galoppierende Pferde.

Ihre Kopfschmerzen und die Übelkeit legten sich langsam, doch ihr Gedächtnis ließ sie immer noch im Stich. Männer kamen in den Pferch und begannen die Frauen zu mustern, rissen ihnen dazu die Kleider vom Leib und untersuchten sie eingehend. Da sie kein sexuelles Interesse an den Frauen zu haben schienen, kam Katharina der Gedanke, es müsse sich um Sklavenhändler handeln.

Die griechische Karavelle! Der Sultanspalast! *Nicht noch einmal!*

Katharina wich zurück, bis sie stolperte und gegen den Stamm des abgestorbenen Baumes taumelte. Vor Schreck fuhr sie sich mit der Hand zum Herzen und ertastete einen Gegenstand unter ihrem Kleid. Sie zog ihn heraus und betrachtete überrascht die kleine Ledertasche, die an einem Riemen hing. Sie kam ihr vage bekannt vor, sie musste irgendwie wichtig sein. Hastig streifte sich Katharina die Tasche über den Kopf und schob sie in eine Höhlung des Baumstamms, nachdem sie sich vergewissert hatte, dass niemand sie beobachtete.

Da waren die Männer auch schon bei ihr angelangt und unterhielten sich sichtlich aufgeregt über ihre Haare. Zwar konnte Katharina ihre Sprache nicht verstehen, doch aus ihren Gesten schloss sie, dass die Männer sie als wertvoll einschätzten. Sie nahmen auch ihr die Kleider weg und begutachteten sie, und zum Schluss sammelten sie alle Kleider und Besitztümer ein und verteilten grobe Kittel aus billiger Wolle. Die Sonne ging schon unter, als die Gefangenen wieder sich selbst überlassen wurden, und während sich die anderen Frauen in Grüppchen zusammensetzten und weinten oder klagten, schlich Katharina zu ihrem Baum zurück, zog die verborgene Tasche aus dem Loch und hängte sie sich wieder um den Hals, dem sichersten Ort, den es im Moment dafür gab.

Es war dunkle Nacht, als Katharina plötzlich alles wieder einfiel, denn sie träumte von Adriano und Bulbul. Schreiend wachte sie auf, und als die Erinnerung an die Ereignisse einsetzte und Katharina ihre neue Lage mit aller Klarheit erfasste, begann sie so bitter und untröstlich zu weinen, dass die anderen nicht wagten, in ihre Nähe zu kommen.

Danach lebte Katharina wie im Nebel, schottete sich gegen jeden Annäherungsversuch der anderen Frauen ab, antwortete auf keine ihrer Fragen, trank Wasser nur, wenn es ihr an die Lippen gesetzt wurde, verweigerte aber jede Nahrung, während sie dasaß und zum fernen Horizont hinüberstarrte.

Adriano lag tot am Fluss, mit einem Schwert zwischen den Schulterblättern.

Bulbul lag mit zerschmettertem Schädel auf den Felsen.

Doch sie war am Leben und wieder einmal zur Sklavin geworden.

Als eine der Stammesfrauen zu Katharina kam und ihr die Haare wusch, leistete sie keinerlei Widerstand. Die Frau schrubbte ihr ordentlich den Kopf, und als die Haare trocken waren, kämmte sie sie und holte andere in den Pferch, damit sie die schönen, sonnengoldenen Locken bewunderten.

Am nächsten Tag kam die Frau mit Seife und einem scharfen Messer wieder; diesmal rasierte sie Katharina den Schädel kahl und trug ihre Beute in einem Korb davon. Auch diesmal protestierte Katharina mit keinem Laut, sondern starrte nur in die unendliche Weite der Wüste hinaus.

Eine Woche später sah Katharina eine über und über mit Münzen geschmückte Frau – sicher die Frau des Häuptlings – mit einer grob gearbeiteten blonden Perücke herumstolzieren. Auch wenn ihr im

Grunde alles egal war, fragte sie sich: Wozu Perücken, wenn diese Frauen ihren Kopf ohnehin bedecken? In der Nacht hörte sie dann aus dem Zelt des Häuptlings lustvolles Stöhnen und erinnerte sich mit einem Stich im Herzen, wie gern Adriano in ihrem Haar gewühlt hatte.

Am nächsten Tag kam ein sichtlich wütender Mann in den Pferch gestürmt. Er packte Katharina am Schädel und untersuchte ihn, als wäre er eine Melone. Dann brüllte er die Frau an, die sie kahl geschoren hatte. Katharina verstand kein Wort, hörte aber immer wieder das Wort *Zhandu*, wobei der Mann mit den Armen heftig in Richtung Osten gestikulierte.

Von ihren Mitgefangenen erfuhr sie, dass sie sich beim Stamm der Kosch befanden, einem stolzen, arroganten Volk, das sich durch Sklavenhandel hervortat und dem Glauben anhing, Gott habe sie als Erste erschaffen; alle anderen Völker wären lediglich nachträgliche Einfälle Gottes und daher dazu da, den Kosch zu dienen. Die Angehörigen dieses Stammes hatten runde, flache Gesichter, schräg geschnittene Augen und so leuchtend rote Haare, wie es Katharina noch nirgendwo gesehen hatte; sie lebten als Nomadenkrieger und vermischten sich nicht mit anderen, in ihren Augen minderwertigen Rassen. Sie ritten feurige Pferde mit zottigem Fell und struppiger Mähne.

Bald brachen sie ihre Zelte ab und zogen nach Osten. Katharina widersetzte sich weder, noch haderte sie mit ihrem Schicksal. Immer weiter ritten sie und machten bei Siedlungen nur Halt, um ihre Menschenware zu verhökern, wobei Katharina niemals angeboten wurde. Langsam begriff sie, dass die Kosch sie behalten wollten, bis ihre Haare nachgewachsen wären, und dass sie zu einem Ort namens Zhandu gebracht werden sollte.

Katharina trottete neben den Pferden und den zweihöckerigen Kamelen her und nahm weder den brennenden Sand unter ihren nackten Fußsohlen wahr, noch die Müdigkeit in ihren Knochen oder ihren Hunger. Ihr einziger Gedanke war Adriano: Wohin seine Seele wohl geflogen war? Zurück nach Spanien, in sein geliebtes Aragon? Oder nach Jerusalem, wo sie sich unter die Schatten einer kleinen, der Muttergottes geweihten Kirche eingereiht hatte? Oder schwebte sie über seinen Mitbrüdern und feuerte sie in ihrem Kampf gegen die Ungläubigen an? Manchmal spät am Abend, wenn der Wind traurig heulte und Katharina zu den Sternen hochblickte, glaubte sie Adriano an ihrer Seite zu spüren, ein tröstliches Phantom, das so gern Arme aus Fleisch und Blut um sie geschlossen hätte.

Eines Tages kam ein Mann zu ihr, begutachtete sie und feilschte erbost mit der Frau, die sich um Katharina kümmerte. Katharina hatte genug Kosch gelernt, um ein paar Worte ihres Disputs aufzuschnappen: Die Frau nannte einen unverschämt hohen Preis für sie. Der Mann wollte den Grund dafür wissen. Da bohrte die Frau ihren Finger in Katharinas gerundeten Bauch und sagte: »Da ist ein Kind drin.«

Mit einem Schlag fiel alle Benommenheit von Katharina ab.

Sie sah an sich herunter und erkannte, dass das stimmte – in ihrer inneren Erstarrung hatte sie nicht bemerkt, dass ihr Monatsfluss ausgeblieben war und dass sie immer runder wurde, obwohl sie so wenig aß.

Adrianos Kind.

Endlich konnte sie sich dazu aufraffen, Bruder Pastorius' Ledertasche unter ihrem schmutzigen Kittel hervorzuziehen und ihren Inhalt zu betrachten. Und als sie die kleine Scherbe mit dem Bild von Torbach und die Miniatur der heiligen Amelia mit dem blauen Kristall sah, kamen ihr wieder die Tränen. Doch unter ihre Trauer mischte sich der Funke einer neuen Hoffnung: Ein Teil von Adriano lebte in ihr weiter.

Immer weiter nach Osten zog die Karawane der Kosch. Sie entfernten sich von der Welt, die Katharina vertraut war, und stießen immer tiefer in unbekannte Gegenden vor. Katharina bekam zwar

zu essen, aber es reichte nur knapp zum Überleben, und das wollte Katharina nun unbedingt, ihr Lebensmut war zurückgekehrt und stärker denn je. Sie kämpfte um Extraportionen und bestahl sogar die anderen, um das neue Leben, das in ihr heranwuchs, zu nähren. Die Kosch waren für sie ein gottloses, wildes Volk von abstoßender Brutalität. Nach der Enthauptung eines Verbrechers spielte der Stamm Polo mit seinem Kopf. Das Hochzeitsritual war äußerst primitiv: Die künftige Braut sprang auf ein Pferd und galoppierte davon, sämtliche Anwärter hinterdrein; wer sie einfing und niederrang, wurde ihr Mann. Die Kosch ließen ihre Sklaven schuften, bis sie vor Erschöpfung tot zusammenbrachen, ihre Leichen wurden nicht begraben, sondern einfach zurückgelassen. Doch lachten, tanzten und sangen sie auch viel, wobei sie ein so starkes Gebräu tranken, dass Katharina schon von den Dünsten schwindlig wurde.
Und die ganze Zeit über sah und hörte sie zu und lernte so die fremde Sprache wie einst Lateinisch und Arabisch, denn das könnte ihr und ihrem Kind einmal das Leben retten.

Während die Kosch auf einer Hochebene zwischen den Ruinen einer Siedlung überwinterten, die von einem vergessenen Volk erbaut worden war, brachte Katharina ihr Kind zur Welt, ein blondhaariges winziges Mädchen, das mit einem einzigen schwachen Schrei den Steinwall zum Einsturz brachte, den Katharina um ihr Herz errichtet hatte. Sie nannte es Adriana, nach dem Vater. In den nächsten Tagen und Wochen, in denen Katharina ihr Baby stillte, in den Armen wiegte und liebkoste, schmolz ihr Kummer langsam dahin, und eine neue, unerwartete Freude durchströmte sie. Adrianos Kind, mit Haaren wie dem Goldenen Vlies. Doch ihr Baby war untergewichtig und gedieh nur mit Mühe. Katharinas Milch versiegte zu rasch, wieder musste sie um Nahrung kämpfen.
Als der Häuptling und seine Hauptfrau das Kind anschauen kamen, nickten die beiden befriedigt beim Anblick des goldenen Flaums auf

seinem Köpfchen, und wieder hörte Katharina das Wort *Zhandu* und wusste, dass man mit ihr und ihrem Kind Besonderes vorhatte.

Bei der Überquerung einer hohen Gebirgskette kampierten die Kosch vor einem Pass, der von zwei hohen schneebedeckten Gipfeln gesäumt war. In der Nacht wurde Katharina von einem donnernden Geräusch geweckt, das bei ihr Panik auslöste, bei ihren Bewachern dagegen freudige Aufregung. Bei Morgengrauen schwärmten sie aus und kletterten noch weiter den Pass hinauf bis zur Stelle, an der die Lawine niedergegangen war. Sie gruben wie die Wilden im Schnee, eine enorme Anstrengung, bei der sich auch die Gefangenen beteiligen mussten, bis ihre Mühen belohnt wurden. Unter Jubelschreien legten sie die Leichen und die Ladung der glücklosen Karawane frei, die von der Lawine verschüttet worden war. Erst hatte Katharina geglaubt, sie suchten nach Überlebenden, aber als sie einen Verschütteten ausgruben, der tatsächlich noch lebte, erschlugen sie ihn, denn die Kosch waren nur an Beute interessiert. Katharina beobachtete die schamlose Plünderei und hörte erstickte Hilfeschreie; Toten wie Lebenden wurden Kleider und Schmuck vom Leib gerissen. Die Beute war reich, denn die Karawane kam aus China und führte Gold und Seide mit sich. Die Kosch zogen auf einer anderen Route weiter, denn der Pass würde erst im Frühling wieder frei, wenn der Schnee schmelzen und die Leichen und Tierkadaver mit sich fortschwemmen würde.

Nur einmal unternahm Katharina einen Fluchtversuch. Bei einer Kreuzstraße zogen sie an einem riesigen Lager vorbei, wo Hunderte von Pferden, Kamelen und Lastponys zur Tränke geführt wurden; der Rauch von tausend Feuern kräuselte sich behaglich warm zum Himmel. Als die rothaarigen Sklaventreiber etwa zehn Meilen weiter flussaufwärts zelteten, stahl sich Katharina, als sich im Lager nichts mehr regte, aus dem Zelt der Gefangenen, band ein Pferd los, gurtete sich Adriana um die Brust und ritt davon.

Kaum hatte sie die Umfriedung des Lagers verlassen, wurde sie auch schon gefasst, zurückgezerrt und bekam vor versammelter Mannschaft eine tüchtige Tracht Prügel. Von nun an wurde ihr, sobald sie sich einer anderen Reisegruppe oder Siedlung näherten, Adriana weggenommen, bis sie ein gutes Stück weitergezogen waren – die beste Methode, um weitere Fluchtversuche zu verhindern.

Sie überquerten die rotgoldenen Wanderdünen der grausamen Takla-Makan-Wüste, wo Luftspiegelungen und unheimliche Klänge unachtsame Reisende in den Tod lockten. Der Sand driftete so schnell und unberechenbar davon, dass man rasch vom Weg abkam, daher errichteten die Reisenden Türme aus den Gerippen von Tieren, um die Straße für die Nächsten zu markieren. Wenn die Kosch jedoch solche Türme aufbauten, benutzten sie dazu Menschenknochen. Die Karawane passierte neblige Schluchten und windige Hochweiden. In der Sommerhitze reisten sie nur nachts, im Winter mühten sie sich durch Schnee und Gletscher.

Zwei Jahre dauerte es noch, bis die Kosch ihr entlegenes Ziel im Hochgebirge erreichten, weitab von jeder Handelsstraße. Als sie endlich am Fuß jener geheimnisvollen, wolkenverhangenen Hochebene anlangten, in die kein Fremder eindringen durfte, hatte Katharina fast vier Jahre bei den Sklavenhändlern verbracht. Ihre Haare waren wieder rückenlang gewachsen, ihre Tochter hatte gerade ihren dritten Geburtstag gefeiert, sie selbst zählte nun dreiundzwanzig Jahre.

Der einzige Weg nach Zhandu war ein steiler, schmaler Bergpfad, der mit jedem Schritt noch steiler und schmaler wurde. Der Platz reichte nicht aus, um nebeneinander zu gehen, man musste im Gänsemarsch hochsteigen, eingekeilt zwischen eisengrauen Felswänden, die sich links und rechts in schwindelnde Höhen erhoben. Dieser unwegsame Pfad endete an einem riesigen, viele Armlängen dicken Holztor, das mit spitzen Eisenbolzen bewehrt war und von Speerträgern bewacht wurde. Zur Hochebene gab es keinen anderen Zugang als durch dieses Tor, das man nur mit einer Erlaubnis des Himmlischen Herrschers passieren durfte. Auf diese Weise war Zhandu seit Jahrhunderten abgeriegelt von der restlichen Welt geblieben.

Nachdem den Kosch Durchlass gewährt worden war, zogen sie weiter bis zur Himmlischen Brücke aus Marmor und Granit, einer technischen Meisterleistung, die auf mächtigen Pfeilern einen smaragdgrünen, weiß schäumenden Gebirgsfluss überspannte, in dem jetzt das Schmelzwasser talwärts toste. Und auf der anderen Seite dehnte sich jene Hochebene aus, bei der sich der Eindruck einstellte, man stünde auf dem Dach der Welt – grüne Bäume und fruchtbare Felder, so weit das Auge reichte. Katharina staunte über die üppige Pracht der Obstbäume, der Blumen, der Wiesen, noch nie hatte sie einen Landstrich gesehen, der ihrer Vorstellung vom Garten Eden so nahe kam. Und mittendrin erhob sich eine von weißen Mauern umgebene Stadt mit unzähligen Kuppeln und Türmen, die in der Sonnenhitze flirrten.
Die Kosch schlugen im Schatten der uneinnehmbaren Stadtmauern ihr Lager auf wie tausend andere, denn nicht jeder wurde eingelassen, sondern durfte die phantastischen türkisgrünen Kuppeln und Kristalltürme nur von draußen bestaunen. Zuweilen legte sich eine tiefe Wolkenschicht um den Fuß der Stadtmauern, dann sah die Stadt aus, als schwebte sie.
Ein Abgesandter kam aus der Stadt herausgeritten, um mit dem Häuptling der Kosch zu verhandeln. Katharina fragte eine der Frauen, was die Kosch und die vielen anderen Händler hier suchten. Warum nahmen sie die Strapazen einer so langen, gefahrvollen Reise bis ans Ende der Welt auf sich? Ihr wurde kurz beschieden, bei den Zhandu herrsche ein solcher Reichtum, dass sie gar nicht wüssten, wohin damit. Sie zahlten jeden Preis und feilschten nie. Und dann sah Katharina die Yaks, turmhoch bepackt mit herrlichen weißen Pelzen, und erfuhr, dies sei der Preis für sie selbst. Sie wusste sehr wohl, wie hoch diese Hermelinfelle in Konstantinopel und

auch in Europa gehandelt wurden, und war verblüfft, dass diese Kostbarkeiten an die Kosch abgegeben wurden wie eine Ladung Brotlaibe. Es stimmte, was ihre Aufseherin gesagt hatte. Die Zhandu zahlten, was verlangt wurde, mochte der Preis auch noch so unverschämt sein – fair oder nicht, das war ihnen schlichtweg egal.

Katharina wurde auf ein Maultier gesetzt, Adriana auf ihren Schoß, dann band man das Maultier an das Kamel des Abgesandten, der selbst in einer Sänfte mit zugezogenen Vorhängen saß. Eine hundertköpfige Garde in einer Uniform aus blauer Hose, scharlachroter Jacke und kanariengelbem Turban gab ihnen Geleit. Als die seltsame Prozession durch die schweren Stadttore zog, warf Katharina einen Blick zurück und sah, dass die Kosch schon dabei waren, ihr Lager abzubrechen. Sie wollten schleunigst fort von hier, zurück zu den großen Städten, wo sie hundertfachen Gewinn aus ihren Pelzen schlagen würden.

Sie und Adriana wurden nicht in die Stadt hineingeführt, sondern gleich von einer Gruppe rot und blau gekleideter Diener, die seltsame Pantoffeln mit hochgebogener Spitze trugen, zum Absteigen aufgefordert. Dann winkte man sie durch ein Tor, wo sie einem prächtig gekleideten Kammerherrn übergeben wurden, der mit ihnen wortlos einen langen Gang entlangeilte, drei Wendeltreppen hoch, weitere Gänge entlang, durch riesige Torbögen und Portale, bis er sie schließlich ohne alle Umschweife in einem Garten absetzte. Hier fanden sie sich Aug in Aug mit den seltsamsten Vögeln, die Katharina je gesehen hatte: fast mannshohe rosa Geschöpfe, die auf einem Bein standen.

Wie aus dem Nichts glitt eine stattliche Dame in einem Meer von Seide herein. Sie besaß das runde, flache Gesicht und die Mandelaugen der Kosch, ihrem Lächeln fehlte ein Zahn. Vor allem aber erstaunte ihre Frisur: Die roten, mit bunten Bändern durchflochtenen Zöpfe waren über den Ohren zu zwei riesigen Schnecken zusammengesteckt und mit Haarspangen aus Silber, Gold und Perlen geschmückt. Die feine Stickerei auf ihrem Seidengewand stellte sogar

die edlen Stickarbeiten aus dem Sultanspalast in den Schatten, wie Katharina fachmännisch beurteilen konnte: Der türkis-goldene Pfau schien jeden Moment sein Rad schlagen und aus dem Stoff heraussteigen zu wollen.
Der glückliche, hoffnungsfrohe Ausdruck auf dem Gesicht der Dame erlosch, sobald sie die Gefangene erblickte. Stirnrunzelnd begutachtete sie Katharinas lange blonde Haare, dann sah sie ihr prüfend in die Augen. »Pah!«, machte sie nur und wandte sich zum Gehen.
»Ich bitte Euch, Herrin«, sagte Katharina rasch in der Sprache der Kosch.
Die Matrone drehte sich überrascht um. »Du sprichst unsere Sprache?«
»Ich habe vier Jahre bei Eurem Volk verbracht«, erklärte Katharina, die aus den typischen Gesichtszügen der Dame schloss, sie müsse eine Kosch sein. »Dürfen meine Tochter und ich jetzt bitte gehen?«
Die Dame sah Katharina an, als wäre sie nicht ganz richtig im Kopf, wedelte ungeduldig mit der Hand und segelte auf ihrer Seidenwolke wieder hinaus.
Katharina wandte sich nun an den Kammerherrn, der einen langen roten Seidenmantel und ein kleines schwarzes Seidenhütchen trug: »Ich muss fort von hier. Ihr könnt mich nicht festhalten.«
Er sah sie genauso verständnislos an wie vorher die Dame und antwortete gleichgültig: »Du kannst gehen. Die Himmlische Schwester will dich nicht haben.« Auch er sprach Kosch, allerdings in einer so abgewandelten Form, dass Katharina ihn nicht sofort verstand.
Sie kniff die Augen zusammen. »Ich kann fortgehen? Ich kann Zhandu verlassen? Mit meiner Tochter? Wir sind keine Gefangenen?«
»Du *musst* fort. Gefangene haben wir nicht, und Gäste mögen wir nicht.« Er rümpfte die Nase, als hätte er einen üblen Geruch wahrgenommen. »Die Wachen werden euch zum Tor zurückbringen.«
»Jetzt gleich? Aber wir haben kein Geld, nichts zu essen.«

»Das ist nicht unsere Angelegenheit.«
»Warum wurden wir dann hergebracht?«
Er machte eine abweisende Handbewegung. »Das war ein Fehler«, wich er aus. »Und jetzt entfernt euch beide.«
Katharina sah ihm nach, wie er davonschritt, und versuchte zu protestieren, als sie und Adriana von Wachen in farbenprächtigen seidenen Uniformen aus dem Garten geschoben wurden. Im Gegensatz zu den Wächtern und Eunuchen im Sultanspalast bedrohten die Wachen Katharina nicht, sondern zeigten nur die Ungeduld von Männern, die sich jetzt gern an den Mittagstisch gesetzt hätten. Katharina versuchte, mit ihnen zu verhandeln: »Die Kosch, die mich hergebracht haben, sind schon wieder aufgebrochen. Ich werde sie nie einholen. Wo soll ich denn hin mit meinem Kind?«
Doch die Wachen bedrängten sie, bis sie Adriana hochnahm und einen langen Korridor entlangfloh, der nur wieder zu weiteren Gängen zu führen schien. Als Katharina zurückblickte, waren die Wachen verschwunden.
Sie sah sich verwirrt um. Was sollten sie jetzt bloß tun? Sie konnten nicht fort, aber bleiben konnten sie auch nicht!
»Mama«, sagte Adriana und ließ ihr Köpfchen auf Katharinas Schulter sinken. Katharina merkte, wie anstrengend dieser Tag für ihre kleine Tochter gewesen war. Arme kleine Adriana, schon bei der Geburt ein zartes Baby und auch jetzt noch klein für ihr Alter, die Folge ihres harten und oft entbehrungsreichen Lebens bei den Kosch. Die hatten ihnen heute Morgen nicht einmal ein Frühstück gegönnt, fanden das wohl Essensverschwendung, da sie die beiden an die Zhandu verkauften; jetzt war Adriana erschöpft. Katharina beschloss, nach einem Versteck für die Nacht zu suchen und sich morgen zu überlegen, was zu tun wäre.
Sie liefen durch weitere endlose Gänge. Der Palast von Zhandu ähnelte einem Bienenstock, es herrschte ein ständiges Kommen und Gehen elegant gekleideter Höflinge, unter denen sich auch Damen befanden, ganz anders als am streng nach Geschlechtern getrennten

Sultanshof in Konstantinopel. Sie alle besaßen die asiatischen Gesichtszüge und roten Haare der Kosch. Die Herren trugen wagenradgroße, pelzverbrämte Hüte, die in der Mitte in eine Spitze ausliefen. Die Damen steckten ihre langen Haare zu höchst komplizierten Frisuren auf, eine exotischer als die andere, und alle schienen mit Wichtigem beschäftigt, wenn sie mit Papieren und Büchern, Musikinstrumenten und Tellern voller Essen an ihnen vorbeihasteten, keiner beachtete die Frau in Lumpen mit dem ermatteten Kind auf dem Arm.
Katharina bemühte sich, um die Wachen und andere, die sie aus der Stadt verscheuchen könnten, einen Bogen zu machen; sie eilte die Korridore aus poliertem Marmor entlang, bis sie auf einen anscheinend verlassenen Flügel des Palasts stieß. Hier entdeckte sie eine spinnwebenverhangene Tür, die zu einem nicht mehr benutzten Raum führen musste, also zu einem sicheren Versteck. Sie stieß sie auf und schlüpfte hinein.
Im Licht, das durch die hohen schmalen Fenster fiel, machte sie die Umrisse eines runden Turmzimmers aus, das vom Boden bis zur Decke von Waffen aller Art starrte: Schwerter und Speere, Äxten und Wurfspieße, Pfeil und Bogen sowie Kettenhemden und Rüstungen verschiedenster Ausführungen. Katharina war in ein Waffenlager geraten, das allerdings durch die dicke Schicht von Staub und Spinnweben, die über allem lag, recht seltsam anmutete – offenbar waren die Waffen seit Jahrzehnten nicht mehr in Gebrauch gewesen.
Katharina beugte sich aus einem der Fenster und spähte hinaus. Am Fuß des Turms fiel der Fels schroff und mehrere hundert Meter tief in ein weites Tal ab, das sich bis zum Horizont hinzog. Zu beiden Seiten des Tals ragten zerklüftete, schneebedeckte Berge in den Himmel. Da der einzige Zugang nach Zhandu über den schmalen Bergpfad führte, war es keinem Feind je gelungen, dieses in schwindelnden Höhen gelegene Königreich zu erobern. Wahrscheinlich hatte es seit Generationen keinen Eroberungsversuch gegeben, und

so kannten die Bewohner dieser märchenhaften Stadt keine Belagerer oder gar Kriege.
In einer Kommode fand Katharina Wollmäntel und alte Lederhelme, die, mit Wollstoff umwickelt, als Kopfkissen dienen konnten. Nachdem sie Adriana eingeschärft hatte, ja nichts anzufassen, ließ sie sie in der sicheren Waffenkammer zurück und schlich zu einem Gang, in dem sie auf dem Hinweg einen Altar gesehen hatte. In der Nische darüber befand sich eine Statue, eine schlanke, sanftäugige Göttin mit einem mitfühlenden Lächeln; zu ihren Füßen standen mit Speisen gefüllten Opferschalen, neben denen Kerzen brannten. Katharina flüsterte ein Gebet und nahm etwas von dem Essen und eine Kerze mit – die Göttin, die sie an die Heilige Jungfrau erinnerte, hatte sicher Verständnis dafür.
Sie und Adriana ließen sich die Feigen und Kuchen schmecken und leerten eine kleine Karaffe mit Fruchtsaft, und nach diesem Festmahl begann Katharina das Ritual, das sie seit Adrianas Geburt allabendlich wiederholte: Sie zog die Miniatur der heiligen Amelia und die Scherbe mit Torbach hervor und erzählte ihrer Tochter ihre Lebensgeschichte. Sie erzählte von Hans Roth, Isabella Bauer und den anderen Bewohnern des Städtchens, dann von der Familie, die auf sie wartete, wo sich der blaue Kristall befand: Dort wäre Adrianas Großvater und wohl auch viele Vettern und Basen, denn Isabella hatte von den Söhnen des Edelmanns gesprochen, die sicher geheiratet und Kinder bekommen hatten. »Und jetzt sag mir, wie du heißt«, forderte Katharina ihre Tochter Abend für Abend auf. Und jeden Abend antwortete Adriana: »Ich bin Adriana von Grünewald.«
Die Kleine begann zu gähnen, das Signal für die Gutenachtgeschichte, die dem Kind zu friedlichem Schlaf verhelfen sollte – oft wachte es mit Albträumen von den Kosch auf. »Es war einmal …«, begann Katharina und erzählte auf Kosch die Geschichte von der heiligen Amelia und dem blauen Kristall. Da sie vor dem Tod ihrer Mutter noch nie von dieser Heiligen gehört hatte und deren wahre

Geschichte nicht kannte, hatte sie einfach eine erfunden. »Es lebte einmal in den Wäldern um Torbach eine herzensgute Frau namens Amelia. Sie war sehr arm und besaß nichts außer einem einzigen wertvollen Schatz: einem makellosen blauen Kristall, den Jesus ihr einst geschenkt hatte, als er hungrig durch die Wälder wanderte und Amelia ihm Brot und Wurst zu essen gab. Doch im Schloss hoch auf dem Berg lebte ein böser König, der den blauen Kristall in seinen Besitz bringen wollte …«

Die beiden Flüchtlinge, die sich in der vergessenen Waffenkammer versteckten, hatten keine Ahnung, dass ein alter Mann im langen weißen Gewand und weißen Pantoffeln durch die Gänge des Palasts geisterte, immer auf der Suche nach Stimmen, denen er lauschen konnte. Er presste ein Ohr ans Schlüsselloch, und als er ein paar Minuten später die Worte vernahm: »Und so lebten Amelia und der schöne Prinz glücklich bis an ihr Ende«, stieß er die Tür auf und klatschte in die Hände.

Erschrocken fuhr Katharina hoch.

»Erzähl noch eine Geschichte«, forderte er sie in dem Kosch-Dialekt auf, der in Zhandu gesprochen wurde, und ließ sich im Schneidersitz auf dem Boden nieder.

Katharina starrte den Eindringling an. Er war uralt und hatte einen kugelrunden Kopf, der sie an eine Orange erinnerte und bis auf ein paar weiße Haarsträhnen vollkommen kahl war. Wie die Kosch besaß er Mandelaugen, die in schrägen Blinzelfältchen ausliefen, sodass er aussah, als würde er ständig lächeln. Alles an ihm wirkte rund: sein runder Bauch unter dem weißen Gewand, seine Knubbelnase, runde Bäckchen, die sich nach oben schoben, wenn er lächelte, was oft und grundlos geschah. Ob er wohl ein wenig einfältig war?

»Noch eine Geschichte!«, wiederholte er, bereits ein wenig verdrossen.

Katharina sah Adriana an, die ihrerseits den merkwürdigen Gast entgeistert anstarrte. Während ihres kurzen Lebens bei den Kosch

hatte sie gelernt, in Anwesenheit von Fremden den Mund zu halten und keine Aufmerksamkeit auf sich zu ziehen.
Als Katharina begriff, dass der komische kleine Mann nicht eher gehen würde, bis er sich seine Geschichte ertrotzt hätte, entschied sie sich für Rapunzel, das sie kurz und bündig in der Hoffnung abhandelte, er würde sich dann trollen.
Doch als sie fertig war, klatschte der alte Mann in die Hände, lachte sein zahnloses Lachen und drängte auf eine weitere Geschichte. Katharina weigerte sich, weil ihr Kind müde wäre. Seine Laune verschlechterte sich zusehends. Als sie ihn einlud, er könne gerne morgen wiederkommen, begann er herumzuschreien, und wie aus dem Nichts erschienen Wachen, die ihre Speere auf Katharina richteten. Mit Adriana auf dem Arm sprang Katharina auf die Füße und wich vor den goldenen Speerspitzen zurück. Der Alte schimpfte so zusammenhanglos vor sich hin, dass Katharina ihm nicht mehr folgen konnte, und plötzlich tauchte eine weitere Person auf. Katharina beschlich der Verdacht, dass man nach dem Alten schon gesucht hatte.
Die neu hinzugekommene Person war die Dame aus dem Garten, die der Kammerherr als Himmlische Schwester tituliert hatte. Sie trug jetzt eine seidene Robe, die mit so naturgetreuen Blüten bestickt war, dass Katharina nicht weiter staunen würde, wenn sich ein Bienenschwarm darauf niederließe. »Warum bist du immer noch da und bringst meinen Bruder aus der Fassung?«, fuhr die Dame sie an.
»Wir wussten nicht, wohin …«
Sie bellte den Wachen einen knappen Befehl zu, die daraufhin einen drohenden Schritt näher rückten.
»Bitte, Herrin«, flehte Katharina, »lasst uns nur kurze Zeit bleiben. Meinem Kind geht es nicht gut.«
»Damit habe ich nichts zu schaffen«, sagte die Frau.
»Ganz im Gegenteil! Euretwegen wurde ich von den Kosch hierher gebracht, sie haben mich an Euch verkauft.«

»Das schon, aber wir haben keine Verwendung für dich! Also verschwinde!«
»Das kann ich nicht! Mein Kind ist zu schwach!«
Die Mandelaugen blitzten Adriana an. »Was ist los damit?«
»Die Kosch haben uns nichts Richtiges zu essen gegeben, nur Abfälle, die die Hunde nicht mehr wollten. Schon als Baby musste Adriana hungern. Jetzt muss sie erst wieder zu Kräften kommen.«
»Die Kosch sind Schweine«, zischte die Frau auf Kosch. »Trotzdem können wir dich hier nicht brauchen!«
»Aber ich kann arbeiten und unseren Lebensunterhalt verdienen«, sprudelte Katharina verzweifelt hervor. »Ich kann sticken! Sehr gut sogar!«
»Pah! Für mich sticken schon tausend Frauen! Ich sticke sogar selbst, und wetten, besser als du!« Die Himmlische Schwester wandte sich brüsk zum Gehen, doch der Alte hielt sie auf, zupfte sie am Ärmel und flüsterte ihr etwas ins Ohr. Sie drehte sich noch einmal um und fixierte Katharina mit schmalen Augen. »Mein Bruder sagt, du erzählst Geschichten. Was sind denn das für Geschichten?«
Katharina ging sofort in Abwehrhaltung. Galten Geschichten in diesem Palast etwa als Verbrechen? »Nur Kindergeschichten, Märchen, ohne jede böse Absicht«, wiegelte sie ab.
»Dann erzähl mir eine.«
Was waren die Zhandu nur für Leute, die sich vor Geschichten fürchteten? »Ich kenne nur Märchen, Herrin. Ganz simple Erzählungen.«
»Lass hören.« Und zu Katharinas Überraschung ließ sich die Matrone im Schneidersitz auf dem Boden nieder, genau wie ihr Bruder zuvor.
Katharina kramte in ihrem Gedächtnis nach der harmlosesten Geschichte, die sie kannte, damit sie ja nicht unbeabsichtigt Anstoß erregen und in den Kerker geworfen würde. Sie entschied sich für Rumpelstilzchen. Und als sie endete und erzählte, wie die Müllerstochter das verschlagene Rumpelstilzchen übertölpelte, lachten alle

und klatschten begeistert in die Hände, von Adriana bis hin zu den grimmigsten Wachmännern.
Die Frau war wie ausgewechselt. »Eine gute Geschichte«, lobte sie, und ihr rundes Gesicht strahlte wie die Sonne. »Jetzt die nächste.«
»Aber Herrin, meine Tochter ist müde und schwach, wir sind beide erschöpft.«
»Eine letzte Geschichte, dann könnt ihr schlafen gehen.«
Bei der Geschichte von der Schildkröte und dem Hasen war Adriana schon nach halber Strecke in Katharinas Armen eingeschlummert. Doch das seltsame Publikum blieb hellwach und hingerissen, atmete und blinzelte kaum, während es an Katharinas Lippen hing. Und als sie endlich beim Schluss anlangte, lachten und jubelten alle über die schlaue Schildkröte.
Katharina wunderte sich über diese Begeisterung für Geschichten, die sie für Allgemeingut gehalten hatte. Zu Hause konnte man derlei Kinderkram nur den Allerjüngsten vorsetzen, jeder andere hätte gegähnt und nach frischer Kost verlangt. Lag es vielleicht an der selbst auferlegten Isolation vom Rest der Menschheit, dass bei den Zhandu ein solcher Mangel an Geschichten herrschte? Waren sie ihrer eigenen Mythen und Legenden überdrüssig geworden, sodass sie begierig auf Neues warten wie andere Völker auf Gold und Wein?
Die Himmlische Schwester erhob sich. »Ihr könnt bleiben«, sagte sie zu Katharina, und in ihrer Stimme schwang neue Achtung mit. »Ihr werdet uns Geschichten erzählen.«
Katharina schöpfte Hoffnung, ihre Gedanken überschlugen sich. »Bekommen wir ein eigenes Zimmer?«
»Solange Ihr uns etwas zu erzählen habt.«
»Und Essen für meine Kleine?«
Die Dame warf einen schrägen Blick auf die schlafende Adriana und zog missbilligend die Nase kraus. »Ein richtiger Spatz. Muss schleunigst rausgefüttert werden. Erzählt uns schöne Geschichten, dann bekommt Ihr schöne Gemächer, schöne Kleider und schöne Portionen auf den Teller.« Sie lachte über ihre eigenen Worte. »Mein Bru-

der ist sehr glücklich«, gurrte sie und tätschelte dem Alten den Arm. »Er wird dafür sorgen, dass auch Ihr glücklich seid.«
Doch als die Himmlische Schwester hinzufügte: »Ihr werdet für immer bei uns bleiben«, schlug Katharinas Erleichterung in Panik um. »Aber ich muss doch nach Jerusalem!«
»Wohin? Wo liegt denn das?«
Einen Moment lang verschlug es Katharina die Sprache. Es konnte doch niemanden auf der Welt geben, der noch nicht von Jerusalem gehört hatte! »Das ist eine Stadt«, begann sie, doch eine ungeduldig wedelnde Hand schnitt ihr das Wort ab.
»Wenn Ihr mit allen Euren Geschichten fertig seid, dann könnt Ihr abreisen.«
»Ich werde Geld für die Reise brauchen.«
Die Matrone zuckte mit den Achseln. »Davon haben wir nun wirklich genügend. Jede Eurer Geschichten vergüten wir Euch mit einer goldenen Münze.«
Langsam begriff Katharina, welches erlauchte Publikum da vor ihr gesessen hatte: der Himmlische Herrscher – der König von Zhandu höchstpersönlich – und seine Schwester Sommerrose.

Als Katharina am ersten Erzählabend mit ihrer Tochter zu den königlichen Gemächern geführt wurde, blieb ihr vor Schreck die Luft weg: Sie hatte nur den König und seine Schwester erwartet, sah jedoch eine mehrhundertköpfige Zuhörerschaft vor sich versammelt. Doch sie fand gleich wieder zu ihrem Mutterwitz zurück. Im Grunde spielte es keine Rolle, ob man eine Geschichte einem Kind oder dreihundert Erwachsenen erzählte: Man musste ihre Neugier wecken, ihnen einen Helden vorsetzen, sie durch Andeutungen in atemloser Spannung halten und schließlich mit einem glücklichen Ausgang belohnen. Während Katharina ihre Geschichten fortspann, tauchten etliche Schreiber an ihren Pulten emsig die Feder in die Tinte und hielten Katharinas Worte in der verschnörkelten Kalligraphie der Zhandu-Sprache fest. Wie man ihr später erklärte,

sollten von diesen Schriftrollen Kopien angefertigt und im ganzen Königreich verteilt werden, damit auch die Bewohner der entlegensten Winkel in den Genuss dieser Erzählungen kämen, die andere Schriftkundige ihnen vorlesen würden.
Katharina erzählte dem Himmlischen Herrscher und seinem Hofstaat Geschichten aus den Wäldern ihrer Heimat – vom Froschkönig, von Schneewittchen und den sieben Zwergen, von Aschenputtel. Und als der Schatz der deutschen Märchen erschöpft war, berichtete sie vom Leben Jesu und der Heiligen, anschließend von Mohammed, über den sie in Konstantinopel vieles gehört hatte. Am besten kamen Erzählungen mit Fabelwesen an, sprechende Kröten, tanzende Esel, fliegende Pferde oder böse Riesen, die unter Brücken kauerten und Reisenden auflauerten. Und Wunder und Verwünschungen, am besten haufenweise. Jeden Abend versetzte Katharina ein wachsendes Publikum in Entzücken, und tags darauf wurde sie stets mit der versprochenen Goldmünze, üppigen Speisen und der Freiheit belohnt, nach Belieben durch die Stadt zu streifen. Im Stillen dachte sie sich, dass die Menschen im Grunde auf der ganzen Welt gleich waren, die Bauern in Deutschland wie die weisen Alten im verschlossenen Königreich auf dem Dach der Welt: Sie alle lachten über Mäuse, die Katzen eins auswischten, weinten über den Tod schöner Heldinnen und jubelten über die Siege tapferer Prinzen. Sie hielten entsetzt den Atem an, wenn die böse Königin das Herz Schneewittchens zu verspeisen glaubte, schrien: »Pass auf!«, wenn Rotkäppchen im Wald dem Wolf begegnete, gruselten sich, wenn Katharina die großen dunklen Wälder schilderte, wo Ungetier und Riesen wohnten, spotteten über den Fuchs, der als schlechter Verlierer die sauren Trauben verschmähte, klatschten Beifall, wenn der heroische Siegfried den Drachen besiegte. Am beliebtesten jedoch war die Geschichte vom Mädchen, das seiner Mutter am Totenbett versprach, sich auf die Suche nach seinem Vater aufzumachen, und unterwegs viele Abenteuer und Fährnisse bestehen musste. Da Katharina nicht zu Ende erzählte, wurde sie von allen Seiten bestürmt:

»Hat sie ihren Vater denn nun gefunden?« Katharina gestand, es handle sich um ihre eigene Geschichte. Da klatschten alle Beifall und erklärten sie zur besten Geschichte von allen.
Zum ersten Mal seit der Zeit mit Adriano am Smaragdfluss empfand Katharina etwas wie Glück. Mit seinen verschneiten Berggipfeln, den moosbewachsenen Tälern, den goldenen Kuppeln und Türmen aus Elfenbein bot Zhandu ein großartiges Schauspiel. Alles trug freundlich klingende Namen: das Jadetor, der Palast Himmlischer Glückseligkeit, der Saal Freudiger Beschaulichkeit. Die wenigen Besucher, die aus der Außenwelt empfangen wurden, führte man als Erstes vor den Spiegel der Verborgenen Wahrheiten, wo ein Magier, der so genannte *Wu*, aus dem Spiegelbild seine Schlüsse über die Tugenden des Gasts zog. Jeden Abend erschuf ein ganzes Heer von Köchen wahre Speisenwunder: Türme aus gesponnenem Zucker, zu Blüten und Tieren geformtes Marzipan, bunte Kuchen, die auf der Zunge zergingen. Kostbarer, seltener Fischrogen, den Boten in anstrengenden Etappen weit aus dem Norden herbeischafften, wurde auf duftenden Brötchen angerichtet. Zur Kühlung des Weins wurde Schnee von den Bergen geholt.
Katharina erkannte, dass es nichts gab, was die Außenwelt den Bewohnern Zhandus zu bieten hätte: Hier wuchsen Bäume, die das ganze Jahr über Früchte und Nüsse trugen, Getreide und Gemüse gedieh auf den Äckern, man hatte Wildbret im Überfluss und einen ganzen Wald von Bienenstöcken, aus denen Honig geerntet wurde. Aus nie versiegenden Quellen plätscherte frisches, reines Wasser. Handel wurde kaum getrieben: Zwar ritten Abgesandte des Reichs aus und prüften die angebotenen Waren, kehrten aber meist mit leeren Händen zurück. Zhandu besaß Seide, Juwelen, Nahrungsmittel und Wein im Überfluss, jeden Luxus, den man sich nur denken konnte.
Nur an Geschichten herrschte Mangel. Zum ersten Mal seit Generationen hatte ein Außenseiter etwas Neues nach Zhandu gebracht. Katharina und ihre Tochter erhielten prunkvolle Gemächer, in de-

nen riesige Betten mit Bettzeug aus Seide standen, wurden mit neuen Kleidern und Schmuck ausgestattet, konnten essen, so viel sie wollten, und gehen, wohin sie wollten – solange sie nur abends in den Palast zurückkehrten und dem Himmlischen Herrscher seine Geschichte erzählten. Sie passten sich den Sitten und Gebräuchen der Zhandu an, und so kam Katharina auch hinter das Geheimnis der phantastischen Frisuren: Gestelle aus sehr dünner Jade wurden auf dem Kopf befestigt, die langen Haare darübergekämmt, durch künstliche Locken und Zöpfe ergänzt und mit stricknadelähnlichen langen Elfenbeinnadeln festgesteckt. Die Mutter und Tochter aus dem fernen Land trugen nun dieselben Gewänder und Pantoffeln mit hochgebogener Spitze, und langsam wuchs der Stapel der Goldmünzen, den Katharina nach getaner Arbeit stets durchzählte und allmählich ausrechnete, wie viele Tage bis zu ihrer Abreise noch vergehen müssten.

Während sie sich an das Leben in diesem bemerkenswerten Reich gewöhnten, ließen Adrianas Albträume allmählich nach – ihre Erinnerungen an einen nur so zum Spaß angezündeten Menschen, an die Kämpfe mit den Hunden um einen Brocken Nahrung, an die Tage, an denen man sie zur Strafe ihrer Mutter weggenommen hatte. Sie wurde auch immer kräftiger und gesünder. Der Hofarzt untersuchte Adriana und stellte eine Blutarmut fest, die durch Unterernährung schon im Mutterleib entstanden war. Er verordnete ihr einen Spezialtee, der mit Unterstützung des Wassers, das Sommerroses Beteuerungen nach magische Kräfte besaß, und der reinen Höhenluft eine erstaunliche Heilwirkung entfaltete.

Doch der Arzt warnte auch vor Gefahren, falls sie Zhandu verließen, da die Gesundheit des Kindes hier günstig beeinflusst und anderswo wieder aufs Spiel gesetzt würde. Katharina nahm sich seine Worte zu Herzen, denn nach den vielen harten Jahren, in denen sie ihr Töchterchen oft genug dem Tod nahe geglaubt hatte, sah sie, wie prächtig Adriana hier gedieh. Zum ersten Mal erlebte die Kleine ein stabiles, behütetes Zuhause, wie einst Katharina in Torbach. Hatte

Katharina das Recht, ihrer Tochter diese Geborgenheit wieder zu entziehen?

Und so saß Katharina jeden Abend, wenn Adriana schlief und Ruhe in den Palast eingekehrt war, im Schein einer Lampe und starrte auf die Miniatur mit der heiligen Amelia und dem blauen Kristall. Jerusalem schien so weit weg, dass es immer unwirklicher wurde. Und an die fünfundzwanzig Jahre war es nun schon her, dass ihr Vater sie in der Obhut einer mittellosen Näherin zurückgelassen hatte. Ob er überhaupt noch lebte?

Nachdem sie ein Jahr in Zhandu verbracht hatten, zählte Katharina wieder einmal ihre Goldmünzen und überlegte, ob ihr Geld zum Aufbruch reichte. Da kam Sommerrose zu ihr und forderte sie auf: »Kommt mit.«

Katharina fasste ganz selbstverständlich nach Adrianas Hand, doch Sommerrose sagte: »Lasst das Kind hier. Es könnte sich ängstigen.«

Katharina aber ging niemals ohne ihre Tochter fort, deshalb begleitete Adriana die beiden Frauen in einen Teil des Palasts, den Katharina noch nie betreten hatte. Vor einem verschlossenen und bewachten Tor blieb Sommerrose stehen und sagte ernst: »Ihr werdet erst über ihn erschrecken, aber er tut Euch nichts.«

»Wem wollt Ihr mich denn vorstellen?«

»Meinem Sohn, dem Kronprinzen von Zhandu.«

Katharina war fassungslos. Niemand hatte ihr gegenüber je einen Prinzen oder Thronerben erwähnt. Ihre Überraschung nahm noch zu, als sie zwei weitere verschlossene und bewachte Tore passierte und dann in den ungewöhnlichsten Raum eintrat, den sie jemals gesehen hatte.

Er war von riesenhaften Ausmaßen, aber völlig fensterlos, kein Sonnenstrahl drang herein. Stattdessen wurde er von hundert Kronleuchtern erhellt, zahllose Kerzen brannten in Leuchtern entlang der Wände. Über dem Raum wölbte sich eine himmelblau gestrichene Kuppel, die mit weißen Wolken bemalt war; mitten im Boden war ein großer Teich eingelassen, in dem Goldfische schwammen und wo im Schilf sogar ein majestätischer weißer Reiher herumwatete. In großen Kübeln wuchsen Bäume, am Teichrand gediehen Büsche und Blumen aller Art, hier und da gab es Grasflächen. Pfade aus Steinplatten schlängelten sich durch die künstliche Landschaft, durch die Sommerrose sie führte. Katharina traute ihren Augen nicht: Gazellen grasten zwischen den Büschen, sie schrak zusammen, als dicht neben ihr ein Vogel aufflog. Es entstand tatsächlich der Eindruck, man befände sich im Freien; aus irgendeinem unerklärlichen Grund hatte man die Außenwelt nach innen verfrachtet. Sie näherten sich einem zierlichen Pavillon, wie es sie auch in den Gärten draußen gab; heller Lichtschein ging von ihm aus.

»Bleibt ganz ruhig«, sagte Sommerrose. »Er jagt den Leuten zuerst Angst ein. Aber ich versichere Euch, er ist völlig harmlos.«

Katharina fragte sich, ob der Kronprinz hier in einer Art Gefängnis eingesperrt war, fern von der Sonne und den Augen seiner Untertanen, und welches Verbrechen er begangen haben mochte. Sie umschloss Adrianas Hand noch fester. Hätte sie ihre kleine Tochter nicht doch lieber in ihren Räumen lassen sollen?

Sein Name sei Lo-Tan, erklärte Sommerrose weiter, was soviel bedeutete wie »Wilder Drache«, und jeden Abend, wenn Katharina ihre Geschichten erzählte, saß er hinter einem Paravent verborgen und hörte ihr zu. Und jetzt hatte er den Wunsch geäußert, die Erzählerin persönlich kennen zu lernen.

Ihr Sohn war auch der Grund, warum Katharina nach Zhandu gebracht worden war, denn der Himmlische Herrscher hatte eine Proklamation aussenden lassen, um für den Thronerben eine passende Gemahlin zu finden, die einer bestimmten Beschreibung entsprechen musste. Und als Lo-Tan erschien, begriff Katharina sogleich, warum Sommerrose sie abgelehnt hatte. Denn mochte sie auch blond und hellhäutig sein, so weiß wie dieser junge Mann war sie nicht, dem jede Farbe fehlte – offenbar ein Albino, von deren Existenz Katharina bereits gehört hatte.

War ihm sein Name in der Hoffnung gegeben worden, er würde zu einem wilden Drachen heranwachsen? Auf Katharina wirkte er wie eine Taube, eine schneeweiße Taube mit makellosem Gefieder, weich und sanft. Seine Augen faszinierten sie, rote Pupillen mit rot geränderter Iris. Sie ruhten vertrauensvoll auf ihr, sein Lächeln war freundlich und entwaffnend.

Bevor Katharina seinen leisen Gruß erwidern konnte, riss sich Adriana von ihrer Mutter los, aber statt davonzurennen, wie Sommerrose befürchtet hatte, lief sie auf den Prinzen zu, zupfte ihn an seiner gelben Seidenhose und fragte: »Bist du ein Kaninchen?«

»Adriana!«, tadelte Katharina.

Doch der Prinz lachte nur. Er ließ sich auf ein Knie nieder und antwortete der Vierjährigen: »Sehe ich denn so aus?«

Adriana runzelte die Stirn. »Na ja, die richtigen Ohren hast du nicht.«

Er grinste. »Weil ich sie nicht immer aufsetze.«

Adrianas Gesichtchen leuchtete auf. »Wirklich? Und wo hebst du sie auf?«

Lo-Tan erhob sich wieder und bat Katharina mit einer Stimme, die so weich war wie ein Wattewölkchen: »Würde mir die junge Dame die Ehre erweisen, mir eine Geschichte zu erzählen?«

Katharina errötete und antwortete: »Die Ehre wäre ganz meinerseits.« Da lächelte Sommerrose unter Tränen der Erleichterung und der Dankbarkeit.

Katharina und Adriana verbrachten ganze Nachmittage in dem bezaubernden Garten unter der Kuppel, entdeckten Teiche und Wasserfälle, frei fliegende Vögel, zahmes Wild. Weil die königlichen Leibärzte davor gewarnt hatten, Sonnenlicht könnte Lo-Tan krank machen oder sogar töten, verließ der Prinz niemals sein künstliches Reich. Katharina machte das nichts aus, weil sie in seiner Gegenwart Ruhe und inneren Frieden fand, und Adriana, der er den Spitz-

namen Glücksfloh gab, spielte so gern in diesem phantastischen Wunderland.
Schüchtern gestand Wilder Drache Katharina, dass ihr Name für ihn schwierig auszusprechen sei und ihm auch nicht gefiele; er gab ihr kurzerhand einen neuen: Wei-Ming, Goldene Lotusblüte. Als Sommerrose eines Nachmittags Katharina im Garten der Friedvollen Gedanken aufsuchte, sprach sie sie ebenfalls so an und sagte ernst: »Goldene Lotusblüte, Ihr tragt Euch mit dem Gedanken, uns zu verlassen.«
Katharina sah die Trauer im runden Gesicht der älteren Frau und erkannte, wie lieb sie sie gewonnen hatte und wie sehr sie sie vermissen würde. »Ja. Ich habe genug Geld, um einen Platz in einer Karawane zu bezahlen, die mich nach Jerusalem bringen wird.«
»Wollt Ihr Eure Tochter mitnehmen?«
Katharina antwortete nicht sofort, weil sie selbst noch unentschlossen war. Adriana war jetzt fünf Jahre alt, ein glückliches Kind mit vielen Freunden, allen voran Wilder Drache. Das sonnige kleine Mädchen mit den putzigen Seidenroben und den beiden goldenen Haartürmchen, das so unbefangen auf Kosch daherschnatterte, als wäre es hier geboren, war der erklärte Liebling des ganzen Hofs. Doch Katharina hatte immer betont, dass ihr Aufenthalt hier befristet sei und sie eines Tages aufbrechen müssten.
»Ich möchte Euch einen Vorschlag machen«, sagte Sommerrose gütig und voller Verständnis für die Zwangslage der jungen Frau – welche Mutter konnte schon ihr Kind zurücklassen und sich auf eine lange Reise mit ungewissem Ausgang begeben? »Dieses Jerusalem, von dem Ihr immer redet, ist sehr weit weg. Vieles kann passieren, bis Ihr dort ankommt. Ihr seid schon zweimal entführt und verkauft worden, das könnte jederzeit wieder geschehen. Dann wäre Glücksfloh eine Waise, falls Ihr sie hier zurücklasst. Falls Ihr sie aber mitnehmt, kann sie getötet, in die Sklaverei verkauft oder zumindest in ihrer Gesundheit geschwächt werden.«
Katharina nickte. Sommerrose brachte nichts vor, worüber sie nicht

selbst schon nachgegrübelt hatte. Die Lage schien aussichtslos: Sie musste fort von hier, konnte aber ihr Kind weder mitnehmen noch zurücklassen.
Und dann sagte Sommerrose einen Satz, der Katharina zum ersten Mal in ihrem Leben sprachlos machte: »Heiratet meinen Sohn, und wir werden Euren Vater für Euch finden.«
Als die junge Frau nichts erwiderte, setzte Sommerrose rasch hinzu: »Unsere Dynastie braucht gesunde Erben. Ihr seht, dass mein Bruder keine Nachkommen hat, und Lo-Tan ist mein einziger Sohn. Vor fünfzehn Jahren, als Lo-Tan zwölf Jahre alt war, haben wir eine Proklamation ausgesandt, um eine Frau zu finden, die ihm gleicht. Wir hielten das für das Richtige. Aber heute glauben wir, dass wir nie eine solche Frau finden werden.«
Katharina erlangte ihre Fassung wieder. »Aber … ich liebe ihn doch gar nicht.«
Sommerrose starrte sie verständnislos an. »Was hat denn Liebe mit Ehe zu tun? Auch ich habe Lo-Tans Vater nicht geliebt.«
»Außerdem bin ich schon verheiratet«, sagte Katharina leise.
Sommerrose tätschelte ihr die Hand. »Liebes Kind, der Mann Eures Herzens ist tot. Ihr müsst Euer eigenes Leben leben. Ich bin sicher, es wäre auch sein Wunsch gewesen. Sagt mir, habt Ihr meinen Sohn wenigstens gern?«
»Sehr sogar«, sagte Katharina. Das war die volle Wahrheit. Sie hatte zu dem sanften Lo-Tan eine tiefe Zuneigung gefasst. Einen freundlicheren, bescheideneren Mann konnte es nicht geben, und er war so gut zu Adriana.
»Wenn Ihr ihn heiratet«, fuhr Sommerrose fort, »könnt Ihr in Zhandu bleiben, und wir werden Proklamationen aussenden, wie wir es einst getan haben, um eine Albinofrau zu finden. Ihr habt gesehen, wie weit unsere Proklamationen herumkommen. Wir haben Euch aus dem tiefsten Persien aufgelesen, nicht wahr? Unser Arm reicht sicher auch bis nach Jerusalem. Alle Karawanen machen hier Halt, alle Karawanenführer kennen die Reichtümer, die auf sie

warten, wenn sie uns das Gewünschte herbeischaffen. Auf diese Weise braucht Ihr Euch nicht von Eurer Tochter zu trennen, Goldene Lotusblüte, und braucht auch nicht die Gefahren einer so langen, gefährlichen Reise auf Euch zu nehmen. Und trotzdem werdet Ihr Euren Vater finden!«

Katharina antwortete: »Gebt mir ein wenig Zeit. Ich muss darüber nachdenken.« In dieser Nacht bat sie die heilige Amelia in einem Gebet um ein Zeichen und drückte das kleine Bild fest an sich, das irgendwo auf der Welt ein Gegenstück hatte – wahrscheinlich befand es sich im Besitz eines europäischen Edelmanns mit sonnengoldenem Bart, der darauf wartete, dass seine Tochter zu ihm kam. Sie betete auch zur Seele Don Adrianos, den sie ihr Leben lang lieben würde, und schließlich betete sie über der kleinen Gestalt ihrer Tochter, die ruhig und friedlich schlief und alle Albträume längst vergessen hatte.

Als die Sonne am nächsten Morgen durch die seidenen Vorhänge fiel und Katharina die leisen Stimmen der Höflinge, das Brunnengeplätscher und das Zwitschern der Vögel hörte, fragte sie sich, wie sie überhaupt hatte zögern können. Es stimmte, was Sommerrose gesagt hatte: Eine Proklamation aus Zhandu würde den letzten Winkel der Erde erreichen, und wenn es jemanden gab, der ihren Vater finden konnte, dann war es ein Abgesandter dieses Bergreichs.

Und schließlich hatte Katharina Lo-Tan wirklich sehr gern.

So sagte sie ja, und an einem herrlichen Sommertag, an dem ganz Zhandu auf den Beinen war, um an der Feier teilzunehmen, heiratete die Deutsche Katharina Bauer-von Grünewald aus Torbach, Mutter des Kindes eines Marienritters, des Spaniers Don Adriano von Aragon, den als Albino geborenen Sohn von Sommerrose, Schwester des Himmlischen Herrschers, den Prinzen Lo-Tan, und wurde so zur Prinzessin Wei-Ming von Zhandu.

Wie versprochen sandte der Himmlische Herrscher Männer aus, die nach dem blauen Kristall und Katharinas Vater suchen sollten: Läufer und Boten schwärmten mit einem Aufruf aus, der jedem reiche Belohnung versprach, der mit einer Nachricht über den blauen Stein oder mit dem Kristall selbst oder einem goldbärtigen Fremden zu ihnen käme.

Die Botschaft ging in die Welt hinaus. Sie wurde von Kamelen und Yaks weitergetragen, durch Mundpropaganda von allen verbreitet, die von den Reichtümern Zhandus träumten, durch Gespräche in Garnisonen, Karawansereien, an Kreuzstraßen; wo immer sich Reisende am Lagerfeuer begegneten, waren der blaue Kristall und der goldbärtige Fremde ein Thema. Wie der Wind, der über die Sanddünen wehte, flog die Proklamation immer weiter, bis nach einem Jahr die ersten Ergebnisse eintrafen: Blaue Steine aller Art wurden zur Ebene am Fuß der Stadt Zhandu gebracht, manche so groß wie Melonen, andere so klein wie Erbsen, pfauenblaue und himmelblaue, manche ins Grünliche spielend, andere beinahe schwarz. Tag für Tag gingen die Wachen hinaus, um Steine einzusammeln und sie Katharina zur Begutachtung vorzulegen, doch die Belohnung wurde nie ausbezahlt.

Dann ließ der Himmlische Herrscher von seinen Hofkünstlern auf festem Papier Kopien des Diptychons von der heiligen Amelia anfertigen; die Kopien gaben das Original recht gut wieder, nur das lebendige Blau des Kristalls konnten die Künstler nicht einfangen, und die Heilige erhielt leicht asiatische Züge. Diese Bildchen wurden überall hin versandt, dazu auf Kosch, Lateinisch, Arabisch und Deutsch das Versprechen einer königlichen Belohnung.

Jahre vergingen. Katharina empfand in ihrer Liebe zu Lo-Tan nie die Leidenschaft und das Verlangen, das sie für Adriano verspürt hatte, doch ihre Zuneigung zu dem sanften Mann vertiefte sich. Sie teilte seine sonnenlose Welt mit ihm, Adriana wuchs und gedieh und bekam einen Bruder, eine Schwester und schließlich noch einen Bruder. Als sie alt genug war, ging sie mit den anderen

Kindern des Hofs zur Schule, lernte mit Hilfe eines Abakus einfache Summen auszurechnen und Buchstaben und Worte in der Zhandu-Kalligraphie aufs Papier zu pinseln. Geographische Kenntnisse konnte sie keine erwerben, da die Zandhu glaubten, die Welt sei eine Scheibe mit der Stadt Zhandu im Mittelpunkt, doch erhielt sie Lektionen in Astronomie und Mathematik, Poesie und Malerei.
Immer wieder wurden blaue Steine nach Zhandu gebracht, große und kleine, durchscheinende und undurchsichtige in allen Blautönen, dazu Geschichten von blondbärtigen Männern. Katharina hörte sich jede Geschichte mit derselben Aufmerksamkeit an, die sie der Prüfung der Steine widmete, doch keine wollte so recht auf den deutschen Edelmann passen, der nach Jerusalem gereist war, um dort nach dem blauen Wunderstein zu forschen.

Katharina war mit Lo-Tan und ihren Zhandu-Kindern glücklich, doch im Sommer des zehnten Jahres nach der Aussendung der ersten Proklamation kamen ihr immer größere Bedenken, ob sie die Reise nicht doch lieber selbst hätte unternehmen sollen. Da traf ein Läufer mit der Nachricht ein, Handelsreisende hätten den Mann gefunden, der den blauen Stein suchte.
Katharina hegte stets Zweifel, aber auch stets Hoffnung, und sie fragte: »Habt Ihr meinen Vater gefunden?«
»Wir bringen ihn sogar mit!«
Der Fremde wurde in den Garten der Ewigen Verzückung geführt, wo sich die Königliche Familie in gespannter Erwartung versammelt hatte. Katharinas Herz klopfte ihr vor Aufregung bis zum Hals, tausend Fragen schossen ihr durch den Kopf: Wird er es sein? Wie soll ich ihn ansprechen? Sind meine Brüder bei ihm?
Und dann trat er durch das Portal. Katharina stieß einen Schrei aus. Als Erstes erblickte sie den Mantel, und obwohl er geflickt und mitgenommen und längst nicht mehr so weiß war wie am Smaragdfluss, wirkte er immer noch schön und würdevoll. Von Adrianos

sonnengebräunter Haut stach sein schulterlanges weißes Haar ab. Seine Augen jedoch waren dunkel wie immer, und er hatte nicht das Gesicht eines alten Mannes, sondern das eines weit gereisten, welterfahrenen Menschen.

Alle sahen ehrfürchtig staunend zu, wie Katharina in seine Arme stürzte. Sie umarmte ihn wieder und wieder, und während ihr Tränen die Wangen herunterliefen, lächelte sie ihn unverwandt an. Nach einer Weile erzählte der sichtlich bewegte Adriano, wie er in Taschkent einem Mann begegnet war, der dieses kleine Gemälde herumzeigte. Da wusste er, dass sie lebte und er sie wiedergefunden hatte.

Katharina konnte die Augen nicht von ihm wenden, sie berührte seine Arme, spürte seinen festen Körper und dankte Gott für dieses Wunder. »Aber du bist doch am Smaragdfluss getötet worden! Ich habe es mit eigenen Augen gesehen!«

Adriano blickte sie lange an und nickte dann. Sie war immer noch seine Katharina, auch wenn sie nun fremd erschien in ihren Seidengewändern und ihrem zu einer Art exotischem Vogelkäfig aufgetürmtem blonden Haar. »In unserer Karawane war ein Mann, der es auf meinen Mantel abgesehen hatte. Während ich badete, stahl er ihn mir. Das wurde ihm zum Verhängnis, denn im selben Moment griffen die Kosch an. Ich wurde verwundet und wäre fast im Fluss ertrunken. Doch Nomaden fanden mich, nahmen mich in ihre Zelte mit und pflegten mich gesund.«

Der Himmlische Herrscher und Sommerrose, Lo-Tan und die Kinder bekamen mit, dass hier eine faszinierende Geschichte erzählt wurde; sie traten näher, damit ihnen nichts entging. Katharina übersetzte in Windeseile. »Als ich mich erholt hatte und von meinen Rettern Abschied nahm«, fuhr Adriano fort, »habe ich mich auf die Suche nach dir begeben, Katharina. Doch du warst spurlos verschwunden, ich hatte nicht den geringsten Anhaltspunkt, in welche Richtung du gezogen warst oder ob du überhaupt noch lebtest. Also ging ich nach Jerusalem, denn ich dachte, wenn ich dich irgendwo finden würde, dann dort. Ich suchte nach dem blauen Stein, aber er befand sich nicht mehr dort. Ich traf einen Mann, der mir von einem sächsischen Edelmann erzählte, dem Baron von Grünewald, der ebenfalls in Jerusalem nach dem blauen Stein gesucht hatte. Wir haben ihn um fünfzehn Jahre verpasst, Katharina. Der Mann sagte, der Deutsche wäre nach Bagdad aufgebrochen, also folgte ich ihm dorthin. Die ganzen Jahre bin ich den Spuren deines Vaters gefolgt, in der Hoffnung, sie würden mich zu dir führen.«

»Du hast ihn nie gefunden?«

»Nein, aber dich habe ich gefunden.« Er lächelte.

»Was ist mit deiner Bruderschaft? Wolltest du nicht zu ihr zurückkehren?«

»In Jerusalem hörte ich, die Türken seien auf unserer Insel eingefallen und hätten meine Bruderschaft bis zum letzten Mann niedergemetzelt.« Er verstummte. Dann nahm sein Gesicht einen Ausdruck an, als würde er seinen Zuhörern gleich ein wunderbares Geheimnis offenbaren. »Und jetzt höre mir genau zu, Katharina: Ich habe deinen Vater zwar nicht gefunden, aber ich weiß, wo er ist.«

Alle im Garten sogen hörbar die Luft ein, denn jeder wusste Bescheid über Katharinas lebenslange Suche. »Adriano, schnell, sag es mir!«, drängte sie ihn.

»In Taschkent begegnete ich einem Mann, der mir von einem Deutschen erzählte, einem Vater mit drei Söhnen, der ein kleines Bild genau wie deines mit sich herumtrug. Sie suchten nach einem blauen Stein und erfuhren, dass er an Mönche verkauft worden war, die ostwärts nach Kathay zogen, an den Hof des Kaisers. Dorthin folgte ihnen dein Vater, Katharina, nach China, und dort ist er wahrscheinlich immer noch.«

Speisen und Wein wurden aufgetischt, und die erstaunlichen Menschen in den knallbunten Seidenroben flatterten um Adriano herum wie exotische Vögel. Der weißhaarige Spanier war zwar gramgebeugt, überragte die Zhandu aber immer noch um ein gutes Stück und stand im Mittelpunkt ihrer Aufmerksamkeit. Er lachte vor

Freude darüber, denn auf dem langen Weg hierher hatte er keine Ahnung gehabt, was ihn im Königreich auf dem Dach der Welt erwarten würde.

Doch dann, als ein junges Mädchen zu ihm geführt wurde, das sich respektvoll vor ihm verbeugte und ihn »Vater« nannte, verstummte sein Lachen. Schweigen legte sich über den ganzen Garten, sogar das Vogelgezwitscher und Brunnengeplätscher schien in dem bewegenden Moment gedämpft, als dieser Mann erfuhr, was er noch nicht gewusst hatte: Er hatte eine Tochter.

Es dauerte einige Minuten, bis er die Sprache wiederfand; vor Erschütterung fand er nur stockend Worte: »In meinem Haus in Aragon hing ein Porträt meiner Mutter, als sie in deinem Alter war. Du gleichst ihr vollkommen, Adriana.«

Vater und Tochter fielen sich in die Arme, und alle weinten vor Rührung, am lautesten der Himmlische Herrscher, der wie ein Kind schluchzte und sich mit seinen blütenweißen Ärmeln übers Gesicht wischte.

Als Katharina in dieser Nacht in Lo-Tans Armen lag, flüsterte er traurig: »Wenn du zu Adriano zurückkehren möchtest, kann ich das verstehen und gebe dich frei, denn er ist dein erster Gemahl. Und wenn du nach Kathay gehen und deinen Vater suchen möchtest, hast du meinen Segen dazu. Doch ich bete zu Kwan Yin, meine geliebte Lotusblüte, dass du mich immer in deinem Herzen bewahrst.«

Da antwortete sie: »Du bist mein Gemahl, Lo-Tan, und wirst es immer bleiben.« Was den zweiten Punkt betraf, wurde ihr das Herz schwer: »Meinem Vater hat ein blauer Stein mehr bedeutet als seine eigene Tochter. Er hat mich nicht nur in der Obhut einer Fremden zurückgelassen, er hat mich *ver*lassen. Wenn ich jetzt auf die Suche nach ihm gehe, müsste ich meine Kinder verlassen. Im Gegensatz zu meinem Vater bedeuten mir meine Kinder mehr als irgendein Stein, der wie eine Art Traum immer verschwindet. Ich werde nicht nach ihm suchen. Mein Platz ist hier, bei dir und meiner Familie.«

Am nächsten Morgen ging sie zu Adriano, der über den märchenhaften Reichtum und die Pracht Zhandus nicht genug staunen konnte. Sie nahm seine rauen Hände in die ihren und sagte: »Ich werde nicht nach Kathay gehen, um dort nach meinem Vater zu suchen. Ich glaube, dass für meinen Vater die Suche nach dem blauen Stein zur fixen Idee geworden ist, wie für mich die Suche nach meinem Vater. Unterwegs habe ich irgendwann mein wahres Ziel aus den Augen verloren, genau wie er. Mein Vater hat seinen Weg gewählt, Adriano, und ich den meinen. Ich werde hier bleiben. Und du würdest mir eine unermesslich große Freude bereiten, wenn auch du deine lange Reise beenden und hier bleiben wolltest ... als mein lieber Freund«, setzte sie hinzu, denn ihre Ehe mit Lo-Tan stand nun zwischen ihnen, und beiden war klar, dass sie ihre leidenschaftliche Beziehung von früher nie würden erneuern können.
Adrianos Antwort kam tief aus dem Herzen: »Bei unserer ersten Begegnung, Katharina, war ich ein intoleranter Sturschädel. Ich hasste alle, die einem anderen Glauben anhingen. Die Religion war der Maßstab, nach dem ich einen Menschen bewertete. War er kein Anhänger Jesu, dann taugte er für mich nichts. Und in meiner Arroganz hielt ich es für meine Bestimmung, alle Menschen zum wahren Glauben zu bekehren, durch das Wort oder durch das Schwert. Aber als ich nach dem Überfall am Smaragdfluss wieder zu Bewusstsein kam, befand ich mich plötzlich in der Gesellschaft von Feueranbetern. Ich schwebte zwischen Leben und Tod, sie pflegten mich gesund und behandelten mich mit großer Freundlichkeit. Früher hätte ich sie Götzenanbeter geschimpft, aber in der Zeit meiner Genesung erkannte ich, dass sie Menschen waren wie alle anderen, Menschen, die um ihr Überleben kämpften, in Angst und Hoffnung lebten und die Mächte anbeteten, an die sie glaubten. Ich würde mich sehr glücklich schätzen, wenn ich hier bleiben und den Bewohnern Zhandus die Lehre von Jesus nahe bringen dürfte, Katharina, und wenn sie sich zu seiner Lehre bekennen, umso besser. Aber ich glaube nicht länger daran, dass man Schädel einschlagen muss, um

die Leute zum wahren Glauben zu bekehren, denn ich bin nicht länger überzeugt, dass es einen einzigen wahren Glauben gibt.«
Adriano erklärte weiter, dass er vor Jahren kein Recht dazu gehabt hätte, sie zu heiraten, da er damit sein Gelübde brach. Und er hielt den Überfall am Smaragdfluss für seine gerechte Strafe dafür. Als Buße für seine Sünde hatte er die letzten zehn Jahre mit der Suche nach dem blauen Kristall und nach Katharinas Vater verbracht und sich Enthaltsamkeit auferlegt.
Katharina nahm seinen Vorschlag an, doch als sie sah, wie die Hofdamen nach dem stattlichen Fremden schielten und hinter ihren wedelnden Fächern tuschelten und kicherten, fragte sie sich, wie lange Adriano sein erneuertes Keuschheitsgelübde wohl halten könnte.
Staunend sann sie über die geheimnisvollen Fügungen des Schicksals nach. Wenn nun ihre Mutter, Isabella Bauer, gestorben wäre, ehe Katharina zu ihr eilen konnte? Wenn sie das Geheimnis von Katharinas Geburt mit sich ins Grab genommen hätte? Dann hätte Katharina Hans Roth geheiratet, wäre in das Haus hinter der Bierkrugmanufaktur gezogen und hätte bis ans Ende ihrer Tage geglaubt, Torbach sei die Welt.
Sie sagte zu Adriano: »Ich habe mich als Knabe verkleidet und habe in einem türkischen Harem gelebt; ich habe Schiffbruch erlitten, bin entführt und in die Sklaverei verkauft worden; ich war Christin, Muslimin und Götzenanbeterin; ich habe einen Mann geliebt, ihn verloren und wiedergefunden; ich habe Ekstase und Schmerz, Erfüllung und Verlust kennen gelernt. Ich habe Deutsch, Arabisch, Latein und Zhandu gesprochen, bin bis ans Ende der Welt gereist und habe unbeschreibliche Wunder gesehen. Doch Torbach ist mir bei alledem immer meine Heimat geblieben. Irgendwie ist es das immer noch, mit seinem bunten Marktplatz und dem alten Rathaus, dem Fluss, dem Wald und dem Schloss. Aber jetzt ist mir Zhandu zur zweiten Heimat geworden. Ich glaube zwar nicht mehr, dass ich jemals meinen leiblichen Vater finden werde, aber ich habe trotz-

dem einen Vater: den Himmlischen Herrscher. In dir, Adriano, habe ich einen Bruder und in Sommerrose eine dritte Mutter. Vettern und Basen, Tanten und Onkel habe ich hier haufenweise, meine Familie ist jetzt sogar noch größer als die der Roths in Torbach. Und ich habe Adriana, Lo-Tan und unsere gemeinsamen Kinder. All die Jahre habe ich mich nach meiner Familie gesehnt, und erst jetzt begreife ich, dass sie die ganze Zeit bei mir gewesen ist. Ich habe nach dem blauen Kristall gesucht, aber auch er war die ganze Zeit bei mir, in diesem kleinen Bild von der heiligen Amelia. Und so bleibe ich hier, in Zhandu, wo ich hingehöre.«

Interim

Katharina verbrachte den Rest ihrer Tage in dem entlegenen Königreich auf den Bergen, sah ihre Kinder heranwachsen und bestieg an Lo-Tans Seite den Thron, als er seinem Onkel als Himmlischer Herrscher nachfolgte. Als Sommerrose starb und zur letzten Ruhe gebettet wurde, trauerte Katharina erneut über alle ihre Mütter, die sie geliebt hatte. Und als Adriano im Alter von dreiundneunzig Jahren starb, trauerte die ganze Bevölkerung, so beliebt waren seine Geschichten gewesen.

Zwei Generationen kamen und gingen, Katharina von Grünewalds Geschichten wurden immer wieder aufs Neue erzählt, bis das Königreich Zhandu schließlich zusammenbrach. Es wurde nicht etwa von einem feindlichen Heer erobert, sondern von der Natur selbst, einem Erdbeben, das so gewaltig war, dass alle Mauern und Kuppeln und Türme der Märchenstadt einstürzten und ihre Bewohner unter sich begruben. Dann kamen Stürme, Regen und Schnee und überzogen die Ruinen Zhandus mit Schlamm und Felsbrocken und Flugsand. Jahrzehnte und Jahrhunderte vergingen, das Klima veränderte sich; Wüstensand legte sich über die letzte Spitze des letzten Turms, sodass fünfhundert Jahre später die Archäologen tief im Geröll würden graben müssen, um sich ein Bild zu machen, welche Stadt hier einst gestanden hatte.

Baron Johann von Grünewald war tatsächlich mit seinen Söhnen nach China gereist, nachdem er von einem Händler in Taschkent erfahren hatte, der blaue Stein sei bei einer Gruppe christlicher Mönche gelandet, die das Evangelium an den Hof des chinesischen Kaisers bringen wollten. Er vergaß nie, dass er in Deutschland eine Tochter bei einer Näherin zurückgelassen hatte, und hatte durchaus die Absicht, eines Tages zu ihr zurückzukehren. Doch der Baron war dazu geboren, in die Ferne zu schweifen, die Suche selbst wurde ihm zum Lebensziel. Wie der Heilige Gral, der viele andere Edle in ferne Länder zog, lockte ihn der Stein der heiligen Amelia. Doch als er ihn schließlich bei einer hoch gestellten Kurtisane fand und seine Hand auf den Gegenstand legte, den er zeit seines Lebens gesucht hatte, erschöpfte sich mit seinem Lebensziel auch die Flamme seines Lebens selbst. Mit dem Versprechen auf den Lippen, nach Hause zurückzukehren und seine Tochter zu sich zu holen, starb Johann von Grünewald im fernen China.

Von China reiste der blaue Kristall auf einem Gewürzschiff nach Holländisch-Indonesien weiter. Der romantische Kapitän des Schiffs taufte den Edelstein, der jeden Bezug zu christlichen Heiligen verloren hatte, Stern von Kathay und schrieb ihm einen Liebeszauber zu, der hoffentlich eine gewisse junge Dame in Amsterdam dazu bewegen würde, seine Frau zu werden.

Vor der Küste Indiens wurde das Gewürzschiff gekapert, der Kapitän in die Sklaverei verkauft und der Stein zu einem Tempel in Bombay gebracht. In die Stirn einer Götterstatue eingelassen, erlangte er eine Weile einen gewissen Ruhm als Auge Krischnas. Doch während eines Religionskriegs wurde der Tempel geplündert, der Stein wieder herausgebrochen, von einem holländischen Kapitän nach Amsterdam gebracht und an den Juwelenhändler Hendrick

Kloppmann verkauft. Dieser identifizierte ihn anhand gewisser Briefe, die der Kapitän des Gewürzschiffs einst mit der Bitte an die Juweliersgilde gerichtet hatte, den Wert des Steins für ihn zu schätzen, als den Stern von Kathay. Aus den Briefen schloss Kloppmann weiterhin, dass der verliebte Kapitän den Kristall einer gewissen jungen Dame in der Keizersgracht hatte schenken wollen. Als ehrbarer, gewissenhafter Mann machte Kloppmann die Dame ausfindig und überbrachte ihr das Juwel. Die Dame war inzwischen nicht mehr ganz so jung und über jeden Wunsch einer Verehelichung hinaus; sie nahm den Stein mit Gleichmut entgegen, erklärte, sie hätte nur noch vage Erinnerungen an jenen unglückseligen Kapitän des Gewürzschiffs und verkaufte den Stein postwendend an Kloppmann zurück, der ihr so viel Geld dafür bot, dass sie ihren eigenen Stoffladen eröffnen konnte, was ihr lebenslange Unabhängigkeit von Männern bescherte. Kloppmann reiste nach Paris, wo er zehnfachen Gewinn aus dem Stein zu schlagen hoffte; er setzte auf die romantische Vorgeschichte des Sterns von Kathay und verbrämte sie noch mit einem erfundenen Entstehungsmythos: Ein Magier am Kaiserhof von China sollte den Kristall aus den Gletschern des Nordens, Drachenknochen, dem Blut eines Phönix und dem Herz einer Jungfrau erschaffen haben.

Und in Paris gab es tatsächlich nicht wenige, die ihm Glauben schenkten.

SIEBTES BUCH

Die Insel Martinique

Im Jahre 1720

Brigitte Bellefontaine hatte ein Geheimnis.
Es ging um verbotene Liebe mit einem glutäugigen Draufgänger. Sie versuchte nicht daran zu denken, während sie an ihrem Frisiertisch saß und sich die Haare bürstete, denn mit jedem Tag fühlte sie sich schuldiger.
Ein rasselndes Geräusch riss sie aus ihren Gedanken. Im Spiegel sah sie ihren Ehemann Henri schnarchend auf dem Bett liegen. Wieder einmal betrunken.
Brigitte seufzte. Es gab nichts Schlimmeres als einen Franzosen, der keinen Wein vertrug.
Dabei hatte er ihr doch sein Versprechen gegeben. Wenn ihre Gäste gegangen wären, würde er ihr eine besondere Nacht unter den Sternen bereiten, hatte er beteuert. »Wie in den alten Zeiten, ma chérie, als wir noch jung und verliebt waren.« Dann waren die Gäste eingetroffen, das Diner hatte seinen Lauf genommen, und der Wein strömte und strömte. Und nun lag Henri breit auf dem Bett, die Perücke verrutscht und die Weste voller Spuren des abendlichen Menus.
Brigitte ließ die Haarbürste sinken und schaute sinnend auf das Schmuckstück, das sie am Abend getragen hatte: eine exquisite Brosche aus Weißgold mit einem blauen Stein in der Mitte, von Diamanten und Saphiren eingefasst. Der *Stern von Kathay*, der ihr in ihrer jugendlichen Naivität einst so voller romantischer Versprechen zu sein schien.

Der *Stern von Kathay* sollte Liebe und Romantik in das Leben seiner Trägerin bringen, hatte die Zigeunerin ihr vorhergesagt. Nun, das hatte er auch … zumindest eine Zeit lang. In Brigittes Hochzeitsnacht hatte sich Henri (der jetzt auf dem Bett schnarchte) als phantastischer Liebhaber erwiesen und die siebzehnjährige Brigitte vor Glück selig erschauern lassen. Doch nun, zwanzig Jahre und sieben Kinder später, hatte sie alle Hoffnung aufgegeben, je wieder eine solche Leidenschaft erleben zu dürfen. Henri war ein guter Ehemann, nur fehlte es ihm mittlerweile an Feuer. Und Brigitte lechzte nach Feuer.

Da sie ohnehin nicht schlafen konnte, trat sie auf den Balkon vor ihrem Schlafzimmer, der auf den Garten führte. Von den Düften der tropischen Nacht überwältigt, schloss sie die Augen und stellte sich *ihn* vor – nicht Henri, sondern den glutäugigen Fremden. Er war hoch gewachsen, von nobler Erscheinung, tadellos gekleidet, ein exzellenter Duellant und feuriger Liebhaber. Er würde unerwartet auftauchen, wenn sie in ihrem Garten spazieren ging oder die exotischen Fische in der Lagune beobachtete, er würde an einem schwülen Tag daherkommen wie die Wolken, die Martinique urplötzlich mit einem sintflutartigen Regenguss überschütteten, dann weiterzogen und nur noch in der Erinnerung blieben. So wie *er*! Die Liebe mit ihm glich einem tropischen Sturm – sie war heftig, hitzig, mitreißend. Allein bei dem Gedanken daran begann Brigitte zu beben. Nur, dass es diesen Mann in Wirklichkeit nicht gab.

Bei der Vorstellung, ein Leben ohne Romantik und Leidenschaft führen zu müssen, fühlte sich Brigitte, als legte sich eine eiserne Klammer um ihre Brust. Aber was sollte sie tun? Undenkbar, mit einem der hiesigen Pflanzer eine Affäre zu beginnen. Schließlich musste sie ihren guten Ruf wahren. Da es also niemanden gab, der infrage kam, hatte sie Zuflucht zu einem Traumliebhaber genommen, einem verwegenen Kavalier, dessen Name je nach Stimmung und Geschichte variierte: Gewöhnlich war er ein Franzose und hieß Pierre oder Jacques, der die Insel nur für einen Tag aufsuchte, sich mit ihr in einer Grotte traf, wo sie sich den ganzen Nachmittag leidenschaftlich liebten. Bevor er davonsegelte, versprach er wieder zu kommen, und dieses Versprechen war Balsam für ihre Seele.

Diese Phantasien brachten nicht nur die Liebe, sondern auch die Jugend in Brigittes Leben zurück. In ihren Träumen war sie wieder jung und schlank und schön und verdrehte den Männern wie in früheren Tagen die Köpfe. Dennoch wurde sie von Schuldgefühlen geplagt. Als gute Katholikin glaubte Brigitte, dass sündhafte Gedanken bereits als fleischliche Sünde galten. Sich außerhalb der ehelichen Bande lustvollen Phantasien hinzugeben war eine Sünde, die Vorstellung, mit einem Fremden ins Bett zu gehen, kam einem Ehebruch gleich. Aber wenn der Liebhaber gar nicht existierte, war das auch Ehebruch?

Brigittes Blick schweifte über das Meer zum fernen Horizont, der sich nur durch das Fehlen der Sterne ahnen ließ. Ein funkelnder Nachthimmel über ihr, ein dunkler, gefährlicher Ozean unter ihr. Und jenseits davon ... Paris. Viertausend Meilen entfernt lebten ihre Freunde, ihre Familie und Kinder in einer Welt, die sich so sehr von der ihren unterschied, dass sie genauso gut auf dem Mond hätten leben können.

Brigitte wäre liebend gern mit ihren Kindern nach Paris gereist. Dabei sehnte sie sich weniger nach dem kühlen Klima und dem Menschengedränge in den Straßen als nach dem aufregenden gesellschaftlichen Leben der Stadt. Von adliger Herkunft, hatte sie sich in der Gesellschaft von Königen, Königinnen und der französischen Aristokratie bewegt. Sie vermisste die Schauspiele von Molière und Racine, die Spektakel an der Comédie Française und die goldenen Zeiten, als der Sonnenkönig die Künste mit Geld überschüttete. Was zeigte man heutzutage am Theater? Wer war erklärter Favorit? Was trugen die Damen jetzt bei Hofe? Die Pflanzer auf Martinique bezogen alle ihre Nachrichten aus Briefen aus der Heimat, die manchmal spät, bisweilen auch gar nicht eintrafen, je nach Laune der Meere, des Wetters und der Piraten. So hatten sie zum Beispiel vor drei

Jahren Kenntnis davon bekommen, dass ihr großer König, Ludwig der Vierzehnte, tot war – und das schon seit zwei Jahren! Auf dem französischen Thron saß jetzt sein Urenkel Ludwig der Fünfzehnte, ein zehnjähriger Knabe.

Eine nächtliche Brise bewegte die Palmwedel und die riesigen Blätter der Bananenstauden und bauschte Brigittes Negligée. Als die Brise wie der Atem eines Geliebten über Brigittes nackte Haut strich, erschauerte sie. Im Grunde hatte sie Angst. Sie fühlte sich schwach und verwundbar. Die Kinder nach Europa zu schicken, damit sie die richtigen Umgangsformen lernten, war nichts Ungewöhnliches, alle Pflanzer taten das. Demgemäß hatte Brigitte ihre Kinderschar der Obhut ihrer Schwester in Paris anvertraut, damit sie ihnen die richtige Erziehung angedeihen ließ. Inzwischen bereute sie ihren Entschluss beinahe, so sehr vermisste sie ihre Kinder. Sie hatte zu viel Muße, es gab zu viel Sonne, tropische Düfte und laue Passatwinde. Henri war mit seinen Zuckerrohrfeldern, der Fabrik und der Rumbrennerei vollauf beschäftigt. Aber was gab es für eine Dame auf den Inseln zu tun, wenn die Kinder aus dem Haus waren und die Bediensteten sich um alles kümmerten? Brigitte war eine begeisterte Leserin, doch seit geraumer Zeit schlug sich ihre Unzufriedenheit auch auf ihren bevorzugten Lesestoff nieder: tragische Liebesgeschichten, wie die von Abélard und Heloïse, Romeo und Julia, Tristan und Isolde, Antonius und Kleopatra. Sie verschlang diese bittersüßen Liebesromanzen wie andere Leute kandierte Früchte. Die einzig wahre Traurigkeit, befand sie, war die süße Traurigkeit. In ihren Träumen mussten sie und ihr Geliebter ebenfalls getrennte Wege gehen, und dieser süße Schmerz half ihr durch manch trüben Nachmittag.

Sie redete sich ein, dass Träume weitaus befriedigender seien als die Wirklichkeit und zudem sicherer, barg doch die Realität oft genug Gefahren. Die Insel Martinique mochte zwar ein tropisches Paradies sein, doch drohten auch hier Gefahren – von plötzlichen, verheerenden Stürmen, von dem Vulkan Mont Pelée, vom Tropenfieber und exotischen Krankheiten und, am schlimmsten, von Seeräubern. Erst heute Abend, als die Gespräche sich einmal nicht um den Preis von Rum und Sklaven drehten, war die Rede auf die Piraterie im Allgemeinen und auf einen Engländer namens Christopher Kent im Besonderen gekommen. Wie einer der Gäste, ein Ananasbauer, zu berichten wusste, war er selbst erst vor wenigen Tagen durch Kent erheblich geschädigt worden, als dieser mit seinem Schoner, *Bold Ranger*, das Handelsschiff des Mannes geentert, die Mannschaft über Bord geworfen hatte und mit einem Vermögen an Goldmünzen davongesegelt war. Keiner vermochte zu sagen, wie Kent aussah, wenngleich die wenigen Überlebenden ihn als hünenhaften Teufel beschrieben.

Unvermittelt explodierte die Nacht von lauten Rufen aus den Sklavenhütten – die Männer vertrieben sich wieder einmal die Zeit mit Mungos und Schlangenkämpfen. Auch das gehörte zum Klang der Insel, wie das Wispern der Passatwinde und das Rascheln der Palmwedel. Brigitte musste an die Ureinwohner denken, die einst die Insel bevölkert hatten, Indianer mit Trommeln und sonst so nackt, wie Gott sie erschaffen hatte. Ihre Geister lebten fort in den Bäumen und Flüssen und den nebelverhangenen Berggipfeln. Jetzt gab es ein anderes Naturvolk hier, aus Afrika, wieder nackte Menschen mit Trommeln, die die Nächte mit ihren urtümlichen Rhythmen, ihrem Gesang und ihren fremdartigen Tänzen erfüllten.

Die schwüle Luft gemahnte Brigitte, dass die Zeit der Hurrikane bevorstand. Sie ging ins Zimmer zurück, schloss die doppelte Balkontür und trat an ihren Frisiertisch, um den *Stern von Kathay* in eine verschließbare Schatulle zu legen. Im Lauf der Jahre war der blaue Kristall zu einem Symbol für das blaue Meer um sie herum, für den blauen Himmel über ihr geworden. Als sie jetzt in sein Herz aus kosmischem Staub blickte, sah sie Feuer und Leidenschaft. *Ihre* Leidenschaft. Die sich aus ihrem Käfig zu befreien suchte.

Bevor Brigitte zu Bett ging, zog sie ihrem Mann die Stiefel aus. Henri lächelte im Schlaf. Er war kein schlechter Mensch, nur betrunken. Sie schlüpfte zwischen die Laken und schloss die Augen. Wenngleich sie sich ihrer geheimen Phantasien schämte, beschwor sie von neuem *sein* Bild herauf, das ihres Traumliebhabers. Und als sie in den Schlaf sank, träumte sie, dass *er* sie in seine Arme zog.

Henri Bellefontaine war die Unzufriedenheit seiner Frau nicht verborgen geblieben. Schließlich musste sie sich nicht mehr um die Kinder kümmern, während er, Henri, mit seiner Plantage vollauf zu tun hatte. Er baute hauptsächlich Zucker an und exportierte Rum, daneben führte er noch Zimt, Nelken und Muskat nach Europa aus, wo die Menschen eine Leidenschaft für derlei Dinge besaßen. Zudem waren diese Gewürze für die Verwendung in der Küche, in der Medizin und in der Parfümherstellung sehr gefragt und fanden reißenden Absatz. Mithin war Henri Bellefontaine also nicht nur sehr vermögend, sondern auch sehr beschäftigt. Aber was machte Brigitte? Da er sich für einen liebevollen und aufmerksamen Ehemann hielt, dabei aber den Grund für ihre Rastlosigkeit missdeutete (Heimweh, sagte er sich, sie vermisst ihre Kinder), hatte er etwas besorgt, das er für ein perfektes Heilmittel hielt.
Ein Teleskop.
Es war ein prachtvolles Messingfernrohr holländischer Machart mit Stativ, das auf einer besonderen Dachterrasse stand und mit einem 360-Grad-Sehwinkel eine komplette Rundumsicht der Insel und darüber hinaus bot. Henri gratulierte sich zu diesem genialen Einfall. Brigitte würde sich nun nicht mehr so einsam und isoliert vorkommen, denn durch die Linse würde für sie die Welt zum Greifen nahe sein: der Horizont und gleich dahinter Frankreich mit ihren Kindern; nahe gelegene Inseln (auf Hyazinthenblau schwimmende smaragdgrüne Flecken); Martiniques geschäftige Häfen mit ein- und auslaufenden Schiffen, Menschen bei der Ankunft oder Abfahrt; und schließlich die Hafenmauern mit ihren Zinnen, die engen Gassen und Durchgänge, die ineinander geschachtelten Häuser, die sich hügelan zogen.

Dieses Geschenk hatte Brigitte zutiefst gerührt. Henri war in der Tat ein liebenswerter Mann mit dem Herzen auf dem rechten Fleck. Man würde Bellefontaine nicht gerecht, wollte man behaupten, er habe sie an einen gottverlassenen Ort gebracht. Martinique war schließlich das kulturelle Zentrum der französischen Antillen, eine reiche, aristokratische Insel, die für ihren eleganten Lebensstil, die Üppigkeit ihrer Vegetation und abwechslungsreiche Landschaft gerühmt wurde. Zu Bellefontaines Besitz gehörte eine prächtige Plantage am Fuße des Mont Pelée, der in schöner Regelmäßigkeit Rauchwolken ausstieß und die Erde rumoren ließ, als wolle er die Menschen an ihre Vergänglichkeit erinnern. Das Haus war im typisch kreolischen Stil erbaut, die Gesellschaftsräume lagen im Parterre, die Schlafzimmer befanden sich im ersten Stock. Das Anwesen lag inmitten eines samtig-grünen Rasenteppichs, von hohen Palmen umstanden, deren Wedel im milden Passatwind raschelten. Brigitte liebte ihr tropisches Zuhause, und sie liebte Martinique. Niemand wusste mit Sicherheit zu sagen, woher die Insel ihren Namen hatte. Die einen meinten, er sei von einem indianischen Namen abgeleitet, der »Blumen« bedeutete, andere behaupteten, die Insel sei nach St. Martin benannt. Brigitte Bellefontaine mit ihrer romantischen Ader glaubte jedoch, dass Kolumbus, als er die Insel in ihrer ganzen Schönheit entdeckte, sie nach einer heimlichen Liebe benannt habe.
Brigitte hatte es sich zur Gewohnheit gemacht, ihren privaten Ausguck täglich bei Sonnenuntergang aufzusuchen. Das war ihr die liebste Zeit des Tages, wenn die Arbeit ruhte und das abendliche Vergnügen begann. Das war auch die Zeit, wo sich der strahlend blaue Karibikhimmel in ein schwarzes, mit Sternen gesprenkeltes Firmament verwandelte. Nachdem sie dem Küchenpersonal Anweisungen für das Abendessen gegeben hatte, pflegte Brigitte ein ausgedehntes Bad zu nehmen, ihre Wäsche anzulegen, in ein hauchdünnes Negligée zu schlüpfen und auf ihre Dachterrasse zu steigen, um den spektakulären Sonnenuntergang zu genießen.

So tat sie es auch an diesem Tag. Mit einem kleinen Glas Rum neben sich, hielt Brigitte ihr Auge an das Fernrohr, schwenkte die Linse über das Meer, die Bucht, die Berge, die Wolken und die kleinen Fischerdörfer und dachte an den bevorstehenden Abend. Heute würden sie keine Gäste haben, denn es war Sonntag. Sie würde mit Henri allein sein. Würde er bei ihr bleiben oder den Verlockungen der Insel in Form von Glücksspiel in Saint Pierre erliegen? Henri hatte sich am Morgen sehr reumütig gezeigt, als er beim Aufwachen feststellen musste, dass er sein Versprechen nicht gehalten hatte. »Ma chère! Ma puce! Ich bin Eurer nicht würdig!« Nach einem flüchtigen Kuss auf die Wange war er in Reitkleidung davongeeilt, um seine Zuckerrohrfelder zu inspizieren.

Brigitte sah, wie die Lichter im Hafen angingen, wie Türen dem Sonnenuntergang aufgestoßen wurden, kleine Boote hungrige Besucher von ankernden Schiffen heranruderten. Sie vermeinte die Musik und das Gelächter zu hören, die köstlichen Essensdüfte zu riechen, das Lächeln der Menschen zu sehen. Sie schwenkte das Fernglas weiter über die üppige grüne Landschaft, über die Gipfel und Berge, die sich wie Wellenkämme aus dem tropischen Dschungel erhoben. Nun ging ihr Blick nach Osten, weg von dem karminroten Abendhimmel zu der ruhigen, dem Wind abgewandten Seite der Insel mit ihren sanft geschwungenen Stränden, aquamarinblauen Lagunen und versteckten Grotten …

Überrascht hielt sie inne. Masten? Geraffte Segel?

Sie richtete das Fernrohr genauer aus und stellte die Linse schärfer ein. Den zwei Masten und dem schmalen Bug nach zu urteilen, musste es ein amerikanischer Schoner sein, der zudem noch über geringen Tiefgang verfügte, um durch die seichten Gewässer in so eine kleine Bucht zu segeln.

Brigitte furchte die Stirn. Warum lag das Schiff hier vor Anker?

Ihr Blick wanderte über den Hauptmast, die Spieren und die Takelage, bis sie die Flagge erkannte.

Ein Piratenschiff! Diese Flagge war nicht zu verkennen, gewöhnlich

trug sie einen Totenschädel mit gekreuzten Knochen, diese Piratenflagge jedoch trug ein in Blut getauchtes Enterbeil.
»Mon Dieu!« Brigitte wusste sofort, das war die *Bold Ranger*, das Piratenschiff des blutrünstigen Christopher Kent. Das Schiff schien verlassen, sie konnte keine Mannschaft an Bord entdecken.
Panik überkam sie. Wo waren die Leute? Sie hatte von Kents Methode gehört – er pflegte unerwartet und brutal zuzuschlagen und war gewöhnlich mit seiner Beute verschwunden, noch ehe die Opfer sich wehren konnten.
Wie gebannt starrte Brigitte wieder durch das Fernrohr, schwenkte es über die Hügel zwischen der Bucht und der Plantage, einer Entfernung von gut zwei Meilen. Irgendwo da in dem dichten Grün steckten Henri und seine Männer und inspizierten das Zuckerrohr.
Aber sie konnte sie nirgends entdecken.
Christopher Kent war der Albtraum aller Pflanzer. Wie man sich erzählte, begnügte er sich nicht damit, Schiffe zu überfallen, er setzte seine Attacken auch an Land fort. Aus Angst vor Überfällen hielten alle Plantagenbesitzer ihr Vermögen irgendwo auf ihrem Besitz versteckt. Kent wusste das. Er kam gewöhnlich bei Nacht, schnappte sich die wehrlosen Opfer und presste das Versteck ihres Goldschatzes aus ihnen heraus. Notfalls mit Gewalt.
»Lieber Gott«, wisperte Brigitte mit trockenem Mund. »Lass sie nicht hierher kommen.«
Und dann entdeckte sie sie – Piraten, die hügelan kletterten, Aufseher und Sklaven durch die Zuckerrohrfelder trieben, Henri von seinem Pferd stießen …
»Colette, hol meine Muskete!« Brigitte wusste, dass sie auf diese Entfernung nicht treffen würde, aber vielleicht konnte sie Warnschüsse abgeben. Sie fragte sich, ob die Soldaten im Fort die Piraten bemerkt hatten. Was sie bezweifelte. Kent hatte sich auf der dem Wind abgewandten Seite der Insel angeschlichen und in die kleine Bucht gestohlen. Das Plateau mit der Bellefontaine-Plantage lag hinter zwei Bergkämmen verborgen. Die Piraten würden zuschla-

gen, ihr tödliches Werk rasch und leise vollenden, wie Geister entschwinden und nur Leichen und schwelende Ruinen hinterlassen. Mindestens ein Tag würde vergehen, bis die Soldaten von dem Überfall Kenntnis erhielten, und zu dem Zeitpunkt segelte Kents Schiff schon weit draußen auf dem Meer.

»Was gibt's, Madame?« Eine junge Schwarze kam atemlos, die lange Schusswaffe ungeschickt schulternd, die enge Treppe heraufgeeilt. Colette gehörte zu den afrikanischen Sklaven der dritten Generation, sie und ihre Mutter waren auf Martinique geboren. Anders als ihre Großmutter, die das Schicksal von Tausenden anderer Sklaven erlitten hatte und von Afrika auf die Insel verschleppt worden war, um für die französischen Siedler auf den Zuckerrohr- und Tabakfeldern zu arbeiten.

»Schick Herkules zum Fort«, befahl Brigitte, während sie versuchte, die Piraten ohne Fernrohr auszumachen. Doch die Sonne war bereits hinter dem Horizont verschwunden, und es wurde dämmrig. »Sag ihm, er soll sich beeilen, Colette! Sag ihm, Piraten …!«

Und dann sah sie ihn durch das Fernrohr, Christopher Kent, eine hoch gewachsene, bedrohliche Gestalt ganz in Schwarz. Er trug enge Kniehosen und einen langen Schoßrock, die goldenen Knöpfe seiner Weste schimmerten im letzten Tageslicht. Sein Gesicht wurde von einem breitkrempigen Dreispitz beschattet, an dem eine buschige weiße Feder steckte. Und als er sich nun umwandte und sein Gesicht zum Teil erhellt wurde, erkannte Brigitte zu ihrem Schrecken den Liebhaber aus ihren Träumen.

Sie überlegte fieberhaft. Das Fort lag zehn Meilen entfernt. Es ging über bergiges Gelände, in der hereinbrechenden Nacht würden die Wege durch den Dschungel von der Dunkelheit verschluckt werden, und ein Läufer hätte keine Chance. Die Piraten hatten Fackeln angezündet. Brigitte verfolgte mit bangem Herzen, wie der Fackelzug sich unerbittlich den Berg hinaufschlängelte.

Nach einem letzten Blick durch ihr Fernrohr auf Kent – er war kaum noch zu erkennen, ein Phantom, das wie ein Konquistador

durch die üppige Vegetation strich – setzte Brigitte die Muskete ab. »Lassen wir das«, sagte sie.
»Aber Madame«, jammerte Colette. »Piraten! Wir müssen alle anderen warnen!«
Brigitte hieß sie still zu sein und eilte die Treppe zu ihrem Schlafzimmer hinunter. »Verrate nichts, Colette!« Die Situation erforderte eine andere Strategie und einen kühlen Kopf.
Sie besaß eine traumhaft schöne Robe, die sie nie getragen hatte. Sie war vor zwanzig Jahren mit ihr aus Frankreich gekommen, eine Robe für besondere Anlässe, die sie zur Geburtstagsfeier des Königs hatte tragen wollen. Auf der Reise nach Martinique war sie jedoch schwanger geworden, und nach der Geburt ihres ersten Kindes hatte ihr das Kleid nicht mehr gepasst. Dann war sie wieder schwanger geworden, der Kreislauf hatte sich wiederholt, bis sie jede Hoffnung aufgegeben hatte, das Kleid je wieder tragen zu können. Zudem saß jetzt ein neuer König auf dem Thron, den sie gar nicht kannte.
Das Oberkleid war in einem betörenden Rosa, das Mieder in tiefen Scharlachrot- und Karmesintönen bestickt, das Unterkleid in einem kontrastierenden Sonnengelb, wie es damals Mode war, als die Roben buchstäblich blenden und die Farben so schockierend und kontrastierend wie möglich sein sollten. Es erinnerte an einen tropischen Sonnenuntergang: die goldene Sonne vor einem rötlich angehauchten Abendhimmel. Nach der Geburt ihres siebten Kindes hatte Brigitte die Taille etwas weiter machen lassen, sodass das Kleid nun (mit Hilfe eines Korsetts) endlich passte. Dafür war es jetzt aber hoffnungslos veraltet. Dieser kunstvolle, überladene Stil war mit dem Tode Ludwigs des Vierzehnten aus der Mode gekommen. Wie hätte sie es dann noch tragen können? Und so war dieses Kleid zu einem Symbol vergangener Jugend und verpasster Gelegenheiten geworden. Der bloße Anblick rief in Brigitte Erinnerungen an ihre jugendliche Leidenschaft und verstohlene Küsse in sommerlichen Gärten wach.

Mit klopfendem Herzen nahm sie die Robe aus dem Schrank und gab Colette die erforderlichen Anweisungen. Es war nicht einfach, ein so kompliziertes Gebilde in der Eile anzulegen – da gab es das Mieder, die Reifröcke und Unterröcke, all die Schnürbänder, Haken und Ösen zu bedenken, und das alles mit einer Colette, deren Hände vor Nervosität flatterten. Brigitte empfand selber Angst, doch das Bild von Kent – dieser dunklen, bedrohlichen Gestalt – verlieh ihr Kraft. Während sie den Atem anhielt und Colette das letzte Schnürband festzog, überdachte Brigitte im Geiste die Lage: Die Piraten würden jetzt gerade an der Brennerei angelangt sein. Von da bis zum Hauptgebäude betrug die Entfernung etwa eine halbe Meile.

Endlich besah sie sich im Spiegel. Was sie sah, gefiel ihr überhaupt nicht. Die Robe mochte noch so umwerfend sein, sie selbst wirkte alt und plump darin. Doch dann fiel ihr der *Stern von Kathay* wieder ein. Mit fahrigen Fingern steckte sie die Brosche an die tiefste Stelle ihres Dekolletés, sodass die Diamanten und Saphire den Eindruck erweckten, als sei der blaue Stein wie ein taumelnder Schmetterling auf ihrem Busen gelandet.

Die Verwandlung war sensationell. Eine neue Frau blickte ihr aus dem Spiegel entgegen. Der blaue Kristall besaß tatsächlich wundersame Kräfte! Brigitte Bellefontaine war wieder jung, schlank und wunderschön.

Sie packte Colettes Hand mit festem Griff: »Hör mir gut zu. Wir werden gleich unerwarteten Besuch bekommen. Hab keine Angst. Und versuch nicht wegzulaufen.«

»Aber, Madame …«

»Colette! Hör gut zu, du musst genau tun, was ich dir sage …«

Bevor Brigitte das Schlafzimmer verließ, musterte sie sich noch einmal im Spiegel und nickte sich grimmig zu. Mit einem letzten Blick auf die an der Wand lehnende Muskete dachte sie bei sich: Manchmal ist ein schönes Kleid die bessere Waffe.

Über hundert Sklaven arbeiteten auf Bellefontaine – auf den Feldern, in der Zuckerfabrik und in der Rumbrennerei –, aber es bedurfte nur einer Hand voll Männer mit Pistolen und Musketen, um sie alle gefügig zu machen. Als Brigitte durch das Wohnzimmer schritt, hörte sie das Fußgetrappel vor dem Haus, gegrölte Kommandos, hin und wieder das Fauchen einer Peitsche. Die Sklavinnen, die sich hauptsächlich um die häuslichen Belange ihrer Herrschaften, um die Gemüsegärten und die Hühnerställe zu kümmern hatten, kamen erschrocken herbeigerannt und brachen in Wehgeschrei aus. Die Hausdiener schlichen sich geduckt an die Fenster, um vorsichtig hinauszuspähen.
Brigitte verharrte einen Moment, um sich zu sammeln. Sie wagte kaum zu atmen. Von draußen drangen Schreie, Rufe und Schüsse an ihr Ohr. Sie zwang sich, ruhig hinter der geschlossenen Eingangstür stehen zu bleiben, wartete wie eine Schauspielerin auf ihren großen Auftritt. Eine weitere lange Minute verstrich, dann zog Brigitte ganz langsam die Tür auf.
Mit ihren Musketen und Schießeisen, Enterbeilen, Dolchen und Pistolen boten die Piraten einen Furcht erregenden Anblick. Es waren so an die fünfzig Mann, mit strähnigen, fettigen Haaren, die Kleidung zerlumpt und zerrissen. Vor dem Hintergrund der lodernden Fackeln wirkten sie auf Brigitte wie Soldaten des Satans, eine Armee aus Kobolden und Dämonen.
Henri lag mit Stricken gefesselt auf den Knien. Brigitte musste an sich halten, um nicht an seine Seite zu eilen.
Die Veranda war ein einziges Dickicht aus Kletterpflanzen, mit Blüten in allen Regenbogenfarben, um die Säulen wand sich wilder Wein. Den Blüten entströmte ein betörender Duft, um den die letzten Bienen summten. Vor dieser Kulisse stand Brigitte wie auf einer Theaterbühne und sagte kein Wort, stand einfach da, bis die Männer nacheinander verstummten und sie ungläubig anstarrten.
Den Fuß bereits auf der untersten Treppenstufe, schaute Captain Kent überrascht hoch. Im Licht der Laterne konnte Brigitte seine

Züge klar erkennen: Sie waren hart und kantig. Kent trug einen mit Gold- und Silberfäden durchwirkten langen schwarzen Rock, der ihm fast bis an die Knöchel reichte. Die Knöpfe aus purem Gold. Seine Beine steckten in schwarzen Kniehosen und makellos weißen Seidenstrümpfen, an den Schuhen blitzten goldene Schnallen. Aus seinem Rock sah ein weißes, mit Spitzen besetztes Jabot hervor. Unter dem breitkrempigen Dreispitz trug er keine Perücke, er hatte das lange Haar nach der neuesten Mode zu einem Zopf mit Schläfenlocken gebunden. Jeder Zoll ein Gentleman, dachte Brigitte, als wäre er zu einer Theatervorstellung gekommen und nicht, um ein Haus zu plündern.

Bei seinem Anblick wurde in Brigitte die Erinnerung an einen Tag in Versailles wach: Der große Geburtstag des Königs wurde mit Schaustellern, Jongleuren und Akrobaten gefeiert. Und es war im Zelt der Wahrsagerin, wo die alte Zigeunerin einer siebzehnjährigen Brigitte verkündete: *»Dieser blaue Kristall besitzt ein unermessliches Feuer. Siehst du es? Es ist in seinem Inneren gefangen. Eines Tages wird dieses Feuer ausbrechen und dich verzehren. In Liebe. In Leidenschaft. In den Armen eines Mannes. Eines Mannes, der dich so leidenschaftlich lieben wird, dass du glaubst, vor Ekstase zu vergehen.«*

Die Hände fest verschränkt, um die Contenance zu wahren, schwebte Brigitte über die Veranda und lächelte huldvoll: »Willkommen in meinem Haus, Monsieur.«

Kent starrte sie verblüfft an. Dann kräuselten sich seine Lippen zu einem Lächeln, und er begann, sie von Kopf bis Fuß zu mustern. Brigitte wusste nur zu gut, dass er sie noch eine Stunde zuvor keines Blickes gewürdigt hätte. Aber nun war sie schön, dank der Magie des blauen Kristalls. Er hatte sie auf wundersame Weise verändert.

»Milady«, sagte Kent, zog den Hut mit schwungvoller Gebärde und verbeugte sich galant.

Ihre Stimme war kaum noch ein Flüstern: »Wir bieten Euch die Gastfreundschaft unseres Hauses an.«

Brigitte dankte dem Himmel im Stillen, dass ihr Vater seinen Töchtern in weiser Voraussicht die Feinheiten einer englischen Erziehung hatte angedeihen lassen, damit sie sich in den vornehmsten Kreisen zu bewegen wussten. Eine ihrer Schwestern hatte einen englischen Grafen geehelicht und war dann nach England gezogen. Im Lauf der letzten zwanzig Jahre hatte Brigitte einen regen Briefwechsel auf Englisch mit ihren Nichten und Neffen geführt, wofür sie dem Himmel jetzt ebenso dankte. Sie mochte zwar keine Expertin in dieser Sprache sein, wusste sich aber dennoch zu unterhalten.
Kent zog eine Augenbraue hoch. »Gastfreundschaft? Wir gedenken nicht zu bleiben, Madame. Wir sind auf der Suche nach dem Gold, und dann sind wir auch schon fort.«
Wenige Schritte weiter rief ihr Mann auf Knien: »Rette dich, Brigitte!«
Sie befeuchtete sich die Lippen. »Gastfreundschaft abzulehnen ist unhöflich, Monsieur. Und wie ich hörte, seid Ihr ein Gentleman.«
Er lächelte. »Ihr wisst also, wer ich bin?«
»Ihr seid Captain Christopher Kent.«
»Und Ihr habt keine Angst vor mir?«
»Das habe ich wohl«, erwiderte sie möglichst beherrscht, während ihr das Herz bis an den Hals klopfte. »In meinen Kreisen ist es jedoch Sitte, jedem Besucher ohne Ansehen der Person oder ihres Anliegens ein freundliches Willkommen zu bieten.«
Sein Lachen war kurz und trocken. »Ihr glaubt wohl, mit ein paar Leckerbissen könnt Ihr Euer Gold retten?«
Brigitte reckte das Kinn. »Ihr missversteht meine Absichten, Monsieur. Ihr mögt unser Gold haben, denn es gibt offenbar keinen Weg, Euch aufzuhalten. Aber ich war der Annahme, dass Ihr als Gentleman die Regeln des Anstands zu befolgen wisst.«
An dem Blitzen seiner dunklen Augen merkte Brigitte, dass sie seinen wunden Punkt getroffen hatte. Pirat hin oder her, tief in seinem Herzen glaubte Christopher Kent, dass er ein Gentleman sei. Warum würde er sich sonst so sorgfältig kleiden, während seine Män-

ner wie Schweine herumliefen? »Ich habe sechs Spanferkel, die nur darauf warten, in den Ofen geschoben zu werden.«

Kent stemmte die Hände in die Hüften und lachte lauthals. »Bei Gott, ist das ein neuer Trick?«

Während einige seiner Leute in sein Gelächter einstimmten, trat ein älterer Mann mit langen grauen, zu Zöpfen geflochtenen Haaren und einem Geschwür an der Nase vor und fragte: »Um Vergebung, Madame, aber wie würdet Ihr die Ferkelchen wohl zubereiten?«

Ohne den Alten eines Blickes zu würdigen, richtete Brigitte das Wort direkt an Kent: »Ich bereite sie mit Knoblauch und Nelken, Kapern und Oregano zu, dazu gibt es Gewürzbrot in Knoblauchtunke, Ziegenkäse mit Kräutern und kalte Ingwersuppe. Zum Nachtisch Mangotorte mit Schokoladenguss.«

»Was gibt's zu trinken?«, blökte der Alte.

»Französischen Wein und Cognac«, antwortete sie, an Kent gerichtet.

Der alte Mann rieb sich die Nase, dann wandte er sich an seinen Captain: »Wäre keine schlechte Idee, Chris. Wir haben seit, weiß Gott wann, keine anständige Mahlzeit mehr gehabt.«

»Damit die Soldaten uns beim Essen überfallen? Sehen Sie nicht, dass das ein Trick ist, Mr. Phipps?«

»Ich glaube nicht, dass die Soldaten von uns Wind bekommen haben. Ich kann aber nachsehen.« Dann fügte er noch hinzu: »Ich glaube auch nicht, dass das ein Trick ist. Die Lady will verhandeln, hofft, dass wir Gnade walten lassen.«

Während Kent überlegte, holte Brigitte verstohlen Luft, wobei der blaue Kristall an ihrem Dekolleté blaues Feuer sprühte.

Wie erwartet, wurde Kent aufmerksam. Nach einem langen Blick auf ihren tiefen Ausschnitt gab er Phipps ein Zeichen, der sofort zwei Männer in den Bäumen Posten beziehen ließ. Auf ein weiteres Zeichen von Kent hin stürmte eine Hand voll Männer auf die Veranda, an Brigitte vorbei, und verschwand im Haus.

Sie straffte sich, als sie das Poltern und Lärmen in ihrem Haus hörte. Ihr Haus, ihre kostbaren Möbel und Teppiche, ihr Porzellan und ihre Juwelen bedeuteten ihr in diesem Moment gar nichts mehr, die Piraten konnten alles haben.
Mr. Phipps kam zurück, um zu melden, dass die Lage absolut ruhig sei. »Was ist jetzt mit dem Gelage, Chris?«
Kent nahm die paar Stufen zur Veranda und baute sich vor Brigitte auf. »Woher soll ich wissen, das Ihr uns nicht vergiften wollt?«, fragte er. »Ich bin schon einmal von einer schönen Frau hereingelegt worden.«
Brigitte hielt den Atem an. Er fand sie also schön! »Ich verstehe Eure Bedenken. Darum schlage ich vor, dass Eure Männer die Ferkel selber schlachten und auf die Bratspieße stecken. Sie sollen das Zubereiten der Speisen überwachen, und meine Bediensteten werden alles vorkosten.«
Sie bemerkte das Glitzern in seinen Augen, als er den unerwarteten Vorschlag überdachte. »Ich hoffe, Ihr haltet mich nicht zum Narren«, sagte er schließlich leise.
Ihre Blicke trafen sich.
Der Augenblick zog sich hin, Brigitte wagte kaum zu atmen. Es war ein kritischer Moment. Aber dann verzog Kent die Lippen zu einem Lächeln: »Wohlan, wir essen!«
Während seine Männer begeistert grölten, neigte Kent sich Brigitte zu. »Kommen wir zum Geschäftlichen. Wo ist das Gold versteckt, Madame, oder sollen wir ein wenig Druck auf Euren Gatten ausüben?«
Brigitte musste unwillkürlich an die Geschichten denken, die man sich über Kent zu erzählen wusste: dass seine Männer Plantagenbesitzer an den Handgelenken in der heißen Mittagssonne aufgehängt hatten, bis sie ihnen das Versteck ihres Goldschatzes verrieten. »Bitte, tut meinem Gatten nichts«, flehte sie. »Wenn Ihr das versprecht, werde ich Euch zu dem Versteck führen.«

Nachdem Brigitte sich davon überzeugt hatte, dass in der Küche alles reibungslos lief und ihre Küchensklaven kooperierten, führte sie Kent und eine Hand voll seiner Männer aus dem Hof. Sie beschritt einen der vielen Kieswege, die dieses tropische Paradies durchzogen, die zu Gärten und Schuppen, zur Zuckerfabrik, zur Brennerei und zu den Sklavenunterkünften führten. Brigitte ging ihren »Gästen« voran, wobei sie eher schwebte, wie sie es in ihrer Jungmädchenzeit gelernt hatte. Ihre voluminösen rosafarbenen und gelben Röcke glitten über den Boden, als trügen keine menschlichen Füße sie vorwärts. Dieses elegante Schweben hatte sie auf Versailler Parkett gepflegt, um die jungen Männer zu Avancen herauszufordern; heute setzte sie es ein, um Diebe zu ihrer Beute zu führen.

Sie gelangten zu einer Lichtung inmitten des üppigen Grüns, und der Anblick ließ selbst diesen hart gesottenen Männern den Mund offen stehen. Es war ein Aussichtspavillon, offenbar aus Sternenlicht gesponnen, der da filigran und weiß in der Nacht schimmerte. Brigitte trat anmutig zur Seite, als wollte sie den Herren Tee anbieten. »Hier.« Sie deutete auf den Fußboden des Pavillons. »Unter diesen Brettern.«

Die Männer rammten ihre Fackeln in die Erde und machten sich eiligst daran, die Bodenbretter mit ihren Äxten aufzubrechen. Wortlos sah Brigitte zu, wie sie die Kisten aus ihrem Versteck hievten und dann zum Haus zurückschleppten. Im Hof loderte bereits ein Lagerfeuer, das offensichtlich mit Mobiliar aus dem Haus gespeist wurde. Im Flammenschein brachen die Plünderer die Kisten auf und stürzten sich johlend auf den Schatz darin, denn Goldmünzen waren die bevorzugte Beute der Piraten.

Das war sozusagen das Startsignal für das große Fest. Aus dem Nichts zauberte jemand eine Fiedel hervor und stimmte eine fröhliche Melodie an. Andere rollten riesige Fässer mit Rum heran, die sie in der Brennerei entdeckt hatten. Die Sklavinnen hasteten nervös mit Weinflaschen und Bechern zwischen den Männern umher,

während auf der anderen Seite des Feuers die Ferkel an ihren Bratspießen schmorten. Bellefontaine und die anderen Gefangen wurden unter dem Gelächter ihrer Peiniger in den Hühnerstall getrieben und in den Dreck gestoßen.
Irgendwo auf dem harten Marsch durch die Zuckerrohrfelder musste Henri seine prächtige Perücke verloren haben. Eine Allongeperücke, mit hoch getürmten schwarzen Locken, die ihm wie Kaskaden über die Schulter fielen. Neuankömmlinge auf der Insel hatten Henri wiederholt darauf hingewiesen, dass man solche Perücken inzwischen nicht mehr trug, aber Henri wollte nichts davon hören. Er hielt es mit der alten Tradition, dass ein Gentleman immer zu seinem Besten auszusehen habe. Nun fehlte ihm seine Kopfbedeckung, sein spärliches graues Haar stand in grotesken Büscheln von seinem Kopf ab, und die Piraten machten sich einen Spaß daraus, ihn herumzustoßen, zu treten und sein Haar zu zausen.
Bei diesem Anblick bohrte sich Brigitte die Fingernägel in die Handballen, um ruhig zu bleiben. Am liebsten hätte sie eine der Fackeln gepackt und wäre damit auf die Piraten losgegangen.
Aber da spürte sie Kents Blick und gemahnte sich an ihren Vorsatz, die Gunst dieser Nacht zu nutzen.
»Hm«, meinte Kent und musterte sie forschend im Schein der Fackeln. »Ich frage mich, was Euch so unerschrocken macht.«
Seine Bemerkung kam überraschend. Sah er denn nicht das Pochen an ihrem Hals, die Angst in ihren Augen, das Zittern ihrer Hände?
»Ich bin nicht unerschrocken«, erwiderte sie, und das entsprach der Wahrheit. Wovor sie sich fürchtete, waren weitere Fragen.
»Ihr schient nicht überrascht, uns zu sehen, als Ihr aus dem Haus kamt. Es wollte uns fast scheinen, als hättet Ihr uns erwartet.«
»Da oben ist ein Fernrohr.« Sie deutete auf die Dachterrasse. »Ich habe Euren Vormarsch vom Strand her verfolgt.«
Kent folgte ihrem Blick. »Ich würde das Fernrohr gern sehen.«
Sie nickte zum Einverständnis und ging voraus. Im Hof drehten sich die Ferkel an aus Ästen geschnittenen Spießen, und Kents Männer

waren vollauf damit beschäftigt, die Rumfässer zu leeren. In der Krone zweier hoher Palmen hockten Wachtposten, die Ferngläser auf das Fort und die Stadt Saint Pierre gerichtet. Beim leisesten Anzeichen militärischer Bewegungen sollten sie Kent mit einem Signal warnen, worauf er sofort mit seinen Männern verschwinden würde. Brigitte hoffte inbrünstig, dass es nicht zu diesem Warnsignal kommen möge.

Im Haus hatten die Plünderer ganze Arbeit geleistet: Das Porzellan lag in Scherben auf dem glänzenden Parkett, die Möbel waren umgestoßen, das Tafelsilber türmte sich, zum baldigen Abtransport bestimmt, neben der Tür. Brigitte führte Kent wortlos in den hinteren Garten, in dem sich dunkelrote Orchideen und orangefarbene Bougainvillea mit scharlachrotem Hibiskus und zartrosa Oleander drängten. Sie ging die enge Treppe voran, erhobenen Hauptes, als führte sie Ihre Majestät persönlich herum. Dabei dachte sie unentwegt an das scharfe Enterbeil an Kents Seite, an die Pistole und den Dolch, die in seinem Gürtel steckten. Die Furcht kroch ihr zwischen die Schulterblätter. Sie kam sich vor, als würde sie von einem wilden Tier verfolgt – dem schwarzen Jaguar, den der Gouverneur in einem Käfig bei sich zu Hause hielt.

Sie betraten die Dachterrasse, über der gerade ein gelber Vollmond aufging. Von hier oben konnten sie das Geschehen auf dem Hof überblicken, wo Brigittes verängstigte Sklaven unter den wachsamen Blicken der Piraten hantierten und jede Kleinigkeit kosten mussten, selbst das Bratfett, mit dem die Ferkel bestrichen wurden. Als sie die fröhliche Musik hörte, warf Brigitte Kent einen fragenden Blick zu. Er lächelte geschmeichelt. »Ich habe Glück mit meiner Mannschaft, weil wir Musikanten unter uns haben.« Er sah über die Brüstung in den Hof. »Ja, ich habe eine gute Crew.«

Phipps, der Mann mit den Zöpfen, war der Schiffsoffizier – der starke Mann auf dem Schiff und in seiner Funktion als Richter für die Bestrafung kleinerer Vergehen zuständig. Ihm oblag auch die Auswahl und Verteilung der Beute. Dann gab es Jeremy, den Navigator,

und Mulligan, den Bootsmann; Jack, den Kanonier, Obadiah, den Segelmacher, und Luke, den Zimmermann. Sogar ein Schiffsarzt fuhr bei ihnen mit, der jedoch in diesen tropischen Gewässern, wo das unheilbare Gelbfieber, Malaria und die Ruhr zu den Haupttodesursachen zählten, nicht so recht zum Zuge kam. Somit blieb seine ärztliche Kunst auf Amputationen beschränkt.
Als Brigitte Kent das Fernrohr zeigte, bemerkte sie, wie tief er sich bei seiner Größe herunterbeugen musste, um durch die Linse zu spähen. Sie spürte seine männliche Ausstrahlung und ahnte, dass ein durchtrainierter Körper unter der vornehmen Kleidung steckte. Wenn sie da an ihre Landsleute dachte! Aufgrund ihres luxuriösen Lebens waren die französischen Pflanzer mittlerweile vollkommen verweichlicht und hatten sogar die Kunst des Reitens und Duellierens verlernt. Christopher Kent dagegen schien nur aus Muskeln und Sehnen zu bestehen.
Durch das Fernrohr konnte Kent keinerlei Bewegung am entfernten Fort ausmachen. Beruhigt wandte er sich seiner bezaubernden Gastgeberin zu und musterte mit Kennerblick ihre Brosche. »Was für ein seltenes Stück.«
»Das ist der *Stern von Kathay*, Monsieur, ein berühmter Stein. Der Legende nach stammt die Brosche von einem Künstler mit magischen Kräften, der damit das Herz einer Dame gewinnen wollte. Wie es heißt, wird dem, wer immer den Stein besitzt, Liebe und Romantik beschieden.«
Kent wollte danach greifen, aber Brigitte legte schützend die Hand über die Brosche. Er durfte sie noch nicht haben! Sie musste noch eine Weile schön und verführerisch bleiben. Wenn er den Stein jetzt an sich nahm, würde ihre Schönheit verfliegen und ihr Plan fehlschlagen. »Ich werde ihn Euch zum Abschied schenken.«
Während sein Blick auf ihrer Hand ruhte, die nicht nur die Brosche, sondern auch ihren Busen bedeckte, fragte er galant: »Was genau meint Ihr mit Eurem Geschenk? Den Stein oder den Schatz darunter?«

Sie hielt seinem herausfordernden Blick Stand. »Ist das die Art, wie Ihr die Frauen auf Eurer Insel behandelt?

Kent ließ sich Zeit mit seiner Antwort, als müsste er überlegen. »Ich lebe nicht auf einer Insel«, sagte er dann. »Ich besitze eine Plantage in der amerikanischen Kolonie Virginia.«

Brigitte musste schlucken. »Ihr lebt unter zivilisierten Menschen?«

»Es sind in der Tat diese so genannten zivilisierten Menschen, die meine Freibeuterei unterstützen«, entgegnete er mit einem herben Lächeln. »Raubgut ist schließlich nur so lange Raubgut, bis es verkauft ist. Ohne Käufer gäbe es keine Piraterie.«

»Ich verstehe Euch nicht recht.«

»Es sind die Amerikaner, die meine Ware kaufen. Die Engländer verfolgen Piraten gnadenlos, bei den Amerikanern indes genießen wir den Schutz ihrer Häfen, ja sogar ihre Gastfreundschaft. Die Amerikaner versorgen mein Schiff mit Proviant und kümmern sich um Abnehmer für meine Schätze. Gegen eine Provision, wohlgemerkt. Die Amerikaner profitieren also von meiner Freibeuterei und werden reich davon.«

Brigitte runzelte die Stirn. »Das kann ich nicht glauben.«

»Reine Politik. Dass die Amerikaner Freibeuter wie mich unterstützen, ist ein Schlag gegen die englische Herrschaft. Dieser Kampf wird mit der Zeit immer härter. Die Engländer haben mit der Navigationsakte ein Gesetz erlassen, nach dem die Einfuhr nach England aus Übersee nur auf englischen Schiffen erfolgen darf. Die Amerikaner finden das nicht fair und versuchen, das englische Gesetz zu umgehen, wo sie nur können.«

»Meine schönen Kerzenhalter und die Vasen meiner Mutter …«

»Werden höchstwahrscheinlich auf einem Kaminsims in Boston landen.«

Er begann das Fernrohr abzuschrauben, was Brigitte zu verhindern suchte. »Aber das ist ein Geschenk meines Mannes!«

Kent lachte nur. »Ein sentimentaler Mensch, Euer Gatte.«

»Ihr versteht das nicht, Monsieur«, entgegnete sie indigniert.

»Soweit ich weiß, schätzen Frauen Geschenke für die Schönheit oder mit einem romantischen Bezug, aber ein Fernrohr!«

»Es ist mehr als ein Fernrohr, Monsieur. Es ist ein Machtinstrument.«

»Wie das?«

»Ich habe *Euch* gesehen, nicht wahr? Ihr *mich* aber nicht.«

»Ihr habt Recht«, meinte er nachdenklich. »Ihr habt uns kommen sehen, und wir haben nichts davon gemerkt. Ihr habt jedoch nicht Alarm geschlagen. Sehr merkwürdig.«

Er ging zur Treppe und bedeutete ihr vorzugehen. Brigitte führte ihn in das Wohnzimmer im ersten Stock und sah zu ihrem Erstaunen, dass Kent den Dreispitz abnahm und etwas zu trinken verlangte. Sein Haar war schwarz wie die Nacht, ohne auch nur eine einzige graue Strähne, sein Gesicht jedoch war vom Leben und vom Wetter gezeichnet. Brigitte schätzte sein Alter auf etwa vierzig.

Kent lehnte den Wein aus einer bereits geöffneten Flasche ab und verlangte, dass man eine neue Flasche hole. Er trat kurz auf die Veranda, um sich mit Mr. Phipps zu besprechen. »Immer noch alles ruhig im Fort und in der Stadt«, erklärte er Brigitte, als er wieder ins Zimmer trat. »Sieht aus, als blieben wir unentdeckt.«

Durch die Fenster an der Vorderseite konnte Brigitte den Mond am Himmel stehen sehen. Aus dem Hof stiegen Rauch und Essensdüfte auf, und dem Lärm nach zu schließen, wurden die Männer immer lauter und dreister.

Kent betrachtete das Gemälde über dem Kamin – eine ländliche Szene mit Henri und Brigitte Bellefontaine im Kreise ihrer Kinder unter einer ausladenden Eiche sitzend. Kent deutete auf die Kinder.

»Sie sind mein Ein und Alles. Meine Kinder sind mein Leben«, erklärte Brigitte.

»Aber Ihr habt sie fortgeschickt.«

»Ein Entschluss, den ich bereits bereue.« Sie brachte zwei mit Cognac gefüllte Gläser auf einem Tablett. Kent ließ sie zuerst kosten, bevor er sich ein Glas nahm.

»Ihr beleidigt mich«, wisperte sie.
»Madame, es gibt tausend Wege, einen Mann zu töten, aber mit Gift zu töten ist die Kunst der Frauen. Und es gibt tausend Möglichkeiten des Vergiftens. Wie wäre es mit einem Feuer? Die Nacht wird langsam kühl.« Brigitte winkte einem der Sklaven, ein Feuer im Kamin anzuzünden, und schon bald warfen die Flammen Christopher Kents Schatten an die Wände.
Er nippte an seinem Cognac, wobei er sie über den Rand des Glases anschaute. »Euer Gatte schleppt Euch also an einen gottverlassenen Ort, wo Ihr Eure Kinder nicht erziehen könnt?«
»Mein Mann hat mich nicht hergeschleppt. Wir kamen hierher, um etwas aufzubauen. Die Bellefontaines sind ein altes Adelsgeschlecht. Unglücklicherweise haben frühere Generationen das Vermögen verspielt, und so gab es für meinen Mann kein Land zu erben. Er nahm das Angebot des Königs an, hier eine Kolonie aufzubauen. Als Gegenleistung erhielten wir Landbesitz. Hier ist unser wirkliches Zuhause, Monsieur. Wir haben es für die Kinder geschaffen, denn sie werden nach Martinique zurückkommen. Ihr Aufenthalt in Paris ist nur vorübergehend und dient ihrer Erziehung. Und deshalb«, endete sie etwas außer Atem, »flehe ich Euch an, meinen Gatten zu verschonen. Seine Kinder brauchen ihren Vater.«
Kent blickte aus dem Fenster und sah Phipps, der gerade eine der Sklavinnen ein Stück frisch gebackenes Brot kosten ließ, ehe er selber hineinbiss. Alles war unter Kontrolle, nirgendwo regte sich Widerstand. »Männern wie Eurem Gatten«, sagte Kent schließlich mit einem rauen Unterton, »reichen und mächtigen Männern muss ab und zu eine Lektion erteilt werden.« Er versank in ein brütendes Schweigen, seine Züge verfinsterten sich zunehmend, während er den Männern beim Tanz um das Lagerfeuer zusah. Dann, als erinnerte er sich plötzlich, wo er war, wandte er sich um und sagte leichthin: »Außerdem liegt das Schicksal Eures Gatten nicht in meinen Händen, sondern in denen meiner Männer.«
»Aber Ihr könntet doch sicherlich befehlen …«

»Ihr versteht ganz offensichtlich nichts von den Gesetzen der Meere. Ich bin zwar der Kapitän meiner Mannschaft, aber wie alle Piratenschiffe sind wir ein demokratisches Schiff. Ich erteile meinen Männern keine Befehle, sie führen keine aus. Was geschieht, liegt nicht in meiner Verantwortung.«

Er trat an die offene Terrassentür, die zum Garten führte, und atmete die kühle Nachtluft ein. »Was ist das für ein Duft?«, wollte er wissen. Es war eine berauschende Mischung aus weißem Jasmin, Maiglöckchen, violetten und zartrosa Freesien, Flieder und Geißblatt.

»Welcher Pirat übernimmt denn Verantwortung für das, was er tut?«, fragte Brigitte hinter ihm.

Kent wandte sich um. »Madame, Ihr wisst nichts von mir oder der Welt, möchte ich wetten. Denkt, was Ihr wollt. Was kümmert's mich?«

»Ihr gebt also der Welt die Schuld an Euren Missetaten?«

»Was hat die Welt je für mich getan?«

»Ihr tötet aus Rache, ist das so? Selbst die Unschuldigen?«

»Das ist das Gesetz des Dschungels. So wie der Adler die Schlange tötet und die Schlange die Ratte. Nur die Stärksten überleben, das habe ich gelernt.«

»Aber warum ausgerechnet die Franzosen?«

»Ich räche mich an jedem. Die Menschheit selbst ist mein Feind. Ich mache keinen Unterschied zwischen Engländern, Franzosen, Spaniern oder Arabern. Ich bin mein eigener Fürst, Madame. Ich habe das gleiche Recht, mit der ganzen Welt Krieg zu führen, wie der Admiral einer Flotte oder der General einer Armee.«

Brigitte fehlten die Worte. Sie schaute in den Garten und sah die Blumen, die so hell im Mondlicht standen, als wäre es lichter Tag. Irgendwo ertönte der geheimnisvolle Ruf eines Nachtvogels. Die Insel schlief unter einem runden, satten Mond. Vom Fort kam kein Kanonendonner. Kein Schiff war in Sicht, kein Fackelzug bewegte sich die Hügel herauf. Auch die Wachtposten auf ihrem luftigen Ausguck hatten noch kein Warnsignal gegeben. Würziger Rauch

und aromatische Düfte erfüllten die Luft, trunkene Lieder und lautes Gefiedel, unterbrochen vom kreischenden Gelächter aus weiblichen Kehlen.
Kent verfiel erneut in dumpfes Schweigen, er schien seinen Gedanken nachzuhängen.
»Sonderbar«, murmelte er nach einer Weile. »Ich habe in den vergangenen Jahren alle diese Inseln besucht, habe ihren Boden betreten und aus ihren Bächen getrunken. Ich habe in ihren Gewässern geankert und ihre Früchte gekostet. Aber ich habe diese Inseln noch nie richtig gesehen.«
Brigitte wartete, und die Nacht schien mit ihr zu warten. Sie stellte sich all die exotischen Vögel mit ihrem farbenprächtigen Gefieder vor, all die tropischen Pflanzen mit ihren üppigen Blüten und Blättern, die funkelnden Sterne und den satten, gelben Mond, selbst die weißen Schaumkronen der Brandung – sie stellte sich vor, dass das gesamte Universum in diesem Augenblick innehielt, um mit ihr zu warten.
Kent sprach weiter. »Jetzt beginne ich sie zu sehen. Zumindest sehe ich Martinique. Was für ein Zauber ist hier am Werk?« Sein Blick fiel auf den blauen Stein an Brigittes Dekolleté. »Das ist ein eigenartiger Stein. So einen habe ich noch nie gesehen. Er ist weder Diamant noch Saphir. Wie ein blauer Topas, nur dunkler und nicht so klar. Und was ist das in seinem Inneren? Sieht aus wie Sternensplitter.«
Er schaute ihr tief in die Augen. »Hier ist ein Zauber am Werk. Aber ist es die Insel? Oder seid Ihr es, Madame? Was für eine Art von Zauber lasst Ihr wirken?« Er furchte die Augenbrauen, sein Blick wurde unruhig. »Meine Männer und ich sollten gehen«, erklärte er. »Es macht mich nervös, wenn ich mich zu lange an einem Ort aufhalte. Ich schätze, man hat uns überlistet.«
Brigittes Herz machte einen Sprung. Er durfte noch nicht gehen! »Aber Eure Männer haben noch nicht gegessen.«
»Sie können das Essen mitnehmen.«

»Die Ferkel sind noch nicht gar. Und ein paar von Euren Männern …« Sie verstummte bedeutungsvoll, während sie auf das dichte Buschwerk hinter dem Haus blickte. Kent verstand, was sie meinte. Auch er hatte einige seiner Männer mit Sklavinnen im Schutz des Dickichts verschwinden sehen.
Kent musterte Brigitte aufmerksam. »Warum habt Ihr keine Angst vor uns?«
»Ich habe Angst.«
»Ihr sagtet das, aber ich kann es nicht glauben. Ich habe noch keine Frau wie Euch getroffen. Gewöhnlich schreien die Frauen, laufen weg oder fallen in Ohnmacht. Oder verstecken sich hinter ihren Männern. Ihr aber seid aus anderem Holz geschnitzt.« Sein Blick wanderte von ihrem Gesicht zu ihren bloßen Schultern, die im Mondlicht schimmerten. »Aber Ihr fröstelt, Madame. Es ist kühl geworden.«
»In dieser Höhe«, sagte Brigitte atemlos, als erschwerte die Höhe das Sprechen, »fallen nachts die Temperaturen, obschon es tagsüber recht warm ist.«
Seine Augen blitzten belustigt. »Und wie haltet Ihr Euch des Nachts warm?«
»Die Insel hat ihre warmen Plätzchen.«
Er las die Herausforderung in ihrem Blick. Und als sie sich leicht bewegte, sprühten blaue Funken an ihrem Busen. Auch eine Herausforderung? »Zeigt mir diese warmen Plätzchen«, bat er leise.

Als sie den verqualmten Hof überquerten, machte einige von Kents Männern anzügliche Bemerkungen über die Gesellschaft, die er da pflegte. Sie waren mittlerweile dabei, sich deftige Stücke Brot abzuschneiden und Ananas und Kokosnüsse zu zerteilen. Es entging Brigitte nicht, dass sie statt der bereitgelegten Küchenmesser ihre eigenen Messer oder Dolche benutzen. Phipps hatte die Kiste mit brandneuen Zinnbechern gefunden, die vor kurzem erst aus Frankreich eingetroffen und immer noch in Stroh verpackt waren. Aus

diesen Bechern tranken die Piraten, um sicherzugehen, dass man ihnen kein Gift beimischte. Auch sonst gingen sie keinerlei Risiko ein und vergewisserten sich, dass jede Zwiebel, jede Prise Pfeffer oder sonstiges Gewürz vor der Verwendung von einem der Sklaven gekostet wurde, und wenn die Ferkel erst einmal gar waren, würden sie das Fleisch mit ihren eigenen Dolchen zerteilen.
Zufrieden registrierte Brigitte, dass sie sich wenigstens die Zeit zum Essen und Trinken nahmen und nicht gleich mit dem Goldschatz verschwanden. Wenn sie erst einmal fort waren, hätte sie nie wieder eine Chance mit Kent.
Erhobenen Hauptes schritt sie voran, jeden Blickkontakt mit ihrem Gatten meidend, und führte den Captain an der lärmenden Truppe vorbei in das kühle Dickicht des nächtlichen Dschungels.
Sobald sich der Blätterwald hinter ihnen schloss, trat eine unwirkliche Stille ein. Brigitte hörte, wie Kent hinter ihr seinen Degen zog. Sie gingen auf einem kaum erkennbaren Pfad, über dem dämmrigen Baldachin des tropischen Waldes war der Mond kaum zu sehen; unsichtbare Tiere raschelten im Dickicht, und goldene Augenpaare leuchteten im Dunkeln. Unvermutet öffnete sich vor ihnen eine Lichtung, über der ein merkwürdiges Rauschen hing.
Brigitte trat ein paar Schritte vor, Kent folgte ihr und blieb abrupt neben ihr stehen. Bei dem Anblick, der sich ihnen bot, entrang sich ihm ein leiser Fluch.
Zwischen hohe Felsen gebettet, lag die Lagune, etwa hundert Fuß in der Breite, von Schilfgras, Grasdünen und einem kleinen, sanft geschwungenen Sandstrand gesäumt. Der Mond spiegelte sich wie eine Goldmünze im Wasser, das sich in konzentrischen Kreisen kräuselte. Das kam von einer Wasserfontäne, die hoch über ihnen in den Felsen aufstieg und sich in einer Kaskade aus weißem Schaum und heißem Dampf in die Tiefe ergoss.
Kent, der hier keine Falle vermutete, steckte den Degen weg. »So einen Ort habe ich im Leben noch nicht gesehen«, rief er aus. »Das ist ja wie in einem Badehaus! Warum ist das Wasser so heiß?«

»Es kommt aus vulkanischen Quellen tief in der Erde«, erklärte Brigitte und sah die feinen Schweißperlen auf Kents Stirn.
Die Hände in die Seiten gestemmt, trat Kent an das Wasser, um dieses Wunder näher zu betrachten. Durch die schwüle Luft begannen sich seine Haare zu kräuseln, und auf seinen Lippen bildete sich ein feuchter Film. Er legte Hut und Rock ab. Sein weißes Leinenhemd klebte ihm am Leib, durch den dünnen Stoff zeichnete sich jeder Muskel seines Körpers ab.
Verwirrt rieb Kent sich die Stirn. Dieses üppige grüne Paradies raubte ihm schlichtweg den Verstand. In seinem ganzen Leben war er noch nie auf so eine Art verführt worden. Verwundert blickte er auf seine bezaubernde Begleiterin, und wieder verfing sich sein Auge in dem blauen Funkeln an ihrem Dekolleté. War es der Kristall, der diesen Zauber bewirkte, oder die Frau? Oder beide?
Mit zwei Schritten stand er vor ihr, packte sie an den Armen. »Vom ersten Moment an hatte ich das Gefühl, dass Ihr uns hier behalten wolltet«, stieß er hervor. »Ich vermutete eine Falle. Ich dachte, Ihr hättet einen Boten zum Fort geschickt. Aber inzwischen hätten die Soldaten längst hier sein müssen, und meine Wachen hätten sie entdeckt. Ihr habt keinen Boten geschickt, nicht wahr?«
Sie schüttelte den Kopf.
»Ihr wolltet, dass ich blieb?«
Sie nickte.
»Schwört es. Schwört es bei allem, was Euch heilig ist. Schwört, dass es die Wahrheit ist.«
»Ich schwöre es«, flüsterte sie. »Beim Leben meiner Kinder schwöre ich, dass ich Euch hier behalten wollte.« Und das entsprach der Wahrheit.
Er riss sie in die Arme und küsste sie leidenschaftlich. Kurz ließen sie voneinander, um Luft zu holen, dann zog er sie wieder an sich. Während sie sich seinen Küssen hingab, kam ihr die Vorhersage der Zigeunerin in Versailles wieder in den Sinn. Die Legende stimmte, der *Stern von Kathay* verfügte wirklich über geheime Kräfte, gebot

über Liebe und Leidenschaft. Ohne ihn, das wusste sie genau, hätte es diese Nacht nie gegeben.

Erschöpft lagen sie im feuchten Gras. Sie waren in der warmen Lagune geschwommen, hatten sich unter dem Wasserfall geliebt. Kent murmelte: »Du bist zauberhaft und einmalig wie dieser blaue Edelstein und ebenso schön. Komm mit mir, Brigitte. Komm mit mir nach Virginia. Ich kann dich sehr glücklich machen.«
Er erzählte noch eine Weile von seinem Heim in Amerika, dann sank er in den Schlaf, während Brigitte in seinen Armen zu dem tropischen Mond hinaufschaute, der unbeirrt seines Weges zog.

Kent erwachte vom Laut eines Nachtvogels. Es herrschte immer noch Dunkelheit. Der Mond war untergegangen, und die Dämmerung stand kurz bevor. Er sah Brigitte an der Lagune stehen, sie hatte sich, so gut es ging, ohne Hilfe einer Zofe angekleidet. »Komm mit mir«, bat er noch einmal und küsste sie.
Gefangen von all dem Wunder und Zauber der vergangenen Nacht, schlüpfte er in seine Kleider. Während sie sich auf den Weg zum Anwesen – und zurück in die Wirklichkeit – machten, beschäftigten Kent zweierlei Dinge: Er wollte diese Frau behalten, und er hatte einen Bärenhunger.
Ein Großteil der Männer lag breitbeinig um das Lagerfeuer ausgestreckt, mit offenem Mund schnarchend. Andere taumelten herum, stöhnten und hielten sich den Bauch. Die Sklavinnen waren verschwunden. Wie aus dem Nichts tauchte Colette auf, als hätte sie die Rückkehr ihrer Herrin erwartet. Sie brachte einen Teller mit dampfendem Essen und einen Becher Rum.
»Das hier wurde für dich aufbewahrt.« Brigitte reichte Kent den Teller. »Alles andere ist bis auf die Knochen abgenagt.«
Mit einem zufriedenen Grinsen ließ Kent sich auf dem Rasen nieder und grub die Zähne in das saftige Fleisch. Es war auf den Punkt gegart und genau richtig gewürzt. Wenn seine Männer wieder

nüchtern wären, würden sie schwören, nie in ihrem Leben so gut gegessen zu haben.
Unwillkürlich wanderte sein Blick nach Osten, wo sich der Horizont allmählich lichtete. »Wir werden bald aufbrechen. Mein Schiff liegt zwar in einem Versteck, aber ich möchte nicht das Risiko eingehen, dass wir entdeckt werden.«
Brigitte schaute zu den Hühnerställen hinüber, in denen Henri und seine Männer eingesperrt waren. Die meisten schliefen, nach ein wenig Rum, den die Dienerinnen ihnen gebracht hatten. Aber getreu Colettes Anweisungen, die ihrerseits nur Brigittes Befehlen gehorchte, hatten sie nichts zu essen bekommen.
»Pack so schnell wie möglich, was immer du brauchst«, murmelte Kent, während er seinen Spanferkelbraten verschlang und ihn mit Rum hinunterspülte. »Du wirst nicht viel brauchen, Liebste, ich werde dir Kleider und Juwelen kaufen, alles, was du willst.«
Brigitte sah Colette bei der Veranda stehen, sah das funkelnde Augenpaar in dem dunklen Gesicht. Die junge Frau hatte die Arme verschränkt und stand ruhig, scheinbar ungerührt, da.
Im Osten färbte sich der Himmel allmählich rosa, der umliegende Regenwald explodierte vom Geschrei der Affen und dem lauten Gesang der Vögel. Nun brach auch der letzte Pirat auf dem Boden zusammen, unbemerkt von Kent, der vollauf damit beschäftigt war, seinen Teller mit Brot auszuwischen, damit ihm nichts von der köstlichen Sauce entging. Mit vollem Mund fragte er: »Hast du keinen Hunger, Liebste?«
Ihre Röcke bauschten sich in den Farben des Sonnenuntergangs um sie, als sie sich neben Kent kniete. »Die Insel Martinique ist für ihre herrlichen Blumen bekannt. Dennoch haben wir Franzosen unsere Lieblingspflanzen mitgebracht. Kennst du den Oleander?« Sie zeigte auf ein hohes Staudengewächs mit rosenroten Blüten, das an mehreren Stellen Stümpfe aufwies, wo vor kurzem Äste abgehackt worden waren.
Kent saugte gerade an einem Knochen, dann biss er krachend in ein

letztes Stück Schwarte. »Warte nur, bis du die Blumen in Amerika siehst, ma chérie.«
Brigitte deutete auf die Bratenspieße neben dem Feuer. »Wir haben die Ferkel an diesen Ästen gebraten. Colette hatte strikte Anweisung, darauf zu achten, dass die Rinde sauber abgeschält war, bevor das Fleisch aufgespießt wurde.«
Kent nahm einen tiefen Schluck Rum und sah sie irritiert an. »Was hat das alles mit mir zu tun?«
»Der Oleander ist giftig, alles daran ist giftig.«
Kent stierte mit leerem Blick.
»Eure Männer schlafen nicht, Monsieur, sie sind tot.« Sie gab Colette ein Zeichen, worauf diese zu den hingestreckten Männern eilte, von einem leblosen Körper zum anderen ging, jedem kurz den Finger an den Hals hielt und weiterhuschte. Beim letzten Mann angekommen, warf sie ihrer Herrin einen triumphierenden Blick zu.
Kent blinzelte ungläubig. »Tot? Was redet Ihr da?« Und mit dem Einsetzen der Morgendämmerung dämmerte auch ihm die Erkenntnis, dass die Männer in unnatürlicher Haltung lagen und sich für Schlafende ungewöhnlich still verhielten.
Er sprang auf, schleuderte Teller und Becher weg. »Ich glaube Euch kein Wort! Beim Kochen wurde jeder Schritt überwacht, jede einzelne Zutat wurde verkostet.«
»Ihr denkt nur an Gift, das von außen kommt und nach innen dringt. Ihr dachtet aber nie an Gift, das von innen kommt und nach außen wirkt. Beim Braten ist der Saft aus dem Oleanderholz ausgetreten und in das Fleisch gedrungen.«
»Ich glaube Euch nicht.«
»Seht Eure Männer an.«
Fassungslos blickte Kent auf die hingestreckten Körper seiner Männer. Brigittes Stimme drang wie durch einen Nebel an sein Ohr: »Ihr sagtet, es gäbe eintausend Wege, einen Mann zu vergiften. Falsch, Monsieur. Es gibt eintausend und *einen* Weg. Ihr habt nichts vom Oleander gewusst.«

Kents Kiefer mahlten. »Wann habt Ihr Euch zu dieser Tat entschlossen?«

»In dem Moment, da ich Euch durch das Fernrohr erspähte. Bevor Ihr und Eure Männer überhaupt die Plantage erreicht hattet. Ihr habt in der Tat Recht gehabt, Monsieur. Es war wirklich eine Falle. Als ich Euch den Hügel heraufkommen sah und wusste, dass ich das Fort nicht mehr warnen konnte, wurde mir klar, dass meine einzige Chance darin bestand, Euch alle zu vergiften. Aber dazu musste ich Euch zum Bleiben bewegen, und das konnte ich nur, indem ich Euch verführte.«

»Bei Gott, Weib! Du hast mich nicht verführt, es war genau anders herum!«

Sie deutete abermals auf die weggeworfenen Bratenspieße. »Die waren schon präpariert, bevor Ihr die Plantage erreicht hattet. Habt Ihr Euch nicht gewundert, dass ich keinen Boten zum Fort geschickt habe? Gewiss, die Soldaten wären nicht mehr rechtzeitig eingetroffen, aber kam es Euch nicht merkwürdig vor, dass ich es nicht einmal versucht habe?«

Kent antwortete nicht. Heftig atmend wischte er sich die schweißnasse Stirn. Alle Farbe war aus seinem Gesicht gewichen.

»Wenn die Soldaten aus dem Fort losmarschiert wären, hättet Ihr sie sogleich entdeckt und wäret verschwunden. Mein Plan sah jedoch vor, Euch dazubehalten, bis die Ferkel verspeist waren. Also ließ ich es darauf ankommen.«

Er funkelte sie zornig an. »Was wir in der Grotte geteilt haben, hat Euch gar nichts bedeutet?«

»O doch, sehr viel sogar, Monsieur. Ich konnte das Leben meines Mannes und das Erbe meiner Kinder retten.« Sie wies auf die Kisten voller Goldmünzen, die seine Männer unter dem Aussichtspavillon ausgegraben hatten. »Das Gold gehört meinen Kindern. Mein Mann hat dieses Vermögen aufgebaut, um es an unsere Kinder zu vererben. Habt Ihr tatsächlich geglaubt, ich ließe Euch damit entkommen?«

Mit einem Mal fasste Kent sich an den Kopf. »Mir wird schwindelig.«
»Bei Euch müsste es rasch gehen. Im Gegensatz zu Euren Männern habt Ihr nur das Fleisch gegessen und wenig getrunken.«
»Ihr wollt doch wohl nicht im Ernst hier stehen bleiben und mich sterben sehen?«
»Das habt Ihr Euch selber eingebrockt«, erwiderte Brigitte ohne eine Spur von Mitleid in der Stimme.
»Wir könnt Ihr das sagen … nach dem, was wir zusammen erlebt haben. Ihr habt es genossen!«
»Reine Täuschung, Monsieur. Eure Berührung war widerlich.«
»Dann seid Ihr nicht besser als eine Hure!«
»Falsch, Monsieur. Ich bin nur eine Frau, die alles für ihre Familie tut. Selbst mit einer Schlange schlafen.«
Mittlerweile lief ihm der Schweiß von der Stirn. »Es war ein Fehler, Euch für eine Dame zu halten.«
»Euer Fehler war es zu unterschätzen, wie weit eine Frau gehen kann, um ihre Familie zu schützen.«
Er hielt sich den Bauch und stöhnte: »Helft mir, um Gottes willen!«
Sie sah ihn ungerührt an. Als sich sein Gesicht aschgrau verfärbte und schließlich sein Nacken dunkelrot anlief, sagte sie: »Meine Sklaven sind bereits auf dem Weg zum Fort. Es wird nicht lange dauern, bis die Soldaten hier sind. Aber dann werdet Ihr bereits tot sein.«
Kent wollte nach ihr greifen, sie wich zurück. Im Fallen krallten sich seine Finger um die Brosche und rissen ihr das Mieder auf. Als er auf dem Boden aufschlug, erfasste der erste Sonnenstrahl des Tages den blauen Kristall in Kents Faust und ließ ihn magisch funkeln.

»Die ganze Karibik spricht von dir, mon chou. Du bist eine wahre Heldin!«
Sie machten sich zum Schlafen fertig. Obwohl sie am Abend Gäste

bewirtet hatten, war es Henri gelungen, nüchtern zu bleiben. Er betrachtete seine Frau in neu entflammter Liebe und mit begehrlichen Blicken.

»Siehst du die Ironie hinter allem, Henri? Hätte ich dir den wahren Grund für meinen Kummer genannt, hättest du mir nie das Fernrohr gekauft, und ohne das Fernrohr wäre jene Nacht ganz anders verlaufen.«

»Dem Himmel sei Dank für meine Dummheit.«

Sie schlüpfte zwischen die Laken und blies die Kerze aus. »Henri, ich möchte die Kinder nach Martinique zurückholen. Ich weiß, das schickt sich nicht, Pflanzer erziehen ihre Kinder nicht auf den Inseln. Aber ich werde ein Beispiel geben. Wir werden Erzieher, Reitlehrer und Gouvernanten aus erstem Hause für gutes Benehmen und Etikette nach Martinique holen. Vielleicht werde ich sogar eine Schule eröffnen. Ja, das werden wir tun.«

»Gewiss, mon chou«, beteuerte er mit dem festen Vorsatz, von nun ab alle ihre Wünsche zu erfüllen, hinreißend, wie sie aussah. Er streckte die Hand nach ihr aus, doch sie wich zurück. »Was hast du denn, mon chou?«

»Du hast dich in mich verliebt, weil ich schön war. Und dann hast du gesehen, wie schön ich in der Nacht mit Kent war. Aber das hatte ich nur dem *Stern von Kathay* zu verdanken, er hat mich schön gemacht und mir geholfen, Captain Kent lange genug abzulenken.«

Taktvollerweise hatte Henri nie danach gefragt, was in der fraglichen Nacht tatsächlich an der Lagune vorgefallen war. Trotz ihrer offensichtlich derangierten Garderobe (Brigitte hatte den Schurken natürlich abgewehrt und ihre Ehre verteidigt) hatte er sich eingeredet, dass seine Frau, diese brillante Unterhalterin, einfach nur die ganze Nacht mit dem Engländer gesprochen hatte. Brigitte ihrerseits beließ ihm seinen Glauben.

»Aber du *bist* schön«, beschwor er sie. »Kein Edelstein der Welt vermag das.« Er überlegte einen Moment, dann sprang er aus dem Bett. »Also gut«, sagte er, als er gleich darauf zurückkam. Sie spürte, wie

er im Dunkeln am Ausschnitt ihres Nachthemds nestelte. »Was tust du?«
»Ich mache dich schön. Hier ist dein blauer Kristall.«
Die magischen Kräfte des *Stern von Kathay* begannen augenblicklich zu wirken. In dem Bewusstsein, wieder jung und schön zu sein, sank Brigitte selig in Henris Arme, denn was bei einem Piraten wirkt, wirkt auch Wunder bei einem Ehegatten. Als ihre Leidenschaft fürs Erste gestillt war und Brigitte insgeheim darüber nachsann, dass das Leben auf Martinique doch einem Paradies gleichkam, zündete Henri eine Kerze an und beleuchtete die Elfenbeinkamee, die er Brigitte an den Ausschnitt geheftet hatte. Der blaue Stein jedoch lag unberührt in seiner Schatulle.
Brigitte lachte leise und zog ihren Mann abermals in die Arme.

Nach Christopher Kents Niederlage erlebte Martinique keine weiteren Piratenüberfälle mehr, und nachdem die Flotten der Welt mit vereinten Kräften die Meere zurückerobert hatten, ging das so genannte goldene Zeitalter der Freibeuterei zu Ende. Henri und Brigitte lebten bis ins hohe Alter von sechzig und dreiundsechzig Jahren und hinterließen ihren Kindern ein ruhmvolles und reiches Erbe. Die Bellefontaine-Plantage überstand Erdbeben, Hurrikane und einen gewaltigen Ausbruch von Mont Pelée, um dann in der Neuzeit zu einer wahren Touristenattraktion zu werden. Freundliche junge Fremdenführer pflegen atemlos lauschenden Touristen die verrückte Geschichte von Henri und Brigitte Bellefontaine zu erzählen, die, nur mit einem Fernrohr und einer Muskete bewaffnet, hundert blutrünstige Piraten im Verlauf einer einzigen Nacht zur Strecke brachte.
Das Schicksal wollte es, dass im Jahre 1760 Brigittes Sohn, ein zügelloser alter Mann, der an Gicht und Syphilis litt, mit einem Mann namens James Hamilton bei einer Pokerpartie saß. Bis auf den blauen Kristall, der seiner Mutter gehört hatte, hatte Bellefontaine nichts mehr bei sich. Der Wert des Steins war ihm nicht bekannt, er

wusste lediglich, dass er als *Stern von Kathay* gehandelt wurde. Er verlor sein Spiel, und der Stein ging in den Besitz von James Hamilton über. Der schenkte ihn seiner Herzdame Rahel, die ihm wiederum zwei uneheliche Söhne schenkte. Irgendwann nach dem Umzug auf die Insel St. Croix verließ Hamilton seine Rahel und seine Söhne Alexander und James. Mit dem blauen Stein als Sicherheit erhielt Rahel einen Kredit und eröffnete damit ein kleines Ladengeschäft in der Hauptstadt, wo James bei einem Zimmermann in die Lehre ging und der elfjährige Alexander als Schreiberling bei einer Handelsniederlassung arbeitete. Rahels Geschäft prosperierte, und eines Tages kaufte sie den blauen Stein aus einer sentimentalen Anwandlung heraus zurück.
Als der jüngere Sohn sein siebzehntes Lebensjahr erreicht hatte, wurde er auf Betreiben eines Geistlichen und mit Mitteln der Gemeinde auf eine Schule nach New York geschickt. Im Verlauf seines Studiums am Kings College verliebte sich Alexander Hamilton in Molly Prentice, die Tochter eines Methodistenpfarrers, der er ewige Liebe schwor, und sein Versprechen mit dem blauen Stein besiegelte, den seine Mutter ihm zum Abschied aus der Karibik geschenkt hatte. Mollys Vater indes hielt nichts von der unstandesgemäßen Verbindung seiner Tochter und schickte sie zu Verwandten nach Boston, wo sie später einen Cyrus Harding ehelichte, dem sie acht Kinder gebar. Sie sah Hamilton nie wieder, behielt jedoch den blauen Stein als romantische Erinnerung an ihre erste Liebe. Als sie von Hamiltons Tod bei einem Duell erfuhr, konnte sie den Anblick des blauen Kristalls nicht mehr ertragen und schenkte ihn ihrer Tochter Hannah zur Hochzeit. Hannah, die zu mystischen Anwandlungen neigte und behauptete, mit den Toten kommunizieren zu können, befand, dass der Stein hierzu ein wertvolles Medium sei.

ACHTES BUCH

Der amerikanische Westen

Im Jahre 1848

»*Osten, Süden, Norden, Westen,*
sag mir, o Geist, wo ist's am besten.«

Nach dieser stillen Beschwörung hielt Matthew Lively die Augen noch einen Moment lang geschlossen, ehe er sie wieder öffnete, um zu sehen, wo der kreiselnde Kristall zur Ruhe gekommen war. Auf diese Art fällte Matthew alle wichtigen Entscheidungen – indem er den Wunderstein befragte.

Er zeigte nach Westen.

Matthews Herz machte einen Sprung. Insgeheim wurde er schon länger von dem Wunsch getrieben, über den Horizont zu sehen, das neue Land hinter den Rocky Mountains zu entdecken und sich dort womöglich ein neues Leben aufzubauen. Hätte der Wunderstein indes nach Osten gewiesen, dann wäre Matthew nach Europa gesegelt; die südliche Richtung hätte ihn nach Florida gebracht, der Fingerzeig nach Norden hätte ihn in die kanadische Wildnis geführt.

Der Stein zeigte jedoch eindeutig auf das Wort »Westen«, das Matthew, zusammen mit den Wörtern »Süden«, »Osten« und »Norden«, auf ein großes Blatt Papier geschrieben und die vier Himmelsrichtungen mit Hilfe eines Kompasses ausgerichtet hatte. Dann hatte er den glatten Kristall, den seine Mutter »Kristall« der Träume nannte, in der Mitte des Papiers platziert und wie einen Kreisel gedreht. Als der tropfenförmige Stein zur Ruhe kam, zeigte sein schmaleres Ende nach Westen.

Freudig erregt knüllte Matthew das Papier zusammen und legte den Stein in seine mit Samt ausgeschlagene Schatulle zurück. Dann stürmte er die Treppe hinunter, um seiner Mutter von seinen Plänen zu berichten. Am Fuß der Treppe hielt er jedoch inne. Der Vorhang vor dem Besucherzimmer war zugezogen, das bedeutete, dass die Séance noch in Gange war und seine Mutter nicht gestört werden wollte.

Das machte nichts. Matthew würde sich bei Kuchen und Milch in der Küche gütlich tun, bis die geistsuchenden Kunden seiner Mutter gegangen waren.

Während er sich ein dickes Stück Schokoladenkuchen abschnitt, hoffte er inständig, dass seine Mutter an diesem Nachmittag einen guten Draht zu den Geistern hatte; ihm stand nicht der Sinn nach einem heftigen Wortwechsel mit seiner Mutter. Er musste unbedingt weg aus Boston, anderenfalls würde er hier verkümmern.

Alles nur wegen Honoria, die ihn nicht heiraten wollte. Das hatte ihn zutiefst getroffen. Sein Herz war wund vor Schmerz, und kein Balsam konnte helfen. Was ihn jedoch besonders schmerzte, war die *Art*, wie sie seinen Heiratsantrag abgewiesen hatte. Mit entsetzter Stimme: »Ich könnte nicht mit einem Mann leben, der täglich mit Toten zu tun hat.« Aber Matthew machte ihr keinen Vorwurf deswegen. Honoria war ein zerbrechliches Wesen, das die meiste Zeit auf einer Chaiselongue verbrachte und dort ihre Besucher empfing. Und er selber war schließlich auch nicht gerade das Bild von einem Mann. Matthew Lively wusste sehr wohl, was die Leute sahen, wenn er vor ihnen stand: einen blassen jungen Mann, der gelegentlich stotterte und trotz seines Collegestudiums ein gerüttelt Maß an Unsicherheit an den Tag legte.

Dennoch, ihre Abweisung hatte ihn tief verletzt, und so beschloss Matthew Lively, fünfundzwanzig Jahre alt und über einem Glas Milch brütend, den Frauen für immer abzuschwören.

In diesem Moment kam Hannah Lively, die Tochter von Molly

Prentice, der ehemaligen Verlobten von Alexander Hamilton, in die Küche, eine einfache Frau in schwarzem Serge mit einer kleinen Spitzenhaube auf dem Kopf.
»War es eine gute Sitzung?«, fragte Matthew voller Stolz, denn seine Mutter war eine der gefragtesten Spiritistinnen der Ostküste.
»Die Geister erschienen heute sehr deutlich. Sogar ohne die Hilfe des Kristalls der Träume.« Sie sah ihren Sohn erwartungsvoll an.
»Mutter, der Stein hat nach Westen gezeigt!«
Sie nickte weise. »Der Lenkende Geist des Steins weiß, was deine Bestimmung ist.«
Mit ihren sechzig Jahren und von Freunden wie Nachbarn als echte Prophetin gepriesen, glaubte Hannah Lively bedingungslos an die Kraft des Kristalls. Aus diesem Grunde erzählte Matthew ihr gar nicht erst, dass er den Stein elfmal hatte drehen müssen, bis er endlich in die gewünschte Richtung zeigte. Seiner Meinung nach musste sich der Stein wohl erst warm laufen.
»Ich muss sofort nach Independence in Missouri«, sprudelte er los. »Dort ist die Sammelstelle für die Wagenkolonnen nach Oregon. Anfang Mai ist der beste Zeitpunkt zum Aufbruch, sagt man. Wenn ein Treck zu spät startet, findet er unterwegs nur noch zertrampelte Lagerplätze, faulige Wasserlöcher und keine Weidegründe mehr vor. Und er könnte in den Küstengebirgen in die ersten Schneestürme geraten ...« Bestürzt hielt Matthew inne, als ihm klar wurde, was er da gerade enthüllt hatte: dass er immer schon nach Westen hatte ziehen wollen.
Seine Mutter erhob keine Einwände. Solange der Wunderstein seinen Segen dazu gab, stand es ihrem Sohn frei zu gehen, wohin immer er wollte.
Sie hörten, wie sich die Haustür öffnete und schloss, hörten Füße auf der Fußmatte in der Halle stampften. Es war Matthews Vater, der den Regen von seinem Zylinder klopfte – ein hoch gewachsener Gentleman mit silbergrauen Schläfen und, wie es sich in seinem Beruf gebührte, würdevoller Erscheinung. Mit seiner sonoren Stim-

me sagte er: »Der Simpson-Junge ist tot. Es war die Lungenentzündung, es gab keine Hilfe für ihn«, und ging in die Bibliothek. Jacob Lively setzte sich an seinen Schreibtisch und erledigte, wie es seine Art war, zuerst das Geschäftliche. Wie ein gewissenhafter Buchhalter nahm der alte Lively einen leeren Totenschein zur Hand, tauchte seine Feder in die Tinte und füllte die Details sorgfältig aus, wobei er seine Taschenuhr zu Rate zog, um die genaue Todeszeit festzusetzen: Vom Haus der Simpsons brauchte man genau sechs Minuten zu Fuß.

Erst nachdem der geschäftliche Teil erledigt war, wandte Lively sich seiner Familie zu und kam, jetzt wieder ganz Ehemann und Vater, mit einem Lächeln hinter dem Schreibtisch hervor. »Darf ich aus dem Strahlen meines Sohnes schließen, dass eine Entscheidung gefallen ist?«

»Ich gehe nach Westen, Vater.«

Jacob zog den Jungen in seine Arme und sagte mit ungewohnter Wärme: »Du wirst mir fehlen, mein Sohn, und das ist bei Gott die Wahrheit. Aber du bist dazu bestimmt, in einem fremden Land Wurzeln zu schlagen. Deine Mutter und ich haben das immer schon gewusst.« Den Livelys war die wachsende Ungeduld ihres Sohnes nicht verborgen geblieben, und sie hatten Verständnis für seinen Wunsch, in ein Land zu gehen, wo er gebraucht wurde. Der Westen schien ihnen die passende Gegend, wo seine Fähigkeiten am ehesten zum Einsatz kommen würden. »Nun, da die Stunde gekommen ist, wünsche ich dir viel Glück, mein Sohn.«

Zum Abschied schenkten ihm die Eltern eine schöne schwarze Arzttasche, auf der seine Initialen in Goldprägung prangten. Das Zubehör in der Tasche, alles nagelneu: Skalpell und Scheren, Chirurgennadeln, chirurgisches Nahtmaterial aus Seide und Katgut, Verbandsmaterial, Spritzen und Katheter. Mit großen Augen zog Matthew ein besonderes Instrument aus der Tasche. »Ein Stethoskop!«

»Echte französische Handarbeit«, erklärte sein Vater mit unverhoh-

lenem Stolz, waren doch derlei Geräte noch nicht so häufig auf dieser Seite des Atlantiks zu finden.
Das lange hölzerne Hörrohr, das man mit dem Trichter auf die Brust des Patienten setzte, war erst vor wenigen Jahren erfunden worden. Die ursprünglichen Stethoskope waren wesentlich kürzer gewesen, bis die Doktores dahinter kamen, dass sie mit einem längeren Hörrohr genug Distanz zum Patienten und seinen Flöhen halten konnten.
Bevor der Sohn jedoch seine Reise antrat, wollte die Mutter eine letzte Sitzung mit dem Kristall durchführen. In weiser Voraussicht, dass Matthew den Stein auf den dreitausend Meilen zwischen Boston und Oregon besser gebrauchen konnte als sie, würde sie ihrem Sohn den Kristall mitgeben.
Während seine Mutter sich in der Abgeschiedenheit ihres Zimmers in spiritueller Kontemplation erging, wanderte Matthew unruhig vor dem Salon auf und ab. Sein bevorstehendes Abenteuer erregte und ängstigte ihn zugleich. Zum ersten Mal in seinem Leben hatte er die Initiative ergriffen. Schon als Kleinkind war er allem und jedem gefolgt. Später hatte er es sogar seinem älteren Bruder gleichgetan und den Beruf des Vaters ergriffen. Sollte Matthew doch einmal mit dem Gedanken an einen anderen Beruf gespielt haben, so hatte er ihn längst begraben, denn derlei kühne Unterfangen lagen nicht in seiner Natur.
Nach ihrer Zwiesprache mit dem Geist des Wundersteins drückte Hannah ihrem Jungen den Kristall in die Hand und schloss seine Finger darum. »Hör mir gut zu, mein Sohn«, sagte sie feierlich. »Dir steht eine große Schicksalsprüfung bevor. Du musst sie mit Stärke, Mut und Klugheit meistern.«
»Ich weiß, Mutter«, beschwichtige er sie. »Es ist eine lange, ungewisse Reise nach Oregon.«
»Nein, mein Sohn. Ich spreche nicht von der Reise. Sie wird mühsam sein, gewiss, aber welcher Weg wäre das nicht? Ich meine etwas anderes – einen Wendepunkt auf dieser Reise. Etwas«, ein sorgen-

voller Ausdruck legte sich über ihr Gesicht, »Schreckliches und Dunkles.«

Das alarmierte ihn. »Kann ich es verhindern?«

Sie schüttelte den Kopf. »Es ist dir auferlegt, es ist deine Bestimmung. Aber es ist zugleich eine Prüfung. Lass den Kristall der Träume dich leiten, und er wird dich ins Licht und zum Leben führen.«

Dann wurde es Zeit für den Abschied, denn eine lange Reise lag vor ihm – zu Fuß, zu Pferd, mit der Postkutsche, mit dem Schiff und dem Zug – von Boston nach Independence in Missouri, wo sein Schicksalsweg seinen Anfang nahm.

»Ich hab's Ihnen schon mal gesagt«, erklärte der Trailcaptain laut und deutlich. »Ich nehme keine weiblichen Personen ohne Begleitung mit, und damit basta!«

Emmeline Fitzsimmons funkelte Amos Tice erbost an. Sie hatte die letzten beiden Wochen in Independence, dem Ausgangspunkt für den Oregon-Trail, nur damit zugebracht, durch das riesige Lager am Missouri zu streifen, wo ausreisewillige Familien auf den Treck nach Westen warteten, und hatte immer noch keinen Kolonnenführer gefunden, der sie mitnehmen würde. Das war nicht fair. Allein reisende junge Männer fanden Platz in den Planwagen, nur eine allein stehende junge Frau nicht …

Am liebsten hätte sie geheult.

Captain Amos Tice stammte eigentlich aus den Bergen, das ließ sich auch an seiner Kleidung sofort erkennen: Er trug eine lange, mit Fransen versehene Jacke aus Hirschleder über gestreiften Hosen und Stiefeln, ein Flanellhemd und einen mit Perlen bestickten Indianergürtel, an dem ein langes Jagdmesser baumelte. Sein von Wind und Wetter gegerbtes Gesicht mit dem grauen Bart wurde von einem schweißgetränkten, breitkrempigen Hut beschattet.

Keiner wusste so genau, wie er zu der Bezeichnung »Captain« gekommen war, aber er stand im Ruf, verlässlich zu sein und seine Schutzbefohlenen sicher an ihr Ziel zu bringen.

Tice musterte die wagemutige Frau von oben bis unten: Man konnte Emmeline Fitzsimmons nicht gerade schön nennen, und er selber schwärmte nicht unbedingt für rote Haare und Sommersprossen, dennoch fand er sie ganz hübsch mit ihrer kräftigen Figur. Aber eine Frau wie sie würde nur Unruhe unter den Männern der Kolonne stiften. »Tut mir Leid, Miss«, sagte er noch einmal, »aber das sind nun mal die Regeln. Wir nehmen keine allein reisenden Frauen mit.«

Emmelines Verzweiflung wuchs. Dies war bereits der siebte Kolonnenführer, der sie abwies, und ihre Chancen schwanden mit jedem Tag. Die ersten Planwagen waren bereits abgefahren; in ein paar Wochen würde kein Treck mehr aufbrechen, weil die ersten Schneefälle in der Sierra drohten. »Ich kann aber nützlich sein. Ich bin Hebamme.« Sie wies auf die Ansammlung von Frauen und Kindern. »Dem Aussehen einiger dieser Frauen nach zu urteilen werden sie meine Hilfe brauchen.«

Tice runzelte missbilligend die Stirn. Keine wirkliche Dame würde ein so delikates Thema wie »eine Frau guter Hoffnung« ansprechen. Er bezweifelte, dass sie Hebamme war. Zu jung, zu fein. Dazu noch ledig. Diese Sorte machte am meisten Ärger. Die Reise nach Oregon betrug 2000 Meilen und würde mit Gottes Hilfe vier Monate dauern. Zu viele Meilen und zu viele Nächte, um so eine Frau dabei zu haben. Er kehrte ihr seinen breiten Rücken zu und wandte sich unmissverständlich zum Gehen.

»Wenn ich nun jemanden finde«, versuchte es die junge Frau noch einmal. »Wenn ich eine Familie finde, die mich mitnimmt, darf ich dann in der Kolonne mitfahren?«

Tice kratzte sich den Bart und spukte Tabaksaft auf den schlammigen Boden. »Na schön, aber ich muss die Familie erst begutachten.«

Independence war eine geschäftige Grenzstadt, wo sich Menschen jeder Couleur drängten: kanadische Trapper in hochwertigen Pelzen; mexikanische Maultiertreiber in blauen Jacken und weißen Pantalons; schäbig gekleidete Kanza-Indianer auf Ponys; Yankee-

Glücksritter, die alles unter der Sonne Erdenkliche verkauften; und dann die Tausende von Auswanderern mit ihren Planwagen und ihren Hoffnungen. Die Frühlingsluft war erfüllt von den Schlägen der Schmiedehämmer, den Rufen der Gaukler auf den schlammigen Wegen und den Klängen der Honky-Tonk-Pianos in den Saloons. Menschen drängten sich in voll gestopften Läden, während Indianer am Wegrand hockten und ihre Handarbeiten feilboten.

Emmeline war vor einem der Läden stehen geblieben, um zu überlegen, wohin sie als Nächstes gehen sollte, als sie einen Mann zu einem anderen sagen hörte: »Yessir, habe ich von meinem Bruder. Der sagt, in Oregon rennen die Schweine frei herum, ohne Besitzer, fett und rund und schon gebraten, mit Messer und Gabel im Rücken, brauchst dir nur noch ein Stück rausschneiden, wenn du Hunger hast.«

In diesem Moment erblickte sie den jungen Doktor, der auf der anderen Straßenseite ein Apothekergeschäft betrat.

Aus einem plötzlichen Impuls heraus eilte sie über die Straße und ging ebenfalls in die Apotheke. Ihre Augen mussten sich erst an das schummrige Licht in dem Laden gewöhnen. Auf den Regalen hinter dem Verkaufstresen türmten sich Tonika und Pülverchen, die unter Garantie alles, von der Gicht bis zum Krebs, zu heilen versprachen. Kurz entschlossen griff Emmeline sich eine Flasche Beruhigungssirup für Babys. Das Etikett besagte, dass der Saft Morphium und Alkohol enthielt, die empfohlene Dosierung lautete, »bis das Baby ruhig ist«.

Dann entdeckte sie den jungen Doktor, der gerade mit dem Apotheker sprach.

Der schwarzen Tasche nach zu urteilen, musste er Arzt sein – die gleiche Tasche pflegten ihr Vater und ihre Onkel gewöhnlich auf ihre Hausbesuche mitzunehmen –, es war die klassische Arzttasche. Der junge Mann selbst war dünn und blass, sein Anzug saß mehr schlecht als recht. Und er schien ziemlich nervös zu sein. Noch während Emmeline sich durch die Menge zu ihm an den Verkaufstresen

drängte, öffnete der junge Mann seine schwarze Tasche und zog eine Flasche hervor, die der Apotheker füllen sollte. Emmeline sah das Verbandsmaterial, die Scheren und Instrumente.
»Entschuldigen Sie, Doktor, ich frage mich, ob Sie mir helfen könnten.«
Erschrocken fuhr er herum. »Meinen Sie mich?«, fragte er, wobei aus seinem gestärkten weißen Kragen eine feine Röte aufstieg.
Emmeline war wohlerzogen genug, um zu wissen, dass man sich einem Fremden niemals näherte, ohne vorgestellt worden zu sein. Aber dies waren besondere Zeiten, und hier war Grenzland. Also sagte sie kühn: »Ich bin Emmeline Fitzsimmons und möchte nach Westen. Da ich allein bin, verweigern die Kolonnenführer mir die Mitreise. Lassen Sie mich mit Ihnen reisen, Doktor. Ich könnte Ihnen assistieren. Ich bin gelernte Hebamme.« Zum Beweis hielt sie ihre Ledertasche hoch, die die Instrumente und Heilmittel ihres Gewerbes enthielt. »Aber ich bin mehr als das«, beeilte sie sich hinzuzufügen, als er sie unverwandt mit offenen Mund anstarrte. »Mein Vater war Arzt, und ich habe ihm in seiner Praxis geholfen. Ich wollte auch Ärztin werden, aber der Zutritt zum Medizinstudium blieb mir versagt. Nur Männer können Arzt werden«, schloss sie bitter. Dann kehrte ihr Lächeln wieder. »Ich könnte eine große Hilfe für Sie sein.«
Matthew wusste nicht, was er von dieser tollkühnen jungen Frau halten sollte. Im Gegensatz zu seiner geliebten schlanken, zierlichen Honoria war Miss Fitzsimmons von robuster Statur mit einem schwellenden Busen. Sie hatte volle rote Lippen und betörend lange Wimpern. Und sie strömte einen weiblichen Duft aus, der ihn beinahe schwindelig machte. Er schluckte. Ihre pralle Weiblichkeit verunsicherte ihn, und ihr kühner Vorschlag, dass zwei Fremde, ein Mann und eine Frau, zusammen reisen sollten, schreckte ihn zu Tode.
»Ich … tut mir Leid«, stammelte er.
»Schauen Sie.« Sie öffnete ihre Tasche und zog ein Bündel leerer

Geburtsurkunden hervor. »Ich habe die Totenscheine in Ihrer Tasche gesehen. Besser können zwei Menschen gar nicht zusammenpassen. Ich sehe das als ein gutes Omen.«

Sein Bedauern murmelnd, riss Matthew seine gefüllte Flasche an sich und stürzte davon.

So schnell gab Emmeline sich nicht geschlagen. Sie ging zurück zu dem riesigen Menschenlager am Fluss und ließ den Blick über die Szenerie schweifen. Einige der Planwagen waren bereits losgefahren, es blieben nur noch wenige übrig. Sie musste unbedingt in Tices Kolonne mitfahren, die am nächsten Morgen abreisen sollte. Im Unterschied zu den meisten anderen Kolonnenführern war Tice bereits in Oregon gewesen, er kannte den Trail und die Indianer. Aus diesem Grund forderte er auch einen höheren Preis als die anderen; aber egal, wie viel Emmeline ihm geboten hatte, es war nicht genug.

Ihr Blick blieb auf einem jungen Mann mit kariertem Jackett und einem kecken Bowlerhut hängen. Er war gerade dabei, seine Kamera auf einem Stativ zu postieren. Das Schild auf seinem Wagen verkündete: »Silas Winslow, Fotograf. Schmeichelnde Bilder garantiert.« Die neue Erfindung war der große Renner. Emmeline selbst hatte vor ihrer Abreise aus Illinois zum Andenken für ihre Schwestern für ein Foto Porträt gesessen. Leider hatte ihr Geld nicht gereicht, auch von den Schwestern ein Bild anfertigen zu lassen, so musste Emmeline die Erinnerung an die Schwestern in ihrem Herzen bewahren.

Unschlüssig wanderte sie zwischen den Planwagen umher, wo die Männer den Proviant überprüften und die Wagenräder schmierten, während die Frauen das Aufladen der Möbelstücke, des Gepäcks und des Bettzeugs überwachten. Unvermittelt stieß Emmeline auf eine neu angekommene Familie, die Frau im fortgeschrittenen Stadium der Schwangerschaft versuchte, gleichzeitig mit Kindern, Hühnern und dem Gepäck fertig zu werden. Emmeline näherte sich der angestrengten Frau und machte sich auf die unbefangenste Art, die ihre momentane Gemütslage erlaubte, bekannt. »Ich bin gelernte Heb-

amme und könnte Ihnen behilflich sein, wenn Ihre Zeit gekommen ist, was ohne Zweifel auf dem Trail der Fall sein wird.«
Die Frau mit Namen Ida Threadgood dankte ihr für das Angebot. »Es wäre Gottes Segen, wenn Sie mit uns kämen, Miss Fitzsimmons. Ein wahrer Segen. So wie dieser Mann«, sagte Ida verbittert, während sie in Richtung ihres Mannes nickte, der gerade die Ochsen ins Joch spannte, »ein wahrer Fluch ist.«

Am 12. Mai 1848, einem klaren Frühlingsmorgen, erschienen alle in ihrer besten Sonntagskleidung, die Damen in eng geschnürten Korsetts, mit blumengeschmückten Hüten und Sonnenschirmen, Handschuhen und Fächern; die Männer, glatt rasiert, mit sauber gekämmten Haaren, Hosenträgern und blitzenden Gürtelschnallen, alles neu und glänzend. In den Badehäusern von Independence hatte es wie ein Bienenstock gesummt, als die Auswanderer sich vor Reiseantritt ein letztes gründliches Bad gönnten. Eine Kapelle spielte den *Yankee Doodle* und den Sternenbannermarsch, Feuerwerke wurden entzündet, und Mr. Silas Winslow machte Gruppenbilder von denen, die es sich leisten konnten. Familienmitglieder und Freunde winkten zum Abschied und wischten sich heimlich die Tränen fort, als sie ihre Angehörigen in das große unbekannte Wagnis entließen.
Und dann, Schritt für Schritt, machte sich der Tross auf den Weg. Es sollte eine Reise über zweitausend Meilen bei einer Geschwindigkeit von zwei Meilen pro Stunde werden. Aufgrund ihrer Leinwandbedachung, die über Holzrahmen gezogen war, sahen die von Ochsengespannen gezogenen Wagen aus der Ferne wie Prärieschiffe unter vollen Segeln aus, weshalb man sie scherzhaft »Prärieschoner« nannte. Die Kolonne bestand aus zweiundsiebzig Wagen, einhundertsechsunddreißig Männern, fünfundsechzig Frauen, einhundertfünfundzwanzig Kindern und siebenhundert Rindern und Pferden. Jeder Planwagen war mit persönlicher Habe und Möbelstücken beladen, dazu kam der in Independence eingekaufte Provi-

ant, das bedeutete pro Kopf: zweihundert Pfund Mehl, einhundert Pfund Speck, zehn Pfund Kaffee, zwanzig Pfund Zucker, zehn Pfund Salz. Hinzu kamen noch Reis, Tee, Bohnen, Trockenfrüchte, Essig, Eingelegtes und Senf. Zusätzlich führten die Auswanderer noch Tauschgüter mit sich: Baumwollballen für die Indianer, die sie unterwegs treffen würden; Spitze und Seide für die Spanier; Bücher und Werkzeug für die Yankees, die bereits im Westen siedelten. Die Frauen brachten außerdem noch Tafelwäsche, Porzellan und die Familienbibel mit, die Männer Waffen, Pflüge und Spaten. Jede Familie wurde von einer Schar Hunde, Hühner und Gänse begleitet.

Der Trail schlängelte sich von Independence nach Westen durch Shawnee-Land, am Kansas River entlang, wo die Wagen mit Hilfe der ansässigen Indianer über den Fluss geschifft wurden (geschäftstüchtige Stammesangehörige betrieben Fähren über den Fluss und verlangten pro Wagen fünfundsiebzig Cent, was die Auswanderer schlichtweg als Straßenraub empfanden). Während die Männer die Pferde ritten, gingen die meisten Frauen zu Fuß neben den Gespannen her ebenso wie die Fuhrleute, die die Ochsen antrieben, und nur die Alten und die Kinder reisten in den Wagen. Am Ende des ersten Tages machte der gewaltige Treck Rast für die Nacht. Man bereitete das Abendessen, fütterte die Tiere, legte sich schlafen, um dann am nächsten Morgen erneut aufzubrechen. In dieser Form sollten die nächsten vier Monate ablaufen, das Ganze erinnerte an ein Dorf auf Reisen. Unterwegs trafen sie andere, die auf dem Weg nach Kalifornien waren, das nun den Vereinigten Staaten angehörte und nicht mehr im Krieg mit Mexiko lag. Die an Oregon interessierten Auswanderer sahen keinen Sinn darin, nach Kalifornien zu ziehen, das ihnen als »nutzlose Wildnis mit nichts als Mexikanern und Indianern« geschildert worden war. Einer, der eilig auf einem Pferd vorbeiritt, murmelte etwas von Goldfunden, aber alle lachten ihn aus und nannten ihn einen Einfaltspinsel.

Die Prärie erstreckte sich flach und grasig vor ihnen, matschig an Stellen, wo es geregnet hatte. Auf ihrem Marsch hielten die Auswanderer den Blick stur auf den Horizont gerichtet, eine Familie folgte stoisch der voranziehenden, gefolgt wiederum von der nächsten: Tim O'Ross und Rebecca mit ihrer aus verschiedenen Ehen zusammengewürfelten Kinderschar; der Hühnerfarmer Charlie Benbow und seine Frau Florine; Sean Flaherty, der singende Ire, und seine gutmütige schwarze Hündin Daisy; die vier Schumann-Brüder aus Deutschland, die einen Wagen voll schmiedeeiserner Pflüge und anderes landwirtschaftliches Gerät mit sich führten (die Schumanns sprachen kaum Englisch und dachten eine ganze Zeit lang, das Wort für »Maultier« sei »gottverdammt«).

Nachdem sie als Fremde die Reise angetreten hatten, wurden die Auswanderer unterwegs schnell miteinander bekannnt. Captain Amos Tice kümmerte sich nicht um die persönlichen Belange der Leute, er achtete lediglich darauf, dass der Reisepreis bezahlt wurde, und packte dann und wann mit an oder half bei der Verteidigung gegen Indianer. Insofern blieb es den Reisenden selbst überlassen, sich näher kennen zu lernen. Nach und nach erfuhren sie, wer aus Ohio oder Illinois oder New York stammte, wer welchen Beruf ausübte, wer verwitwet oder zum wievielten Male wieder verheiratet war. So fragte zum Beispiel eines Nachmittags ein Fuhrmann aus Kentucky bei Matthew Lively an, ob er einen Zahn ziehen könne, Miss Fitzsimmons habe Mrs. Threadgood erzählt, er sei ein Doktor. Der Mann rieb sich eine geschwollene Backe und sah etwas blass um die Nase aus. Matthew musste verneinen, er sei kein Zahnarzt, er habe aber gehört, dass im letzten Wagen ein Barbier namens Osgood Aahrens mitfuhr.

Wie viele Paare auf dem Trail lebten Ida und Barnabas Threadgood in dritter beziehungsweise vierter Ehe, beide waren mehrfach verwitwet und führten eine reiche Kinderschar mit sich. Miss Emmeline machte sich unterdes bei Ida nützlich, sie half beim Kochen und Waschen, kümmerte sich um die Kinder und erhielt dafür einen

Schlafplatz im Wagen und den Schutz der Familie. Unter den Männern hatte es sich in Windeseile herumgesprochen, dass eine ledige Dame mitreiste, und sie umschwirrten sie wie die Motten das Licht. Das blieb Albertina Hopkins nicht verborgen. »Dieses Mädchen wird Unruhe unter die unverheirateten Männer bringen. Denkt an meine Worte, Miss Emmeline Fitzsimmons wird manchen Kampf heraufbeschwören«, erklärte sie. Die anderen Frauen pflichteten ihr bei. Es missfiel ihnen, dass eine junge Frau allein reiste, insbesondere eine junge Frau, die keinen Hehl aus ihrem unverheirateten Status machte. Für den Geschmack der ehrbaren Ehefrauen verhielt sich Miss Fitzsimmons so gar nicht damenhaft und scherzte ein wenig zu offen mit den Männern. Während Albertina Speck in ihrer Pfanne briet, verkündete sie, laut genug für alle, auch für Emmeline, zu hören: »Keine anständige Frau würde ohne Kopfbedeckung herumlaufen und ihr Haar so offen tragen. Wir alle wissen, was mit Isebel in der Bibel geschah.«

Auch in anderen Dingen hielt Albertina mit ihrer Meinung nicht hinter dem Berg. Als sie auf dem Trail auf eine Familie von Schwarzen gestoßen waren, die sich allein mit drei Planwagen nach Westen durchschlagen wollte, wurde darüber abgestimmt, ob sie sich der Kolonne von Tice anschließen durften. Emmeline, Silas Winslow, Matthew Lively und Ida und ihr Mann hatten dafür gestimmt, alle anderen hatten den Wunsch abgelehnt. So hatte Amos Tice den ehemaligen Sklaven aus Alabama erklären müssen, dass es für sie besser sei, nach Kalifornien zu ziehen, wo Schwarze willkommen waren. »Oregon lässt keine Neger herein«, sagte er, und das stimmte auch. Als sie die drei schäbigen Planwagen, sechs Ochsen, zwei Pferde, eine Kuh und eine Familie von fünf Erwachsenen und sieben Kindern auf der offenen Prärie hinter sich ließen, tönte Albertina Hopkins: »Wenn die Farbigen nach Westen wollen, bitte schön. Ich habe nichts gegen diese Leute. Ich meine nur, sie sollten mit ihresgleichen reisen. Und warum jemand da hin will, wo er nicht erwünscht ist, geht über meinen Horizont.«

Albertina war eine resolute, stämmige Frau mit dem Gesicht einer Bulldogge und einer Stimme, die ihrer Statur entsprach. Sie erging sich ebenso lautstark über ihren christlichen Glauben wie über die zweifelhafte Moral von Miss Emmeline Fitzsimmons. Zwei ihrer Kinder trugen sogar aramäische Namen aus der Bibel – das Mädchen hieß Talitha Cumi, was so viel bedeutete wie »Erhebe dich, kleines Mädchen« und der Knabe Maranatha, das bedeutete »Gott wird kommen«. Albertina, die sich ständig über ihre guten Taten ausließ, vermutlich, weil niemand sonst es tat, folgte aus innerer Überzeugung einem Ruf nach Westen, um den Heiden das Christentum und die Zivilisation zu bringen (obwohl sie sich nicht festlegen wollte, wer genau in Oregon die Heiden waren).
Mr. Hopkins dagegen war ein stiller, freundlicher Mensch. Er hatte aus erster Ehe eine Schar Kinder mitgebracht, Albertina ihrerseits drei Kinder, und dann gab es noch zwei gemeinsame Kinder. Nach Meinung der gesamten Reisegesellschaft waren sie ausgemachte Blagen, rannten unbeaufsichtigt herum, stibitzten anderer Leute Essen, quälten die Tiere. Albertina indes drückte stets ein Auge zu und erklärte lautstark, was für Engelchen ihre Kinder seien. Jeder Mann bemitleidete den stillen Mr. Hopkins und fragte sich, wie er all dies so geduldig ertragen könne, bis die Schumann-Brüder ihn eines Nachts hinter einer Pappel sitzend fanden, wo er heimlich an einem Krug Whiskey nippte.
Nachdem sie in der vierten Nacht ihr Lager aufgeschlagen hatten, tönte Albertina über ihrer Pfanne: »Diese Emmeline Fitzsimmons hat mir gesagt, sie sei fünfundzwanzig Jahre alt. Könnt ihr euch das vorstellen?« Sie entrüstete sich weiter, verwendete Begriffe wie »sitzen geblieben« und »spätes Mädchen«. »Ich finde, es schickt sich nicht, dass ein unverheiratetes Mädchen bei einer Kindsgeburt hilft. Es ist mir egal, welche Ausbildung sie in Geburtshilfe gehabt hat. Ein Mädchen, das noch Jungfrau ist, hat von derlei Dingen keine Ahnung. Arme Ida Threadgood«, schloss sie mit einem Seufzer, und einige andere stimmten mit ein.

Matthew Lively war unfreiwillig Zeuge ihrer lautstarken Tirade geworden. Seiner Meinung nach lag Mrs. Hopkins völlig falsch, wenn sie Miss Fitzsimmons als »sitzen geblieben« bezeichnete. Er hatte inzwischen oft genug Gelegenheit gehabt, die junge Frau mit den wogenden roten Haaren zu beobachten, da die Threadgoods nur drei Wagen vor ihm fuhren, und er hegte den starken Verdacht, dass Miss Fitzsimmons gar nicht zu warten gedachte, bis ein Mann sie wählte, sondern sich den Mann selber aussuchte. Und wenn sie eine alte Jungfer war, dann gewiss nicht, weil keiner sie gefragt hatte.
Er konnte sich nicht erklären, warum Miss Fitzsimmons ihn so sehr beschäftigte. Er mochte sie nicht einmal besonders. Sie wirkte so undamenhaft, und ihre Art, herzhaft zu essen, stieß ihn ab. Seine geliebte Honoria pflegte kaum je einen Bissen zu sich zu nehmen. Sie war so dünn, dass ihre Wangen- und Schlüsselbeinknochen deutlich hervorstanden. Und so zart, dass sie kaum den Fächer zu heben vermochte, um sich Kühlung zu verschaffen. Kein Wunder, dass die Hälfte der männlichen Jugend Bostons ihr zu Füßen lag. Andererseits zog Miss Fitzsimmons ihn unwiderstehlich an. Aber das konnte nur daran liegen, dass die gleichen Gründe sie nach Westen trieben wie ihn – um einen Ort zu finden, wo sie ihre Tüchtigkeit unter Beweis stellen konnte.

Eines Tages ließ sich Ida Threadgood, die Hände auf dem gewölbten Leib zu der Bemerkung hinreißen: »Gott sei Dank, dass Sie dabei sind. Diese Unternehmung war nicht meine Idee. Dieser hirnlose Mensch von einem Ehemann hat unsere Farm bei Nacht und Nebel verkauft und mir nichts davon gesagt. Und da bin ich nun, ohne Heimat, mit fünf Bälgern und einem unterwegs.«
Emmeline versuchte, sich ihren Schock nicht anmerken zu lassen. Noch nie hatte sie eine Frau so respektlos über ihren Ehemann reden hören. Bald jedoch stellte sie fest, dass Ida nicht die Einzige mit solcher Gesinnung war. Viele Frauen befanden sich unfreiwillig auf dem Trail, sie folgten ihrem Ehemann oder Vater nach Westen, weil

sie keine andere Wahl hatten. Und so machten sie, außer Hörweite der Männer, über Kochfeuern und Waschbottichen ihrem Ärger Luft. Für die Männer stellte so eine Reise ein echtes Abenteuer dar. Frauen jedoch brauchten Halt, eine feste Bleibe, vor allem, wenn Kinder kamen. Da sie nichts anderes tun konnten, trösteten sie sich mit dem festen Glauben, dass das bessere Leben von morgen mit der harten Arbeit von heute verdient werde.

Einhundertsechzehn Meilen von Independence entfernt, am zwölften Tag auf dem Treck, setzten bei Mrs. Biggs die Wehen ein. Kaum wollte Emmeline zu Hilfe eilen, da drängte Albertina Hopkins sie beiseite, indem sie sie beinahe umstieß, und blockierte ihr den Weg. Emmeline hätte es dieser selbstgerechten Albertina gerne heimgezahlt, aus Rücksicht auf die arme Mrs. Biggs in den Wehen hielt sie sich jedoch zurück.

Am folgenden Tag zog ein massives Unwetter am Horizont auf, das mit rasender Geschwindigkeit näher kam. Eilig wurden die Wagen zu einer Wagenburg formiert, mit den Rindern und Pferden im geschützten inneren Kreis, dann duckten sich alle unter flatternde Planen, als der Sturm über ihnen losbrach. Emmeline, die geholfen hatte, Threadgoods Ochsen auszuspannen, rettete sich unter den nächstbesten Wagen, der zufälligerweise Matthew Lively gehörte. Eng aneinander gedrückt hockten sie stumm da, während die Naturgewalten um sie herum tobten. So unerwartet, wie er gekommen war, zog sich der Sturm über die Ebene zurück und hinterließ den spektakulärsten Regenbogen, den je einer gesehen hatte. Albertina Hopkins stieg von ihrem Wagen herunter, scheuchte ihre Brut zum Spielen und erklärte, den Blick auf die aufbrechenden Wolken: »Ah, die Sonne kommt raus«, mit derartigem Stolz in der Stimme, als hätte sie persönlich das Phänomen organisiert.

Nach dieser Begegnung wuchs Emmelines Interesse an dem jungen Dr. Lively. Mit seinem langen, ernsten Gesicht sah er aus, als hätte er zu viele Beerdigungen besucht. Ob er wohl viele Patienten verloren hatte? Emmeline konnte nicht ahnen, dass Matthew seinerseits sich Gedanken über sie machte: Warum lächelte Miss Fitzsimmons immerzu? Woher nahm sie die Energie? Hat ihr eigentlich niemand gesagt, dass es sich für ein Mädchen nicht schickte, so viel zu reden?

Am neunundzwanzigsten Mai, nach zweieinhalb Wochen auf dem Trail, erreichten die Auswanderer den Big Blue, einen Zufluss des Kansas River. Aufgrund heftiger Regenfälle war der Fluss jedoch so angeschwollen, dass man ihn nicht durchwaten konnte. Notgedrungen mussten die Auswanderer ihr Lager aufschlagen, aber sie nutzten die Gelegenheit für den ersten gründlichen Waschtag seit ihrer Abreise aus Independence. Körper und Kleidung wurden gleichermaßen dick mit Talkseife eingerieben, Kinder, schmutzstarrende Hemden, Röcke, Decken, Mäntel und die »Unaussprechlichen« energisch geschrubbt. Unter einer schmalen Mondsichel widmete man den Abend der Musik, dem Tanzvergnügen, Geschichten und unschuldigen Flirtversuchen am Lagerfeuer. Silas Winslow, ein begehrter Junggeselle mit lukrativem Gewerbe, stand im Mittelpunkt des Interesses von Müttern unverheirateter Töchter, ebenso wie Matthew Lively, nachdem sich herumgesprochen hatte, dass er Arzt sei.

Während Winslow die Aufmerksamkeiten genoss, jede Menge Kuchen verschlang und den Damen bereitwillig seine Sachen zum Waschen und Stopfen überließ, fühlte sich Matthew Lively dabei höchst unbehaglich. Von Natur aus schüchtern und in gesellschaftlichen Dingen unbeholfen, wusste er sich angesichts der Aufmerksamkeit der Damen nicht zu helfen. Zu alledem nagte das Bild der zarten Honoria unverändert an seinem Herzen, und er litt immer noch daran, dass sie so brüsk seinen Heiratsantrag abgelehnt hatte. Folglich verunsicherten ihn die jungen Töchter der Farmer und Siedler mit ihrer offenkundigen Jagd auf einen Ehemann. Die einzige Ausnahme bildete die bemerkenswerte Miss Emmeline Fitzsimmons, die behauptete, sie glaube nicht an die Ehe. Matthew hatte sie selber zu Mrs. Ida Threadgood sagen hören, die Ehe sei eine künstlich geschaffene Institution, von den Männern erdacht, um die

Frauen zu unterjochen. Auch wenn sie ihn also nicht so beunruhigte wie die Auswanderertöchter mit ihren selbst gebackenen Kuchen und ihrem koketten Lächeln, beunruhigte sie ihn dennoch.
Endlich war der Fluss wieder passierbar, aber nun mussten die Planwagen ans andere Ufer geschafft werden. Riesige Pappeln wurden gefällt, und aus den Stämmen wurden Flöße gebaut, die groß genug waren, einen »Prärieschoner« zu tragen. Ein mühsames Unterfangen, denn die Wasserströmung war tückisch, und es bedurfte schier übermenschlicher Anstrengungen, die Rinder und Pferde durch den Fluss zu treiben. Die Auswanderer schufteten zwei Tage lang, bis die ganze Kolonne übergesetzt hatte, wobei es immer wieder zu Streitigkeiten kam und zwei Fuhrleute mit dem Messer aufeinander losgingen.
Am anderen Flussufer versuchte die durchnässte, verschmutzte und erschöpfte Gesellschaft, die Ochsen wieder ins Joch zu spannen, die Rinder und Pferde einzusammeln und ein Feuer in Gang zu bringen, als Barnabas Threadgood plötzlich einen Schrei ausstieß und zu Boden stürzte.
Alles sammelte sich um den bewusstlosen Mann, während Emmeline zu Matthew Lively rannte. Ida stand über ihren Mann gebeugt, die Hände in die Hüften gestemmt und erklärte: »So was hat er noch nie gemacht.«
Matthew drängte sich durch die Menge, kniete sich neben Barnabas und griff nach seinem Puls. Die Umstehenden verfolgten in ergriffenem Schweigen, wie Matthew seine schwarze Tasche öffnete und das Stethoskop herausholte. So etwas hatte noch keiner von ihnen gesehen. Mit aufgerissenen Augen sahen sie zu, wie Matthew das Ende des Hörrohrs auf die Brust des unglückseligen Mannes setzte und hineinhorchte. Nach einer kurzen Weile blickte er auf und sagte bedauernd: »Ihr Mann ist tot, Ma'am.«
»Ist das wahr?«, erwiderte Ida.
Sie ließ ihren Blick eine Minute lang auf dem Gesicht ihres Mannes ruhen, dann schaute sie nach Westen, schien etwas abzuwägen,

blickte wieder nach Osten, überlegte noch ein wenig. »Wenn wir ihn begraben haben, gehe ich nach Missouri zurück«, erklärte sie schließlich.

Zu Emmelines Entsetzen schlossen sich vier weitere Frauen mitsamt ihren Kindern und sechs Fuhrleuten an. Falls die Ehemänner protestierten, taten sie das leise. Somit stand Emmeline ohne Mitfahrmöglichkeit in der Mitte von Nirgendwo, einhundertsechzig Meilen von Independence entfernt. Amos Tice beschied ihr, sie würde sich Ida anschließen müssen, doch Emmeline beharrte darauf, nach Oregon zu gehen.

Was nun geschah, überraschte selbst den gewitzten Tice: Vier Fuhrleute, zwei verwitwete Farmer, der Fotograf Silas Winslow und ein knochiger Teenager rissen sich darum, Miss Fitzsimmons nach Oregon zu begleiten.

Da abzusehen war, dass in Kürze ein Faustkampf darüber ausbrechen würde, wer der jungen Dame Schutzgeleit geben dürfe, eilte Matthew zu seinem Wagen und holte heimlich den Wunderstein hervor.

Den Stein in der Hand drehend, überdachte er sein impulsives Handeln. Die Entscheidung darüber, was mit Miss Fitzsimmons geschehen sollte, lag bei Amos Tice oder bei der starrköpfigen jungen Dame selbst und ganz bestimmt nicht bei ihm, Matthew Lively. Etwas Unbekanntes, Beunruhigendes in seinem Inneren bewog ihn einzugreifen. Die Stimme seines Gewissens raunte ihm zu, dass er eine Entscheidung treffen müsse, und derlei war neu für Matthew. Dennoch, es würde nicht allein bei ihm liegen. Er würde tun, was immer der Kristall ihm befahl.

Er hatte es sich zur Gewohnheit gemacht, den Stein jeden Abend vor dem Schlafengehen und jeden Morgen beim Aufwachen zu befragen, weil die dunkle Prophezeiung seiner Mutter unverändert an ihm nagte. Er hoffte immer noch, dass er Mittel und Wege finden würde, die Bedrohung zu umgehen, aber der Lenkende Geist blieb stumm. Nun allerdings hatte er eine andere Frage an den Wunderstein. Er nahm eine Schiefertafel und ein Stück Kreide zur Hand, auf die eine Seite der Tafel schrieb er »Ja«, auf die andere Seite »Nein«. Dann legte er den Stein in die Mitte der Tafel, fragte: »Soll ich Miss Fitzsimmons nach Oregon begleiten?«, und drehte ihn. Der Stein zeigte auf »Ja«. Er drehte noch einmal, und abermals zeigte der Stein auf »Ja«. Er wiederholte den Vorgang noch einige Male, jedes Mal zeigte der Stein auf »Ja«. Matthew mochte den Lenkenden Geist nicht überstrapazieren, um sein Schicksal nicht herauszufordern. Also ging er zurück zu dem Aufruhr, den Miss Fitzsimmons ungewollt heraufbeschworen hatte, und bot ihr, ob seiner Kühnheit mit jagendem Herzen und feuchten Handflächen, einen Platz in seinem Wagen an.

Sein Angebot wurde auf der Stelle angenommen.

Sie begruben Barnabas Threadgood am Rande des Trails, sprachen hastig ein Gebet und machten sich wieder auf den Marsch nach Westen. Im umgekehrter Richtung, zur Zivilisation zurück, zog Ida Threadgood mit ihrer Brut, zusammen mit anderen Frauen und deren Kinderschar und den Fuhrleuten, die nichts mehr mit Oregon im Sinn hatten.

Unterwegs ließ Albertina Hopkins jedermann wissen, wie sehr ihr missfiel, dass zwei unverheiratete Leute zusammen reisten.

»Das geht sie nichts an«, ärgerte sich Emmeline, als sie den Kutschbock an Matthews Seite erklomm.

Matthew sagte nichts dazu. Insgeheim gab er jedoch Mrs. Hopkins Recht.

Albertina stichelte weiterhin gegen das Arrangement und ließ Captain Tice ihren Unmut bei jeder Gelegenheit spüren. Einige Frauen pflichteten ihr bei, andere wiederum erhoben keine Einwände und rieten Tice, er möge die Doktorsleute in Ruhe lassen. »Wir wissen nicht, wann wir sie brauchen«, meinte Florine Benbow, nicht ahnend, welch prophetische Worte sie da sprach.

Während sie über die Prärien von Kansas und Nebraska zogen, deren sanfte, schwellende Hügel sich endlos aneinander reihten, kamen Emmeline und Matthew zu einem Arrangement, damit es bei ihnen ordentlich und züchtig zuging: Emmeline schlief in Matthews Planwagen, und er rollte sich mit seinem Bettzeug auf der Erde zusammen, womit für Anstand gesorgt war. Andererseits aßen sie zusammen, errichteten gemeinsam das Zelt und bauten es wieder ab, spannten die Ochsen an, beluden den Wagen und holten gemeinsam Wasser. Sie passten sich der täglichen Routine auf dem Trail an: Bei Tagesanbruch wurde das Lager mit einem Signalhorn geweckt. Die Männer, die die Nacht über bei den Herden gewacht hatten, trieben die Tiere von den Weidegründen auf das Lager zu, die Frauen fachten ihre Kochfeuer an und bereiteten das Frühstück aus Kaffee, Brot und Speck. Nach dem Frühstück wurden die Zelte abgebrochen, die Wagen beladen, die Gespanne angeschirrt. Schlag sieben Uhr setzte sich die Kolonne in Bewegung, um die kühlen Morgenstunden zu nutzen. Mittags wurde noch einmal eine Stunde Rast gemacht, um dann weitere fünf Stunden zu marschieren. Wenn Captain Tice dann endlich das Signal für die Abendrast gab, wurde es mit Seufzern der Erleichterung begrüßt. Die Wagen wurden vom Kolonnenführer in ein Rund eingewiesen und zu einer Wagenburg formiert, um Schutz vor eventuellen Indianerangriffen zu bieten. Tiere wurden ausgeschirrt und auf die Weidegründe getrieben, die Frauen bereiteten das Abendessen. Die Stunden nach dem Essen gehörten der Entspannung. Manchmal ertönte Musik, und ein Tanz wurde improvisiert, Klatsch wurde ausgetauscht, und Geschichten gingen rund ums Lagerfeuer.

Den Menschen, die aus der Beengtheit ihrer Farmen und Häuser kamen, musste das alles wie ein Traum vorkommen: Die Tage waren hart, die Nächte jedoch friedlich, und die großen Lagerfeuer vermittelten eine Art Romantik. Kinder liefen frei herum, Freundschaften wurden geschlossen, Essen wurde geteilt. Eifersüchteleien hielten sich noch in Grenzen, der Neid hatte noch nicht zu nagen begonnen, Beschwerden waren noch nicht bis zu Amos Tice gedrungen. Aber in nicht allzu ferner Zeit würden sich die Gemüter erhitzen, die Nerven blank liegen und Tice, wie es gewöhnlich allen Kolonnenführern irgendwann erging, harscher Kritik ausgesetzt werden.

Schließlich hatte er eine undankbare Aufgabe. Als Captain traf er die meisten Entscheidungen: Er gab das Startzeichen für die Kolonne am Morgen, wählte den Platz für die Mittagsrast oder die Ruhepausen und bestimmte, wo man das Nachtlager aufschlagen würde. Er musste Leute zum Holzsammeln und Wasserholen einteilen, Wachtposten am Lager und bei den Herden aufstellen. Mit der Zeit würden sich diejenigen, die am hinteren Ende der Kolonne fuhren, darüber beschweren, dass sie den Staub der voranfahrenden Wagen schlucken müssten, und obgleich Tice die Reihenfolge der Wagen immer wieder änderte, damit jeder einmal an der Spitze fahren konnte, machte er es keinem recht.

Sie hatten auch ihre Trauerfälle. Jeb, der Fuhrmann aus Kentucky, erlag schließlich dem Abszess in seinem Kiefer, der sich darin eingenistet hatte, nachdem der Barbier Osgood Aahrens ihm den Zahn gezogen hatte. Sie begruben ihn neben dem Trail und zogen weiter. Weitere Gräber kamen hinzu: von Kindern, die an Masern gestorben, Männern, die unter Wagenrädern zermalmt worden waren, und Babys, die die Geburt nicht überlebt hatten. Manche an der Seite ihrer Mutter. Auf ihrem Zug nach Westen traf die Kolonne auf Gräber, die vor ihnen ziehende Auswanderer gerade erst ausgehoben hatten. In den kommenden Dekaden sollte der Oregon-Trail von Tausenden von Gräbern und hölzernen Grabmalen gesäumt werden.

Wie sie so in Matthews Planwagen dahinrumpelten, träumte Emmeline an Matthews Seite vom Gelobten Land, in dem Männer und Frauen gleichberechtigt lebten. Matthew hingegen, die Zügel in der Hand und wegen des Staubs genug Distanz zum Vordermann haltend, schwelgte im Sonnenschein über den Plains und genoss dieses

Leben, das so ganz anders war als die verdunkelten Séancezimmer der spiritistischen Gemeinde in Boston. Dort drehte sich das Leben um die Toten, hier um die Lebenden – und dazu gehörten auch grasende Rinder, segelnde Adler, spielende Kinder oder die Hündin Daisy, die Hasen und Truthähne jagte.

Sie sprachen nur wenig, des Doktors Tochter aus Illinois und der junge Mann aus Boston, während sie nebeneinander auf dem Kutschbock saßen und den Blick auf den Horizont richteten, den sie sich nie zuvor in einer so unendlichen Weite, mit einem so grenzenlosen Himmel hatten vorstellen können. Mit jeder zurückgelegten Meile weiteten sich ihre Seelen, als hätten sie ihre Jugend auf einem verstaubten Dachboden verbracht und würden nun auf einer Wäscheleine im Sonnenschein ausgelüftet. Und da der Horizont weiterhin ungreifbar blieb und der Wagen stetig weiterrumpelte, hielt es Emmeline allmählich für angebracht, ein wenig Konversation zu machen. Der blaue Stein, den Dr. Lively hin und wieder hervorholte und betrachtete, hatte sie neugierig gemacht.

»Er wird Kristall der Träume genannt«, erzählte Matthew voller Stolz. »Meine Mutter bekam ihn zu ihrer Hochzeit geschenkt. Sie sagt, er sei sehr alt, uralt wie die Welt womöglich, und dass ihm die Kraft all jener Leute innewohne, die ihn je besessen hätten, bis in die Urzeit zurück. Meine Mutter hat den Stein immer um Rat befragt, und das tue ich auch.« Er ging nicht so weit zu erwähnen, dass seine Mutter den Wunderstein auch dazu benutzte, mit Verstorbenen in Kontakt zu treten. Ebenso wenig erzählte er Emmeline von der schrecklichen Prophezeiung seiner Mutter, dass ihm eine große Schicksalsprüfung bevorstünde. Womöglich war sein Entschluss, Emmeline mitzunehmen, sogar die Feuerprobe für ihn gewesen, denn dieser Entschluss hatte ihn bei seinen Mitreisenden nicht sonderlich beliebt gemacht.

Emmelines Interesse war geweckt. »Und der Wunderstein lenkt Sie tatsächlich?«

»Ohne ihn wäre ich verloren. Manchmal glaube ich«, fuhr er verschämt fort, »dass ich ein Feigling bin. Ich scheine keine Entscheidungen für mich selbst treffen zu können.«

»Sie sind einfach nur vorsichtig, Dr. Lively«, beschwichtigte Emmeline. »Mein Problem ist, dass ich zu kühn bin. Nichts schreckt mich. Und das bringt mich manches Mal in Unannehmlichkeiten.«

Sie zog sich die Haube vom Kopf und ließ die Haare frei im Wind wehen. »Sie wissen gar nicht, was für ein Glück Sie haben, ein Mann zu sein. Sie können ohne Einschränkungen jeden Beruf wählen, der Ihnen vorschwebt. Ich wollte Ärztin werden, aber das ging nicht, weil ich eine Frau bin. Das ist ungerecht. Deswegen ziehe ich nach Westen. Dort draußen ist man toleranter. Dort ist fürwahr ein freies Land. In unserer Nation weht ein neuer Geist, die Frauen wachen allmählich auf. Ich habe in Seneca Falls an einem wunderbaren Kongress teilgenommen, bei dem es um die Benachteiligung der Frauen ging, und am Ende haben wir eine Erklärung zum Thema gleiches Wahlrecht für Frauen, gleiche Löhne für gleiche Arbeit und unser Selbstbestimmungsrecht verabschiedet. Wir Frauen machen mobil, Dr. Lively.«

Matthew rutschte unruhig auf seinem Sitz herum. Miss Fitzsimmons' radikale Weltanschauung war ihm bestens vertraut. In relativ kurzer Zeit auf dem Trail hatte Emmeline schon mehrere Heiratsanträge bekommen – von jedem der Schumann-Brüder (mit Mr. Hopkins als Dolmetscher), von Sean Flaherty, der darauf hinwies, dass er einmal die größte Kartoffelfarm in ganz Oregon besitzen würde; vom jungen Dickie O'Ross, der seinen Heiratsantrag im Stimmbruch artikulierte. Emmeline hatte sie jedoch alle abgewiesen, wobei sie immer darauf bestand, dass es nicht an den Bewerbern selbst läge, nur dass sie eben nicht zu heiraten beabsichtige. Sie erläuterte jedem, der ihr zuhörte, dass sie nicht die Absicht habe, sich von einer von der Kirche und der Gesellschaft geschaffenen Institution an die Kette legen zu lassen, und wenn sie Kinder wollte, würde sie diese auch ohne einen Ehemann bekommen.

Die Frauen in der Wagenkolonne, aus einfachen Verhältnissen,

Bauersleute oder aus der Provinz, die noch nie in ihrem Leben mit solch radikalen Ansichten in Berührung gekommen waren, geschweige denn Mary Shelleys emanzipatorische Schriften gelesen hatten, hielten Emmeline entweder für zu jung für derartige Ideen oder einfach nur für leicht verrückt (obwohl so manche unter ihnen sie um ihre Geistesfreiheit beneidete und ihr alles Gute wünschte). Matthew wiederum kannte Frauen wie Miss Fitzsimmons zur Genüge aus Boston, sie nannten sich »Feministinnen« und hatten ihn stets verunsichert. Wie sehnte er sich doch nach seiner ruhigen, blassen, zerbrechlichen Honoria, die kaum jemals sprach und gewiss keinerlei politische Gedanken in ihrem zarten Köpfchen hegte. Jede Nacht, wenn das Lager schlief und er im Stillen versuchte, im Wunderstein den Lenkenden Geist zu finden, den seine Mutter (wenn auch nicht immer mit Erfolg) zu suchen pflegte, nahm er die Daguerrotypie seiner Honoria zur Hand, so schmal, so hohläugig, dass sie ganz ätherisch wirkte: die wunderschöne, ausgezehrte Ligeia von Edgar Allen Poe.
»Was halten Sie von Anästhesie?« Emmeline hatte das Thema so abrupt gewechselt, dass sie Matthew geradezu überrumpelte. »Chloroform, Äther«, fügte sie rasch hinzu, ehe er antworten konnte. »Das wird die Chirurgie revolutionieren. Mein Vater hat bei der Entfernung eines Brusttumors zugesehen. Die Frau hat die ganze Zeit geschlafen! Und die nächste Revolution wird sein, dass Frauen Ärztinnen werden. Es gibt immer noch zu viele Vorurteile im Osten. Im Westen wird alles anders sein.«
Sie holte kurz Atem und sagte: »Dr. Lively, Sie sollten mehr lächeln.«
Und Sie sollten weniger reden, dachte er im Stillen.

Mit steigender Hitze und immer dichterem Staub wurden die Nerven der Reisenden zunehmend empfindlicher, und die guten Sitten drohten zu verkommen. Um sich die Strapazen etwas zu erleichtern, hatten einige Frauen ihr Korsett weggepackt, auch die mit Blumen geschmückten Hüte wanderten in die Koffer und wurden durch praktische Kattunhauben ersetzt. Und obwohl man inzwischen auf Tischtücher verzichtete und das gute Porzellan (soweit es die vielen gefährlichen Flussüberquerungen heil überstanden hatte) sicher verstaut war, achteten die Frauen eisern darauf, dass Kinder und Männer sich vor den Mahlzeiten die Hände wuschen und ein Gebet sprachen, bevor sie ihr Essen hinunterschlangen.

Kaum hatten sie am Little Blue River ihr Lager aufgeschlagen, setzten bei Victoria Correll, die ihr erstes Kind erwartete, die Wehen ein. Sogleich übernahm die selbst ernannte Geburtshelferin Albertina Hopkins das Kommando. In barschem Ton und für alle durch die Wagenleinwand hörbar, ermahnte sie die schreiende Mrs. Correll, sich nicht so zu gebärden. »Psst, was für ein dummes Ding Sie doch sind! Steht nicht in der Bibel geschrieben, dass die Frau unter Schmerzen gebären soll? All dieses Geschrei ist eine Beleidigung für die Ohren des Allmächtigen.«

Als Albertina den Wagen für einen Augenblick verließ, um die für die Frauen in einem Pappelhain eingerichtete Latrine aufzusuchen, schlüpfte Emmeline rasch zu der armen Victoria in den Wagen und reichte ihr ein Fläschchen. »Gott mag uns den Schmerz gegeben haben, aber er hat uns auch Mittel und Wege geschenkt, den Schmerz zu lindern. Hier ist ein Kräuterelexir, das mein Vater den Gebärenden immer verabreicht hat. Es wird Ihre Wehen lindern und Ihrem Baby den Weg auf diese Welt erleichtern.«

Albertina war außer sich, aber nach diesem Zwischenfall wurde Emmeline immer öfter von Frauen mit speziellen Problemen aufgesucht, denn es hatte sich rasch herumgesprochen, dass sie einen ganzen Vorrat an Medikamenten gegen Schmerzen und generelles Unwohlsein mit sich führte.

Am östlichen Rand des Cheyenne-Territoriums machte der Tross an einem angeschwollenen Fluss mit gefährlicher Unterströmung Halt. Normalerweise hätte man hier ein Lager aufgeschlagen, bis das Wasser wieder gesunken war, die Männer jedoch, denen die

Nähe zu unfreundlich gesonnenen Indianern nicht behagte, plädierten dafür, die Flussüberquerung zu wagen. Albertina Hopkins Einwände, dass man an einem Sonntag derlei schwere Arbeiten nicht ausführen dürfe, stießen auf taube Ohren. Als dann ausgerechnet Corrells Wagen umstürzte und Mrs. Correll und ihr Neugeborenes in das nasse Grab riss, verkündete Albertinas triumphierender Blick, *habe ich es nicht gesagt?*

Emmeline und Florine Benbow kümmerten sich um die Leichen, kleideten Mrs. Correll in ihr Sonntagskleid und wickelten das Baby in die schönste Decke, die sie finden konnten. Silas Winslow fertigte ein kostenloses Foto von den beiden als Andenken für Mr. Correll, der in seinem Kummer sogar ein Pferd von den Schumann-Brüdern annahm, nach Missouri zurückritt und nie wieder gesehen wurde.

Der Treck zog weiter.

Silas Winslow, in dessen Planwagen Kupferplatten klapperten und Flaschen mit Chemikalien klirrten, betrieb weiterhin einen lukrativen Handel mit Andenken an die Toten, da der Treck von weiteren Missgeschicken wie Lungenentzündung, Ruhr und von Wagenrädern zermalmte Kinder heimgesucht wurde. Nicht einer bemängelte, dass Dr. Matthew Lively keines der Leben zu retten vermochte, was konnte ein Doktor schließlich gegen verheerende Krankheiten und schwerste Verletzungen ausrichten? Er machte sich indes auf andere Weise nützlich, er half beim Zimmern der Särge und füllte die Totenscheine für die Familienangehörigen aus.

Am 9. Juni erreichte der Treck den Platte River, ein breites Band fließenden Schlammes, das von den Rocky Mountains bis zum Missouri träge S-Kurven zog. Die Auswanderer waren jetzt dreihundert Meilen von Independence entfernt und hatten somit die erste Etappe ihrer Reise beendet. Von nun an führte der Trail durch eine völlig anders geartete Landschaft: Die Ebene zu beiden Seiten des Platte war mit kurzem Gras bedeckt, aber völlig baumlos, mit kümmerlichen Büscheln wilden Salbeis, Kakteen und Fettholz. Hier trafen die Reisenden zum ersten Mal auf eine merkwürdige Form der Kommunikation: Von der Sonne gebleichte Büffelschädel, mit Nachrichten der vorausziehenden Wagenkolonnen voll gekritzelt, säumten den Trail. Beispielsweise warnte ein solchermaßen beschrifteter Schädel die Nachfolgenden, dass der Weg vor ihnen voller Morastlöcher sei und es Ärger mit den Pawnee-Indianern geben könne.

Die Reise wurde immer beschwerlicher. Unter der drückenden Sommerhitze entwickelten sich viele Krankheiten. Das Holz der Wagenräder trocknete aus und brach, Wagen stürzten um. Um auf den holzlosen Plains ihre Mahlzeiten zu bereiten, waren die Pioniere auf Bisonmist – getrockneten Dung – angewiesen, den sie am Weg verstreut fanden. Die Frauen sammelten wilde Beeren und brachten es fertig, auf Kutschböcken Teig zu kneten und auf heißen Felsen Kuchen zu backen, die etwas Abwechslung in das tägliche Einerlei aus Kaffee und Bohnen brachten. Hin und wieder erlegten die Männer einen Elch, oft genug kehrten sie jedoch ohne Erfolg zurück und waren gezwungen, bei den Indianern Textilien gegen Lachs und getrocknetes Büffelfleisch einzutauschen. Dennoch ließen sich die Auswanderer von frischen Gräbern am Rande des Trails nicht entmutigen, und als der blinde Billy (so genannt, weil er bei Tageslicht kaum sehen konnte, desto besser aber bei Nacht und deshalb die Nachtwache bei den Herden übernahm) eines Morgens mit einem Pfeil im Rücken tot aufgefunden wurde, gerieten die Menschen nicht etwa in Panik, sondern hinterließen auf einem Büffelschädel eine entsprechende Warnung für die nachfolgenden Kolonnen.

Wegen der vielen Missgeschicke wie umstürzende Wagen, auskeilende Ochsen, Lebensmittelvergiftung, Hunde- und Schlangenbisse, Masern, Ruhr, Kindbettfieber und Tod durch Erstechen ging Matthews Vorrat an Naht- und Verbandsmaterial allmählich zur Neige. Emmeline ihrerseits war als Hebamme immer mehr gefragt, denn mittlerweile lehnten viele Frauen Albertina Hopkins ab und baten Miss Fitzsimmons um Hilfe, wenn die Geburtswehen einsetzten. Wie Florine Benbow vorhergesagt hatte, erwies sich das »Doktorpaar« als unentbehrlich.

Und ohne sich dessen bewusst zu sein, wuchsen Emmeline und Matthew auch außerberuflich zusammen.

Des Abends, wenn die meisten Pioniere sich bereits schlafen gelegt hatten, nutzte Matthew die Ruhe im Lager, um im Schein einer Laterne Gedichte oder auch in der Bibel zu lesen. Emmeline dagegen betrachtete lieber die Sterne. »Woher wissen wir, ob wir in die richtige Richtung ziehen?«, fragte sie eines Abends.

Matthew legte sein Buch beiseite und deutete auf den Nachthimmel. »Kennen Sie den Großen Bären? Diese Sterne da, die eine riesige Pfanne bilden? Sehen Sie die beiden Sterne am Ende des Griffs? Sie zeigen zum Polarstern, und der befindet sich nur etwa ein Grad vom Nordpol des Himmels entfernt.«

Emmeline sah ihn bewundernd an. »Ich muss sagen, Dr. Lively, Sie sind ein gebildeter Mann.«

Ein anderes Mal ertappte sie ihn dabei, wie er versuchte, einen Hemdknopf mit einer Chirurgennadel und Chirurgenseide anzunähen. Mit einer taktvollen Ausrede nahm sie ihm das Hemd aus der Hand und nähte den Knopf mit raschen Stichen an.

Im Verlauf der Reise, tagsüber von Hitze, Staub und Fliegen geplagt, von Wolfsgeheul und wimmernden Winden nachts beunruhigt, änderte Matthew seine Meinung über Miss Fitzsimmons, die sich nie darüber beklagte, dass sie harte Arbeit verrichten müsse. Wenn die Planwagen in vom Hochwasser angeschwollenen Flüssen stecken blieben, sprang Emmeline ohne nachzudenken ins Wasser, und während sich ihre Röcke um sie bauschten, schob und drückte sie mit aller Kraft, um die Wagenräder aus dem Schlamm zu befreien. Gemeinsam mit den Männern trieb sie die Ochsen an, sie mühte sich mit der Wäsche und zerbrochenen Wagenachsen ab, zog Büffeln die Haut ab und flickte mit geschickter Hand Zeltplanen. Mit der Zeit empfand Matthew wachsende Bewunderung für sie. Immer seltener betrachtete er des Abends die Fotografie der zerbrechlichen Honoria,

und wenn er es tat, fragte er sich, wie lange sie wohl auf diesem Trail durchgehalten hätte. Mit Sicherheit wäre sie eine Last gewesen.
Matthew machte indes noch Veränderungen anderer Art durch. Sein Körper setzte Muskeln an, seine Hände wurden zunehmend sehniger und kräftiger, und die ungesunde Blässe des Stubenhockers wich einer vom Wetter gegerbten Bräune.
Dann kam der Abend, da Sean Flahertys Hündin Daisy eine von Rebecca O'Ross' Fleischpasteten stibitzte. Als der Hund mit einem großen Stück Pastete im Maul durch das Camp jagte, verfolgt von der winzigen, ein Nudelholz schwingenden Mrs. O'Ross, brachen alle Umstehenden in schallendes Gelächter aus. Matthew, der ebenfalls lachte, schaute zu Emmeline hinüber und sah, dass ihr vor Lachen die Tränen über die Wangen liefen. Da ging ihm auf, dass sie eine leidenschaftliche Person war, was sich nicht nur darin zeigte, wie sie aß oder ihre Meinung über die Rechte der Frauen vertrat, nein, Emmeline Fitzsimmons packte und lebte das Leben mit aller Inbrunst, die Gott ihr geschenkt hatte. Und im nächsten Augenblick durchzuckte ihn ein unziemlicher Gedanke: dass Emmeline auch in der Liebe leidenschaftlich sein musste.
Seine Wangen brannten, und sein Atem ging stoßweise. Und als Emmeline zufällig zu ihm hinüberschaute und ihre Blicke sich trafen, machte sein Herz einen Sprung.

Am 26. Juni kampierte die Wagenkolonne in der Nähe von Fort Laramie unter einem warmen, klaren Himmel. Gruppen von Sioux, die sich gerade für einen Krieg mit den benachbarten Crow-Indianern rüsteten, besuchten das Lager der Auswanderer, wo sie ein Frühstück gegen Perlen und Federn eintauschten. Man trennte sich freundlich gesonnen, worauf sich die Ängste der Auswanderer vor den Eingeborenen ein wenig legten. Doch als sich ihnen ein französischer Trapper namens Jean Baptiste für einen Tag anschloss und vor möglicherweise vorzeitig einsetzenden Schneefällen in den Bergen warnte, regte sich die Angst aufs Neue (man kannte die Geschichten von früheren Auswanderern, die vom Schnee in den Bergen überrascht und verhungert waren), und Amos Tice trieb die Kolonne zur Eile an.

Am 4. Juli feierten die Auswanderer den Unabhängigkeitstag der Nation mit Ale und Feuerwerk, patriotischen Ansprachen und Gebeten. Zweitausend Sioux-Krieger, in prächtiges Büffelleder gekleidet, mit Perlen und Federn geschmückt, machten auf ihrem Weg in den Krieg mit den Crow Halt, um die merkwürdigen Rituale der weißen Fremden anzusehen. Matthew Lively nahm ein Glas von Mr. Hopkins' Brandy an, den der stille Mann für ebendiese Gelegenheit aufbewahrt hatte, und wandte sich mit allen anderen Richtung Osten, um der Freunde und Angehörigen in der Heimat zu gedenken. Matthew dachte an seine Mutter und ihre Séancen, Emmeline Fitzsimmons neben ihm, mit einem Glas Wein aus Charlie Benbows Beständen, die die Flussüberquerung überlebt hatten, in der Hand, gedachte ihrer Eltern in ihrem Doppelgrab auf der Farm, die sie geerbt und verkauft hatte. Sean Flaherty hob sein Glas auf Irland; Tim O'Ross dachte an eine Rothaarige in New York; die Schumanns waren in Gedanken bei ihrer Familie in Bayern. Gemeinsam prosteten sie der alten Heimat zu, dann wandten sie sich nach Westen und tranken auf die Zukunft.

Am 17. Juli erreichten die Pioniere den höchsten Punkt des Trails, die kontinentale Wasserscheide am so genannten South Pass. Dieses winddurchfegte Hochland zwischen den Bergen führte als breiter Korridor durch die Rockys. Man schlug ein Lager auf und nutzte die Zeit für allerlei Reparatur- und Flickarbeiten und um sich der Bedeutung dieses Ortes bewusst zu werden: South Pass markierte die Hälfte der zurückgelegten Strecke. Von der Ostseite der Wasserscheide flossen die Flüsse in den Mississippi, auf der anderen Seite führten sie nach Westen in den Pazifik. Schachbretter und Kartenspiele wurden hervorgeholt, eine Harmonika und eine Fidel spielten auf. Mr. Hopkins nippte still an seinem Whiskey, während seine herrische Frau wie üblich Hof hielt und ihre Kinder im Lager herumtollten.

Emmeline flickte gerade einen Rock im Schein der Laterne, als sich ihr die älteste Hopkins-Tochter verschüchtert näherte. Sie stammte aus Mr. Hopkins erster Ehe und hatte entsetzliche Angst vor ihrer Stiefmutter Albertina. Schon nach den ersten gestammelten Worten ihrer verschämten Beichte erfasste Emmeline die Situation – das Mädchen hatte sich allein mit einem der Fuhrleute getroffen, und das Unvermeidliche war geschehen.

»Ich fürchte, du hast Recht«, sagte Emmeline und tätschelte die Hand des verängstigten Mädchens. »Wenn dein Monatsfluss ausbleibt, ist das gewöhnlich das erste Anzeichen für ein Baby.« Dann ging sie das Problem praktisch an. »Ich habe gehört, dass in der Wagenkolonne vor uns ein Geistlicher mitfährt. Ich werde Mr. Lively bitten, ihn herzuholen. Du wirst heiraten, und keiner wird etwas merken.«

Der Geistliche, der an mehr offenen Gräbern gestanden hatte, als er sich je vorzustellen wagte, nahm die Gelegenheit für eine Trauungszeremonie nur allzu gerne wahr und kam in Begleitung einiger Familien, die die Gelegenheit für eine Feier nutzen wollten. So gaben sich die jungen Leute unter den Augen einer huldvoll lächelnden Albertina, die nichts vom süßen Geheimnis ihrer Stieftochter ahnte, ihr Jawort, und alles kehrte sich zum Guten.

Während sie bei unglasierten Kuchen und warmem Cider das Hochzeitsmahl einnahmen, musterte Emmeline Matthew im Schein des Lagerfeuers. Er hat an Selbstvertrauen gewonnen, dachte sie bei sich. Er ist nicht mehr der nervöse junge Mann von vor drei Monaten. Und die Sonnenbräune steht ihm gut. Bald war er so lebhaft, wie es sein Nachname, Lively, sagte.

Sie sinnierte weiter darüber, warum Dr. Lively ihr unter all den anderen, kräftigeren Männern so besonders gefiel. Es ist seine Freundlichkeit und Güte, dachte sie. Auf Matthews Hilfe konnte man bauen, wie kritisch die Situation auch sein mochte; er war immer bereit, sein Essen zu teilen oder erschöpfte Frauen in seinem Wagen mitzunehmen, deren Ehemänner keinen Blick für ihre Nöte hatten; und schließlich kümmerte er sich stets um das Wohlbefinden seiner Mitreisenden, wenn andere sich aus Erschöpfung nicht die Mühe machten.

Während Emmeline so über Dr. Lively nachsann und sich sogar eingestand, dass er gar nicht so übel aussah, stellte Matthew seinerseits Betrachtungen über Emmeline Fitzsimmons an. Nur waren seine Gedanken eher pragmatischer Natur und konzentrierten sich auf einen zentralen Punkt: dass er jetzt, wo er darüber nachdachte, Miss Fitzsimmons' kräftige Figur eigentlich doch recht anziehend fand.

Fort Bridger, so genannt nach seinem Gründer Jim Bridger, einem Veteranen der Wildnis, der hier sesshaft geworden war, bestand aus einer schäbigen Ansammlung von roh zurechtgezimmerten Blockhütten, Indianern in Hirschleder, Trappern, Holzfällern und Auswanderern auf dem Weg nach Westen heraus. Nach beinahe drei Monaten auf dem Trail boten die Pioniere aus Amoc Tices Kolonne trotz aller Anstrengungen, ein Mindestmaß an Anstand zu wahren, einen erbärmlichen Anblick. Die Kinder barfuß und zerlumpt, die Männer mit langen, ungepflegten Bärten, ihre verschlissene Kleidung vor Dreck starrend. Sogar die Lieblingsweste des dandyhaften Fotografen Silas Winslow wies hartnäckige Flecken auf, und auf seinem einst so teuren Jackett schimmerten Spuren von Schmierfett, die noch so viel Natron und Asche nicht hatten beseitigen können. Auch ihre Gemütsverfassung war nicht mehr so fröhlich wie zu Beginn der Reise: Zänkereien und Neid, private Fehden und erbitterte Rivalitäten waren unterwegs ausgebrochen und hatten aus manchen ehemaligen Freunden Feinde gemacht. Dennoch waren alle froh, dass sie endlich jenen Ort erreicht hatten, den sie als Sprungbrett für die letzte Etappe ihrer Reise ansahen: Von hier würde es Richtung Norden, nach Oregon, gehen.

Und genau hier trafen einige unter ihnen eine Entscheidung, die ihr Todesurteil bedeuten sollte.
Ein erfahrener Trapper, der auf seiner Rückreise vom Westen durch das Fort kam, warnte jeden, der ihm Gehör schenkte, vor einer angeblichen neuen Abkürzung, die man auf jeden Fall meiden sollte. »Bleibt auf dem regulären Trail und verlasst ihn unter keinen Umständen«, riet er Amos Tice und anderen Fuhrleuten. »Die Abkürzung könnte tödlich sein.«
Tice indes konterte: »Wenn es eine Abkürzung gibt, wäre es dumm, den Umweg zu fahren.« Er gebärdete sich, als läge ihm das Wohlergehen seiner Auswanderer am Herzen, doch dem war nicht so – auf den letzten Meilen vor Fort Bridger hatte Amos Tice, ohne dass irgendjemand etwas davon ahnte, einen totalen Sinneswandel durchgemacht. Jean Baptiste, der französische Trapper, der sich der Wagenkolonne für einen Tag angeschlossen hatte, war nicht nur mit Pelzen im Gepäck aus der Sierra zurückgekommen, er hatte auch ein Plakat bei sich, das von einem Ort in Kalifornien namens Sutter's Mill stammte und von Goldfunden kündete. Gegen eine stattliche Summe hatte Tice dem Franzosen das Plakat abgekauft, um zu verhindern, dass er es noch anderen Mitgliedern seiner Truppe oder Auswanderern nachfolgender Wagenkolonnen zeigte. Denn tief in seinem Herzen war Amos Tice ein gewinnorientierter Mann. Dass er Menschen nach Oregon führte, geschah nicht etwa aus Menschenfreundlichkeit, sondern um dort so viel freies Land wie möglich für sich zu reklamieren und dann aus den Hoffnungen und Träumen der Auswanderer Kapital zu schlagen. Dieses Motiv war in dem Augenblick vergessen, als ihm das Plakat von Sutter's Mill unter die Augen kam.
Der Franzose war weitergeritten, und Amos hatte auf den letzten Meilen bis Fort Bridger über der Frage gebrütet, wie er nach Kalifornien gelangen sollte. Die Wagenkolonne zu verlassen und allein weiterzureiten wäre ein höchst gefährliches Unterfangen, denn nur die Gruppe bot Schutz, schließlich waren die Wagenkolonnen zu

diesem Zweck zusammengestellt worden. Folglich war es Amos Tices heimliches Bestreben, die Leute dahingehend umzustimmen, dass sie mit ihm nach Kalifornien zogen. Einmal dort, würde er die Gruppe sich selbst überlassen und sich eiligst daran machen, ein Vermögen mit Gold zu verdienen. Wie aber sollte er die Pioniere von der neuen Route überzeugen? Die Ironie des Zufalls wollte es, dass ihm ausgerechnet jener Trapper in die Hände spielte, der alle vor der Abkürzung nach Oregon warnte.

Tice fachte die kursierenden Gerüchte noch an, indem er behauptete, gehört zu haben, dass die andere Strecke nicht nur kürzer, sondern auch viel angenehmer zu fahren sei und weniger Mühsal und Entbehrung barg. Als Nächstes fabrizierte Tice eine Karte. Er arbeitete einen Tag und eine Nacht heimlich daran, damit sie möglichst abgegriffen und authentisch wirkte. Außerdem sah er zu, dass die Kolonne einen Bogen um jenes Gebiet schlug, in dem sich die Mormonen erst vor einem Jahr angesiedelt hatten. Amos Tice war nämlich einer der Milizsoldaten gewesen, die drei Jahre zuvor Joseph Smith, den Anführer der Mormonen, gefangen genommen und exekutiert hatten, insofern waren die Heiligen der Letzten Tage nicht gut auf Tice zu sprechen. Bei ihrer Rast vor Fort Bridger legte er seiner Kolonne dann seinen Plan dar und präsentierte die »authentische« Karte. Er brauchte die Begeisterung und die Erregung in seiner Stimme nicht einmal zu spielen, denn in Gedanken stand er bereits an Flüssen, in denen es nur so von Goldnuggets wimmelte.

»Es liegt doch auf der Hand«, sagte er und rollte die Karte aus, damit alle sie sehen konnten. »Der Oregon-Trail führt über gefährliche Gebirgspässe, dann kommt eine lange, riskante Floßfahrt auf dem Fluss, die schon einige Leute das Leben gekostet hat. Ich schlage diese Route hier vor. Sie führt über hübsches, offenes Flachland und dann über einen leichten Gebirgspass. In Kalifornien schwenken wir dann nach Norden und folgen einer angenehmen, flachen Strecke, wo uns der Seewind kühlt und Obstbäume stehen, so weit das Auge reicht.«

»Aber ist dieser Weg nicht länger?«, wollte Charlie Benbow wissen.
»In Meilen ja, aber die andere Route dauert länger und birgt mehr Gefahren. Erinnert ihr euch an den South Pass durch die Rockys? Wie einfach und angenehm dieser Weg doch gewesen war! Nun, die Sierra Nevada ist nichts im Vergleich zu den Rockys. Sie zu überqueren ist ein Kinderspiel.«
Und sie glaubten ihm.
Trotzdem wollten sie den Plan noch überdenken. Schließlich war dies hier der letzte Außenposten, dahinter fing die Wildnis an. Während sich Tices Leute die Sache durch den Kopf gehen ließen, nutzten sie die Zeit für die erforderlichen Vorbereitungen. Sie reparierten Wagen und Geschirre, ließen Pferde und Rinder ausgiebig ruhen und weiden und bereiteten die Vorräte für unterwegs vor. Die Stimmung war euphorisch. Das Paradies lag gleich hinter dem nächsten Gebirgskamm, hinter der kalifornischen Sierra. Die Leute konnten die sanfte Brise des Pazifik beinahe spüren.
Einige andere wiederum hatten ihre Zweifel. Matthew Lively zum Beispiel zog es vor, den Kristall zu befragen, obwohl eine innere Stimme ihm zuraunte, dass die Abkürzung keine gute Idee sei. Emmeline durfte dabei zusehen, denn inzwischen hatte er ihr den Stein gezeigt und erklärt, wie er funktionierte. Er zog seine Schiefertafel hervor und schrieb die Worte »Ja« und »Nein« darauf, dann fragte er »Sollen wir die neue Abkürzung nehmen?« Mit feierlichem Ernst sah Emmeline zu, wie der Stein kreiselte und schließlich auf dem »Ja« zur Ruhe kam.
Matthew runzelte die Stirn. Er würde es nie wagen, die Weisheit des Kristalls anzuzweifeln, dennoch sagte ihm ein inneres Gefühl, dass sie auf dem alten Trail weiterziehen sollten. Emmeline stimmte ihm zu. So wagemutig sie auch sein mochte, fand sie es doch ausgesprochen dumm, eine sichere Route für einen unerprobten Weg aufzugeben, mochte er noch so viel versprechend klingen.
»Drehen Sie noch mal«, bat sie.
Die Antwort kam wieder mit einem »Ja«.

Matthew rieb sich das Kinn. »Der Kristall sagt, wir sollen Amos Tice folgen.«

»Und was sollen wir Ihrer Meinung nach tun?«

Matthew wusste nichts darauf zu sagen. Sein Leben lang hatte seine Mutter die Entscheidungen für ihn getroffen und dabei vorher stets den Wunderstein befragt. »Meine Mutter hat immer gesagt, dass der Geist des Kristalls uns führt und dass wir ihm folgen sollen.«

»Selbst wenn eine innere Stimme Ihnen etwas anderes sagt?«

»Ich muss gestehen, dass meine innere Stimme nicht sehr ausgeprägt war. Als Kind bin ich meinen älteren Brüdern gefolgt, als ich älter war, habe ich es meinesgleichen nachgemacht. Ich fürchte, ich bin zum Folgen geboren, Miss Fitzsimmons, und ich werde immer dahin gehen, wohin Anführer wie Amos Tice oder der Geist des Kristalls mich leiten.«

Im warmen Licht der Laterne bemerkte er zum ersten Mal den wunderbaren Goldton ihrer Augen. »Was werden *Sie* tun, Miss Fitzsimmons?«, fragte er mit bangem Herzen, denn er fürchtete sich vor ihrer Antwort. Just in diesem Moment der schicksalsträchtigen Entscheidung erkannte Matthew, welch tiefe Gefühle er für Miss Fitzsimmons hegte.

»Ich halte Sie für einen sehr angenehmen Reisebegleiter, Dr. Lively«, sagte sie ruhig, »und ich denke, dass wir gut zusammenarbeiten. Ich glaube kaum, dass ich je wieder eine so liebenswürdige Begleitung finden werde, und darum werde ich gehen, wohin Sie gehen, Dr. Lively.«

Matthews Herz raste. Er musste schlucken. »Miss Fitzsimmons«, stieß er hervor, »da ist etwas, das Sie wissen sollten …«

»Hallo, da«, ertönte eine Stimme aus dem Dunkel. Silas Winslow kam anstolziert, den Bowlerhut keck in die Stirn geschoben. »Ich gehe nicht mit Tice, Miss Fitzsimmons«, sagte er, ohne von seinem Rivalen um Emmelines Gunst Notiz zu nehmen. »Ich werde mit einer neuen Kolonne, die sich unter Stephen Collingsworth formiert, Richtung Norden reisen. Falls Sie ohne Fahrgelegenheit sein sollten, wäre ich nur allzu glücklich, Sie nach Oregon begleiten zu dürfen.« Mit einer dramatischen Geste legte er sich die Hand aufs Herz. »Und ich versichere Sie des allergrößten Respekts, Miss Fitzsimmons, während ich an Ihrer Seite bin.«

Emmeline starrte ihn ungläubig an. Gerade, als sie zu einer Antwort ansetzen wollte, wurden sie von lauten Rufen unterbrochen.

»Dr. Lively!«, gellte eine Stimme durchs Camp. »Dr. Lively! Joe Strickland ist verletzt!«

Der Fuhrmann lag stöhnend in seinem Wagen, vor Schmerz bewusstlos. Wie man Matthew berichtete, hatte ihm ein störrischer Ochse, der sich nicht in sein Joch spannen lassen wollte, den Fuß zerquetscht. Ein Blick auf den Fuß verriet auch dem ungeübtesten Auge, wie schlimm es um Joe stand. Knochen ragte durch die Haut, und während das Blut allmählich stockte, stieg eine scheußliche dunkelrote Verfärbung von den Zehen auf. Mit Emmelines Hilfe wusch Matthew die Wunde, legte Balsam auf und verband den Fuß mit sauberen Bandagen. Als er versuchte, den hervorstehenden Knochen wieder hineinzudrücken, schrie Joe auf und verlor erneut das Bewusstsein. Sein Gesicht nahm ein alarmierendes Grau an, und er schwitzte heftig. Da Joe allein reiste, bot Emmeline an, sich um ihn zu kümmern.

An diesem Abend fielen Entscheidungen. Verschiedene Wagenkolonnen wurde neu zusammengestellt, wobei einige Pioniere der ursprünglichen Tice-Gruppe sich Collingsworth anschlossen, um nach Norden zu ziehen, während Neuankömmlinge aus anderen Kolonnen sich für Tice und seine Abkürzung entschieden. Silas Winslow, hoffnungslos in Miss Fitzsimmons verliebt, schloss sich am Ende doch der Kolonne von Amos Tice an.

Sie verabschiedeten sich von ihren Weggenossen aus Missouri und versprachen sich in Oregon ein Wiedersehen. Inzwischen bestand die Gruppe nur noch aus fünfunddreißig Wagen, neunundsechzig Männern, zweiunddreißig Frauen, einundsiebzig Kindern und drei-

hundert Stück Vieh und Pferden, trotz der neuen Mitreisenden, die sich mit Wagen, Rindern, Frauen und Kindern Tices Kolonne angeschlossen hatten.
In größter Euphorie zog die Kolonne an fischreichen Gewässern vorbei, über blumenübersäte Wiesen und durch lauschige Haine. Die Neuankömmlinge waren kräftig und gesund, durch das »frische Blut« fühlte sich die Reisegesellschaft allen kommenden Gefahren gewachsen. Nur Matthew Lively wurde von düsteren Vorahnungen geplagt. Irgendetwas stimmte nicht, aber er wusste nicht, was, und er musste wieder an die schreckliche Prophezeiung seiner Mutter denken. Doch behielt er seine Zweifel für sich. Alle anderen waren von Tices guter Idee überzeugt, und er wollte ihnen die Stimmung nicht verderben.
Die Idylle sollte nicht lange währen.
Nach wenigen Tagen erreichten sie das Wasatch-Gebirge mit seinen hohen, schneebedeckten Gipfeln und tiefen Schluchten. Der Weg führte durch Spalten mit Geröll und durch die enge Schlucht des Weber River, eine so schmale und unberechenbare Strecke, dass die Wagen das Flussbett entlang geschoben und gezogen werden mussten. Die Pioniere schafften Felsblöcke zur Seite und schlugen Unterholz weg, und wo das Flussbett vollends unpassierbar wurde, hievten sie ihre Wagen mit Seilwinden über die Steilufer. Jede männliche Hand war gefragt, um den Weg freizumachen.
Des Abends fielen die Männer erschöpft auf ihre Decken, während die Frauen die Blasen und Schrammen ihrer Ehemänner, Brüder und Söhne mit Salben behandelten und Worte der Ermutigung sprachen. Immerhin gab es Wasser, wie Tice betonte, und Weidegründe für das Vieh. Es gab aber auch Schwärme von Steckmücken und andere Plagegeister.
Mit einer Geschwindigkeit von fünf Meilen pro Tag quälte sich die Wagenkolonne vorwärts; sie mussten die Ochsengespanne verdoppeln, um die Wagen über den Gebirgskamm zu schaffen. Schließlich bogen sie nach Südwesten ab, durch eine dürre, felsige Land-

schaft mit Beifußgestrüpp und Steppengras, bis ein weiteres, unüberwindbar scheinendes Hindernis vor ihnen lag: die große Salzwüste von Utah.

Abends war die Stimmung im Lager gedämpft. Die Kolonne kam bei Tag nur langsam voran, die Sonne brannte auf die Wüste herab, und immer häufiger musste Rast eingelegt werden, weil sich viele Männer beim Kampf durchs Gebirge Verletzungen zugezogen hatten. Während sich die Frauen um ihre Männer sorgten – Joe Stricklands Fuß begann zu eitern, und Emmeline tat ihr Bestes –, wurde Amos Tice von einer ganz anderen Sorge gequält: Sie hielten den Zeitplan nicht mehr ein, und vor ihnen lagen die Gipfel der Sierra und der drohende Winterschnee.

Unter einer erbarmungslosen Sonne zogen sie durch die Salzwüste. Die Sonnenstrahlen wurden von der weiten, schneeweißen Salzfläche zurückgeworfen, und so weit das Auge reichte, war absolut nichts zu sehen, kein Grashalm, kein Wassertropfen. Sie tränkten die Zungen der Zugtiere mit nassen Tüchern, weil sie fürchteten, dass ihre Tiere in dieser wasserlosen Wüste verrückt vor Durst würden. Die vorausfahrenden Planwagen wirkten in der flirrenden Hitze wie gigantische Schiffe, die entfernten Berge schienen in der Luft zu schwimmen. Die Mittagssonne war wie ein Hammer oder ein vulkanischer Schmiedeofen, wie die Gebildeteren unter den Reisenden es ausdrückten. Und die Nächte waren erbarmungslos kalt, die eisige Kälte drang durch die Schlafdecken, ließ Kinder weinen und die Rinder muhen. Der Boden war so hart gebrannt und fest, dass die Hufe der Tiere keinerlei Spuren hinterließen. Schließlich gelangten sie an einen flachen See, der den Alkalistaub in Schlamm verwandelte. Nun wurde jeder Schritt zur Qual, der klebrige Brei hing wie Bleigewichte an ihren Füßen, klumpte um Wagenräder und brachte Ochsen ins Stolpern.

Dennoch quälte sich der Tross weiter durch die sengende Hölle. Joe Stricklands Fuß verschlimmerte sich von Tag zu Tag. Emmeline hielt den Kopf des von Fieber geschüttelten Mannes in ihrem Schoß.

Auch andere Pioniere kränkelten, aber sie kämpften sich weiter vorwärts, denn ein Anhalten bedeutete den sicheren Tod.
Eine Abordnung von Männern kam zu Tice, man wolle die Mormonen um Hilfe bitten (obwohl niemand zu sagen vermochte, wo genau Brigham Youngs Sekte sich niedergelassen hatte), doch Tice, wohl wissend um seinen schlechten Ruf bei den Heiligen der Letzten Tage, wusste dieses energisch zu verhindern, indem er erklärte, dass sie viel zu weitab seien und es einem Selbstmord gleichkäme, nach der Sekte zu suchen.
Immer weiter mühte sich der Treck, durch die brütende Hitze des Tages und die bis ins Mark gehende Kälte der Nacht, mit aufgesprungenen, blutigen Lippen, geschwollenen Zungen und nur noch löffelweise zugeteilten Wasserrationen. Die Ochsen der Schumann-Brüder versagten als Erste, sie legten sich einfach nieder und brüllten vor Durst. Daraufhin vergruben die vier Deutschen ihre Pflüge und landwirtschaftlichen Geräte einfach im Sand mit dem festen Vorsatz, sie wieder auszugraben, sobald sie Land in Oregon gefunden hatten.
Das Neugeborene der Biggs, das erst vor drei Monaten von Albertina Hopkins ans Licht der Welt geholt worden war, erlag der Hitze und wurde im Sand begraben. Die Hühner der Benbows kippten vor Durst einfach um, und selbst Daisy, die sonst so unermüdliche Hündin, trottete nur noch neben Sean Flahertys Wagen her.
Alle dachten, die Große Salzwüste würde niemals enden.

Aber auch dieser Spuk hatte irgendwann ein Ende. Als die Wagenkolonne an der ersten Wasserstelle am Fuß der Sierra Halt machte, als sich der heiße Tag einem kühlen Abend zuneigte, als das Vieh im wilden Galopp ans Wasser jagte und Matthew Lively wieder einmal an die dunkle Prophezeiung seiner Mutter dachte, trat Emmeline zu ihm. »Joe Strickland hat Wundbrand. Sein Fuß muss amputiert werden.«
Matthew fühlte sich plötzlich, als trüge er alle Last dieser Welt auf

seinen Schultern. Er sank zu Boden, wo er gerade versucht hatte, ein Lagerfeuer zu entfachen, und schüttelte den Kopf. »Das kann ich nicht tun.«
Emmeline hockte sich neben ihn und legte ihm besänftigend die Hand auf den Arm. Wie bei allen anderen, war Matthews Gesicht von der Sonne verbrannt, seine Augen waren gerötet, seine Kleider starrten vor Schweiß und Schmutz. »Ich werde Ihnen beistehen«, erklärte sie. »Ich habe meinem Vater einmal bei einer Amputation assistiert. Ich bin nicht zimperlich, Dr. Lively.«
Er sah sie an und hätte am liebsten geheult. »Miss Fitzsimmons, ich bin kein Doktor.«
Sie starrte ihn an. »Was soll das heißen?«
»Das heißt, dass ich kein Mediziner bin. Sie haben das in Independence damals von mir angenommen, und ich habe es nicht richtig gestellt.«
Sie runzelte die Stirn. »Was sind Sie dann?«
Mit leiser Stimme beichtete er. »Ich bin Bestatter.«
Die Falten auf Emmelines Stirn wurden tiefer. »Ein Bestatter? Etwa ein Leichenbestatter?«
»Genau.«
»Aber … Ihre Arzttasche …«
»Die Instrumente, mit denen man einen Körper heilt, sind dieselben, mit denen man einen Körper zur letzten Ruhe bettet. Besonders dann, wenn der Tod durch eine Verletzung eingetreten ist. Wie ein Arzt müssen auch wir nähen und Wunden verbinden. Und das Stethoskop – nun, damit vergewissern wir uns, ob der Mensch auch wirklich tot ist, bevor er unter die Erde kommt.«
»Ich habe Sie in der Apotheke aber doch Medizin kaufen sehen!«
»Die war für mich bestimmt. Ich hab's im Winter immer auf der Brust.«
Emmeline war von dieser Neuigkeit so verwirrt, dass ihr beinahe die Wort fehlten. »Warum haben Sie es nicht richtig gestellt? Warum haben Sie uns alle in dem Glauben gelassen, Sie seien ein Doktor?«

Sein Blick wurde kummervoll. »Wenn Sie sich einer Gruppe von Leuten angeschlossen hätten, deren Leben von Ihnen abhängt, würden Sie denen sagen, Sie seien ein Leichenbestatter? Miss Fitzsimmons, Sie haben sich über die Vorurteile und das Stigma beklagt, unter denen Sie als Frau leiden müssen. Ich leide genauso unter Vorurteilen und dem Stigma meines Berufes. Denken Sie nur daran, wie sich Albertina Hopkins' Einstellung mir gegenüber gewandelt hat, als sie hörte, dass ich Arzt sei. Zuerst konnte sie mich nicht leiden, weil ich Sie in meinem Wagen mitfahren ließ, aber weil sie mich für einen Arzt hielt, billigte sie es.«
Das gab Emmeline zu denken. »Ja, ich glaube, ich verstehe, was Sie meinen.«
»Die Menschen fühlen sich in meiner Gegenwart unbehaglich«, fuhr Matthew kläglich fort. »Ich erinnere sie an etwas, das sie lieber vergessen. Aber unsere Familie betreibt dieses Geschäft schon seit Generationen. Mein Vater ist Leichenbestatter, meine Brüder sind es ebenfalls. Ich hatte gar keine andere Wahl.«
»Mein lieber Matthew«, sagte Emmeline sanft, wobei sie ihn zum ersten Mal mit seinem Vornamen anredete. »Sie brauchen sich nicht dafür zu schämen, was Ihr Vater Ihnen beigebracht hat, denn was Sie tun, ist keine Schande. Es ist ein ehrbarer, ein wichtiger Beruf, und die Menschen brauchen jemanden wie Sie, der den Toten und dem Leid Achtung entgegenbringt, wie ich es bei Ihnen erlebt habe. Mein Vater hat mir von Leichenbestattern erzählt, die Leichen bestehlen und die Angehörigen betrügen; die den Kummer und die Schuldgefühle der Hinterbliebenen ausnutzen und ihnen Särge verkaufen, die sie sich nicht leisten können. Aber Sie, Matthew, können eine wichtige Aufgabe erfüllen, denn Sie werden in der härtesten und leidvollsten Stunde eines Menschen gerufen.«
Während Matthew Emmeline sprachlos anstarrte, kamen ihm Honorias Worte wieder in den Sinn, mit denen sie seinen Heiratsantrag abgelehnt hatte: »Ich könnte nie mit einem Mann leben, der täglich mit Toten zu tun hat.«

»Also macht Ihnen mein Beruf nichts aus?«
»Ich wäre die schlimmste Scheinheilige, wenn ich das täte! Als ich erkannte, wie fest die Menschen im Osten in ihren Vorurteilen und einer überholten Tradition verhaftet sind, stand mein Entschluss fest, nach Westen zu gehen. Die Menschen werden in vorgegebene Formen gepresst, und man erwartet von ihnen, dass sie darin ausharren. Ich wollte Ärztin werden, aber ich bekam immer wieder zu hören, eine Frau sei dazu bestimmt, Ehefrau und Mutter zu sein. Also beschloss ich, dahin zu ziehen, wo die Denkweise noch freiheitlich ist. Was für eine Feministin wäre ich wohl, wenn ich von anderen Unvoreingenommenheit forderte und sie nicht selber praktizierte?«
»Und Sie glauben nicht ...?« Matthew musste sich räuspern, seine Wangen glühten. »Dass es mit meinem Namen ein Problem gibt? Es wäre mir lieber, ich bräuchte ihn nicht zu ändern.«
Emmeline sah ihn einen Moment lang an, bis sie verstand. »Oh!«, und ihre Hand flog zum Mund.
»Wie Sie sehen, werde ich nicht nur ein Paria sein, sondern auch noch die Zielscheibe des Spotts.«
Emmeline lächelte fein. »Der Name scheint Ihren Vater doch nicht zu stören, oder? Also sollte er Sie auch nicht stören.«
»Es gibt da einen Unterschied«, warf der unglückliche Matthew ein. » Die Livelys waren seit Generationen, ja seit den Pilgervätern, Leichenbestatter in Boston. Keiner hat sich bei dem Namen je etwas gedacht. Aber hier draußen? Kann ein Leichenbestatter mit dem Namen Lively je Achtung erwarten?«
Emmeline räumte ein, dass das ein Problem sein könnte, aber dies sei nicht der Zeitpunkt, sich über Matthew Livelys Namen den Kopf zu zerbrechen. Joe Strickland würde sterben, wenn sich nicht bald jemand um seinen Fuß kümmerte.
Sie gingen zu seinem Wagen, und obwohl Joe Strickland zwei Tage lang ohne Bewusstsein gewesen war, schlug er nun die Augen auf und sagte in einem jener raren Momente der Erkenntnis, die Män-

ner auf der Schwelle des Todes überkommt: »Ich weiß es zu schätzen, was Sie für mich getan haben, Doc, und ich weiß, dass Sie mir helfen wollen, aber ich kann Ihnen mein Bein nicht geben. Seit ich krabbeln konnte, habe ich Rinder getrieben, ich habe nichts anderes gelernt. Und es gibt nichts Nutzloseres als einen einbeinigen Viehtreiber. Also verabschiede ich mich hiermit, wenn Sie nichts dagegen haben.«

Joe starb noch in derselben Nacht, und keiner machte Matthew einen Vorwurf – ein jeder versicherte ihm, dass er sein Möglichstes getan hätte. In dieser denkwürdigen Nacht schlug Emmelines Interesse an Matthew Lively in aufrichtige Bewunderung um, weil dieser Mann, obwohl ihn die Geheimniskrämerei um seinen Beruf quälte, die Empfindungen der anderen über seine eigene Befindlichkeit stellte. Sie hütete sein Geheimnis und redete ihn weiterhin mit Dr. Lively an.

Was nun Matthew betraf, sollte er in den folgenden Wochen noch oft an jene Nacht zurückdenken, denn das war der Moment, da er sich verliebt hatte.

Der Treck mühte sich weiter voran. Zugochsen brachen zusammen, auf der Suche nach Wasser wanderten Rinder einfach davon. Vier weitere Planwagen wurden aufgegeben, Gegenstände, die nicht weiterbefördert werden konnten, wurden mit dem Vorsatz vergraben, sie später wieder hervorzuholen. In die Erde wanderten Koffer mit Kleidern und Andenken, Familienerbstücke, Steppdecken, Butterfässer und gusseiserne Bratpfannen. Auf dem langen Weg von Independence hatten die Emigranten verschiedene Möglichkeiten erprobt, wie sie ihr Geld aufbewahren konnten. Die einen packten es mit den Kleidungsstücken in einen Koffer, andere wiederum bohrten Löcher in die Planken ihrer Planwagen, um die Münzen dort zu verstecken. Zu Silas Winslows Inventar gehörte eine spezielle Blechkiste mit der Aufschrift: *Ätzend! Beim Öffnen sofortige Verätzung der Augen und der Haut!* Hier hatte er all seine Schätze ver-

borgen. Angesichts der Tatsache, dass er nunmehr seinen Wagen und sein unhandliches Fotogerät zurücklassen musste, schnallte er sich nur die mit Goldmünzen gefüllte Blechdose um.
Mittlerweile war Eile geboten. Die Auswanderer hatten wertvolle Zeit mit der Suche nach entlaufenen Rindern verloren, der Sommer neigte sich seinem Ende zu, die nahe gelegenen Berggipfel trugen Schneekappen, die Vorräte wurden knapp, und sie hatten noch Hunderte von Meilen durch die Nevadawüste vor sich.
Nachdem sie die Große Salzwüste hinter sich gelassen hatten, gelangten sie in die Berge. Von einem Gebirgspass blickten sie in das nächste öde Tal, und dahinter erhob sich der nächste Gebirgskamm mit einem weiteren Tal dahinter. So war die Topographie Nevadas: Gebirgskämme und Täler reihten sich aneinander, jedes Tal eine Wüste, jeder Bergkamm eine Mauer. Und den Menschen blieb nichts anderes übrig, als einen Fuß vor den anderen zu setzen und zu beten, dass die letzten Ochsen noch durchhalten würden.
Sie betraten das Land der Paiute-Indianer, wo Überfälle zum Alltag gehörten. Nachts wurden Rinder gestohlen, im hellen Tageslicht Pferde entwendet. Und mit der schwindenden Zahl der Ochsen mussten weitere Planwagen aufgegeben werden. Die Mehrzahl der Auswanderer, die ihr ganzes Hab und Gut aufgegeben hatten, musste nun zu Fuß gehen, die Kinder ritten zu zweit auf einem Pferd, und der verbliebene Proviant wurde auf die restlichen Wagen verteilt.
Charlie Benbow verlor noch ein paar Hühner, ihm blieb nur noch sein Grundstock, den er Tag und Nacht bewachte. Die Hopkins-Tochter, die am South-Pass verheiratet worden war, suchte Emmeline wegen unerklärlicher Schmerzen auf. Da das Mädchen im vierten Monat schwanger war, verabreichte Emmeline ihr ein Beruhigungsmittel und behielt ihre Sorgen für sich. Sean Flaherty besaß zwar noch seine Hündin Daisy, aber sein Vorrat an Kartoffeln, mit denen er in Oregon einen Neuanfang hatte machen wollen, war geschwunden. Osgood Aahrens hatte all sein Barbierwerkzeug im Schlamm

verloren. Als der Treck sich schließlich am Truckee-River entlangquälte, waren Menschen und Vieh ausgemergelt und die Vorräte erschreckend knapp, und als sie endlich die Sierra erblickten, lagen ihre Gipfel unter dunklen, Unheil verkündenden Wolken.

In der dritten Oktoberwoche stolperte die erschöpfte Kolonne in ein breites Gebirgstal, wo bereits die ersten Schneeflocken um die Kiefern tanzten. Hier machten sie Rast und lagerten, so gut sie konnten. Am nächsten Tag erwachten sie bei leichtem Schneefall, der ihnen bedeutete, dass sie sich mit der Überquerung der Sierra sputen mussten, bevor weitere Schneefälle jedes Vorankommen unmöglich machten.

Fünf Tage später erreichten sie den Truckee-See, dahinter stieg der Trail zu seinem höchsten und schwierigsten Punkt am Truckee-Pass an – der letzten großen Barriere zwischen den Auswanderern und dem Sacramento-Tal in Kalifornien. Bei ihrem Versuch, den Pass zu bewältigen, wateten sie bald durch hohe Schneewehen und kamen nicht mehr voran. Sie kehrten zum See zurück, wo es genug Holz und die Aussicht auf Wild gab. Hier bauten sie provisorische Unterkünfte aus Zelten, Quilts, Büffelhäuten und Zweigen. Einhundertfünfzig Menschen verkrochen sich im Schutz ihrer Notunterkünfte und hofften inbrünstig auf eine baldige Schneeschmelze, damit sie den Pass überqueren konnten. In der Zeit des Hoffens und Bangens machten sie eine Bestandsaufnahme ihrer gesamten Habe: Sie besaßen noch ein paar Wagen mit Rindern und Pferden und Vorräte an Bohnen und Mehl, Kaffee und Zucker. Man beschloss, alles, auch Sean Flahertys Kartoffeln und Benbows Hühner, zusammenzulegen und gerecht aufzuteilen.

Als Albertina Hopkins in dieser Nacht darauf bestehen wollte, dass die ledigen Mädchen, und dabei schaute sie Emmeline Fitzsimmons besonders scharf an, in einer getrennten Unterkunft schlafen sollten, zischte ihr Ehemann nur: »Halt den Mund, Frau«, und sie gehorchte.

Matthew fand keinen Schlaf. Ein eisiger Wind fuhr durch die Ritzen und Löcher des Zeltes und ließ ihn unter seinen Decken frösteln. Aber noch etwas anderes hielt ihn wach: ein bohrendes, ungutes Gefühl, das ihn schon seit der Abreise von Fort Bridger quälte, dass nämlich etwas grundsätzlich nicht stimmte.
Er stieg über schlafende Körper, rüttelte Amos Tice wach und forderte ihn in harschem Flüsterton auf, ihm nach draußen zu folgen, wo ein heller Mond die Schneelandschaft beschien. Mit ungewohnter Schärfe stellte Matthew den Mann zur Rede, dass dies keineswegs die versprochene einfachere Strecke sei, und bestand darauf, einen Blick auf die Karte zu werfen.
In der Annahme, dass Matthew im Mondlicht nicht genug würde sehen können, zog der Kolonnenführer murrend die Karte hervor. Aber Matthew bemerkte vor allem etwas, das er in Fort Bridger übersehen hatte: dass diese Karte stümperhaft und nicht maßstabsgerecht gezeichnet war.
»Wo haben Sie die her, Amos?«, fragte er misstrauisch.
Tice wich seinem Blick aus. »Hab sie in Fort Bridger bekommen.«
»Wo der alte Trapper jeden vor dieser angeblichen Abkürzung gewarnt hat? Und Sie haben dieser Karte geglaubt? Das ist eine Fälschung, Amos! Das sieht doch jedes Kind!«
In Tices müden Augen glimmte ein letzter Funken Trotz. »Schätze mal, das ändert jetzt auch nichts mehr.« Er fuhr mit der Hand in seine Hirschlederjacke und zog ein dickes, fleckiges Papier heraus, das sich, auseinander gefaltet, als ein Plakat herausstellte, das von Goldfunden bei Sutters' Sawmill kündete.
Matthew stand wie vom Donner gerührt. »Sie hätten uns ruhig fragen sollen, ob wir an Gold interessiert sind!«
Doch Tice lachte nur hämisch und ging zurück zu seiner Hütte. Am nächsten Morgen waren der Kolonnenführer und fünf weitere Männer verschwunden.
Sie hatten die Auswanderer ihrem Schicksal überlassen.

Sie brachen das Lager ab, beluden die verbliebenen Wagen und zogen bergan, aber alle Mühe war vergeblich. Es wurde immer frostiger, über den Kiefern hingen schwere Wolken, und die Menschen zitterten in ihrer klammen Kleidung vor Kälte. Panik und Verzweiflung machte sich breit, und alle beteten, dass das Wetter sich halten möge.

Als ein plötzlicher eisiger Schauer den Treck durchnässte, hielt einer den Regen für ein gutes Zeichen. Matthew aber dachte an die Worte, die er in Fort Bridger gehört hatte: »Regen in einem Sierratal bedeutet Schnee auf dem Pass.«

Zum ersten Mal in seinem Leben verspürte Matthew tiefe Angst. Er hatte schon oft mit dem Tod zu tun gehabt, im Leichenschauhaus seines Vaters und bei den Séancen seiner Mutter, aber noch nie war er mit seiner eigenen Sterblichkeit konfrontiert worden. Und das erschreckte ihn. Wie kühn war er sich doch vorgekommen, als er hoch auf seinem Kutschbock Independence verlassen hatte, in einer Kolonne tapferer Menschen, die auszogen, die Wildnis zu erobern. Jetzt sah er alles mit anderen Augen. Mit bangem Herzen wurde ihm klar, dass sie alle bisher noch nicht richtig gefordert worden waren, denn sie hatten den Treck als ein Kinderspiel gesehen, als ein lustiges Abenteuer mit Picknick und romantischen Lagerfeuern.

Mit einer so ernsten Situation hatte keiner gerechnet.

Sie bauten sich abermals behelfsmäßige Unterkünfte und beteten in gedrückter Stimmung, dass der Regen die Schneeverwehungen fortwaschen möge, doch am nächsten Morgen lag der Schnee noch höher.

Der Berg ragte bedrohlich vor ihnen empor, dennoch mussten sie es wagen. Die Zugochsen waren von ihrer kargen Nahrung aus Kiefernzweigen geschwächt, und noch mehr Wagen mussten aufgegeben werden. Man türmte möglichst viel auf die verbliebenen Ochsen und trug den Rest selber, sogar die Kinder bekamen kleine Lasten auf den Rücken gebunden.

Der Schnee lag mittlerweile drei Fuß hoch.

Nach einem letzten Versuch, den Pass zu bewältigen, zogen sich die Auswanderer entmutigt und erschöpft an einen kleinen See zurück und errichteten in einem weiteren Schneesturm notdürftige Unterkünfte aus Wagenplanken und Zeltplanen, die sie mit Decken und Büffelhäuten abdichteten. Das Unterfangen, innerhalb ihrer Behelfshütten ein Feuer zu entzünden, schlug fehl. Beißender Qualm trieb sie hustend ins Freie. Schließlich schnitten sie Abzugslöcher in die Zeltplanen, durch die die Kälte erneut eindrang. Mit der Jagd hatten sie ebenso wenig Erfolg. Matthew gelang es, einen Kojoten zu fangen, aus einer Eule wurde Brühe für die Kleinkinder und die Gebrechlichen gekocht. Wild zu jagen erwies sich als zwecklos, da sich die Tiere in niedriger gelegene Regionen zurückgezogen hatten. Bohnen und Mehl wurden gestreckt und in mageren Portionen zugeteilt. Benbows letzte Hühner waren mittlerweile auch verspeist und Sean Flahertys Kartoffeln aufgebraucht. Trotz aller Not vergaßen sie nie, ein Dankgebet vor ihrem kargen Mahl zu sprechen.
Auf siebentausend Fuß über dem Meeresspiegel mühten sie sich, ein Feuer zu entfachen und es am Brennen zu halten. Die geschwächten Menschen hatten in dieser Höhe Mühe mit dem Atmen, und die arme, frisch verheiratete Hopkins-Tochter erlitt eine Fehlgeburt, die sie beinahe das Leben kostete. Sie verhalfen dem Fötus zu einem christlichen Begräbnis, und Albertina Hopkins, mittlerweile um einige Pfunde leichter und um einiges umgänglicher, kümmerte sich grimmig um ihre Stieftochter.
Nach sieben Tagen unaufhörlichen Schneefalls zeigte sich die Sonne wieder, und die Auswanderer beschlossen, eine Vorhut über den Pass zu schicken, die Hilfe von Sutter's Mill holen sollte. Man wählte die acht stärksten Männer aus, aber als Matthew sich freiwillig meldete, stimmten alle dafür, dass der »Doc« bei den Frauen und Kranken bleiben sollte. Die beherzten Männer wurden mit den wärmsten Kleidungsstücken, mit Proviant aus getrocknetem Rindfleischstreifen versehen und mit aufmunternden Worten verabschiedet.

Bei Sonnenuntergang kamen sie zurück. Es gab kein Vorwärtskommen, berichteten sie. Der Schnee hatte alle Wege blockiert.

Schätzungsweise um den 5. Dezember herum begannen die Auswanderer, ihre letzten Rinder zu schlachten, sofern diese sich nicht in den Schneestürmen verirrt hatten und im Schnee erfroren waren. Und nach weiteren erfolglosen Versuchen, Wild zu jagen, beschlich die Menschen eine neue, schreckliche Befürchtung: Wenn sie hier für den Winter gestrandet waren, würden sie nicht genug Nahrung zum Überleben haben.

Sie fanden Charlie Benbows Ehefrau Florine erfroren unter ihrer Schlafdecke. Da der Boden zu hart war, um ein Grab zu schaufeln, wickelte man sie in ein Laken und bettete sie zwischen zwei Planken, die mit Steinen beschwert wurden.

Ein weiterer Versuch der Passüberquerung, diesmal mit den Frauen, wurde von einem neuen Schneesturm vereitelt. Zusammengekauert hockten die Menschen in ihren dürftigen Zelten und Zweighütten, frierend und müde, und versuchten sich an Feuern zu wärmen, die immer kleiner wurden, weil sich kaum noch trockenes Brennholz fand. Bibeln, die sonst der geistigen Erbauung dienten, wurden jetzt zur körperlichen Erbauung verbrannt, so wie alles andere, das sich nicht anziehen oder essen ließ. In dumpfer Verzweiflung sahen sie die Psalter, das Hohelied Salomos, die Evangelien und die Briefe des Apostel Paulus in Rauch aufgehen. Die Kinder wurden in die dicksten Decken gewickelt und schliefen Seite an Seite mit den wenigen verbliebenen Hunden, die sie wärmten. Frische Schneefälle während der Nacht begruben ihre versteckten Fleischvorräte, und sie brauchten einen ganzen Tag, um das Fleisch mit Hilfe langer Stöcke wieder zu finden. Tags darauf waren die Fleischvorräte ganz verschwunden, Wolfsspuren führten vom Lager weg.

In einem Anfall verzweifelten Mutes, der zum größten Teil von dem nagenden Hunger herrührte, beschloss Silas Winslow, den Pass alleine zu erklimmen und Rettung für das Camp zu holen. Zwei Tage

später fanden sie ihn, noch am Leben, aber schneeblind. Sie schafften ihn ins Camp zurück und verbanden ihm die Augen mit Kattun, um weitere Schäden zu verhindern. Immerhin rang Silas Winslow sich noch die witzige Bemerkung ab, er hoffe, sein Augenlicht bald zurückzugewinnen, denn wozu sei ein blinder Fotograf wohl gut?
Emmeline gab sich alle Mühe, die Gesellschaft bei Laune zu halten. Sie stimmte Lieder an, erzählte Geschichten und fragte alle nach ihren Vorhaben in Oregon. Einige Abende lang gelang ihr die Ablenkung, doch dann setzte die Kälte den Menschen derartig zu, dass sie nur noch mit klappernden Zähnen in ihre Decken gehüllt dasaßen und alle Gespräche verstummten.
Wie bei seinen Mitstreitern wuchsen auch Matthews Ängste mit jedem Tag, denn ein lähmender Schrecken lag in der Luft. Die gesamte Landschaft – die Felsen, die Kiefern und der kleine See – ruhte unter einer dicken Schneedecke. Kein Vogel, kein Fisch, keine Kiefernzapfen zu entdecken. Wenn ihre letzten Vorräte ausgingen, würden sie sich etwas einfallen lassen müssen.
Matthew hielt den blauen Kristall Tag und Nacht in seiner behandschuhten Hand. Der Hungertod rückte immer näher. Die Eingeschlossenen litten allesamt unter Erfrierungen. Als auch die gute alte Daisy ihr Leben lassen musste, stürzte Sean Flaherty in seinem Kummer aus dem Zelt und versuchte, sich an einem Baum aufzuhängen. Doch der gefrorene Ast brach ab, und die Männer holten Flaherty ins Zelt zurück.
Der blaue Kristall hielt keine Antwort bereit, egal, wie inbrünstig Matthew in sein Inneres starrte. Er spürte nichts von der spirituellen Kraft, die dem Stein angeblich innewohnte, und vernahm keine von einem Geisteratem gehauchte Antwort.

Am Ende hatten sie nichts mehr zu essen. Sie begannen, Häute auszukochen, Pelzdecken in Stücke zu schneiden und zu rösten; sie buken Schnürsenkel in der Glut und nagten an mit Pfeffer gewürzten Knochen. Zum ersten Mal sprachen sie kein Dankgebet.

Sie wurden immer schwächer. Sie träumten vom Essen. Wahnsinnig vor Hunger, stürzte einer der Männer aus dem klammen Zelt und wurde Stunden später tot im Schnee gefunden. Sie ließen ihn liegen, sollten die Schneewehen ihn zudecken. Charlie Benbow fing an, Gespräche mit seiner toten Frau Florine zu führen.
Matthew und Emmeline schliefen eng aneinander geschmiegt, ohne jeden Gedanken an körperliche Intimitäten. In der Umarmung fanden sie Trost und Wärme.

Am Weihnachtsmorgen tobte ein neuer Schneesturm. Der Wind schnitt wie ein Messer durch die Zeltplanen und heulte wie ein vom Schmerz gequältes Tier. Mit glasigen Augen durchwühlten die Eingeschlossenen ihre wenigen Habseligkeiten nach irgendetwas Essbarem. Gold und Münzen warfen sie weg, die hatten keinen Wert mehr für sie. Zwei Wochen lang hatten sie nun schon ohne Essen vegetiert und nur von geschmolzenem Eis gelebt, das sie in kleinen Schlucken tranken.
Rebecca O'Ross, von jeher keine besonders kräftige Frau, starb als Erste den Hungertod. Als eine Woche später einer der Schumann-Brüder an Lungenentzündung starb, zögerten die Überlebenden zum ersten Mal bei der Vorbereitung der Beerdigung. Es wurde kein Wort gesagt, und jeder mied den Blick des anderen, aber ein Gedanke ging allen durch den Kopf: Hier, in der Gestalt von Helmut Schumann, lag frisches Fleisch.
»Um Himmels willen, nein!«, rief Matthew entsetzt, als ihm die Bedeutung ihres Schweigens aufging. »Wir sind doch keine Tiere!«
»Sind wir doch«, erklärte Mr. Hopkins traurig. »Menschliche Wesen, vielleicht, und Gottes Kinder, aber trotzdem Kreaturen, und wir brauchen etwas zu essen.« Seine Frau Albertina schlug weinend die Hände vors Gesicht. In der klapprigen Gestalt mit dem schlotternden Kleid war die Frau mit dem herrischen Gebaren von einst nicht mehr wiederzuerkennen. Aber ihre zwei Kinder waren tot, ihr Mut gebrochen.

»Und was ist mit *mir?*«, empörte sich Manfred Schumann. »Ich kann doch nicht meinen eigenen Bruder essen!«

Das bedeutungsvolle Schweigen der Gruppe verriet ihm, dass Helmut nur der Erste war, weitere würden folgen.

Matthew stürzte nach draußen. Tränenblind stolperte er durch den Schnee, sank auf die Knie und begann herzzerreißend zu schluchzen. Als Emmeline ihn einholte, zog er sie in die Arme. Er konnte spüren, dass sie unter ihren Kleiderschichten nur noch Haut und Knochen war. Aber in ihren Augen, die sein Gesicht mit Sorge und Mitgefühl erforschten, war immer noch Leben, und in ihren Lippen, als sie mit den seinen verschmolzen.

»Das können wir nicht tun«, schluchzte er an ihrem Hals. »Wir können uns nicht so erniedrigen.«

»Haben wir denn eine Wahl? Sollen wir uns dem Tod überlassen? Matthew, wir sitzen in der Falle. Und wir werden bis zum Frühjahr ausharren müssen. Wir haben keine Nahrung …« Dann brach auch sie weinend zusammen. Sich in den Armen wiegend, hielten sie einander fest, und ihr verzweifeltes Schluchzen stieg zu dem eisigen, gleichgültigen Himmel empor.

Schließlich fand Emmeline die Fassung wieder. Sie half Matthew auf die Füße. »Sie brauchen einen Anführer. Sie brauchen jemanden, der ihnen Kraft gibt und Mut macht. Sie respektieren dich.«

»Ich tauge nicht zum Anführer. Du bist tapfer, Emmeline. Das warst du bereits, als du beschlossen hattest, allein in den Westen zu reisen.«

Ihr Blick glich dem eines verwundeten Tieres. »Ich bin nicht tapfer. Nicht mehr. Ich habe ganz schreckliche Angst. All dieser Mut – nur bloßes Gerede, weil alles so einfach schien. Aber jetzt, wo es darauf ankommt, merke ich, dass ich gar nicht mutig bin. Du hast Glück, denn du hast den Kristall der Träume, der dich lenkt. Ich habe nur mich, und ich bin kein guter Anführer.«

Matthew nahm den blauen Stein hervor und versuchte, den Lenkenden Geist darin zu finden, den seine Mutter stets beschworen hatte. Mit einem Mal wichen alle Hoffnungen und falschen Erwartungen an den Stein einem schrecklichen Gefühl von Hunger und Verzweiflung. »Alles nur Humbug!«, rief er aus und schleuderte den Stein weit weg.

»Nein!«, wandte Emmeline ein, denn obwohl sie selbst nicht an die Zauberkraft des Steins glaubte, wusste sie doch, dass Matthew es tat. Sie stolperte durch den Schnee davon, um nach dem blauen Kristall zu suchen.

»Warte!« Matthew eilte ihr nach.

Als sie den Stein fanden und Emmeline sich gerade nach ihm bücken wollte, entdeckte Matthew etwas im Schnee. Er runzelte die Stirn, kniete nieder und schaute genauer hin. Kein Zweifel: Da waren Bärenspuren.

»Was ist?«, fragte Emmeline, als sie seinen Gesichtsausdruck sah.

Matthew richtete sich wieder auf und schaute sich um. Die Landschaft war blendend weiß und nahezu konturlos. Er verhielt einen Moment.

Dann rümpfte er die Nase. »Riechst du das?«

Emmeline schnupperte in die Luft. »Was für ein Gestank!«

»Ich glaube, ich weiß, was das ist.« Er rannte in den tiefen Schnee voran, Emmeline auf den Fersen.

Vor einem kleinen Haufen Bärenkot blieben sie stehen. Er stank bestialisch und dampfte noch, das bedeutete, dass der Kothaufen frisch und der Bär in der Nähe war.

»Das müssen wir den anderen sagen!«, rief Emmeline aufgeregt. »Wir können ihn töten! Wir haben zu essen …«

»Nein! In einer Gruppe würden wir das Tier verscheuchen und nie mehr finden. Wenn ich mich mit einem Gewehr anschleichen könnte …«

»Matthew, du bist kein Jäger!«

Eine innere Stimme sagte ihm, dass dies etwas war, das er allein und rasch erledigen musste. Mit Herzklopfen rannte er zu einer der Unterkünfte, schnappte sich Charlie Benbows Gewehr. Er konnte es den anderen nicht erklären, die ohnehin zu schwach und zu lethargisch waren, um zu merken, dass er das Gewehr nahm. Und es wäre einfach zu grausam, ihnen unnötig Hoffnung zu machen. Er bedeutete Emmeline, im warmen Zelt auf ihn zu warten und für ihn zu beten.

Es grenzte an Wahnsinn, allein und nur mit einem Vorderlader bewaffnet, einen Bär stellen zu wollen, aber Matthews Denken wurde in diesem Moment nicht von Vernunft gelenkt. Er sicherte die Waffe und stopfte sich die einzige andere Kugel zum raschen Nachladen in seinen Fausthandschuh. Dann folgte er der Bärenspur mit einiger Schwierigkeit, denn der Schnee blendete ihn so sehr, dass er die Augen zusammenkneifen musste. Bei jedem Atemzug brannten seine Lungen, und seine Füße waren bereits taub. Hin und wieder hielt er inne und lauschte, aber der schneeweiße Wald lag totenstill.

Seine Verzweiflung wuchs mit jeder Minute. Er musste dieses Tier finden! Er musste die anderen von dem unvorstellbaren Vorhaben abhalten. Matthew war in Achtung vor den Toten erzogen worden. Leichenschändung war etwas Abscheuliches. Die Toten konnten sich nicht wehren, es oblag den Lebenden, sie zu schützen.

Aber die Leute im Camp waren doch selber bereits wandelnde Tote.

Plötzlich erstarrte er. Da, gut fünfzig Meter vor ihm, stand ein riesiger Grizzlybär und scharrte im Schnee. Matthew schlich sich näher heran, kauerte sich hinter einen Baum, entsicherte das Gewehr, legte sorgfältig an und feuerte.

Der Bär brüllte auf, dann stellte er sich auf die Hinterbeine. Er sah Matthew und stürzte auf ihn los. Rasch lud Matthew Pulver nach und rammte die zweite Bleikugel in den Lauf. Er legte an und feuerte abermals. Ein Aufbrüllen, und der Bär taumelte. Er ließ sich auf seine vier Pfoten fallen und lief davon. »Warte«, rief Matthew hinter ihm her, nicht glauben wollend, dass er dem Tier so nah gewesen war und es jetzt verlieren sollte. »Bitte!« Tränen liefen ihm über das Gesicht. All diese Nahrung. Er hätte alle retten können. Aber er hatte schlecht gezielt und danebengeschossen.

Dann entdeckte er die Blutspur im Schnee.
Er hastete ins Camp zurück. Um den Leichnam von Helmut Schumann waren mehrere Männer versammelt, Mr. Benbow hielt ein Schlachtermesser in der Hand. Die Frauen saßen weinend um das Feuer geschart. »Halt!«, rief Matthew.
Als er den Männern hastig von dem Bären erzählte und sie aufforderte, ihm zu folgen, fand er keine große Zustimmung. »Ein verwundeter Bär ist gefährlich«, wandte Aahrens, der Barbier, ein. Charlie Benbow pflichtete ihm bei: »Ich habe gesehen, was ein angeschossener Bär einem Menschen antun kann. Es ist Selbstmord, Doc.«
Bret Hammersmith meinte: »Warum folgen *Sie* ihm nicht? Schauen Sie nach. Dann kommen Sie uns holen.«
Matthew blickte in die hohläugigen, von Hunger gezeichneten Gesichter und wusste, dass die Männer nicht auf ihn warten würden. Sie wollten ihn bloß loswerden. »Ich bin zu geschwächt«, erklärte er, und das entsprach der Wahrheit. »Ich schaffe es gerade noch einmal durch den Schnee, dann bin ich erledigt. Ich bitte euch alle mitzukommen. Ich habe diesen Bären so gut wie erledigt. Er lebt nicht mehr lange. Und wenn wir ihn finden, haben wir genug Nahrung, um zu überleben.« Er schaute sich in der Hölle um, in der sie bereits standen. »Unsere Körper mögen hier wohl überleben, aber unsere Seelen werden tot sein.«
Sogar Emmeline fürchtete sich, das Lager zu verlassen. Er nahm ihre eiskalten Hände: »Du musst jetzt Mut beweisen, Emmeline. Für die anderen. Wenn du gehst, werden die anderen folgen.«
»Aber ich habe Angst.«
»Ich sorge dafür, dass alles gut geht. Keine Sorge, mein Schatz.«
Am Ende folgten sie ihm, halb verhungerte Menschen, die sich an den Händen hielten, Angehörige auf dem Rücken schleppten, wahnsinnig vor Hunger durch Schneewehen stolperten. Sie trugen nur wenige kostbare Habseligkeiten bei sich – Wolldecken und Quilts, Kochtöpfe und streng gehütete Glut von ihren Feuerstätten.

Wie oft wollten sie schon aufgeben, weil sie sich in einer blendend weißen Hölle verloren glaubten. Doch immer wieder entdeckte Matthew neue Blutspuren, scharlachrote Tropfen im Schnee, und er drängte seine Truppe weiter, versprach ihnen am Ende eine wahre Fressorgie. Er beschrieb ihnen brutzelndes Fett in der Pfanne, bis sie es alle riechen konnten und ihnen der Speichel im Munde zusammenlief. Emmeline unterstützte ihn, packte die Menschen am Arm, zog sie wieder auf die Füße, erzählte ihnen, dass sie den verwundeten Bären gesehen hätte – eine Lüge – und dass er inzwischen bestimmt tot sei. Er sei genau vor ihnen … nur noch wenige Meter … ein paar Schritte … einen Schritt noch … nein, nicht stehen bleiben, nicht hinfallen, hier, nimm meinen Arm …

Ruth Hammersmith fiel in eine Schneewehe und blieb wie tot liegen. Ihr Ehemann sank an ihrer Seite nieder und bedeutete den andern weiterzugehen. Aus tief eingesunkenen, von dunklen Ringen umschatteten Augen sah er ihnen nach.

Die halb toten Menschen quälten sich, keines Gedankens mehr fähig, weiter, ohne Matthews aufmunternde Worte zu hören, durch Schneewehen taumelnd, mit tauben Händen und Füßen und mit vor Kälte erstarrten Gesichtern.

Noch einige sanken in den Schnee, die Kinder im Arm. Emmeline, selber schon ganz schwach, versuchte sie anzutreiben, aber sie fand nur noch die Kraft, Matthew zu folgen.

Und als sie schon dachten, alles sei umsonst gewesen, standen sie vor der Höhle, in der die Blutspur endete.

Während die anderen draußen in sicherer Entfernung warteten, tasteten Matthew und Manfred Schumann sich vorsichtig vor. Mit schussbereiter Waffe lauschten, schnupperten sie. Im Inneren der Höhle fanden sie den Bären, und er war tot.

Manfred und Osgood Aahrens hatten noch die Kraft, ihre Messer in den Leib des Tieres zu rammen und ihn aufzuschlitzen. Als die anderen die Innereien herausquellen sahen, fielen sie wie die Tiere über alle dampfenden, blutigen Teile und Stücke her, die sie ergattern konnten. Sie stürzten sich auf warmes, rohes Bärenfleisch und das Blut, und nachdem sie sich gestärkt hatten, gingen sie zu denen zurück, die am Wege lagen. Die Hammersmiths waren beide tot, aber alle anderen wurden in die Höhle geschleppt, wo sie sich die Bäuche mit Grizzlyfleisch voll schlugen.

In dieser Nacht schliefen sie erschöpft neben dem Kadaver ein, die Kinder kletterten sogar hinein in die warme Höhle. Mit der letzten Glutasche entfachten sie am Morgen ein Feuer, entboten Gott ein Dankgebet und begannen, den Bären zu zerlegen.

Zuerst warfen sie ganze Fleischstücke aufs Feuer, um sich zu stärken, aber dann schnitten sie lange Fleischstreifen ab und hängten sie zum Dörren über das Feuer. Auf diese Weise wurde das Fleisch für die kommenden harten Wochen konserviert. Sie vergruben die Knochen vor den Wölfen, den Balg jedoch, der fast zur Gänze den Höhlenboden bedeckte, benutzten sie als Teppich zum Wärmen.

Noch weitere sechs Menschen kamen um, und als es so schien, als würde der Rest überleben, nahm Matthew eine Zählung vor: Die Gruppe bestand nunmehr aus fünfundfünfzig Männern, vierundzwanzig Frauen und dreiundfünfzig Kindern. Vierzig Seelen weniger als bei ihrer Abreise aus Fort Bridger.

Eines Tages, als die Sonne zum ersten Mal wieder warme Strahlen auf die Erde schickte und sie die erste Schneeschmelze erlebten, wandte sich Matthew zu Emmeline an seiner Seite, nahm ihr Gesicht in die Hände und sagte voller Leidenschaft: »Ich liebe den Klang deiner Stimme, Emmeline. Hör bitte nie auf zu reden. Bitte schweig nie still. Als ich zu dieser Reise aufbrach, war ich trübsinnig und viel zu ernst. Und ich fand, dass du zu viel gelacht hast. Aber deine Lebhaftigkeit hat mich gerettet. Ich bin im Dunkeln und unter Toten aufgewachsen, du hast Licht und Freude in mein Leben gebracht.«

Emmeline sah in sein vom Winter gezeichnetes Gesicht.

»Und du hältst mich am Boden, Matthew, denn ich war leichtfertig, kindisch und albern. Du bist mein Fels und mein Halt.«

Mitte März stieß die Rettungsmannnschaft von Sutter's Mill zu der Gruppe, geführt von einem der Männer, die mit Amos Tice davongelaufen waren. Nachdem sie die bewohnten Gegenden im Sacramento-Tal erreicht hatten, war dieser Mann von Schuldgefühlen geplagt zu den Behörden gelaufen und hatte ihnen von einer Gruppe Auswanderer berichtet, die am letzten Pass gestrandet seien. Sofort hatten sich Freiwillige gemeldet, waren mit Waffen und Proviant losgezogen und hatten die Strecke in Rekordzeit bewältigt.
Von den hundertzweiundsiebzig Männern, Frauen und Kindern, die im August in Fort Bridger aufgebrochen waren, hatten weniger als hundertzwanzig überlebt.
Alle beharrten darauf, dass sie ihre Rettung einzig und allein Doc Lively, seinem Mut und den richtigen Entscheidungen in den schlimmsten Situationen zu verdanken hatten.
Keiner erwähnte auch nur mit einem Wort den Zwischenfall mit Helmut Schumanns Leiche.

Schließlich langten sie in Sutter's Mill an, einem geschäftigen Ort, in dem das Goldfieber grassierte. Matthew drehte den Wunderstein ein letztes Mal in der Hand. »Ich kann ihn nicht sehen«, erklärte er mit Nachdruck.
»Was kannst du nicht sehen?«
»Den Geist des Kristalls. Siehst du diese Wolke im Inneren des Steins? Wie Diamantenstaub. Er verändert seine Form, wenn man den Stein im Licht dreht. Meine Mutter meinte, es sei ein Geist, aber ich sehe nur mineralische Ablagerungen.« Er hielt Emmeline den Stein hin. »Was siehst du darin?«
Sie betrachtete den Kristall aufmerksam. »Ich sehe ein Tal. Ein lauschiges, grünes Tal, wo wir uns ansiedeln und ein neues Leben beginnen werden.« Sie reichte ihm den Stein zurück.
»Ich weiß nicht.« Matthew suchte angestrengt in dem kristallinen Inneren nach Emmelines Tal. »Die ganze Zeit habe ich gedacht, der Kristall bedeutete mir, was zu tun sei. Aber vielleicht habe doch ich

selbst die Entscheidungen getroffen und nicht der Stein. Ich wollte nach Westen ziehen, also habe ich den Stein so lange gedreht, bis er nach Westen zeigte. Als Ida Threadgood dich am Fluss zurückließ und du eine Reisegelegenheit brauchtest, hatte ich bereits beschlossen, dich aufzufordern, bei mir mitzufahren.« Er lächelte verschmitzt. »Wenn ich das nicht gewollt hätte, hätte ich auch den Stein nicht befragt. Nur hatte ich nicht genug Selbstvertrauen, meine Entscheidung selbst zu treffen. Der Kristall war meine Krücke. Ich brauche sie nicht mehr.«

»Du bist etwas voreilig mit deinem Urteil«, wandte Emmeline ein, die lange über das Wunder an dem Bergsee nachgedacht hatte. »Der Kristall der Träume hat uns zu den Bärenspuren geführt. Ohne ihn wären wir alle mit Sicherheit längst tot.«

Matthew nickte zustimmend. Nach einem Moment des Zögerns sagte er: »Ich habe mir überlegt, Emmeline, dass Lively ein merkwürdiger Name für einen Leichenbestatter sein mag, für eine Hebamme jedoch ist er geradezu perfekt.« Er wurde ernst. »Ich weiß, dass du dir geschworen hast, nie zu heiraten, aber …«

Sie legte ihm den Finger auf den Mund. »Selbstverständlich werde ich dich heiraten, mein geliebter Matthew, denn wir beide sind das perfekte Paar, Hebamme und Bestatter. Ich helfe den Menschen auf die Welt, und du geleitest sie hinaus.«

Sie nahm den blauen Kristall noch einmal zur Hand und hielt ihn ins Sonnenlicht. »Ich frage mich, wer all die Leute waren, die diesen Stein um Rat, um Schutz oder um Glück gebeten haben. Und ich frage mich, ob sie wie du waren, Matthew, blind ihrer eigenen Stärke gegenüber, aber voll Vertrauen in ein lebloses Mineralgestein. Am Ende hast du doch noch deine eigene Stärke entdeckt, die Kraft, die in uns allen steckt, die Kraft, alle Fährnisse zu überwinden. Die Menschen sind stark, Matthew, das weiß ich jetzt. Wir können es mit jeder Schicksalsprüfung aufnehmen und werden gewinnen.«

Emmeline sah Matthews strahlend an.

»Du hast Recht, wir werden den Kristall nicht mehr brauchen.« Sie steckte den Stein in Matthews Jackentasche. »Aber vielleicht kann in ferner Zukunft jemand den Kristall der Träume gebrauchen, der ihm hilft, die Kräfte, die in ihm stecken, zu wecken und zu entfalten.«

Matthew gab Emmeline einen Kuss, dann knallte er mit der Peitsche, und ihr Planwagen rollte los, ihrem zukünftigen grünen Tal und neuer Hoffnung entgegen.

Interim

Die Livelys kauften Land, investierten in Goldminen und Eisenbahnen und wurden reich. Matthew übernahm eine führende Rolle in seiner Gemeinde und kandidierte in späteren Jahren für den Kongress, und er machte seine Sache gut. Als er einmal gefragt wurde, welchen Rat er künftigen Einwanderern für den Oregon-Trail oder den Kalifornien-Trail geben würde, erwiderte Matthew: »Nie eine Abkürzung nehmen.« Er und Emmeline erreichten ein hohes Alter. Sie wurden in Livelyville, Kalifornien beigesetzt.

Der Kristall der Träume wurde an ihren ältesten Sohn Peter vererbt, der ihn seiner Tochter zum Abschluss ihres Medizinstudiums schenkte. Dr. Lively nahm den »Glücksstein« mit nach Afrika, wo sie dreißig Jahre lang in medizinischer Mission wirkte, bis sie in die Vereinigten Staaten zurückkehrte, um sich wegen einer seltenen Krankheit behandeln zu lassen, die sie sich auf einer Safari in Uganda zugezogen hatte. In Ermangelung eigener Kinder vermachte sie den Kristall der Frau, die sie in ihren letzten Lebensmonaten aufopfernd gepflegt hatte, einer Amerikanerin japanischer Abstammung namens Toki Yoshinaga.

Nach dem Überfall auf Pearl Harbor wurde Toki zusammen mit ihrer Familie interniert. Bei Kriegsende war die Familie gezwungen,

ihre letzten Wertgegenstände zu verkaufen, um wieder auf die Beine zu kommen. Der blaue Kristall erbrachte hundert Dollar, was im Jahre 1948 eine stattliche Summe war.
Der Käufer, ein Buchhalter namens Homer, betrieb in seiner Freizeit das Hobby der Edelsteinkunde, und als er seinen Neuerwerb auf seiner Werkbank in der Garage untersuchte, wurde ihm klar, dass er womöglich ein neues Mineral entdeckt hatte. Nachdem ein Holländer namens Kloppmann den Stein 1698 in Amsterdam zum ersten Mal untersucht hatte, wurde der Stein nunmehr einer zweiten wissenschaftlichen Prüfung unterzogen. Homer stellte einen Härtegrad von 8.2 nach der zehnteiligen Mohs'schen Härteskala, einen harten Glanz und geringe Spaltbarkeit fest. Das Blau des Steins erinnerte an verschiedene Spielarten von Topas und Turmalin, doch in seinem Inneren hatte er einen »Stern«, wie es manchmal bei Saphiren vorkam. Aufgeregt nahm Homer seinen Fund mit anderen Steinen zu einem Gemmologen-Kongress in Albuquerque, Neu-Mexiko mit, in der Hoffnung, seine Entdeckung bestätigt zu finden und den neuen Edelstein womöglich nach ihm selbst benennen zu können – Homerit klang doch irgendwie hübsch. Am ersten Kongresstag machte Homer die Bekanntschaft einer jungen Dame, die sich heftig für Edelsteine interessierte, und ließ sich dazu überreden, die Dame mit auf sein Hotelzimmer zu nehmen, um ihr seine Edelsteinkollektion zu zeigen. Unglücklicherweise verstand der weltfremde Buchhalter die Absichten der üppigen jungen Frau falsch und erlitt, in Erwartung sexueller Intimitäten, einen tödlichen Herzinfarkt.
Unbeachtet ruhte Homers Edelsteinsammlung jahrelang in der Garage, bis seine Witwe sich entschloss, in ein Seniorenheim nach Florida zu ziehen, und den »ganzen wertlosen Plunder« an einen Freigeist mit dem schönen Namen Sunshine verkaufte. Diese Frau verdiente ihr Geld damit, bunte Perlenketten und Anti-Establishment-Utensilien für führende Geschäfte auf dem Hollywood Boulevard anzufertigen. So kam es, dass der Kristall der Träume im Jah-

re 1969, mit dem Stiel einer Haschpfeife verdrahtet, die einem Hippie namens Argyle gehörte, an einen Ort namens Woodstock gelangte. Nachdem Argyle in einem unerklärten Krieg in Südostasien gefallen war, fand seine Schwester die Haschpfeife unter seiner persönlichen Habe. Sie löste den Stein aus seiner Halterung, und da sie ihn für ein wertloses Stück Glas hielt, schenkte sie ihn ihrer achtjährigen Tochter, die daraus mit Alufolie und Kleber ein Krönchen für ihre Puppe bastelte.

Als das kleine Mädchen ins Collegealter kam und von zu Hause auszog, spendete sie all ihre alten Spielsachen der Heilsarmee, wo der Kristall von einer Frau entdeckt wurde, die regelmäßig Trödelgeschäfte und Flohmärkte nach Gegenständen absuchte, deren Wert womöglich übersehen worden war. Als New-Age-Anhängerin erkannte sie die Kräfte des Steins, denn wenn sie ihn in der Hand hielt, spürte sie deutlich positive Schwingungen.

So kam es, dass der blaue Stein, der durch Galaxien und siderische Meere gereist war, um auf einem jungen, wilden Planeten zu landen – ein kosmischer Kristall, der vormals einem Frühmenschen namens Die Große die Erkenntnis vermittelt hatte, wann sie ihr Volk aus der Gefahr führen sollte; der einst Laliari getröstet und Avram über das Wunder der Menschwerdung aufgeklärt hatte; der die Herrin Amelia mit neuem Glauben gesegnet und Oberin Winifred den Mut gegeben hatte, sich gegen die Anweisungen eines Abts aufzulehnen, und Katharina die Hoffnung, ihren Vater zu finden; der Brigitte Bellefontaines verschüttete Leidenschaft in praktische Bahnen gelenkt und schließlich Matthew Lively zum Schmied seines eigenen Glücks hatte werden lassen – dass dieser blaue Stein also in einem kleinen Ladengeschäft in einer kalifornischen Strandgemeinde landete. Er liegt heute in einer bescheidenen Schaufensterauslage zwischen Heilkristallen, Tarotkarten und Räucherstäbchen. Wenn Sie nicht zu eilig vorbeigehen oder nicht zu sehr von Ihrem Palmbook oder Ihrem Handy abgelenkt sind, werden Sie ihn sehen.

Und sollten Sie gerade nach innerer Stärke, Mut oder Erkenntnis suchen, treten Sie ein, betrachten Sie den Stein, nehmen Sie ihn in die Hand und warten Sie, was er Ihnen »sagt«. Die Besitzerin wird ihn zu einem angemessenen Preis verkaufen … wenn es die richtige Person ist.